Erik
Fosnes
Hansen

Zum
rosa
Hahn

Erik
Fosnes
Hansen

Zum rosa Hahn

Roman

Aus dem Norwegischen
von Ina Kronenberger

Kiepenheuer & Witsch

Für Tor Åge Bringsværd

Mir träumte wieder
der alte Traum
H. H.

1

Auf der Landstraße zwischen Cottbus und Berlin bewegten sich zwei Goldmacher. Sie waren ursprünglich nicht zusammen unterwegs gewesen, waren einander jedoch zufällig begegnet, an einer Stelle, an der die Landstraße auf der Luckenwalder Heide eine Kurve beschreibt, kurz vor Golmberg. Dem Jüngeren war plötzlich aufgefallen, dass der Ältere neben ihm ging; dieser musste ihn irgendwann eingeholt haben. Nach kurzem Gruß zogen sie gemeinsam weiter. Der Jüngere hatte für den Älteren eigentlich nicht viel übrig, ihm war aber auferlegt, einem älteren Kollegen seine Reverenz zu erweisen, also begleitete er diesen pflichtschuldigst. Die Landstraße war hier sehr sandig und weich wie ein Fischbauch, sie glitten leicht darauf entlang, während die Einsiedlerkrebse zur Seite schossen. Sie plauderten über dieses und jenes und widmeten sich dem Klatsch über Kollegen, wie umherreisende Goldmacher es gerne tun. Doch jetzt unterhielt vor allem der Ältere den Jüngeren mit Geschichten aus seiner Studienzeit in Wittenberg, als ihr Fachgebiet noch reichlich anders aussah als derzeit, und Wittenberg ebenso.

Der Jüngere langweilte sich immens. Als sie so weit nach Süden gekommen waren, dass sie Petkus erreicht hatten, sagte er unvermittelt: »Hier will ich nun nach rechts weiter, ich danke dem Meister für die Gesellschaft und das Gespräch.«

»Wohin willst du?«, fragte der Ältere.

»Nach Jüterbog«, antwortete der Jüngere, ohne recht zu begreifen, warum.

»Wie eigenartig. Sagtest du nicht, du wolltest nach Cottbus? Das wäre nach links.«

»Da hast du dich wohl verhört, Meister«, sagte der Jüngere, ohne nachgedacht zu haben, fügte aber rasch hinzu, »oder ich habe mich nicht deutlich genug ausgedrückt. Vielleicht habe ich auch vergessen zu erwähnen, dass ich zunächst nach Jüterbog wollte.«

»Verstehe«, sagte der Ältere, eine Spur gekränkt. »Nun gut, junger Mann, dann lasse ich dich dein Glück allein in Jüterbog versuchen. Hast du deine Papiere in Ordnung?«

»Selbstverständlich«, sagte der Jüngere.

»Dann zeig mal her, zur Sicherheit nur.«

Mit einem kaum hörbaren Seufzer zog der Jüngere gehorsam die Fischledermappe mit seinen Papieren heraus. Der Ältere studierte die Papiere gründlich, während der Jüngere seine Ungeduld zu verbergen suchte, indem er die eintönig karge und wellige Landschaft betrachtete, die sie umgab, so weit das Auge reichte, hier und da von Landstraßen durchzogen, am Wegesrand von Bäumen gesäumt, unendliche Alleen.

»Gut, gut. Und mit der Apparatur ist alles in Ordnung?«

»In allerbester Ordnung, Meister.«

»Wie schön, feststellen zu können, dass die Jugend ihre Siebensachen in Ordnung hält. Dann leb wohl.«

»Leb wohl, Meister.«

An der Kreuzung verabschiedeten sie sich. Während der Jüngere in Richtung Jüterbog unterwegs war, bemerkte er eine gewisse Verärgerung – nicht nur wegen des Umwegs (in Cottbus erwartete ihn ein Mädchen), sondern auch wegen seiner mangelnden Geduld mit dem älteren Kollegen. Nur konnte er weiteres Geplauder mit einem Fremden nicht ertragen und wollte die Morgenstunde allein genießen.

Denn es war ein schöner Morgen. In allen Baumkronen

entlang der Allee, deren gelber Sand hier mit einer dünnen Schicht kristallklaren, glitzernden Wassers überzogen war, sangen die Blauzeisige. Und es war, als bewegte er sich über einen schmalen, endlos langen Strand.

Im Norden hatte die Zentralbehörde in Potsdam soeben die alten großen und kunstvollen Zusatzsonnen entzündet, sodass sich goldene Strahlen majestätisch über dem Horizont erhoben und sich ihr Licht harmonisch mit dem Laub vermischte. Der Goldmacher summte im Takt mit der sanft schwingenden Straße und spürte, dass er mit seinem Dasein eigentlich recht zufrieden war, trotz des Umwegs und der Verärgerung, da hörte er auf einmal, wie sich von hinten jemand näherte. Ohne innezuhalten, warf er einen Blick über die Schulter.

Es war sein älterer Kollege. Pflichtschuldigst blieb der Jüngere stehen.

»Mir kam der Gedanke«, schnaufte der Ältere, als er ihn eingeholt hatte, »dass es doch ganz nett sein könnte, im Wirtshaus von Jüterbog gemeinsam zu Mittag zu essen. Dann könnten wir uns noch ein wenig unterhalten.«

»Ja, das wäre tatsächlich nett«, sagte der Jüngere. »Und gewiss auch nützlich«, fügte er so höflich, wie er nur konnte, hinzu, »unter fachlichen Gesichtspunkten.«

»Nun, nun«, entgegnete der ältere Goldmacher ohne übertriebene Bescheidenheit. »Das ein oder andere kann ich einem jüngeren Kollegen gewiss noch beibringen – unter fachlichen Gesichtspunkten. Womöglich gibt es spezielle Gebiete, auf denen du noch fachlichen Rat brauchen könntest?«

»Um die Wahrheit zu sagen, Meister«, bemerkte der Jüngere aufrichtig, »quäle ich mich wohl am meisten mit der Rhetorik.«

»Ah«, sein älterer Kollege zupfte sich nachdenklich am

Spitzbart, der umgehend einen halben Zoll länger wurde, »die Rhetorik ist stets problematisch. Stets problematisch. Darüber sollten wir uns beim Essen eingehender unterhalten. Im Wirtshaus von Jüterbog haben sie einen ausgezeichneten Hirschbraten. Ganz ausgezeichnet. Vom Goldhirsch. Gefüllt mit Trauben und Karpfenzungen. Einen schönen Blick auf den Marktplatz hat man dort auch. Zum schwarzen Hahn, so heißt das Wirtshaus. Zum schwarzen Hahn. Und die Kellnerinnen sind üppig, junger Mann, äußerst üppig. Und ausgebildete Massagetechnikerinnen obendrein. Jede von ihnen.«

»Das klingt ja gut«, meinte der Jüngere, ohne sonderlich überzeugt zu sein.

»Die Rhetorik, ja«, sagte der Ältere. »Hör her. Nun will ich auf dem letzten Stück unseres Weges ein wenig schlafen, dann störe ich dich auch nicht weiter in deinen Morgengedanken, und zugleich will ich etwas über die rhetorischen Herausforderungen unseres Fachs nachdenken. Bist du so nett und weckst mich kurz vorm Ziel?«

Das versprach der Jüngere, und schon schlief sein Kollege ein. Während sie sich schweigend weiterbewegten, dachte der Jüngere resigniert, dass er sich zusammennehmen müsse, um nett zu dem Älteren zu sein. Er war ihm bisher erst wenige Male begegnet und mochte ihn nicht sonderlich, aber die Situation war nun einmal so, wie sie war, er musste das Beste daraus machen. Es kommt ja vor, dachte er bei sich, dass der erste Eindruck trügt. Man denke nur an den Mond.

Gestärkt von diesem Gedanken, versöhnte er sich damit, dass sie in Jüterbog zusammen zu Mittag essen würden, und fand ein wenig zu dem Frieden und der Zufriedenheit zurück, die er zuvor verspürt hatte, derweil sie der Stadt immer näher kamen.

Die Wachleute am Stadttor von Jüterbog hatten offensichtlich seit Tagen nicht genug zu tun, denn sie hüpften ein wenig auf der Stelle und warteten eifrig darauf, jemanden kontrollieren zu dürfen, zwischendurch massierten sie einander kameradschaftlich die Schultern. Als sie die beiden Goldmacher erblickten, grinsten sie erwartungsvoll. Bei ihrem Anblick wurde der jüngere Goldmacher nervös, wohingegen sein älterer Kollege von selbst aufgewacht war, sobald die Straßenränder sich auf dem letzten Stück ein wenig zu wellen begannen. Er blinzelte nur kurz, als sie vor dem Stadttor stehen blieben.

Die Wachen, sieben an der Zahl, klirrten munter mit den Waffen im Takt ihrer Hüpfer, die sich als sanftes Schaukeln auf die Straße übertrugen.

»Zuerst die Papiere!«, kam es barsch vom Kommandanten der Wache, einem groß gewachsenen, dunkelhaarigen Kerl in Kommandantenuniform mit Epauletten, die elegant baumelten, als er zwei Schritte auf sie zumachte. Er hatte dunkelblaue Augen und eine große, lebhafte Warze auf der Nase.

»Die Papiere, ja«, der ältere Goldmacher lächelte entgegenkommend. Aus der Innentasche fischte er seine eigene abgewetzte Mappe aus fettgegerbtem Dorschleder, die Insignien der Goldmacherzunft mit Iridiumoxid eingeprägt, und reichte sie dem Kommandanten, der sich darüberbeugte, als wären es heilige Schriftstücke. Seine Kollegen klirrten unterdessen weiter im Takt mit ihren Waffen. Zwischendurch brachen sie in mannhafte, aggressive Gesänge aus.

»Tja, hier ist ja alles in schönster Ordnung«, sagte der Kommandant mit säuerlicher Miene, faltete das letzte Dokument zusammen, legte es in die Fischledermappe und gab sie dem älteren Goldmacher zurück.

Die übrigen Wachleute stöhnten vor Enttäuschung, blickten jedoch gleich viel optimistischer drein, als sich der

Kommandant über die Papiere des jüngeren Goldmachers beugte und kurz darauf den Kopf schüttelte.

»Oh, oh«, sagte er. »Oh, oh. Das sieht nicht gut aus. Nein, das sieht gar nicht gut aus.«

Der jüngere Goldmacher schaute ihn nervös an: »Stimmt was nicht mit meinen Papieren, Herr Hauptmann?«

»Sehen Sie selbst.« Mit gerunzelter Nase, sodass die Warze ein leises Knarzen von sich gab, und säuerlicher Miene hielt der Wachkommandant das Dokument hoch, damit die beiden Goldmacher und die Wachen es sehen konnten. Als sie das Problem erkannten, gaben die Wachleute einen Seufzer voll vergnügter Erwartung von sich. Das Siegel auf einem der Papiere war ein wenig ausgelaufen. Nicht viel, aber von einem Riss unten an dem Siegel rann ein dünner Streifen regenbogenfarbener Siegelflüssigkeit über das Blatt.

»Ja, das wiegt schwer, junger Mann«, sagte der Wachkommandant mit großem Ernst. »Gut möglich, dass wir Dinge mit Ihnen anstellen müssen.«

Hocherfreut nickten die Wachen.

Der jüngere Goldmacher musste schlucken, ihm fiel aber keine passende Antwort ein. Als er zuletzt nachgesehen hatte, war das Siegel unversehrt gewesen. Vermutlich hatte es einen leichten Riss davongetragen, als der Amtmann nach der letzten Kontrolle das Blatt gefaltet hatte. Eine andere Erklärung fiel ihm nicht ein.

»Lassen Sie mich mal sehen«, sagte der ältere Goldmacher, setzte die Brille auf, nahm das Blatt und studierte es. »Nun ja, Herr Hauptmann«, sagte er sodann, »das hier ist bloß ein kleiner Riss. Bei häufigem Gebrauch der Dokumente kann das schon mal vorkommen.«

»Spielt keine Rolle«, der Kommandant gab sich unbeeindruckt, »die Dokumente haben in schönster Ordnung zu sein. Das heißt, sie müssen sowohl schön *als auch* in Ordnung sein. Und das hier ist nicht *in Ordnung*, und schon gar nicht *schön*. Es ist, wie soll man sagen, ja, offen gestanden, ich will nicht drum herumreden: Das hier ist eine ästhetische Beleidigung.«

Die Wachen quittierten das Gesagte mit vergnügtem Brummen, manch einer rasselte bereits hoffnungsvoll mit den Kettengliedern an seinem Gürtel.

»Na, na«, sagte der ältere Goldmacher, »guter Mann, guter Herr Hauptmann, schauen Sie doch einmal genauer hin. Es ist ja nun kein wesentliches Dokument. Ganz und gar nicht. Es ist nur eine kleine Apparaturbestätigung, schauen Sie selbst. Wäre es eins von den Hauptdokumenten, könnte das Problem mit der ästhetischen Beleidigung von, wie soll ich sagen, gravierender Natur sein. Aber dies ist doch eigentlich ein zu vernachlässigender Schnipsel.«

»Ein Schnipsel?«, wiederholte der Wachkommandant mit militärischem Grimm. »Was wollen Sie damit sagen? Dokument ist Dokument, daran ist nicht zu rütteln.«

»Gewiss, gewiss«, erwiderte der ältere Goldmacher eifrig, »etwas anderes wollte ich gar nicht behaupten. Doch ein bisschen Nachsicht wäre angebracht. Ein Riss in einem Siegel kann schnell mal vorkommen.«

»Es ist die Pflicht eines jeden Einzelnen, seine Papiere zu jeder Zeit in allerschönster Ordnung zu haben«, entgegnete der Kommandant. Die Soldaten begannen einen kleinen Ringelreihen, dabei schwangen sie graziös die Ketten. »Und das gilt natürlich insbesondere für Goldmacher. Für Ausnahmen gibt es keinen Raum. Sie wissen genauso gut wie ich, dass für Ihre Zunft besonders strenge Regeln gelten, und Sie wissen auch, warum.«

»Natürlich, Herr Hauptmann, Sie haben ganz recht, aber

hier liegt ein Missverständnis vor, das sich leicht aufklären lässt.«

»So?«

»Das wäre doch das Einfachste, oder?«

»Ich weiß nicht, ob meine Männer und ich daran interessiert sind, überhaupt etwas aufzuklären. Wir stehen hier, um unsere rechtschaffene Stadt und ihre rechtschaffenen Bürger zu beschützen. *Vertrauen ist gut, Kontrolle ist besser*, wie ich zu sagen pflege. Das sagt auch der Dichter.«

Die Wachen nickten, alle gleichzeitig: »Das sagt auch der Dichter«, murmelten sie im Chor, und die Warze auf der Nasenspitze des Kommandanten gab ein höhnisches Kichern von sich.

»Außerdem«, schob der Kommandant hinterher und tätschelte beruhigend die Warze, »außerdem brauchen meine Männer Übung.«

»Gewiss«, sagte der ältere Goldmacher, »doch falls Sie sich irren, könnte es im Anschluss viel Papierkram und Aufwand nach sich ziehen.«

»Ich irre mich nicht. Das Siegel läuft aus. Wie jeder sehen kann.«

»Ja schon, aber wenn es sich als in schönster Ordnung befindlich herausstellt, also sowohl schön als auch in Ordnung ist, obschon beschädigt – welche Auswirkungen könnte das für Sie haben? Denn was sagt der Dichter noch gleich hierzu: *Ein Schaden macht noch keinen Sommer.*«

Das gab dem Kommandanten offenbar etwas zu kauen, aber seine Truppe war immer noch äußerst begierig darauf, an der Lebenssituation des jüngeren Goldmachers etwas zu ändern, und dieser dachte schwermütig: Mit mir ist's vorbei. Doch der Wachkommandant überlegte gründlich.

»Nun«, meinte er schließlich, »was schlagen Sie vor?«

»Ganz einfach«, sagte der Ältere. »Sie nehmen eine technische Prüfung derjenigen Apparatur vor, auf die sich dieses Dokument bezieht, und wenn mit dieser alles in schönster Ordnung ist, können Sie beruhigt davon ausgehen, dass es sich um eine zufällige Beschädigung handelt.«

»Hm.« Noch wirkte der Wachkommandant nicht überzeugt, und die Augen seiner Männer glühten weiterhin vor Diensteifer, doch die Warze flüsterte ihm etwas zu. Nach einer Weile nickte er. »So machen wir es. Die Apparaturen, bitte. Von *beiden*.«

Beide Goldmacher beeilten sich, ihre Apparaturen zur Kontrolle vorzuzeigen. Der Wachkommandant untersuchte sie genau, prüfte mehrmals jedes Teil, dann zog er eine kleine, praktische Dienstlupe aus der Innentasche. Damit konnte er durch eigene Inaugenscheinnahme feststellen, dass die Apparaturen plombiert und tadellos versiegelt waren. Er musterte sie lange und gründlich, musste am Ende aber nachgeben:

»Gut, gut«, sagte er. »Es sieht doch ganz so aus, als wäre alles in Ordnung. Und das Siegel wurde wohl durch eine kleine Unachtsamkeit beschädigt. Diesbezüglich können wir uns wohl einigen.«

Enttäuscht stimmten die Soldaten ein Lied in Moll an, der jüngere Goldmacher fand indes die Sprache wieder und stammelte ein »Haben Sie besten Dank, Herr Hauptmann«, was dieser barsch parierte:

»Guter Mann, Ihr Siegel entspricht nicht den Vorschriften. Sie können sich glücklich schätzen, dass Ihr älterer Kollege sich für Sie eingesetzt hat.«

»Ja«, sagte der Jüngere, »na klar, na klar. Natürlich. Ich schätze mich glücklich.«

»Dazu haben Sie auch guten Grund, junger Herr«, sagte der Hauptmann. »Kulanz wird nur ausnahmsweise gewährt.«

»Ja«, der jüngere Goldmacher nickte demütig, »das sehe ich ein. Ich schätze mich glücklich.«

»So ist es schon besser. Dann kann ich Sie in unserer rechtschaffenen Stadt willkommen heißen, deren Polizeikräften ich als Wachkommandant diene«, sagte der Wachkommandant, nach wie vor streng, aber doch ein wenig entgegenkommender.

»Herzlichen Dank, Herr Hauptmann«, sagten die beiden Reisenden untertänig.

»Und?«, der Kommandant wandte sich an seine Truppe: »Wie heißt es weiter, Männer?« Widerstrebend sagten die Soldaten die vorgeschriebenen, berühmten Zeilen des Dichters hinsichtlich Willkommensgruß und Gastfreundschaft auf, dazu wedelten sie, dem Reglement entsprechend, mit ihren rot-weißen Diensttaschentüchern, wenn auch ohne wahre Begeisterung.

»So ist's schon besser«, brummte der Kommandant. »Viel besser. Aber«, wandte er sich warnend an die beiden Besucher, »wir behalten Sie im Auge, solange Sie in der Stadt weilen. Stellen wir auch nur die kleinste Regelverletzung fest, wird die Apparatur auch nur ein einziges Mal falsch verwendet oder wird die zeitliche Begrenzung nicht eingehalten, dann wissen Sie, was geschieht. Goldmacher, die die Vorschriften verletzen, werden vom Gesetz streng bestraft.«

»Vielen Dank, Herr Hauptmann«, sagte der Ältere. »Das ist uns bekannt. Sie können sich auf uns verlassen. Seien Sie dessen gewiss. Sowohl mein junger Kollege hier als auch ich haben nur lautere und gesetzestreue Absichten. Und wir bleiben nicht lange.«

»Fürwahr«, pflichtete der Kommandant ihnen bei und stempelte ihnen nicht gerade behutsam Ankunftsdatum und Besuchszweck auf die Stirn. »Wie lange bleiben Sie?«

»Schwer zu sagen«, antwortete der Ältere für beide. »Jedenfalls nicht lange. Höchstens ein, zwei Tage.«

Zwei Wachmänner zogen den schweren Riegel des Stadttors beiseite, ein dritter blies in die Pfeife, was einen schrillen durchdringenden Ton nach sich zog.

Mit reibungslos gastfreundlichem Geräusch schwang das Tor auf.

Fröhlich lächelnd zogen die beiden in die Stadt ein, dabei winkten sie den Wachleuten, die begeistert zurückwinkten.

Aber

2

als sie einen gefühlt sicheren Abstand zum Stadttor erreicht hatten, blieben sie vor einem der vielen renommierten physikalischen Institute der Stadt stehen. Hier dankte der jüngere Goldmacher seinem älteren Kollegen überschwänglich. Er freue sich, gesund, ja, überhaupt mit dem Leben davongekommen zu sein. Doch der andere wischte den Dank mit einer leichten, wenn auch gönnerhaften Handbewegung beiseite.

»Kein Grund zum Dank, junger Mann«, sagte er. »Zunftbrüder müssen füreinander einstehen. Vielleicht lernt euereins das heutzutage bei der Ausbildung nicht mehr, wir seinerzeit schon.«

Der Jüngere nahm den Älteren näher in Augenschein. Und erst jetzt, im Lichte der Stadt, nachdem sie ihre Ruhe wiederhatten, konnte er erkennen, wie alt dieser war. Das Alter lag wie eine glänzende, wächserne Schicht auf manch einer Stelle seines Gesichts, auf den Erhöhungen zwischen den Falten, in den Spitzen des weißen Haares, in den Augenbrauen und den

Locken seines Bartes. Wenn er lächelte, sah man, wie braun und von Trauer zerfressen seine Zähne waren.

»Das nennt sich Berufsetikette«, sagte der Ältere.

Vielleicht, dachte der junge Mann, vielleicht ist er so alt, dass er sogar noch einen der Gerechten Toten gekannt hat.

Von der Erleichterung überwältigt, dass ihm eine Veränderung seiner Lebenssituation durch die Soldaten erspart geblieben war, fiel der junge Mann dem Älteren jäh um den Hals. Fast weinte er vor Freude und Dankbarkeit.

»Aber, aber«, setzte der Ältere abwehrend an und klopfte seinem jüngeren Kollegen beruhigend auf die Schulter. »Ist schon gut.«

In einem Torweg nahebei saßen ein Hund und eine Katze und betrachteten die beiden Gestalten. Beide hatten sie helles, rötliches Fell, und nicht zuletzt aus diesem Grund waren sie befreundet und kamen gut miteinander aus. Doch trotz des Fells und obwohl sie einander schon lange kannten, konnte man sie nicht als *enge* Freunde bezeichnen. Dafür waren sie zu verschieden. Der Hund war besonnen und rational, die Katze rege und fantasievoll. Jedoch hatten beide zufällig mittwochs ihren freien Tag, und dann verfolgten sie miteinander das Treiben und alle, die kamen und gingen, freilich ohne dass sie in der Einschätzung des Gesehenen allzu oft einig wären. Die Katze hatte in der freitäglichen Magazinbeilage des Abendblatts zu viele Detektivgeschichten gelesen. Mittwochs war der zeitliche Abstand zur letzten Beilage so groß geworden, dass die Katze allmählich unter Rätselentzug litt. Und heute war eben Mittwoch.

»Möchte mal wissen«, murmelte sie skeptisch, »was die zwei da vorhaben. Gutes scheinen sie mir nicht im Schilde zu führen.«

»Fängst du schon wieder damit an«, seufzte der Hund.

»Ja, sieh sie dir doch mal an.«

»Ich sehe sie mir ja an«, sagte der Hund mit der Geduld eines Hundes.

»Psch«, fauchte die Katze. »Ich mag sie nicht.«

»Sie sehen doch ganz normal aus«, wandte der Hund ein. »Haben nichts Besonderes an sich.«

»Ja, aber sieh sie dir doch an.«

»Ich sehe sie mir ja an. An ihnen ist nichts verkehrt. Mal ehrlich, was siehst du, das ich nicht sehe?«

Die Katze musterte die beiden Fremden noch einmal, dann wandte sie ihrem Freund das Gesicht zu und sagte:

»Nein, die sind mir nicht geheuer. Ganz sicher bringen sie Unglück in unsere friedliche Stadt.«

Der Hund war von Natur aus gutmütiger und außerdem besser über gesellschaftliche Belange im Allgemeinen im Bilde.

»Dass du aber auch immer gleich das Schlimmste über die Leute denkst«, versuchte er seinen Kameraden zu beschwichtigen. »Die sehen doch richtig nett aus. Kein Grund zur Panik. Die Behörden haben alles im Griff. Sei unbesorgt.«

»Ich bin keineswegs panisch«, konterte die Katze. »Ich ahne nur, dass die beiden nichts Gutes im Schilde führen. Möglicherweise sind es Brandstifter. Ja, genau. Brandstifter. Sie sehen mir ganz danach aus.«

»Brandstifter, also wirklich«, schnaubte der Hund und stellte ein Ohr leicht auf.

»Na gut, dann eben Kinderschänder.«

»Selber Kinderschänder.«

»Taxidermisten. Das sind sie bestimmt. Darauf gebe ich mein Wort.«

»Taxidermisten?«

»Tier-Präparatoren«, erklärte die Katze ungerührt. »Das Wort habe ich dir schon mal erklärt.«

Der Hund blickte die Katze lange an. Bei dem Gedanken, die beiden Fremden könnten möglicherweise Angehörige dieser unerfreulichen Berufsgruppe sein, stellten sich ihm kurz die Nackenhaare auf, doch dann schüttelte er die Vorstellung von sich ab.

»Warum um alles in der Welt sollten das – Taxi–«

»Dermisten. Noch einmal: Ta-xi-der-mis-ten. Sie sehen mir ganz danach aus. Darauf gebe ich mein Wort. Das hier ist der Anfang eines Krimis.«

»Red keinen Unsinn«, sagte der Hund *in dubio pro reo*. »Wie kommst du auf so was? Sie könnten genauso gut Tierärzte sein.«

»Im Prinzip könnten sie alles Mögliche sein«, räumte die Katze pro forma ein. »Im Prinzip könnte jeder, der einem über den Weg läuft, Tierarzt sein. Aber nur, wenn man bei der Beobachtung seine induktive Intuition außen vor lässt.«

»Manchmal gehst du mir gehörig auf die Nerven«, murmelte der Hund träge.

»Darauf gebe ich mein Wort«, wiederholte die Katze. »Du hast eine schlechte Intuition; das war schon immer so, und das weißt du ganz genau.«

»Na, na«, sagte der Hund und lächelte fast unmerklich. »Hat deine unfehlbare Intuition nicht erst letzte Woche eine Astronomin erkannt haben wollen, also eine Person mit Berufsverbot, verkleidet als ganz gewöhnliches Waschweib? Und dann war es tatsächlich ein ganz gewöhnliches Waschweib?«

»Das spielt keine Rolle«, entgegnete die Katze verärgert, aber nicht zu verärgert, denn sie waren daran gewöhnt, sich niemals bei irgendetwas einigen zu können. »Ich sage es noch einmal: Das hier ist der Beginn eines Krimis. Darauf gebe ich mein Wort.«

Der Hund seufzte. Dann sauste er über die Straße und postierte sich so, dass er mit leicht zusammengekniffenen Augen lesen konnte, was auf die Stirn der beiden Fremden gestempelt war, die immer noch dort standen und sich unterhielten. Danach trabte er zurück in den Torweg.

»Goldmacher«, sagte er. »Umherreisende Goldmacher. Ganz gewöhnliche Vertreter ihrer Zunft.«

»Ha«, rief die Katze. »Was habe ich gesagt? Das lässt nichts Gutes hoffen. Darauf gebe ich mein Wort. Solche Goldmacher bringen immer Unglück.«

»Überhaupt nicht«, sagte der Hund phlegmatisch. In Momenten wie diesem fragte er sich öfter, warum er sich eigentlich die Mühe machte, seinem Kameraden zu widersprechen. Andererseits: Worüber sollten sie sonst reden?

»Darauf gebe ich mein Wort«, wiederholte die Katze. »Zwielichtige Gestalten.«

Die beiden Goldmacher begaben sich nun Richtung Marktplatz.

Die Katze sprang auf, reckte sich und wie um ihre Ansicht zu unterstreichen, sträubte sie mit einem eindringlichen Blick auf den Hund ihre Haare.

»Am besten folgen wir ihnen und behalten sie gut im Auge«, sagte sie.

»Ach komm«, wandte der Hund ein, »wir sitzen hier doch sehr gut. Schön im Schatten und –«

Aber ohne auf Antwort zu warten, strich die Katze bereits den Rinnstein entlang, zielstrebig hinter den beiden Fremden her. Resigniert erhob sich der Hund und trottete hinterdrein, wobei er sich immer wieder vorsagte, dass er an einem Mittwoch ja auch nichts Besseres zu tun habe.

Die beiden Goldmacher stiegen im Wirtshaus am Marktplatz ab. Seit dem letzten Besuch des Älteren hatte das Lokal seinen Namen geändert, es hieß jetzt nicht mehr *Wirtshaus Zum schwarzen Hahn*, sondern *Hotel Zum rosa Hahn*. Im Großen und Ganzen war es aber noch dasselbe Lokal, abgesehen davon, dass ein Teil des Interieurs nun rosa war. Beide bezogen Zimmer mit Blick auf die Kirche. Nachdem sie ihr Gepäck abgestellt hatten, trafen sie sich unten im Speisesaal. Die Einstellung des jüngeren zu dem älteren Goldmacher hatte sich jetzt umfassend geändert, und als der Oberkellner die Speisekarte brachte, bestand der Jüngere darauf, dass der Ältere ein Exemplar ohne ausgewiesene Preise bekam, damit er, ohne einen Gedanken an die Kosten zu verschwenden, seine Auswahl treffen konnte, denn er wollte ihn zum Zeichen seiner Dankbarkeit einladen.

Der Ältere protestierte, allerdings nur der Form halber, sodass der Oberkellner mit einer liebenswürdigen Handbewegung die Preise von einer der Karten strich, die Zahlen wurden daraufhin automatisch durch anmutige kleine Blümchen und Herzchen ersetzt.

Der jüngere Goldmacher war damit jedoch nicht zufrieden. Er war noch so jung, dass er Kleinigkeiten schnell als kränkenden Angriff auf seine Würde empfand.

»Hören Sie, Herr Oberkellner«, flüsterte er dem Mann zu, »das ist mein Freund und älterer Kollege, keine junge Dame, die ich beeindrucken will … Das sehen Sie doch selbst? Haben Sie keine weniger kitschigen Bildchen als Ersatz für die Preise?«

»Bedaure«, flüsterte der Oberkellner zurück. »Es sind alte Speisekarten. Andere Bilder sind nicht verfügbar. Entweder haben sie ihr Verfallsdatum überschritten oder das Ablaufdatum wurde von uns nicht verlängert, um ehrlich zu sein. Ich bitte um Nachsicht.«

»Hm«, murmelte der jüngere Goldmacher, weiterhin unzufrieden.

»Lassen Sie mich das in Ordnung bringen, der Herr«, flüsterte der Oberkellner, »wenn Sie gestatten.« Laut sagte er, an den älteren Gast gewandt:

»Die Blumen und Herzen, der Herr, sollen anzeigen, dass heute in unserer schönen Stadt Jüterbog der Blumentag begangen wird. Eine alte Tradition. Heute hat jeder ein Anrecht darauf, eine Blume geschenkt zu bekommen, alle schenken sich gegenseitig Blumen. Ich hoffe auf Ihr Verständnis.«

»Verstehe«, sagte der ältere Goldmacher eine Spur verwirrt.

»Sehen Sie her.« Der Oberkellner stellte eine Vase mit Knospen von Silbergardenien, Pilatus-Augen und Blausteinlilien auf den Tisch. Mit einer eleganten Handbewegung brachte er sie zum Blühen, und die beiden Gäste klatschten spontan Beifall, was man ja niemals vergessen sollte.

»Sehr schön«, sagte der Jüngere anerkennend, und der Oberkellner zwinkerte ihm zu, um zu unterstreichen, wie geschickt er das angestellt hatte.

»Was darf's sein, die Herren?«, fragte er dann. »Etwas zu trinken zum Essen? Die Herren haben nach der langen Reise gewiss Durst?«

»Danke«, erwiderte der Ältere weltgewandt. »Ich nehme ein Bier. Ein hiesiges. Das schmeckt sehr gut.«

»Für mich dasselbe«, sagte der Jüngere. »Ich vertraue auf die Empfehlung meines Freundes. Er kennt sich in dieser Gegend besser aus als ich.«

»Ausgezeichnet, ausgezeichnet«, sagte der Oberkellner.

Zwei lokale Biere wurden gebracht. Sie hatten rosa Schaumkronen, die beim Kontakt mit der Luft im Speisesaal mit einem feierlichen Laut zerplatzten.

»Das liegt am Hopfen«, erklärte der Ältere. »In diesem Bezirk hier gibt es eine ganz spezielle Hopfenart. Wenn sie dem Sud zugesetzt wird und sterben muss, beschließt sie freiwillig, im Schaum in all ihrer Schönheit wiederaufzuerstehen. Der Dichter, seinerzeit in der Gegend hier auf Reisen, hat ihn einst dazu überredet. Und dabei ist der Hopfen bis heute geblieben.«

»Interessant«, sagte der Jüngere. »Davon hatte ich bisher nur gehört. Das ist wirklich lustig.«

»Und nur hier ist es geglückt«, sagte der Ältere. »Man hat vielerorts versucht, den Hopfen zu diesem Verhalten zu bewegen, allerdings erfolglos. Noch wird daran geforscht, warum es ausschließlich hier funktioniert, bislang jedoch ohne Ergebnis.«

Sie studierten die Speisekarten, aber nicht lange.

»Jüngerer Mann«, sagte der Ältere, »wie schon erwähnt, muss es hier der Goldhirsch sein.«

»Dann nehmen wir den«, sagte der Jüngere. »Und als Vorspeise?«

»Lass uns hören, was das Haus empfiehlt.«

Schon stand der Oberkellner am Tisch.

»Gestatten Sie mir, Ihnen eine Vorspeise zu empfehlen, die ihresgleichen sucht«, sagte er. »Normalerweise würde ich in dieser Jahreszeit Spargel nennen, denn er hat jetzt Saison, doch der diesjährige Spargel, vor allem der blaue, hat sich als etwas übellaunig erwiesen und beißt mit seinen gezahnten Blättern um sich, wenn man versucht, ihn zu ernten.«

»Das ist übel.« Aufrichtig bestürzt schüttelte der ältere Goldmacher den Kopf.

»Niemand weiß so recht, was dieses Jahr in ihn gefahren ist. Nun ja, geerntet wird er dennoch, aber die Wut verleiht ihm einen bitteren Beigeschmack.«

»Wie unerfreulich«, sagte der Ältere.

»Darum möchte ich ihn nicht empfehlen, obwohl er auf der Speisekarte steht und gerade Saison hat. Ich will ehrlich sein. Und lassen Sie es mich so sagen: Keine Sauce hollandaise ist mild und luftig genug, um diesen unerwünschten bitteren Beigeschmack ausgleichen zu können. Nicht einmal unser Meisterkoch Stefan bringt eine solche Soße zustande, obgleich seine Hollandaise so luftig ist, dass sie gehorsam zwölf Stunden durchhält, bevor sie zusammenfällt. Und für zwei seiner drei selbst kreierten Soßen ist er in Lyon mit Goldmedaillen ausgezeichnet worden: für die Mousseline-Sauce mit reinkarnierten Prärie-Austern, *sous vide* und *sous dépression* hergestellt, und für seine Béchamelsoße ganz ohne Mehl und Milchprodukte. Ich sage das nicht, um anzugeben.«

»Gewiss nicht.«

»Aber wir sind stolz auf ihn, unseren Stefan. Ganz klar. Die dritte Soße, für die er aufgrund der altmodischen Engstirnigkeit der Preisrichter *keine* Medaille bekommen hat, ist in meinen Augen sogar noch besser: die *Sauce bâtarde,* infiltriert mit dem Gelben aus Kolibri-Eiern. Äußerst arbeitsaufwendig natürlich. Aber unvergleichlich. Unvergleichlich. Wie auch immer! Ich empfehle den Herren eine schlichte Blumenkohlsuppe mit getrockneten Korinthen und ultrakurz pochiertem Seepferdchenrogen. Absolut ultramodern, und zugleich ultratraditionell.«

»Dann nehmen wir die Suppe«, sagte der Jüngere, »falls du einverstanden bist, Meister?«

»Nimm du sie«, sagte der Ältere. »Ich denke, ich nehme trotzdem den Spargel, um ein bisschen Bitterkeit zu verspüren. Das schadet sicher nichts.«

»Wie der Herr wünscht«, sagte der Oberkellner. »Und warum auch nicht. Warum nicht. Er hat schließlich Saison.«

Das Essen kam auf den Tisch, zusammen mit einer Karaffe Graublauburgunder, auf dem der Oberkellner bestanden hatte. Etwa alle zwei Minuten wechselte der Wein die Farbe von Grau zu Blau und zurück, beim Eingießen gab er ein angenehm klirrendes Geräusch von sich. Falls der Spargel bitter gewesen sein sollte, ließ der Ältere sich nichts anmerken, sondern aß ihn mit großem Behagen.

Als sie zum Goldhirsch kamen, wechselten sie, wiederum auf Anraten des Kellners, zu einem alkoholfreien, aber kurzzeitberauschenden Genever und einem Infrarot-Bier vom Fass, so schwer, dass sie die Krüge mit beiden Händen stemmen mussten. Der Kellner schnitt den Goldhirsch auf, dessen Kruste tatsächlich noch einen leicht goldenen Schimmer aufwies, die Trauben und Karpfenzungen entfalteten sich nebeneinander in wunderschöner Harmonie auf den meerschaumweißen und lagunenblauen Tellern aus Fischgrätfayence, Hanauer Manufaktur. Der Ältere hatte mit seiner Empfehlung nicht falschgelegen: Es war wirklich ein köstliches Gericht, und sie aßen mit gutem Appetit, einem Appetit, wie man ihn nur hat nach überstandenen großen Ängsten oder nach einer Beerdigung.

»Nun«, sagte der Ältere und schluckte eine zappelnde Karpfenzunge hinunter. »Die Rhetorik, über die wollten wir ja noch reden, oder nicht?«

»Doch«, seufzte der Jüngere, der sich für das Thema nicht im Geringsten interessierte.

»Wann hast du deine Vorstellung? Eigentlich müsste ich dich erst einmal in Aktion sehen, bevor ich dir guten fachlichen Rat geben kann.«

»Vorstellung?«

»Ja, du hast doch sicher eine Zeit für deine Vorstellung gebucht?«

»Ach ja …«

»Hier auf dem Marktplatz oder im Stadttheater? Soweit ich weiß, kann man sie in dieser Stadt nur an diesen beiden Orten abhalten«, sagte der Ältere und stach mit der Silbergabel in eine schamvoll errötende Traube.

»Nun, um die Wahrheit zu sagen …«, setzte der Jüngere verlegen an und errötete seinerseits.

Der Ältere musterte ihn eingehend, sagte aber nichts. Nach einer Weile räusperte er sich und befreite den Jüngeren aus der peinlichen Situation:

»Nun ja, man bucht die Zeiten im Rathaus. Wenn du Glück hast, ist noch etwas frei. Es ist ja noch keine Hauptsaison.«

»Das habe ich mir schon gedacht«, sagte der Jüngere, die Peinlichkeit ebenfalls überspielend. »Genau. Aber zur Rhetorik würde ich gern ein paar allgemeine Ratschläge hören, Meister«, seufzte er resigniert mit gesenktem Blick.

»Aha. Aha, würdest du. Gut, gut. Dann unterhalten wir uns vor dem Nachtisch und den Massagetechnikerinnen darüber. Hör gut zu.«

Der Ältere beugte sich über den Tisch und legte los mit seinen Erklärungen. Der Jüngere spürte sogleich, dass er sich wieder zu langweilen begann.

In gebührlichem Abstand saßen Hund und Katze im Schatten des Marktplatzbrunnens und betrachteten die beiden Goldmacher durch die offenen Fenster des Wirtshauses.

»Da sitzen sie«, sagte der Hund spöttisch, »und essen.«

»Pssst«, machte die Katze. »Siehst du nicht, dass ich sie beobachte?«

»Sie essen«, sagte der Hund verdrießlich.

»Sie sind verdächtig«, sagte die Katze. »Ich mag sie nicht. Sie werden Unglück bringen. Darauf gebe ich mein Wort.«

»Hast du keinen Hunger?«, fragte der Hund.

»Ich war mir meiner Sache noch nie so sicher«, sagte die Katze, ohne hinzuhören.

»Ich auch nicht«, murmelte der Hund.

»Sieh nur«, sagte die Katze. »Jetzt bestellen sie einen *Nachtisch*. Mein Gott.«

»Na und?«

»Leute, die schon zum Mittagessen ein Dessert bestellen, sind verdächtig«, behauptete die Katze. »Findest du nicht auch?«

»Doch, doch«, sagte der Hund resigniert, »kann schon sein.«

»Mörder bestellen zum Beispiel oft ein Dessert zum Mittagessen, das ist eine kriminologische Tatsache. Am besten bleiben wir hier und behalten sie im Auge.«

Seufzend sah der Hund sich um. Glücklicherweise hatte einer der Händler auf dem Markt eine Schale mit gekochten Kalbshaxen an seinem Stand. Der Hund ging zu ihm und fragte höflich, ob er eine Haxe haben könne. Der freundliche Händler gab ihm eine. Mit der Haxe in der Schnauze trottete der Hund zurück zum Brunnen, legte sich neben seinem misstrauischen Freund in den Schatten und begann, daran herumzukauen. Sobald die Katze in seine Richtung sah, schaute er eifrig zum Wirtshaus hinüber, als wäre er ganz bei der Sache. Und theoretisch, dachte er stoisch, während er seinen Hunger stillte, mochte die Katze ja auch recht haben. Vielleicht war es das Beste, die beiden Fremden nicht aus den Augen zu lassen. Außerdem, seufzte er innerlich: Heute hat man nun also seinen lieb gewonnenen freien Tag. Ansonsten ist man ein guter Planer, allerdings nicht hinsichtlich der eigenen freien Tage. Was bleibt einem dann anderes übrig, als mit der Katze Detektiv zu spielen.

Aber

3

an einem völlig anderen Ort der Stadt befand sich ein ungezogener Junge. Er war bösartig und ungezogen, und niemand wurde seiner Herr. Weder die Lehrer noch der Pfarrer oder der Wachtmeister; weder die strengen Nachbarsfrauen noch seine Freunde, und auch seine kleine Schwester nicht. Von Mutter und Vater ganz zu schweigen. Sein Vater war ohnehin eines Abends verschwunden, als es mit dem Jungen gar zu schlimm wurde; er wolle sich weiterbilden, hatte er gesagt, vom Schuhmacher zum Assessor am Höchsten Gericht, das werde seine Zeit dauern, und fort war er. Vier Jahre war das jetzt her. Da saß also die arme Mutter ganz allein mit dem ungezogenen Jungen und seiner kleinen Schwester, die zurzeit mit einem infektiösen Husten völlig isoliert in ihrem Zimmer lag und nicht nach draußen durfte, und so wurden sie mit jeder Stunde, die verging, ärmer. Sie wusste nicht mehr ein noch aus. Normalerweise sperrte sie den Jungen in das ehemalige Musikzimmer im obersten Stockwerk, wenn er wegen ungebührlichen Verhaltens aus der Schule nach Hause geschickt wurde. Sonst bekäme sie überhaupt nichts auf die Reihe von den vielen Dingen, die auf ihrem Zettel standen, müsste ständig darauf achten, dass er kein weiteres Unheil anrichtete. Neben den Aufgaben im Haushalt arbeitete sie als Näherin für die feinen Damen der Stadt. Wenn der Junge zu Hause war, brachte sie nicht mehr als einen halben Meter Saum zustande. Und auch um ihre Tochter konnte sie sich dann nicht kümmern, die zu jeder zweiten Stunde heißes geschleudertes Honigwasser mit teuren homöopathischen Tannentriebentropfen einnehmen musste. Die halfen zwar nicht, aber sie müsse sie einnehmen, sagte der Arzt, denn das, was tatsächlich half, konnten sie sich nicht leisten.

Heute war es besonders schlimm gewesen. Schon um elf Uhr vormittags hatte der Junge wieder vor der Tür gestanden, frech und aufsässig, die Schule habe ihn nach Hause geschickt, erklärte er, wollte aber nicht sagen, warum. Trotz ihrer Zweifel ließ sie ihn allein in der Küche essen und setzte sich wieder in ihr Nähzimmer; sie arbeitete gerade an einem Gewand aus feinstem, taufrischem Brokat und war mitten in einem besonders schwierigen Abschnitt, wo sie mit der dünnsten Sterlingsilbernadel und mit Platinfaden nähen musste. Doch schon nach fünf Minuten hörte sie aus der Küche einen jämmerlichen Klagelaut und ließ Nadel und Faden sinken.

Dort stand der Junge vor dem Käfig mit dem Kanarienvogel, eifrig damit beschäftigt, ihn durch die Gitterstäbe mit dem Stiel eines Kochlöffels zu drangsalieren. Weinend klagte der Kanarienvogel seine Not. Die Mutter entzog dem Jungen resolut den Kochlöffel und schickte ihn zurück an den Tisch, wo er weiteressen sollte. Dann ging sie wieder ins Nähzimmer, hörte jedoch gleich darauf abermals Geräusche aus der Küche. Diesmal schmiss der Junge Bröckchen des Brotteigs, der in einem Backtrog reifte, aus dem Fenster und auf unschuldige Passanten, und diesmal war es der Brotteig, der seine Not klagte, sobald der Junge ein Stückchen davon abzwackte. Wenn dann ein Bröckchen Teig in weitem Bogen durch das Fenster flog, kreischte es vor Höhenangst laut auf. Auch die Passanten schrien, denn die Teigbröckchen kletterten auf ihnen herum, um sich wieder zu vereinen und den Reifeprozess fortzusetzen, so wie es ihrer natürlichen Neigung entsprach.

Diesmal packte die Mutter den Jungen am Ohr und zerrte ihn ins Nähzimmer, wo sie ihn in eine Ecke setzte und ihm auftrug, zwei Schachteln voller verschiedenfarbiger Knöpfe zu sortieren. Damit wäre er eine Weile beschäftigt, hoffte sie, denn manche dieser Knöpfe waren von eher unbestimmbarer Färbung.

Dann versuchte sie, sich wieder auf die Arbeit zu konzentrieren, hatte aber erst wenige Andreaskreuzstiche mit der Silbernadel ausgeführt, als sie hörte, wie sämtliche Knöpfe in wilder Panik über die Bodendielen rollten.

Zornbebend sprang sie auf, um sich auf den Jungen in der Ecke zu stürzen, glitt jedoch auf einem kugelrunden Perlenknopf aus und fiel rücklings zu Boden. Dabei schlug sie mit dem Kopf auf und war für einen Moment bewusstlos.

Als sie wieder zu sich kam, tanzte der Junge mit einer ihrer Schneiderpuppen durchs Zimmer. Die Puppe protestierte wohlerzogen leise. Dabei verschmutzte er die hauchdünnen, zarten und ultramodernen, nervösen Stoffe, die sie über die Puppe drapiert hatte, um einer äußerst wichtigen Kundin ein neues Frühlingsgewand vorzuführen. Der Schneiderpuppe war das nicht recht, doch was half's, Schneiderpuppen müssen sich in so vieles fügen. Die Stoffe aber würden sich nie wieder davon erholen. Das konnte die Mutter mit halbem, halb bewusstlosem Auge erkennen.

Sie rappelte sich mühsam hoch und schleifte den laut protestierenden Jungen die krumme, knarrende Treppe hinauf zum Musikzimmer, das nicht mehr in Gebrauch war, dafür aber – ihr gruselte und sie schämte sich sogleich bei dem Gedanken – voller Mäuse. Ohne noch ein Wort zu ihm zu sagen, stieß sie ihn in das Zimmer, knallte die Tür zu und verschloss sie mit zwei Riegeln sowie einem massiven Vorhängeschloss aus gehärtetem Stahl. Zugleich hörte sie, wie die Mäuse drinnen aufgebracht fiepten und der Junge angsterfüllt schrie. Es war zwar streng verboten, Mäuse ins Haus zu lassen, doch hier hatte sie der Natur und dem Verfall freien Lauf gelassen; für alles andere fehlte ihr die Kraft.

Geschieht ihm recht, dachte sie.

Dabei war er so ein hübscher Junge, mit seinen langen braunen Haaren und den dunkelblauen Augen, aber sein Benehmen war völlig daneben.

Sie ging zurück ins Nähzimmer und sammelte die Knöpfe auf. Die beleidigten ultradünnen Stoffe an ihrer Schneiderpuppe wagte sie nicht einmal anzuschauen.

Nachdem sie mühselig alle Knöpfe aufgelesen hatte, setzte sie sich wieder an die Arbeit, fand jedoch keine Ruhe. Es war immer wieder dieselbe Geschichte. Jeden Monat vergeudete sie unendlich viel Zeit bei abendlichen Treffen mit seinem Klassenlehrer, oft zu Zeiten, zu denen weder sie noch der Lehrer Lust hatten, sich in dem Schulgebäude aufzuhalten, was das Klima zwischen Schule und Zuhause nicht gerade verbesserte. Wie sehr sie das alles satthatte. Nachdem sie noch einmal die jammernde Treppe hinaufgestiegen war, um sich abermals zu versichern, dass die Tür zum Musikzimmer ordentlich verschlossen war, und nachdem sie ihrer kranken, infektiösen Tochter durch die Tür zugerufen hatte, sie habe eine Besorgung zu machen, zog sie Mantel und Schuhe an und verließ ihr ärmliches graues Haus, um sich zu der drei Häuserblocks weiter gelegenen Hans-Kohlhase-Mittelklasseschule (IECED Level 2 Secondary Education First Stage) zu begeben, jener Lehranstalt, welche die pädagogische Verantwortung für den Jungen innehatte und an der sie seinerzeit selbst Schülerin gewesen war.

Auf der Straße angekommen, brachte sie es nicht über sich, zurückzuschauen und einen Blick auf das Haus zu werfen, so ärmlich und grau war es geworden. Überall sonst in dieser Straße herrschten Wohlstand und Überfluss, Auswirkung des Glücksgefühls, das mit der förderlichen, spendablen Regierungsweise von Markgräfin Clotilde einherging; ja, die Wohlfahrtsvereinigung des Stadtteils hatte jüngst sogar mit dem Bau von Farbrinnen auf Höhe der Straßenbeleuchtung begonnen, die dort, wo sie bereits angebracht waren, munter überschwappten und Fassaden wie Bürgersteige in die leuchtenden Farben des Regenbogens tauchten. Einzig um ihr schmales Haus schlug die Rinne demonstrativ einen weiten Bogen. Ihr hatten die Mittel gefehlt, sich an der Maßnahme zu beteiligen. Als gerechte Strafe hatte die Stadtteilverwaltung vor der Sonne einen Schatten aufgestellt und an der Straßenecke einen Kältegenerator anbringen lassen, sodass das Haus stets im Halbdunkel lag und drinnen ein eisiger Luftzug über die Fußböden fegte. Ein Blick auf ihr einst so schönes Haus (den sie jedoch vermied) hätte in ihr nur die Erinnerung an den grausamen, traurigen Tag geweckt, als die Sozialarbeiter angerückt waren, um sämtliche Farbe von Fassade und Fensterrahmen zu entfernen, zugleich Löcher ins Fundament zu hacken und Sprünge in die Fensterscheiben zu klopfen. Darum verließ und betrat sie das Haus stets mit gebeugtem Nacken, wie es sich für eine bestrafte Bedürftige geziemte.

An alledem ist der Junge schuld, dachte sie bitter.

Und: Wenn nur sein Vater hier wäre.

Und: Zum Glück hatte sie ihre Tochter, das liebe, hilfsbereite Kind. Nur schade, dass sie so krank und infektiös war und von Minute zu Minute immer weiter dahinschwand.

Und: Übrigens war der Vater ein Schuft.

Und: Der Junge aß viel zu viel, ja, er würde ihnen noch das Dach über dem Kopf wegfressen. Wollte er denn nie aufhören zu wachsen?

Und: Der Junge stahl. Wie eine Elster.

So entfernte sie sich gebeugt von dem entstellten Haus, ohne die Gestalt zu bemerken, die ihr folgte.

In der Schule begab sie sich ins Lehrerzimmer, wo die Lehrer die große Pause bereits nutzten, um sich gegenseitig Reiki-Massagen zu verabreichen, gewiss dringend vonnöten. Sogleich entdeckte sie den Klassenlehrer ihres Sohnes, der zufällig im Anschluss eine Freistunde hatte und sie bat, noch einen Moment zu warten, während seine Muskeln unter den rechten und linken *scapulae* ausgestrichen wurden.

Danach nahmen sie zusammen in einem Besprechungszimmer Platz.

»Ja, ja«, hob er in verständnisvollem, doch zugleich resigniertem Tonfall an. »Da wären wir also wieder.«

»Ja«, seufzte sie zurück.

»Diesmal aber am Tage. Immerhin.«

»Ich dachte, ich komme am besten sofort. Was ist denn vorgefallen?«

Der Lehrer lehnte sich zurück und öffnete den obersten Knopf seiner strengen Magisterjacke. Er seufzte.

»Die Schweigepflicht verbietet mir, ins Detail zu gehen«, sagte er ernst. »Aber seien Sie versichert, es war schlimm. Wirklich schlimm. Besonders schlimm.«

Sie schaute ihn an. Ihn hatte sie selbst schon als Klassenlehrer gehabt. Er hatte sich nicht verändert. Als sei seit damals keine Zeit vergangen. Nur die Jacke war anders; heute, in Clotildes Zeit, waren die Jacken rosa. Er war noch ebenso energiegeladen und jugendlich wie damals. Ihr war bekannt, dass bei ihm dank seiner Verdienste der Alterungsprozess ausgesetzt worden war, dieser würde ihn nach der Pensionierung nur umso stärker einholen, dennoch verspürte sie Neid. Bald wäre er jünger als sie, falls er das nicht bereits war.

»Ich bin mit meinem Latein am Ende«, seufzte sie. »Ich komme nicht mehr mit ihm klar.«

Der Klassenlehrer seufzte zurück.

»Ich verstehe«, sagte er. »Es muss sehr schwierig für Sie sein.«

»Es kommt mir vor, als ob er einfach nicht lieb sein *wollte*.«

»Ja, er ist eine harte Nuss«, seufzte der Klassenlehrer. »Fast habe ich ihn selbst schon aufgegeben. Aber Sie sollten den Mut nicht verlieren.«

»Ich fürchte, das tue ich bald.«

Sie seufzten beide.

»Um Ihnen eine kurze Zusammenfassung seines Leistungsstands zu geben«, sagte der Klassenlehrer, »in Englisch sieht es nicht gut aus. Weder in Altenglisch noch in modernem Englisch.«

Die Mutter des Jungen seufzte. Sie wusste schon, was jetzt kam.

»In Deutsch läuft es auch schlecht. Ganz schlecht. Er hinkt im Stoff weit hinterher, in der Theorie wie in der Anwendung. Dasselbe gilt für den Stoff in Physiokratie.« Er seufzte.

Sie seufzte.

»Des Weiteren«, fuhr der Klassenlehrer fort, »macht er auch in Leibesübungen eine schlechte Figur, da er sich partout nicht einreihen will und kein Interesse an modernen Massagetechniken hat, nicht einmal an der Triggerpunktmassage. Auf diese Weise kann er seinen Leib nicht trainieren.«

»Das ist übel. Ich dachte, in dem Fach liefe es ein bisschen besser.«

»Mitnichten. Letztes Jahr vielleicht noch. Dieses Jahr nicht mehr. Des Weiteren: In moderner Ultraarithmetik und Ultrageometrie hinkt er weit hinterher. In angewandter Chemie sieht es auch schlecht aus. Etwas besser in den kleinen Nebenfächern, wie Eschatologie und Skatologie, wenn man ein bisschen Fantasie und guten Willen walten lässt. Vielleicht. Aber sogar in Allgemeiner Literaturwissenschaft, dem einfachsten Fach, steht es nicht gut.«

Er seufzte. Auch sie seufzte, den Tränen nahe.

»Es muss wirklich schwierig für Sie sein«, wiederholte der Klassenlehrer noch einmal.

»Was würden Sie mir raten?«

»In einer solchen Situation ist es nicht leicht, gute Ratschläge zu erteilen. Überhaupt nicht leicht. Ratschläge kann man zwar geben, doch es ist nicht gesagt, dass sie auch gut sind, egal, was man sagt.«

»Ich verstehe. Es muss auch für Sie schwierig sein.«

»O ja«, seufzte der Klassenlehrer.

Eine Weile schwiegen sie beide. Vom Schulhof her waren die gleichförmigen, beruhigenden Geräusche einer Klasse bei der Reihengymnastik zu hören, gefolgt von Mensendieck-Übungen.

»Und wenn Sie mir dennoch einen Rat geben würden?«

»Schwer zu sagen. Schwierig.«

»Schon – aber trotzdem. Wenn?«

»Tja«, sagte der Klassenlehrer. »Haben Sie schon einmal erwogen, ihn zu verkaufen?«

Sie verstummte, wusste nicht, was sie sagen sollte. Allein die Frage war schockierend, ja grausam. Dennoch musste sie sich fragen: Hatte sie es erwogen?

Tief in sich drin wusste sie die Antwort.

»Ja«, seufzte sie, »tief in mir drin habe ich es wohl schon erwogen.«

Der Klassenlehrer blickte sie aus großen, sanften Augen an.

»Es ist nicht leicht. Aber es gibt keinen Grund, es sich nicht einzugestehen. Wenn man es denn erwogen hat.«

»Nein«, sagte sie, »das ist sicher richtig.«

Eine Weile grübelten sie beide über das nach, was in ihrem Gespräch zutage getreten war. Es war schockierend und befreiend zugleich. Den Geräuschen nach zu urteilen, waren die Kinder draußen zu Massage übergegangen. Der Lehrer räusperte sich.

»Es ist natürlich ein längerer Prozess«, sagte er. »Er nimmt etliche Monate in Anspruch. Allerlei Formulare sind auszufüllen, alle möglichen Genehmigungen einzuholen. Doch man kann das Verfahren jederzeit unterbrechen. Jederzeit.«

»Ach ja?«

»Ja, falls eine Besserung eintritt. Oder wenn man sich ganz einfach umentscheidet. Oder wenn die finanziellen Verhältnisse sich zum Guten wenden. Um Ihre steht es nicht besonders gut, soweit ich weiß?«

»Beklagenswert schlecht.«

»Eben. Eben. Also, wie gesagt, das Verkaufsverfahren kann jederzeit unterbrochen werden. Es ist ja kein Zwangsverkauf, sondern eine freiwillige Sache.«

Sie dachte eine Weile darüber nach.

»Wie geht man vor?«, fragte sie schließlich leise.

Abermals räusperte sich der Klassenlehrer.

»Zunächst stellt man einen Antrag an den Elternausschuss.« Er flüsterte geradezu. »Dieser muss dem Verkauf zustimmen. Ich fürchte, in dem Ausschuss haben Sie nicht gerade viele Freunde. Nein, nein«, er schüttelte betrübt den Kopf, »Sie erscheinen ja nie zu den Elternabenden. Und wenn, dann zu spät. Und als wir auf dem Schulhof ein neues Himmel-und-Hölle gemalt haben, haben Sie die Felder falsch nummeriert.«

»Mich trifft keine Schuld«, protestierte sie, heftiger als gewollt. »Es ist einfach so viel zu –«

»Gute Frau«, sagte der Klassenlehrer freundlich. »Sie brauchen sich mir gegenüber nicht zu rechtfertigen. Ich bin hier, um zuzuhören. Und Ratschläge zu erteilen.«

Er blickte sie aus großen blauen Augen verständnisvoll an. Sie waren ebenso blau wie die Augen ihres Sohns, fiel ihr jetzt auf. Als junges Mädchen hatte sie für diesen Lehrer geschwärmt. Als Vater würde er den Jungen möglicherweise zur Räson bringen können, dachte sie. Sie wusste, dass der Klassenlehrer noch unverheiratet war. Wenn sie jetzt ihre Brüste vor ihm entblößen würde, würde er vielleicht um ihre Hand anhalten. Oder zumindest die Brüste massieren. Sie waren noch voll und rund, und wenn sie die beiden ordentlich darum bat, richteten sie sich nach wie vor auf. Jedenfalls aus bestimmten Blickwinkeln gesehen.

Doch jetzt war der Mittelstufenlehrer aufgestanden und zum Bücherregal gegangen, wo er die Formulare für den Antrag an den Klassenelternausschuss zwecks Verkaufsgenehmigung heraussuchte.

»Bitte schön«, sagte er fürsorglich und eindringlich, als er ihr die Papiere reichte. »Lassen Sie sich Zeit. Lassen Sie den Entschluss reifen. Ich gebe Ihnen diese Formulare nur, damit Sie sie schon mal haben. Es eilt nicht. Die Entscheidung«, sagte er eindringlich, »muss von Ihnen kommen.«

Als er das sagte, spürte sie, wie sich ihre Brüste in der Bluse zusammenzogen, wie im Schock.

»Danke.« Sie steckte die Formulare in die Handtasche. »Vielen Dank für Ihr Verständnis.« Ihre Stimme zitterte ein wenig.

»Gehen Sie nach Hause und versuchen Sie, sich ein wenig auszuruhen«, sagte der Klassenlehrer. »Das haben Sie sicher bitter nötig. Und vergessen Sie nicht, es ist Ihre Entscheidung. Sie sollten erst mal darüber schlafen.«

Sie bedankte sich abermals und ging.

Aber

4

sie ging nicht nach Hause.

In ihrer Verzweiflung beschloss sie stattdessen, den Oberpriester in der Kirche mit den beiden ungleichen Türmen aufzusuchen, der Kirche zu Unserer Heiligen Frau der Oberflächlichen Freuden, wo ihr Sohn derzeit den Konformationsunterricht besuchte und nächsten Winter konformiert werden sollte. Den einen Turm zierte eine Zwiebelkuppel, der andere lief spitz zu, sodass die Kirche immer etwas schieläugig wirkte.

Ihr war schmerzlich bewusst, dass es um den Unterricht des Jungen nicht zum Besten stand, dennoch hoffte sie, vom Oberpriester einen besseren Rat zu erhalten. Sie fand ihn hinter der Kirche, beim Friedhof, wo er eine Gruppe Unterpriester kommandierte, die in einer langen Reihe mit langstieligen Besen und Schrubbern die schwer zugängliche Seitenwand reinigten.

»Seien Sie gegrüßt, gnädige Frau, gesegnet sei der Tag«, sagte der Oberpriester säuerlich, als er sie erblickte. »Kommen Sie zur Beichte oder um sich für Ihren Sohn zu entschuldigen?«

»Um die Wahrheit zu sagen«, fing sie an, »bin ich gekommen, Heiliger Vater, Seelsorger, Oberhirte, um Sie um einen guten Rat zu bitten.«

»Ach«, sagte der Oberpriester immer noch säuerlich, »tatsächlich. In welcher Sache denn, wenn ich fragen darf?«

»In der meines Sohnes«, antwortete die Frau leise.

»Hab ich mir's doch gedacht«, sagte der Priester. »Gut, gut.

Dann kommen Sie mal mit in mein Büro in der Sakristei. Wären Sie so gebenedeit, mir zu folgen?«

Sie nickte andächtig.

»Im Übrigen, wenn ich es recht bedenke«, sagte der Oberpriester, »könnte ich ein wenig liturgischen Beistand gebrauchen.« Er schnippte mit den Fingern nach den scheuernden Unterpriestern: »Hic, Haec, Hoc und Hank: Mitkommen!«

Erfreut ließen Hic, Haec, Hoc und Hank die Schrubber fallen, falteten die Hände und schritten ihnen, ein paar passende Gebete murmelnd, feierlich voraus. Die kleine Prozession drehte eine rasche Runde um die Kirche, bevor sie die Sakristei durch die Automatiktüren betrat.

Drinnen herrschten angenehm sakrale Temperaturen und ein schönes, fein abgestimmtes, zähes Echo. Die Unterpriester stimmten sogleich einen Choral an, mit dem Echo als Kanon, während der Oberpriester und sein Gast in den hochfestlichen, hochlehnigen Priesterstühlen aus Guss-Mangan mit religiösen Symbolornamenten aus Wolfram Platz nahmen.

Der Oberpriester entzündete eine rosa Wachskerze, um den offiziellen Charakter des Gesprächs zu betonen, bemühte sich, sein Gesicht in die vorgeschriebenen Falten zu legen, und las den Segen. Die Mutter des Jungen neigte gehorsam den Kopf.

Der Priester gelangte zum Amen, das von den assistierenden Theologen in verschiedenen Tonarten wiederholt wurde. Dann sagte er:

»Es ist vernünftig von Ihnen, endlich zu mir zu kommen.«

»Danke«, sagte die Mutter des Jungen.

»Sie hätten schon längst kommen sollen.«

»Ja«, sagte sie, »aber man scheut sich eben.«

»Ja, das tut man«, sagte der Oberpriester salbungsvoll und

der Chor wiederholte in einem beruhigenden, diatonischen Tritonus: *»Das tut man, das tut man, das tut man.«*

»Denn alle«, fuhr der Oberpriester fort, »können Gottes Rat gut brauchen.«

»Den brauche ich wirklich«, seufzte sie, vor Erleichterung den Tränen nah.

»Halleluja«, sang der Chor.

»Und jetzt, gute Frau, will ich Ihnen sagen, worin Gottes Rat in diesem Fall besteht.«

»O ja, bitte!«, brach es aus ihr hervor, wenn auch fast stumm vor Freude und dem Gefühl von Gnade.

»Nehmt Gottes Rat an«, sang der Chor in gregorianischen Wendungen.

»Ich habe nämlich mit Gott darüber beraten.«

»Haben Sie das, Herr Pfarrer?«

»Ja, und zwar unter vier Augen. Nach dem jüngsten Vorfall beim Konformationsunterricht erschien es mir geboten. Die Schweigepflicht verbietet mir, ins Detail zu gehen, aber Sie können es sich selbst vorstellen. Und um Ihnen die Vorstellung zu erleichtern, greifen wir wie stets zu visuellen Hilfsmitteln.« Auf sein Zeichen hin stimmten seine Helfer summend Johann Francks und Johann Crügers schönes Kirchenlied *Herr, ich habe mißgehandelt, ja, mich drückt der Sünden Last* an, Nr. 501 des reformierten Kirchengesangbuchs, während sie an der Querwand zugleich eine Lichtbildschau mit Aufnahmen aus der Rechtsmedizin vorführten, die mit beklagenswerter Deutlichkeit das Gesicht des Katecheten nach dem unbegründeten Angriff des Jungen in der letzten Stunde des Konformationsunterricht zeigten. Das letzte Bild war eine Makro-Aufnahme seiner Nase, deren Blau ins Schwarze überging.

»Der Herr ließ seine Diashow über euch leuchten«, sangen die

Unterpriester in mixolydischer Kirchentonart, »*Gehet hin in Frieden.*«

»Nein nein«, korrigierte der Oberpriester, »wir sind noch nicht fertig. Sie müssen verstehen, gute Frau«, fuhr er mahnend fort, »dass ich ihn nicht zur Konformation zulassen kann. Vollkommen ausgeschlossen. Und Gott ist derselben Ansicht.«

(Chor: »*Hört Gottes Wort.*«)

»Gott hat ohne Umschweife zu mir gesagt: Der Junge kann nicht konformiert werden. Selbst wenn die Hölle gefrieren sollte. Das wäre gänzlich gegen die Vorschriften. Genau das hat Er gesagt, wörtlich.«

(Chor: »*So lauten die Gebote des Herrn.*«)

»Aber –«, begehrte die Mutter verzweifelt auf, »aber was soll ich denn tun? Oh Verehrter, Heiliger Vater, ich weiß nicht mehr ein noch aus!«

»Tja«, meinte der Geistliche, »hier brauchen wir wohl noch einmal Gottes Rat. Lasset uns beten.«

(Chor: »*Herr, höre unser Gebet.*«)

Alle falteten die Hände und verhielten sich eine Weile still, dabei blickten sie hoch zur Decke, wo zu diesem Behufe ein Zifferblatt angebracht war.

»Wir haben gebetet«, sagte der Oberpriester nach Ablauf von drei Minuten.

»Und?«, fragte die Mutter neugierig. »Hat Gott geantwortet?«

»*Selbstverständlich* hat Er geantwortet«, sagte der Priester verärgert. »Haben Sie es nicht selbst gehört?«

»N-nein«, sagte sie bedauernd, »leider nicht ...«

»Er antwortet *immer*«, betonte der Oberpriester.

»*Gottes Wort ist ewiglich*«, sang der Chor.

»Er antwortet stets«, sagte der Oberpriester.

»Von Ewigkeit zu Ewigkeit«, sang der Chor, jetzt in dorischer Tonart, um den Ernst zu unterstreichen.

»Wenn man sich einer Sache sicher sein kann, gute Frau, dann, dass Gott antwortet, wenn man betet.«

»Ein feste Burg ist unser Gott«, stimmte der Chor an, *»ia-ia-oh!«*

»Ich konnte nichts hören«, sagte die Mutter des Jungen unglücklich.

»Aber *wir* haben es gehört«, beruhigte sie der Oberpriester. »Man braucht ein Semester Hörlehre an der Fakultät, dann ist es nicht weiter schwierig.«

»Ich verstehe, Vater«, sagte die Mutter demütig.

»Und in besagtem Fach ein Examen ablegen muss man auch, versteht sich.«

»Ich verstehe, Vater«, wiederholte sie. »Und was hat Gott gesagt?«

»Hm«, räusperte sich der Oberpriester, ein wenig beklommen, gefolgt von seinen vier Assistenten, die sich ebenfalls räusperten, jeder in seiner Tonart.

»Und?«, fragte die Mutter verwirrt.

»Männer, ihr habt doch auch gehört, was Er gesagt hat, oder?«, fragte der Oberpriester seine Jünger.

Diese nickten einstimmig.

»Gute Frau«, sagte der Oberpriester. »Diese Woche, aber nur diese Woche …«

Einer seiner Assistenten flüsterte ihm etwas ins Ohr.

»… vielleicht auch noch Anfang nächster Woche, aber das ist keineswegs sicher, diese Woche jedenfalls, gute Frau, haben wir ein Sonderangebot für Kinderbestattungen.«

Entsetzt blickte sie ihn an.

»Das Angebot der Woche!«, schmetterte der Chor.

»Ganz prachtvolle, rührende Kinderbestattungen«, fuhr der Priester fort. »Mit komplettem Knabenchor und gratis

Solist. Ich garantiere, da bleibt kein Auge trocken, wenn kurz vorm Erdwurf auf den Sarg *Bist du bei mir,* Bach-Werke-Verzeichnis 508, gesungen wird.«

Sie antwortete nicht.

»Bist du bei mir, geh' ich mit Freuden«, hingerissen stimmte der Oberpriester die erste Strophe an. Noch immer antwortete sie nicht, obwohl er einen richtig schönen Tenor hatte.

Der Oberpriester blickte sie eindringlich an.

»Dazu Buketts aus Tigerlilien, ab zweihunderttausend Pesos aufwärts. Zu beiden Seiten des kleinen … des kleinen, *kleinen* weißen Sargs. Sehr bewegend.«

»Nutze die Chance«, sang der Chor mit der Kraft des Glaubens.

»Und«, fuhr der Priester fort, verärgert darüber, dass die Mutter des Jungen noch immer nicht einschlagen wollte, »ich bin überzeugt, dass ich beim Sarg noch einen Rabatt von bis zu fünfundzwanzig Prozent heraushandeln kann. Vorausgesetzt, er ist aus Sperrholz und nicht aus Eiche. Zwei Schichten Anstrich. Nein, drei.«

»Aber –«, setzte die Mutter des Jungen an, bevor sie wieder in Gedanken verfiel.

»Okay, sagen wir dreißig Prozent. Aber dann wird es nicht die übliche Ölfarbe, sondern einfache seidenmatte, wenn auch deckende Acrylfarbe. Zwei Anstriche. Den Farbton können Sie selbst bestimmen.«

»Der Herr gibt«, sang der Chor, *»und heute gibt der Herr noch etwas mehr, gelobt sei der Name des Herrn!«*

»Sie schlagen also tatsächlich vor …«, setzte die Mutter des Jungen erschrocken an.

»… eine Einschläferung, ja. Es ist wohlgemerkt nicht *mein* Vorschlag, gute Frau«, rügte er sie streng, »sondern der Vorschlag Gottes. Wohl das Einzige, was hier noch hilft. Gott ist stets so vernünftig.«

»Aber –«

»Lassen Sie uns mal schauen. Für die Behandlung des Antrags benötigt Gott nur wenige Tage, und beim Stadtveterinär herrscht zurzeit auch kein übermäßiger Andrang, das Ganze sollte daher ziemlich schnell über die Bühne gehen. Auf diese Weise können Sie das Sonderangebot gerade noch nutzen. Wenn Sie sich beeilen.«

»Heut' ist der Tag, den der Herr gemacht, morgen ist's zu spät«, sang der Chor.

»Herr Pfarrer – Sie meinen also, ich sollte …«

»*Gott* meint das. Wir haben Ihn alle gehört. Nicht wahr, Männer?«

»Kumbayah«, bestätigte der Chor.

»Trotzdem glaube ich –«

»Sie sollen nicht *glauben,* gute Frau. Sie sollen *wissen.* Und Sie können versichert sein, nun zu *wissen,* worin Gottes Wille besteht. Das wissen nicht alle.«

»Nein, aber –«

»A-men, a-men, kein a-ber, a-ber«, sang der Chor inniglich.

Die Mutter des Jungen bekreuzigte sich.

Der Oberpriester und die Unterpriester bekreuzigten sich.

Aber

5

an einem anderen Ort der Stadt langweilte Markgräfin Clotilde sich zu Tode.

Zum fünften Mal in dieser Woche stand sie neben dem großen Himmelsschreiber, um ihre allwöchentliche optimistische Botschaft an die Bevölkerung zu formulieren. Sie wusste, dass eine Nachricht von ihr, der Markgräfin, erwartet wurde, sie wusste, dass die Wolkenmaler allmorgendlich in ihren Luftkörben bereitstanden, um, falls nötig, mit Eifer die Botschaft zu retuschieren (wie so mancher ihres noblen Standes war sie in Sachen Rechtschreibung nicht ganz sattelfest), doch ihr wollte nichts einfallen, was ihr auf dem Herzen lag.

Ihr wollte nichts einfallen.

Das war ganz und gar schrecklich.

So ging es schon seit Wochen. Kein einziges Wort. Wie sehr sie sich auch bemühte, wie sehr sie sich auch ihr armes Hirn zermarterte, ihr wollte nichts einfallen, was sie mitteilen könnte.

Clotilde lief in dem schmalen Zimmer mit dem hohen gotischen Gewölbe in der obersten Ecke des Schlosses auf und ab.

Das Problem bestand ganz einfach darin, dass sie sich langweilte. Nachdem sie in den letzten drei Jahren in einer Spirale aus Unternehmungslust und Projekten gelebt hatte, schien es auf einmal nichts mehr zu tun zu geben. Und deshalb wohl auch nichts mehr zu sagen. Das Stadtschloss war nach allen Regeln der Kunst renoviert worden, bis zum kleinsten Verschlag hinunter, diesbezüglich stand also nichts mehr aus. Alle Bilder und Kunstgegenstände waren restauriert und katalogisiert, nach sämtlichen antiquarischen und gynäastischen Regeln der Kunst. Das Sommerschloss Monbijou erstrahlte wieder in altem Licht und alter Pracht, und jeder einzelne Prismenkronleuchter funkelte wie neu in den Farben des Regenbogens. An den Bilderrahmen glänzte das erneuerte Quecksilberamalgam, jeder einzelne Stabparkettstab knarrte in noblem Enthusiasmus, erfreut, zu Diensten zu sein. Auch der Staatsapparat und die Verwaltung hatten eine notwendige Überholung verpasst bekommen. Sämtliche Uniformen und Livreen waren durch Stücke in verschiedenen Rosaschattierungen ersetzt worden (ihrer offiziellen Farbe), alle alten Monogramme waren gegen ihres ausgetauscht, ein großes rosa C, das sich schmachtend um die blaue, strenge, klassische Ziffer 2 wölbte. Erneuerung und Kontinuität. Auch der Hofstaat mit sämtlichen Angestellten war revidiert und revitalisiert, der gesamte Stab strotzte nur so vor ultramodernem Diensteifer und Schaffensdrang. Wohlbegründet und gepflegt quollen während der Sitzungen die Beschlüsse aus den Mündern der Geheimräte, Clotilde brauchte kaum mehr einen Finger zu rühren. Nach ihrem sparsamen Vorgänger hatte es mancherlei Rückstand aufzuholen gegeben, vieles war in seinen letzten Jahren dem Zufall überlassen worden, vieles hatte angepackt werden müssen.

In schneller Folge hatte sie sich auf all die anstehenden Aufgaben gestürzt, die Tage waren wie ein Wirbelwind aus Tatkraft und Schaffensdrang vorbeigezogen. Auch in Repräsentationsdingen hatte sie feierliche Maßnahmen wiedereingeführt, zum Beispiel regelmäßige Empfänge im Stadtschloss oder im Sommerhalbjahr auf Monbijou, dazu Weihnachtsbälle, Gartengesellschaften und Frühjahrskuren. Ihr Vorgänger hatte dafür nicht viel übriggehabt. Es war ein Vergnügen gewesen, sich allen Warnungen zum Trotz über die Staatskasse herzumachen. Ebenso, wie im Schlosshof Wandtennis zu spielen oder im Park von Monbijou in dem Bassin mit Seelöwenmosaiken und Wasserspeierüberraschungen zu planschen oder in der vornehmen alten Almosine des seligen Markgrafen der Marke Landauer-Benz, Modell A, herumzufahren und dem Volk zuzuwinken.

In den letzten Monaten jedoch verspürte sie ein zunehmendes Gefühl der Kraftlosigkeit. Und das so früh in ihrer Regentschaft. Mag sein, dachte sie manchmal mit düsterer Vorahnung, mag sein, dass er so begann, der Verfall, von dem die Zeit ihres Vorgängers so stark geprägt gewesen war:

Zuerst Lust und Leidenschaft, dann Routine und schließlich Untätigkeit. Jahrein, jahraus, das ganze Leben lang, bis die fürstliche Krypta mit freundlich gebleckten Zähnen nach ihr und ihrem Lebensüberdruss schnappte und sie sich nur noch danach sehnte, darin zu schlafen.

Sie war sogar in der Krypta gewesen, um mit ihren Vorgängern zu reden und zu planen, wo sie selbst dereinst liegen würde. Gut möglich, dass das alles in allem ein wenig verfrüht war.

Sie langweilte sich. Darum hatte sie ihrem Volk auch nichts via Himmelsschreiber mitzuteilen, wie sie es in den ersten Jahren so gut wie jede Woche getan hatte. Sie hatte nichts zu sagen, hatte nichts auf dem Herzen.

Doch dort stand die Maschine wie immer und wartete. Auf die Herrscherin. Die Physiokratin. Auf sie, Clotilde.

Vielleicht würde ja, dachte sie plötzlich, alles ganz von selbst gehen, wenn sie einfach zu schreiben anfinge. Beim Schreiben. Von selbst, vom Schreiben. Ein kühner Gedanke, denn ihr Vorgänger, ihr Onkel, hatte ihr eingeschärft, keinesfalls auf dem großen Instrument loszuschreiben, ohne dass sie wusste, was hernach am Himmel stehen sollte. Das sei gefährlich. Es könne Stimmungswellen im Volk auslösen, Misstrauen, Verschwörungstheorien, Angst oder einfach Missverständnisse, die zu Verwirrung und Unsicherheit führten, zu Chaos praktisch.

Nein, am besten ließ sie es bleiben.

Oder nicht? Sie langweilte sich so sehr. Und sie verspürte das Bedürfnis nach Kontakt zu ihrem Volk, daran hatte sie sich über die Jahre gewöhnt.

Zögernd setzte sie sich auf den Hocker vor die blaue Tastatur. Wie tot stand das Instrument da. Dann drehte sie den Knopf für die Energiezufuhr um, und der große Apparat gab ein behagliches Summen von sich. Nacheinander öffnete sie die großen Farbhähne, durch die gefärbte Luft in die Blasebälge und die umfangreichen Röhren strömte, und die Maschine begann leise zu beben. Jetzt war Leben in ihr.

Clotilde erhob sich von ihrem Schemel und trat an die Wand, wo zwischen den Fenstern die großen Berechnungsinstrumente hingen. Sie las die Zeigerstellungen präzise ab und nahm den großen Wolkenrechenschieber zur Hand. Dann stellte sie ihre Berechnungen an. Dreimal hintereinander. Gewissenhaft, wie ihr Vorgänger, ihr Onkel, der selige Markgraf, der jetzt in der Hölle weilte, es sie gelehrt hatte. Hier durfte ein Herrscher sich keinesfalls irren, auch durfte er die Berechnungen auf dem Wolkenrechenschieber niemand anderem überlassen, nicht einmal einer mechanischen Vorrichtung. Jedes Mal, wenn sie sich daransetzte, hörte sie wieder die Worte des seligen Markgrafen:

»... denn das Volk vertraut darauf, dass der Herrscher selbst am Werk ist und dass einzig und allein sein – beziehungsweise ihr – Kopf hinter den Berechnungen steht. An dem Tag, an dem man es anderen überlässt, mein Kind, begeht man Verrat an diesem Vertrauen. Dann ist man kein wirklicher Herrscher mehr. Dann könnte man genauso gut das eigentliche Verfassen der Nachrichten anderen überlassen. Außerdem, mein liebes Clotildchen, *mon petit escargot*, wenn du diese Berechnungen eines Tages nicht mehr selbst anstellen kannst, weil sie zu schwierig für dich geworden sind, dann ist das ein Hinweis. Ein wichtiger Hinweis.«

»Ein Hinweis worauf, großer Onkel?«, hatte Clotilde gefragt.

»Dass du matschig im Kopf geworden bist, Liebes«, hatte ihr Onkel geantwortet und dabei eine Formel an der Tafel unterstrichen. »Es ist außerdem der einzige Hinweis, den du je erhalten wirst, denn niemand wird dir die Wahrheit sagen.«

»Warum nicht, geliebter Onkel?«, hatte Clotilde gefragt.

»Du naives kleines Mädchen«, hatte der Onkel zurückgegeben, »du bist wahrhaftig eine Unschuld vom Lande. Niemand wird es dir von sich aus sagen, weil sie es nicht wagen werden, es dir zu sagen. Oder weil es ihnen ganz zupasskommt, wenn du matschig im Kopf bist. Vergiss eines nie, Liebes«, hatte er gesagt, »ganz gleich, wie sorgfältig du deine Ratgeber auswählst, deine Minister und den Hofstaat, ganz gleich, wie sehr du glaubst, ihnen vertrauen zu können, du kannst es nicht. Niemals.«

»Niemals?«

»Niemals. Das darfst du nicht vergessen. Sie werden immer weitere Forderungen haben, Interessen haben, die weder deine sind noch die des Volkes. Nur solche wie du und ich, in deren Adern ultraheiliges Blut fließt, sind darüber erhaben. Darum sind wir einsam. Komm, Liebes, setz dich zu mir.«

»Aber, großer Onkel«, sagte sie und setzte sich dabei hin, »großer, großer Onkel …«

»Denn«, fuhr er unverdrossen fort, »an dem Tag, an dem du die Berechnungen nicht mehr selbst anstellen kannst, Clotildchen, und wir gehen davon aus, dass dieser Moment noch viele, viele Jahre entfernt ist, dann, ja, dann bist du matschig im Kopf geworden.«

»Ja …«

»Richtig matschig.«

»Ja!«

»Richtig matschig, Clotilde. Sag es.«

»Ja, richtig, ordentlich matschig.«

»Schon besser.«

»Ja.«

»Senil.«

»Ja!«

»Verstehst du?«

»Ja!«

»Gaga.«

»Ja, Onkel!«

»Gaga!«

»Gaga …«

»Völlig gaga.«

»Restlos gaga«, kicherte sie.

»Gut. Also noch einmal. Sprich mir nach. Luftdruck mal Pi …«

»Luftdruck mal Pi …«

»… mal Wurzel acht aus Höhe über dem Meeresspiegel …«

»… mal Wurzel acht aus Höhe … puh, ist das schwierig, Onkel!«

»… weiter, mein Kind. Du musst es alleine können. Du musst auf eigenen Füßen stehen.«

»… mal Wurzel acht aus Höhe über …«

»Dem Meeresspiegel, Clotilde, *mon petit mollusque*. Dem Meeresspiegel.«

»Ja, dem Meeresspiegel, Onkel. Über dem Meeresspiegel.«

»Abzüglich des tagesaktuellen Faktors der Wolkendicke.«

»Abzüglich des – tagesaktuellen – Faktors …«

»Weiter, Clotilde, weiter.«

»… der Dicke …«

»Das ganze Wort, Clotildchen.«

»Das ganze Wort?«

»Das ganze Wort.«

»Wolkendicke.«

»Schon besser.«

»… jetzt weiß ich auch den Rest, lieber Onkel. Ja! Ich weiß ihn!«

»Lass hören.«

»Ja, ich kann es!«

»Lass hören, was du kannst.«

»… mal den Faktor der Luftfeuchtigkeit«, fuhr sie rasend schnell fort, »faktoriert mit der Quadratwurzel aus Pi plus – Erdumfang – minus die Ultrawurzel der Temperatur plus – Anzahl – Stunden – seit Sonnenaufgang!«

»Ja, Clotilde! Weiter so!«

»Dann hat man die Zahlen auf dem Wowowowolken-rechen-schieber!«

»Sehr gut! Bravo!«

»Alle drei Zahlen!«

»Jetzt sitzt es. Das spüre ich.«

»Ja, Onkel«, sagte sie erschöpft. »Ich spüre es auch. Jetzt sitzt es, bummsfest.«

Unvermittelt stand er auf und wischte sich den Kreidestaub vom Mantel, sodass ihn eine große Wolke umgab. »An dem Tag«, sagte er in großem Ernst und mit düsterem Blick, »an dem Tag, an dem du das nicht mehr selbst kannst, ist es Zeit, sich zu verabschieden. Verstehst du?«

»Ja, lieber, verehrter Onkel«, antwortete sie, ebenso ernst.

»Morgen üben wir weiter«, sagte er. »Zur Sicherheit. Wenn du das hier nicht aus dem Effeff beherrschst, muss ich dir mit dem Silberlineal eins auf die Finger geben. Und dich in die Ecke stellen.«

»O nein«, sagte sie, »bloß nicht in die Ecke.«

»Clotilde, du bist noch so jung. Was ich dir jetzt beibringe, ist des Herrschers erste, größte und wichtigste Pflicht. Die muss ich dir einprügeln. So wie sie mir zu meiner Zeit eingeprügelt wurde. Aber davon erzähle ich dir ein anderes Mal.«

Leider hatte es kein anderes Mal mit dem Silberlineal gegeben. Aber jene Unterrichtsstunde hallte noch heute in Clotildes Ohren wider.

Da stand sie jetzt, den Wolkenrechenschieber in der Hand. Sie hatte die drei Zahlen.

Dann kehrte sie zu dem erwartungsvoll zitternden Instrument zurück.

Setzte sich.

Was sie sich jetzt zu tun anschickte, war gegen alle Regeln. Gegen alles, was ihr Onkel ihr eingeprügelt hatte.

Mit klammen Fingern zog sie die vier Hauptregister für Höhe, Wolkendecke, Temperatur und Luftfeuchtigkeit heraus und regulierte sie entsprechend den drei Zahlen.

Anschließend griff sie nach oben und zog die großen Hebel herunter, die oberhalb der Tastatur aus dem Instrument ragten.

Dieses gab ein Seufzen von sich.

Danach legte sie Farbe, Form und Ton der Unterregister fest. Zog hier eins heraus, schob dort ein anderes hinein, bis sie die anmutige Schönschrift vor sich sehen konnte, die jetzt am Himmel erscheinen würde. Ihr Vorgänger war vom Typ her sehr nüchtern gewesen; allzu nüchtern. Er hatte meist eine langweilige Antiqua-Schrift verwendet, Standardgröße 6166,6 Cicero oder 200 000 Punkt bei 240 000 Punkt Kegelhöhe, 1800 Punkt Durchschuss. Und fast ausschließlich in Schwarz. Ganz selten auch in Markertintengrün, aber nur an hohen Feiertagen. Einer der Gründe für Clotildes unmittelbare Beliebtheit hatte darin gelegen, dass sie in ihren schriftlichen Mitteilungen an die Bevölkerung vom ersten Tag an Wert auf eine schöne Handschrift und interessante Farben gelegt hatte. Wie sich zeigte, verfügte sie diesbezüglich über eine natürliche Begabung und einen besonderen Sinn dafür, welche Farben zu welcher Wolkendecke passten.

An diesem Punkt, dachte sie, gab es keine vorgefertigten Formeln, an die sie sich halten könnte, hier hatte ihr steifer

Onkel ihr nicht helfen können. Hier musste sie allein zurechtkommen.

Vor ihr schlummerte leicht zitternd der Himmelsschreiber.

Sie legte die Hände auf die blaue Tastatur, erhöhte die Stärke per Pedal und begann wie immer:

Liebe Mitbürger, liebe Mitbürgerinnen …

Doch dann kam nichts mehr. Ein kalter Schreck durchfuhr Clotilde, und sie begriff, dass ihre Strategie gescheitert war, allein schon die Idee war schlecht gewesen, ja, gefährlich. Sie hatte nicht den geringsten Schimmer, wie sie weiterschreiben sollte.

Ihr brach der Angstschweiß aus. Sie stellte sich Tausende von Köpfen vor, die in den Nacken gelegt wurden, was die Gefahr von Fehlbelastungen der Halswirbelsäule mit sich brachte und den Gesundheits- wie den Sozialhaushalt in beträchtlichem Maße durch Rückerstattungen für die physikalische Behandlung belasten würde, falls die Leute lange so stehen bleiben sollten, die Gesichter zum blauen Himmel erhoben. Sie stellte sich die erwartungsvollen Blicke von Jung und Alt, Frauen wie Männern vor, gen Himmel gerichtet, zu der formvollendeten rosa Sütterlinschrift mit ihren Ligaturen und jadegrünen Umlaut-Zeichen, die sich jetzt unter der Wolkendecke offenbart hatte. Sie stellte sich Tausende Zeigefinger vor, die begeistert auf den Himmel über Jüterbog, ja, über der gesamten Markgrafschaft, deuteten.

Starr vor Schreck über das, was sie getan hatte, war sie dennoch geistesgegenwärtig genug, um rasch zu schreiben:

Dies ist ein Test. Dies ist ein Test. Derzeit wird die Apparatur gewartet.

Kurz erwog sie, *Kein Grund zur Panik* hinzuzufügen, erkannte jedoch sofort, dass ein solcher Hinweis zwar vielleicht nicht Panik, aber doch unnötige Unruhe auslösen würde. Darum begnügte sie sich mit den abschließenden Worten:

Die Wartungsarbeiten erfolgen zum Wohle der Bevölkerung. Bitte kehren Sie an Ihre Arbeit zurück.

Sie dachte nach. Und es erschien ihr am sichersten, hinzuzufügen:

Die Wiederaufnahme des Normalbetriebs kann noch einige Zeit benötigen. Vielen Dank, liebe Mitbürger, liebe Mitbürgerinnen.

Ihre ergebene Clotilde R.

Sobald sie den Satz zu Ende geschrieben hatte und das Instrument den leisen Pfiff von sich gab, mit dem es den Ausdruck des Geschriebenen signalisierte, schob sie hastig alle Register an ihren Platz, drückte die Hebel zurück in ihre Position und drehte die großen Hähne zu.

Benommen stand sie von dem Schemel auf und wankte davon. Dann blieb sie stehen und starrte erschrocken auf den Himmelsschreiber.

Das hier, dachte sie, das hier machst du nicht noch mal. Egal, wie sehr du dich langweilst.

Was ihr sogleich in Erinnerung rief, wie unendlich sie sich langweilte.

»*Fuck*«, sagte sie laut. Mit dem Schlüssel aus gehärtetem Scandium, den sie stets um den Hals trug und von dem es kein zweites Exemplar gab, sperrte sie die Tür zur Schreibstube ab.

Dann ging sie die Treppe hinunter, in ihre Gemächer.

Aber

6

an einem anderen Ort der Stadt senkte die Mutter des Jungen den Kopf. Sie senkte ihn, nachdem sie ihn zuvor zum Himmel erhoben hatte, um zu sehen, was dort geschrieben stand.

In ihrer Verwirrung hatte sie einen Augenblick lang angenommen, Gott wolle sich ihr womöglich schriftlich mitteilen, damit sie sich auf der sicheren Seite wähnen könnte, wo es doch so schwer zu verstehen war, was er mündlich von sich gab, aber jetzt sah sie, dass es bloß die üblichen Nachrichten der Herrscherin waren und dass es dieses Mal lediglich um technische Tests der eigentlichen Anlage ging. Sie senkte den Kopf erneut, tiefer noch als vorhin, als sie Unsere Heilige Frau der Oberflächlichen Freuden aufgesucht hatte, um Gottes Rat zu empfangen.

Nach einigem Hin und Her hatte sie es schließlich geschafft, sich loszueisen, was nicht ganz einfach gewesen war, denn Gott war an diesem Tag ganz offensichtlich im Angebotsmodus gewesen und schien bereit, alle Register zu ziehen. Der Oberpriester hatte sogar anklingen lassen, dass er eine dekorative Prozession durch die Straßen der Stadt aufbieten könne samt einer einfachen Einbalsamierung, sollte sie sich sofort auf eine zügige Einschläferung und eine Kinderbestattung zum ermäßigten Preis einlassen. Der Junge musste dem armen Katecheten noch andere als rein körperliche Verletzungen zugefügt haben, überlegte sie plötzlich, wenn Gott so erbost und energisch agierte.

Verwirrt, hilflos, ja verzweifelter denn je hatte sie dennoch darauf bestehen können, dass sie über die Sache nachdenken müsse, wenigstens einen Tag oder zwei, um sodann aus der Sakristei zu entkommen. Solange sie sich auf geweihtem Grund befand, folgten ihr die Unterpriester und blieben erst am Friedhofstor zurück. Dabei sangen sie eindringlich *Tag des Zornes* und waren bereits bei dem Furcht einflößenden Vers über die Posaune des Jüngsten Gerichts angelangt, als die Mutter des Jungen das Tor mit einem nachhallenden schmiedeeisernen Klirren zuschlug. Während sie sich rasch vom Dom entfernte und die Straße entlanglief, hörte sie hinter sich ihren suggestiven Gesang:

»Laut wird die Posaune klingen
Durch der Erde Gräber dringen
Alle hin zur Kasse zwingen!«

Aufgewühlt von den beiden Beratungsgesprächen, zunächst mit dem Schulwesen, alsdann mit der Staatskirche, spürte sie, wie sich Kopf und Körper nach Ruhe sehnten, und machte sich auf den Weg zu ihrer eigenen Straße.

Die Gestalt, die ihr folgte, bemerkte sie nicht.

Aber

7

kaum hatte die Mutter das Haus verlassen, war Freya, die kleine Schwester des Jungen, aufgestanden und hatte sich aus ihrem Zimmer geschlichen, in dem sie krank und infektiös zu liegen pflegte. Sie war so krank und infektiös, dass sie das Zimmer eigentlich nicht verlassen durfte. Doch sie hatte den Lärm gehört, als der Junge viel zu früh von der Schule nach Hause kam, sie hatte den jämmerlichen Hilfeschrei des Kanarienvogels gehört, als der Bruder nach ihm stocherte, sie hatte die empörten Schreie gehört, als der Bruder die Passanten, unschuldige und ehrenwerte Bürger, mit Brotteig bewarf. Sie hatte das Klappern gehört, als der Bruder das Nähzimmer der Mutter auf den Kopf stellte, und gleich darauf hatte sie gehört, wie oben in dem alten Musikzimmer der Riegel schepperte und das Schloss knirschte, bevor die Mutter rief, sie müsse etwas erledigen, und zur Tür hinausging.

Gleich einem großen Kinderohr hatte sie wie immer in ihrem Zimmer gelegen und all diesen Geräuschen gelauscht, die sie schon sehr oft in unterschiedlicher Reihenfolge vernommen hatte. Ja, so oft, dass sie nicht mit eigenen Augen sehen musste, was geschah, um es sich vorstellen zu können. Ebenso erging es ihr mit den Geräuschen von draußen, sei es dem zwitschernden Lärm der Kinder auf dem Heimweg von der Schule oder dem leisen, beruhigenden Summen eines vorbeifahrenden Gleiters, die zu ihr heraufdrangen: Sie sah alles deutlich vor sich, so wie sie jetzt ihren Bruder vor sich sah, eingesperrt in der Dunkelheit des alten Musikzimmers, in dem die Mäuse hausten.

Ihr Gehör hatte sich in den letzten zwei Jahren, in denen sie krank gewesen war, extrem entwickelt. Der Arzt hielt es für eine mögliche Nebenwirkung der Krankheit; er fand es eigenartig, dass die Mikrobe von der Lunge bis zum Gehörnerv springen und sich darauf niederlassen konnte. Dabei hatte sie ihm noch nicht erzählt, *wie* empfindsam sie geworden waren. Ihre Ohren waren mittlerweile so empfindsam und die Trommelfelle so feinfühlig, dass sie hören konnte, wie sich Putz vom Mauerwerk löste und wie Schneekörner auf Dachziegel trafen.

Obwohl die Mutter aus dem Haus war, versuchte sie, möglichst leise zu sein, als sie unerlaubt das Bett verließ. Sie bemühte sich so gut es ging, die Hustenanfälle, die sie in regelmäßigen Abständen überfielen, zu unterdrücken. Sie schlüpfte mit den bestrumpften Füßen in die Pantoffeln, warf sich den zu klein gewordenen schäbigen Frotteemorgenmantel über, öffnete vorsichtig die Tür mit den vor der Ansteckung warnenden Schildern, damit sie nicht zu sehr knarrte, und schlich zur Treppe. Es war ein hohes schmales Fachwerkhaus, seit jeher reichlich schief, doch nach dem Einsatz der Sozialarbeiter war es noch schiefer geworden. Die alten, ausgetretenen Treppenstufen hatten ihre liebe Not, mit dieser Entwicklung Schritt zu halten, so wurden sie mit jeder Woche schiefer, steiler und knarziger. An manchen Stellen war das Holz so dünn, dass man hindurchschauen konnte.

Ultraleichtfüßig und leise wie eine Wollmaus auf der Flucht über einen lackierten Boden schlich sie die eiskalte Treppe hinauf zum obersten Stockwerk mit dem Musikzimmer. Sie verfügte über eine ganz eigene Fähigkeit, die Stellen zu meiden, die am meisten knarrten, es ließ sich jedoch nicht verhindern, dass die Treppe gelegentlich einen Laut von sich gab, sobald sie ihre kränklich-bleichen Füße auf die Stufen setzte. Sie war dünn für ihr Alter und hatte große dunkelblaue Augen und schmutzig gelbes, glattes Haar, das gewiss ansehnlicher wäre, wenn sie nicht dauernd im Bett läge, wodurch es weder Luft noch Bewegung bekam.

Sie wusste nicht, ob er sie von drinnen schon gehört hatte, als sie zu der verschlossenen und verriegelten Tür mit den düsteren bleigrauen Vorhängeschlössern aus gehärtetem Stahl gelangte.

Sie ging ganz nah heran und legte das Ohr an den oberen Türspiegel, drückte es wie einen Saugnapf an das Holz.

Doch sie konnte keinen klar erkennbaren Laut ausmachen. Nur das Rauschen der Dunkelheit, die zwischen den vier Wänden brandete und in die toten Blasinstrumente an der Wand fuhr und wieder hinaus. Horchte sie noch genauer hin, konnte sie hören, wie die Wellen der Dunkelheit das morsche Fell der kaputten großen Trommel zum Flattern brachten oder wie sie langsam die Notenstative erreichten und diese schwach erklirren ließen.

Von ihrem Bruder hörte sie nichts. Keinen einzigen Laut. Nicht einmal einen Atemzug. Dies erschien ihr heute ebenso kurios wie sonst. Dass der Bruder, der sonst so eigensinnig und ungezogen war und niemals still sitzen und sich mehr als fünf Minuten mit etwas beschäftigen wollte, stets so still und reglos war, wenn er hier oben eingesperrt wurde. Ja, so leise, dass sie ihn nicht einmal blinzeln hörte.

Sie lauschte noch eine Weile, aber nein. Kein Geräusch.

»Hans«, sagte sie zu dem glatten, mit Ölfarbe behandelten Holz in der Tür. »Hans. Bist du da?«

Drinnen war es vollkommen still. Kein einziger Laut. Vielleicht schlief er? Aber dann, dachte sie, dann würde sie ihn schlafen hören. Sie würde seinen Atem hören, ruhig und gleichmäßig und tief, so wie sie ihn nachts schon viele Male gehört hatte. Und sie würde das Geräusch der leicht klopfenden Bewegungen vernehmen, die er im Schlaf machte, sanft und sachte, als läge er unter Wasser.

»Hans«, wiederholte sie noch einmal, etwas lauter. »Bist du da?«

Doch auch als sie das Ohr erneut an die Tür hielt, blieb es still.

Mit der Zeit begann sie zu weinen. Nicht dass sie schluchzte, aber sie weinte um ihn, der dort drinnen saß, und darum, dass alles so gekommen war. Die Vorhängeschlösser. Die Bolzen. Die toten Blasinstrumente. Sie hatte eine sehr vage Erinnerung daran, dass das Musikzimmer einst ein heller, festlicher Raum gewesen war, in dem sich die Mitglieder des Hornorchesters der Gilde ihres Vaters in regelmäßigen Abständen zum Proben und Biertrinken im Schein bunter Lampen eingefunden hatten, dabei klatschten sie sich im Takt mit dem einfühlsamen, präzisen Tätä der Tuba auf die Oberschenkel, oder wenn die Mutter sonntags die Frauen aus der Nachbarschaft zu wohltätigen Hauskonzerten einlud, organisiert vom Streichsextett des Waisenhauses oder von der Kindersolistengruppe des Beschneidungsbüros (SS AA T + Kontratenor).

»Hans«, sprach sie noch einmal in das Holz, ohne Erfolg. Sie drückte die Lippen gegen die Tür, legte die Zunge auf die glatte Farbe und wiederholte mehrmals seinen Namen, eindringlich, halb unterdrückt: »Hans, Hans, Hans …«

Das Geräusch vermischte sich mit Spucke und Tränen und wurde unmittelbar von dem Holz zurückgeworfen, woraufhin es sich in ihrem Kopf sammelte und ihr Ohrenschmerzen bescherte.

Mit einem Mal drang seine Stimme aus dem Zimmer, raspelnd kalt:

»Worum geht's?«

Es klang seltsam formell, so als wäre er ein Bürokrat, der auf eine Routineanfrage reagierte. Er war so gefühllos geworden. Sofort hörte sie auf zu weinen, glücklich darüber, Kontakt zu ihm bekommen zu haben. Wann war er so geworden? Frech war er schon immer gewesen, aber kalt?

»Hans? Bist du da?«

»Ja. Ich bin hier.«

Sie stutzte. Es hörte sich an, als wäre er außer Atem, als käme er von weit her und sei erst jetzt bei der Tür und ihrer Stimme angelangt.

»Ich kann die Tür nicht aufmachen«, sagte sie unglücklich.

»Ich weiß«, sagte er. »Das ist nicht schlimm.«

»Ist alles in Ordnung mit dir?«, fragte sie. »Frierst du?«

»Nein, nein. Ich friere nicht.«

»Ist es schrecklich dunkel bei dir?«

Sekundenlanges Schweigen.

»Ja. Doch. Ein bisschen dunkel ist es schon. Das ist nicht schlimm.«

»Du Ärmster«, sagte sie. »Dort drinnen muss es schrecklich sein.«

»Es geht«, sagte er.

Früher, dachte sie, seine Stimme hatte einen Glanz ausgestrahlt. Vielleicht hatte sie es sich auch nur eingebildet. Jetzt klang sie anders. Früher, dachte sie, sie hatten es so gut gehabt. War ihre Krankheit schuld an der Veränderung?

»Ich habe Sehnsucht nach dir«, sagte sie.

»Alles wird gut«, sagte er. »Die Hexe lässt mich bestimmt bald wieder raus.«

»Schäm dich«, sagte sie, »so darfst du die Mutter nicht nennen.«

Er lachte. Ein leises trockenes Lachen.

»Was hast du denn heute angestellt«, sagte sie, obwohl sie es sehr genau wusste.

»Ich habe mit einem Kochlöffel nach dem Kanarienvogel gestochen.«

»Aber *Hans*«, sagte sie, doch ihre Stimme klang dabei nicht wütend.

»Er hat es nicht anders verdient«, sagte Hans.

»Er ist doch nur ein unschuldiger kleiner Vogel«, sagte sie.

»Er ist bösartig«, kam es nüchtern von Hans. Das kommentierte sie nicht. Sie wusste, dass er die Wahrheit sprach. Der Vogel war ziemlich bösartig.

»Was noch?«

»Dann habe ich in dem beschissenen Nähzimmer der Hexe ein Chaos angerichtet.«

»Nicht gut«, sagte sie verständnisvoll. »Aber, Hans, nenn sie nicht –«

»Das war alles«, sagte er. »Mehr habe ich heute nicht ausgefressen.«

Einen Augenblick war es zwischen ihnen still. Sie spürte, wie ihr Herz vor lauter Geschwisterliebe anschwoll.

»So schlimm war das doch eigentlich gar nicht«, sagte sie.

»Nein«, sagte er. »Hör mal, frierst du nicht?«

»Nur ein bisschen«, sagte sie verzweifelt, ihr war nämlich klar, dass er sie wegschicken wollte.

»Du darfst nicht frieren«, sagte er. »Das weißt du genau. Dann wirst du nur noch kränker und noch infektiöser, und dann stirbst du vielleicht, und das darfst du nicht, du bist doch Mutters einziger Trost.«

»Unsinn«, sagte sie entrüstet, »sie hat uns beide gleich lieb.«

Er lachte wieder, dasselbe trockene, raspelnde Lachen.

»Das stimmt nicht«, sagte er, »und das weißt du genau. Sie erzählt es sich und allen anderen, und bei deinem guten Gehör kann dir das nicht entgangen sein. Du bist ihr einziger Trost und ihre Hoffnung, sagt sie. Das sagt sie ständig.«

»Quatsch«, sagte Freya wütend. »Erstens habe ich das noch nie gehört, und zweitens stimmt es auch nicht. Sie hat uns beide gleich –«

»Wenn du meinst«, sagte er diplomatisch. Sie hörte, dass er heute nicht auf Streit aus war.

»Ich vermisse dich«, sagte sie.

»Das geht vorbei.«

»Nein«, sagte sie. »Das geht nie vorbei. Du bist mein Bruder. Du sollst immer bei mir sein. Und du sollst wieder so sein wie *früher.*«

»Scherzkeks«, sagte er, aber er sagte es mit einem Augenzwinkern. »Das geht doch nicht.«

»Du weißt ja, Hans«, sagte sie, »dass die Mutter behauptet, ich sei die Einzige, die mit dir klarkommt.«

»Dann ist es ja schade, dass du krank und infektiös bist.«

»Soll ich dir etwas vorsingen?«

»Nein, danke«, sagte er. »Ich mag keinen Gesang mehr. Solltest du nicht in dein Zimmer zurückkehren? Die Hex–, ich meine, die *Mutter* kann jederzeit zurückkommen. Du weißt, dass es sie ganz unglücklich macht, wenn sie dich hier oben findet. Das weißt du genau.«

»Ist mir doch egal«, sagte sie sanft. »Ich will dir etwas vorsingen.«

»Das ist nicht gut für deine Luftröhre. Dadurch wird die Mikrobe stimuliert.«

»Ist mir doch egal.«

»Okidoku«, sagte er. »Ein kurzes Lied dann halt. Aber beeil dich. Und nichts Ernstes.«

Als er das sagte, schloss sie die Augen und lächelte vor Glück, obwohl er so ungeduldig klang.

Dann holte sie Atem, sog die eisige Treppenluft bis tief in die Lungen und sang:

»Bist Du bei mir, geh' ich mit Freuden
zum Sterben und zu meiner Ruh'.
Ach, wie vergnügt wär' so mein Ende,
es drückten Deine schönen Hände
mir die getreuen Augen zu!«

Sie hatte keine große Stimme, aber ihr zarter Sopran war glockenhell und klar und hatte einen flötenhaften, atmenden Oberton. Was möglicherweise an der heimtückischen Lungenkrankheit lag.

»Sehr schön«, sagte er höflich, als sie fertig war. »Bach-Werke-Verzeichnis 508.«

»Danke«, sagte sie glücklich.

»Du hättest allerdings etwas Lustigeres singen können«, murmelte er. »Angesichts der Situation. Das war ja nicht sehr sexy.«

»Hans«, sagte sie streng. »Wenn du so bist, gehe ich.«

»Okidoku«, sagte er gleichgültig. »Mach's gut.«

»Mach's gut, Hans. Bist du sicher, dass du nicht frierst?«

»Ja doch. Ganz sicher.«

»Und dass du keine Angst hast?«

»Ja doch. Sei ganz beruhigt. Mach's gut.«

Es schien, als könnte er sie nicht schnell genug loswerden.

Sie wandte sich ab, um zu gehen, hielt dann aber inne und drehte sich erneut zur Tür:

»Du, Hans?«, sagte sie.

»Hm?« Seine Stimme war bereits auf dem Weg fort. Weit fort, wie es klang. Was ging hinter der Tür eigentlich vor? Warum hörte sie nie etwas von dort? Wo sie doch sonst alles hörte?

»Hans?«

»Ja? Was ist?«

»Wirst du mich vermissen?«

»Was soll die Frage?«

»Wirst du mich vermissen, Hans? Dich nach mir sehnen?«

»Hör auf.«

»Nur ein bisschen?«

»Solche Fragen stellt man doch nicht einer ungezogenen, bösartigen Person, das weißt du genau. Das gehört sich nicht. Dafür habe ich keine Zeit.«

»Ein winziges bisschen, Hans?«

»Es ist wider die dem Ungezogenen innewohnende Würde der Bösartigkeit. Verstößt gegen die geltende Etikette.«

»Antworte auf meine Frage, Hans. Wirst du mich vermissen?«

»Ja, Mensch«, sagte er. »Was bist du für eine Nervensäge. Ich werde dich vermissen. Ein bisschen. Okidoku?«

»Okidoku«, sagte sie unsicher.

»Ich muss jetzt los«, sagte er.

»Dann mach's gut, Hans.«

»Mach's gut«, sagte er.

Die Treppe wimmerte laut, als Freya hinunterstieg, um in ihr Zimmer zurückzukehren. Schnell huschte sie hinein. Ihre Mutter wäre wohl bald wieder zu Hause.

Aber

8

in diesem Kapitel geschieht nichts, aus dem einfachen Grund, weil die Mutter der Kinder

9

sich verspätet.

In einem Anfall dringender Trostbedürftigkeit hatte sie etwas unterhalb der Kirche ein physikalisches Institut betreten. Es gehörte zu den kleineren, älteren Instituten, die ihr am besten gefielen, solide und gut geführt, an den Wänden nette kleine Leuchten mit rot karierten Schirmchen, im Wartezimmer durchgesessene Lehnstühle mit hellgrünem Cordbezug, an der einen Querwand ein Salzwasseraquarium mit fröhlich-verspielten Schollen und an der anderen ein wandgroßes Laminatbild, das eine nordische Landschaft mit Kiefern im Sonnenuntergang zeigte. Es war lange her, dass sie sich zu so etwas hatte hinreißen lassen, aber am heutigen Tag kündete ein Schild auf der Straße von einem Drop-in-Angebot des Instituts für eine Nackenmassage nach schwedischer Methode, und sie beschloss zuzuschlagen, auch wenn sie es sich eigentlich nicht leisten konnte. Sie war so müde und so verzweifelt und spürte die gefährlichen Verspannungen der Nackenmuskulatur, da sie ständig gezwungen war, mit gesenktem Haupt zu laufen.

Doch kaum hatte sie den Massageraum betreten, in dem eine Reihe Weiber aus der Nachbarschaft auf Massagebänken lagen oder in Massagestühlen saßen und sich behandeln ließen, bereute sie es schon. Diejenigen auf den Bänken, deren Gesichter nicht in den vorgesehenen Löchern versenkt waren, völlig absorbiert von all dem Schönen, was es dort unten während der Behandlung zu sehen gab, schielten gehässig zu ihr herüber. Ihr Schielen war deshalb so gehässig, weil es von ihr, die so wenig Geld hatte, geradezu schamlos war, hier hereinzuspazieren und sich eine Behandlung zu gönnen, als hätte sie nichts Besseres zu tun, als müsste sie nicht die ganze Zeit arbeiten, wie es sich für arme Menschen gehörte. Natürlich schielten sie auch, weil sie keine Lust mehr auf den Jungen und all seine Einfälle hatten. Einige von ihnen kannte sie, und auch wenn die Weiber heute vielleicht keinen Brotteig auf den Kopf bekommen hatten, so hatte der Junge schon mit einer Steinschleuder auf ihre Haustiere gezielt oder er hatte die Blumen in den Beeten vor ihren Häusern zertrampelt oder er hatte Chinakracher in ihre Regenrinnen gesteckt oder Japankracher in ihre Salate, oder er hatte –

Kurzum, die Weiber schielten, weil sie mit ihrer Familie in dem hässlichen schmalen Haus – mit den Worten des Stadtteilausschusses – ein Irritationsmoment Zweiter Größenordnung darstellte. Das heißt, leider nicht groß genug, um Mittel der Macht lockerzumachen, aber groß genug, um eine offiziell anerkannte Plage zu sein, der alle Bürger Aufmerksamkeit schenkten und die sie zutiefst beklagten.

Angesichts der sich verdüsternden Blicke der anderen Weiber hätte sie um ein Haar kehrtgemacht, doch sie hatte den Preis für die Behandlung bereits an der Kasse entrichtet. Hocherhobenen Hauptes, so hocherhoben jedenfalls, wie es ihr mit der verspannten Muskulatur möglich war, absolvierte sie das Spießrutenlaufen zwischen den Blicken hindurch zur Massagebank, wo sie von einem Lehrmädchen in weißem

Kittel mit Fehfellbesatz aufgefordert wurde, sich oben frei zu machen und auf einer der freien Bänke Platz zu nehmen.

Brav legte sie sich auf die Bank und versenkte das Gesicht in der Öffnung. Da es sich um ein Angebot handelte, war ihr die betörende Kombination aus Farben, ätherischen Düften und tahitischem Vanilletraum zwar versagt, doch eine einfache Mischung aus Gelbtönen und Vanillinspritzern war mehr als angenehm und entspannend für sie, wie sie fand. Und das Vanillin stammte tatsächlich von den Inkassoinseln.

Eine weitere Kundin betrat den Raum und legte sich auf die freie Bank zu ihrer Linken, selbst blickte sie jedoch nicht auf.

Das Lehrmädchen ließ die Finger knacken, dehnte die Ellbogen, rieb sich die Hände mit Kiefernöl ein und machte sich ans Werk.

»Oooo«, sagte das Lehrmädchen, als es ihren Nacken berührte. »Hier gibt's viel zu tun. Oooo. *Mycket,* wie es auf Schwedisch heißt.«

»Ich weiß«, murmelte die Mutter des Jungen leise in die Öffnung und spürte sogleich, wie ihr der Gelbton und die Vanillinspritzer beim Atmen angenehm in Mund und Nase stiegen.

»Oooo«, sagte das Lehrmädchen und begann zu kneten. »Oooo, Sie sollten öfter kommen. Das hier ist gar nicht gut. *Inte bra,* wie es auf Schwedisch heißt.«

»Ich kann es mir nicht leisten, öfter zu kommen«, gestand sie und merkte, wie das Lehrmädchen für einen kurzen Augenblick erstarrte, bevor es die Massage fortsetzte.

»Nein, Ihnen fehlt es wohl an den erforderlichen Mitteln«, sagte das Lehrmädchen, war aber höflich genug, nicht bei dem Thema zu verweilen. »Tja, ich will versuchen, das Beste daraus zu machen.«

»Ja«, sagte die Mutter des Jungen. »Mach das Beste daraus.«

»Oooo«, sagte das Lehrmädchen und knetete. »Viele Myome. *Mycket.*«

»Ich kann sie spüren, wenn du sie berührst. Dann fangen sie an zu vibrieren, und das tut weh.«

»So soll es sein. Sie versuchen einfach nur, sich zu entziehen«, sagte das Lehrmädchen. »Das liegt in ihrer Natur. Aber seien Sie unbesorgt, gnädige Frau. Wir werden die meisten schon erwischen. Oooo.«

Eine Weile lag sie still da und genoss die Behandlung, ohne dass etwas anderes zu hören war als das leise Gejammer und die Ausrufe des Lehrmädchens, sobald es ein weiteres Myom erwischt hatte, bis plötzlich von der Bank zu ihrer Linken eine tiefe Frauenstimme ertönte.

»Und wie geht es deinem Jungen?«

Sie erstarrte und spürte sogleich, wie sich die Myome im Nacken aufrichteten, bereit, in der Sehnenscheidenhaut zu kämpfen. Das Lehrmädchen spürte es ebenfalls unter seinen Fingern.

»Oooo«, sagte es warnend, bevor es mit schwedischer Kraft auf die Myome losging.

»Hm … ja …«, die Mutter des Jungen zögerte. »Wer fragt denn da?«

»Aber meine Liebe, erinnerst du dich nicht an mich? Die alte Freundin deiner Mutter, Alma. Alma Mutterberg.«

»Doch …«, antwortete die Mutter des Jungen, die sich nicht so recht daran erinnern konnte, dass ihre Mutter eine Freundin gehabt hatte, weder eine, die Alma, noch eine, die Mutterberg hieß.

»Deine Mutter und ich waren beste Kameradinnen. Von der Pfadfinderzeit bis zu ihrem Tod. Wir waren sogar im selben Nähklub.«

»Aha«, murmelte die Mutter des Jungen, nach wie vor leicht verwirrt.

»Und ich weiß ja, dass du es nicht leicht hast. Das kann ich durchaus sehen.«

»Tatsächlich?«, fragte die Mutter des Jungen leise in ihrer Öffnung.

»Nun, mein Kind, wie geht es dir – eigentlich?«

»Tja …«, setzte die Mutter des Jungen unsicher an und spürte, wie die Myome zuckten, doch dann beschloss sie, dieser Alma zu vertrauen, und begann zu erzählen. Sie erzählte alles, so wie es war, von dem ungezogenen Jungen, der immer schlimmer wurde, von der kranken, infektiösen Tochter, von dem Schuft von einem Mann, der sich zum Assessor am Höchsten Gericht ausbilden lassen wollte und deshalb weggegangen war, und nicht zuletzt von den Ereignissen des Tages und dass sie sowohl im Schulwesen als auch bei den Kirchendienern Rat gesucht hatte, ohne dass es ihr geholfen hätte. Es sprudelte nur so aus ihr heraus, während das Lehrmädchen ihren Nacken behandelte, und Alma Mutterberg lauschte aufmerksam, auch wenn sie nichts anderes von sich gab als Ja und Verstehe.

»Du verstehst«, schloss die Mutter des Jungen, »dass ich ratlos bin.«

»Du bist ratlos«, sagte Alma. »Das verstehe ich.«

»Ich weiß nicht, was ich tun soll«, sagte die Mutter des Jungen.

»Nein«, antwortete Alma von ihrer Bank, »das weißt du nicht. Und das ist auch nur zu verständlich. An und für sich sind die Ratschläge, die du erhalten hast, ja nicht schlecht …«

»Nein«, gab die Mutter des Jungen zu. »Die Ratschläge würden an und für sich viele Probleme lösen, aber …«

»Sie wirken doch arg drastisch«, sagte Alma. »Zumindest als erste Maßnahme.«

»Ja. Ja! Findest du nicht auch?«, pflichtete ihr die Mutter des Jungen eifrig bei.

»Doch, das finde ich auch. Ich bin eine alte Frau, und ich habe schon so mancherlei gesehen. Glaub nicht, dass dein Sohn der erste Junge oder das erste Kind auf dieser Welt ist, das nicht hört!«

»Nein. Nein! Das kann er doch unmöglich sein?«

»Natürlich nicht, mein Kind. Natürlich nicht. Ich erinnere mich noch gut an – wie hieß er noch mal, ja doch, Frau Schmidts Hinkelchen.«

»Oooo«, fiel die Masseurin ungebeten ein.

»Ja, das war ein harter Brocken«, sagte Alma.

»Tatsächlich?«, fragte die Mutter des Jungen.

»Ja, das kannst du mir glauben«, sagte Alma. »Mhm.«

»Oooo.«

»Er war der Schrecken der Nachbarschaft. Das war er. Grausam, durch und durch. Aber am Ende haben sie ihn in den Griff bekommen.«

»So? Und wie haben sie das hingekriegt?«

»Per Operation«, sagte Alma. »Am Institut zum sicheren Schutz junger Menschen mit Verhaltensauffälligkeiten hatten sie alles Mögliche ausprobiert, aber nichts hat geholfen, obwohl es ein Vermögen gekostet hat. Eine Operation war der letzte Ausweg. Die einzige Chance mit nachhaltigem Resultat, die es ihnen ermöglicht hat, ihn zu behalten. Eine OP ist auf lange Sicht also das Einzige, was hilft.«

»Hm.«

»Hast du darüber schon mal nachgedacht? Über eine OP?«

»Ja«, gestand die Mutter des Jungen und sog den schwefelgelben Vanillinduft tief in die Lunge ein. »Darüber habe ich schon nachgedacht. Selbstverständlich.«

»Und?«

»Der Haken ist nur, dass Operationen so teuer sind.«

»Ja, das kannst du laut sagen.«

»Ich meine, es ist ja nicht so, dass es bei Operationen Erstattungsmöglichkeiten gibt.«

»Nein«, seufzte Alma. »Das wäre auch noch schöner.«

»Das stünde schlicht im Widerspruch zur Physiokratie«, sagte das Lehrmädchen plötzlich, obwohl es keineswegs nach seiner Meinung gefragt worden war.

»Jedenfalls«, fuhr die Mutter des Jungen nach einer peinlichen Gesprächspause fort, »wird es sehr teuer werden. Ich meine, es ist ja doch was anderes, als wenn man die Mandeln herausnimmt. Und Mandeln sind schon teuer.«

»Mandeln können rasch teuer werden, das stimmt.«

»Aber hier reden wir von einer langwierigen OP mit komplizierten Instrumenten und vielen Assistenten, und man muss in – in Vor–«

»Ja, das muss man. Aber meinst du nicht, es würde sich auf lange Sicht lohnen, mein Kind?«

»Manchmal«, sagte die Mutter des Jungen leise, während das Lehrmädchen kräftig auf ein widerspenstiges Myom drückte, »manchmal denke ich, der Vorschlag des Klassenlehrers sei der beste. Verkauf, meine ich. Ja, ich habe selbst schon daran gedacht.«

»Verstehe.«

Das Lehrmädchen holte eine frische Batterie mit schwedischem Strom und befestigte die Elektroden an ihrer Nackenmuskulatur, ganz oben unter dem Haaransatz.

»Es ist ja nicht nur der Junge«, fuhr die Mutter des Jungen fort. »Es ist auch meine Tochter. Die vom Wesen her so lieb und hilfsbereit ist. Auch sie braucht Behandlung, und die ist ganz schön teuer. Sie ist so krank, die Arme, und infektiös. Sie braucht jeden Tag homöopathische in Honig geschleuderte Tannentriebe. Das allein ist schon teuer genug, auch wenn es nicht hilft. Alle wissen ja, was es eigentlich braucht, um von so etwas geheilt zu werden. In Form von Spritzen, jede Woche. Ein Jahr lang.«

»Oooo«, sagte das Lehrmädchen voller Ehrfurcht.

»Herrje«, sagte Alma. »Dergleichen ist nicht billig.«

»Das ist extrem teuer. Nur erhältlich als Spezialprodukt. Und bei dem bisschen, was ich als Näherin verdiene, ist es schon schwer genug, das Geld für die Tannentriebe zusammenzukriegen, wenn ich dann auch noch Geld für eine Operation zurücklegen muss. Wie lange würde das dauern, was meinst du?«

»Tja, das kommt natürlich ganz darauf an, wie viel du in einem ganz normalen Monat verdienst?«

Die Mutter des Jungen erzählte es ihr, außerdem, mit welchem Betrag die übliche Behandlung der Tochter zu Buche schlug, zudem lieferte sie ihr einen Überblick über ihre monatlichen Ausgaben.

»Ja«, sagte Alma, nachdem ihr das Budget präsentiert worden war, »dann verstehe ich, dass du keine großen Sprünge machen kannst.«

»Das ist es ja«, sagte die Mutter des Jungen. »Und meine Tage sind jetzt schon mit Arbeit ausgefüllt. Von morgens bis abends. Doch auch wenn die Nachfrage nach schicken Kleidern seit Clotildes Thronbesteigung gestiegen ist, wurde gleichzeitig die Produktion schicker Kleider in den großen Manufakturen hochgefahren. Das ist wirklich komisch. Ich war von mehr Aufträgen ausgegangen, dabei habe ich in Wahrheit eher weniger.«

»So abwegig ist das nicht«, sagte das Lehrmädchen, das bis vor Kurzem noch zur Schule gegangen war und sich an Teile des Lehrstoffs erinnerte. »In wettbewerbsbetonten Branchen führt ein plötzlicher Anstieg der Nachfrage oft zu einem raschen Anstieg der Produktionstaktung bei Waren, die zuvor nur wenig nachgefragt waren, was dann allenthalben in eine Phase der Massenproduktion mündet. Allenthalben ist dabei das Stichwort. Alle großen Manufakturen stürzen sich auf die Welle. Dadurch kommt es zu einem merkantilen Ungleichgewicht, das sich rasch zu einer Krise entwickeln kann, nicht nur für das Kleingewerbe, das sich zuvor auf diese wenig nachgefragten Waren spezialisiert hatte, sondern paradoxerweise auch für die Großen, die ohne nennenswerte vorherige Risikoanalyse beschlossen haben, mit den neuen Waren dem Trend zu folgen. Hinsichtlich solcher Trendwaren sind die großen Manufakturen dem Risiko folglich stärker ausgesetzt als die kleinen. Man könnte von Eintagsfliegen sprechen.«

»Aha«, sagte Alma vergnatzt.

»So«, fuhr das Lehrmädchen belehrend fort, »entstehen Blasen.«

»Genau«, sagte die Mutter des Jungen.

»An solchen Zuständen ist zu Recht schon manch großer Betrieb zugrunde gegangen.«

»Hör mal«, sagte die Mutter des Jungen. »Könntest du dort oben links bitte etwas fester kneten? Das Myom dort hast du übersehen, glaube ich.«

»Ja. Sie haben recht. Oooo. Das ist wirklich groß. *Värkligen.*«

»Was rätst du mir nun, Alma?«, fragte die Mutter des Jungen. »Schicke Kleider sind ja gewissermaßen mein Spezialgebiet. Mit Alltagsklamotten lässt sich nicht so viel Geld verdienen, und bei Alltagsklamotten werde ich jedenfalls nie mit den Preisen der Großen konkurrieren können. Auch bei Unterwäsche nicht.«

»Hm«, sagte Alma. »Schwer zu sagen. Schwer zu sagen.«

»Äh«, wagte sich das Lehrmädchen vor, »ich glaube, dass –«, doch ein strenges Räuspern von Alma auf der anderen Massagebank genügte, um es abrupt zum Schweigen zu bringen.

»Mein Kind«, sagte Alma, »du musst ganz einfach versuchen, die Produktionsrate zu erhöhen. Eine andere Möglichkeit sehe ich nicht. Wenn dir das gelingt, ist das auf lange Sicht bestimmt die beste Investition. Das beschert dir einen braven Jungen, der dir helfen und sich dadurch nützlich machen kann.«

»Uff«, sagte die Mutter des Jungen, »das sehe ich zwar ein, aber ich weiß nicht, ob es sich überhaupt umsetzen lässt –«

»Ich glaube trotzdem, dass Sie –«, unternahm das Lehrmädchen einen erneuten Anlauf, aber Alma schnitt ihm das Wort ab und wandte sich nun direkt an ihre eigene Physiotherapeutin, eine resolute erwachsene Frau und Inhaberin des Instituts:

»Hören Sie mal, ist es üblich, dass sich Lehrlinge in die Gespräche der Patienten einmischen?«

Die resolute Physiotherapeutin reagierte diplomatisch.

»Wir haben hier keine speziellen Vorschriften für Kundengespräche. Oft ergeben sie sich einfach.«

»Aha.«

»Aber eins ist natürlich klar: Wenn sich die Patienten dadurch gestört fühlen …«

»Im höchsten Maße.«

»Ja, dann wird die Azubine gefeuert. Und verspielt damit für immer seine Chance auf einen Gesellenbrief.«

»Genau. Fristlos, nehme ich an.«

»Ja, ja, fristlos. Anschließend muss sie in die Gastronomie.«

Es entstand eine kurze Pause.

»Entschuldigung«, stieß das Lehrmädchen verzweifelt aus, »ich wollte nicht –«

»Der Patient ist Kunde und der Kunde ist König«, verkündete die erwachsene Physiotherapeutin. »Mädchen, du kannst am Ende des heutigen Arbeitstags deine Sachen packen.«

»Ich wollte doch nur einen guten –«

»Schon gut, schon gut«, sagte Alma versöhnlich. »Nur mit der Ruhe. Das ist bestimmt nicht nötig. So ernst war es nicht gemeint.«

»Nein«, sagte die Inhaberin. »So ernst war es nicht gemeint. Du kannst bleiben.«

»Aber lass dir das eine Warnung sein«, sagte Alma.

»Lass dir das eine Warnung sein«, wiederholte die resolute Physiotherapeutin.

»Ja«, sagte das Lehrmädchen leise und schluckte. »Natürlich. Ich fühle mich gewarnt. Tut mir leid.«

»Und gönn meiner Freundin zehn Minuten extra für den Nacken, auch wenn die Zeit um ist«, sagte Alma. »Durch die vielen Unterbrechungen haben wir bestimmt zehn Minuten verloren. Und trag auch etwas Terpentinbalsam auf, das tut bei Nackensteifheit richtig gut. Finden Sie nicht auch, dass das eine angemessene Entschädigung ist, Madame?«

»Absolut, gnädige Frau«, sagte die verantwortliche Physiotherapeutin. »Danke, gnädige Frau.«

»So ist's schon besser. Nun, mein Kind, wo waren wir stehen geblieben? Wie lange, sagst du, würdest du brauchen, um bei deinem jetzigen Produktionstempo das Geld für eine Operation zusammenzubekommen?«

»Vier Jahre, drei Monate und sieben Tage«, seufzte die Mutter des Jungen verzweifelt.

»Bist du sicher?«

»Das habe ich im Kopf ausgerechnet, während wir uns unterhalten haben. Die Zahlen werde ich natürlich noch mit dem Rechner am Südtor abgleichen«, sagte die Mutter des Jungen. »Aber sie stimmen sicherlich, leider.«

»Hm«, sagte Alma düster.

Die Situation schien festgefahren und aussichtslos.

Aber

10

im *Hotel Zum rosa Hahn* (vormals *Wirtshaus Zum schwarzen Hahn*) am Markt waren die beiden umherreisenden Goldmacher endlich beim letzten Stück ihres Goldhirschs angelangt, der im Übrigen ganz superb war.

Unterdessen redete der Ältere ohne Unterbrechung. Die Rhetorik hatte er längst hinter sich gelassen und war nun beim Ursprung des Fachs und den großen Persönlichkeiten, wie Meister Walther, Bartholomaeus Anglicus und Arnald von Villanova, angelangt, für seinen jüngeren Kollegen relativ unbekannte Größen.

Nun sprach er eingehend und sachkundig über Goldstandards und Unzen, über Reservebalance, Ausstellungsbelege und Zertifikate, und der Jüngere langweilte sich sehr. Er begann, die vorhin verspürte Dankbarkeit zu vergessen, und fragte sich nur noch, wie er dem Ganzen ein Ende setzen könnte. Der Alte schien seit Monaten keinen Gesprächspartner mehr gehabt zu haben, vielleicht auch seit Jahren, so viel, wie er redete.

Der Jüngere hatte sich nicht für die Branche entschieden, weil sein Interesse diesen Dingen gegolten hätte, und sie waren auch seit Generationen nicht mehr relevant gewesen. Er hatte sich für die Branche entschieden, weil er die Leute gern zum Lachen brachte, weil er es liebte, wenn die Menschen vor Begeisterung und Überraschung stöhnten und seufzten. Das Illusionistische, um nicht zu sagen das Illusorische an dem Beruf sprach ihn an. Nicht der ganze alte theoretische Kram.

Gerade wollte er vorschlagen, dass sie sich auf ihre Zimmer zurückziehen könnten, da gab der Oberkellner sein Entree.

»Meine Herren«, verkündete er feierlich, »hier kommen die Desserts mit den Massagedamen!« Dabei machte er eine ausladende Handbewegung.

Aus der Küche kam von ganz allein ein Dessertwagen angerollt, voll beladen mit roten Sorbets, gelben zoologischen Figürchen aus Mürbeteig und blau leuchtenden Zuckersphären. Der Wagen war von innen beleuchtet, um die Desserts bestmöglich zu präsentieren, und er gab ein kindisches Glucksen von sich, das für gute Stimmung sorgte.

Dem mit einem rosa Band geschmückten Wagen folgten vier junge Masseurinnen, eine liebreizender als die andere.

»Und diese Leckerlis«, sagte der Oberkellner, »sind Klein-Anna, Klein-Beta, Klein-Cota und die kleine Hinkelinke. Ja, Letztere hinkt ein bisschen, daher der Name, aber das macht sie nur noch interessanter.«

»Die nehme ich«, lächelte der ältere Goldmacher, während er sich an den Süßigkeiten bediente. »Aber nein«, schob er gewandt hinterher: »Du zuerst, alter Freund.«

Der Jüngere war ein wenig gekränkt. Und auch ein wenig verärgert.

»Um ehrlich zu sein«, sagte er und schickte einen Gedanken an seine in Cottbus wartende Sibylle, »bin ich eigentlich nur an einer Zuckerkugel interessiert, höchstens.«

»Na na«, sagte der Ältere. »Du musst wenigstens einmal kosten.«

Der Oberkellner schmatzte bedauernd:

»Ihre Konversationsfähigkeiten und Bewegungsmuster sind bezaubernd. Sehr bezaubernd. Das kann ich Ihnen versichern. Aber den Höhepunkt bildet natürlich die Massage. Sie haben allesamt ein Erstjahresdiplom als Massagetechnikerin in der Tasche.«

Der Oberkellner schmatzte erneut, und dieses Mal klang das Schmatzen wie ein Ausrufezeichen, als wollte er das Gesagte bekräftigen.

»Und wenn sie dich massieren, fühlst du dich wieder wie ein Kind«, fügte der Ältere hinzu.

»Gewiss, Meister«, sagte der Jüngere und hatte sichtlich Mühe, die Ruhe zu bewahren, »aber wir sind noch nicht weiter gekommen als bis zum Mittagessen, und ich bin müde.« Er erkannte nun einen Ausweg: »Wollten wir nicht noch zum Rathaus, um eine Genehmigung einzuholen?«

»Doch, das stimmt. Du hast recht«, sagte der Ältere widerstrebend.

»Und das Rathaus schließt sicherlich bald«, sagte der Jüngere. »Vielleicht sollten wir das Ganze ein andermal nachholen, Meister?«

Die vier Masseurinnen wimmerten höflich vor Enttäuschung.

»Ich will ja kein Kostverächter sein«, sagte der Junge, »aber die Pflicht ruft, und die Geschäfte auch. Was meinst du, Meister? Ein andermal?«

»Heute Abend vielleicht?«, sagte der Ältere hoffnungsvoll.

Die vier Masseurinnen weinten verhalten vor Enttäuschung, aber auch mit einem gewissen Optimismus in ihrem leisen Schniefen.

»Von mir aus«, sagte der Jüngere, und die vier Masseurinnen klatschten in die Hände. »Aber jetzt darf ich um die Rechnung bitten, anschließend müssen wir zum Rathaus.«

»Nun denn«, sagte der Oberkellner und verbarg seine Enttäuschung so gut, dass sie nicht mehr zu erkennen war. »Hier kommt die Rechnung.«

Von der Kasse her kam die Rechnung angeflogen. Sie war gefaltet wie ein Origamivogel, genauer gesagt wie ein Kranich, und schlug träge und elegant mit den Flügeln, dabei gab sie poetische Klageschreie von sich. Sie drehte eine Runde um den Tisch, um sich sodann auf dem Silbertablett niederzulassen, das der Oberkellner in der Zwischenzeit diskret auf der Tischdecke vor dem Jüngeren platziert hatte, faltete sich von selbst auseinander, damit sie gelesen werden konnte, und verstarb mit einem vergnügten Seufzer.

Der Jüngere warf einen Blick auf den vorschriftsmäßig flimmernden Betrag, den nur er als Gastgeber lesen konnte und von dem folglich auch nur er gequält wurde. Anstand an den Tag zu legen ist kostspielig, dachte er, bevor er den Geldbeutel zückte und beim Oberkellner bezahlte, dazu gab er großzügig Trinkgeld, ihm wie auch den Kellnerinnen und einen extra Schilling für die arme humpelnde Hinkelinke. Rasch rechnete er im Kopf nach. Lieber wollte er die nächsten Tage von dem Zwieback und den Konserven leben, die er in seinem Gepäck hatte. Dann müsste es schon gehen.

»Bist du sicher, dass –«, wandte der Ältere ein und suchte vorgeblich in der Innentasche nach seinem eigenen Beutel, obwohl der Jüngere gesehen hatte, dass er diesen in der Hosentasche trug.

Energisch wehrte er ab.

»Nein, nein, Meister. Es ist mir ein Vergnügen«, sagte er in vollendeter Höflichkeit. »Alles andere wäre ja noch schöner. Und danke nochmals.«

Sie prosteten sich zu. Den komplizierten Brudertoast der Goldmacher, der damit endet, dass man sich gegenseitig mit dem Zeigefinger zwei Tropfen überspritzt. In technischer Hinsicht war der Toast geglückt, und der Jüngere war zufrieden.

»Und jetzt zum Rathaus?«, fragte er rhetorisch.

»Und jetzt zum Rathaus, jüngerer Mann«, antwortete der Ältere ebenso rhetorisch.

Der Oberkellner hielt ihnen galant die Tür auf, während die Kellnerinnen rhetorisch, aber äußerst überzeugend kicherten, wenn man bedachte, dass man sich trotz allem in einer Gaststätte in der Provinz befand.

Nun steuerten sie das Rathaus an. Aber

11

in der Zwischenzeit: Maschinenlärm über den Wolken, weit weg von der Stadt. Stille.

Mit einer lautlosen Handbewegung bedeutete der Befehlshaber mit dem federgeschmückten Hut seinen Männern, sich auf den mit Tannennadeln bedeckten Waldboden zu werfen, während er selbst zornig nach oben schaute.

Vom Waldrand aus konnten jene, deren Gesichter nicht in den Tannennadeln lagen, die Felder zwischen den Alleen erkennen. Ganz von sich aus begannen die Felder nun ernsthaft zu ergrünen, das heißt in den Gegenden, in denen kein Sandabbau mehr betrieben wurde. Dazwischen erstreckten sich riesige Friedhöfe für die gerechten Toten mit weißen Grenzmauern und weißen Kreuzen, hoch wie fünfstöckige Häuser.

Im Nadelwald kehrte die Stille wieder zurück. Tiefer im Wald, westlich der Abteilung, waren nun rhythmische Schreie zu hören, wie von einem Eichelhäher, wie von einem Menschen, wie von einem Tier, das vom Fuchs gerissen wurde. Schwer zu sagen, was es war. Zwei Sekunden Abstand zwischen den Schreien. Das Schreien dauerte an, während die

Abteilung reglos mit dem Gesicht nach unten auf der Erde lag und lauschte. Ein anhaltendes Schreien.

Allen war unwohl. Aber

12

der Hund und die Katze folgten den beiden Goldmachern in sicherer Entfernung. Die Katze sprach von Beschattung und ging völlig in ihrer Aufgabe auf. Der Hund zuckelte eher gleichgültig neben ihr her und lächelte ironisch.

»Die führen etwas im Schilde«, flüsterte die Katze, als sie die beiden die Treppe mit dem prachtvollen, vernickelten, schmiedeeisernen Geländer zum Rathaus erklimmen sah. »Darauf gebe ich mein Wort.«

Der Hund gähnte. Er hoffte, die zwei würden richtig lange im Rathaus bleiben, damit er ein wenig im Schatten der Notsparkasse der Bauern auf der gegenüberliegenden Seite schlafen könnte.

»Vielleicht«, sagte die Katze mit Nachdruck, »vielleicht führen sie eine Höllenmaschine mit sich.«

»Wo um Himmels willen sollte die dann sein?«, fragte der Hund rhetorisch. »Sie haben ja weder Koffer noch Taschen dabei?«

Die Katze schaute ihren Freund, den Hund, an, als hätte er etwas außerordentlich Törichtes gesagt.

»Es könnte sich um eine winzig kleine Höllenmaschine handeln«, erklärte die Katze gnädig. »Im Taschenformat quasi.«

»Aha«, sagte der Hund spöttisch.

»So etwas gibt es, das habe ich schon gehört«, sagte die Katze. »Trotzdem sind die Dinger groß genug, um ein Inferno anzurichten. Vielleicht wollen sie das Rathaus in die Luft sprengen.«

»Mag sein«, sagte der Hund und gähnte. »Schauen wir mal. Ich lege mich jetzt hier hin. Du kannst die erste Schicht übernehmen«, schob er hastig hinterher. »Wir dürfen sie nicht aus den Augen lassen!«

»Nein«, sagte die Katze und legte sich ebenfalls hin, aber so, dass sie ständig ein wachsames Auge auf den Eingang des Rathauses hatte. Der Hund blinzelte und merkte, wie er langsam in den Schlaf glitt.

»Irgendetwas geht hier vor, da bin ich mir ganz sicher«, war das Letzte, was er von der Katze hörte.

Ach ja, dachte der Hund, jedem das Seine, wir haben alle unser Päckchen usw. Dann schlief er ein.

Die Katze blickte ihren Freund, der die Aufgabe als Beschützer der Stadt so wenig ernst nahm, verärgert an. Ein Detektiv von Format wird aus dem Hund niemals werden, dachte die Katze und gab ein resigniertes Knurren von sich. Wie üblich musste sie selbst das Gros der Arbeit übernehmen. Hunger verspürte sie allmählich auch. Ja, wenn sie genau hinspürte, konnte sie merken, dass ihr Magen förmlich schrie. Gleich um die Ecke befand sich das renommierte Geschäft des Fischhändlers Markus, und Fischhändler Markus war ein guter und enger Freund der Katze, stets zu einem Plausch über tief greifende, ichtyologische Themen aufgelegt. Die Katze war sich sicher, dass sie bei Markus, der ausgewählte Rohmaterialien im Angebot hatte, einen vorzüglichen Mittagsimbiss bekäme.

Eine Weile schaute sie sich um. Der Atem des Hundes ging regelmäßig. Hin und wieder schnarchte er leise. Bei jedem Schnarchen ärgerte sich die Katze nur noch mehr. Sie dachte an die Fischklöße des Fischhändlers Markus. Wäre der Hund ein ernsthafterer Mensch, dachte die Katze, und sich seiner Verantwortung bewusst, könnte sie sich selbst für kurze Zeit an genau diesen Klößen laben, die der Fischhändler Markus nur leicht mit Muskat würzte und mit einer Lorbeersoße servierte.

Die Katze kochte vor Hunger und Wut, da erblickte sie plötzlich einen alten Bekannten, einen kleinen Pudel, der oft etwas aufdringlich war und nicht gerade zu den klügsten Tieren der Arche gehört hatte, weshalb sie ihn normalerweise mieden. Eifrig und mit einem Einkaufsnetz in der Schnauze kam er auf dem gegenüberliegenden Bürgersteig angetrippelt, anscheinend auf dem Weg zum Laden, um für sein Frauchen, eine freundliche, naive Frau unbestimmten Alters, die den Pudel nicht gerade mit vielen intellektuellen Impulsen versorgte, einzukaufen.

»Ssss«, zischte die Katze dem Pudel zu, der stolz auf seine verantwortungsvolle Aufgabe und mit hocherhobenem Einkaufsnetz nahezu über den Bürgersteig tänzelte.

Bei dem Geräusch blieb er stehen und entdeckte die Katze sofort. Einen Moment lang stand er unschlüssig da, scheinbar zerrissen zwischen seinem Pflichtgefühl sowie der großen ihm auferlegten Verantwortung einerseits und andererseits dem Gefühl des Geschmeicheltseins darüber, dass ihn die Katze wahrgenommen und ihn angerufen hatte, wo sie ihn sonst im Großen und Ganzen gleichgültig oder gar herablassend behandelte bzw. vollständig ignorierte. Ein paar Sekunden lang stand er still da und schielte schuldbewusst auf die Henkel des Einkaufsnetzes, die über seiner Schnauze hingen, dann grinste er fröhlich und tapste hinüber zu der Katze und ihrem schlafenden Partner.

»Hör zu«, sagte die Katze, auf sämtliche Höflichkeitsphrasen verzichtend, »kannst du uns einen Gefallen erweisen?«

»Selbstverständlich«, piepte der Pudel vor Glück.

»Du siehst, dass mein Kamerad hier schläft und nicht gestört werden will …«

»Oh. O ja. Ihr seid so cool.«

»Ich selbst habe etwas Wichtiges zu erledigen und brauche dafür eine halbe Stunde«, fuhr die Katze unbeirrt fort.

»Oh. O ja. O ja, o ja. Ihr habt immer so viel Wichtiges zu tun«, piepte der Pudel mit kaum verhohlenem Neid.

»Und jetzt kannst du genauso wichtig sein«, sagte die Katze aufmunternd.

»Ooooh«, winselte der Pudel, hysterisch vor Freude.

»Du kannst eine halbe Stunde lang auf das Rathaus aufpassen«, sagte die Katze herablassend.

»Oh! Darf ich das? Auf das Rathaus aufpassen? Auf das renommierte Rathaus, meine ich? Au ja!«

»Genauer gesagt auf zwei Herren im Mantel, die sich zurzeit darin aufhalten. Einen älteren und einen jüngeren. Sobald sie das Rathaus verlassen, musst du sofort losspurten und mich holen.«

»Ja! Natürlich!«, sagte der Pudel, aber dann fielen ihm seine Verpflichtungen ein. Traurig sah er die Katze an. »… Aber ich kann nicht«, sagte er unglücklich. »Ich muss für mein Frauchen einkaufen. Es ist eilig. Die Einkaufsliste – die Einkaufsliste liegt in der Netztasche.«

»Hör zu«, sagte die Katze freundlich, »natürlich kannst du es auch bleiben lassen. Dann kratze ich dir einfach ein Auge aus, und wir sind quitt. So verlierst du das räumliche Sehen«, fügte sie drohend hinzu.

»Ja«, der Pudel schluckte und blinzelte traurig, er schien innerlich bereit dafür, ein Auge zu verlieren. Merkwürdig, dachte die Katze, dass es von Pudeln heißt, sie seien so intelligent. Dann begann der Pudel jämmerlich zu heulen.

»Ach, liebste Katze, sei gnädig«, schniefte er, »und lass mir das räumliche Se-he-he-he-he-he-vermögen.«

Mein Gott, dachte die Katze, was für ein Jammerlappen.

»Ich muss doch nur kurz zum Fi-hihihi-hisch-laden?«

»Sagtest du Fischladen?«

»Ja!«, piepte der Pudel kläglich.

»Du meinst nicht vielleicht Fischhändler Markus' Fischladen?«

»Doch …«, flüsterte der Pudel, fast schuldbewusst.

»Das verändert alles«, sagte die Katze versöhnlich. »Dorthin muss ich nämlich selbst, um etwas zu besorgen. Schnauze hoch. Gib mir dein Netz und sag mir, was du für dein Frauchen besorgen musst, dann bringe ich es dir mit.«

»Ist das wahr?«

»Ja«, sagte die Katze. »Aber jetzt kann ich nicht länger meine Zeit mit dir verschwenden.«

»Und ich darf mein räumliches Se-he-he- –«

»Ja doch, ja doch«, sagte die Katze. »Hauptsache, du passt für mich auf. Gib mir dein Netz.«

Wenige Minuten später stand sie im Geschäft des Fischhändlers Markus.

Oh, dies war ein Ort ganz nach ihrem Geschmack. Sauber, hell und schön, mit zwei wunderbar üppigen Fischtheken in geschliffenem Ammoniumglas, einem großen Aquarium, in dem Hummer und andere Krebstiere in vollkommen grüner Harmonie zusammenlebten, einem Edelstahltank für die Tintenfische, Trilobiten, Einsiedlerkrebse und Kammmuscheln sowie einer riesigen Verpackungstheke aus glattem, weißem Marmor. Und dann der Duft. Insbesondere der Fischklöße, die sich auf einer Platte hinter dem Ammoniumglas auf der einen Theke tummelten. Obwohl das Ammoniumglas vergrößernd und polarisierend wirkte, wodurch die Fischklöße größer aussahen und auch mehr glänzten, als es in Wahrheit der Fall war, wusste die Katze aus eigener Erfahrung, dass sie wahrlich groß genug waren, wenn man nur nahe genug an sie herankam.

Aber das Netteste am ganzen Ort war zweifellos der Fischhändler selbst. Darüber bestand in Jüterbog kein Zweifel. Markus war der freundlichste und feinste Mensch, den die Katze kannte, nicht nur, weil er stets ein liebes Wort für alle hatte und einer hungrigen Katze immer seinen letzten Fischkloß schenkte. Nein, es war das besondere Gefühl, das man bekam, wenn er einen mit seinen verständnisvollen blauen Augen ansah: Nie fühlte man sich mehr gesehen und mehr verstanden. Er gehörte jener seltenen Kategorie von Menschen an, die um sich herum ein Gefühl von Sicherheit vermitteln und zu denen man automatisch Vertrauen fasst. Zu Markus kamen die Leute mit ihren großen und kleinen Sorgen, Problemen am Arbeitsplatz und Lebenskrisen verschiedenster Größenordnung, und Markus gab ihnen Tipps und Ratschläge über die Theke hinweg, auch dann, wenn sie nicht einmal einen kleinen Hering kauften. Oder er hörte einfach nur zu. Nie schien er in Eile zu sein, obwohl er im Männerchor und im Philatelistenverein mitwirkte, als Vorsitzender der Kaufmannschaft der gewünschte Kandidat war, im Schulbeirat und im Vorstand der Musikgesellschaft saß und selbstverständlich dem Verein der Sportangler vorstand. Außerdem war er bei den Frauen beliebt. Dennoch wirkte es so, als hätte er immer Zeit.

Gerade war der Fischhändler eifrig damit beschäftigt, eine Kundin zu bedienen, als die Katze miauend ihr Eintreffen signalisierte. Das gutmütige rotwangige Gesicht leuchtete beim Anblick der Katze auf.

»Einen Augenblick, Kamerad«, sagte er, »ich bediene erst noch zu Ende.« Damit wandte er sich wieder der Kundin zu.

Ihrer Uniform nach zu urteilen, musste sie eine der höheren Hofangestellten sein.

»Die Bachforelle war also nicht frisch?«, fragte der Fischhändler Markus in bedauerndem Tonfall.

»Leider nicht, Herr Markus«, sagte die Kundin, eine streng aussehende Frau in ihren ewigen Sechzigern. »Die anderen zwölf waren gut, aber diese hier, die dreizehnte, war ein Unglücksfisch.«

»Der dreizehnte Fisch, ja«, Markus lächelte jovial und roch an dem Fisch.

»Sie haben recht, Frau Gallenbach«, sagte er und schüttelte den Kopf. »Die ist nicht ganz in Ordnung.«

Die Katze holte tief Luft. Sie sog alle Düfte im Raum ein und ließ sie einzeln am olfaktorischen Sinnesapparat ihrer Nase vorbeiziehen. Zwar war ihr Geruchssinn nicht so gut ausgebildet wie bei einem Hund, aber normalerweise vermochte sie dergleichen zu riechen. Doch nachdem sie den Duft der Forelle aus den anderen Duftsporen herausgefiltert hatte, konnte sie nichts anderes als frische Forelle riechen, alles in Ordnung.

»Sie sollen eine neue Forelle bekommen, Frau Gallenbach«, sagte der Fischhändler Markus.

»Vielen Dank.«

»Ich hoffe, das Ganze hat Ihnen keine Unannehmlichkeiten beschert«, sagte Markus bedauernd.

Hm, dachte die Katze, anscheinend entwickeln Fischhändler mit der Zeit einen besseren Geruchssinn für so etwas als selbst das beste Tier.

Markus schlug die für ungenießbar erklärte Forelle rasch in Papier ein. Doch er warf sie nicht in den Mülleimer, sondern legte sie in einen Eisschrank unter der Theke. Aus demselben Schrank nahm er eine neue Forelle. Sie war bereits eingepackt.

»Hier«, sagte er. »Eine neue Forelle. Die sollte in Ordnung sein. Keine verborgenen Makel.«

»Keine verborgenen Makel«, wiederholte Frau Gallenbach zufrieden und nahm das Fischpäckchen entgegen. »Vielen Dank, Herr Markus.«

»Keine Ursache«, sagte der Fischhändler. »Leben Sie wohl.«

»Leben Sie wohl.«

Die Kundin nickte gnädig und verließ den Laden. Sorgfältig schloss der Fischhändler die Tür des Eisschranks. Dann wandte er sich an die Katze.

»Na«, sagte er, »alter Freund. Schön, dich zu sehen. Wie wär's mit etwas Fischpudding? Oder vielleicht ein paar Fischklößen?«

»Sehr gern«, sagte die Katze. »Und außerdem habe ich eine Einkaufsliste von Frau Mutterbergs Pudel dabei; sie liegt im Netz.«

Der Fischhändler nahm das Netz entgegen. »Eishai-Brandade«, las er von der Liste ab, »zwei Tintenfische, ein Hektogramm kandierte Süßwassertrilobiten und vier Hektogramm Ohrenquallenkonfekt.« Er stellte der Katze einen Fayenceteller mit Fischklößen hin und suchte die Waren zusammen.

»Vielen Dank«, sagte die Katze höflich und stürzte sich gierig auf die Klöße. Markus hatte wie üblich nicht mit der Lorbeersoße gespart, deren Blätter aus dem Regenwald von La Gomera stammten.

»Na, mein Lieber«, sagte Markus, zufrieden darüber, dass die Katze seine Delikatessen wie immer mochte, »gibt es etwas Neues?«

»Nja«, schmatzte die Katze, »schon. Zwei Goldmacher sind in die Stadt gekommen.«

»So?«, sagte Markus. »Interessant. Erzähl.«

»Ein älterer und ein jüngerer. Wobei, ob sie wirklich Goldmacher sind? Sie geben sich jedenfalls als Goldmacher aus.«

»Aha«, sagte der Fischhändler. »Und wo befinden sie sich zurzeit?«

»Zurzeit sind sie im Rathaus. Mein Freund, der Hund, überwacht sie.«

»Interessant«, sagte Markus. »Und was machen sie dort?«

»Das wissen wir noch nicht«, gestand die Katze.

»Verstehe.«

»Aber genau das versuchen wir herauszufinden«, fügte sie hinzu und schluckte den letzten Bissen Fischkloß hinunter. »Anfangs sind wir davon ausgegangen, es könnten Brandstifter sein. Oder Taxidermisten. Doch nach eingehender Beobachtung haben wir unsere Meinung geändert. Dafür treten sie einfach zu normal auf.«

»Sehr subtile Beobachtung. Und was denkt ihr jetzt?«

»Unsere aktuelle Arbeitshypothese lautet, dass es sich um subversive Elemente handeln könnte. Die möglicherweise mit subversiven Elementen *außerhalb der Stadt* in Verbindung stehen. Ja, du weißt schon, welches Ungeziefer ich meine«, sagte die Katze und erschauderte instinktiv.

»Herrje«, sagte Markus. »Kann das wirklich sein?«

»Natürlich kann das sein. Aber ich möchte betonen, dass es sich um eine Hypothese handelt. Eine vorläufige. Zurzeit sind sie also im Rathaus. Möglicherweise haben sie eine Bombe dabei.«

»Interessant«, sagte Markus. »Toll von euch, dass ihr aufpasst.«

»Wir geben unser Bestes.«

»Das ist sehr beruhigend.«

Die Katze sah ihn dankbar an und fuhr sich mit der Zunge über den Mund in der Hoffnung, vielleicht noch einen winzigen Nachschlag zu ergattern.

Eine neue Kundin betrat den Laden, dieses Mal eine Frau

mit großer Schutzgrille auf der Nase, was darauf hindeuten könnte, dass sie eine höhergestellte Stemplerin im Stadtplanungsbüro war. Nervös schaute sie sich um.

»Herr Markus«, sagte die Stemplerin laut, ohne zuvor Guten Tag zu sagen oder sich für die Unterbrechung des Gesprächs zu entschuldigen. »Ich hätte gern einen Dorsch. Einen *Dorsch-mit-Bart. Aber ohne-Stock-und-Hut*«, leierte sie herunter.

»Sehr gern, Frau Meyer«, sagte Markus und warf ihr einen beruhigenden Blick zu. »Das hier ist mein Freund, die Katze«, sagte er mit Herzlichkeit in der Stimme. Sogleich war die nervöse Frau vom Stadtplanungsbüro sichtbar weniger gestresst.

»Mit Bart, aber ohne Stock und Hut«, lachte Markus. Er bückte sich und holte einen Dorsch heraus, nicht aus der Theke, sondern erneut aus dem Eisschrank, fertig eingepackt.

»Das macht vierundsechzigtausend Pesos, bitte«, sagte er, während er das Fischpäckchen in eine Tüte steckte. »Sie nehmen ihn doch selbst aus, Frau Meyer? Keine Bange, mit der Zeit bekommen Sie mehr Übung darin.«

»Ja«, sagte die Frau, bezahlte so schnell sie konnte und eilte aus dem Laden.

Die Katze sah ihr verwundert hinterher.

»Es gibt so viele seltsame Kunden«, sagte Markus entschuldigend.

Die Katze nickte und schaute nach, ob auf dem Fayenceteller nicht doch noch ein getrockneter Tropfen der leckeren Lorbeersoße übrig war. Dem war so.

»Halte mich über die zwei Goldmacher auf dem Laufenden«, sagte Markus freundlich. »Ich meine: über die Entwicklung in der Sache.«

Die Katze leckte den letzten Rest der Soße vom Teller auf. Abgesehen von seinen vorzüglichen Fischklößen war das Schöne an Markus, dass er immer so aufrichtig interessiert war. Man spürte stets, dass er einen ernst nahm. Nun haben Katzen von Natur aus ein besonderes Vertrauen in Fischhändler, keine Frage, trotzdem war das Verhältnis zu Markus ungewöhnlich. Er vermittelte ein ganz eigenes Gefühl von Sicherheit. Man bekam den Eindruck, dass man ihn in der Stunde der Not jederzeit aufsuchen könnte – und bei diesem Ausdruck dachte die Katze nicht ausschließlich an Augenblicke akuten Hungers.

»Es gibt so vieles«, sagte der Fischhändler Markus ernst, »was uns gewöhnlichen Sterblichen verborgen bleibt. Daher ist es wichtig, dass solche wie du aufpassen.«

»Wir geben unser Bestes«, sagte die Katze erneut, so locker und unverbindlich, wie es ihr möglich war, dennoch konnte sie nicht umhin, ob all der lobenden Worte aus Markus' Mund zu schnurren.

Dann nahm die Katze die Waren an sich, verabschiedete sich und ging.

»Oh!«, winselte Frau Mutterbergs Pudel von Weitem, als er die Katze erblickte. »Oh! Oh! Ich habe Neuigkeiten für dich!«

»So?« Die Katze eilte zu ihm und legte das Einkaufsnetz ab. »Ist was passiert?«

»Nein!«, schrie der Pudel zufrieden. »Ich habe die ganze Zeit über aufgepasst. Die GANZE Zeit. Ohne Scheiß: Hier ist nix passiert.«

Er kicherte glücklich.

»Gut«, sagte die Katze. »Jetzt hau ab.«

»Ja!«, sagte der Pudel. »Danke! Tausend Dank!«

»Verschwinde«, sagte die Katze.

Mit dankbarem Bellen flitzte der Pudel um die Ecke. Natürlich vergaß er das Einkaufsnetz an der Hauswand mit den Waren für sein Frauchen. Zehn Sekunden später kam er wieder angerannt und holte es mit einem »Entschuldigung, ich habe wohl was vergessen« ab. Nur um kurz darauf noch einmal zurückzukommen und sich erneut zu bedanken. Dann blieb er endgültig weg.

Gute Güte, muss das anstrengend sein, seinen Kopf zu haben, dachte die Katze, fixierte dabei die Rathaustür und nahm die Überwachung wieder auf. Hinter ihr streckte sich der Hund bedächtig im Schlaf. Aber

13

im Schloss stand Markgräfin Clotilde im Blauen Korridor mit den vielen Türen zum Büro der Minister an der einen Wand und den schönen Fenstern zum Schlossplatz an der anderen. Deprimiert starrte sie auf die strengen geschlossenen Türen.

Der Rat ihres Onkels hallte noch in ihren Ohren wider, speziell im rechten. Dort war seine Ermahnung nun einmal platziert worden und fand nicht wieder heraus, sondern klapperte in dem Schneckenhaus im Inneren ihres Hörorgans wie ein loser Kristall.

Ihrem Onkel und seligen Vorgänger, der jetzt in der Hölle weilte, war es gelungen, ihr Ohr in der relativ kurzen Zeit, die sie einander gekannt hatten, mit einer Reihe kleiner und großer Ratschläge zu füttern.

»Such dir deine Schlachten aus, Clotildchen«, hallte es in ihrem Ohr. »Lass die Ratgeber bestimmen. Die meiste Zeit. Das ist am einfachsten. Für alle Seiten.«

»Aber wenn ich etwas anderes will als sie, lieber Onkel, was dann? Was passiert dann?«, hörte sie ihr eigenes zaghaftes Stimmchen im Ohr fragen, und sie hörte das heisere Lachen ihres Onkels: »Liebes, das findest du schnell heraus.«

Die Büros der Minister lagen in einer langen Reihe im Blauen Korridor, der von dem epochalen Treppenkunstwerk in der Beletage, vorbei am legendären Geheimratssaal und weiter entlang der Fassade des Westflügels bis zu ihrem eigenen Büro führte, das sich am Ende dieses mächtigen blauen Wegs befand. Der Boden war von samtenen Läufern bedeckt, so weich und feierlich, dass man beim Drübergleiten fast bis zu den Knöcheln darin versank. Zwischen den Fenstern an der Außenwand standen Schwebesäulen mit Büsten und Vasen, und zwischen den Türen hingen idealisierte Porträts ihrer Vorgänger und anderer bedeutender Männer und Frauen der Geschichte der schönen Stadt Jüterbog. Zu beiden Enden des Korridors standen Ziergardisten stramm und erwiesen denen, die vorbeigingen, Honneur. Die Tapeten waren in veilchenblauem Strohmuster handgemalt, die großen Türen zu den Büros waren hoch und dunkel, die Quecksilberornamente schimmerten, und der ganze Korridor versetzte das Gemüt in feierliche Hochachtung.

Sie seufzte bei seinem Anblick. Eigentlich hatte sie den Korridor etwas auffrischen wollen, hatte auch ihn jugendlicher und zeitgemäßer gestalten wollen, hätte gern zartere Farben eingebracht, die mehr ihrem Geschmack entsprachen (gern etwas Rosa). Vom Chefästhetiker, einem steinalten Berater, der nicht ausgetauscht werden durfte, weil Chefästhetiker automatisch unter Schutz standen, war ihr die Erlaubnis dazu jedoch verwehrt worden. Zu ihrer grenzenlosen Verärgerung hatte er ihr mit unbeschreiblicher Großmütigkeit und Herablassung erklärt, dass im Blauen Korridor vor allem die Tradition zähle, Hochachtung und Respekt für den Staat und den Fürsten, zudem stand der Blaue Korridor auf etwas, das der Chefästhetiker trotz ihrer blauen Farbe rote Liste nannte, und war somit heilig.

Natürlich hatte sie auf die Ermahnung ihres Onkels gehört und sogleich nachgegeben. Was ihr jedoch nicht gefallen hatte. Und auch der Korridor gefiel ihr nach wie vor nicht, obwohl sie seither älter geworden war. Vielleicht, dachte sie, würde sie ihn mit der Zeit ja mögen. Das bezweifelte sie allerdings stark.

Auch ihr eigenes Büro gefiel ihr nicht. Es war ihr zu ernst. Nicht einmal ein Aquarium mit fröhlichen Karpfen durfte sie dank dieses geschäftigen Chefästhetikers darin stehen haben; das war richtig ärgerlich. Ihr Büro war auf besagter roten Liste anscheinend das Allerheiligste, darin war überhaupt nichts erlaubt, und ausgerechnet dort musste sie sich die meiste Zeit aufhalten.

Sie seufzte auf dem Weg zu ihrer Bürotür. Die kleinen Phosphorleuchten über den Ministertüren zeigten an, welche Minister im Haus waren und welche nicht. Mehr als die Hälfte war wie üblich außer Haus. Sie warf einen Extrablick auf die Tür des für sie wichtigsten Minister, ihres persönlichen Chefberaters nämlich, der heute seinen freien Tag hatte. Keine Chance. Bestimmt war er in der Stadt unterwegs.

Sie seufzte.

Viele Minister, die sichtbareren, hatte sie ausgetauscht, als sie an die Macht gekommen war, wie zum Beispiel den Minister für Kultur, Konzerte und seichte Unterhaltung, den Minister für Ausbildungs- und Bildungsangelegenheiten sowie nützliches Wissen und den Minister für Familienentzweiung und Desintegration, wohingegen sie auf Geheiß ihres Onkels die unsichtbareren, aber wichtigsten Minister behalten hatte, wie zum Beispiel den für Verteidigungsangelegenheiten, Justiz und Abstrafung, selbstverständlich auch den Minister für physikalische Behandlung und nicht zuletzt den Chefgynäasten, den Regierungschef. Auch er war gerade nicht im Hause, sondern wie üblich auf seinem scheinbar ewig währenden Wahlkampf draußen unterwegs.

Ihr persönlicher Chefberater war zum Glück ganz für sie da. Doch ausgerechnet heute war der Chefberater nicht im Hause. Das empfand sie als ungerecht. Als sie ihren Platz hinter dem großen Schreibtisch erreicht hatte und sich so gut es ging in dem hohen, nahezu sakralen Stuhl, der höchst unbequem war, egal, wie man saß, zurechtgerückt hatte, beschloss sie, ihre Berater ein wenig zu quälen.

Die Fortsetzung des Ratschlags ihres Onkels hallte in ihrem rechten Ohr wider:

»Aber du kannst sie einbestellen, Clotilde. Nimm sie in die Mangel und lass sie sich erklären. Quäle sie ein bisschen.«

»Au ja!«, hatte sie geantwortet, denn der Gedanke, sie in die Mangel zu nehmen, gefiel ihr.

»Achte aber darauf, dass du es nicht allzu oft machst«, hatte der Onkel gesagt. »Sonst bringst du sie gegen dich auf, und sie fangen an, dich zu hintergehen, vielleicht sogar sich zu verschwören.«

»Wie oft kann ich es denn machen?«

»Höchstens einmal alle zwei Monate. Eher seltener. Dann haben sie das Gefühl, du lässt sie in Ruhe arbeiten und verfolgst gleichzeitig, was sie tun.«

»Kann ich es wirklich nicht öfter machen?«, fragte sie sichtlich enttäuscht.

»Im Prinzip kannst du es so oft machen, wie du willst, streng genommen ist es ja *dein* geheimer Rat, aber ich rate dir sehr davon ab, es öfter als einmal in zwei Monaten zu machen. Hörst du, Clotilde, *mon rapace?* Höchstens einmal alle acht Wochen.«

»Kannst du mir nicht noch einmal zeigen, liebster Onkel, wie es ist, sie in die Mangel zu nehmen?«

»Liebe Clotilde, du bist ja unersättlich.«

»Ich bin nur wissbegierig, Onkel; ich will gern selbst wissen, wie es sich anfühlt.«

»Nun denn. Stell dich dorthin, *ma petite huître*. Dann will ich es dir noch einmal zeigen.«

So hallten die Worte des Onkels wider.

An ihrem Schreibtisch sitzend, auf dem nur wenige Papiere zur Unterschrift und zum fälschungs- und auslaufsicheren Siegeln bereitlagen, warf sie einen Blick auf den kleinen Tischkalender aus Palladium und Platin, der auf der gegenüberliegenden Längsseite des Tisches stand, gleich neben der Miniaturkuckucksuhr aus Perlmutt. Besorgt registrierte sie, dass seit sie das letzte Mal jemanden in die Mangel genommen hatte, gerade einmal vierzehn Tage vergangen waren. Sie versuchte, sich zurückzuhalten, Selbstbeherrschung und Geduld an den Tag zu legen, aber ihr persönlicher Chefberater war nicht zugegen, um ihr wie sonst zu helfen und sie von dem abzuhalten, was sie gerade zu tun gedachte. Warum, dachte sie, ach, warum musste ihr persönlicher Chefberater ausgerechnet heute seinen freien Tag haben, wo sie sich so unendlich langweilte? Mittwochs langweilte sie sich immer.

Es kribbelte ihr förmlich in den Fingern. Sie blickte wieder zum Kalender.

Letztendlich sind vierzehn Tage trotz allem ein ziemlich langer Zeitraum, sagte sie zu sich selbst. Jetzt überhörte sie die Worte des Onkels, die im Schneckenhaus ihres rechten Ohrs herumkullerten wie ungesichertes Leergut auf einem Karren.

Letztendlich, trotz allem, dachte sie und merkte zugleich, dass sie nicht mehr klar denken konnte.

Und mit dem unheilschwangeren Gefühl, etwas Verkehrtes zu tun, etwas Gefährliches, läutete sie nach dem Lakaien, der fast schon, bevor sie zu Ende geläutet hatte, in der Seitentür auftauchte. Er verbeugte sich, und sie bat ihn, den Apparat vorzubereiten.

Der Lakai sah sie verwundert an, warf dann einen Blick auf den Wandkalender und sagte: »Schon, Könlichhoheit?«

»Bitte tu, was ich sage«, sagte Markgräfin Clotilde in einem Ton, so freundlich, dass er keine Widerrede duldete. Der Lakai ging gehorsam zu dem Apparat, zog ihn in den Raum, öffnete ihn und wischte ihn innen sauber.

»Schauen wir mal …«, sagte Clotilde und spürte, dass ihre Finger und ihre Knie vollkommen taub waren. Ihre Augen zogen sich zu wohltuenden Schlitzen zusammen, sodass es in ihrem kleinen Kopf ziemlich dämmerig wurde. »Schauen wir mal, wer heute in die Mangel genommen werden soll … Fangen wir mit dem Chefästhetiker an.«

Der Lakai räusperte sich.

»Er ist gerade gegangen, Könlichhoheit«, sagte er bedauernd. »Ich habe ihn vor wenigen Minuten auf der Treppe gesehen. Gewiss ist er auf dem Weg zur Ästhetisierung eines Enteignungsfalls.«

»Aha«, sagte sie enttäuscht. »Verstehe. Enteignungsfall. Das bringt mich auf eine Idee. Der Landwirtschaftsminister soll in die Mangel genommen werden.«

»Er ist leider in derselben Sache unterwegs, Frau Markgräfin«, sagte der Lakai und hob bedauernd die Arme.

»Tja. Tjatja. Dann hol mir den Ausbildungsminister«, sagte sie ungeduldig. »Er soll heute in die Mangel genommen werden. Und ein bisschen dalli, bitte. Ich will nicht, dass ihm viel Zeit bleibt.«

(In ihrem rechten Ohr hallte es nach: »Lass ihnen nie viel Zeit zur Vorbereitung, Clotilde. Es gibt Möglichkeiten, sich zu stählen, und dann verliert das Ganze an Wirkung.«)

Der Lakai verbeugte sich und verschwand.

Nur wenige Minuten später klopfte er an die Haupttür ihres Büros, sie antwortete mit einem brüsken »Herein!«, und der Lakai verbeugte sich gleich hinter der Tür:

»Königliche Hoheit: Der Minister für Ausbildungs- und Bildungsangelegenheiten sowie nützliches Wissen.«

»Jawohl!«, sagte sie zur Bestätigung.

Daraufhin öffnete der Lakai die Tür, und der Minister trat ein. Er war jung und energisch und eins der beliebtesten Regierungsmitglieder. Vor allem nach der großen Ausbildungsreform, im Zuge derer er das Fach Geschichte in seiner bisherigen Form abgeschafft und außerdem für alle Schüler zwischen dreizehn und achtzehn Jahren die nullte Stunde eingeführt hatte, damit sie nicht zu früh im Leben in den unverdienten Genuss morgendlichen Ausschlafens kämen. Zugleich hatte er die Zahl der Prüfungen verdoppelt, um die Minderjährigen generell zu strafen. Derlei Belege für seine Durchsetzungsfähigkeit gegenüber den Schmarotzern der Gesellschaft hatte seine Beliebtheit bei den Stimmberechtigten enorm gesteigert. Er verbeugte sich, zunächst an der Tür, machte dann die vorgeschriebenen drei Schritte und verbeugte sich erneut.

Sie stand gleichzeitig auf, ging um den Schreibtisch herum und trat ihm entgegen.

»Guten Tag, lieber Ausbildungminister«, sagte sie freundlich und zuvorkommend, während er ihre ausgestreckte Hand ergriff und sich ein weiteres Mal verbeugte. »Ich heiße Sie willkommen. Wie geht es Ihnen? Und wie geht es Ihrer Familie?«

»Danke, gut, Königliche Hoheit«, antwortete der Minister, der im selben Moment den Apparat entdeckte. Er schluckte und sagte nichts mehr.

»Noch einmal herzlich willkommen«, sagte sie. »Setzen Sie sich, ich läute gleich nach Kaffee. Wobei. Sie trinken vielleicht lieber Tee?«

»Kaffee ist gut, Hoheit«, flüsterte der Minister, als er in der Ecke des Arbeitszimmers auf der kleinen Sofagruppe an dem runden Wohnzimmertisch, dem mit Kobalt überzogene blaue Adlerklauen als Füße dienten, Platz nahm. »Kaffee ist ganz hervorragend.«

»Gut«, sagte Markgräfin Clotilde und läutete nach Kaffee. »Ich freue mich zu erfahren, was zurzeit in Ihrem Ministerium vonstattengeht, Herr Minister, während wir unseren Kaffee trinken, und da kommt er schon. Milch? Sahne?«

»Nein, vielen Dank …«

»Zucker?«

Der Minister schüttelte den Kopf.

»Kekse?«

»Nein, danke, Frau Markgräfin«, sagte der Minister und steckte einen Finger in den Hemdkragen, als wäre ihm dieser plötzlich eine halbe Nummer zu eng.

»Keine Kekse?«, fragte Markgräfin Clotilde.

Aber

14

im Rathaus waren die beiden Goldmacher gerade durch die ultrapompösen Doppeltüren in den Saal für Allgemeine Anfragen und Generelles Flehen getreten. Ein prachtvoller Saal mit einer Deckenhöhe von fünfzehn Metern. Der Eingang wurde von schweren Marmorsäulen flankiert. Die Wände waren mit Mosaiken in konstruktivistischem Stil geschmückt, die auf der einen Längswand flehende Menschen in verschiedenen Lebenssituationen zeigten. Auf dem Tympanonfeld über der langen Schalterreihe waren die vier klassischen Massagearten abgebildet. Ganz oben, zu allen vier Seiten der mit Ornamenten versehenen Kassettendecke, ließen schmale, rechteckige Prismenfenster das Sonnenlicht in allen Regenbogenfarben herein und sorgten für eine sichere und wohlfahrtsgetränkte Stimmung.

Die lange Schalterreihe mit den Gitterschaltern war aus grünem Speckstein und untermauerte die unerschütterliche Atmosphäre. Auf der schönen Seite der Schalterreihe befanden sich mehrere Stempler, die traditionsgemäß mit Papieren in den Händen geschäftig hin- und hereilten, während sich auf der weniger schönen Seite der Schalterreihe, wo sie selbst standen, nur wenige Menschen aufhielten – sofern man bei den kümmerlichen Existenzen im Publikumsbereich überhaupt von Menschen sprechen konnte. An einem Schalter war ein Bauer gerade krachend Konkurs gegangen, mit einem gewaltigen Knall war er zu Boden gesunken, wo er nun geduldig lag und auf die unvermeidlichen Totschläger wartete, während seine Frau und seine Kinder beherrscht und würdevoll weinten. Kurz darauf tauchten die Totschläger auf. Zwei von ihnen zogen den Bankrotten an den Füßen über den glatten Fliesenboden, einer lief hinterher und bestreute ihn mit Sägemehl, dabei informierte er ihn über seine letzten Rechte. Die zwei verbliebenen Totschläger banden der Familie offizielle rosa Halsbänder um und führten sie in die entgegengesetzte Richtung ab. Ihr künftiges Leben würden sie als Lockvögel im Wald verbringen.

Vor den dunkelsten und düstersten Gitterschaltern standen ein paar bedauernswerte Kreaturen, deren Kinder zu ihrem eigenen Schutz in die Praxis des städtischen Tierarztes transportiert worden waren, und in diesem Fall brachten es nicht einmal die Stempler über sich, so zu tun, als gäbe es eine vorgesehene Prozedur, vielmehr bespuckten sie die Bittsteller durch die Gitterstäbe, während sie die Kontaktverbote ausstellten.

Zum Glück gab es auch Sonnenseitenschalter, wie beispielsweise Schalter 12, wo ein Stempler einem Bittsteller soeben rosa Puder überblies als Zeichen dafür, dass sein Antrag auf Erweiterung des Massageinstituts nach langer intensiver Sachbearbeitung genehmigt worden war. Der glückliche Antragsteller stand mit geschlossenen Augen da und lächelte inmitten der Puderwolke, dabei hob er dankbar die Hände zur Decke, während ihm der Stempler gratulierte und zugleich die Dokumente mit den erforderlichen Stempeln versah.

Der ältere Goldmacher packte seinen jüngeren Kollegen am Ärmel und zog ihn zielstrebig hinter sich her, während er routiniert den Schalter mit der Nummer 19 ansteuerte, Anträge Zugereister Akademiker (befristet).

An Schalter Nr. 19 saß ein Stempler und schaute sie hinter seiner Horngrille uninteressiert an.

»Ja? Worum geht's?«, fragte er mit einstudiertem Knirschen in der Stimme und fixierte sie mit seinen zyankaliblauen Augen.

»Um einen Antrag auf öffentliche Auftritte«, sagte der Ältere. »Im Namen meines jüngeren Kollegen hier. Und meiner Person.«

»So.«

»Uns beiden also.«

»Aha. Und um was für eine Show handelt es sich?«

»Show?«, spie der jüngere Goldmacher entrüstet und leicht gekränkt aus. »Entschuldigung, mein Herr, es handelt sich nicht um eine *Show*, sondern um eine Darbietung unserer Kunst, und diese Kunst ist alt, sie ist so alt und edel wie …«

Dabei zeigte der jüngere Goldmacher empört auf den Stempel auf seiner Stirn, den die Wachleute ihm am Morgen verpasst hatten, und wollte den Stempler gerade fragen, ob er nicht lesen könne, da übernahm sein älterer Kollege sicherheitshalber die Kontrolle:

»Umherreisende Goldmacher. Übliche Demonstrationen und Verwandlungen vor Publikum beschränkt auf bis zu 300 Personen mit zeitlicher Begrenzung. Formular I-88, minzgrün.«

»Und welche *Location* gedenken Sie zu nutzen?«, fragte der Stempler.

»Location?«, wiederholte der Jüngere, noch gekränkter ob der vulgären Bezeichnung, doch der Ältere hob warnend den Zeigefinger, sodass er schwieg.

»Wir dachten an das Theater, das sich bestimmt gerade in der Sommerpause befindet?«

Wir?, dachte der Jüngere, dem jetzt aufging, dass der Alte die Sache an sich gerissen hatte und offensichtlich große Ambitionen für sie beide hegte.

»Es befindet sich in der Sommerpause, das ist richtig«, bestätigte der Stempler.

Aber wir haben doch erst Anfang April!, schrie der jüngere Goldmacher in Gedanken so laut, dass ein schwaches Echo zwischen den Wänden im Saal hin- und hergeworfen wurde.

»Dann ist es ja für Vorstellungen verfügbar«, fuhr der Alte fort.

»Ja, an und für sich ist die *Location* nutzbar.«

Sprich wenigstens von *Arena!*, schrie der Jüngere in Gedanken so laut, dass ihm schwarz vor Augen wurde.

»Danke«, sagte der Ältere, »dann buchen wir es.«

»Somit ist I-88 das richtige Formular«, murmelte der Stempler griesgrämig. Er griff nach hinten und zog ein Papier aus dem Sortierregal, schrieb ein paar Worte darauf, kreuzte hier und da etwas an, rollte das Papier zusammen und steckte es in eine Kapsel, die er sodann mit der Rohrpost abschickte.

»Gemäß Sachbearbeitungsauskunftsgesetz bin ich verpflichtet, Ihnen bezüglich der üblichen Sachbearbeitung Auskunft zu geben«, sagte der Stempler und seufzte schwer. »Ich habe gerade ein Formular verschickt und darum gebeten, das Formular I-88, grün, in drei Exemplaren beizubringen«, sagte er. »Die Herren können solange dort drüben Platz nehmen und warten. Sie werden informiert, sobald das Formular in drei Exemplaren vorliegt. Dazu ruft Sie der Wachmann am Auslieferungsschalter unter dem Stichwort Geronimo auf.«

»Und wo befindet sich der Auslieferungsschalter?«, fragte der Jüngere.

Der Stempler seufzte genervt und sah den Älteren vorwurfsvoll an.

»31 B. Geronimo«, schnarrte er. »Anschließend ist das Formular auszufüllen. Alle drei Exemplare müssen korrekt ausgefüllt sein. Dann werden sie zum Stempeln an Schalter 40 abgegeben. Anschließend folgt eine erneute Wartezeit, bevor Sie für einen weiteren Stempel hierher zurückkehren.« Er zeigte auf das Schild über dem Schalter. »Nummer neunzehn.«

»Selbstverständlich«, sagte der Ältere zuvorkommend. »Wir haben keine Eile.«

»Sobald Sie das Formular hier abgegeben haben, wird der Antrag schnellstmöglich bearbeitet«, leierte der Stempler weiter seinen auswendig gelernten Text herunter. »Die gewöhnliche Bearbeitungszeit beträgt bis zu vierzehn Tage, und der Beschluss ist endgültig und nicht anfechtbar«, stellte er klar.

»Entschuldigen Sie mal …«, begann der Jüngere mit zunehmender Panik, doch der Alte wiederholte nur ganz ruhig: »Natürlich, natürlich. Wir haben es nicht eilig.«

»Bedaure«, sagte der Stempler in einem Ton plötzlicher Aufrichtigkeit, »doch die Bearbeitungszeit hat enorm zugenommen. Eine Verordnung der Neuen. Clotilde.« Er seufzte und hob bedauernd die Arme. »Was kann ein armer Bürokrat schon tun? Ihre Hoheit fand vierzehn Tage für alle Angelegenheiten wesentlich sicherer.«

»Ich …«, stammelte der Jüngere in fiebrigem Eifer.

»Wir haben es nicht eilig«, wiederholte der Ältere versöhnlich. »In der Zwischenzeit logieren wir bestens im Wirtshaus. Schöne Zimmer. Leckeres Essen. Haben Sie den Goldhirsch schon probiert?«

Der Stempler lächelte verträumt und nickte.

»Ganz und gar köstlich«, fuhr der Ältere fort. »Ein Aushängeschild für die Küche der Region und die Qualitäten der Stadt. Insbesondere mit Wurzelgemüse *sous-vitesse*. Und jetzt haben mein guter Kollege und ich das Glück, während der Wartezeit jeden Abend zusammen zu essen, dreizehn Tage lang. Inklusive Mittagessen, natürlich.«

»Das Dessert ist höchst empfehlenswert«, schnarrte der Stempler und blickte verstohlen zu seinem Kollegen am Nachbarschalter, um sich zu vergewissern, dass dieser von dem unerlaubten Gespräch nichts mitbekam.

»Das haben wir heute leider nicht geschafft. Aber nun haben wir ja alle Zeit der Welt. Und mein jüngerer Kollege hier ist so liebenswürdig, für Kost und Logis aufzukommen.«

Erneut wurde dem Jüngeren schwarz vor Augen.

»Gut«, sagte der Stempler und drückte auf alle Schriftstücke sicherheitshalber einen kleinen Extrastempel, unten rechts in die Ecke. »Dann ist ja alles in Ordnung.«

»In schönster Ordnung, guter Mann. In Ordnung und auch schön.«

Dem Jüngeren schwindelte, und er war immer noch damit beschäftigt, im Kopf auszurechnen, wie viele Jahre er im Schuldengefängnis einsitzen müsste, als der Ältere ihn zum Ausgang zog. Apathisch folgte er dem Kollegen.

Aber

15

obwohl Alma sie zu Kaffee und Kuchen sowie einem Likörchen zu sich nach Hause eingeladen hatte, um das wichtige Gespräch über die Zukunft des Jungen an ihrem Wohnzimmertisch fortzusetzen, war die Mutter des Jungen von einer Art Verantwortungsgefühl erfasst worden. Schweren Herzens hatte sie die Einladung dieser Alma ausgeschlagen, der Einzigen, die ihr an diesem Tag Verständnis entgegengebracht hatte, ja der Ersten seit Langem, die ihr gegenüber eine Form von Fürsorge und Wärme gezeigt hatte.

Sie waren schon in Almas Straße angelangt gewesen, als das Verantwortungsgefühl zugeschlagen hatte.

»Nein«, sagte sie bedauernd und schweren Herzens und blieb abrupt stehen. »Leider muss ich nach Hause.«

»Aber, aber«, sagte Alma. »So eilig kann es doch gar nicht sein. Komm mit rein, dann gibt's ein Likörchen zum Kaffee. Auf diese Weise können wir unsere Unterhaltung fortsetzen. Und uns einen Likör genehmigen«, betonte sie versonnen.

»Wie gern würde ich das tun«, sagte die Mutter des Jungen, fast verzweifelt, »aber es ist schon so spät, die Schatten sind lang geworden.«

»Lass doch die Schatten so lang werden, wie sie wollen«,

sagte Alma, »sie verschwinden schon rechtzeitig, so wie wir alle. Und bei mir daheim gibt es keine Schatten. Komm ruhig mit rein, dann können wir unsere Unterhaltung fortsetzen und uns ein –«

»Meine Tochter«, quiekte die Mutter verzweifelt. »Meine Tochter. Sie braucht ihre Medizin!«

»Aber, aber«, sagte Alma erneut. »So eilig kann es doch gar nicht sein. Einmal kann sie sie bestimmt auslassen.«

»Das ist es nicht«, flüsterte die Mutter des Jungen verzweifelt. »Das ist nicht das Entscheidende.«

»Was denn dann? Sag schon, der Brotteig?«

»O Gott, der Brotteig auch noch, den hatte ich völlig vergessen. Er wird schon ganz ungehalten sein, und der Kanarienvogel ... o Gott, der Kanarienvogel ... Er braucht seine Körner. Sonst wird er so wütend ...«

»Aber das alles ist doch gar nicht schlimm, meine Liebe«, sagte Alma.

»Er wird so schrecklich wütend ...«

»Damit kann man leben. Komm schon mit rein und gönn dir ein –«

»Aber das ist es nicht. Nicht eigentlich.«

»Was in Gottes Namen ist es denn dann?«

»Der Junge. Hans.«

»Ja?«

»Mein Gott. Ich habe ihn eingesperrt, bevor ich von zu Hause losgegangen bin. Er war so ungezogen.«

»Hm. Ja, das war nicht gut. Das verstößt gegen die Brandvorschriften.«

»Ja, ja, ja! Das verstößt gegen die Brandvorschriften. Aber als wäre das nicht schon schlimm genug ...« Sie schluchzte laut auf.

Alma berührte zum Trost ihren Arm.

»Aber, aber, liebes Kind«, sagte sie. »Was hast du denn getan?«

»Ich habe ihn – im ehemaligen Musikzimmer eingesperrt.«

»Ja, und?«

»Dort gibt es kein Licht. Und es ist eiskalt.«

»O nein. Das war nicht gut.«

»Es ist zugig und dreckig. Er steht dort immer Todesängste aus.«

»Ja, dann verstehe ich, dass du …«

»Und«, fuhr die Mutter des Jungen verzweifelt fort: »Dort wimmelt es von weißen Mäusen.«

Alma wurde ganz still.

»Ich habe ihn noch nie mehr als zwei Stunden am Stück dort eingesperrt«, gab die Mutter des Jungen tränenerstickt von sich. »Höchstens zweieinhalb. Höchstens.«

Alma schaute sie streng und neugierig an. Vielleicht, schoss es der Mutter des Jungen durch den Kopf, dachte Alma jetzt, alles sei ihre Schuld. Es sei typisch für sie. Sie sei eine schlechte Mutter. Immer hat eine schlechte Mutter Schuld an allem, was auf dieser Welt schiefläuft. Das wissen alle.

»Und jetzt«, fuhr sie mit ihrem Geständnis fort, »jetzt ist er seit mehr als vier Stunden dort eingesperrt.«

Alma starrte sie weiterhin mit einer gewissen Skepsis an.

»Vier Stunden …«, weinte die Mutter des Jungen. »Das ist noch nie passiert, ich schwör's. Noch nie. So bin ich nicht.«

Eine Zeit lang hatte Alma anscheinend alle Details, die ihr die Mutter des Jungen anvertraut hatte, gegeneinander abgewogen und mit ihrem Gewissen abgeprüft, jetzt schien sie zu einer Schlussfolgerung gelangt zu sein, denn ihr Gesicht wurde wieder freundlicher, und sie sagte:

»Schon gut, Schätzchen. Nimm es nicht so schwer. Mach dir doch nicht solche Vorwürfe. So was kann passieren.«

»Vier Stunden«, schluchzte die Mutter des Jungen.

»Schon gut. Du hast so viele Baustellen. Du musstest mal rauskommen.«

»Ja …«

»Du wirst sehen, er hat es bestimmt überlebt. Jetzt geh schnell heim zu deinen Kindern und lass ihn frei, gib dem Kanarienvogel seine Medizin –«

»Meiner Tochter«, sagte die Mutter. »Sie braucht die –«

»Natürlich. Gib deiner Tochter ihre Medizin, gib dem Kanarienvogel seine Körner, unternimm etwas, um den Brotteig zu beruhigen –«

»Der Brotteig«, weinte die Mutter des Jungen, »der ist mittlerweile bestimmt ganz störrisch geworden.«

»Du wirst sehen, mein Kind, bis morgen wird er sich schon wieder beruhigen«, sagte Alma unbeirrt.

»Und er hat solche Angst vor ihnen!«

»Wer?«

»Hans! Er hat solche Angst vor den weißen Mäusen. Vier Stunden. Sie jagen ihm die meiste Angst ein.«

»Verstehe. Weiße Mäuse …« Alma schaute ganz ernst drein. »Nein, das ist nicht gut. Weiße Mäuse können ziemlich gefährlich sein. Es ist streng verboten, weiße Mäuse im Haus zu haben. Das weißt du doch.«

»Das ist mir schon klar …«, gestand die Mutter des Jungen verzweifelt. »Aber das Haus ist an allen Ecken und Enden undicht. So kommen sie herein. Und ich kann es mir nicht leisten, die Polizei zu rufen, um sie loszuwerden. Darum tue ich so, als wäre …«

»Trotzdem hättest du es besser nicht getan.«

»Es ist nur so, dass –«

»Was denn, Schätzchen?«

Die Mutter des Jungen riss sich zusammen, räusperte sich und sagte:

»Es ist nur so, dass ich ihn sonst nirgendwo einsperren kann. Und …«

»Und?«

»Und …«, flüsterte sie erneut: »Meiner Meinung nach hatte er es verdient.«

»Hm.«

»Dort eingesperrt zu werden. Mit den weißen Mäusen.«

Alma schwieg eine Weile. Dann sagte sie: »Ich glaube, für dich und für ihn war es richtig gut, dass wir zwei uns heute unterhalten haben. Sei froh, dass du dich mir gegenüber geöffnet hast. Wie gut, dass ich meiner natürlichen Intuition gefolgt bin und dich im Massageinstitut angesprochen habe. Denk dran: Du musst vorsichtig sein, wem du so etwas erzählst. Ein anderer könnte dich bei den Behörden anzeigen dafür, dass du Mäuse beherbergst.«

»Ja, danke, liebste Alma.«

»Du brauchst dich nicht bei mir zu bedanken. Ich habe ja deine Mutter gekannt. Aber geh jetzt nach Hause. Du weißt ja nun, wo ich wohne. Wir zwei können uns gern ein andermal ein Likörchen und einen Kaffee genehmigen. Jederzeit.«

»Danke, danke, tausend Dank.«

»Komm einfach vorbei. Aber geh jetzt heim zu deinen Kindern. Lass den Jungen frei. Tröste ihn, wenn er überhaupt getröstet werden will.«

»Er will nie getröstet werden. Er ist einfach nur ungezogen.«

»Tja, dann belohne ihn. Das ist er bestimmt nicht gewöhnt. Nimm ihn mit zu einer Vorstellung oder zu einem Konzert oder so.«

Die Mutter des Jungen errötete und sah Alma beschämt an.

»Ich kann nicht – ich habe kein –«

Alma senkte den Blick. Die Mutter des Jungen schaute weg. Ein paar Sekunden lang schwiegen sie beide.

»Nein sieh mal!«, stieß Alma aus. »Sieh mal, was ich gerade auf der Straße gefunden habe!«

Alma bückte sich. Verwirrt starrte die Mutter des Jungen sie an.

»Sieh mal!« Sie richtete sich auf. In der Hand hielt sie zwei nagelneue rote Geldscheine. »Achthunderttausend Pesos«, sagte sie. »Du meine Güte. Die lagen direkt unter deiner Schuhspitze.«

»Wirklich?«

»Ja klar. Du bist darauf getreten, ohne es zu merken. Nach alter Sitte bedeutet das, dass sie dir gehören.«

»Das kann doch gar nicht sein?«

»Doch, doch. Hör auf mich und nimm sie an dich. Du hast sie ganz ehrlich mit deiner Schuhspitze gefunden. Ich habe sie lediglich für dich aufgehoben. So ist es. Ganz klar. Jetzt nimm sie schon.«

Verwirrt steckte die Mutter des Jungen die Scheine in die Handtasche.

»So ist es schon besser. Jetzt hast du die Mittel, um mit deinen Kindern etwas Schönes zu unternehmen. Und noch einen Extragroschen. Schau in der Zeitung nach, ob sich etwas an der Unterhaltungsfront tut. Etwas, das für Kinder geeignet ist.«

»Danke«, sagte die Mutter des Jungen, dann verstummte sie. Sie wusste nicht, was sie zu der liebenswürdigen Alma sagen sollte.

»Geh jetzt. Geh schnell nach Hause. Dein Junge hat bestimmt Angst.«

Die Mutter des Jungen wandte sich ab, dann drehte sie sich wieder zu Alma um, umarmte sie kurz und verwirrt und machte sich eiligst auf den Heimweg.

Aber

16

im Büro des Wachkommandanten klingelte das Telefon. Im selben Moment schien das Tageslicht draußen, das bisher aprilblau und kristallklar gewesen war, seine Farbe zu ändern und bedrohlich gelb zu werden, wie vor einem heftigen Gewitter oder wenn sich einer der großen Sandstürme im Brandenburgischen Tiefland zusammenbraute.

Das stimmte den Wachkommandanten bedenklich. Was weniger an dem unheilschwangeren Licht lag, denn er hatte keine Antenne für Lichteffekte und andere subtile Stimmungsnuancen, auch nicht daran, dass ihm stets vor Telefonaten graute (das war gewissermaßen nicht sein Medium), sondern weil die Warze auf seiner Nase beim Läuten des Telefons instinktiv eine skeptische Grimasse geschnitten hatte, und diese Grimasse war so heftig gewesen, dass sich der Schmerz bis hoch zur Nasenwurzel gezogen hatte.

Das gefiel dem Wachkommandanten gar nicht, denn die Warze hatte für gewöhnlich recht in ihren bangen Vorahnungen.

Das Telefon auf seinem Schreibtisch klingelte intensiv und beharrlich. Er ließ es klingeln, ein, zwei … fünf, sechs Mal. Es hörte nicht auf zu läuten. Ganz im Gegenteil, die Intervalle wurden nur kürzer, zudem änderte es langsam die Farbe. Von anfangs genervt rosa bis hin zu vor Verärgerung rot.

Die Warze auf seiner Nase wand sich, wieder durchfuhr ihn ein Schmerz, dieses Mal bis zum Haaransatz.

»Könntest du vielleicht damit aufhören«, herrschte er die Warze an.

Das Telefon klingelte. Bei jedem Läuten wurde es roter.

»Du solltest lieber rangehen«, sagte die Warze mit düsterer Stimme zu ihrem Wirt.

»Das Einzige, was ich tun sollte«, sagte der Wachkommandant drohend, »ist schon seit Langem, einen Arzt aufzusuchen, um dich entfernen zu lassen.«

»Trotzdem solltest du ans Telefon gehen«, sagte die Warze sachlich. »Es scheint wichtig zu sein. Ich denke, es sind schlechte Nachrichten.«

»Sag mal, bist *du* Wachkommandant hier in der Stadt oder ich?«, fragte der Wachhabende rhetorisch, er war aber ein schlechter Rhetoriker.

»Und was ist das überhaupt für ein Wachkommandant, der an Telefonverweigerung leidet? Ich frage ja nur«, sagte die Warze bissig.

»Die Polyklinik von Dr. Kumač hat bis um acht geöffnet«, sagte der Wachkommandant mit mörderischem Unterton. »Aber nach dem Mittagessen führt er die Hand nicht mehr so sicher, habe ich gehört.«

Das Telefon war in der Zwischenzeit glühend rot geworden. Es klingelte wie besessen, zusätzlich machte es kleine zornige Hüpfer.

»Und?«, sagte die Warze, so gravitätisch, wie es ihr angesichts ihrer begrenzten stimmlichen Kapazitäten möglich war.

»Du brauchst nicht zu denken, dass derlei kosmetische Eingriffe besonders teuer sind«, sagte der Wachkommandant und lehnte sich auf seinem Bürostuhl zurück.

»Darüber können wir später reden«, sagte die Warze. »Jetzt musst du dich ein wenig in Selbstüberwindung üben.«

»Ob ich rangehe – oder nicht, entscheide ich.«

»Du bist eine Schande für den preußischen Offiziersstand, das bist du. Hier sitzt ein erwachsener Mann mit Säbel und allem Drum und Dran, und dann weigert er sich, ans Telefon zu gehen –«

Auf der Stelle stürzte der Kommandant zum Schreibtisch und riss verärgert den Hörer von der Gabel.

»JA!«, kläffte er ins Mikrofon, merkte jedoch im selben Moment, dass der Hörer mittlerweile glühend heiß geworden war und er sich kräftig daran verbrannte; er musste loslassen, und der Hörer knallte mit lautem Rums auf die Schreibunterlage.

Die Warze gab ein schadenfrohes Lachen von sich.

Fluchend und auf die Finger der rechten Hand pustend fummelte er die weißen Uniformhandschuhe aus der Brusttasche. Nachdem er mühsam einen Handschuh übergestreift hatte, fasste er den Hörer erneut an.

»TUT MIR LEID!«, brüllte er ins Mikrofon. »HALLO? Wer ist dran?«

…

»Ja?«

…

»Ja, Sie sprechen mit dem Wachkommandanten.«

Die Warze lachte erneut.

»Von wegen«, sagte sie leise.

»Und DU hältst die Klappe!«, zischte der Wachkommandant. »… Hallo?«

…!

»Nein, *Sie* waren natürlich nicht gemeint«, sprach er in den Hörer, weitaus kleinlauter.

…!!

»In keinster Weise. In keinster Weise. Tut mir leid. Tut mir aufrichtig leid. Was kann ich für Sie tun?«

…

»Jaha.«

…

»Ach so?«

… …! …?

»Das ist aber …«

…

»Wer, sagten Sie?«

…

»O Gott. Verstehe. Verstehe. Verstanden.«

… …

»Ja, verstanden. Verstehe. Das ist schrecklich. Ich bin …«

…

»… Ja, das ist wirklich schrecklich. Kann das wirklich sein? Ich bin …«

…!

»Kann das sein? Und wo ist er jetzt?«

…

»Liegt er etwa auf dem Boden …?«

…

»Jaha. Und haben Sie nach einem Arzt geschickt?«

…

Der Wachkommandant nahm einen Schreibblock aus der Schublade und notierte sich Stichwörter während des Gesprächs.

»Kein Arzt«, sagte er nachdenklich. »Verstehe. Nein, nein, das hat wahrscheinlich keinen Sinn.«

…

»Hören Sie«, sagte er. »Vielleicht sollten Sie trotzdem einen Arzt rufen. Der Form halber. Das ist bestimmt das Beste.«

…

»Ja, tun Sie das. In der Zwischenzeit schicke ich zwei Männer aus meiner Wachabteilung vorbei. Sie können Erste Hilfe. Im Gegensatz zu den Ziergardisten. Die stehen ja nur rum und kosten Geld«, kam es verbittert, »Geld, das wir für ordentliche Polizeiarbeit gebrau–«

…!

»Ja, natürlich. Natürlich. Ich komme auch mit. Das ist bestimmt am klügsten. Natürlich.«

…

»Ja, wir kommen augenblicklich.«

…

»Danke. Verstanden. Ende.«

Mit autoritärem Gestus legte der Wachkommandant den Hörer auf. Das Telefon wimmerte kurz, dann seufzte es zufrieden und nahm schrittweise wieder seine gesunde weiße Ruhefarbe an.

Einen Augenblick lang lehnte sich der Wachkommandant schwer atmend auf dem Stuhl zurück, während er sich mental einen äußerst notwendigen Überblick verschaffte.

»Das ist mir eine schöne Bescherung«, sagte er. »Gute Güte.«

»Wer war das?«, fragte die Warze.

»Das war das Kabinettssekretariat.«

»Du liebes bisschen«, sagte die Warze neugierig. »Was ist passiert?«

»Das wirst du gleich erfahren«, sagte der Kommandant und erhob sich, knöpfte den obersten Knopf seiner Uniformjacke zu, zog den zweiten Handschuh an und klemmte sich die Uniformmütze unter den Arm.

»Ich hatte also recht damit, dass es wichtig war?«

»Hm«, kam es zerstreut von dem Wachkommandanten, der sehr damit beschäftigt war, über alles nachzudenken, was man ihm gerade mitgeteilt hatte.

»Es war also wichtig?«, rief die Warze gereizt.

Der Wachkommandant antwortete nicht. Er inspizierte sich zunächst im Spiegel und eilte dann so rasch zur Tür hinaus, dass sein Spiegelbild noch einige Sekunden lang im Rahmen festhing, bevor es ihm verdutzt hinterhersauste.

Aber

17

streng genommen entsprach es nicht ganz der Wahrheit, dass der Junge Angst vor dem dunklen Musikzimmer hatte. Oder vor den weißen Mäusen, die in der Orgel hausten. Die ersten zweiundsechzig Male, die er von der Hexe eingesperrt worden war, hatte er geschrien und gegen die verriegelte Tür getreten, dass sie Blasen warf. Die kümmerlichen schmalen Lichtstreifen, die hier und da durch die mit Brettern verrammelten Fenster drangen, machten alles nur noch schlimmer. Es roch muffig und modrig, und anfangs hatte er den Geruch für den Tod gehalten. In der Dunkelheit wurden alle Gegenstände im Musikzimmer groß und bedrohlich, er hatte nicht begriffen, was er dort sah. Selbst die banalste Zugposaune an der Wand wurde zum Skelett eines unbekannten fliegenden Wesens, die Tapeten, die sich von der Wand gelöst hatten und hin und her schwangen, wurden zu Trauerfloren, während die Chaiselongues, auf denen die Zuhörer einst gesessen hatten, als das Zimmer noch in Gebrauch gewesen war, zu morschen Sarkophagen wurden. In regelmäßigen Abständen sausten die weißen Mäuse auf dem Weg von und zur Orgel, in der sie hausten, durchs Zimmer.

Nichts jagte ihm mehr Angst ein als die weißen Mäuse. Sie waren gefährlich, das wussten alle. Aus dem alten defekten Harmonium ertönte ihr Fiepen. Sie fiepten und schrien und raschelten die ganze Zeit. In der Orgel mussten Hunderte von ihnen sein, und er hatte mehr Angst vor ihnen und ihren scharfen Zähnchen gehabt als vor allem anderen im ganzen Zimmer und auf der halben Welt, und als er zum ersten Mal hier eingesperrt worden war, lief eine Maus über seinen linken Fuß. Darüber erschrak er so, dass er rückwärts wankte und auf eins der Sofas fiel. Sofort gaben Polster und Federn unter ihm nach und er sank immer tiefer, als wollte das Möbelstück ihn verschlingen. Es schmatzte schon.

Schreiend kämpfte er sich wieder aus der Chaiselongue und blieb im Zimmer stehen, zitternd vor Schreck.

Im selben Augenblick sauste eine weitere weiße Maus über seine Füße, und er schrie noch einmal auf, zog den Fuß zurück und blieb auf einem Bein stehen.

Nein, nein, nein, sie war stehen geblieben.

Nein, nein, nein. Sie war neben seinem Fuß.

In der Dunkelheit konnte er sie nicht sehen, aber er spürte, wie sie vorsichtig mit ihren spitzen Vorderzähnchen an seinem Joggingschuh zu nagen begann, nahe beim großen Zeh, und dabei leise knatterte.

Brüllend vor Angst rannte er im Dunkeln los, stolperte und fand sich auf allen vieren wieder. Der Teppichboden unter seinen Händen zerfiel zu Fäden und Staub. Er krabbelte zur Tür, warf sich dagegen, flehte darum, freigelassen zu werden.

Ja, die ersten zweiundsechzig Male hatte er geschrien und aufrichtig geweint, doch die Hexe wollte ihn nicht eher freilassen, bis er wieder lieb war, und das passierte einfach nicht. So war es vorbestimmt. Es gab (zumindest vorläufig) keine Möglichkeit für ihn, sein ungezogenes Benehmen zu ändern, aber das würde die Hexe mit ihren Nähnadeln und ihren Brokatstoffen nie verstehen. Ließ sie ihn trotzdem frei, weil sie in ihrem verstockten Hexenherz trotz allem einen Anflug von schlechtem Gewissen verspürte, wurde er schnell wieder zu einem ungezogenen Jungen. Er konnte nicht anders. Und schon ging es von Neuem in das verrammelte Musikzimmer, die Tür fiel zu, die Schlösser wurden verschlossen, die Riegel vorgeschoben, und er schrie und weinte, dass Rotz und Tränen sich vermischten, hinter dem Gesicht und außen drauf.

Sobald er sich in einer Ecke versteckte oder still dastand, näherten sich die Mäuse. Er nahm an, dass es für sie einfacher war, ein unbewegliches Opfer anzugreifen. Aber es war nicht leicht, in Bewegung zu bleiben, weil er ständig über etwas stolperte oder an Stühle, Chaiselongues und Tische stieß. Die ersten zweiundsechzig Male, die er eingesperrt wurde, bewaffnete er sich mit einem losen Tischbein, das seine Hand zufällig beim ersten Mal gefunden hatte, und mitten im Zimmer stehend oder in einer Ecke hockend, verteidigte er sich mit dem Tischbein als Waffe gegen die Mäuse. Sobald er hörte, wie sie sich mit ihren tapsigen Händchen näherten, schlug er in blinder Dunkelheit zu und schrie, um sie zu warnen.

Trotzdem kamen sie näher. Jedes Mal. Er konnte ihr boshaftes Fiepen und Kichern hören, in exakt ausreichendem Abstand. Anhand der rhythmischen Laute, die von der kurzen Wand zu ihm herüberdrangen, konnte er hören, dass ganze Gruppen von ihnen ständig auf dem Tisch tanzten. Er erwischte niemals auch nur eine Einzige von ihnen, dafür waren sie viel zu schnell. Sie schlichen sich an und neckten ihn mit ihren Schwänzen, die sie über seine Füße und Knöchel streifen ließen. Jedes Mal schrie er auf und schlug zu. Hin und wieder traf er sich selbst, aber im Großen und Ganzen schlug er nur in die leere Dunkelheit oder auf den Boden. Einmal, als er versuchte, eine angreifende Gruppe zu treffen, entglitt ihm das Tischbein und verschwand im Nirgendwo.

Nein, nein, nein. Jetzt kommen sie näher.

Da kamen sie heran. Er konnte hören, wie sie im Dunkeln beratschlagten, anschließend näherten sie sich in einem Halbkreis von allen Seiten, um an ihm, der dort zusammengekauert in der Ecke hockte, zu nagen. Mit einer einzigen Bewegung über die Bodenplanken fegte er sie beiseite. Einige blieben an seinen Ärmeln hängen, bissen sich fest, aber er schüttelte sie ab und suchte fieberhaft auf allen vieren nach dem Tischbein, dort, wo er den Aufprall gehört zu haben glaubte. Erst als er es wiederfand, fühlte er sich einigermaßen sicher. Obwohl er nie auch nur eine Einzige damit erwischt hatte, hatten die weißen Mäuse vor der Waffe trotz allem Respekt.

So wurden die zweiundsechzig ersten Einsperrungen zu endlosen Albträumen, in denen er keinen Moment zur Ruhe kam, sondern die ganze Zeit angespannt dasitzen oder dastehen musste, stets auf der Hut und auf die weißen Mäuse horchend, die sich näherten. Dem morschen Blasebalg und den Öffnungen in den Orgelpfeifen konnte er entnehmen, dass sie permanent beschäftigt waren. Sie bauten etwas in der Orgel und fiepten sich die ganze Zeit über an. Manchmal bildete er sich ein, einen Lichtschein in den Ritzen der Orgel zu erkennen.

Erst bei der dreiundsechzigsten Einsperrung, an einem Mittwoch, an dem er ermattet vor Angst und vom vielen Schreien zitternd in der Ecke saß, den Kopf auf den Knien, die Arme vor der Stirn, geschah etwas. Er hatte das Tischbein dicht neben sich abgelegt, damit er es jederzeit packen konnte.

Doch als sich abermals eine Maus näherte, fehlte ihm plötzlich die Kraft, das Tischbein zu packen und hochzuheben, um sich zu wehren. Vielmehr dachte er: Sollen sie mich diesmal doch fressen. Zumindest einen Teil von mir.

Er hörte leises Kratzen auf den Dielen, als die Maus sich näherte. Neben seinem Fuß blieb sie stehen. Doch er trat nicht wie sonst nach ihr, so erschöpft war er.

Er hörte sie an seinen Zehen schnuppern.

Er spürte, wie sie auf seinen Fuß kletterte.

Er rührte sich nicht.

Mit ihren kleinen Krallen packte sie sein Hosenbein. Sich mit dem Schwanz auf seinem Spann abstützend, schob sie sich nach oben, fand dann auch Halt mit ihren Hinterbeinchen und kletterte unter großer Anstrengung an seinem Unterschenkel hoch bis zum Knie.

Ihr Ziel ist das Gesicht.

Ihr Ziel ist immer das Gesicht. Nein, nein, nein.

Aber ich tue nichts.

Plötzlich stand sie auf seinem Knie, dicht bei seinem Unterarm, der schützend vor den Augen lag.

Sie beginnen vermutlich mit den Augen. Damit man nichts mehr sieht. Eine blinde Beute ist die beste Beute.

Resigniert hob er den Unterarm und starrte die weiße Maus mit zusammengekniffenen Augen an. In dem schwachgrauen Licht konnte er das dreieckige Mäulchen mit den scharfen Vorderzähnchen, den Schnurrhaaren und den schwarzen Äuglein sehen.

Interessiert starrte sie ihn an.

Jetzt setzt sie zum Sprung an. Jetzt. Jetzt, jetzt.

Mit einem Mal schien es im Zimmer eine Spur heller zu werden. Sie sah ihn an. Dann sagte sie mit ruhiger Stimme:

»Fürchte dich nicht. Du hast die Prüfung bestanden.«

Verwirrt machte er die Augen ganz auf.

»Wie bitte?«, sagte er.

»Du bist unartig genug«, sagte die Maus. »Und mutig genug. Und ausdauernd genug.«

Der Junge sah sie nur verwirrt an.

»Ich wurde gesandt, um dich mitzunehmen.«

Verwirrt, so als traute er seinen Ohren nicht recht, nahm der Junge beide Arme vom Gesicht. Die Maus saß auf seinem Knie. Und tatsächlich hielt sie zwischen ihren Pfötchen eine kleine weiße Flagge hoch. Sie meinte es also ernst.

Mit ernster Miene sah sie ihn an. Es wurde heller.

»Du bist auserwählt«, sagte sie.

Jetzt entdeckte er zu seiner Überraschung, dass er sich hier im Zimmer eigentlich ganz wohlfühlte. Es war still, aber nicht geräuschlos. Zwischen den Wänden hallte keine Musik mehr wider, doch es schien, als wären die Wände erprobt, sie waren besonders hellhörig, wie Membranen. Von draußen drangen gedämpfte Straßengeräusche herein. Lauter noch als sie waren die Geräusche der Schwalben unter dem Dachgesims, dort, wo die Vögel rein- und wieder raussausten, mit sich beschäftigt und pausenlos miteinander schwatzend. Richtete er seinen Hörsinn nach innen, hörte er, wie das Haus sich langsam bewegte, wie es leise knarrend und knackend atmete. Die Schritte seiner Mutter zwei Etagen unter ihm hallten wie schwache, fast unhörbare dumpfe Schläge im Gebäudekörper wider, während das schmerzliche und infektiöse Husten der schlafenden Schwester an den Fußleisten zwischen Dielen und Wand zu hören war. Oben auf den Dachziegeln kullerte hin und wieder ein Stück trockener Mörtel herab, der sich vom allmählich einstürzenden Schornstein gelöst hatte, raschelte über das steil geneigte Dach und verschwand im Nichts.

Jetzt empfand er das Fiepen der Mäuse in der Orgel als beruhigend.

Das Zimmer seufzte. Es vermisste die fröhliche Festmusik aus alten und besseren Zeiten und musste sich damit begnügen, diese traurige, stille Alltagsmelodie für ihn zu spielen.

Jedes Mal, wenn er die Augen öffnete. Jedes Mal, wenn er die Arme wegnahm und die Augen öffnete. Jedes Mal, wenn er den Kopf hob und die Augen öffnete, kam ihm das Zimmer heller vor. Das Zimmer wurde von Mal zu Mal heller. Es wurde heller, und man konnte sich leichter darin orientieren. Die Maus saß da und schaute ihn an, sobald er die Augen öffnete und schloss und öffnete und schloss und wieder öffnete.

Schließlich ließ er sie offen. Sein Körper entspannte sich zum ersten Mal nach zweiundsechzig Einsperrungen. Er ließ die Hände locker an der Seite herunterhängen. Er hob den Kopf und sog den morschen, modrigen Geruch tief ein. Im Grunde wirkte dieser ziemlich frisch, nahezu blumig, wenn man sich erst einmal daran gewöhnt hatte.

Er streckte sich wie nach einem langen Schlaf und merkte, dass er zu Hause angekommen war. Das hier war jetzt sein Zimmer. Das wusste er einfach. Er betrachtete die Möbel und die Instrumente, die ihm noch bis vor fünf Minuten so oft Angst eingejagt hatten. Jetzt wirkten sie trivial und ungefährlich. Ein Sprossenstuhl. Ein paar rostige Notenständer. Eine große Trommel mit Löchern im Fell. Stapelweise morsche Notenhefte. Eine alte Punschschüssel, die vor lauter Einsamkeit gesprungen war.

»Du bist auserwählt«, fiepte es von Neuem auf seinem Knie, wobei ihn die Maus ernst anblickte.

»Ich weiß«, sagte der Junge. »Ich habe es schon immer gewusst. Meinem Schicksal haftet etwas Unabwendbares an.«

Kluges Nicken seitens der Maus.

»Du weißt nur nicht, wofür.«

»Nein. Ich weiß nur nicht, wofür«, wiederholte der Junge.

»Du weißt nicht, wofür«, fiepte die Maus mit Grabesstimme.

»Nein«, sagte der Junge. »Nicht, wofür.«

Einen Augenblick schwieg die Maus. Dann wiederholte sie:

»Du bist auserwählt«, und fuhr fort: »Du bist auserwählt, mit uns zusammen zu sein.«

»Mit euch? Ich verstehe nicht …«

»Schließ dich uns an, und wir werden die Physiokratie und die ganze Gesellschaft gleich mit dazu vernichten.«

»Aber, aber – ich bin so schlecht in der Schule. Ich habe nicht einmal eine Ahnung, was die Physiokratie überhaupt *ist*.«

»Die Physiokratie – tja, die ist dafür verantwortlich, dass du hier sitzt. Wenn es mir gestattet ist, mich kurzzufassen.«

Der Junge sah die ausgesandte Maus verständnislos an.

»Das können andere so viel besser erklären als ich«, sagte sie entschuldigend. »Das ist nicht meine Aufgabe. Ich bin nur ausgeschickt worden, um dich zu holen. Komm, wir haben keine Zeit zu verlieren.«

Jetzt schien es im Zimmer noch heller zu werden. Ein kräftiges Knacken ließ ihn herumfahren. Mit einem Knarren öffnete sich die Orgel.

»Willkommen«, sagte die kleine Maus.

Die Klaviatur der Orgel und die Register glitten zur Seite, ebenso die Holzpaneele und die Pfeifen, und die Mäuse darin stimmten ein monotones, feierliches Willkommenslied an.

In der Öffnung kam ein Lichtermeer zum Vorschein. Es funkelte und glitzerte wie eine Straße mit Weihnachtsbeleuchtung im Miniaturformat. Jetzt konnte er sehen, dass die Orgel nur eine Fassade war, ein Deckmantel, ein Tor in eine heroische, neue Welt. Ja, sogar das raffinierte Bauwerk der Mäuse in besagter Orgel, mit Wohnzimmern und Schlafsälen, Speisekammern und Büros, war lediglich der Anfang von etwas Größerem. Hinter der Orgel, hinter dem Ganzen, öffnete sich die Hauswand: Backsteine in Höhe der Orgel waren entfernt worden, dahinter ging es mit Straßen und Treppen,

Brücken und Regalen im Mäuseformat weiter, und überall wimmelte es von Mäusen, Myriaden von weißen Mäusen. Darüber leuchteten kleine Lämpchen, und von den Mäusen hatten auch viele ein Lämpchen am Schwanz, das sie feierlich hin und her schwangen. Und mittendrin gab es nun also eine Öffnung, die groß genug war, damit ein Mensch hindurchgehen konnte, sofern er sich bückte. Der Junge konnte sehen, dass die Öffnung in einen gewölbten Korridor führte, der nach wenigen Metern nach links abknickte und in der Tiefe verschwand.

»Na«, fiepte die Gesandte. »Möchtest du nicht mit zu uns kommen? Dort ist reichlich Platz. Wir werden auf dich aufpassen. Du bist auserwählt.«

Für einen Moment spürte der Junge einen erneuten Anflug von Angst. Trotzdem stand er auf und ging mit unsicheren Schritten zu dem Instrument. Die kleine Gesandte sprang von seinem Knie herunter und lief vor ihm her, die weiße Flagge im Triumph erhoben.

»Was – was habt ihr mit mir vor?«, fragte der Junge.

»Es wird dir gefallen«, sagte die Gesandte selbstsicher. »Du bist auserwählt. Der Kampf zwischen hellen und dunklen Kräften beginnt. Wichtig ist nur, dass du dich entspannst und dich ganz hingibst. Zuerst wollen wir dich ein bisschen radikalisieren.«

Mit gesenktem Haupt trat er auf die Öffnung zu. Als er, der Auserwählte, die Schwelle überquerte, sangen die Mäuse noch lauter. Mehrere brachen in Applaus aus. Dann lief er den schmalen, niedrigen Korridor entlang auf die Treppe zu, die steil nach unten führte, und verschwand. Er konnte nicht umhin, den Fleiß der Mäuse zu bewundern, die das alles, obwohl sie so klein waren, mühsam aufgebaut hatten. An den Wänden konnte er Spuren ihrer Pfötchen und Zähnchen erkennen, und den Lehmboden unter ihm hatten sie mit ihren winzigen Füßchen festgetrampelt.

»Meine Fresse«, sagte Hans, »das ist ja total …«

»Pst«, wisperte die Gesandte. »Hier oben ist es besser, möglichst leise zu sein. Reden können wir später, wenn wir bei uns sind.«

Dann ging es in die Tiefe.

Das war passiert, als er zum dreiundsechzigsten Mal eingesperrt worden war. Seither war er noch weitere hundertzwölf Male eingesperrt gewesen.

Es machte ihm nichts mehr aus. Er war auserwählt. Er verbrachte die Zeit der Verbannung nicht länger in dem alten Musikzimmer, sondern an einem völlig anderen Ort.

Aber

18

auf dem Platz vor dem Rathaus langweilte sich der Hund immens. Es war keineswegs so, dass er unbedingt ständig etwas *tun* musste, doch jetzt war es an ihm, Wache zu halten, und die Katze hatte ihn dazu abgestellt, den Eingang zu überwachen, während sie selbst losgezogen war, um sich zu vergewissern, dass die zwei verdächtigen Elemente sich nicht zur Hintertür hinausschleichen konnten.

So ein Schwachsinn, dachte der Hund. Die Katze war möglicherweise nicht die lustigste oder interessanteste Gesellschaft, aber sie war zumindest Gesellschaft. Es konnte ganz nett sein, zu faulenzen, dabei Leute zu beobachten, die kamen und gingen, und Theorien über sie zu entwickeln. Aber heute hatte sich die Katze mit den beiden umherreisenden Gauklern in etwas hineingesteigert. Außerdem war es hier nicht besonders angenehm, mit all den Menschen, die kamen und gingen und deren Füße dabei in gefährliche Nähe zu seinem Schwanz gerieten.

Der Hund erwog ernsthaft, sich zu verziehen, als die Katze ganz vergnügt zurückkam.

»Alles in Ordnung«, miaute sie schroff. »Die Hintertür ist gesichert. Dort kommt kein Mensch heraus, ohne dass wir es mitkriegen.«

Sie äußerte sich nicht dazu, wie sie das bewerkstelligt hatte.

Jetzt dreht sie völlig durch, dachte der Hund. Bestimmt hat sie wieder jemanden bestochen. Eine Drossel oder irgendetwas anderes Unbedeutendes und Leichtbestechliches. Als ob sich eine Drossel länger als drei Sekunden auf etwas konzentrieren könnte. Und hinterher will sie bestimmt, dass wir uns die Ausgaben teilen. Und dann müssen wir für die Drossel nach Würmern und Käfern und dergleichen widerlichem Zeugs graben. Ja, ja, wenigstens ist sie zurückgekommen. Das ist schon mal was.

Daher sagte der Hund kein Wort, sondern machte Platz für die Katze, die sich gemütlich neben ihm hinlegte.

Zusammen lagen sie da und starrten ununterbrochen auf die Eingangstür des Rathauses.

»Sie entkommen uns nicht«, sagte die Katze theatralisch.

»Nein, sie haben keine Chance«, murmelte der Hund; die Katze hob fragend eines ihrer Schnurrhaare an, woraufhin sich der Hund beeilte, weniger ironisch hinterherzuschieben: »Gott sei Dank, meine ich.«

Kurz darauf erblickte der Hund ein hoch aufgeschossenes, schlaksiges Wesen mit künstlichem Schnauzer und bodenlangem Mantel, das auf der anderen Straßenseite stand und nach etwas Ausschau hielt. Das Wesen hatte sich ganz offensichtlich einen künstlichen Schnauzer aufgeklebt, und außerdem wirkte die Nase verdächtig, da sie von anderer Farbe war als die restliche Gesichtshaut. Außerdem trug das Wesen einen Hut, den es tief ins Gesicht gezogen hatte, bis zu der dunklen Sonnenbrille, und schaute mal in die eine, mal in die andere Richtung.

Der Katze fiel die verkleidete Gestalt nicht auf, sie war viel zu sehr auf die Rathaustür fixiert. Die Katze hätte es vermutlich nicht einmal gemerkt, wenn eine ganze Armee in Verkleidung vor ihr gestanden hätte. Doch der Hund seufzte. Der Hund erkannte das mit dem falschen Schnauzer ausgestattete Wesen sofort. Er wusste genau, in welcher Mission es unterwegs war. Es war die immer gleiche Geschichte. Die Verkleidung immer gleich schlecht. Total peinlich.

Einen Augenblick erwog der Hund, sich davonzustehlen, heute war ja trotz allem sein freier Tag, aber er war äußerst pflichtbewusst und blieb liegen, bis das verkleidete Wesen ihn erblickte und mit etwas, das es für Inkognito-Schritte hielt, langbeinig über die Straße stelzte und so bei absolut allen, die in Reichweite waren, Aufmerksamkeit erregte.

Die Katze schaute völlig verwirrt hoch zu dem hochgewachsenen Schlaks im bodenlangen Mantel. Der Schlaks ignorierte die Katze komplett und beugte sich zu dem Hund hinunter, dabei nahm er Hut und Sonnenbrille ab.

»Ich bin's«, murmelte er nervös.

»Wie wahr«, sagte der Hund, ohne sich die Mühe zu machen, dabei überrascht zu tun. »Du liebes bisschen.«

»Da bist du ja endlich«, sagte der Verkleidete.

»Ja, hier bin ich«, sagte der Hund.

»Ich habe überall nach dir gesucht.«

»Ach so«, sagte der Hund. »Heute ist mein freier Tag.«

»Ich habe eine wichtige Nachricht«, sagte das lange, schlaksige Wesen und blickte nervös über die Schulter.

Der Hund stellte ein Ohr auf und ließ das verkleidete Wesen dicht an sich heran.

Flüsternd trug es seine Mission vor. Der letzte Satz war unüberhörbar:

»Daher musst du sofort mitkommen. Es ist leider sehr eilig.«

Der Hund nickte ernst. Dann sagte er leise:

»Du kannst gehen. Ich komme gleich nach.«

Das lange, schlaksige Wesen nickte ernst, setzte Hut und Brille wieder auf und verzog sich mit langen, auffällig leisen Schritten die Straße hinauf, wobei es ständig nervös nach rechts und nach links blickte.

Die Katze seufzte.

»Ich gehe davon aus«, sagte sie enttäuscht, »dass du mir nicht sagen kannst, wer das war?«

»Leider nicht«, bestätigte der Hund bedauernd.

»Oder mir verraten, was er gesagt hat?«

»Sorry, alter Freund.«

Die Katze blickte ihren Kameraden leicht gekränkt an.

»Bei dir herrscht immer so viel Geheimniskrämerei«, sagte sie.

»Nein, nein«, sagte der Hund unaufgeregt. »Ich habe nur ein sehr exzentrisches Herrchen. Es liegt nichts Besonderes oder Heimliches vor. Mein Herrchen ist nur eine Spur paranoid.«

Die Katze starrte den Hund an, als würde sie ihm das nicht ganz abnehmen.

»Ich gehe davon aus«, sagte sie dann, »dass du deinen Pflichten hier nicht weiter nachkommen kannst und die Beschattung der zwei verdächtigen Elemente einstellen musst?«

»Ja, leider«, sagte der Hund ohne größeres Bedauern, »du hast vollkommen recht. Mein freier Tag ist gestrichen. Ich muss los.«

»Ausgerechnet heute. Wo die Freiheit der Stadt auf dem

Spiel stehen könnte«, sagte die Katze in dem halbherzigen Versuch, den Kameraden zum Bleiben zu bewegen, aber der Hund stand schwanzwedelnd auf.

»Tut mir leid, alter Freund«, sagte er. »Wie gesagt. Ich muss los.«

Weg war er.

Einen Augenblick lang fragte sich die Katze, ob sie ihm folgen und ihren Freund beschatten sollte, verwarf den Gedanken aber wieder. Zum einen war es moralisch nicht ganz korrekt, seine Freunde zu beschatten, zum anderen hatte sie tatsächlich schon versucht, den Hund bei einer früheren Gelegenheit zu verfolgen, als er auf die gleiche Weise von diesem langen, schlaksigen Wesen aufgesucht worden war, das sich damals als Hebamme verkleidet hatte, eine der am wenigsten gelungenen Verkleidungen. Nur wenige Minuten, nachdem die lange, ungelenke Gestalt ihm etwas ins Ohr geflüstert hatte, hatte sich der Hund entschuldigt und war verschwunden.

Die Katze war ihm in sicherem Abstand gefolgt, denn sie wollte gern in Erfahrung bringen, was für ein seltsames Herrchen dieser Hund eigentlich hatte und was eigentlich seine Arbeit war.

Eine Weile war die Verfolgung bestens geglückt; die Katze war dem Hund ein gutes Stück gefolgt, ohne dass dieser sich jemals umgeschaut hätte, vielmehr war er entspannt, aber irgendwie auch zielstrebig in den Nordteil der Stadt getrottet. Dann bog er abrupt um eine Straßenecke. Die Katze rannte hinterher. Ihr Freund war für acht bis zehn Sekunden außer Sichtweite gewesen, mehr nicht, aber das hatte gereicht. Als die Katze um die Ecke bog, war der Hund verschwunden.

Verwirrt war die Katze stehen geblieben und hatte sich umgeschaut. Keine Türen, keine Tore, keine Hundeklappen, keine Öffnungen weit und breit. Kein Fahrzeug. Kein Gleiter. Keine Versteckmöglichkeit.

Der Hund war wie vom Erdboden verschluckt.

Verwirrt war die Katze minutenlang durch die umliegenden Straßen gezogen, begriff dann aber, dass sie die Spur verloren hatte und ihre Suche vergeblich war.

Sie hatte ihren Mittwochsfreund nie danach gefragt. Doch merkwürdig war es schon gewesen.

Aber

19

im Rathaus war es dem älteren der beiden umherreisenden Goldmacher mit geschickten Kniffen gelungen, die Sachbearbeitungszeit von vierzehn Tagen auf vierzehn Minuten zu verkürzen.

»Jetzt geht's darum«, sagte er zu dem Jüngeren, als sie sich dem Ausgang näherten, »noch eine Weile hier auszuharren und alles im Blick zu behalten. Um dann, wenn sie sich bietet, die Chance zu ergreifen. Und«, flüsterte er, »ich bin mir sicher, dass sie sich ganz bald bietet. Ganz bald. Warte nur ab und pass gut auf.«

Der Jüngere war weiterhin in Apathie verfallen und passte mitnichten auf. Bedrückt starrte er auf seine Füße, einem persönlichen und ökonomischen Zusammenbruch nahe, er überschlug immer noch im Kopf, wie hoch seine Schulden nach der Sachbearbeitung wären. Bei dem Gedanken wurde ihm übel. Ja, selbst wenn sie alle Ausgaben brüderlich teilen würden und selbst bei voll besetztem Theater und voll bezahlendem Publikum wäre das Defizit so groß, dass ihm schwindelte.

Ein moderner Künstler – hörte er die mahnenden Worte seines ehemaligen Hochschuldozenten – *ein moderner Künstler darf nie über seine Verhältnisse leben, sondern muss mitnehmen, was er kriegen kann, Stipendien und sonstige Zuschüsse beantragen und einstreichen und ansonsten hübsch bescheiden sein.*

Hübsch bescheiden.

Und jetzt stand er hier, ein Opfer des Bauernfängers und Scharlatans, der anscheinend an andere, ganz und gar unbescheidene Standards aus alten Zeiten gewöhnt war, aus Zeiten, so alt, dass sich fast niemand mehr daran erinnerte, und der sich am Morgen wie eine Klette an ihn gehängt hatte. Zwar hatte der Alte ihn bei der Ankunft am Stadttor von Jüterbog vor einem schrecklichen Schicksal bewahrt, aber ursprünglich hatte er ja gar nicht hierher gewollt. Das hatte er nur gesagt, um den Alten abzuschütteln. Eigentlich wollte er nach Cottbus, wo er ein paar Tage bei Freunden zu verbringen gedachte und wo ein Mädchen auf ihn wartete. Sibylle. Die eine ganz wundervolle Vagina hatte, ziemlich eng und doch weich, genau richtig für sein Glied, das leider unterhalb des Durchschnitts lag, wie er erfahren hatte. Jetzt würde er Sibylle und ihre Vagina vermutlich nicht eher wiedersehen, bis er von der Schuldhaft grau geworden war und sie wie ein Wartezimmer im Winter stank. Ach, hätte er bloß die Wahrheit gesagt! *Ich will nach Cottbus, Meister, und habe keine Zeit zum Reden.*

»Du hättest einfach die Wahrheit sagen sollen«, sagte der Ältere leise zu ihm, als sie hinter den Säulen am Ausgang standen, und er nickte automatisch, ohne zu realisieren, was der Ältere eigentlich sagte.

Und ja, dachte der jüngere Goldmacher weiter, wenn er schon hierhergemusst *hätte,* in diese elende Kleinstadt im tiefsten Bauernland, um eine Vorstellung zu geben, dann hätte er sich damit begnügt, sie an einer Straßenecke abzuhalten, wie er es immer tat. Er war seit seinem Debüt nie mehr auf einer Bühne aufgetreten, und das zählte ja eigentlich nicht. Aber falls er die Vorstellung auf einer Bühne *hätte* geben wollen und falls er dafür das hiesige Theater *hätte* mieten wollen, wäre er stante pede aus dem Rathaus marschiert, sobald er über die ungebührlich lange Wartezeit informiert worden wäre. Vierzehn Tage. Vierzehn Tage à 900 000 Pesos pro Zimmer, das machte mal zwei – eine Million achthunderttausend, mal 14 …

»Fünfundzwanzig Millionen zweihunderttausend Pesos«, sagte der Ältere. »Fünfundzwanzig.«

Der Jüngere sah ihn erschrocken an.

»Mein junger Freund. Jüngerer Mann. Du hättest einfach die Wahrheit sagen sollen«, wiederholte der ältere Kollege leise, nahezu sanft, und legte ihm die Hand auf die Schulter, schaute ihm dabei eindringlich in die Augen.

Er selbst streckte den Rücken durch, begegnete dem Blick des Alten. Ohne wirklich zu verstehen, was er sagte, wiederholte er:

»Ich hätte einfach die Wahrheit sagen sollen, älterer Mann.«

»Gut. Besser. Jetzt. Pass auf. Siehst du den Mann, der dort drüben aus der Personaltür kommt?«

Aus besagter Tür trat ein beleibter, zugeknöpfter und offenbar äußerst wichtiger Bürokrat. Wie alle anderen hatte er schütteres Haar und blaue Augen, er trug eine dicke Horngrille und einen braunen Cordanzug, war scheinbar identisch gekleidet wie seine Kollegen, aber etwas war anders an der Art, wie er sich benahm.

»Siehst du den da?«, fragte der Ältere. »Siehst du, dass etwas anders ist an der Art, wie er sich benimmt? Kannst du das sehen?«

»Ja. Ja! Das kann ich sehen«, sagte der Jüngere. »Ja. Aber, na und?«

»Sieh ihn dir genau an. Sieh dir seine Horngrille an.«

Der Jüngere musterte den Stempler, der sich jetzt gemessenen Schrittes über den Fliesenboden zum Ausgang bewegte, wo sie standen.

»Ich kann nichts Besonderes erkennen an – wobei, doch!«, stieß er plötzlich ganz eifrig aus. »Doch. Wahrhaftig. Sie ist ein winziges bisschen dicker als die der anderen. Wahrhaftig.«

»Bravo, junger Mann«, flüsterte der ältere Goldmacher zufrieden und lächelte breit. »Gar nicht so schlecht. Du wirst sehen, aus dir wird noch mal was, irgendwann. Wahrhaftig, ja. Seine Horngrille ist etwas dicker als die der anderen. Das ist sie wahrhaftig. So. Jetzt bleib hier und pass auf.«

Der ältere Goldmacher ließ ihn an der Säule zurück, trat einen Schritt in den Raum, streckte mit herzlicher Geste die Hand aus und hielt den Hornbegrillten an. Der Jüngere konnte nicht hören, was er sagte, doch es schien, als stellte er sich vor. Der Hornbegrillte sah ihn anfangs zurückhaltend, nahezu abweisend an, doch dann geschah es: Plötzlich, wie wenn nach einem Regen die Sonne die Wolken durchbricht, wie wenn ein Ei nach dem Brüten seinen ersten Sprung bekommt, wie wenn ein erigierter und zielstrebiger Penis nach anfänglicher Mühe den richtigen Winkel gefunden hat und zum ersten Mal widerstandslos in ein junges Mädchen hineingleitet, so bekam das Gesicht des Bürokraten Risse und erstrahlte in einem Lächeln, hellte sich auf. Er setzte sogar die Horngrille ab …! Der junge Goldmacher traute seinen Augen kaum, musste jedoch anerkennen, dass er sah, was er sah. *Er setzte die Horngrille ab!* Der Bürokrat hatte die Hände seines älteren Kollegen gepackt und herzlich gedrückt, und nun entspann sich dort in der Mitte des Raums ein lebhaftes Gespräch. Der Alte gestikulierte eifrig, während er sprach, und der Stempler hörte ihm interessiert und zuvorkommend lächelnd zu. Ein paar Mal zeigte der ältere Kollege zu ihm herüber, um ganz offensichtlich etwas zu erklären; der Stempler schaute lächelnd in seine Richtung und nickte, und er hatte zum Glück die Geistesgegenwart, das Lächeln zu erwidern. Beim letzten Mal wagte er es sogar, kurz zu winken.

Schließlich, nachdem die beiden gut fünf Minuten miteinander gesprochen hatten, machte der Ältere Anstalten, den Bürokraten zu den Säulen zu führen, um den Jüngeren zu begrüßen, und wahrhaftig: Der Bürokrat kam willig mit.

»DARF ich«, sagte der ältere Kollege, »darf ich Ihnen meinen jüngeren Kollegen vorstellen. Das hier ist der jüngere Kollege, von dem ich gesprochen habe. Und das hier, lieber Kollege, ist Herr Maier, der Oberstempler in Person.«

»Erfreut«, sagte der Jüngere verwirrt und streckte ihm die Hand hin.

»Enchanté«, sagte der Oberstempler. »Ihr älterer und geschätzter Kollege hat so warmherzig von Ihnen und Ihren Fähigkeiten geschwärmt.«

»Hat er? Ich meine, das ist sicherlich viel zu –«

»Keineswegs, keineswegs. Wenn solche Worte aus dem Mund eines solchen Mannes kommen, soll man sie ernst nehmen. Nein, was für eine freudige Überraschung. Herrje. Hätte ich bloß gewusst, dass Sie kommen! Aber soweit ich verstehe«, sagte er, sich plötzlich verbrüdernd, »haben Sie gewisse Probleme?«

»Probleme?«, sagte der Jüngere begriffsstutzig.

»Ja, praktischer Natur?«

»Praktischer Natur«, begann der Jüngere, immer noch begriffsstutzig, doch sein älterer Kollege knuffte ihn in den Rücken. »Ja, natürlich«, hickste er, »praktische Probleme. Äußerst praktische.«

Der Oberstempler seufzte:

»Unter uns gesagt, die Verordnung ist wirklich unglücklich. Vierzehn Tage Bearbeitungszeit.«

»Nun«, tönte der alte Goldmacher, »Ihr geschätzter Mitarbeiter an Schalter neunzehn hat offen gestanden, äußerst diskret, Ähnliches angedeutet. Äußerst, äußerst diskret natürlich.«

»Nummer neunzehn? O ja. Das ist Herr Mayer. Ja, er ist sehr diskret. Äußerst zuverlässig, wirklich. Ein selbstständiger und verantwortungsbewusster Mitarbeiter. Erstklassiges Stemplermaterial«, sagte Herr Maier.

»Das ist auch mein Eindruck«, sagte der Ältere.

»An und für sich ist Ihre Angelegenheit bei ihm in guten Händen. Aber vierzehn Tage. Uff, uff. Hier hat der Gesetzgeber keine gute Arbeit geleistet. Das muss man einfach sagen. Seit die Verordnung erlassen wurde, ist es vorbei mit allen Vorstellungen und Auftritten umherreisender Künstler und Artisten, so sie nicht direkt vom Schloss bestellt werden. Und dorthin –«, er legte eine vielsagende Pause ein, »– dorthin kommen letztendlich ja die wenigsten von uns. Die wenigsten. Mir selbst war die Freude zweimal beschieden gewesen. Und die Ehre. Zweimal hatte ich die Ehre.«

Der Ältere schüttelte mitfühlend den Kopf.

»Sehr bedauerlich, dass es so gekommen ist«, sagte er.

»Ja, das ist nicht gut, nein, das ist es nicht«, sagte der Oberstempler.

»Und dann diese Bezeichnungen«, biederte der Jüngere sich an und drohte die ganze Sache zu verderben.

»Die Bezeichnungen?«, fragte der Oberstempler.

»Ja«, sagte der Jüngere, mit einem Mal unsicher: »Die englischen Lehnwörter. *Location*. Und *Show*. Und – äh – dergleichen.«

»Ah so«, sagte der Oberstempler zurückhaltend. »Ja, diese

Bezeichnungen, die sind standardisiert und international.« Er räusperte sich. »Und tatsächlich meine Idee. Meine Idee. Ich hatte die Ehre, sie vor ein paar Jahren der Europäischen Stemplerstandardisierungskommission vorzulegen, die sie mit nur wenigen Anmerkungen übernommen hat. Dahinter steckt ein langer Ausarbeitungsprozess.«

»Äh«, stotterte der jüngere Goldmacher, aber der Ältere rettete die Situation.

»Daher ist es doppelt schade«, sagte er herzlich, »dass diese Vierzehntagesachbearbeitungsverordnung erlassen wurde. Auf diese Weise kommen ja keine internationalen Künstler mehr hierher und können Ihre ausgezeichneten standardisierten und internationalen Bezeichnungen gar nicht benutzen.«

»Eben, eben. Eben«, sagte der Oberstempler mit Nachdruck. »Es ist lange her, seit wir einen wie Sie – und wie *Sie* –«, höflich nickte er dem Jüngeren zu als Zeichen dafür, dass das kleine Vergehen vergessen und vergeben war, »hier in der Stadt gesehen haben. Wie lange ist es wohl her, dass ich – und Querstrich oder meine liebe Gattin und meine Kinder – eine waschechte Goldmachervorstellung gesehen haben? Das ist lange her.«

»Ja, die Kinder, wie geht es ihnen? Und Ihrer lebhaften Gattin, Frau Maier? Ich habe ganz vergessen, nach ihnen zu fragen.«

»Danke der Nachfrage. Sie ist immer noch gleichermaßen lebhaft. Dieses Jahr wollen wir im Urlaub an die Ostsee. Letztes Jahr wurden wir leider daran gehindert. Der kleine August sollte im Juli sein erstes Stemplerexamen ablegen, ja, er setzt die Tradition fort, und die kleine May bekam entweder im April und Querstrich oder Juni ihre Milchzähne gezogen, sodass wir den Urlaub schließlich ganz ausfallen lassen mussten.«

»So ist es manchmal. Aber was stehe ich hier dumm rum, ich habe ganz vergessen, Sie, Herrn Maier, sowie Frau Maier und selbstverständlich den kleinen August Maier und die kleine May Maier für die Vorstellung in vierzehn Tagen einzuladen.«

»Das ist ja allzu großzügig von Ihnen. Das können wir nicht annehmen …«

»Selbstverständlich können Sie das. Es ist unser Geschenk. Zur Feier unseres Wiedersehens, Herr Maier. Gute Plätze. Erste Reihe. Im Parkett.«

»Nun denn. Dann sage ich vielen herzlichen Dank.«

»In der Mitte.«

»Hm. Genau. Ja. Vierzehn Tage. Das war das praktische Problem, ja.«

»Ja«, erdreistete sich der Jüngere, ins Gespräch einzuwerfen. »Das ist ein praktisches Problem.«

»Um ehrlich zu sein, Herr Maier«, sagte der Ältere in aufrichtigem Tonfall, »ist die ganze Show ein defizitäres Geschäft. Wir machen es vor allem, weil wir der Ansicht sind, die Einwohner der wunderschönen Stadt Jüterbog sollten auf derlei nicht verzichten müssen. Ein Bildungsprojekt sozusagen. Nicht wahr?«

»Ja«, murmelte sein jüngerer Kollege. »Ein Bildungsprojekt.«

»Aber das ist ja schrecklich«, sagte der Oberstempler. »Das ist ja schrecklich. Hören Sie. Ich werde mich der Sache annehmen. Ich gehe jetzt zu Herrn Mayer an Schalter neunzehn. Wir müssen hier mal zeigen, dass wir auch ein wenig selbstständig sind. Dann datieren wir den Antrag zurück. Ich setze einfach meinen Oberstempel darauf, und schon ist die Sache geritzt. Das machen wir manchmal so, wenn es eilt. Trotz allem. Ein bisschen Flexibilität muss sein.«

»Das ist nur allzu liebenswürdig«, sagte der Ältere.

»Am Freitagabend um halb acht gehört das Theater also

Ihnen«, sagte der Oberstempler. »Das können Sie als gesichert ansehen. Und gleich auch schon Anzeigen schalten und Plakate aufhängen. Und mit dem Intendanten alles Praktische besprechen, Personal einstellen und so weiter. Aber dabei kann ich Ihnen nicht helfen«, fügte er lachend hinzu und machte sich auf den Weg zu Schalter neunzehn, zugleich winkte er ihnen mit kindlichem Eifer zu, »auf dergleichen verstehen Sie sich besser als solche wie ich, meine Herren.«

»Haben Sie vielen, vielen Dank!«, winkte der Ältere dem Oberstempler hinterher, der zurückwinkte, die Horngrille wieder aufsetzte und dann mit Herrn Mayer an Schalter neunzehn sprach.

»Wir sehen uns am Freitagabend!«, rief der Ältere ihm nach. »Die Karten liegen am Schalter bereit!«

Dann zog er seinen jüngeren Kollegen aus dem Saal.

»So«, sagte er. »Das ist doch gut gelaufen, findest du nicht?«

»Aber – aber kanntest du ihn von früher?«

»Na ja. Hm. Ob ich ihn kannte? Ein bisschen. Eigentlich nicht.«

»Aber –«, fuhr sein jüngerer Kollege völlig überwältigt fort, als sie draußen auf die Rathaustreppe traten, »wie hast du das hingekriegt?«

»Die Rhetorik«, sagte der Ältere. »Die Rhetorik ist wichtig. Du hättest vielleicht das ein oder andere gelernt, wenn du dich während des Mittagessens nicht so gelangweilt hättest und unaufmerksam gewesen wärst. Du hast nicht zugehört.«

»Ich habe doch an der Hochschule Rhetorik gehabt«, sagte der Jüngere etwas kindisch.

»So? Heute weiß kein Mensch mehr, was Rhetorik ist, kann ich dir sagen. Zumindest nicht an der Hochschule. Aber jetzt hast du es in der Praxis erlebt.«

Der Jüngere schaute ihn stumm an. Ihm war klar geworden, dass Rhetorik vor allem aus Gedankenleserei bestand.

»Ja, doch«, sagte der Ältere, »es ist durchaus angebracht, dass du mich jetzt ein wenig bewunderst. Ich sage es im Imperativ: Bewundre, bewundre!«

Der Jüngere bewunderte ihn eine Weile in andächtiger Stille, wie es sich gehörte, wobei er innerlich bis sechzig zählte.

Dann sagte der Alte: »Aber jetzt habe ich zu tun. Alles muss organisiert werden, und die Vorstellung ist schon am Freitag. Plakate müssen bestellt und Anzeigen geschaltet werden. Du, hingegen, gehst auf dein Zimmer und ruhst dich aus, jüngerer Mann. Du siehst völlig erledigt aus.«

»Ja«, sagte der Jüngere. »Ich meine: Ja, Meister.«

»Das klingt schon besser. Geh jetzt und leg dich schlafen.«

»Ja.« Der Jüngere machte Anstalten zu gehen. Dann fügte er noch hinzu: »Meister? Sag mal …«

»Ja?«

»Hast du auch das Gefühl, wir werden verfolgt?«

»Verfolgt?« Der Ältere sah sich sofort aufmerksam um, aber nur mit den Augen, ohne den Kopf zu bewegen. »Nein … wie meinst du das?«

»Ja, verfolgt halt. Überwacht.«

Der Ältere sah sich erneut um, diesmal noch aufmerksamer.

»Nein …«, sagte er. »Das Gefühl habe ich nicht.«

»Hm. Tja, es ist nur so ein Gefühl. Bestimmt liegt es daran, dass ich so müde bin.«

»Bestimmt«, sagte der Ältere in Gedanken woanders und suchte mit den Augen die Häuser und das menschliche Treiben um sie herum ab. »Du bist sicher müde. Geh jetzt.«

Sie trennten sich.

Aber

20

als der Hund zu ihrem festen Versteck im Gässchen kam, wo er wie üblich um die Ecke bog, war die Almosine anders als sonst nicht da. Er hatte aber gar nichts dagegen, ein wenig zu warten. Das verschaffte ihm nur ein paar höchst willkommene Extraminuten an seinem freien Tag. Die Aprilsonne wärmte, es duftete nach Frühling, die Vögel zwitscherten eigenmächtig, und das Frischluftwerk hatte ganz offensichtlich eine mittelgroße Dosis Kiefernnadelduft durch die Lufthydranten geblasen, um für sommerliche Stimmung zu sorgen und die Einwohner auf diese Weise in gute Laune zu versetzen. Auch wenn es im Grunde Fake war, dachte der Hund, funktionierte es. Die Leute waren dadurch bestens gelaunt, er selbst auch. Zwar hatte der Duft eine Unduftnote an sich, einen künstlichen Oberton, der an Diesel erinnern konnte, den man aber nur bemerkte, wenn man einmal darauf aufmerksam geworden war, weil man einen besonders ausgeprägten Geruchssinn hatte, so wie er selbst. Dann ließ sich dieser schwache Duft auch nicht mehr ignorieren, jedenfalls nicht restlos. Der Hund war davon überzeugt, dass er nicht der Einzige war, der bemerkt hatte, dass der Kiefernnadelduft eine Unduftnote enthielt. Dagegen, dachte er, müsste man doch etwas unternehmen können. Es musste doch eine gynäastisch korrekte Art geben, die Unduftnote zu entfernen. Auch wenn diese Beinote nicht allen auffiel, überlegte der Hund, ja, selbst wenn nur eine kleine Minderheit mit besonders ausgeprägtem Geruchssinn, wie er selbst ihn hatte, sie bemerkte, waren ja trotz allem auch Individuen mit besonders entwickeltem und verfeinertem Geruchssinn Bürger mit allen physikalischen Rechten.

Kaum hörbar und so elegant und schwarz, dass sie fast nicht zu sehen war, fuhr die Almosine vor und bremste sanft. Im Nu war der Chauffeur zur Stelle und öffnete die rechte hintere Tür.

Der Hund sprang ins Coupé, das angenehm echt nach Kalbsleder und Edelholz duftete, und machte es sich auf dem hellen komfortablen Rücksitz bequem. Das Briefing lag unter der Leselampe bereit. Es war nicht lang.

Der Hund seufzte, ihm war schwer ums Herz.

Aber

21

in der Zwischenzeit hatte die Katze das Rathaus nicht eine Sekunde lang aus den Augen gelassen, wie sie versteckt hinter einem Lufthydranten stand und sich das Fell mit Kiefernnadelduft belüften ließ. Als sie die zwei verdächtigen, um nicht zu sagen verdächtigten Personen jetzt die Rathaustreppe herunterkommen sah, war sie fast außer sich vor Freude und begann instinktiv lautmalerisch in mehreren Farben zu schnurren.

Leider verabschiedeten sich die beiden auf der Treppe voneinander, und die Katze war ratlos. Sie verfluchte ihr Pech und hörte sofort auf zu schnurren. So ein Mist, dass die beiden sich ausgerechnet jetzt trennen mussten, wo sie allein Wache hielt. In derlei Beschattungssituationen muss man zu zweit Wache halten – ja, eigentlich muss man bei jeder Beschattungsaktion mindestens zu zweit sein. Eine Beschattung allein ist eigentlich keine Alternative, davon wird in jedem Lehrbuch abgeraten. Man wird so leicht entdeckt, und das kann gefährlich sein. Zwei sind also das Minimum für ein gutes Überwachungsteam.

Hätte sie jetzt bloß den Hund an ihrer Seite, dachte sie. So ein Mist. Dass der Hund aber auch einfach davongezogen war. Er empfand überhaupt keine gesellschaftliche Verantwortung, das war der Punkt. Hier konnte die Zukunft der Stadt auf dem Spiel stehen, ja, vielleicht wurde in den nächsten Augenblicken die Zukunft der Stadt und der Markgrafschaft besiegelt, je nachdem, für wen sich die Katze beim Beschatten entschied. Die Verdächtigen könnten erkannt haben, dass sie überwacht werden, und beschlossen haben, sich zu trennen, um Verwirrung zu stiften. Folgte sie nun der falschen Person, wäre der Schaden womöglich passiert.

Nach kurzem Zögern beschloss sie, dem Jüngeren zu folgen, der zielstrebiger aussah in seinem Mantel, aber auch bedrückter. Kann gut sein, dachte die Katze, die hinter ihm herschlich, dass er jetzt auf dem Weg ist, seine Höllenmaschine zu platzieren. Oder Komplizen zu treffen, subversive Elemente irgendwo in der Stadt. Oder –

Groß war daher die Enttäuschung der Katze, als der Jüngere der beiden verdächtigen Personen nur den kurzen Weg zum *Hotel Zum rosa Hahn* (vormals *Wirtshaus Zum schwarzen Hahn*) nahm, dort die Treppe hinaufschlenderte und die Rezeption betrat.

Ein paar Minuten lang blieb die Katze im Schatten eines Denkmals stehen, dessen ursprünglichen Anlass alle vergessen hatten, und starrte auf die Fassade, um zu sehen, ob der Jüngere vielleicht lediglich etwas holen wollte und dann wieder herauskäme. Stattdessen wurde in einem Fenster oben unter dem Dachfirst der Vorhang zur Seite geschoben und anschließend das Fenster geöffnet, woraufhin er zum Vorschein kam, nun im Pyjama und mit Schlafmütze. Er schaute kurz aus dem Fenster, machte den Sturmhaken fest und zog den Vorhang wieder zu.

Falls das hier nicht gerade ein besonders raffiniertes Ablenkungsmanöver darstellte, was die Katze, wenn sie ehrlich war, bezweifelte, deutete alles darauf hin, dass der jüngere Verdächtige tatsächlich beabsichtigte zu schlafen.

»So ein Mist aber auch«, sagte sich die Katze. Sie hätte also dem Älteren folgen sollen.

In großen Sätzen sprang sie zurück zum Rathaus, sauste die Straße entlang, von der sie annahm, der Ältere wäre in sie eingebogen, um nachzusehen, ob sie den Verdächtigen nicht doch irgendwo erblickte, aber sie konnte ihn nirgendwo entdecken. Mehr als eine halbe Stunde lang lief die Katze kreuz und quer durch die ganze Gegend in der Hoffnung, vielleicht zufällig auf ihn zu stoßen, allein, es war vergebens.

Schließlich gab sie auf und setzte sich, verstimmt und genervt, vor eine Konditorei, durch deren Tür der Duft von Zimtschnecken und warmem Puderzucker drang.

»Puh«, sagte sie zu sich. »Was für ein missglückter Tag.«

Missmutig leckte sie sich die eine Pfote.

»Zum einen wollte der Hund nicht länger dabei sein«, murmelte sie, »zum anderen tauge ich nicht als Detektiv. Egal ob mit oder ohne Hund.«

Missmutig leckte sie sich eine zweite Pfote.

»Ach«, zischte sie halblaut, »es ist ja sowieso alles Quatsch. Etwas, das ich mir nur ausdenke und einbilde.«

Deprimiert ob der Selbsterkenntnis, wie man es nicht selten ist, erwog sie einen Moment lang, sich vor ein Auto zu werfen, wie Katzen es häufig tun, wenn sie von einer jähen Depression erfasst werden. Dazu hatte sie aber keine Lust. Vielmehr hatte sie große Lust auf Milch.

Aber

22

im *Hotel Zum rosa Hahn* (vormals *Wirtshaus Zum schwarzen Hahn*) hatte sich in Zimmer 419, das ganz oben unter dem Dachfirst Richtung Marktplatz gelegen war, einem sehr schönen und ultramodern eingerichteten und doch geschmackvoll altertümlichen Zimmer, der jüngere der beiden umherreisenden Goldmacher zu Bett begeben. Er merkte, wie übermüdet er war, denn er lag eine Weile wach, ohne zur Ruhe zu kommen. Durch das halb offene Fenster drangen die Geräusche der Marktverkäufer, die im Begriff waren, zusammenzupacken und davonzufahren: Tische, die zusammengeklappt wurden, Müllsäcke, die über Pflastersteine gezogen wurden, Mülltonnendeckel, die laut zufielen, Wasser, mit dem das Pflaster abgespült wurde. Darüber hinaus waren gleich Vogelgezwitscher von einem Baum die hellen Stimmchen der Schulkinder auf dem Nachhauseweg zu hören sowie wiehernde Pferde und das Gebrumm von Fahrzeugen und Gleitern.

Der jüngere Goldmacher war völlig erschlagen von den Ereignissen des Tages, bei der Ankunft in der Stadt wie auch soeben im Rathaus. Zweifellos hatte der Alte Ambitionen hinsichtlich ihrer beider Vorstellung hier in Jüterbog, die nun offensichtlich eine gemeinsame Veranstaltung werden sollte, ohne dass er so recht begreifen konnte, wie es dazu gekommen war. Ja, als wäre nie von etwas anderem die Rede gewesen; der Alte hatte sich verhalten, als würden sie seit Langem zusammen reisen und auftreten. Er wirkte unermüdlich. Der Jüngere fühlte sich matt und willenlos.

Außerdem reichlich nervös. Die üppige Mahlzeit hatte ihm ebenfalls zugesetzt.

Er ließ sich tiefer in das weiche Bett mit den großen schlammbraunen Mammutfellen sinken. Das Bett quiekte vor Freude; dann suchte er auf dem Eiderdaunenkissen eine gute Position für seinen Kopf und schlief allmählich, sanft hin- und hergewiegt, ein.

Er träumte von der beruhigendsten Sache, die ihm in den Sinn kam, dem Meer.

Es war groß und glitzerte ganz von selbst. Er war acht Jahre alt und mit seinem Vater unterwegs. Es war sein erster und einziger Aufenthalt am Meer gewesen, hoch oben an der Nordküste, wo die große Sanddüne, genannt Preußen, in die Strände der Ostsee überging und wo die kleinen Fischerdörfer verstreut und wie zufällig hingewürfelt in Buchten hinter mit Strandhafer bewachsenen Dünen lagen.

Es ging ein kalter Wind. Ein Rauschen war zu hören. Die Brandung war zu stark, um zu baden, und die hohen schmalen Badehäuser auf Rädern standen mit Leinen festgezurrt weiter landeinwärts, damit sie sich nicht aus lauter Langeweile selbstständig auf den Weg machten. Er hielt die Hand des Vaters, als sie mit hochgekrempelten Hosen über den Strand liefen. Feiner Sand wurde über ihre Füße gespült. Auf dem Wasser war das einsame rote Segel eines Regattaboots im Training zu sehen. Ganz am Horizont balancierte ängstlich ein Dampfer.

Jäh machte der Traum einen Sprung, wie Träume es gerne tun, und ohne dass sie eine Transportstrecke zurückgelegt hätten, standen sie jetzt vor einem Kiosk an Land, an dem Waffeln, Eis und kandierte Strandkrabben verkauft wurden. Sie standen in der Schlange. Gleich neben dem Kiosk schickten ein paar größere Kinder einen zappelnden Drachen in die Luft. Sobald sie losließen, packte ihn der Wind, und mit einem gespannten und flatternden Laut mit vielen Obertönen schoss er in die Höhe. Dort oben kringelte er elegant den Schwanz und summte weiterhin mit der gespannten Schnur, dabei lächelte er den jubelnden Kindern vergnügt zu. Da es so heiß war, spie er kein Feuer, sondern nur ein paar weiße Rauchwölkchen, die vor dem vielen Blau kleine, dekorative Schlaufen bildeten und sich harmonisch von den weißen Zungen der Brandung am Strand und den Schaumkronen weiter draußen abhoben.

Er bekam sein Lieblingseis, ein Pueril, mit herabbaumelnden halbreifen Stachelbeeren, Salpeterkristallen und Schokolade.

Erneut machte der Traum einen Sprung. Jetzt standen sie in dem kleinen Badeort. Es war Punkt ein Uhr mittags. Auf dem Platz in der Stadtmitte – er war zu klein, um den Namen Marktplatz zu verdienen – baute ein umherreisender Goldmacher gerade seine Apparatur auf und warb mit Plakaten und heiseren Schreien für die abendliche Vorstellung. Es war nicht leicht, in dem schönen Sommerwetter die Aufmerksamkeit der Leute zu gewinnen. Auch der Vater wollte weitergehen, doch der Junge drückte seine Hand, und bereitwillig kam der Vater seinem Wunsch nach, obwohl er dergleichen normalerweise für Unfug hielt, und blieb geduldig stehen. Sie kauften Eintrittskarten.

Hier, an dieser Stelle im Traum, den er schon viele Male geträumt hatte, pflegten die Bilder zu der eigentlichen Vorstellung mit ihren Glitzereffekten und den kindlich-begeisterten Zurufen aus dem Publikum in der leicht fröstеligen Sommerabenddunkelheit hinüberzuhuschen, effektvoll beleuchtet von Lampen und Fackeln, die das Badehotel zur Verfügung gestellt hatte. Doch dann passierte etwas Unvorhergesehenes und

Unangenehmes, und nun stand er stattdessen als Erwachsener zusammen mit seinem älteren Kollegen im Jüterboger Rathaus, genauer gesagt im Saal für Allgemeine Anfragen und Generelles Flehen, vor einem der vielen Gitterschalter an der weniger schönen Seite der langen Schalterreihe. Die Stempler auf der schöneren Seite schickten sie dennoch hierhin und dorthin.

Im Traum hielt er die Hand seines älteren Kollegen, obschon er es vorhin in der Realität nicht getan hatte. An Schalter 21 saß jener Oberstempler, der das letzte Wort hatte, und sah sie durch das Gitter griesgrämig an.

»Und warum«, fragte der Oberstempler, »waren die Herren der Ansicht, eine Show hier in dieser Stadt sei angebracht? Warum? Warum? Warum?«

»Entschuldigung, mein Herr«, hörte der Jüngere seine eigene Stimme im Traum, hoffnungslos jung und gekränkt, »das hier ist keine Show, es ist eine Darbietung unserer Kunst, und diese Kunst ist alt, sie ist so alt und edel wie …«

Sowohl sein älterer Kollege als auch der Oberstempler lachten höhnisch.

Hau ab, sagte er im Schlaf zu dieser unerwünschten Abschweifung des Traums, und der Traum kam seinem Wunsch nach.

Erneuter Sprung.

»Meine Damen und Herren«, sagte der Goldmacher im Schein der Fackeln vor dem Badehotel. »Ich werde jetzt Ihre Gegenstände in Gold verwandeln.«

Im Dunkeln ging ein hingerissenes altmodisches Seufzen durch die Versammlung. Die blauen Strohdächer des Fischerdorfs verschwanden in der noch blaueren Julinacht, und die Schatten spielten mit den Strichen, die von den Reisigbündeln gebildet wurden.

»Aber!«, rief der Goldmacher mit einer Stimme so routiniert wie verführerisch, »es müssen persönliche Gegenstände sein, sonst klappt es nicht, oder nur unter sehr großer Anstrengung. Es müssen Gegenstände von Bedeutung sein, Gegenstände, die eine enge Verbindung zu Ihrem Herzen haben. An die Gegenstände müssen persönliche Erinnerungen geknüpft sein.«

Ein kleines Mädchen meldete sich als Erstes. Schüchtern trat sie vor zu dem Goldmacher und reichte ihm eine kleine Haarbürste. Der Goldmacher sah sie freundlich an und nahm die Haarbürste vorsichtig, nahezu zärtlich entgegen.

Dann folgte die Verwandlung.

Im Traum wusste er genau, dass er noch nie so etwas Schönes gesehen hatte.

Er glitt in den Schlaf und löste sich in der warmen Dunkelheit zwischen den Fackeln auf. Doch dieser Zustand tiefster Ruhe war von viel zu kurzer Dauer. Von einem lauten Klopfen an der Zimmertür wurde er aus dem Schlaf gerissen.

Aber

23

im Schloss war Clotilde aufrichtig betrübt. Sie hatte Zuflucht in der Krypta unter dem Ostflügel des Schlosses gesucht, wo ihre Vorgänger hinter verzierten schmiedeeisernen Gittern in Sarkogaphen unter beruhigend schweren Deckeln, zumeist aus schwarzem Granit oder weißem Marmor, seltener aus einfachem Travertin oder anderen Materialien, ruhten, Gewölbe für Gewölbe, tiefer und tiefer hinein in die Krypta, immer weiter zurück in den Generationen bis zum Anbeginn der Zeit. Bei vielen der älteren Sarkogaphe waren lebendig aussehende Skulpturen der verstorbenen Herrscher, mit oder ohne Gemahl oder Gemahlin, in den Deckel gehauen, zum Beispiel bei dem schicken Marmorsarkogaph von Walthbart III., der in seinem fürstlichen Gewand stocksteif mit gefalteten Händen dalag und gestresst auf das Deckengewölbe starrte, mit einem Ausdruck, als fände er keinen Schlaf, obwohl er es seit Stunden versuchte. Ein anderer, Halbbart II., war in einer romantischeren und naturalistischeren Pose abgebildet, mit einem lose sitzenden, am Hals offenen Hemd mit breitem Kragen, den Kopf zur Seite gedreht, so wie ihn der viel zu früh ereilte Tod angeblich angetroffen hatte, es sah jedoch so aus, als wollte er gerade aufwachen und sich umdrehen, weil das Telefon auf dem Nachttisch klingelte. Eine dritte, Bluthilde II., eine Frau wie sie selbst, lag da mit offenem Haar, ein Knie unter dem Nachthemd aufgestellt, beide Hände locker an der Seite liegend, und sah aus, als hätte sie es gerade mit dem Künstler getrieben. Sie war eine große, aktive Mäzenin gewesen.

Bedauerlicherweise war der Sarkogaph ihres unmittelbaren Vorgängers, ihres seligen Onkels, der nun in der Hölle weilte, nicht mit einer solchen Effigie ausgestattet, wie diese Figuren hießen, das hatte sie von ihm gelernt.

Es war eine Sehnsucht. Eine rein physische Sehnsucht. Wie gern hätte sie eine solche Figur von ihm berührt, wäre auf sie hinaufgekrabbelt und hätte sich eng an sie geschmiegt. Noch vor dem Staatsbegräbnis hatte sie versucht, die Minister für die Produktion einer solchen Effigie für den Sarkogaph ihres Onkels zu gewinnen, jedoch ohne Erfolg. Der Chefästhetiker hatte sich widersetzt. Das sei zum einen nicht länger Brauch, hatte er gesagt, und als Antwort auf ihren Einwand, dass es ja erneut Brauch werden könne, hatte er angemerkt, dass zum anderen der Deckel längst fertiggestellt sei, dass er in einem Lager bereitstehe, bestellt und bezahlt, und nur noch das Todesdatum fehle. Er sei sehr teuer gewesen, und es würde den Volkszorn wecken, würde man nun einen neuen und viel teureren bestellen und bezahlen.

Darum musste sie sich wie bisher damit begnügen, sich in Embryonalstellung auf seinen langweiligen flachen Sarkogaphdeckel zu legen, die Handflächen und ihre Wange an das schwarze Granit und die versilberten Antiquabuchstaben zu drücken und zu weinen. Aus Selbstmitleid, aber auch aus Sehnsucht nach dem Onkel, dem einzigen Menschen, mit dem sie offen und vertrauensvoll hatte sprechen können. Ja, nicht einmal mit ihrem persönlichen Berater konnte sie so offen reden, obwohl es der beste Berater war, den sie kriegen konnte. Aber nun war auch der Berater nicht zur Stelle, weshalb sie sich doppelt bemitleidete.

Sie atmete tief ein. Die Luft hier unten duftete nach Feuchtigkeit und Stein, nach Fäulnis und nach altem Stearin.

Dann atmete sie aus und schluchzte laut auf.

»*Fuck*«, sagte sie leise.

Zu mehreren Anlässen hatte sie (obwohl sie gemäß den Regeln eigentlich kein Geld bei sich tragen sollte) eine 5000-Pesos-Münze in den Münzschlitz am Fußende des Sarkogaphs geworfen, so wie die Touristen es bei den Führungen mittwochs und samstags taten, um einen 90 Sekunden langen Ausschnitt von einer der Neujahrsansprachen ihres Onkels zu hören, was ihr aber äußerst makaber vorkam. Außerdem waren seine Neujahrsansprachen nicht besonders gut gewesen, und sie waren auch davon nicht besser geworden, dass er sie auf eine seltsam psalmodierende Art vorgelesen hatte. Die mit monotoner Stimme vorgebrachten Wünsche und Ermahnungen an alle Mitbürger und Mitbürgerinnen ähnelten mitnichten seiner echten Stimme, die melodisch und lebhaft gewesen war, trotz seines Alters.

Manchmal suchte sie die Krypta lediglich auf, um nachzudenken. Es war einer der wenigen Orte, an denen sie einen Anspruch darauf hatte, allein zu sein. Viele Stunden hatte sie mit ihrem Onkel hier unten zugebracht, als er noch lebte und sie unterrichtete, und er hatte ihr alle Vorgänger vorgestellt, sie mit ihnen vertraut gemacht genau wie mit dem Gedanken, dass auch sie sich einst hier unten ausruhen würde und keine andere Wahl hätte. Zugleich machte er sie vermutlich beide mit dem Gedanken vertraut, dass er bald selbst an der Reihe wäre, zeigte ihr, wo er liegen würde, und sagte ihr, er ängstige sich und freue sich zugleich ein wenig. Da fiel sie ihm um den Hals und sagte, er dürfe ihr niemals wegsterben. Er hielt sie im Arm und sagte, er müsse sterben, was im Großen und Ganzen in Ordnung sei, denn er sei die ganze Sache leid, und ihm graue vor der Hölle, da er wusste, dass er wie alle Herrscher den Regeln gemäß dort hinkäme, aber er sei vor allem traurig, nicht mitzubekommen, wie es ihr erginge und wie sie sich anstellen würde.

Zunächst hatte sie verfügen wollen, dass sie im selben Sarkogaph ruhen sollte wie er, ihr großer Lehrmeister und Vorgänger, wenn denn der Tag einst käme, aber der stets nervige Chefästhetiker hatte ihr erklärt, das sei unmöglich. Es sei nicht Brauch. Ihre Einwände, wonach man neue Bräuche einführen könne, wurden nicht erhört. So hatte sie verfügt, dass der Specksteinsarkogaph des unbeliebten Trottelbart II. mit seiner Gattin Krauthilde, der derzeit auf der Steuerbordseite des Sarkogaphs ihres Onkels stand, tiefer hinein in die Krypta verbracht werden solle, zwei Gittertore weiter den Gang hinunter, und neben dem bescheidenen Zinksarkogaph des unbedeutenden Golfbart I. aufgestellt würde, der als Kind verstorben war, denn dort sei ausreichend Platz für eine weitere Unwichtigkeit oder zwei. So würde sie selbst zu gegebener Zeit zur Rechten ihres Onkels ruhen. Dagegen hatte der Chefästhetiker nicht gut etwas einwenden können, sondern musste im Gegenteil einräumen, dass diese Überlegung von Geschmack zeuge. Trottelbart und seine Frau Gemahlin zogen in aller Stille um und wurden von keinem Touristen je vermisst.

Dort auf dem leeren Platz sollte sie also dereinst liegen, in einem Sarkogaph aus nordskandinavischem, zartrosa Marmor. Insgeheim hatte sie beschlossen, eine Effigie zu bekommen; die Bestellung derselben musste jedoch bis zum Ableben des Chefästhetikers und seiner Ankunft im Himmel, wo unbedeutende Akademiker den Regeln gemäß landen, warten. Die Skulptur sollte sie so zeigen, wie sie im Sarkogaph liegen würde, den nackten Körper in einen Mantel aus Eichhörnchenschwänzen gehüllt, eine Brust leicht entblößt, und mit Lavendelblüten bestreut, ewig jung.

»Aber warum, großer Onkel«, hatte sie ihn einmal auf einer Treibjagd mit Lockvögeln in den Wäldern von Wiepersdorf gefragt, »warum landen solche wie du und ich immer in der Hölle?«

»Die Verantwortung ist zu groß, Clotildchen«, sagte der Onkel und streckte die Hand nach einer frisch geladenen Flinte aus, »zu groß für einen Menschen. Wir sind dazu verdammt, Fehler zu machen. Viele Fehler. Manchmal große Fehler, in jedem Fall aber: viele. Das ist das Gesetz der großen Zahlen. Und da wir zu Lebzeiten nicht bestraft werden können, müssen wir in die Hölle. So ist es nun mal. Reine Statistik.«

Er hob die Flinte und schoss auf einen Lockvogel, der dumm genug war, am Waldrand entlangzurennen. Der Schuss ging knapp daneben, doch der Lockvogel schrie auf und hüpfte erschreckt herum, bevor er den künstlichen Federschmuck fest an den Kopf drückte und in Panik in den Wald lief.

»Sie sind schneller geworden, Onkel«, hatte sie gesagt und sich dabei an ihn geschmiegt. »Viel schneller.«

»Sie wurden mit Trekkingschuhen ausgestattet«, sagte der Onkel missgestimmt und strich ihr über den Kopf. »Eine neue Verordnung des Staatsveterinärs. Absoluter Quatsch, natürlich. Es verlängert nur ihr Leiden.«

»Ich weiß nicht, ob ich in die Hölle will«, hatte sie gesagt. »Auch wenn du dort bist.«

»Dann darfst du keine Fehler machen«, hatte er geantwortet. »Viel Glück dabei.« Er lächelte gequält und sah sie zärtlich an: »Das ist nicht so einfach, *mon petit bouton d'or.* In unserer Position muss man immer *seine Siebensachen in Ordnung halten,* wie der Dichter sagt, und man tut sein Bestes, nur um dann zu erkennen, dass irgendetwas an der eigenen Person dazu führt, dass die Siebensachen doch auf die ein oder andere Weise in Unordnung geraten. Es mag einem unmöglich vorkommen. Es ist unmöglich. Aber mit der Zeit lernst du, damit zu leben.«

Mit der Zeit. Heute hatte sie einen solchen Fehler begangen. Einen großen Fehler. Und der schwarze Marmor begann unter ihren Tränen zu glänzen, als sie sich selbst bemitleidete, während sie zugleich wusste, dass sie ihrem Onkel nun in der Hölle wieder begegnen würde. Bei diesem Gedanken spürte sie ein leises Kribbeln im Bauch, es war ein gewisser Trost, aber trotzdem: Sie war äußerst unglücklich über das, was vorgefallen war.

Dann sprach sie ihr übliches Gebet für solche Anlässe, das sie sich selbst ausgedacht hatte und von dem nur sie den Text wusste:

»O großer Onkel, der du bist so groß
O großer Onkel, der du bist so selig
O großer Onkel, der du bist in der Hölle

O großer Herrscher
Schau gnädig herab auf mich, die vor dir kniet« (hier unten kniete sie nie, aber auf diese Weise klang es poetischer),
»Ich armes kleines Kind
Das dich so sehr vermisst
Das deinen Rat am Morgen braucht
Ebenso wie am Abend
Ich arme einsame
Engköpfige, enggesichtige,
Engbrüstige, eng- …«

An dieser Stelle wurde sie von einem metallischen Laut unterbrochen, der von der Treppe kam, die hoch zur Kapelle führte. Am Eingang zur Krypta standen stets zwei strenge Wächter der Totenstille, rund um die Uhr, daher war ihr klar, dass derjenige, der sie und das Gittertor passiert hatte, um sich auf den Weg nach unten zu begeben, die Erlaubnis dazu haben musste, weshalb es nicht irgendwer sein konnte, sondern vermutlich jemand, mit dem sie reden musste. Clotilde beeilte sich folglich, ihr selbst komponiertes Gebet schnell und leise zu Ende zu sprechen:

»… drum lass mich keine Fehler machen
Sondern meine Siebensachen in Ordnung halten
Und schau gnädig auf mich herab
Auch in der Stunde meines Todes, please,
Denn du bist mein großer Onkel
So groß, so groß
Und ich deine unwürdige Erbin. Amen.«

Irgendwo in den Wäldern von Jüterbog fiel ein Birkenblatt auf die Erde. Irgendwo über der Stadt fielen zwei Schwalben glücklich durch die Luft. Irgendwo in der Stadt löste sich der Mörtel um einen Backstein.

Die sich nähernden behutsamen Geräusche sagten ihr, wer da kam, und sie wischte sich rasch die Tränen von der Wange.

Dann sah sie auf. Vor ihr, am Ende des Sarkogaphs, stand ihr persönlicher Chefberater und sah sie freundlich und verständnisvoll an.

Rasch wischte sie mit ihrem Schal die Feuchtigkeit von dem Stein, damit ihre Tränen auf dem Deckel keine Salzablagerungen hinterließen. Dann mühte sie sich in eine sitzende Position und schwang sich zur Seite, sodass ihre Beine vom Sarkogaph baumelten.

»Schön, dass du kommst«, sagte sie aufrichtig. »Ich habe dich vermisst!«

Der Chefberater betrachtete sie sanft.

»Das kann ich mir denken.«

»Puh, ja.«

»Ein dramatischer Tag?«

»Das kann man so sagen. Das kann man so sagen. Aber jetzt bist du hier und kannst alles regeln, jetzt ist alles in Ordnung, und ich brauche nicht länger traurig zu sein.«

Der Chefberater sah sie leicht vorwurfsvoll an.

»Ehrlich gesagt. So einfach ist es wohl nicht.«

Clotilde gab keine Antwort.

»Vielleicht erzählst du mir lieber, was heute vorgefallen ist?«

»Nein … Lieber nicht«, sagte Clotilde mit zaghafter Stimme. »Außerdem ist daran nichts mehr zu ändern. Passiert ist passiert. *Es ist jetzt nur noch Statistik*, wie mein seliger Onkel, der in der Hölle weilt, sagen würde.«

»Aber Clotilde …«

Sie senkte den Blick.

»Lass mich anfangen«, sagte der Chefberater, entschieden, jedoch ohne Vorwurf in der Stimme. »Zuerst hast du mit dem Himmelsschreiber eine Nachricht an die Allgemeinheit verfasst, ohne eigentlich eine Nachricht zu haben.«

»Ja«, flüsterte sie.

»Was hast du gesagt?«

»Ja, habe ich gesagt.«

»Und warum wolltest du der Allgemeinheit eine Nachricht schreiben?«

»Ich –«

»Ja?«

»Ich hatte den Verdacht, mit der Apparatur sei etwas nicht in Ordnung.«

»So?«

»Ja. Die letzten Male, als ich den Himmelsschreiber benutzt habe, hat er irgendwelche Nebengeräusche von sich gegeben. So ähnlich wie die Zisterne im Klo im –«

»In der *Toilette*, Clotilde, wenn ich bitten darf.«

»– in der *Toilette* im Kavaliersflügel im zweiten Stock, du weißt ungefähr, wo ich meine.«

»Aha. Ungefähr. Nebengeräusche?«

»Ja, ich hatte Angst, es gäbe ein Leck im Rohrsystem.«

»So.«

»In der Apparatur herrschen gewaltige Kräfte«, erklärte sie.

»Das stimmt. Du hattest also Angst, etwas wäre nicht in Ordnung?«

»Ja. Es könnte gefährlich sein.«

»Das stimmt.«

»Der Druck ist enorm.«

»Das stimmt«, räumte der Chefberater ein. »Ein kleines Leck und *Rums*.«

»*Rums*«, wiederholte Clotilde mit Nachdruck. »Und schon

liege ich da, jung und tot. Während Gase und Farbstoffe freigesetzt werden und die Atmosphäre angreifen und eine Gefahr für die Gesundheit der Bevölkerung darstellen.«

»Du Arme. Wenn das dein Verdacht war«, sagte der Chefberater sanft, »warum hast du dann nicht den Reparateur gerufen?«

Clotilde antwortete nicht.

»Ich meine«, fuhr der Chefberater fort, »wenn du es für gefährlich hieltst? Ja, denn du weißt ja: Der Reparateur ist rund um die Uhr in Rufbereitschaft, das ganze Jahr. Du bist wahrhaftig mutig, Clotilde.«

»Ja, aber ich habe es ja getan!«, stieß Clotilde aus, sodass es in den Gewölben widerhallte und von mehreren der älteren Sarkogaphe ein »Pst« zu hören war, »ich habe es getan«, wiederholte sie leise. »Aber es ging keiner ran, als ich angerufen habe.«

»So«, sagte der Chefberater. »Das ist nicht gut.«

»Ja!«

»Das muss ich mir notieren und den Betreffenden darauf ansprechen. Das kann nicht sein.«

»Nein«, sagte Clotilde, »genau das wollte ich sagen.«

»Der Richtige muss bestraft werden«, sagte der Chefberater ernst, »und zwar streng. Das ist ein Dienstversäumnis dritten Grades.«

Clotilde antwortete nicht.

»Der arme Mann«, seufzte der Chefberater. »Ganz zu schweigen von seiner Familie. Ja, ja, sie werden sich schon daran gewöhnen.«

»Das meine ich auch«, flüsterte Clotilde so leise, dass es fast nicht zu hören war.

»Was sagst du?«

»Geschieht ihnen recht, sage ich. Das habe ich gesagt. Ich

will nur nicht die Totenstille stören. Findest du nicht auch, dass du etwas zu laut sprichst?«

»Vielleicht. Ich werde jetzt leiser sprechen. Und hinterher?«

»Ich …«

»Ja?«

»Einer der Minister hat darum gebeten, in mein Büro vorgelassen zu werden. Ganz routinemäßig. Daran ist doch nichts verkehrt, oder?«

»Nein. Und was wollte er da?«

»Er wollte mir nur Bericht erstatten!«

»Verstehe. War er denn an der Reihe?«

»Na ja, nicht unbedingt. Aber ich kann einem Minister ja kaum eine Audienz verwehren.«

»Nein«, räumte der Chefberater ein. »Das kannst du nicht. Die Minister haben privilegierten Zugang zum Regenten. Sonst lässt sich der Staat nicht regieren.«

»Genau das dachte ich auch«, pflichtete Clotilde ihm eifrig bei. »Es war konstitutionell richtig.«

»Und was geschah dann? Ich meine, nachdem er dir Bericht erstattet hatte?«

»Tja«, sagte Clotilde zögerlich, »der Bericht war ziemlich schlecht.«

»Nicht gut. Inwiefern war er schlecht?«

»Inwiefern?«

»Ja, in welcher Hinsicht? Was hat ihn zu einem schlechten Bericht gemacht?«

»Er – er war schlecht vorbereitet«, stotterte Clotilde.

»Puh. Dergleichen ist natürlich immer ärgerlich«, sagte der Chefberater. »Dabei hatte er doch darum gebeten, Bericht zu erstatten.«

»Doppelt schlimm«, sagte Clotilde. »Ein schlechter Bericht und eine Vergeudung meiner Zeit.«

»So was geht gar nicht«, sagte der Chefberater. »Man darf die Zeit der Physiokratin nicht vergeuden.«

»Nein«, sagte Clotilde mit Nachdruck, »*wahrlich* nicht.«

»Das war dann also der Moment, in dem du dich entschieden hast?«

»Ja«, sagte Clotilde. »Eine Fehlentscheidung. Das sehe ich ein. Eine Fehlentscheidung. Ich hätte warten sollen, bis noch jemand anderes dazukommt. Aber in dem Moment hatte ich mich entschieden, ihn ein bisschen in die Mangel zu nehmen. Ein bisschen nur.«

»Ich gebe dir recht«, sagte der Chefberater, »dass du besser gewartet hättest, bis noch jemand dazukommt. Aber es ist dein Recht als Physiokratin, sie zu schikanieren.«

»Ja, das ist mein Recht. Ich verstehe gar nicht, warum sich alle so aufregen.«

»Nicht?«

»Nein. Also, ich meine. Natürlich. Irgendwie verstehe ich es schon, aber …«

»Irgendwie?«

»Ja. Ich habe ja einen Fehler gemacht.«

»Ja. Was ist passiert?«

»Tja, also, nachdem ich ihn eine Weile hatte zappeln lassen …«

Sie hielt inne.

»Ja?«

»Na ja, irgendwie fand ich, dass er nicht genug gezappelt hatte.«

»Aber er zappelte doch?«

»Ja, schon. O ja. Trotzdem wirkte es plötzlich so, als würde er nicht genug zappeln. Wie er dort in die Mangel genommen wurde.«

»Verstehe. Es ist ein gruseliger psychologischer Mechanismus«, sagte der Chefberater voller Verständnis. »Wenn man sie oft genug hat zappeln sehen, findet man plötzlich, dass es nicht aufregend genug ist. Selbst wenn sie noch so sehr zappeln, wirkt es – ja, wie soll man sagen?«

»Etwas langweilig«, kam es mit Nachdruck von Clotilde. »Ganz einfach etwas langweilig. Nicht aufregend genug. Ja. Gut. Daher habe ich beschlossen, die Stromstärke zu erhöhen.«

»Genau«, sagte der Chefberater leise.

»Nicht viel! Ich schwöre, es war nicht viel. Nicht mehr als so viel!«, sagte sie laut und zeigte mit Daumen und Zeigefinger, wie wenig sie die Stromstärke erhöht hatte, sofort war von verschiedenen Sarkogaphen wieder ein »Pst« zu hören.

»Nur *so* viel«, flüsterte sie.

»Ja«, sagte der Chefberater, ebenso leise. »Verstehe.«

»Ein schwaches Herz«, sagte Clotilde, »das ist meine Einschätzung. Er hat die Vibrationen nicht vertragen.«

»So jung und doch so schwach«, stimmte ihr der Chefberater zu.

»Ich habe nichts anderes gemacht, als was mein Onkel manchmal mit mir gemacht hat, wenn ich den Apparat ausprobiert habe, um zu sehen, wie es sich anfühlt«, sagte sie verträumt. »Es hat so komisch gekitzelt, wenn er die Stärke erhö–«

»Danke, danke«, sagte der Chefberater. »Das muss ich gar nicht wissen.«

»Nicht?«, kam es enttäuscht von Clotilde.

»Und dann, was geschah dann?«

»Tja, um es kurz zu machen: Dann kamen sie und trugen ihn fort.«

»Keine Erste Hilfe?«

»Doch, doch. Aber im Vorzimmer. Nicht in meinem Arbeitszimmer. Bist du verrückt?«

»Nein, natürlich nicht. Das Vorzimmer ist genauso gut.«

»Natürlich hat er Erste Hilfe bekommen«, sagte Clotilde. »Dafür habe ich selbst gesorgt. Auf der Stelle.«

»Gut!«, sagte der Berater kurz. »Damit hast du deine Pflicht erfüllt.«

»Ja!«, kam es kalt von Clotilde.

Dann schwiegen sie beide. Eine Weile saßen sie im Halbdunkel da. Irgendwo weit weg tropfte etwas, langsam, ansonsten herrschte Grabesstille.

»Sag mal, Clotilde«, begann der Chefberater schließlich. »Ist denn überhaupt irgendetwas davon wahr?«

»Nein«, flüsterte sie, ohne zu zögern.

»Hm«, flüsterte der Chefberater. »Das habe ich mir gedacht.«

Clotilde weinte, diesmal aber lautlos.

»Welcher Minister war es?«

»Der Ausbildungsminister«, schniefte sie. »Aber das weißt du sicher schon.«

»Ja. Und du hast auch nicht auf der Stelle um Erste Hilfe gebeten?«

»Nicht auf der Stelle. Nein.«

»Du hast einfach weitergemacht, oder?«

»Ja. Mit derselben Stromstärke. O, lieber Chefberater. Ich *mochte* ihn doch gern. Und er ist ja auch so beliebt …«

»War«, sagte der Chefberater düster.

»Ich mochte ihn doch«, kam es erneut von Clotilde, fast unhörbar. »Ich hatte ihn selbst ausgesucht. Attraktiv war er auch.«

»Und du hast auch nicht nach dem Reparateur gerufen, bevor du den Himmelsschreiber ausprobiert hast?«

»Nein. Aber ich habe darüber *nachgedacht*.«

»Clotilde … Das hast du sicher nicht?«

»… nein.«

»Es gab nämlich gar keine Nebengeräusche in der Apparatur?«

»… «

»Ich höre dich nicht?«

»Die gab es wohl nicht«, sagte sie so leise, dass es wie Staubrieseln klang.

Wieder schwiegen sie eine Weile. Dann sagte der Chefberater:

»Du hast dich wohl gelangweilt?«

»Ja, ganz schrecklich. Oh!«, stieß sie aus, »manchmal ist es so schrecklich, schrecklich langweilig, ich zu sein! Mir fiel plötzlich auf, dass ich nichts zu tun hatte!«

»Müßiggang«, sagte der Chefberater, *»ist aller Laster Anfang«*, wie der Dichter sagt.

»Der Dichter hat recht«, räumte Clotilde ein.

»Aber«, fügte der Berater versöhnlich hinzu, »manchmal ist er auch der Anfang von etwas Gutem. Von neuen Ideen und Gedanken. Wohlgemerkt: Wenn man nicht dem Impuls nachgibt, etwas zu tun, was man besser nicht täte, sondern stattdessen …«

»… die Energie auf etwas anderes und Konstruktives lenkt und so weiter; na klar, na klar, das *weiß* ich alles«, sagte Clotilde genervt.

»Ich weiß, dass du das weißt«, sagte der Chefberater sanft. »Du erinnerst dich ja daran. Du kannst es auswendig aufsagen, so wie du es gelernt hast. Aber du *tust* es nicht. Du handelst nicht nach dem, was du gelernt hast. Und darum hast du mich von deinem Onkel bekommen«, erinnerte der Berater sie, »damit ich dir helfe, das Richtige zu tun.«

»Ja«, sagte Clotilde und blickte auf ihren Schoß. *»Shit.«*

»Es gibt deshalb keinen Grund, ärgerlich auf *mich* zu sein«, sagte der Berater leicht tadelnd, »für Dinge, die du selbst angerichtet hast, nur weil ich ein paar Stunden abwesend war.«

»Nein«, sagte Clotilde beschämt und gab einen leisen Seufzer von sich, der sich allerdings immer mehr ausbreitete, sobald sie ihn herausgelassen hatte, sodass er schließlich zwischen den Wänden der Krypta widerhallte.

Von einem Sargdeckel war verärgertes Klopfen zu hören.

»Was machen wir jetzt?«, stieß Clotilde verzweifelt aus.

»Tja«, sagte der Berater ratlos. »Irgendwo müssen wir ja anfangen. Wir schicken der Familie Blumen.«

»Aber«, protestierte Clotilde, »aber

24

das Pochen an der Tür wollte kein Ende nehmen, obwohl er den Kopf unter das Wasserkissen mit den Schlafdrüsen gelegt hatte und so tat, als wäre er nicht bei Bewusstsein, um zu dem schönen Traum aus seiner Kindheit zurückzufinden.

Es nützte aber nichts. Das Hämmern an der Tür ging einfach weiter, gleichmäßig und beharrlich, als käme es von einem verlangsamten angesäuselten Specht, der sich aber noch auf den Beinen halten konnte. Zwischendurch war ihm, als hörte er leises Fauchen hinter der Tür, und da er nicht wieder wegdösen konnte, obschon die Schlafdrüsen im Kissen mit Volldampf arbeiteten, warf er die Decke zur Seite, quälte sich zornig in die Kaninchenpantoffeln, die aus Angst vor dem aggressiven Geräusch ganz dicht ans Bett herangekrochen waren, und zwängte sich in den Schlafrock. Aufgebracht stapfte er zur Tür. »Ich bin jung«, murmelte er ärgerlich, »und junge Menschen brauchen ihren Schönheitsschlaf, sonst lösen sie sich von innen heraus auf …« Das Hämmern ließ nicht nach.

»… das wissen doch alle«, beendete er verbissen die Tirade, drehte dabei den Schlüssel um und riss die Tür auf.

Im Korridor stand ein Schmierfink, beleibt, mit runden Kanten, ungepflegtem Bart und ungeputzten runden Brillengläsern, jedoch im vorgeschriebenen Anzug der Schreiberlinge aus grünem Cord. Zudem hatte er eine Schultertasche aus robustem Sensationsleder dabei.

»Entschuldigung«, sagte der Schmierfink in aller Unaufrichtigkeit und lächelte sein schmieriges professionelles Lächeln, »ich hoffe, ich störe nicht?«

»Worum geht's?«, gab der Goldmacher zurück, ohne die Frage des Schmierfinken zu verneinen oder zu bejahen, aber in einem Tonfall, der hinreichende Verärgerung signalisierte.

»Mein Name ist Gnell«, präsentierte sich der Schreiberling, »Maximilian Gnell. Ich repräsentiere das Jüterboger Abendblatt, namentlich die Kultur- und Leichtsinnigkeitsredaktion. Es geht um ein Interview.«

»Ein Interview?«

»Ja. Wollten Sie nicht interviewt werden?«

Der Schreiberling hielt die Hand vor den Mund und kicherte wie ein Mädchen beim Gedanken daran, dass der andere vielleicht gar nicht interviewt werden wollte. Wie so viele seines Fachs litt er an Zahnfleischerkrankungen, die ihm ein wenig charmantes Aussehen verliehen, weshalb er sein Lächeln vor Blicken verbergen musste.

»Ich weiß nichts von einem Interview«, sagte der jüngere Goldmacher verwirrt.

»Sind Sie nicht der jüngere Goldmacher?«, fragte der Schreiberling inquisitorisch.

»Davon gehe ich aus …«

»Davon gehen Sie aus? Guter Mann. Ich bin gekommen, um süßholzraspelnd über Sie schmierzufinken. Auf sechs Spalten.

Entweder sind Sie derjenige, der süßholzgeraspelt werden soll, oder nicht. Sollte Letzteres der Fall sein, verschwenden Sie nur meine kostbare Zeit und die der Presse. Die Deadline ist nah, wenn wir es in die heutige Abendausgabe schaffen wollen.«

»Ich – ich bedaure wirklich. Interviewt werden? Ich?«

»Interviewt werden.«

»Aber – aber wie …«

»Ihr älterer Kollege hat uns den Tipp gegeben.«

»Hm … will hei–«

»Sprechen Sie mit meinem jüngeren Kollegen im Wirtshaus, Entschuldigung, ich meine im Hotel, hat er gesagt. Bei ihm sitzt die Rhetorik! Das hat er gesagt.«

»Entschuldigung, Sie sprechen von meinem älteren Kollegen?«

»Ja, er *ist* doch Ihr Kollege, oder?«

»Ja, schon, und Sie meinen ihn?«

»Nein, ich meine Sie. Das heißt: Er meinte Sie. Bei Ihnen sitze die Rhetorik.«

»Ist das so?«

»Sitzt die Rhetorik denn bei Ihnen? Ja oder nein?«

»Davon gehe ich aus …«

»Davon gehen Sie also aus. Nun gut, immerhin etwas. Immerhin. Und noch etwas …«

»Ja?«

»Wollen Sie nicht so liebenswürdig sein, mich hereinzulassen? Ich kann Sie unmöglich hier auf der Türschwelle interviewen, als wären wir ein Backfisch mit ihrem Freier, die zusammen im Kino waren, aber noch nicht beim Abspann angekommen sind.«

Widerstandslos ließ der Goldmacher den Schreiberling in sein Zimmer und bot ihm einen Stuhl an.

»So, schauen wir mal … schauen wir mal …«, begann Herr Gnell und wühlte in seiner Schultertasche. Dann zog er einen Notizblock und einen Fotoapparat hervor, Typ Kastenkamera.

»Möchten – möchten Sie etwas haben?«, fragte der Goldmacher unsicher. »Ich meine, kann ich Ihnen etwas anbieten? Soll ich uns einen Tee bestellen?«

»Tee«, sagte der Schreiberling verächtlich. »Hm. Nun gut. Ja. Tee. Warum nicht.«

Der Goldmacher bestellte telefonisch Tee. Der Schreiberling schaute in seine Notizen.

»Jaha, jaha«, sagte er. »Gold. Goldmacherei. Jaha.«

»Ja?«

»Ja, erzählen Sie mir etwas über Gold. Sie können also Gold herstellen?«

»Für die Bühne.«

»Für die Bühne. Ja.«

»Also ausschließlich zu Unterhaltungszwecken. Das ist wichtig.«

»Unterhaltungszwecke. Jaha. Was ist denn das Besondere an Gold?«

»Wie meinen Sie das?«

»Ja, ich meine … was heißt hier, meinen. Keine Ahnung. Ich habe keine Meinung. Ich bin von der Presse. Meine Berufung ist das Fragenstellen, wie der Dichter sagt. Darum frage ich Sie noch einmal. Ich habe so etwas nämlich noch nie gesehen.«

»Die Goldmacherei?«

»Na ja, die auch. Ich meine, die habe ich auch noch nicht gesehen. Ich hatte aber eigentlich mehr an das Gold gedacht.«

»Haben Sie noch nie Gold gesehen?«

»Ja doch, schon. Ein oder zwei Mal vielleicht. Aus großer Entfernung. Fürsten können ja durchaus mal einen einfachen

Gegenstand aus Gold bei sich tragen. Ich erinnere mich an einen Staatsbesuch, als ich noch ein Kind war. Ich habe keine Ahnung mehr, wer damals kam. Da gab es eine Gestalt mit irgendwelchem Goldzeugs auf der Brust. Das war vermutlich der Gast.«

»Und? Wie fanden Sie es?«

Der Schreiberling schaute genervt drein, schließlich war es an ihm, die Fragen zu stellen, trotzdem antwortete er:

»Pff«, machte er, »es war nichts Besonderes, soweit ich das sehen konnte. Es glitzerte ein bisschen im Frühlingslicht. Aber das gilt ja für so vieles.«

»Wie wahr.«

»Was unterscheidet dann eigentlich dieses Gold von all den anderen ausgewiesenen Edelmetallen, mit denen wir uns umgeben und schmücken? Iridium, zum Beispiel. Oder Vanadium. Cadmium, Mangan und Osmium. Ganz zu schweigen von dem anwendungsfreundlichsten und edelsten aller Metalle, nämlich Stahl. Gehärtetem Stahl. Das alles sind brauchbare, schöne Metalle. Was macht Gold so besonders? Ja, ich frage mich das nur.«

»Ja, also …«

»Ja?«

»Ja, also Gold – Gold, das ist ja …«

»Jaaa?«

»Gold, halt. Das ist – wie soll ich sagen – edel.«

»Hm. Jaaa. Edel. Verstehe«, sagte Gnell uninteressiert und hörte auf, sich Notizen zu machen. »Aha.«

»Es ist ziemlich schwer zu beschreiben …«

»Hm. Jaaa. Verstehe. Schwer zu beschreiben. Hm. Genau.«

Der Schreiberling kaute zerstreut auf seinem Bleistift. Es klopfte an der Tür.

»Da kommt der Tee«, sagte der Goldmacher erleichtert.

»Genau. Der Tee«, sagte der Schreiberling griesgrämig, als

der Tee hereinkam und sich mit eleganten, zeremoniellen Bewegungen servierte. »Und das ist also Ihr Beruf.«

»Na ja. Ich meine: Ja.«

»Warum eigentlich?«

»Also, Gold … Gold, das ist … Das ist nicht ganz leicht zu erklären.«

»Guter Mann. Ich muss mich wohl damit begnügen, Ihnen aufs Wort zu glauben, das Sie gerade nicht finden. Das ist in Ordnung. Aber Gold – ist doch ein unpraktisches Material, oder? Weich und biegsam, leicht einzuritzen. Schwer scheint es auch noch zu sein.«

»Ja, sehr schwer.«

»Ziemlich unbrauchbar, also. Was ist dann eigentlich der Sinn des Ganzen?« Der Schreiberling gähnte demonstrativ und trank einen Schluck Tee.

»Der Sinn?«

»Ja, was ist der Zweck dahinter? Also, hinter Ihrer Tätigkeit?« Der Schreiberling ließ den Tee in seinem entzündeten Mund kreisen, um dem angegriffenen Zahnfleisch Linderung zu verschaffen.

»Ja, also, da ist der Unterhaltungszweck, natürlich …«

»Hm. Das habe ich schon notiert.«

»Und die Freude.«

»Die Freude, ja. Das ist interessant. Die Freude.«

»Die Freude bei seinem Anblick.«

»Anblick.«

»Ja. Sie haben es ja selbst gesehen. An dem Gast beim Staatsbesuch.«

»Tja.«

»Wobei, Sie haben ja eigentlich nichts gesehen.«

»Hm.« Der Schreiberling begann wieder an seinem Bleistift zu kauen.

»Hören Sie«, sagte der Goldmacher, fast schon resigniert. »Vielleicht sollte ich es demonstrieren?«

»Ja«, sagte der Schreiberling, etwas munterer. »Vielleicht?«

»Dann können Sie sich einen Eindruck verschaffen?«

»Warum nicht. Warum nicht.«

»Warten Sie hier, dann hole ich die Apparate.« Der Goldmacher erhob sich mit einem steifen Lächeln und ging zur Tür.

»Die Instrumente, ja. Aha.« Der Schreiberling notierte träge: »… holt die Instrumente.«

Auf dem Weg nach unten zum Gepäckraum im Erdgeschoss, wo die Apparate bis auf Weiteres sicher verwahrt wurden, murmelte der Goldmacher verärgert vor sich hin. Was war das nur für ein Provinznest. Er wollte doch nach Cottbus. Was machte er eigentlich hier? In Cottbus wussten sie zumindest, was Gold war, auch wenn sie es noch nie gesehen hatten. In Cottbus waren sie höflich. In Cottbus wussten sie eine alte edle Kunst zu schätzen. Was machte er hier bloß? In Cottbus wartete ein Mädchen. Simone. Nein. Sibylle.

Er ließ sich zwei der größeren Gepäckstücke aushändigen und quittierte den Empfang, dann schleppte er sie hoch in sein Zimmer. Das dauerte seine Zeit, und als er nach oben kam, hatte der Schreiberling es fertiggebracht, eine halbe Flasche Kirschschnaps und einen ganzen Sekt zu bestellen, den er nun am Fenster stehend in großzügigen Schlucken genoss.

»Herrliche Aussicht haben Sie hier«, sagte er zu dem atemlosen Goldmacher, der vor Anstrengung ganz rot im Gesicht war, machte jedoch keinerlei Anstalten, ihm mit den Apparaten durch die Tür zu helfen.

»Ja«, stöhnte der Goldmacher, »sie ist herrlich. Teuer, aber herrlich«, fügte er hinzu.

»Sie verdienen anscheinend ziemlich gut mit Ihren Auftritten«, bemerkte der Schreiberling dazu.

»Ach … Es reicht wohl gerade so, um über die Runden zu kommen«, murmelte der Goldmacher und schob die eine Kiste durch die Tür ins Zimmer.

»Aha, ja, verstehe. Haben Sie hier schon den Goldhirsch probiert?«

»Na klar«, sagte der Goldmacher und schob die zweite Kiste ins Zimmer, »den Goldhirsch habe ich schon probiert.«

»Tadellos«, sagte der Schreiberling. »Ganz und gar tadellos. Das sagen alle.«

»Ja – sicher«, stöhnte der Goldmacher.

»Stimmen Sie dem nicht zu? Ist er nicht tadellos?«

»Doch«, sagte der Goldmacher. »Völlig tadellos. Niemand kann etwas anderes behaupten.«

»Nein, bestimmt nicht.«

»Ja, es könnte wahrer nicht sein. So. So.« Der Goldmacher richtete sich auf, öffnete den obersten Hemdknopf und wischte sich mit dem Handrücken den Schweiß von der Stirn. Dann begann er so schnell wie möglich ein paar der wichtigsten Apparate aufzubauen. Der Mann vom Abendblatt stand derweil am Fenster und bewunderte den Marktplatz.

»In früheren Zeiten wurden hier sexuelle Dienste zum Kauf und Verkauf angeboten«, sagte der Schreiberling nostalgisch. »Aber das ist zum Glück seit Langem vorbei.«

»Verstehe. Verstehe.«

»Heute sind die Zeiten sicherer«, sagte Herr Gnell. »Aber die Kostüme müssen fantastisch gewesen sein. Ja, damals verwendete man wohl noch Gold.«

»Bestimmt. Hören Sie, wollen Sie nicht näher kommen. Genau so. Danke. Darf ich Sie bitten, dort auf dem Stuhl Platz zu nehmen. So. Vielen Dank. Sitzen Sie gut?«

»Doch, schon. Solange ich etwas im Glas habe … Übrigens

steht auch für Sie ein leeres Glas auf dem Tablett. Ja, dürfte es vielleicht ein kleiner Drink sein?«

»Nicht während ich …«

»Ach was, kommen Sie. Einen winzig kleinen.« Ohne noch einmal zu fragen, erhob sich der Gesandte des Abendblatts, schenkte einen kräftigen Schluck ein und reichte dem Goldmacher das Glas, der es entgegennahm, ihm höflich zuprostete und einen winzigen Schluck trank. Anschließend stellte er das Glas diskret hinter eine Kristallvase mit lila Ultramargeriten auf den Couchtisch. Es war streng verboten, vorm oder beim Bedienen der Apparate etwas zu trinken, und der jüngere Goldmacher wollte sich nicht zum Gesetzesbrecher machen.

Der Schreiberling nahm keine Notiz davon. Vielmehr nahm er einen ordentlichen Schluck und seufzte behaglich. Der Goldmacher war sich nicht ganz sicher, wie er die Sache angehen sollte. Doch dann fiel ihm die rettende Lösung ein.

»Sagten Sie nicht Goldhirsch«, begann er leichthin.

»Ja, doch, schon. Ja.«

»Haben Sie schon mal daran gedacht – ist der Name nicht verwunderlich?«

»Der Name?«

»Ja. Goldhirsch. Haben Sie darüber schon mal nachgedacht?«

»Nein«, sagte der Schreiberling und gähnte. »Eigentlich nicht.«

»Das gilt für so viele Wörter, Wendungen und Namen«, fuhr der Goldmacher verzweifelt fort. »Sie enthalten das Wort Gold oder ein anderes Wort für Gold, nämlich golden. Goldkehle und Goldjunge, Goldveilchen und Goldenes Kalb. Und natürlich: Ein Herz aus Gold. Bisher sagt doch kein Mensch Vanadiumjunge oder Stahlkehle.«

»Das liegt nur daran, dass wir diese Wörter noch nicht aus unserer Sprache gestrichen haben«, sagte der Schreiberling geduldig. »Außerdem spricht man durchaus von Dieb*stahl* und von Mono*chrom*.«

»Das hat aber nichts mit dem Metall zu tun«, wandte der Goldmacher leicht genervt ein.

»Nicht? Es klingt aber so. Egal. Ich gebe Ihnen recht, dass viele dieser Wörter in der Sprache hängen geblieben sind. Es sind – wie nennt man das noch mal – Archaismen. Reine Altmodischkeiten.«

»Egal wie«, fuhr der Goldmacher mit professioneller Unverdrossenheit fort, »seit alters her wurde Gold als das edelste, schönste und feinste Metall angesehen, und man schrieb ihm magische Eigenschaften zu, weil es nicht rostet, nicht korrodiert und so bezaubernd glänzt.«

»Ja, das tat man«, räumte der Schreiberling ein, »vor langer Zeit.«

»Es wurde daher rasch zum Bezahlungsmittel, und unser eigener Peso berechnet sich bis zum heutigen Tag nach dem Goldbestand der Zentralbank.«

»Ja. Eine amüsante Kuriosität. Aber heute rein theoretischer Natur.«

»Egal wie«, hielt der Goldmacher entschieden dagegen, fest entschlossen, den Faden seiner Präsentation nicht zu verlieren, »egal wie, es ist so, dass viele, genau wie Sie, die dieses magische Material bisher noch nicht gesehen haben, neugierig darauf sind, es endlich zu Gesicht zu bekommen.«

Der Schreiberling gähnte.

»Wenn Sie meinen«, sagte er.

»Daher will ich Ihnen jetzt meine Kunst demonstrieren, die edle alte Goldmacherkunst, von Fürsten und Königen begehrt und bewundert, deren Geheimnis nur wenige Künstler kennen, und nur diese kleine Zahl hat die Bewilligung zur öffentlichen Vorführung.«

»Sehr interessant. Ich freue mich darauf, es am Freitag in Ihrer Show zu sehen«, sagte der Schreiberling höflich, aber doch mit einem winzigen Funken genuinen Interesses in der Stimme. »Wenn ich es schaffe zu kommen.«

Jetzt gibt es kein Zurück mehr, dachte der Goldmacher resigniert und schob hinterher:

»In unserer Vorstellung werden wir natürlich eine Reihe farbenfroher frappierender Kunststücke zeigen, wie Atem aus Goldstaub und Gedanken aus Gold, aber für Sie werde ich mich hier und jetzt darauf beschränken, ganz einfach Gold herzustellen, sodass Sie einen Eindruck davon bekommen, worum es geht.«

»Verstehe. Genau.«

»Darf ich Sie bitten, etwas aus Ihrer Hosentasche oder Tasche herauszusuchen, irgendeinen kleinen persönlichen Gegenstand, vorzugsweise nicht aus Stoff oder Papier …«

Der Schreiberling begann in seinen Taschen zu kramen.

»Nein«, fuhr der Goldmacher fort, »Streichhölzer eignen sich nicht so gut. Der Apparat hier hat eingebaute Beschränkungen. Damit der Apparat funktioniert, sollte es ein persönlicherer Gegenstand sein: etwas, zu dem Sie eine Beziehung haben. Das kann ein Amulett sein, Geld aber eher nicht, zur Not gehen auch Schlüssel, obwohl sie so viele Legierungen haben …«

»Hier«, sagte der Schreiberling, eifriger jetzt, nachdem er zur Mitarbeit animiert worden war, so wie Publikum überall und zu allen Zeiten reagiert, dachte der Goldmacher, »wie wäre es damit?«

Er hielt dem Goldmacher eine Maultrommel aus Bronze hin.

»Ah«, sagte der Goldmacher. »Vortrefflich. Das muss ich sagen. Es kommt selten vor, dass ich einen solchen Gegenstand zur Verwandlung bekomme.«

Der Schreiberling sah ihn unsicher an, als er ihm das primitive Instrument reichte.

»Darf ich fragen, welche Verbindung Sie zu diesem Gegenstand haben?«

»Hm. Er – er hat meiner Mutter gehört. Als ich sechs war, hat sie mir beigebracht, darauf zu spielen.«

»Verstehe. Verstehe.«

»Das heißt, besonders gut lief es damals nicht. Ich war gerade mitten im Zahnwechsel. Aber später habe ich es dann ganz gut hingekriegt. Sie war allerdings eine … eine Virtuosin.«

»Das ist vortrefflich, Herr Gnell. So, dann schauen wir mal …«

Der Goldmacher hielt die Maultrommel ins Licht.

»Einen Augenblick«, sagte der Schreiberling, »ich bekomme sie doch wieder zurück?«

»Keine Angst«, sagte der Goldmacher. »Sie bekommen sie zurück.«

»Im selben Zustand?«

»Im selben Zustand.«

»Und mit demselben Geschmack, hoffe ich.«

»Geschmack? Hm, ja, ich denke schon. Wieso?«

»Na ja, ich finde nämlich – ja, lachen Sie jetzt nicht, es ist ja nur ein Bronzeteil, oder? – aber ich finde schon, dass es – ja, dass es nach meiner Mutter schmeckt. Ein bisschen, jedenfalls. Nicht viel«, fügte er leise hinzu.

»Seien Sie ganz unbesorgt, Herr Gnell«, sagte der Goldmacher, sicherer jetzt in seiner Rolle, »ganz unbesorgt. Vertrauen Sie mir. Sie bekommen sie zurück, mit demselben Glanz, demselben Geruch, demselben Geschmack …«

Der Schreiberling schluckte.

»Und jetzt nehmen Sie meine Hand, während ich die Maultrommel hier hinlege. So. Denken Sie nun für einen Augenblick an Ihre Mutter. Genau so. Denken Sie ganz fest an sie. Sie können dabei gern die Augen schließen.«

Der Apparat summte. Dann erklang ein merkwürdiges Geräusch, wie der Nachhall einer großen Glocke.

»Mutter«, sagte der Schreiberling leise.

Aber

25

vier senkrecht wäre Kontrapunkt.«

Der Untervertriebsleiter des Abendblatts schaute vom wöchentlichen Kreuzworträtselgewinnspiel auf und durch die kleine Scheibe des Vertriebsschalters hindurch, dann fuhr er zusammen. War gerade die Tür gegangen? Der Untervertriebsleiter konnte sich nicht erinnern. So früh am Nachmittag war es still im Vertrieb und alles, was er gehört zu haben glaubte, war das leise Ticken des Chronometers an der Wand, das besonnene Rascheln seines Bleistifts auf dem Kreuzworträtselgewinnspiel der letzten Wochenendbeilage und der leichte, regelmäßige Atem der schlafenden Untervertriebler auf ihren Bürostühlen. Er hatte nicht einen einzigen Schritt gehört. Dennoch thronte eine große, hagere, schwarz gekleidete Gestalt auf der anderen Seite des Gitterschalters, sodass er sicherheitshalber zum zweiten Mal zusammenfuhr.

»Du meine Güte«, sagte der Untervertriebsleiter.

»Ich hoffe, ich habe Sie nicht erschreckt«, sagte die Gestalt in liebenswürdigem Ton.

»Keineswegs.«

»Vier senkrecht wie gesagt. Kompositionstechnik mit elf Buchstaben. KONTRAPUNKT.«

»Wie bitte?«

»Vier senkrecht, wie gesagt. Kontrapunkt. Elf Buchstaben. Kontrapunkt ist eine Kompositionstechnik, bei der selbstständige Stimmen zusammen erklingen. Sagen wir mal, die erste Stimme präsentiert das Hauptthema des Stücks. Dann bewegt sich die zweite Stimme unabhängig davon. Umspielt sie sozusagen, wie eine völlig autonom handelnde Stimme, ist nicht ans Hauptthema gebunden.«

»Verstehe.«

»Das nennt man einfachen Kontrapunkt. Ich kann Ihnen gern erklären, was man unter einem doppelten Kontrapunkt versteht, aber ich glaube, das ist in diesem Zusammenhang nicht nötig. Vier senkrecht, wie gesagt.«

»K-O-drei-vier – – neun – zehn – elf; ja, das passt. Äh – danke.«

»Keine Ursache. Gern geschehen, junger Mann. Ich liebe das Kreuzworträtselgewinnspiel Ihrer hervorragenden Zeitung, deren Redaktion ich gerade einen Besuch abgestattet habe, auch sehr. Um es zu lösen, muss man seinen Grips wirklich bemühen. Finden Sie nicht auch?«

»Doch, das …«

»Die meisten anderen Kreuzworträtsel braucht man ja nur auszufüllen. Interjektion mit zwei Buchstaben. Antilope mit drei. Farbe mit vier. Und so weiter. Äußerst langweilig. Aber das Kreuzworträtselgewinnspiel – ja, da muss man sich anstrengen. Ich erinnere mich an ein paar klassische, um nicht zu sagen unsterbliche gesuchte Wörter, fast unmöglich zu lösen. Dreizehn waagerecht: Stierauge, neun Buchstaben, der erste Buchstabe ein A. Acht senkrecht: Diktator, sechs Buchstaben. Der zweite Buchstabe ein Y. Da musste man sich wirklich den Kopf zerbrechen. Finden Sie nicht auch?«

»Ja, unbedingt, unbedingt.«

»Wer hier bei dieser Zeitung arbeitet, weiß vielleicht, welches Masterhirn sich diese herrlichen Kreuzworträtsel ausdenkt?«

»Das hält man leider vor uns verborgen. Und selbst wenn ich es wüsste, dürfte …«

»Verstehe, verstehe. *Es ist besser, über Verborgenes nicht zu viel zu wissen.* Sagt das nicht der Dichter? Egal wie. Sie sind wunderbar. Die Kreuzworträtsel, meine ich.« Der Untervertriebsleiter besann sich:

»Kann ich Ihnen irgendwie behilflich sein?«

»Ja, das können Sie. Tut mir leid. Ich hatte ganz vergessen, weshalb ich gekommen war. Mein Name ist Ambrosius van den Klank, Professor für Musiktheorie an der Universität Leyden. Ich hätte gern ein Gratisabonnement. Also ein Geschenkabonnement.«

»Verstehe. Da sind Sie hier richtig. Sie müssen lediglich das hier ausfüllen …«

»Ja, ja, ja. Schauen Sie, hier ist schon das ausgefüllte Formular. Es wäre sehr schön, wenn die begünstigte Person bereits die heutige Abendausgabe bekommen könnte.«

»Oh, das könnte möglicherweise schwierig werden.«

»Wirklich? Und wenn ich das Doppelte bezahle?«

»Das wird nichts nützen, es hat technische Gründe. Die Botenabteilung muss informiert werden, und die Verteilerstelle muss die Anzahl der Zeitungen in den Lieferkäfigen anpassen. Das dauert seine Zeit, und …«

»Ich bin sicher, dass es sich mit etwas gutem Willen hinkriegen lässt.«

»Ja«, hörte der Untervertriebsleiter sich selbst sagen. »Das lässt sich selbstverständlich hinkriegen. Natürlich.«

»Sie sind ein Mann, der Verantwortung übernimmt.«

»Ja, ich werde selbst die Verantwortung dafür übernehmen, dass die Sache erledigt wird.«

»Was schulde ich Ihnen?«

Verwirrt schaute der Untervertriebsleiter auf die Bestellung.

»Wollen mal sehen. Zweimonatsabo, morgens und abends plus alle Wochenbeilagen, das macht 355 000 Pesos, minus Geschenkrabatt … Ergibt dann 310 000 Pesos.«

»Hier haben Sie 330. Der Rest ist für die zusätzliche Mühe.«

»Vielen Dank, Herr Professor van den Klank. Das wäre aber nicht nötig gewesen.«

»Keine Ursache. Ich habe zu danken. Leben Sie wohl.« Der Professor drehte dem Schalter den schwarzen Rücken zu.

»… Einen Augenblick, Herr Professor!«

Der Besucher drehte sich nicht um, sondern sagte nur über die Schulter: »Ja?«

»Achtzehn senkrecht, Lichtbringer, sieben Buchstaben?«

»Dabei kann ich Ihnen leider nicht helfen. Am besten sparen Sie auf ein Kreuzworträtselwörterbuch.«

Seltsamerweise absentierte sich Professor Ambrosius van den Klank, ohne dass der Untervertriebsleiter sagen könnte, ob irgendwann eine Tür gegangen sei. Komisch, komisch, dachte er. Aber

26

an einem anderen Ort der Stadt saß die alte freundliche Frau Alma auf einem Sofa und sah keineswegs mehr so freundlich aus, und auch keineswegs mehr so alt. Sie wirkte vielmehr gestresst und verängstigt. Die gepflegte graue Perücke mit dem wohlwollenden Dutt hatte sie abgenommen, sodass ihre eigenen dünnen und strapazierten braunen Haare in alle Richtungen standen. Die Schminke um die Augen hatte sich aufgelöst und lief ihr über das Gesicht.

Sie rauchte Kette, während sie die Eindringlinge, die auf ihren jeweiligen Sesseln saßen und sie mit ihren Waffen bedrohten, verzweifelt und flehentlich anstarrte.

Als besonders kränkend empfand sie, dass einer von ihnen auf genau dem Sessel saß, der ihrem Vater gehört hatte und aus der Zeit stammte, in der sie in Potsdam gewohnt hatten. Den anderen hatte sie später passend dazu gekauft, er hatte aber keinerlei emotionalen Wert.

Rasch schaute sie sich im Zimmer um, sah von Gegenstand zu Gegenstand, ließ den Blick auf allem verweilen, was ihr gehörte. Die Situation fühlte sich noch unwirklicher an als vorher.

War sie durchschaut worden? Wussten sie Bescheid?

»Aber ich habe doch exakt das getan, was ihr mir aufgetragen habt«, flüsterte sie verzweifelt und drückte eine weitere Zigarette in den bereits randvollen Aschenbecher. »Ich habe alles hingekriegt – bis auf die Sache mit dem Likör. Ich habe sie nicht zu einem Likör bei mir im Haus überreden können. Das habe ich nicht geschafft. Wie sehr ich auch versucht habe, sie dazu zu überreden. Aber alles andere habe ich hingekriegt. So wie ihr es mir aufgetragen habt.«

Die beiden Eindringlinge warfen sich einen vielsagenden Blick zu.

»So wie ihr es mir mit euren Drohungen nahegelegt habt«, brachte sie stotternd heraus.

»Der fehlende Likör spielt zwar eine gewisse Rolle«, sagte der eine Eindringling heiser, »ist letztendlich aber nicht ausschlaggebend. Du hast getan, was wir dir aufgetragen haben. Wir sind mit dir zufrieden.«

»Sehr zufrieden«, sagte der zweite. »Du kannst selbst zufrieden sein.«

Alma atmete erleichtert aus. Sie hatten sie nicht durchschaut.

Allerdings machten sie keinerlei Anstalten, aufzustehen und zu gehen.

»Besonders gut war deine Idee, dich für eine Freundin ihrer Mutter auszugeben. Sehr gut«, sagte einer der Eindringlinge honigsüß.

Der andere nickte zustimmend und lächelte ein kaltes Lächeln.

»Das zeugt von einer gewissen Finesse, das muss man sagen.«

Sie sah sie unsicher an.

»Dann?«, fragte sie zaghaft. »Sind wir also quitt?«

Die Eindringlinge lachten beide. Ein dünnes knatterndes Lachen.

Ihr sank das Herz in die Hose. Sie erhob sich, um die Kaffeekanne zu holen, die auf der Anrichte am Wohnzimmerfenster stand.

»Wo willst du hin?«, fragte einer der Eindringlinge barsch.

»Ich will nur etwas –«

»Setz dich«, sagte der andere Eindringling streng.

Sie gehorchte. Sobald sie sich aufs Sofa gesetzt hatte, begann sie vor Angst zu zittern, denn im selben Augenblick begegnete sie ihren Blicken.

»Du gehst nirgendwohin«, sagte einer der Eindringlinge sachlich.

»Aber«, begann sie und merkte, wie ihr die Stimme versagte.

»Aber?«

»Ehrlich gesagt«, brachte sie stotternd heraus, »ihr dringt

einfach so hier ein, bedroht und lockt mich, und ich tue alles, was ihr sagt …«

»Das mit dem Likör hast du nicht hinbekommen«, grinste der eine.

»Nein«, sagte Alma, kaum hörbar, und merkte, wie ihr Zittern jetzt völlig außer Kontrolle geriet. Sie zitterte so stark, dass ihr Körper geschüttelt wurde und die Übelkeit in ihr hochstieg. Zeitgleich zu den Tränen merkte sie, wie das Sofakissen aus grünem Cord unter ihr feucht wurde, vor Urin. »Aber ihr habt doch gesagt, das sei nicht ausschlaggebend …«, weinte sie. Die Zeit kam ihr plötzlich so kurz vor. Ihre Kindheit, Potsdam, der Umzug hierher und dann der Auftrag der letzten Jahre, das, was ihr so wichtig erschienen war, ihre Loyalität zum Vater und seiner ach so großen Welt, es lebe der König: Alles wirkte sinnlos. Ihr Vater war tot und seine Ideale mit ihm. Sie fror.

Die beiden Eindringlinge lachten nicht mehr über sie. Vielmehr empfand sie fast Dankbarkeit, als der eine mit so etwas wie Mitleid in der Stimme sagte:

»Das war nicht ausschlaggebend. Mein Kollege macht nur Spaß. Ist ja gut. Es wird schnell gehen. Wir sind zufrieden mit dir.«

»Ihr lieben Eindringlinge«, bat sie, flehte sie, »ich –«

»Aber wir können dich nicht gehen lassen. Du weißt zu viel. Das verstehst du doch. Wir können dich unmöglich gehen lassen.«

»Ich bin so vergesslich«, wimmerte sie kläglich, »ich vergesse so schnell. Und – und – und ich kann euch in anderen Dingen helfen. Ich kann zum Beispiel –«

»Du hast getan, wofür wir dich gebraucht haben. Wir brauchen dich nicht mehr.«

»Doch, o doch, doch, doch, doch, ihr braucht mich, ich kann mit euch mitkommen, ich kann zum Beispiel –«

Plötzlich spürte sie in ihrem Zwerchfell etwas Weiches und seltsam Warmes, und ihr war klar, auch wenn sie den Knall nicht gehört hatte, dass die Eindringlinge ihr Versprechen wahr gemacht und sie rasch und barmherzig getötet hatten. Trotzdem versuchte sie, weitere Wörter von sich zu geben, doch dunkle Übelkeit stieg in ihrem Hals nach oben bis zu den Augen, und sie starb.

Noch während die beiden Eindringlinge auf Verstärkung warteten, begannen sie an ihr zu nagen.

Aber

27

es war unschwer zu erkennen, dass das Theatergebäude an der Ecke des Schlossparks einst ein stattlicher Bau gewesen war. Stattlich war das Theater zwar nach wie vor, denn alle wesentlichen architektonischen Charakteristika waren erhalten geblieben, die große Kuppel sowie die korinthischen Säulen, ganz zu schweigen von den fiaskoförmigen Geländerstützen an den Gesimsen und Terrassen, allerdings ließ sich nicht leugnen, dass es müde und abgekämpft aussah und gewissermaßen die Ohren hängen ließ, obwohl jemand das ganze Gebäude rosa angestrichen hatte, anscheinend um ihm einen neuen Frühling zu verpassen. Nicht einmal das große Neonschild über der Eingangspartie trug dazu bei, weiterhin den Eindruck eines ehrwürdigen Thalia-Tempels aufrechtzuerhalten, und der ältere Goldmacher schüttelte bei seinem Anblick missmutig den Kopf.

CARAMBA VO KSTHEATER

stand in großen geschwungenen Lettern darauf zu lesen. Doch hatte jemand das L entfernt, anders als die letztjährigen Varietéplakate mit den steif lächelnden Gesichtern und Damen im Paillettenkleid, die noch dort oben hingen und von Minute zu Minute zusehends blasser wurden. Schon draußen auf dem Bürgersteig roch es nach altem Puder und morschem Bühnenboden, und das Theater sah so aus, als flehte es fast darum, getötet zu werden, um von weiteren Demütigungen verschont zu bleiben.

»Ach herrje«, sagte der ältere Goldmacher bewegt. »Hier kann man einen Niedergang erkennen. Ja, man kann wahrhaftig einen Niedergang erkennen.«

Dem Jüngeren fehlte die Vergleichsgrundlage, doch angesichts des niedergeschlagenen Gebäudes sah er keinen Grund, das Votum seines Kollegen anzuzweifeln. Er nickte daher nur zustimmend mit dem Kopf, während der Ältere seinen schüttelte. So blieben sie eine Weile stehen, kopfschüttelnd und nickend, während das Gebäude sie stumm und flehentlich ansah. Der Haupteingang war verschlossen, und auf den säuregeschliffenen, ornamentverzierten Glasscheiben in den Doppeltüren waren Spinnweben zu erkennen. An den Enden der flügelförmigen Türklinken aus Messing hatte sich Grünspan gebildet und der Treppenabsatz vor dem Eingang war ganz offensichtlich seit geraumer Zeit nicht mehr gefegt worden. In der einen Tür hing ein Schild mit der Aufschrift *Heutige Abendvorstellung ausverkauft*, während in den anderen Scheiben *Sommerpause* zu lesen stand.

Liebevoll tätschelte der ältere Goldmacher die Fassade des Theaters, an der noch hier und da Schattierungen von Blau und Backsteinrot unter der rasch aufgetragenen rosa Kalkschlämme durchschimmerten.

»Versuchen wir unser Glück am Bühneneingang«, sagte er leise.

Sie gingen um das Gebäude herum und gelangten zu einem hohen Bretterzaun, der ebenfalls in aller Eile rosa angestrichen worden war, allerdings war den Anstreichern hier anscheinend unterwegs die Farbe ausgegangen, denn an jenem Teil des Zauns, der am weitesten vom Gebäude entfernt war, konnte man die ursprünglich grüne Farbe noch erkennen. Das Tor klapperte leise vor Langeweile und knarrte dankbar, als sie es hinter sich schlossen und es endlich zur Ruhe kam.

Hinter dem Gebäude waren deutliche Spuren jüngerer menschlicher Aktivität zu erkennen. Auf einem rostigen Kaffeetisch, der dem Terrassencafé im ersten Stock des Theaters entliehen war, standen eine halb leere Tasse mit kaltem Folterkaffee und ein Aschenbecher, der so vollgestopft war, dass er einem Igel mit weißen Stacheln ähnelte, auf dem Stuhl neben dem Tisch lag ein Regiebuch und flatterte missmutig mit Seiten, die sich vor feuchtfröhlichem Komödientum wellten. Dicht an der Wand neben dem Bühneneingang hatte jemand zwölf leere Weinflaschen des billigsten Kulturarbeiterrotweins sowie eine leere Hustensaftflasche abgestellt.

Die Tür stand offen, aber das Schauspielerfoyer war leer. Auf der Rezeptionstheke stand jedoch ein handgeschriebenes Schild, wonach der Rezeptionist derzeit kurz abwesend sei und Besucher höflichst gebeten würden, sich selbst zu registrieren. Neben dem Schild lag ein Gästebuch, in das sie sich pflichtschuldigst eintrugen. Der letzte Eintrag lag mehr als vier Monate zurück, die Dienste eines Rezeptionisten schienen folglich seit geraumer Zeit nicht mehr gefragt zu sein.

Ein Schild an der Treppe kündete davon, dass die Verwaltungsbüros im ersten Stock lagen. Die Treppe knarrte dramatisch bei jeder Stufe, aber sie kamen wohlbehalten oben an. Vor ihnen lag ein langer Korridor mit Bürotüren auf der linken Seite, einige davon offen. *Bühnenmeister* hieß eins der Büros, dessen Tür weit offen stand. Drinnen sah man einen Schreibtisch und eine Massagebank sowie eine Probechaiselongue für junge Schauspielerinnen, bestückt mit allerlei Kissen und Nackenrollen, von den Tischschlampen hingen jedoch Spinnweben herunter. Spinnweben gab es auch auf den sorgfältig errichteten Pappmodellen, die auf dem Arbeitstisch unter der Schreibtischschlampe im Arbeitszimmer des *Cheftheatermalers* standen, beim *Inspizienten* gab es indes überhaupt nichts zu inspizieren – hier waren gleich alle Möbel entfernt worden bis auf eine Stehschlampe, die so hässlich war, dass sie in der Ecke stand und sich schämte. Beim *Finanzchef* stand der Stahlschrank sperrangelweit offen, und um seine Leere noch zu unterstreichen, huschten kleine, halbwilde Wollmäuse in den Schrank und wieder hinaus wie Wanderbüsche in der Prärie. Auch das Briefmarkenkästchen auf dem Tisch neben der imponierenden mit einer Kurbel ausgestatteten Rechenmaschine war bis auf ein paar wertlose vergilbte Weihnachtsmarken leer.

Doch im Büro des *Intendanten* hielten sich offensichtlich Menschen auf. Die Schreibtischschlampe brannte und wirkte wach und aktiv, und es roch nach Zigarettenrauch jüngeren Datums. Auch hier stand ein vollgestopfter Aschenbecher. Auf einem Teller schmachteten die Reste eines bayerischen Schweinedöners, und auf dem Boden lag der Entwurf eines neuen Theaterplakats.

Ermuntert von diesen Lebenszeichen, gingen die Goldmacher weiter in das Gebäude hinein in der Hoffnung, jemanden zu finden, der ihnen bei ihrem Vorhaben helfen könnte. Der Ältere hatte den Umschlag mit allen Genehmigungen unter dem Arm und hatte im Vorfeld, bevor sie sich zum Theater aufgemacht hatten, den Jüngeren instruiert, seinen Mantel auf weltlich elegante Weise aufgeknöpft zu tragen. Er hatte ihm sogar einen langen blauen Schal gekauft, den er mit raffinierten, zufällig wirkenden Falten um Hals und Schultern drapiert hatte. Er selbst trug einen entsprechenden Schal in Grün.

Auf dem Schnürboden trafen sie niemanden an, doch die Schnüre sangen eine wehmütige Weise, als ein Luftzug aus dem großen Saal in den Bühnenraum und dann hinauf in die geheimnisvolle Dunkelheit drang. Die Goldmacher hielten sich nicht lange mit dem Klagegesang auf, sondern gingen die Treppe hinunter zum Requisitenlager. Die schwere, mit Blech beschlagene Tür am Ende des Korridors stand einen Spaltbreit offen, und noch bevor sie bei ihr ankamen, hörten sie von drinnen schweren Atem. Sie schlichen bis zur Tür und schauten hinein. Zunächst sahen sie nichts, hörten nur lang gezogenes, regelmäßiges Schnarchen. Doch nachdem sich die Augen an die Dunkelheit gewöhnt hatten, konnten sie wunderliche Dinge erkennen, wie Schätze eines Pharaonengrabs. Lohengrins Schwan stand mit abblätternder Farbe dicht bei der Tür, während im nahen Etagenregal prächtige künstliche Blumen in etruskischen Krügen aus Pappmaschee steckten. Zwei hohe Säulen lagen auf dem Boden und dienten als Stütze für eine Reihe prächtiger bunter Schilde. In einem Regal ganz hinten im Raum konnte man im Lichtschein Yoricks Schädel erkennen, der dort lag und über die Perspektiven von Nebenrolleninhabern nachdachte.

Von der Decke hingen riesige schwarze Säcke mit Schnürung gleich riesigen Kokons. Die Schnüre hatten verschiedene Farben. In jedem Sack steckten Schläuche und Leitungen, die zu einer Vorrichtung unter der Decke führten, und an jedem hing ein Schild mit einem Formular und einem Porträtfoto.

Von diesen Kokons ging der schwere Atem aus. Sie schaukelten leise in der Dunkelheit.

»Pst«, flüsterte der ältere Goldmacher und gab dem jüngeren ein Zeichen zur Umkehr. »Das sind Schauspieler in künstlerischem Tiefschlaf.«

»Oh …«, sagte der jüngere Goldmacher bewegt. »So sieht es in der Realität also aus …«

»Sprechen wir ruhig von Winterschlaf«, sagte der Ältere leise. »Achte auf die Farben der Schnüre. Rot steht für Komödiendarsteller. Blau für Tragödiendarsteller. Grün für Allrounder. Weiß für Statisten und Nebenrollen. Die Herren tragen eine Einfachschleife, die Damen eine Rosettenschleife.«

»Wie praktisch«, sagte der Jüngere.

»Sehr praktisch. So findet der Intendant im Nu die exakt richtige Rollenbesetzung. Der Intendant, ja …«

Sie schlichen sich wieder hinaus und fanden dann den Weg zum Probensaal. Und hier gab es endlich Menschen.

Am Tisch saßen drei sonnengetrocknete Frauen unbestimmten Alters, mit sehnigem Körperbau und furchteinflößend aufrechter Körperhaltung, und tranken mit sauertöpfischem Gesicht Folterkaffee aus Pappbechern. Sie trugen Trainingskleidung, hatten auf dem Kopf aber alle drei mächtige, meterhohe Blumenarrangements mit langen Federn sowie künstlichen Blumen und Früchten. Dadurch sahen sie aus wie Prämien in einem Basar. An der einen Querwand standen zwei Herren, ebenso miesepetrig und sehnig, jedoch ohne Obstkörbe auf dem Kopf. Stattdessen trugen sie jeweils einen ausgeklappten Chapeau claque und hielten Spazierstöcke in der Hand. Am Klavier in der Ecke saß ein weit weniger sehniger, aber ebenso miesepetriger Repetitor, der ebenfalls Kaffee trank.

Ob vor ihrem Eintreffen im Raum irgendeine Form von

Konversation stattgefunden hatte, war schwer zu sagen, wirkte aber unwahrscheinlich. Die Anwesenden blickten die beiden Männer in der Tür lediglich stumm und missbilligend an.

»Entschuldigung«, sagte der ältere Goldmacher und machte zwei Schritte in den Probensaal hinein. »Ich bedaure zutiefst die Störung. Wir suchen den Intendanten. In den Büros war kein Mensch.«

Die Anwesenden blickten sich mit ausdruckslosen Mienen an. Dann blickten sie wieder zu den Neuankömmlingen. Nach wie vor sagte niemand von ihnen ein Wort.

»Entschuldigung«, sagte der Ältere erneut und spielte nonchalant mit den Fransen seines Schals, »den Intendanten suchen wir? Den Direktor?«

Vielsagende Blicke wurden getauscht.

»Ja-a, ja, – *Leute*«, sagte einer der Herren mit Hut und Stock und blickte zu Boden, wobei er mit der langen wohlgeformten Hand ein ironisches Grinsen verbarg.

Eine Weile war es still. Der ältere Goldmacher behielt seine zuvorkommende, fragende Pose bei, als wartete er auf eine Regieanweisung.

»Der Direktor«, kam es schließlich von einer der Damen mit Blumenarrangement. »Der *Direktor*, ja. Ja, wo ist er nur?«

Gleichzeitig gingen alle Blicke zu einem leeren Klappstuhl am Tischende. Auf dem Tisch vor dem Stuhl warteten eine zur Hälfte geleerte Kaffeetasse und ein vollgestopfter Aschenbecher. Über dem Stuhlrücken hing ein langärmeliger Pullover.

»Tja, nein, ihn haben wir schon eine geraume Weile nicht mehr gesehen«, sagte der Herr mit dem Stock und schaute auf die Armbanduhr. »Wir haben gerade Pause«, fügte er erklärend hinzu. »Fünf Minuten. Wurde uns gesagt.« Die Dame mit dem Blumenarrangement schaute ebenfalls auf die Uhr und verdrehte künstlerisch die Augen. Abermals musste einer der Herren an der Wand ein sardonisches Kichern verbergen.

»Der Direktor«, sagte der Repetitor, der sich anscheinend erst jetzt seiner übergeordneten Position bewusst wurde und sich sammelte, »der Direktor hat Pause. Wir stecken in einer Szene fest, und er brauchte Zeit zum Nachdenken. Das ist fünf Minuten her. Vielleicht auch zehn.«

»Vielleicht«, sagte eine der Damen und richtete das Blumenarrangement auf ihrem Kopf.

»Tja, nein, wir schauen hier nicht so oft auf die Uhr«, sagte einer der Herren an der Wand, der sich bis jetzt still verhalten hatte. »So ist es doch – *Leute?*« Erneutes Kichern seitens seines Kollegen. Der Repetitor beeilte sich, das Kichern mit einem kurzen eleganten Akkord auf dem Klavier zu überdecken.

Der ältere Goldmacher verschaffte sich einen Überblick über den Probenraum. Mitten im Saal, vier Meter von dem roten Strich entfernt, der den Bühnenrand markierte, stand eine große Dekoration halb fertig da; eine Art Treppenpyramide mit drei Absätzen wie eine riesige Stufentorte. Sie hatte vier Treppenläufe, einen auf jeder Seite, und einen etwas breiteren auf der Frontseite, die alle hinauf zu den Absätzen führten. Die letzte Treppe war steiler und befand sich auf der Rückseite.

»Tolle Deko«, sagte er nach einer Weile. »Eine ägyptische Verwechslungskomödie?«

Erneutes Kichern von dem fideleren Mann. Erneuter Akkord vom Klavier. Die anderen sagten nichts.

Mit einem Mal öffnete sich eine Tür am anderen Ende des Saals, und ein inspiriertes Gewitter in Form des Intendanten und einer Gruppe wesentlich jüngerer Frauen brauste herein, alle mit den gleichen merkwürdigen, meterhohen Blumenarrangements auf dem Kopf.

»Ich hab's, ich hab's!«, rief der Intendant erregt und richtete die Brille, dabei wedelte er energisch mit dem Regiebuch. »Jetzt hab ich's!«

»Er hat es«, sagte eine der Frauen. Hinter dem Intendanten grinste aufgeregt die Schar der jüngeren Blumengestecke.

»Aufstellung!«, rief der Intendant. »Dritte Position. Da, wo wir gerade waren. So! Schnell jetzt, alle miteinander! Los geht's. Nehmt eure Plätze ein, alle miteinander.«

»Ja, ja«, seufzte eine der Frauen am Tisch und erhob sich ohne große Spritzigkeit in den Bewegungen. Die anderen folgten ihr.

»Entschuldigung, Herr Intendant«, setzte der ältere Goldmacher an und trat ein paar Schritte auf den Intendanten zu, der heftig gestikulierte, um das Ensemble vor und auf der Dekoration in die richtige Position zu bringen. Der Intendant warf ihm einen kurzen verärgerten Blick zu.

»Wer sind *Sie* denn?«, bellte er. »Sehen Sie nicht, dass wir *proben?*«

»Doch, doch …«

»Dann warten Sie gefälligst.« Der Intendant widmete seine Aufmerksamkeit längst wieder dem Tableau vor sich. »Bereit, alle miteinander? Musik! Eins – zwei – eins, zwei, drei, vier!«

Der Repetitor stimmte einen durch und durch glücklichen Calypso an, und die Darsteller begannen sich zu bewegen.

»Ja! Genau so!«, schrie der Intendant. »Zwei – drei – vier! Und *stopp! Hier* ist Stopp! Danke!« Die Musik verstummte. »Anstelle«, brüllte der Intendant, als würde die Musik noch immer spielen und er müsste sie übertönen, »anstelle einer Drehung an dieser Stelle nach links und nach rechts gehen ALLE MITEINANDER nach rechts, wie eine Welle, sechs Takte, Kehrtwende, und DANN NACH LINKS, sechs Takte. Ja?«

»Und die Arme?«, fragte eine kleine blumenbedeckte Frau.

»Wellend. So. Wellenwegungen!« Der Direktor machte es mit den Armen vor. »Zuerst nach links, während ihr nach rechts geht, die Front die ganze Zeit zu mir, und dann nach rechts, während ihr nach links geht. Ist das klar? Jah! *Vielen* Dank! Und AUF GEHT'S! Eins – zwei – eins, zwei, drei, vier!«

Der Calypso fuhr an der Stelle fort, an der er aufgehört hatte, und die Gruppe setzte sich wieder in Bewegung – und zwar zuerst nach rechts und dann nach links, während sie mit den Armen die ganze Zeit über Wellenwegungen machte, mit der Front zum imaginären Bühnenrand.

»Und wir LÄCHELN!«, brüllte der Regisseur. »Lächelt, verdammt noch mal! Und den Rücken gerade! Du da, Lotte, DEN RÜCKEN GERADE! JA! Genau so!«

Mit wütendem Lächeln und geradem Rücken bewegten sich die Damen, zugleich versuchten sie verzweifelt, ihre Köpfe unter den meterhohen Blumenarrangements gerade zu halten und mit den Armen Wellenwegungen zu machen. Die Herren standen in einer Reihe in der Mitte, vor der mittleren Treppe, und wedelten mit ihren Zylindern, dabei wirbelten sie ihre Spazierstöcke herum, als wäre der Teufel hinter ihnen her.

»Und JETZT!«, brüllte der Regisseur, »jetzt geht ihr die Treppe *hoch*! JAH! Genau so. Genau! UND jetzt WACKELT ihr mit dem POPÖCHEN, Schätzchen; ich WEISS, dass ihr das könnt!«

Die Gruppe teilte sich und begann die Treppe hinaufzuwackeln, während der Repetitor frenetisch Calypso spielte. »Und jetzt wieder RUNTER! Und wenn ihr unten angekommen seid, wieder HOCH. JAH!!« Die Tänzerinnen gingen die eine Treppe hinunter und dann die andere Treppe wieder hoch. »OOOOH!«, rief der Regisseur ekstatisch. »Ooooh! JAAH! IMMER IM KREIS! WACKELT – wackelt – WACKELT! HOCH – UND – RUNTER!«

Es sah aus wie eine Spieldose oder ein altes Uhrwerk mit mechanischen Figuren, die sich automatisch im Kreis bewegten, solange das Uhrwerk lief und die Musik ertönte. Der Intendant starrte voller Bewunderung auf sein Uhrwerk, bei dem die Tänzerinnen permanent im Kreis liefen, hoch und runter, hin und her vor der Dekoration. Die Musik machte keinerlei Anstalten aufzuhören, der Pianist spielte weiterhin frenetisch seinen Calypso, und die Tänzerinnen drehten tapfer und sich wellenwegend ihre Runden.

Der ältere Goldmacher nutzte die Gelegenheit für einen neuerlichen Vorstoß gegenüber dem Intendanten.

»Ein sehr schönes Arrangement«, sagte er.

»Nicht wahr?! Nicht wahr?!«, bellte der Regisseur aus den Mundwinkeln zurück, jedoch ohne den Blick von seinem Tableau zu nehmen. »UND JETZT WINKEN WIR!!«, brüllte er. »Und LÄCHELN!«

Sich weiterhin bewegend begannen die Darstellerinnen nun ihrem imaginären Publikum zu winken!

»Was für ein fantastisches Aktfinale!«, stöhnte der Intendant glückselig. »Noch besser als das von letztem Jahr. JETZT LÄCHELT SCHON! Vergesst nicht, ihr tut es für die *Stadt!*« Er verschränkte die Arme und betrachtete die Nummer, die kein Ende nahm, während sich das Gesicht des Pianisten vor Anstrengung allmählich rot färbte.

»Es richtet sich vor allem an die Touristen«, sagte der Intendant, an den älteren Goldmacher gewandt. »Die diesjährige Floorshow handelt von der Geschichte Jüterbogs. Von ihren Anfängen bis heute.«

»Aha.«

»Auf heitere und leicht begreifliche Weise, natürlich.«

»Verstehe.«

»Mit Akrobaten. Und einem Seiltänzer, wenn wir ihn zu

fassen kriegen. Vielleicht hat er sich auch aufgehängt. Und läuft einfach immer weiter. Haha.«

»Früher gab es vermutlich viele Seiltänzer hier in Jüterbog?«

Der Intendant starrte ihn mit einem Mal empört über die Brille hinweg an.

»Soll das ein Scherz sein?«

»Keineswegs, keineswegs, ich frage mich nur, ob …«

»Der Seiltänzer bekommt ein Kostüm, verstehen Sie. Er soll Breitbart den Ersten repräsentieren, der in seiner Regierungszeit zwischen den vielen Ansprüchen die Balance halten musste. Anschließend folgt eine Tanznummer, in der das Ensemble die Freude der Bevölkerung illustriert, in historisch inspirierte Kostüme gekleidet sowie natürlich ein paar *übermäßig-üppige* Hüte.«

»Sind die Kopfbedeckungen wichtig?«

»Ooooh. Ja. Ich will Ihnen eins sagen, ohne Kopfbedeckungen kann man keine Floorshow machen.«

»Gewiss nicht.«

»Sie verleihen den Tänzerinnen Größe und Statur. UND JETZT LÄCHELN WIR!«, schrie er dem Ensemble zu, das immer noch im Kreis lief, hoch und runter. »Das Künstlerdasein muss mit STRAPAZEN verbunden sein!«, rief er. »Die Kunst, Leute! Denkt dran! Die Kunst! DREI – VIER, zeigt Begeisterung und LÄCHELT, verflucht noch mal!«

Das Ensemble lächelte und winkte.

»Verdammt begabt, alle miteinander«, sagte der Intendant zufrieden. »Vor allem die Kleine dort. Ich bin SO stolz auf sie alle. Ja, und dann, vor dem nächsten Tableau, verstehen Sie, soll ein Einradfahrer in historisch inspiriertem Kostüm Mögelbart den Dritten repräsentieren, der sich den Geschichtsbüchern zufolge auf dem Schlachtfeld schnell wie der Blitz bewegt haben soll. Hernach bekommen wir logischerweise ein Schwerttableau zu einer feierlichen Salsa, in dem die Herren anstelle von Stöcken Schwerter haben und die Damen hohe Hüte mit Herzen drauf. Ooooh. Wird das schön. Die neuere Geschichte lassen wir in Frieden ruhen. All die Todesfälle und so weiter. Die eignen sich nicht … Ja, DANKE! DANKE, ALLE MITEINANDER! Fünf Minuten!«

Völlig entkräftet beendete das Ensemble seine ruhelose Rundwanderung mit den Wellenwegungen und sank auf alles, was an Stühlen und Bänken im Probensaal verfügbar war.

»So. Was kann ich für Sie tun? Was machen Sie überhaupt hier?«

»Tut mir leid. Lassen Sie mich erklären. Mir drängt sich nämlich unmittelbar der Eindruck auf, Sie sind der Intendant?«

»Korrekt. Jean-Rolf Bündelach-Purtroppo«, präsentierte sich der Intendant und streckte zum Gruß die Hand mit gekrümmtem kleinem Finger aus, wie Bühnenkünstler es auf der ganzen Welt zu tun pflegen.

»Sehr erfreut. Sehr erfreut. Ich war mit Ihrem Vorgänger bekannt. Herrn Hofschauspieler Swan.«

»Herr Swan ist tot. Ach. Ein großer Künstler. Alter Schule. Aber groß. Sehr groß.«

»Sehr groß. Das sind traurige Nachrichten. Ist es lange her – äh – sein Abgang?«

Von dem erschöpften Ensemble war schweres Atmen und Keuchen zu hören, und ein paar der Schauspieler lagen ausgestreckt auf dem Boden.

»Meine Kinder«, sagte der Intendant liebenswürdig. »Ja, schon, es ist eine Weile her. Ein tolles Begräbnis. Aber anschließend … ach!«

»Ach?«

»Ja, Sie verstehen schon. Niemand konnte mehr auf die althergebrachte Weise Theater machen. Das war nicht länger rentabel. Als der Altgraf übernahm, nachdem seine Brüder und Neffen und so weiter der Reihe nach so – äh – plötzlich verstorben waren, war es auch mit der staatlichen Unterstützung vorbei. Er hatte keinen Sinn für Kultur. Nach ein paar Jahren wurde das Theater daher bis auf Weiteres geschlossen, und die meisten Schauspieler hat man in einen Langzeitschlaf versetzt. Ach, ach. Und weh.«

»O weh«, stimmte der ältere Goldmacher ein. »Und dann? Jetzt herrscht hier ja wieder Leben, jedenfalls im Probensaal?«

»Dann haben wir eine neue Regentin bekommen. Eine neue und vitale Physiokratin. Und sie hat der Unterhaltungsbranche hier in der Stadt wieder Leben eingehaucht, das kann ich Ihnen sagen.«

»Ja, das kann man wohl sagen.«

»Endlich herrschten etwas modernere Zustände in der Stadt. Sie liebt nämlich die Floorshow! In der Folge hat eine Venture-Company das Gebäude per Langfristleasing übernommen und es in ein Volkstheater verwandelt. Ich wurde zunächst aus dem Tiefschlaf geweckt, um als Zeremonienmeister bei der Thronbesteigung zu wirken, und alles war so modern und gelungen und bunt, dass ich anschließend zum Chef hier wurde.«

»Verstehe.«

»Ja, unter uns gesagt … Es ist nicht mehr das, was es einmal war. Ganz und gar nicht. Ja, ich sehe doch an Ihrem Schal, dass Sie ein Schöngeist sind. Aber wir können uns nicht erlauben, nostalgisch zu werden, oder?« Jean-Rolf Bündelach-Purtroppo sah ihn rhetorisch fragend an.

»Nein, natürlich nicht«, sagte der Goldmacher versöhnlich und öffnete den Umschlag mit den Dokumenten. »Hören Sie, werter Herr Intendant, ich habe hier ein paar Papiere für Sie. Vom Rathaus. Eine Genehmigung. Mein Kollege und ich …«

Aber

28

zig Kilometer entfernt, in Potsdam, klopfte es an der Tür, die Musik spielte jedoch einfach weiter. Der blockflötenspielende, mittelalte, leicht beleibte Herr im schlank machenden grünen Jackett gab einem der weniger beschäftigten Musiker in der Kapelle ein Zeichen, woraufhin dieser dem Anklopfenden die Tür öffnete und sich alsdann wieder zum Ensemble gesellte.

Der Herr in Grün spielte ein Solo, melancholisch und klagend. Es war ein Genuss für das Ohr, und der Neuankömmling blieb direkt hinter der Tür andächtig stehen. Er trug eine diskrete Uniform in Schattenfarbe ohne Mütze, jedoch mit Knöpfen in lichteinfangendem Onyx, was ebenso diskret anzeigte, dass er durchaus einer der Übergeordneten in seinem Dienstbereich war.

»Sehr schön«, sagte er anerkennend, als die Musik zu Ende war. »Vivaldi, Flötenkonzert Nummer 1 in C-Dur, Ryom-Verzeichnis 443, zweiter Satz, *Largo*.«

»Vielen Dank, Hermann. Wir üben für die Gedenkfeier der Gerechten Toten Anfang Mai. Ich denke, das Stück passt gut. Vor der Zeremonie wird also Vivaldi und danach *Tango Jalousie* gespielt, von einem Kinderorchester. Letzteres ist ein Versuch, ABER: Ein bisschen was müssen wir schon erdulden, damit die Kinder dabei sein können. Und dass sie dabei sind, ist wichtig. Wir dürfen die Gerechten Toten nicht vergessen. Schon gar nicht in der heutigen Situation, wo im Untergrund neue Gefahren lauern.«

»Wie wahr, *Sire*. Ich bedaure daher umso mehr, dass ich Sie in der wichtigen Probe störe.«

»Kein Problem. Du störst nicht. Was kann ich für dich tun? Gibt es etwas zu berichten?«

Zusammen gingen sie zum Kartentisch.

»Unser Mann in Jüterbog meldet, dass es so aussieht, als würde sich dort etwas zusammenbrauen«, sagte der Schattenfarbige.

»So? Ist der Kerl gut?«

»Überaus. Einer der Besten im Dienst.«

»Wie lange ist er schon dabei?«

»Vier Jahre und fünf Monate, *Sire.*«

»Vier Jahre? Mein Gott. Vier Jahre in diesem Krähwinkel? Schon? Ja, ja, *die Zeit vergeht*, wie der Dichter sagt.«

»Wie wahr, Sire.«

»Gut. Gut, gut. Es ist ja sein Job. ABER: Wir müssen ihn ordentlich würdigen, wenn das hier einmal vorbei ist und sich alles wieder eingerenkt hat. Er kennt den Ort sicher gut, mittlerweile?«

»Überaus gut, Sire.«

»Haha. Vielleicht sollten wir ihm den ganzen Ort zum Geschenk machen. Nun. Was genau meldet er?«

»Es sieht so aus, als würden die radikalisierten, subversiven Kräfte einen Vorstoß von bedeutendem Ausmaß planen. Sie haben in Jüterbog in den letzten Jahren bekanntermaßen an Stärke zugelegt.«

»Das haben sie. Das haben sie. O ja.«

»Die neue Physiokratin, das Mädel, interessiert sich nur für Vergnügungen und Kultur und nicht die Bohne für Verteidigung und Sicherheit.«

»Das Übliche also. Nur schädlicher Unfug. Das Mädel kann nicht mal zählen. Denken Sie dasselbe wie ich, Hermann?«

»Absolut, *Sire.*«

»Die arme Kleine. Hübsch. ABER: Jung und unerfahren.«

»Jung und zahlenblind, *Sire.*«

»Da kämpfen wir Tag und Nacht an allen Fronten gegen die Radikalisierten, nicht wahr, Hermann?«

»Jawohl, Sire. Absolut, *Sire.*«

»Wie alle unsere Verbündeten, Alt und Jung.«

»Genau.«

»ABER: trotzdem – die Jungen vielleicht weniger. Manche Junge sind zu schwach. Zu unerfahren.«

»Sie denken, *Sire?*«

»Ich denke, Hermann. Es ist ja schrecklich, ganz und gar schrecklich, wenn es den untergrabend tätigen Terroristen gelingt, einen Anschlag auf die Bevölkerung Jüterbogs auszuüben.«

»Eine Tragödie, *Sire.* Das wäre unerträglich. *Casus belli* gegen die weißen Schweine.«

»Wir befinden uns bereits im Krieg mit ihnen, Hermann. Es wird also nur ein weiterer *casus belli.* Wieder einmal. Wieder einmal. Und unsere Streitkräfte stehen dort, wo sie stehen sollen – für alle Fälle?«

»Sie stehen dort, wo sie stehen sollen. Nur etwas ungeduldig. Unter dem Befehl von Feldoberwebel von Trottelheim.«

»Ah. Ich kenne meine Trottelheimer. Und das ist gut. Gut. Gute Soldaten müssen ungeduldig sein. ABER: Sorgen Sie für Sonderrationen heute Abend oder spätestens morgen.«

»Jawohl, *Sire.*«

»Und melden Sie unserem Mann in Jüterbog, dass er die Augen offen halten soll. Hier gilt es zu handeln, sollte ein Eingreifen erforderlich werden. ABER: im richtigen Augenblick.«

»Im richtigen Augenblick, *Sire.*«

»*Festina lente,* wie der Dichter sagt.«

»*Festina lente,* zu Befehl.«

»ABER:

29

Jean-Rolf Bündelach-Purtroppo schüttelte entschieden den Kopf. »Bedaure«, sagte der Intendant beklagend. »In dieser Sache kann ich Ihnen nicht helfen. Ich habe, wie Sie sehen, alle Hände voll zu tun.« Er hob bedauernd die Hände, die allerdings leer waren.

»Aber Herr Intendant«, sagte der ältere Goldmacher. »Nicht einen einzigen? Wir brauchen wirklich nicht viel Hilfe.«

»Hilfe? Was denken Sie, was *ich* brauche?« Erneut schüttelte er den Kopf. »Einen einzigen Bühnenbildner hat das Theater noch, und nur nach Absprache. Im Alltagsberuf ist er Schildermaler im Zentrum. Und zwei Bühnenarbeiter zum Verschieben der Kulissen – ja, das Ensemble muss natürlich selbst Hand anlegen. Und bei den Vorstellungen leasen wir Leute, die Licht und Ton steuern. Dieselben, die vorher hier angestellt waren, sofern sie noch leben und arbeiten können. Wir haben nur drei Maskenfrauen, die Mädchen im Ensemble müssen sich beim Schminken selbstverständlich gegenseitig helfen. Und das gilt für alle Bereiche. Wir müssen überall leasen. Mit Personal kann ich Ihnen daher nicht aushelfen«, sagte der Intendant übellaunig.

Er warf noch einen Blick auf das Papier mit all seinen Stempeln.

»Außerdem hat mich niemand darüber informiert«, fügte er hinzu. »Aber so ist es mittlerweile. Manche genießen eine Sonderbehandlung.«

»Entschuldigen Sie«, sagte der ältere Goldmacher freundlich, »wir haben ja nun nicht gerade eine …«

»Das ist mir egal! Der Punkt ist, dass Ihnen das Theater schon für Freitag zugeteilt wurde, ohne dass mich jemand darüber unterrichtet hat. Angenommen, ich hätte am Freitag auf der Hauptbühne eine Dekorationsprobe angesetzt? Was dann? Die Venturegesellschaft least das Theater. Sie leasen auch die Bühnenarbeiter. Putzfrauen. Musiker. Alles, was ein Theater braucht. Hätten wir am Freitag auf der Bühne eine Hauptprobe angesetzt, wäre es zu einer Kollision gekommen. Dann müssten alle nach Hause geschickt werden.«

»Hören Sie, wir brauchen ja nur die grundlegendsten Dinge …«

»So?«

»Ja. Zwei Kartenverkäuferinnen. Zwei, drei Programmverkäufer und Kartenkontrolleure. Zwei Kulissenschieber, die uns auf der Bühne beim Rein- und Raustragen der Apparaturen helfen. Und das allerschlichteste Bühnenbild. Einen Lichttechniker und ein paar Dunkelmänner für den Schnürboden.«

»Sie vergessen einen Hausmeister, der Dinge ein- und ausschaltet und dafür sorgt, dass alles verantwortungsvoll verschlossen wird. Und Sie vergessen einen Hauptarbeitsschutzbeauftragten. Eine Maskenfrau. Und einen Masseur.«

»Gut, ja, das stimmt, aber das lässt sich mit einfachster Hilfe bewerkstelligen.«

»Es sieht leider nicht so aus, als würden meine Worte zu Ihnen durchdringen. Kulissenschieber habe ich nicht. Und auch von den anderen habe ich niemanden. Die müssen geleast werden.«

»Davon hat der Oberstempler nichts gesagt.«

»So. Der Oberstempler. Ja, ja. Also wirklich. In Person. Aber von so was hat der ja keine Ahnung. Auch wenn er es ist, der das Geschäftsmodell für das neue Volkstheater erstellt hat, soweit ich weiß.«

Erneut hob Jean-Rolf Bündelach-Purtroppo bedauernd die Hände. Sie waren mit wohlgeformten, langen Künstlerfingern ausgestattet, die davon zeugten, dass er einer uralten Bühnenkunstdynastie entstammte.

Es folgte eine kurze traurige Stille. Die Goldmacher scharrten höflich mit den Füßen, desgleichen der Intendant.

»Wie wäre es …«, setzte der jüngere Goldmacher an, vor allem aus einer natürlichen Hilfsbereitschaft heraus, »… wenn uns jemand vom Ensemble helfen würde? Sie kennen ja das Theater und das Gebäude und …«

»Junger Mann. Junger, junger, junger Mann«, sagte der Intendant genervt. »Haben Sie nicht selbst gesehen, wie sie sich verausgaben? Wie kräftezehrend das hier ist? Wollen Sie ihnen – meinen Kindern – wirklich den einzigen freien Abend rauben? Wollen Sie das wirklich?«

»Äh ja …«, stotterte der jüngere Goldmacher, obwohl er sich dessen keineswegs so sicher war, doch der Intendant kam ihm ohnehin zuvor. »Kommt nicht infrage«, sagte er entschieden. »Das ist ein Bruch mit allen arbeitsrechtlichen Bestimmungen. Und gynäastisch nicht zu vertreten.«

»Oh«, wandte der Ältere ein, »ich bin ganz sicher, dass manch eine der jüngeren Damen sich gern ein paar Extrapesos dazuverdienen würde, indem sie Eintrittskarten kontrolliert … Und Sie, Herr Direktor, Sie kennen die Anlage hier bestens. Sie könnten ja …«

»Glauben Sie denn, ich hätte an einem freien Abend nichts Besseres zu tun, als ins Theater zu gehen?«

»Gegen Vergütung, natürlich. Und Freikarten.«

»Nein. Kommt nicht infrage. Ich kann es nicht verantworten, Sie hier herumfuhrwerken zu lassen, wenn das Theater nicht voll bemannt ist. Wir brauchen …«

Mit mahnender Geste unterbrach der ältere Goldmacher

Herrn Bündelach-Purtroppos Redefluss. Er beugte sich vor und flüsterte dem Intendanten etwas ins Ohr. Dieser lauschte, zunächst mit abweisender Miene, dann jedoch zunehmend interessiert.

»Hm«, brummte er. »Hm.«

Erneut flüsterte der Ältere ihm ein, zwei Worte ins Ohr.

»Ha. So ist das«, sagte der Intendant. »Ja. Darüber könnte man einmal nachdenken. Das verändert ja alles. Gut. Können Sie das versprechen?«

»Ja«, sagte der ältere Goldmacher.

»Am Bande? Sicher?«

»So sicher wie die Staatskasse«, sagte der ältere Goldmacher.

»Wie Sie wollen«, sagte der Intendant mit einer neuen freudigen Röte im Gesicht. »Wie Sie wollen. Ich kümmere mich darum. Aber Kulissenschieber müssen Sie sich selbst besorgen, hören Sie?«

»Wie gesagt: Darum kümmern wir uns.«

»Abgemacht. Wann soll die Probe sein?«

»Donnerstag und Freitag. Morgen und übermorgen. Am frühen Nachmittag.«

»Gut, gut. Das lässt sich wohl einrichten.«

»Sie sind ein hervorragender Mann, Herr Gündelach-Purtroppo!«

»Bündelach.«

»Und ein Kunst- und Kulturversteher. Das wird Leute ins Theater holen, gleichzeitig können Sie Werbung machen für das Herbst- – äh – kabarett …«

»Die Floorshow.«

»Die Floorshow, genau.«

Aber

30

zeitgleich mit der Mutter, die eilends zu dem ärmlichen, hässlichen, schmalen und gesprungenen Haus zurückkehrte, flogen die Abendzeitungen langsam in Keilformation durch die Straße, alle wie vorgeschrieben in drei Metern Höhe mit schweren Flügelschlägen, angeführt von einem Schreiboten, der in regelmäßigen Abständen den traditionellen, uralten Warnschrei von sich gab: »Das Aaabendblatt! Das Aaabendblatt!«

Mit dem altvertrauten Abendgeräusch landeten die Zeitungen der Reihe nach vor den Türen der Abonnenten.

Als sie gerade die Tür aufschließen wollte, landete eine von ihnen klatschend auf der Fußmatte vor ihren Füßen.

Sie ließ den Schlüssel im Schloss stecken und schaute verwirrt nach oben.

»Hallo!«, rief sie dem Schreiboten hinterher. »Hallo! Du! Warte!«

Der Schreibote schaute über die Schulter zurück, hielt aber nicht an.

»Du, ja! Warte! Halt an!«, rief sie.

Der Schreibote stoppte den Schwarm, der mit angestrengt knisternden Flügelschlägen wartend in V-Formation in der Luft hängen blieb, und sauste zwischen ihnen hindurch zurück zu ihrem Haus.

»Wehe, es ist nicht wichtig«, schrie er, »wehe, es ist nicht verdammt wichtig!«

»Entschuldigen Sie«, sagte sie höflich, »die Zeitung hier ist sicherlich nicht für mich bestimmt.«

»Krigsu kein Abendplatt?«

»Nein, ich glaube nicht«, sagte sie ehrlich.

»Bissu nich Abonnentin?«

»Nein, wir haben das Abonnement vor zwei Jahren gekün–«

»Stehtnix von hier«, sagte der Schreibote, der längst den kleinen Ordner mit der Adressübersicht gezückt hatte. »Wartema. Nein, Gnäfrau, iss richtig so, du kriegs das Blatt.«

»Wirklich?«

»Steht hier.«

»Steht da? Aber ich habe gar kein Abonne–«

»Gratisabonnement, steht hier. Geschenk.«

»Aber ich habe doch kein –«

»Dahatdirwolwerwasgeschenkt, gutfrau. Dafüa habichkazeit.«

»Ja, nein, aber ich meine, wer hat …«

»Gehtmichnixan«, schrie der Schreibote, machte in der Luft kehrt und düste zurück an die Spitze des Abendzeitungsschwarms, der sofort mit rhythmischem Klatschen seinen schlagzeilenschweren Flug durch die Straße fortsetzte.

Verwundert hob sie das Blatt auf. Es atmete noch, hauchte aber ruhig und schmerzfrei und friedlich seinen letzten Atem aus, als sie es, sobald sie durch die Tür war, gedankenverloren aufschlug. Seit Jahr und Tag hatte sie keine Abendzeitung mehr in den Händen gehalten, und sie fragte sich, wie es wohl Tom Puss und Herrn Bommel auf Abenteuern auf der vorletzten Seite erging; seit dem letzten Mal musste sich allerhand ereignet haben …

Aber wo hatte sie ihre Gedanken? Rasch warf sie die Zeitung hin, rannte die gargelnde, knörzende Treppe hinauf und fummelte dabei nach dem Schlüssel. Schon zwischen der ersten und zweiten Etage begann sie zu rufen und zu wimmern.

»Hans!«, rief sie. »Hans, Hans, Hans«, wimmerte sie. »Hier bin ich. Hier ist deine Mutter. Ich komme! Es tut mir so leid. Oh! Mein Junge! Wie konnte ich bloß?«

Hinter der Tür zum Krankenzimmer im ersten Stock hörte ihre Tochter nur zu gut, wie die Mutter vorbeieilte. Sie sah auf die Uhr und wunderte sich, während sie gleichzeitig ein Husten zu unterdrücken versuchte.

Sie dachte: Es ist zu spät, Mutter. Es ist zu spät.

Aber sie wusste nicht, warum sie das dachte.

Immer noch rufend und wimmernd öffnete die Mutter die Schlösser an der Tür des alten Musikzimmers, schob die Riegel beiseite und riss die Tür auf. Sie rief den Namen des Jungen in die Dunkelheit. Jetzt am Abend war es in dem Zimmer schrecklich dunkel geworden.

»Hans!«, rief sie flehentlich in die fürchterliche Dunkelheit.

Keine Antwort.

»Hans«, sagte sie noch einmal, lauter. »Hans!«

Dann stand er da, im Licht der offenen Tür, als wäre er lautlos über den Boden geglitten.

»Hier bin ich, Mutter«, sagte er und sah sie mit schmalen Augen an.

Jäh zog sie ihn zu sich heran und drückte ihn an sich. Er leistete keinen Widerstand, erwiderte die Umarmung aber auch nicht. Lange strich sie ihm über das braune Haar.

»Hans«, sagte sie nur. »Hans, Hans, Hans.«

»Mutter …«, sagte er an ihrer Brust. »Mutter …! Du zerquetschst mich.«

Sie drückte nur noch fester.

»Mutter!«, rief er und befreite sich aus ihrem Griff. »Ich kriege keine Luft!«

»Oh!«, rief sie und ließ los. »Es tut mir so leid!«

»Ist schon in Ordnung, Mutter.«

»Hans, es tut mir so leid, dass du so lange dort sitzen musstest …«

»Ist schon gut, Mutter.«

»Ich war in der Stadt, um etwas zu – erledigen. Und dann ist so viel passiert. Und dann habe ich ganz die Zeit vergessen.«

»Ist schon in Ordnung, Mutter.«

»Ich habe einfach die Zeit vergessen, verstehst du. Es ist so viel passiert. Es tut mir so leid.«

»Es ist völlig in Ordnung, Mutter. Keine Sorge.«

»Bist du sicher?«

»Ja doch, Mutter. Es macht nichts. Überhaupt nichts.«

Sie nahm seinen Kopf zwischen beide Hände und studierte ihn eingehend. Mit zusammengekniffenen Augen sah er sie an. »Kann ich jetzt in mein Zimmer gehen?«

»Ja«, sagte sie leise. »Ich mache –«

»Danke«, sagte er und machte sich daran, die ratzelnde Treppe hinunterzugehen.

»Ich mache mich gleich ans Kochen«, sagte sie leise.

»Danke, Mutter«, sagte er mit abwesender Stimme. »Das ist gut.«

»Und danach«, rief sie ihm hinterher, »danach …«

Er blieb stehen. Drehte sich um. Sah vom Treppenabsatz zu ihr hoch.

»Ja, Mutter«, sagte er. »Danach?«

»Danach habe ich dann – dann habe ich eine Überraschung für dich. Für uns. Für deine Schwester und dich und – und für uns.«

»Was für eine Überraschung?«, sagte er gleichgültig und ging weiter. »Danke, Mutter«, fügte er höflich hinzu.

Er schloss die Tür zu seinem Zimmer. Sie gab ein leises, aber entschiedenes Knacken von sich, eine Art Schlusspunkt. Die Mutter konnte hören, was er dachte. Hexe, dachte er.

Eine Überraschung, dachte sie verzweifelt.

Sie eilte in die Küche und setzte den Topf mit der dünnen Suppe vom Vortag auf, gleichzeitig gab sie dem Kanarienvogel seine Körner (er war immer noch zutiefst beleidigt) und beruhigte den Brotteig so gut wie möglich. Während die Suppe auf dem Feuer stand, ging sie nach oben, um nach der Schwester des Jungen zu sehen.

Das Mädchen lag wie immer im Bett. Die schleichende Krankheit ließ sie fast durchsichtig erscheinen. Es würde nicht mehr lange dauern, dann könnte man durch die hübsch gefalteten Hände auf der Steppdecke hindurch das Muster der Bettwäsche erkennen.

»So, Freya«, sagte die Mutter mit einem erzwungenen Zwitschern in der Stimme, »gleich gibt es Suppe.«

»Vielen Dank, Mutter«, sagte die Tochter.

»Was macht die Krankheit, Schätzchen?«

Die Tochter sah sie ängstlich an.

»Danke, Mutter, es geht schon irgendwie.«

»Fühlst du dich fit genug, um die Suppe mit uns in der Küche zu essen, oder willst du sie lieber im Bett zu dir nehmen?«

»Ich komme gern kurz runter, Mutter«, sagte Freya. »Ein bisschen Abwechslung tut gut. Außerdem fühle ich mich tatsächlich etwas fitter.«

»Wie schön«, sagte die Mutter und lächelte mit, wie sie hoffte, mitfühlender und gleichzeitig zufriedener Miene. Sie eilte wieder in die Küche, nachdem sie durch die Tür des Jungen »in fünf Minuten gibt's Essen« gerufen hatte.

Die Suppe war noch nicht richtig warm. Sie bekamen derzeit nur minderwertiges drittklassiges Gas in den Herd, und selbst ein Ei zu kochen dauerte seine Zeit.

Während sie darauf wartete, dass die dünne Suppe sich ins Zeug legte, warf sie einen Blick in die Abendzeitung. Zuerst natürlich, wie gesagt, auf die Comicstrips der vorletzten Seite, wo sie ganz richtig feststellen durfte, dass es eine ganze Weile her war, seit sie Tom Puss' und Herrn Bommels Abenteuer verfolgt hatte, und sie hatte Probleme, in die Handlung hineinzufinden. Doch sie kapierte zumindest, dass Herr Bommel den armen Tom Puss erneut in Schwierigkeiten gebracht hatte.

Anschließend blätterte sie schnell die Nachrichtenseiten durch, die sie nicht sehr ansprachen, bis ihr Blick auf eine Überschrift auf den Kultur- und Leichtsinnigkeitsseiten fiel, die sie stutzen ließ.

Ein Herz aus Gold

stand dort.

Im Stehen las sie den Artikel, einmal und noch ein zweites Mal. Der Artikel war äußerst interessant, gut geschrieben und informativ wie alle Artikel im Abendblatt, und die Worte des Journalisten versetzten sie in Erregung.

Dann machte sie die Tasche auf und zählte das Geld, das sie gefunden – oder bekommen – hatte oder beides – das war auch egal. Wichtig war nur, dass sie an Almas Worte dachte, die wollte, dass sie mit den Kindern etwas Schönes unternahm.

Etwas Schönes, dachte sie. Hier hätten wir es!

Sie rief die Kinder zur Suppe, die endlich mehr schlecht als recht kochte, mit trägen kleinen Bläschen zwischen den graugrünen Gemüsefasern, die verdrossen und gekränkt wirkten ob der drittklassigen Wärmebehandlung. Ohne etwas zu sagen, setzten sie sich an den Tisch. Beim Essen warf die Mutter ständig einen Blick in Richtung Abendzeitung, als wäre die Sache sehr eilig. Sobald sie fertig gegessen hatten, überflog sie noch einmal den Artikel, ging resoluten Schrittes in die Diele und warf sich Mantel und Schal über.

»Gehst du schon wieder raus?«, fragte Freya.

»Nur einen kurzen Spaziergang«, sagte die Mutter. »Ich habe eine Überraschung für euch! Glaube ich!«, fügte sie etwas kindisch hinzu.

»Eine Überraschung«, sagte das Mädchen erfreut, während der Bruder nur schmallippig lächelte:

»Das behauptet sie nur«, sagte er.

»Schäm dich!«, sagte Freya. »Was bist du böse.«

»Wartet ab!«, sagte die Mutter und öffnete die Tür. »Ich werde uns – ich – ich werde uns nachher Hyperwaffeln backen, wenn ich wieder zurück bin. Falls ich so spät noch irgendwo Juhukörner bekomme.«

»Und wenn sie das nötige Kleingeld dafür hat«, sagte der Junge.

Die Schwester trat ihn unter dem Tisch. Er trat aber nicht zurück, daher trat sie ihn noch einmal, etwas fester.

»Seid schön lieb, Kinder, und benehmt euch, während ich weg bin. Ich bleibe nicht lange fort!«, sagte die Mutter in der Tür.

Mit einem Seufzer, so genervt wie von einem Bürger, der sich einen ganzen Abend lang Wahlversprechen angehört hat, fiel die Tür ins Schloss.

Den letzten Rest Suppe aßen sie schweigend. Dann sagte der Junge:

»So? Was machen wir jetzt?«

Die Schwester sah ihn mit kühlem, grauem Blick an, gab aber keine Antwort. Sie zog nur ein winziges bisschen die Augenbrauen hoch.

»Und? Freya? Was wollen wir spielen?«

»Entscheide du«, sagte sie.

Aber

31

Clotilde, die umgeben von ihren Lieblingsgegenständen auf einem fröhlichen Antilopenfell in ihrem Himmelbett lag, fand keinen Schlaf. Es gelang ihr nicht. Man hatte es für das Beste gehalten, wenn sie sich nach diesem schwierigen, aufreibenden Tag früh zu Bett begab. Brav hatte sie eingewilligt und nicht die Kraft gehabt, dagegen zu opponieren. Man hatte es für das Beste gehalten, einen Arzt zu rufen. Auch darin hatte sie eingewilligt und sich brav ins Schlafzimmer begeben. Die Minister konnten die interne Krisensitzung ohne sie abhalten. Sie spürte selbst, dass sie für heute mehr als genug regiert hatte, ja, für mehrere Tage sogar. Ihr Leibarzt, Doktor Kumač, kam vorbei, um nach ihr zu sehen. Er maß ihr den Puls und las mit dem Iridometer ihre Iris. Rasch fand er heraus, dass sie an einer leichten Überanstrengung des Kleinhirns litt. Zusätzlich dazu, dass er ihr die Bedeutung von gutem Nachtschlaf und regelmäßigem Stuhlgang einschärfte, verschrieb Doktor Kumač ihr noch Kamillentee mit Südseeextrakt, pulverisiertem Nachtigallenschnabel und zwei Tropfen Laudanum. Auch vergaß er nicht, ihr für die letzte Medaille zu danken, bevor er sich verbeugte und verschwand.

Gehorsam hatte sie die schäumende, düster klagende und widerliche Flüssigkeit getrunken, während die Kammerzofe ihr aus den Kleidern und in das Nachthemd geholfen hatte. Ohne darum gebeten zu haben, bekam sie das keusche blaue anstelle der lockerer sitzenden rosa Gewänder mit Eichhörnchenschwänzen, in die sie für gewöhnlich nachts gehüllt wurde. Während die Kammerzofe an den ungewohnt vielen

Knöpfen nestelte, stand Clotilde am Fenster und schaute mit dem Becher in der Hand auf die dämmernde Stadt, ihr Blick war starr, als sie versuchte, zur Ruhe zu kommen. In diesem Moment hasste sie die Stadt, und eine weit zurückliegende Aussage, die sie bisher nicht verstanden hatte, pirschte sich mit der Stimme des Onkels an sie heran: *Eines Tages wirst du tausend Bleilote hinter dir über die Fliesen rollen hören.*

Und nun lag sie hier, in ihrem sicheren Himmelbett in ihrem eigenen Schlafzimmer in der Ecke der zweiten Etage und mit leuchtendem Nachtlämpchen. Der Atem des Betts war beruhigend und es verströmte den einschläfernden Duft von Lavendel und Milchreis. Das Zimmer war seinerzeit mit Bedacht gewählt worden, denn es ging sowohl zum Park als auch zur Stadt, und sie kam gut mit ihm aus und das Zimmer auch mit ihr, aufrichtig froh über seine Beförderung von einem lange ungenutzten, verstaubten Bridgezimmer, das es bei ihrem Einzug hier noch gewesen war (ihr Onkel spielte kein Bridge, lediglich Kontrakt-Schwarzer-Peter und Backgammon). Als sie die Regentschaft antrat und sich der Onkel künftig in der Krypta ausruhen sollte, wollte Clotilde nicht in die traditionsreiche Schlafkammer des Fürsten mit dem riesigen Himmelbett ziehen, das auf dem Rücken von vier mächtigen uralten Sphinxen ruhte, wodurch es so hoch war, dass man einen Tritthocker mit drei Stufen benötigte, um hineinzugelangen – eine äußerst unpraktische Art, ins Bett hineinzukommen und wieder heraus. Die ganze Prozedur wurde noch dadurch erschwert, dass die Sphinxe, während man an ihnen vorbeikletterte, ständig kleine abgenudelte Denksportaufgaben stellten, wie zum Beispiel, was will jeder werden, aber keiner sein? Oder was hat einen Hals, aber keinen Kopf?, und dergleichen Köstlichkeiten. Es waren immer dieselben vier, fünf Rätsel. Antwortete man nicht, waren sie verärgert und gaben die ganze Nacht über kleine Seufzer von sich, natürlich ohne ein Wort zu sagen; die erhabenen Weisheiten behielten sie wohl lieber für sich. Und war die Antwort falsch, kicherten sie hämisch bis zum Morgengrauen. Nur weniges ist nerviger als hämisch kichernde Sphinxe.

Außerdem war die große Schlafkammer alles andere als eine Kammer, vielmehr war sie ein kleiner Saal, zugig, mit hoher Decke, dunkel und bar jeglicher Gemütlichkeit. Man verspürte beim Betreten der Kammer vielmehr den Drang zu weinen. Dort wollte sie folglich nicht einziehen, sondern in ihrem Eckzimmer bleiben, und seltsamerweise bekam sie vom Chefästhetiker nahezu anstandslos die Erlaubnis.

Hier lag sie jetzt in ihrem eigenen beruhigenden Bett und fand keinen Schlaf. Der Trunk hatte nicht die geringste Wirkung gehabt. Stattdessen war sie hellwach.

Sie wollte nicht länger an den schrecklichen Tag denken, der hinter ihr lag. Daher tat sie, was sie üblicherweise tat, wenn sie Selbstmitleid empfand und nicht schlafen konnte. Sie dachte zurück an die Gutenachtroutinen im Kloster der Walthungaschwestern. Sie blendete die üblichen Schlossgeräusche aus – die monotonen, klirrenden Schritte der Wachen im Korridor, das Knirschen der unzufriedenen Wetterhähne – und versuchte stattdessen, sich den Abendgesang vor dem Altar in der Kapelle in Erinnerung zu rufen, wo die Heilige sicher verwahrt in ihrem Schrein aus gebürstetem Stahl lag. Fünfzig helle, glockenklare Mädchenstimmen stiegen zum Gewölbe hoch, angeführt von den tieferen, erwachseneren Nonnenstimmen, die das Opfer der Heiligen priesen:

»Von Güt' ist unsre liebe Frau
Wacht über uns von ferne
Die wir hier ruhen in dem Grau
Gibt acht auf uns so gerne

Uns're Frau im Himmelreich
Gab gern ihr Blut als Pfand
So keusch und rein, doch schmerzensreich
Hat sie den Feind verbannt.

Wahlthunga ist so mild
Walthunga ist so hold
Nur Gott
Ist Hot.«

Das hüftlange Seidencape, das alle Kinderheimmädchen trugen, war außen respektvoll schwarz wie die Trauer und innen blutrot. Fast hätten sie damit wie kleine Vampire gewirkt, wären da nicht die hübschen Strickbaskenmützen mit weißem Bommel gewesen, die den Eindruck abmilderten, sowie der Umstand, dass sie grün karierte Röcke im Schottenmuster trugen. Die Capes ließen sie daher eher wie kurz gewachsene schwarze Schleierlinge aussehen. In jedem Cape war Platz für ein kleines Mädchen mit all seinen Geheimnissen.

»Ich steche dich«, sagte die anmutige rothaarige Marie, die im Chor stets neben ihr saß und ihre Zimmerkameradin war. Und stach zu. Mit dem spitzen Griffel aus Vanadium, den sie in den Kalligrafiestunden verwendeten; eine beliebte Waffe auch für andere Mädchen. Clotilde konnte nicht verstehen, warum sie unbedingt gestochen werden musste, aber Marie hatte die Waffe griffbereit unter ihrem Cape und stach sie mit Freuden beim Singen. In den Oberschenkel und in die Seite. Clotilde ließ sie zustechen.

Clotilde wusste, dass sie immer schon dort gewesen war. Aber sie wusste auch, dass sie nicht immer schon dort gewesen war. Dass es ein Davor gegeben hatte, eine Zeit, an die sie keine Erinnerungen mehr hatte. Das galt für alle Mädchen.

Sie sangen den Choral vom Opfer, das die Königstochter Walthunga für die elternlosen Jungfrauen gebracht hatte, als sie sich von einem großen Kronenhirsch der Heiden aufspießen ließ, wodurch die sechzig christlichen Jungfrauen ihres Gefolges freies Geleit durch Köln bekamen.

Anschließend gingen sie in Zweierreihen Hand in Hand über den Hof, während die Priorin auf der Mauerkrone Dudelsack spielte. Das tat sie, bis alle wohlbehalten im Haus und im Bett waren, und oft sogar, bis sie einschliefen. Ewig lange traurige Lieder. *The Flowers of the Forest* und *My Home,* passend für Waisen, die eigentlich die ganze Zeit über trauern sollten. Die meisten Mädchen schliefen im Schlafsaal, doch ein paar wenige glückliche hatten Doppelzimmer. Clotilde war eine von ihnen. Sie hatte stets das größte Doppelzimmer, auch wenn die Zimmerkameradinnen regelmäßig wechselten. Sie dachte nicht weiter darüber nach, es war einfach so, aber sie beneidete diejenigen, die im Schlafsaal schliefen, denn dort hatten sie vor dem Einschlafen ihren Spaß, zu der beruhigenden Melodie von *The Highland Cradle,* falls die Priorin an diesem Abend über genügend Lungenkapazität verfügte. Stattdessen stach die anmutige rothaarige Marie sie in den Schlaf.

Bei Schulausflügen liefen die Mädchen genauso, Hand in Hand, in Zweierreihen, alle in derselben Uniform. Außerhalb der Klosterschule trugen sie stets einen künstlichen Buckel, den sie sich unter dem Cape anlegten, da die Heilige bucklig gewesen war. Wenn die Schule so durch das kleine Bergdorf zog, einem klumpigen schwarzen Tausendfüßler gleich, der sich durch die schmalen Straßen und Gassen schlängelte, blieb bei den Dorfbewohnern kein Auge trocken, und die Schwalben hielten im Flug unter dem klaren blauen Himmel inne, um den rührenden Anblick der vorbeiziehenden elternlosen und buckligen Mädchen zu genießen.

Wie die Rohre eines langen altmodischen Teleskops, die langsam ineinandergeschoben werden, vergingen die Jahre, fügten sich konzentrisch ineinander, während die Dinge näher wirkten und das Leben kürzer. Zweimal pro Jahr bekam sie Besuch von einer strengen, zugeknöpften älteren Dame, Frau Gallenbach. Frau Gallenbach war in jeder Hinsicht so zugeknöpft, dass sie und das strenge Kleid, das ihr bis zum Hals ging, an dem lose Haut hin und her wackelte wie bei einer Pute, förmlich glitzerten. Clotilde fand den Anblick interessant. Frau Gallenbach kam kurz vor den Sommerferien und kurz vor Weihnachten zu Besuch. Vor Weihnachten kam sie allein, im Sommer hatte sie hingegen einen dicken, schweigsamen Arzt dabei, Doktor Kumač, der Clotilde aufs Gründlichste maß und wog, inspizierte und untersuchte, sowie einen hageren, bärtigen Schulinspektor, der ihr Zeugnis durchsah und ihre Examensantworten las, bevor beide einen Termin bei der Priorin hatten. Frau Gallenbach lud nicht zu Herzlichkeiten ein, sondern begnügte sich damit, sie in die Wange zu kneifen, zweimal auf jeder Seite, führte ein obligatorisches Gespräch mit ihr über ihr Befinden, ob es ihr hier gefalle und so weiter, bevor auch sie ein Gespräch mit der Priorin hatte und in derselben Almosine verschwand, in der sie gekommen war, deren schwarze Farbe alles Licht zu absorbieren schien, was sie nahezu unsichtbar machte. Diese Besuche dauerten ein paar Stunden.

An Weihnachten brachte sie Geschenke mit. Stets drei Stück. Das erste war ein Buch, gern mit religiösem Zuschnitt. Das zweite immer etwas Schickes zum Anziehen. Viele der anderen Mädchen mochten von Verwandten oder Mentoren von außerhalb schönere und extravagantere Festtagskleidung erhalten, aber niemand bekam Kleider von besserer Qualität, die so angegossen saßen wie bei ihr. Wäre der Arzt nicht mit

Iridoskop und Pulswärmern ausgestattet gewesen, hätte sie ihn für einen Schneider gehalten. Das dritte Geschenk war immer etwas, das sie sich sehnlichst wünschte. Ob Puppe oder Fahrrad, Spielzeugpferd oder Schminkset, also Dinge, die im Kloster eigentlich verboten waren – von denen sie niemandem verraten hatte, dass sie auf ihrer Wunschliste standen –, die bekam sie jedes Jahr so sicher wie das Amen in der Kirche. Die Geschenke waren perfekt. Immer. Hatte sie sich die Puppe gewünscht, die sie im Schaufenster im Dorf bewundert hatte, mit den grünen Augen und den lockigen Haaren, die nachwuchsen, wenn man sie abschnitt, konnte sie sichergehen, dass genau diese und keine andere hübsch verpackt an Heiligabend unter dem Weihnachtsbaum lag. Und hatte sie sich ein Fahrrad der Marke Perplex gewünscht, konnte sie sichergehen, dass genau dieses Exemplar nach dem Weihnachtsfrühstück ins Reflektorium geschoben wurde, mit Trekkingsattel und kaleidoskopischem Rückspiegel. Es war absolut seltsam.

An ihrem Geburtstag im Mai gab es die gleiche Dreifaltigkeit an Geschenken, nur dass das Buch eine lange und romantische Sommerlektüre war und beim Lesen immer länger wurde, sodass es den ganzen Sommer überdauerte und sie herrlich in den Bann zog.

Die Priorin half ihr beim Verfassen der Dankesbriefe. Sie waren stets äußerst formell und begannen mit »Verehrter Onkel«. »Dein Verehrter Onkel trägt die Verantwortung für dich«, sagte die Priorin. Als Clotilde einmal den Eindruck hatte, die anderen Mädchen wären neidisch auf sie gewesen, wohl weil ihre Geschenke äußerst mager ausgefallen waren und Clotildes besonders schön gewesen waren, hatte sie es in den Dankesbrief hineingeschrieben. Im nächsten Jahr bekamen alle Mädchen eine Haarschleife als Zusatzgeschenk. Eigentlich missbilligte die Priorin diese Art von Wohltätigkeit. Aber ihr Onkel, der abwesende und hochverehrte, den sie nie sah und noch nie gesehen hatte, hatte offensichtlich nichts dagegen.

Die Priorin kümmerte sich ganz besonders um sie, das wurde ihr früh schon bewusst, ohne dass sie darüber nachdachte, wieso es eigentlich so war. In einzelnen Fächern wie Physiokratie und Politikwissenschaft, Farbenlehre und nicht zuletzt in Etikette bekam sie Einzelunterricht. Die Priorin, eine strenge, aber gerechte hagere Dame in ihren ewigen unbestimmten Fünfzigern, hatte in diesem Zusammenhang praktischerweise jenseits des Dudelsackspiels noch ein Hobby, genauer gesagt eine Sammelleidenschaft. Sie sammelte Gartenzwerge. Große und kleine, hübsche und hässliche. In dem kleinen Garten vor dem Priorinnenhäuschen gab es keinen Busch und keine Staude, hinter denen sich nicht ein Gartenzwerg versteckt hatte. Ja, mit den Jahren war die Sammlung so angewachsen, dass sie auch die übrigen Grünanlagen der Klosterschule füllte. Tatsächlich begegnete man einem schlitzäugigen Gnom im Karottenbeet des Schulgartens oder einem rotmützigen Schlitzohr hinter den Gardenien im Klosterhof. Wenn die Priorin Etikettenunterricht gab, holte sie eine hübsche Versammlung ihrer Figuren dazu, die dann zum Beispiel als Gäste einer Party oder eines Empfangs, aber auch als Abendessensgäste oder Zuhörer in einem Auditorium agierten. Sie saßen da und schauten sie mit funkelnden Blicken an, froh für die Abwechslung in ihrem Alltag auf Straßenniveau in Sonne und Regen, während sie einen Schulaufsatz als Rede vortrug oder Willkommensworte improvisierte. Manche Figuren waren richtig selten und arrogant und sprachen nur in einer fremden Sprache. Sie durften wichtige ausländische Gäste darstellen. Clotilde servierte Tee und Schnittchen und lernte, die Teetasse richtig zu halten, oder sie servierte Kanapees und Wein – dabei war natürlich kein echter Wein in den Gläsern, sehr zum Ärger einzelner Gnome, sondern selbst gemachter Holunderbeersaft aus dem großen Vorrat der Hausmutter. Schließlich sollte Clotilde ja nur die Regeln für Toasts und Party-Small-Talk lernen.

Mit der Zeit begriff Clotilde, dass besagter Onkel die edle, schwarz gekleidete Priorin in die Lage versetzte, ihre Gartenzwergsammlung zu erweitern mit Anschaffungen bedeutender, kostspieliger Seltenheiten wie antiker Porzellanzwerge aus der Provinz Xinjiang, Tikizwergen der Inkassoinseln und empfindlichen Alabasterzwergen aus Bali sowie nordischen Birkenzwergen, die für den Unterricht in gebildeter Konversation unbrauchbar waren, ebenso wie die selbstgefälligen und aggressiven Jadezwerge vom Hindukusch, die auf dem freien Markt sicherlich ein Vermögen kosteten. War die Unterrichtsstunde gut verlaufen, spielte die Priorin Clotilde zum Abschluss gern ein Stück auf dem Dudelsack vor (sie ließ sich nie zweimal bitten), gern eins der sentimentalen, langatmigen Sorte, bei dem die Wehmutstränen der Priorin im Takt auf ihre Hände tropften, wo sie die komplizierten Modulationen und Ziselierungen des Spielrohrs ausführten, zum Beispiel ihre Interpretation der uralten elegischen *Klostermutter-Hula-hula-Klage*, deren hübschen, sentimentalen Text sie alle kannten:

Wasamala you las nigh?
You no comee see mama,
I think so you no likee me no mo.
You too muchee likee nother girl.
Nother sista likee me too,
She number one guru look;
She too much Aloha!
Ahaha-ha, ahaha-ha – awei-i.

Die Jahre kamen und gingen, und auch die anderen Mädchen kamen und gingen. Manche verschwanden ganz einfach, weil sie die Schule abgeschlossen hatten und hinaus in die Welt sollten, andere wurden von ihren Verwandten geholt, einige wurden adoptiert, wieder andere verkauft. Nur Clotilde blieb. Mit zwölf musste sie von ihrer Zimmerkameradin, der anmutigen Marie, Abschied nehmen, die von einem älteren Eisenbahner mit großem, fürsorglichem Gemüt adoptiert worden war. Von nun an sollte sie im Erdgeschoss eines Stellwerks wohnen und reichlich Zug fahren, in Fahrtrichtung und entgegen der Fahrtrichtung. Und obwohl sie sich natürlich freute, hatte sie auch ein bisschen Angst. Dasselbe galt für Clotilde, die ihre Stiche vermissen würde, was sie weinend zum Ausdruck brachte, während die Priorin vor ihrem Zimmer Stellung bezog und *Auld Lang Syne* spielte. Sie wussten, dass sie einander möglicherweise nie wiedersehen würden, jedenfalls nicht, bevor der Eisenbahner nicht tot war.

Die beiden Mädchen fielen sich um den Hals, sodass sie völlig im Cape der anderen verschwanden. »Wann, o wann«, stöhnte Clotilde, »wird mir das passieren?« Sie schniefte. »Wann, o wann«, schluchzte sie, und Marie schluchzte eine Weile zurück, bevor sie sagte, das wüssten ja alle: Eines Tages würde ihr großer mächtiger Onkel kommen und sie zu sich holen, und basta, und dann schluchzten sie im Chor, während die Priorin vor der Tür mit Inbrunst *Loch Lomond* spielte.

Danach hatte sie ihre stechende Freundin nicht wiedergesehen, aber sie hatte jetzt etwas, worüber sie nachdenken konnte. Sie dachte darüber nach, wenn sie sich in den langweiligen Arithmetikstunden quälte, und sie dachte darüber nach, wenn sie im Schulgarten war und Tulpenzwiebeln setzte, die aus Angst vor dem Winter vor sich hin jammerten; sie dachte darüber nach, wenn ihr die Soßen in der Schulküche anbrannten – alle vier Grundsoßen brannten ihr an, denn Clotilde war als Schülerin keine Leuchte –, und sie dachte darüber nach, wenn sie die Löcher auf der Blockflöte nicht fand und wenn sie vornübergebeugt über dem Bock lag und bestraft wurde. Vor allem dann. Eines Tages, dachte sie, eines Tages bin ich nicht mehr hier. Der Klang des Abendlieds, des Rohrstocks und des Dudelsacks, die früher so beruhigend auf sie gewirkt hatten, ließen sie jetzt nur noch sich von hier wegwünschen, sodass es sogar in ihren Zehen in den üblichen Lackschuhen kribbelte.

Sie stellte sich ihren Onkel als märchenhafte, unabhängige Seele vor, die sie befreien und überall mit hinnehmen würde. Seltsamerweise hatte sie noch nie ein Bild von ihm gesehen, während die anderen Mädchen (diejenigen mit noch lebenden Verwandten) Fotos von ihren hatten, die gehegt und verehrt wurden wie Hausaltäre. Sie stellte ihn sich mit Bart vor. Definitiv mit Bart. Das mochte dem Einfluss der Ikonografie rund um die heilige Walthunga geschuldet sein, die oft mit Bart dargestellt wurde. Eins der vielen Wunder, die die schottische Heilige erbracht haben sollte, um ihre sechzig Jungfrauen vor einem Schicksal schlimmer als der Tod zu bewahren, nämlich in die Hände der heidnischen Kelten an den Ufern des Rheins zu fallen, war, dass sie sich über Nacht einen Vollbart hatte wachsen lassen. Am Tag zuvor hatte Walthunga sich für einen Mann ausgegeben, den Herrn und Beschützer der 60 Jungfrauen, aber die Kelten nahmen ihr diese Erklärung nicht ganz ab. Ihre Stimme hatte sie verraten, und der künstliche Bart aus Moos hatte letztendlich wohl auch nicht gerade vertrauenerweckend gewirkt. Folglich wurden sie allesamt in den Kerker geworfen. Doch in ihrer Not bat Walthunga den Herrn um Hilfe, und bei Nacht und Nebel beschloss der Herr, in der Sache tätig zu werden, woraufhin Walthunga ein intensives Jucken im Gesicht verspürte, und siehe da: Am nächsten Morgen war ihr ein prächtiger, männlicher Bart gewachsen, so schön, dass mehrere ihrer Kammerjungfern in Ohnmacht fielen. Und noch weitere Personen fielen in Ohnmacht, als die Heilige beim Eintreffen der Gefangenenwärter den Mund aufmachte und ihre Stimme erklingen ließ, denn der Herr hatte es nicht dabei belassen, die Heilige mit einem Bart auszustatten, o nein, Er hatte sich auch des Kehlkopfs angenommen, sodass die bisher mit einer feinen Silberstimme gesegnete Königstochter ihren Widersachern gegenüber nun mit einem selbstsicheren kräftigen Bariton losdröhnte, einer Stimme, so wohltönend, dass die Männer, die sie hörten, erbleichten und die Frauen erröteten. Was der Herr mit Walthungas übriger Anatomie angestellt hatte, dazu schweigt die Legende, aber das konnte man sich ja *denken,* wie die Religionsschwester vielsagend andeutete; eine freimütige Bemerkung, die bei jedem neuen Jahrgang wieder gleichermaßen gut ankam. Ja, also, so ungefähr stellte Clotilde sich ihren Onkel vor, als Retter und Wohltäter, ein griechischer Gott mit Bart. Während einer Unterrichtsstunde in Etikette (sie übten die Konversation auf Gartenfesten) fragte sie die Priorin wie zufällig, ob sie ihrem Onkel jemals begegnet sei.

Die Priorin musterte sie mit wachsamem Blick, bevor sie beteuerte, das sei sie leider nicht. Ob sie wisse, wie er aussehe? Auch das nicht, nein. Ob sie dann etwas über ihr früheres Leben und ihre Eltern wisse? Leider nein. Außer, dass diese zwei Jahre nach ihrer Geburt bei einem bedauerlichen Unfall zu Tode gekommen waren. Clotilde sei sozusagen direkt vom Schoß der Amme hierhergekommen.

Die Priorin war eine erfahrene Priorin und wusste, dass im Leben eines jeden Waisenmädchens der Tag kam, an dem sie anfangen würde, nach ihrer Herkunft und dem Leben vor der Klosterschule zu fragen. Dann ist es wichtig, der Nachbohrenden ein paar Fleischknochen zuwerfen zu können. Darum hatte sie für Clotilde ein paar Details in petto. Sie wusste, dass »Onkel« als Begriff eigentlich unpräzise war; der Mann, den Clotilde Onkel nannte, war nämlich der Onkel ihres Vaters, also ihr Großonkel, es hatte jedoch wohl mehrere Onkel gegeben, also echte Onkel, Brüder des Vaters, die alle auf unterschiedliche Weise zu Tode gekommen waren. Allesamt Unfälle. Nein, das Alter des Onkels wusste sie nicht. Aber sie wusste, dass er nicht verheiratet war und keine Kinder hatte. Und dass er reich und mächtig war, hatte sie ebenfalls mitbekommen.

Mit großem Interesse lauschten die Gartenzwerge dem Gespräch, das mit mehreren Hauptregeln gebildeter Konversation brach, nämlich a) Erwähnung persönlicher und intimer Verhältnisse, b) Erwähnung von Tod, Unglück oder Krankheit, c) Erwähnung ökonomischer Realitäten und d) Erwähnung von Körperfunktionen (Stillen). Die Priorin hatte die Gültigkeit dieser Regeln jedoch offensichtlich für heute ausgesetzt.

Mehr wusste sie über den Onkel indes nicht zu erzählen. Daher wandte sich Clotilde einmal zu später Stunde, als sie allein in der Kapelle war, im Gebet an die Heilige und fragte den polierten Edelstahlschrein eindringlich, wann der Onkel sie abholen würde und wer er war. Es dauerte seine Zeit, bis die Heilige im Schrein antwortete, denn sie war schon lange tot. Und als die Antwort endlich kam, war sie eine herbe Enttäuschung. Die Heilige sprach nämlich nur Altkeltisch. Zudem wurde ihre Stimme von dem Stahlschrein sehr effektiv gedämmt, sodass nur *chlmmacclm* und *chuiraaaammyff* und so weiter zu hören war, und davon war Clotilde so enttäuscht, dass sie am liebsten gegangen wäre, bevor die Heilige zu Ende gemurmelt hatte. Sie blieb jedoch höflich sitzen, bis die Töne verstummt waren, dann bekreuzigte sie sich, knickste und ging.

Die Zeit war schwer wie ein Berg und leicht wie Wollgras im Wind.

An einem frühen Sommermorgen kam die Priorin jedoch ins Reflektorium, wo sich die Mädchen im Spiegel betrachteten, und forderte Clotilde mit geheimnisvoller, verschlossener Miene auf, ihr ins Büro zu folgen.

Dort wartete Frau Gallenbach zusammen mit einem Chauffeur in Livree, dem Arzt, den sie schon kannte, zwei zertifizierten Kinderkrankenschwestern in weißer Tracht und einem Herrn in Offiziersuniform.

»Du wirst jetzt mit Frau Gallenbach mitgehen«, sagte die Priorin. »Dein Onkel hat nach dir geschickt.«

»Sie werden jetzt mit mir mitkommen«, wiederholte Frau Gallenbach formell. »Ihr Onkel hat nach Ihnen geschickt.«

»Es ist bedauerlich, dass es nicht noch etwas warten kann«, sagte die Priorin plötzlich betrübt, aber auch eine Spur verärgert in der Stimme. »In einer Woche sind die Prüfungen.«

»Da ist nichts zu machen«, entgegnete Frau Gallenbach bedauernd, ohne dass es sie sehr zu interessieren schien. »Es muss jetzt passieren.«

Clotilde, die sich ebenfalls keinen Deut für die Prüfungen interessierte, klatschte vor Begeisterung in die Hände. In ihr tobte es. Passiert es wirklich jetzt, dachte sie, jetzt? Ist das wahr? Endlich!

»Oh! *Fuck* …«, stotterte sie ganz aufgekratzt, aber Frau Gallenbach sah sie nur streng an und bedeutete ihr zu schweigen.

»Seien Sie tapfer, Hoheit«, sagte Frau Gallenbach mit bebender Stimme, »es gibt keine Abschiedsfeier: In fünf Minuten müssen Sie in der Reisetruhe liegen.«

Clotilde wurde von einem jähen Schwindel erfasst. Hoheit? Fünf Minuten?

»Aber meine Sachen«, sagte sie, »die Kleider, die Bücher und –«

»Dafür ist keine Zeit mehr, Kind«, sagte Frau Gallenbach ungeduldig. Und während die Priorin sie kurz und etwas unbeholfen in die Arme schloss, schnitten die beiden Kinderkrankenschwestern mit Scheren aus gehärteter Bronze Clotildes Blusenärmel auf und der Arzt legte ihr routiniert in jedem Unterarm einen Katheter an. Sie konnte noch sehen, wie der Chauffeur und der Offizier die Reisetruhe, in der sie liegen sollte, hereintrugen, glänzend und etwas Furcht einflößend mit Röhrchen, Manometer und weißem Dampf, der unter dem Deckel hervorkroch. Ängstlich fragend schaute sie zur Priorin.

»Damit du niemals den Weg hierher zurückfindest«, sagte die Priorin mit unterdrücktem feuchten Schluchzen.

Dann kam der Arzt mit den Chlorophyllspritzen, der Rest war grüne Dunkelheit.

Aber

32

die Kinder spielten im Zimmer des Jungen. Doch die Spiele waren anders als früher. Die Schwester dachte: Früher, da hatten sie Spiele gespielt, wie alle Kinder sie spielten. Früher, da hatten sie manchmal Massagetechniker und Massagetechnikerassistentin mit eigener Klinik gespielt. Sie hatten Kapitän mit Schiff gespielt; Hans war ein stolzer Schiffskapitän gewesen und sie die treue tapfere Mannschaft. Früher, dachte Freya, da hatten sie gespielt, er sei Eskimohäuptling in einem Iglu und sie ein Hund, ein ausdauernder, kräftiger Schlittenhund. Sie hatten gespielt, sie seien an Bord eines Luftschiffs mit schwindelerregender Tiefe unter sich oder sie befänden sich auf dem Meeresboden, umgeben von Perlen und Ungeheuern. Früher, da hatten sie alles Mögliche gespielt, aber jetzt. Jetzt spielten sie nur noch, was er wollte, und zwar, dass er bestimmte, und das war eigentlich nicht sehr lustig, denn sie spielten nur noch, dass er sie auf die unterschiedlichsten Arten umbrachte, aber Freya spielte mit, ihm zuliebe. Dem Früher zuliebe. Damit es wieder so wurde wie früher.

Früher, da hatten sie gespielt.

Als er es satthatte, sie auf verschiedene, raffinierte Arten umzubringen, wollte er etwas anderes spielen, aber sie zwang ihn, eine Weile zusammen mit ihr im Sessel zu sitzen. Sie saß tief im Sessel, er mit dem Rücken zu ihr davor, sodass sie seine Haare kämmen konnte.

Er ließ sie gewähren, hatte aber keine Geduld.

»Ist es denn komisch?«, fragte er nachdenklich, während ihre Finger wie Strahlen durch seine langen braunen Haare glitten.

»Was soll komisch sein?«, fragte sie.

»Sterben zu müssen.«

Ihre Hände hielten einen Moment inne.

»Sterben? Ich muss doch nicht sterben.«

»Doch, das musst du.«

»Wer sagt das?«

Langsam zog sie wieder die Finger durch seine Haare, spürte aber, dass sie eiskalt geworden waren und ihr nicht ganz gehorchen wollten.

»Das sagen alle«, sagte er.

»Wer ist alle?«

»Die Hexe. Der Doktor. Und die Nachbarn. Und alle in der Schule. Einfach alle.«

Sie antwortete nicht.

»Wie fühlt es sich denn an? Ist es komisch? Hast du Angst?«

»Nein«, sagte sie leise.

»Es muss komisch sein.«

Einen Moment schwiegen sie. Dann sagte er:

»Kribbelt es tief in dir drin, wenn du daran denkst? Ich meine, irgendwo tief im Bauch und gleichzeitig auf der Haut?«

»Ein bisschen, vielleicht.«

»Ja, in mir kribbelt es nämlich, wenn ich daran denke. Dass du sterben wirst. Ein ekliges Kribbeln.«

»Sagen sie, dass ich sterben muss?«, fragte sie aufrichtig verwundert.

»Ja, Freya. Das sagen sie. Sie sagen, dass es keine Hoffnung mehr gibt. Sie sagen, es ist wegen der Mikrobe.«

»Ja, das ist klar.«

»So abwegig ist es ja auch nicht. Du hast sie schon so lange. Und die Medikamente, die wirken, sind viel zu teuer und selten. Darum ist es nicht so abwegig.«

»Nein, wenn man darüber nachdenkt, ist es vielleicht nicht so abwegig.«

»Nein.«

»Nein, jetzt, wo du es sagst.«

»Das ist echt blöd«, sagte der Bruder. »Ich hätte Lust –«

»Wozu hättest du Lust?«

»Nichts.«

Früher, da konnten sie spielen.

Rasch flocht sie seine Haare zu einem lockeren Zopf, der zwischen seinen Schultern hing.

»So«, neckte sie ihn lachend. »Jetzt siehst du aus wie ein Mädchen.«

»Hör auf mit dem Unsinn«, sagte er, aber sie machte keine Anstalten, den Zopf zu lösen, und er selbst rührte ihn nicht an.

»Genau wie früher«, sagte sie, »wenn wir Friseur gespielt haben.«

»Das war langweilig«, sagte er.

»Das hast du damals anders gesehen.«

»Pah«, sagte er, »wollten wir nicht ein Spiel spielen?«

Sie zog den Zopf stramm.

»Jetzt fehlt nur noch eine Schleife. Eine schwarze Samtschleife. Ich glaube, ich habe eine. Soll ich sie holen gehen?«

»Nicht nötig«, sagte er streng. Er lehnte sich nach hinten, lehnte sich an sie. »Das sieht so traurig aus«, sagte er. Er lehnte sich an ihr Herz. Dort drinnen pochte Freyas Herz, er spürte es im Nacken und am Hinterkopf. Es schlug so schnell.

»Verdammt, braucht die Hexe lang«, murmelte er, aber sie wiegte ihn vorsichtig hin und her.

»Nicht dieses Wort, Hans«, sagte sie.

»Du bist so bescheuert.«

»Bist du sehr traurig, dass ich sterben werde?«, flüsterte sie.

»Ziemlich«, sagte er. »Und du?«

»Es wird traurig sein, ohne meinen Bruder im Grab zu liegen«, sagte sie. Dann richtete sie sich auf und sagte: »Ohne meinen Lieblingsbruder.«

»Pah, du hast doch nur einen.«

»Umso trauriger.«

Er machte sich ganz lang, ließ die Hände neben den Armlehnen herunterhängen.

»Wollten wir nicht ein Spiel spielen?«

»Wir spielen ein Spiel«, sagte sie. »Weißt du, diese Mikrobe … Es ist schon komisch. Nachdem ich mir die Mikrobe eingefangen habe, ist etwas passiert. Etwas sehr Merkwürdiges. Ich kann fast alles hören. Fast alles, was geschieht. Fast alles, was gesagt wird. Ich höre den Tau auf den Pelargonienblättern im Verandakasten schräg gegenüber auf der anderen Straßenseite landen, und ich höre, dass Mutters linker Schuh einen Sprung in der Sohle hat. Quer rüber. Ich höre die Stecknadeln auf den Boden fallen, und ich höre die Fingernägel im Waschbecken auftreffen, wenn du sie dir schneidest, und du schneidest sie dir nicht oft genug, das ist richtig eklig.«

Es sah aus, als wollte er sagen, das gehe sie nichts an, stattdessen fragte er:

»Hörst du das wirklich alles?«

»Ja«, sagte sie. »Aber ich habe noch nie gehört, dass jemand gesagt hat, ich müsse sterben.«

Darauf antwortete er nicht. Nach einer Weile sprach sie weiter:

»Und ich höre ganz viel von dem, was du treibst. Aber ich höre dich nicht, wenn du eingesperrt bist. Da bist du ganz still. So, als wärst du gar nicht da.«

Er sah sie prüfend an.

»Dort passiert auch nicht groß was«, sagte er. »Jedenfalls nichts, was dich etwas angeht.«

»Das ist mir auch egal«, sagte sie und schaute ihm in die Augen. »Ich will, dass du es weißt. Du bist mein Bruder. Alles, was du tust, ist für mich in Ordnung.«

»Du bist schon komisch«, sagte er nach einer Weile und ließ ihren Blick los.

»Ich muss ja sterben«, sagte Freya. »Auch wenn ich davon noch nichts gehört habe.«

»Ja, das musst du.«

»Am liebsten wäre mir, es würde mir erspart bleiben.«

»Keine Angst«, flüsterte er vor sich hin, und eine Träne

rann ihm über die Wange. »Keine Angst. Du wirst nicht allein sein.«

Sie steckte den Zopf in seinem Nacken in den Mund. Dann biss sie vorsichtig darauf. Und roch daran, sog den Duft der Haare und der Jahreszeit ein.

»Wollten wir nicht ein Spiel spielen?«, sagte sie. Im selben Moment ging die Haustür, die Treppe knarrte, und im nächsten Augenblick stand die Mutter im Zimmer und lächelte.

»Da seid ihr ja, Kinder!«, sagte sie freudestrahlend und zeigte ihnen einen rosa Briefumschlag. »Ich habe es geschafft. Ich habe eine Überraschung für euch!«

»Jetzt, Freya«, flüsterte Hans ihr vertraulich ins Ohr, »jetzt geht es los.«

»Nicht so laut, Hans«, sagte Freya.

Aber

33

als Clotilde in ihren abendlichen Betrachtungen so weit gekommen war, gab sie das Schlafen auf und setzte sich im Bett hin. Sie war unruhig. Vor dem Fenster, das einen Spaltbreit offen stand, hörte sie die üblichen Geräusche; wie das Küchenpersonal nach dem Tag den Hof abspritzte, das Schnattern der rosa Prachtgänse und die klirrenden Ketten der Wachen. Ihr Ohr fing auch Umrisse eines Abschieds auf von jemandem, der in den Feierabend ging.

Alles klang wie immer, was sie aber nicht beruhigte. Schwer zu sagen, wie die Leute reagieren würden. Der Minister war ja sehr populär gewesen, und sie fürchtete sich vor dem, was die Leute nun sagen würden. Vor allem aber fürchtete sie sich vor dem, was über den bedauerlichen Arbeitsunfall in der Zeitung stehen könnte, auf diesen Wortlaut hatte sich der geheime Rat in aller Eile verständigt, und im Prinzip entsprach er ja auch der Wahrheit.

Sie läutete nach der Kammerzofe und bat um die Abendzeitung. Die Zofe knickste und verschwand. Während sie auf die Zeitung wartete, stand sie auf und tapste auf nackten Füßen zu dem Fenster, das zur Stadt hinausging. Das Fensterbrett war ziemlich hoch, und da sie klein war, konnte sie sich mit den Ellbogen darauf abstützen und den Kopf in die Hände legen.

So hatte sie in der Anfangszeit, als alles noch neu war, oft dagestanden und verträumt den Anblick von Jüterbog genossen. Sie hatte keinen Gedanken mehr an die Klosterschule oder die Freundinnen oder die Priorin verschwendet. Alles war einfach nur neu und feierlich gewesen, und sie hatte oft stundenlang dort gestanden und hinausgeschaut. Hin und wieder kam es vor, dass Passanten weit unten auf der Straße, auf der anderen Seite der Mauer, den Blick hoben und zu den Zinnen des Schlosses hinaufschauten, wie man es so macht, und die kleine Gestalt im Eckfenster erblickten – in ihren hellen Kleidern war sie vor dem dunklen Schlund des Fensters wohl ziemlich gut zu erkennen –, und dann zogen sie den Hut und winkten begeistert und ehrerbietig, wie die Regeln es vorschrieben. Und sie winkte gnädig (aber ebenso begeistert) zurück, wie es sich gehört. Das hatte ihr der Onkel eingeschärft. Das hier, hatte er gesagt, ist das Volk, und das Volk lebt, um zu winken. Das ist für sie die größte Freude. Darum musst du immer zurückwinken, immer. Das Winken ist außerdem ganz nett, kann ich dir sagen.

Und sie hatte von ihrem Fenster aus gewinkt. Aber mittlerweile sorgte sie immer häufiger dafür, sich hinter dem Vorhang zu verbergen.

Die Zofe brachte die Abendzeitung, dampfend frisch und noch warm, und Clotilde nahm sie entgegen und riss sie so schnell auf, dass die sterbende Drucksache leise protestierte. Rasch sprang sie mit dem Blick über die Schlagzeilen der ersten und zweiten Seite, fand jedoch nichts mit Bezug zu den kompromittierenden Ereignissen des Tages. Erleichtert, aber noch nicht ganz beruhigt, drehte sie die Zeitung um und prüfte, ob die Geschichte es unter die zuletzt eingegangenen Nachrichten geschafft hatte, bevor die Zeitung in Druck gegangen war, aber nein: nichts.

Sie atmete aus und merkte, wie sich der Griff ihrer Finger um die Zeitung vor Erleichterung lockerte, und auch die Zeitung entspannte sich, bevor sie ihr Leben aushauchte. Auf einmal merkte sie, dass ihr schwindlig wurde. Mit der Zeitung in der Hand wankte sie zum Sessel in der Ecke beim Kamin und ließ sich hineinplumpsen.

Instinktiv begriff sie, dass die Gefahr noch nicht vorüber war und dass morgen früh etwas darüber in der Zeitung stehen würde. Es ging ja nicht anders, wenn ein beliebter Minister bei der Ausübung seiner Tätigkeit und im besten Mannesalter aus dem Leben gerissen wurde. Doch dass nichts in der Abendzeitung stand, war ein gutes Zeichen. Es ließ darauf schließen, dass der Rat und ihr Chefberater die Dinge weitgehend unter Kontrolle hatten.

Clotilde lehnte sich zurück und schloss für einen Moment die Augen. Physiokratin in einer konstitutionellen Physiokratie zu sein war wahrlich nicht leicht. Sie spürte, wie etwas an der Haut an ihren Schläfen zog, und wusste, dass sich dort die ersten Sorgenfalten zeigen würden. Wenn es so weiterging, würde sie vorzeitig altern, und darauf hatte sie überhaupt keine Lust. Clotilde wusste, dass der Sinn ihres Daseins darin bestand, jung und schön zu sein.

Darum schlug sie die Zeitung auf der vorletzten Seite auf, um weiter über Tom Puss' und Herrn Bommels Abenteuer zu lesen, denn das beste Gegengewicht gegen Gemütsbewegungen und mögliche Folgefalten, das hatte Doktor Kumač ihr eingetrichtert, war völlige Entspannung und gerne auch ein kleines Lächeln (aber nicht zu intensiv).

Nachdem sie die im heutigen Comicstrip dargestellten Missgeschicke mit einem kleinen (aber nicht zu intensiven) Lächeln bedacht hatte, blätterte sie zerstreut weiter. Ein Artikel über den neuen Spielplatz am Nordtor fing ihre Aufmerksamkeit ein (sie hatte ihn selbst vor einem Monat eröffnet). Die Leute waren unzufrieden. Das heißt: An und für sich waren sie mit dem Spielplatz, der alle europäischen Qualitäts- und Sicherheitsanforderungen an Spielplätze (E-1882–66–73 h in Übereinstimmung mit der Direktive 1687/334) erfüllte, mit Ultrastoßdämpfung im Kunstflügel und Infraabrundung aller scharfen Kanten sowie selbstständiger zertifizierter Risikoabschirmung, zufrieden, doch ausgerechnet mit Letzterem waren die Leute nicht vertraut. Wenn ein Kind ohne Helm und Knieschützer in den Park kam und anfing zu spielen, was zweifellos leider vorkam, wurde das Kind vom nächsten Spielgerät vorsichtig, aber entschieden aufgegriffen, behutsam in ein Stück Luftpolsterfolie gewickelt und sanft an der Seite abgelegt, bis ein Erziehungsberechtigter kam und die Verantwortung für das Kind übernahm. Das ging ganz ruhig vor sich, es ließ sich jedoch nicht vermeiden, dass die Kinder erschraken, wenn sie von den Tentakeln gepackt wurden, und bedauerlicherweise kam es auch vor, dass sie eine Weile liegen blieben. Klein-Schnauz Pimmelsee (6) hatte beispielsweise bis um ein Uhr nachts dagelegen, bevor die Wachpatrouille ihn gefunden und mit seiner verzweifelten Mutter zusammengebracht hatte. Klein-Schnauz hatte es geduldig hingenommen, aber seine Mutter war aufrichtig entrüstet gewesen, und andere mit ihr. Zum Glück war das Bild nicht eindeutig. Mehrere

Passanten aus der Nachbarschaft, mit denen das Abendblatt in einer separaten Erhebung gesprochen hatte, waren der Ansicht, die Mutter von Klein-Schnauz trage selbst die Verantwortung für den Vorfall. Sie habe ihre Aufsichtspflichten vernachlässigt. Einige ließen anklingen, dass sie bestraft werden sollte. Clotilde war der gleichen Meinung, jedenfalls was die Verantwortung betraf. Zugleich fiel ihr auf, dass der Park in dieser Hinsicht schlecht beschildert war, und sie beschloss, etwas dagegen zu unternehmen.

Ein weiterer Artikel über die Edelkarpfen im Karpfenteich bei der Neuen Brücke wühlte sie auf. Auswärtige Bauern – man ging davon aus, dass es auswärtige Bauern waren – hatten angefangen, sich an den Karpfen zu bedienen, wenn sie mit ihren Waren in die Stadt kamen, und der Bestand ging zurück. Viele Karpfen hatten ihre Kinder verloren. Zwar hatte Clotilde noch nie von dem Teich und den Karpfen gehört, doch unzweifelhaft ging es um fürstliche Karpfen, denn da es sich um einen fürstlichen Karpfenteich handelte, gehörten sie ihr. Wie üblich merkte sie sich den Vorfall und spürte, wie sie im Namen der Karpfen vor Groll förmlich zitterte.

Die Notiz über einen norwegischen Handelsreisenden für Bücher und Birkenstöcke, der in die Stadt gekommen war, amüsierte sie. Wie so viele Menschen seines Landes war er derart groß gewachsen, dass die Leute schreien mussten, damit er hörte, was dort unten gesagt wurde, sehr zum Amüsement der Bevölkerung.

Sie blätterte weiter zu den Kultur- und Leichtsinnigkeitsseiten, und ihr Blick fiel der Länge nach auf einen ganzseitigen Artikel des seriöseren Kulturlebens. Der Artikel war ziemlich umfangreich, und einen Moment lang fragten sich ihre Augen, ob sie überhaupt Lust hätten, ihn zu lesen.

Doch dann lasen sie ihn.

Ein Herz aus Gold

lautete die Überschrift. Nachdem sie mit Lesen angefangen hatte, vermochte Clotilde den Artikel nicht mehr aus der Hand zu legen. Sie prägte sich den Namen des Journalisten als potenziellen Kandidaten für den diesjährigen Bronzegriffel ein, wurde aber vor allem vom Inhalt gefesselt.

Als sie zu Ende gelesen hatte, war sie angenehm müde. Ihre Füße waren warm und schwer und ihre Gedanken flogen nur so dahin. Nur ganz entfernt bekam sie mit, dass die Zofe die Wachen rief, die sie vorsichtig und behutsam ins Bett trugen. Die Zeitung blieb neben dem Stuhl auf dem Boden liegen. Aber

34

darum habe ich für Freitag im Theater Karten für uns besorgt, um die Kunstgoldmacher zu sehen. Das soll was ganz Besonderes sein. Einzigartig, stand in der Abendzeitung.«

»Aber können wir uns das denn leisten, Mutter?«, fragte Freya besorgt und kaute auf einer Hyperwaffel.

»Nein«, sagte Hans nur. Doch die Mutter sagte:

»Manchmal muss man sich einfach etwas gönnen. Das habe ich heute kapiert. Obwohl der Tag so schlecht begonnen hat, endet er gut. Ja, ihr wisst ja: In den letzten Jahren war vieles schwierig für uns, und ich glaube, wir haben völlig vergessen, es uns schön zu machen. Das tut keinem von uns gut – das sage ich euch ganz direkt, nachdem ihr jetzt so groß seid.«

»Ja, ja«, sagte Hans. Freya stieß ihn an:

»Jetzt hör doch mal zu und sei ein bisschen lieb. Mutter hat recht.«

»*Muss* ich mitkommen ins Theater?«, fragte er mit langem Gesicht.

»Ja, du musst, und hör jetzt auf mit dem Quatsch«, sagte Freya. »Für mich ist es bestimmt schwieriger«, fügte sie hinzu. »Ich bin ja so infektiös.«

»Wollen wir tauschen?«, fragte Hans.

»Aber Hans«, sagte seine Mutter.

»Ich meine es ernst«, sagte Hans leise. »Ich tausche gern.«

Freya sah ihn mit feuchten Augen an. Doch die Mutter sprach weiter:

»Ich werde morgen den Arzt anrufen und ihn um einen Krankenbesuch bitten. Vielleicht hat er ja etwas, was dir einen Theaterbesuch ermöglicht, mein Kind.«

»Glaubst du? Glaubst du wirklich, Mutter?«

»Ja, Freya. Hoffen wir es.«

»Hoffen wir es«, feixte Hans. »Bestimmt schwätzt er uns nur noch mehr Sch–«

»Ich will so gern ins Theater gehen«, träumte Freya. »Und *sehen* …«

»Ich habe gute Karten bekommen«, sagte die Mutter freudestrahlend. »Im Parkett. Reihe zwölf. Ich war früh dran. Dank vieler glücklicher Zufälle am heutigen Tag. Wie sagt der Dichter? *Zufälle sind unsere Freunde,* sagt er.«

»Der Typ hat so vieles losgelassen«, murmelte Hans.

»Wie schön. Das ist wohl mit das Klügste, was er je gesagt hat«, stimmte Freya ein, die sich darüber ärgerte, dass ihr Bruder nie eine Form von Freude oder Begeisterung zeigen konnte, sondern einfach nur schwierig und gemein war. Warum war er nur immer so? Konnte er nicht einfach –

Etwas unterbrach ihren Gedankenfluss. Ein Geräusch. Ein kurzes Geräusch, das kaum begonnen hatte und plötzlich wieder zu Ende war. Ein derart winziges Geräusch, dass man es für einen knirschenden Nagel oder eine Mücke halten könnte, die irgendwo in dem alten Haus summte.

Hatte sie etwas gehört? Was hatte sie gehört? Sie hörte jeden Tag so viel, dass sie das meiste ignorieren musste. Was hatte sie da gehört?

Hans sagte:

»Danke für die Waffeln, Mutter. Ich glaube, ich gehe jetzt schlafen.«

»So früh, Hans?«

»Ja. Bin müde. Der Nachmittag war anstrengend«, sagte er und bedachte seine Mutter mit einem kalten Blick. Schuldbewusst sah sie zu Boden. »Ich muss übrigens noch ins Musikzimmer und etwas holen«, fügte er hinzu.

»Ach«, sagte die Mutter. »Mein Junge. Kannst du das dumme alte Musikzimmer nicht einfach vergessen? Von jetzt an –«

»Ich habe dort oben was vergessen. Gute Nacht.«

»Gute Nacht, Hans«, sagte die Mutter. Sie unternahm keinen Versuch, ihn um eine Umarmung zu bitten. Auch Freya nicht.

Sie hörten ihn die gargelnde Treppe hinaufpoltern, die Tür zum Musikzimmer öffnen und wieder hinter sich schließen. Freya hörte noch mehr. Sie hörte ihn dort oben leichtfüßig durchs Zimmer gehen, sie hörte Staub und Putz unter seinen Füßen knirschen, sie hörte ihn sich am Kopf kratzen, sie hörte ihn sich vorsichtig räuspern. Und dann hörte sie nichts mehr. Absolut nichts. Das war seltsam. Wo sie doch sonst absolut alles im Umkreis eines Häuserblocks hörte, angefangen vom Abendfurz des Nachbarn bis zum Herzschlag der Schwalben unter dem Dachgesims.

Die Mutter seufzte.

»Glaubst du, er hat sich gefreut, Freya?«

»Ja, doch, Mutter. Insgeheim hat er sich bestimmt gefreut.«

»Glaubst du?«

»Ich habe mich zumindest gefreut«, sagte Freya leise.

»Ich versuche ja alles«, sagte die Mutter. »Aber egal, was ich mache, er scheint es nicht zu wollen. Als hätte sich etwas in ihm verhakt.«

»Ich finde, du machst deine Sache gut, Mutter«, sagte Freya.

»Findest du?«

»Ja, und ob. Und auch bei mir.«

»Ich gebe mein Bestes. Aber es ist nicht so leicht mit ihm.«

»Nein«, sagte Freya. »Das ist es sicher nicht.«

Aber

35

zu dieser späten Stunde kommt ein Grüppchen Nachtwanderer die Ringelstraße entlang. Vier Frauen und zwei Männer, sie sind lebhaft und fröhlich, nachdem sie lange und ausgiebig gefeiert haben. Vorne geht ein älterer Mann mit einer Frau in jedem Arm. In der einen Hand hält er eine Flasche tarnfarbengrünen Sekt, Feldwebelgeist, halb ausgetrunken, bester Jahrgang. Obwohl er betagt ist, gleicht seine Haltung der eines Löwen; er legt den Kopf in den Nacken, streckt selbstsicher und würdevoll die Brust heraus und ist ganz und gar in seinem Element, wie er dort läuft und redet und erzählt und derart alte Witze von sich gibt, dass sie fast schon wieder neu anmuten. Bei jeder lustigen Äußerung kreischen die beiden Damen rechts und links von ihm ganz hingerissen.

Direkt hinter ihnen kommt ein jüngerer Mann. In seiner Equipage geht es ruhiger zu; der Jüngere befindet sich in einer ernsten und empfindsamen Phase des Abends, wie es bei jüngeren Menschen gern der Fall ist, gewiss noch verstärkt vom

Verzehr großer Mengen des milden kubanischen Epiphyt-Orchideenlikörs aus der Flasche in seiner linken Hand; den hat er sich mit der Frau an seinem rechten Arm geteilt, und sie findet ihn sensibel, ernst, interessant und klug, und so fühlt er sich auch selbst. Er redet vom Anderssein, redet und redet, und obwohl er auf den älteren Mann etwas eifersüchtig ist, der vorangeht und trotz allem die schönsten Frauen gekapert hat, fühlt er sich doch geschmeichelt von der Aufmerksamkeit, die er von seiner Begleiterin bekommt, die gut nachvollziehen kann, wovon er spricht, wenn er vom Anderssein redet, denn neben ihm läuft die kleine Hinkelinke, und sie humpelt, die Arme. Sie weiß also gut, wie es sich anfühlt. Und eine weiche Haut hat er auch, der junge Goldmacher, das spürt sie an seiner Hand, die sie behutsam in ihrer hält. Das hatte sie schon nach dem Essen im *Hotel Zum rosa Hahn* gespürt, wo der Abend angefangen hatte und wo er allem Anschein nach demnächst enden würde, dazwischen lag eine Runde durch Jüterbogs beste Kneipen.

Dort laufen sie. In regelmäßigen Abständen drohen sie sich den Fuß zu verknacksen, denn es ist dunkel, und in der Nacht ist der Straßenbelag voller Schlaglöcher und Unebenheiten aufgrund der vielen Beschädigungen, die er tagsüber erfährt. Angesichts des geringen Instandhaltungsbudgets, das zurzeit für ihn zur Verfügung steht, schafft es der Straßenbelag nämlich nicht mehr, sich nachts zu straffen und zu sammeln. In ihm klaffen hier und da hässliche Spalten und Löcher, und von den Kuhlen sind manche ziemlich tief. Aus den offenen Türen der Kneipen und Bars, an denen sie vorbeikommen, strömen Calypsomusik und heiße Salsaklänge; zusammen mit dem farbigen Licht der Lokale fließen sie über den Straßenbelag und laufen in die Kuhlen. Das macht den Bürgersteig mal klebrig, mal glitschig, was die Fortbewegung im Dunkeln noch erschwert. Doch der viele Alkohol bewahrt die kleine Gesellschaft der Nachtwanderer davor, sich zu verletzen; instinktiv und elegant treten sie zwischen die Kuhlen und Unebenheiten und hüpfen über die Liedströme hinweg auf dem Weg durch die Nacht zu ihrer letzten Ruhestätte, zu einem gewissen Grad unterstützt vom über die Steine des Bürgersteigs rinnenden Licht.

In diesem unscharfen Licht kamen jedoch plötzlich ein paar blank geputzte Stiefel zum Vorschein, die bumsstill vor ihnen auf dem Bürgersteig standen. Zwei Hosenbeine führten von den Stiefeln hinauf in die Dunkelheit. Der eigentliche Stiefelträger war für sie nicht sichtbar, doch aus den Stiefeln und den Rändern der Hosenbeine konnten sie schließen, dass sie von einer Wachpatrouille gestoppt worden waren.

»Ja-hallo-hallo-*hallo*«, erklang eine klare strenge Stimme von der Stelle in der Dunkelheit, wo sich das Gesicht des Stiefelträgers befinden musste. Hinter den ersten beiden Stiefeln konnten sie weitere Stiefelpaare erkennen, und aus der Dunkelheit darüber wiederholten nun die Angehörigen der Patrouille mit der gleichen eisigen Herzlichkeit das obligatorische »Hallo-hallo-*hallo*« des Anführers.

»Ja-Was-Haben-Wir-Denn-*Hier?*«, fuhr die erste Stimme mit exakt den Worten fort, die Polizisten auf der ganzen Welt bei einer solchen Gelegenheit verwenden.

»Ja-Was-Haben-Wir-Denn-*Hier?*«, wiederholte die Patrouille salbungsvoll die internationale Standardphrase.

»Guten Abend, Herr Oberwachtmeister«, sagte der ältere Goldmacher weltgewandt und zuvorkommend in das Zwielicht. »Wie geht's?« Galant deutete er eine Verbeugung an, und ein verirrter Lichtstrahl fiel auf sein Gesicht.

»Nein, so was! Ist-das-nicht, ist-das-nicht«, sagte der Wachkommandant (er war es nämlich), mit mehr als nur einer

Andeutung von Schadenfreude beim Wiedersehen mit dem Goldmacher. Er knipste die Taschenlampe an und richtete den Strahl auf sie. Als er den Jüngeren erblickte, wieherte er vergnügt. »Sieh mal einer an.«

»Ja, sieh mal einer an«, sagte die Wachpatrouille, ebenso vergnügt und erwartungsvoll.

»Ah«, sagte der Ältere weltgewandt, »Sie sind's, Herr Wachkommandant. Der Wachkommandant höchstselbst. Das habe ich im Dunkeln gar nicht gesehen. Sie sind also draußen unterwegs.«

»Auf Patrouille«, korrigierte ihn der Wachkommandant streng.

»Auf Patrouille, natürlich, auf Patrouille; das meinte ich ja. Wie angenehm. Es ist beruhigend, dass die Obrigkeit ihre Pflicht tut und patrouilliert. Und Ihre Arbeitsgruppe aus tüchtigen, selbstständigen Männern«, fuhr der ältere Goldmacher mit etwas fort, das in den Ohren des jüngeren Goldmachers wie reinster Übermut klang. »Immer wieder ein Vergnügen, auch sie zu sehen.«

»Das Vergnügen ist ganz auf unserer Seite«, murmelte die Patrouille mit widerstrebender Höflichkeit.

»Hören Sie, guter Mann«, beendete der Wachkommandant den Austausch von Höflichkeitsfloskeln, »so-was-hier können wir gar nicht tolerieren.«

»Gar nicht tolerieren«, sagte die Patrouille.

»Trunkenheit in der Öffentlichkeit ist verboten«, sagte der Wachkommandant routiniert, »desgleichen nächtlicher Tumult.«

»Aha«, sagte der ältere Goldmacher bedauernd.

Der jüngere Goldmacher schluckte schwer und spürte, wie Hinkelinke sogleich seine Hand drückte, was eigentlich nett und stimulierend wäre, wirkte die Situation nicht mit einem

Mal so ernst. Und das war sie auch. Denn der Wachkommandant fuhr fort:

»Desgleichen geht aus der Polizeiverordnung für Jüterbog Paragraf 7, Absatz 4, Satz 1 und 2 hervor, dass Flaschen mit alkoholischem Inhalt oder einer anderen berauschenden Flüssigkeit nach 22 Uhr nicht mehr sichtbar und offen bei sich getragen werden dürfen. Und zwar äußere wie innere Unruhe zu verhindern.«

»Na ja, was heißt hier sichtbar«, sagte der ältere Goldmacher in die Dunkelheit.

»Wie Sie sehen, sind die Bürgersteige und Straßenlaternen zurzeit nicht in bestem Zustand«, räumte der Wachkommandant ein und kräuselte die Nase, sodass seine Warze erwachte, »es ist daher zu Ihrem eigenen Besten, meine Herren, wenn Leute wie Sie sich zur Nachtzeit nicht betrunken draußen herumtreiben. Sie könnten stürzen und sich verletzen.«

»Schwer verletzen«, fiel die Warze ein, die sich rasch einen Überblick über die Situation verschafft hatte. Die Patrouille grinste sich eins und rasselte in feierlicher Erwartung mit den Handschellen.

»Daher bin ich gezwungen – wollen mal sehen …«, er richtete den Strahl der Taschenlampe auf die nächtliche Gruppe, »… *Sie*. Und *Sie* festzunehmen.« Unheilschwanger zeigte er auf den jüngeren Goldmacher und die kleine Hinkelinke.

»Festzunehmen«, murmelte die Patrouille selig.

Dem jüngeren Goldmacher rutschte das Herz in die Hose. Nicht schon wieder, dachte er. Ihm wäre schwarz vor Augen geworden, wenn es nicht schon so dunkel gewesen wäre. Hinkelinkes Griff um seine Hand wurde nun so fest, dass es regelrecht wehtat, doch er ließ sie weiter zudrücken.

»Aber Herr Wachkommandant«, sagte der ältere Goldmacher, »warum um alles in der Welt sollte das jetzt erforderlich sein?«

»Hören Sie her«, sagte der Wachkommandant, »was auf einer Patrouille erforderlich ist, entscheide ich und niemand sonst. Das liegt im Bereich meiner Befugnisse. Und soweit ich sehen kann, trägt Ihr Kamerad eine offene Flasche Orchideenlikör der besten Marke bei sich, *Néctar de los Zumbadores,* wie es scheint. Oh, oh.«

»Mag sein«, wandte der ältere Goldmacher ein, »aber …«

»Und seine etwas zweifelhafte Begleiterin«, fuhr der Wachkommandant unbeirrt fort, »die, soweit ich ihrem Stempel entnehmen kann, hier in der Stadt zu Hause ist, sollte folglich mit dem Wortlaut der polizeilichen Verordnung vertraut sein. Trotzdem hat sie es unterlassen, Ihren Kameraden darauf aufmerksam zu machen, was mit Vorsatz erfolgt sein muss, sodass für sie keinerlei mildernde Umstände vorliegen. *Eo ipso*«, folgerte der Wachkommandant bei der Auslegung der Paragrafen unter den bewundernden Blicken der Patrouille, »kann sie sich wohl auf eine Gefängnisstrafe ohne Bewährung einstellen, während Ihr Freund möglicherweise mit einer Bewährungsstrafe davonkommt, da er zum Begehen einer strafbaren Handlung verleitet wurde – unter der Bedingung, dass er während des Verhörs, das unmittelbar auf der Wache durchgeführt wird, eine ausreichend demütige und entgegenkommende Haltung an den Tag legt.«

»Aber«, setzte der ältere Goldmacher an, während Hinkelinke verzweifelt in Tränen ausbrach, »aber …«

»Keine Widerrede, bitte«, sagte der Wachkommandant in schroffem Ton, »ich habe einen harten Tag hinter mir.«

»Einen äußerst harten Tag«, bekräftigte die Warze mit einem Seufzer, denn es könnte wahrer nicht sein.

»Und Sie, guter Mann«, schloss der Wachkommandant, »Sie können sich auf eine Ausweisung einstellen. In Schimpf und Schande. Mit Spießrutenlauf und allem Drum und Dran. Gleich am morgigen Tag. Sie waren aufgefordert worden, sich im Rahmen des Gesetzes zu bewegen …«

»Weit und breit kein Rahmen zu sehen«, flüsterte die Patrouille düster.

»… aber jetzt sind wir hier. Zu später Stunde und betrunken. Und das schon am ersten Abend in der Stadt. Oh, oh.«

»Oh, oh«, intonierte die Patrouille so lyrisch wie eine Schar Amseln auf belaubten Bäumen.

»Aber Herr Wachkommandant«, sagte der ältere Goldmacher, »jetzt warten Sie doch, jetzt warten Sie doch. Dafür gibt es eine natürliche Erklärung. Für das Feiern und – äh – den Orchideenlikör.«

Der jüngere Goldmacher blickte nervös zu seinem Kollegen hinüber, wagte es jedoch nicht, den Blick auf die zur Hälfte geleerte Sektflasche zu richten, die dieser in der Hand hielt und die der Wachkommandant noch nicht entdeckt hatte, da sie in Tarnfarbe gehalten war.

»So? Darüber wird ein Vernehmungsrichter entscheiden, sobald eine freie Stunde im Vernehmungskeller dies ermöglicht«, sagte der Wachkommandant uninteressiert und begann, die Handschellen von seinem Gürtel zu lösen. »Wir machen nur unsere Arbeit.«

»Unsere Arbeit«, sang die Patrouille melodisch. Allen in dem nächtlichen Grüppchen war klar, dass sie den Rest der Nacht in Vernehmungszellen verbringen würden und nicht auf einer Massagebank, wie es der Plan gewesen war. Auch die Patrouille löste ihre Handschellen, die in der Dunkelheit wie metallene Haifischzähne glänzten.

»Herr Wachkommandant«, sagte der ältere Goldmacher

noch immer ganz ruhig, »haben Sie die Zeitung nicht gelesen?«

»Die Zeitung?« Der Wachkommandant schaute sie verständnislos und weiterhin gänzlich uninteressiert an.

»Ja. Die Abendzeitung.«

»Nein«, sagte der Wachkommandant müde, »die habe ich noch nicht gesehen.« Entschlossen trat er einen Schritt auf die verängstigte Gruppe der Nachtwanderer zu, als von seiner Nase ein zaghaftes Stimmchen erklang:

»Aber ich habe sie gelesen«, klagte die Warze. »Während du geschlafen hast. Sie lag auf deinem Gesicht.«

»So? Und?«

»Es könnte, wenn ich so darüber nachdenke«, sagte die Warze, »durchaus schlau sein, sich anzuhören, was er zu sagen hat.«

»Unsinn«, würgte der Wachkommandant die Warze ab und begann mit dem Ritual. »Die Sache ist klar. Im Namen der Markgräfin verhafte ich Sie … und informiere Sie über Ihre physikalischen Rechte und Pflichten. Sie haben das Recht zu schweigen, was aber sehr zu Ihrem Nachteil ist. Sie haben das Recht auf einen Anwalt, falls Sie wirklich, wirklich das Gefühl haben, einen zu benötigen. Verlangen Sie nach einem Rechtsanwalt, kann dies später im Gericht gegen Sie verwendet werden. Desgleichen kann alles, was Sie von nun an sagen und tun, gegen Sie verwendet werden. Sie haben die Pflicht zu gestehen, so Sie in irgendeiner Weise der Ansicht sind, etwas zu gestehen zu haben. Sie haben die Pflicht …«

»Aber bester Herr Wachkommandant«, sagte der ältere Goldmacher, nach wie vor ruhig, »so hören Sie doch, was die gute Warze Ihnen zu sagen hat …«

»… die Pflicht, die Schuld auf sich zu nehmen für alles, was sich jenseits dieser Verhaftung abspielen könnte. Sie haben die Pflicht, über alles Stillschweigen zu bewahren, was sich im Verlauf der rechtlichen Vernehmung ereignen könnte. Haben Sie verstanden?«

Mit einer langsamen Bewegung nahmen der Wachkommandant und die Patrouille die geöffneten Handschellen hoch. Mit gierig klappernden Stahlmündern starrten diese die Gruppe in der Dunkelheit an und wollten gerade um die Handgelenke der Verhafteten zuschnappen, als der ältere Goldmacher dem Wachkommandanten plötzlich eine Abendzeitung vor das Gesicht hielt, die er elegant aus der Innentasche gezogen hatte.

»Aber so sehen Sie doch mal her, Herr Wachkommandant«, sagte er verärgert, »bevor Sie etwas Unüberlegtes tun.«

Der Wachkommandant hielt inne und starrte die Zeitung verdattert an.

»Hm. Gut. Gutgut!«, stieß der Wachkommandant verärgert aus und kniff sich selbst in die Nase, woraufhin die Warze aufheulte. Er riss die Zeitung an sich. »Ich werde es lesen«, sagte er. »Und währenddessen halten alle anderen den Mund.«

Genervt riss er die Zeitung auf. Er blätterte darin vor und zurück. Keiner sagte ein Wort.

»Was soll ich denn lesen?«, brummte er. »Ich finde hier nichts, was für die aktuelle Situation von Relevanz ist.«

»Entschuldigung«, sagte der ältere Goldmacher, »Sie wollten ja nicht unterbrochen werden …«

»Ja, aber so sagen Sie mir doch, verdammt noch mal, was ich lesen soll!«

»Seite 12«, klärte ihn der ältere Goldmacher auf, und ein Angehöriger der Patrouille, der die Abendzeitung offenbar vor seinem Dienstantritt gelesen hatte, stimmte ein: »Seite 12, Herr Hauptmann. Die Kulturseiten, Herr Hauptmann.«

»Die du niemals liest«, tönte die Warze.

Der Wachkommandant warf einen strengen Blick über die Schulter, um den Angehörigen seiner Patrouille auszumachen, der die Kulturseiten las, doch dann blätterte er höchst eilig auf Seite 12 vor. Dort fiel sein Blick auf folgende Überschrift:

Ein Herz aus Gold

Eine ganze Weile blieb er so stehen und las, wobei er sich schrittweise veränderte. Sein Gesicht nahm einen nachdenklichen Ausdruck an. Schließlich faltete er die Zeitung zusammen. Er war ganz ruhig.

»So«, sagte er. »Gut. Gutgut. Das verändert die Lage zweifellos.«

Die Patrouille gab einen niedergeschlagenen Ton von sich.

»Die Lage hat sich zweifellos geändert. Ganz zweifellos«, fuhr der Wachkommandant unbeirrt fort und schnippte die Warze verärgert mit dem Zeigefinger. »Männer!«

»Jawohl, Herr Hauptmann! Zu Diensten, Herr Hauptmann!«

»Pläne geändert!«

»Jawohl, Herr Hauptmann«, gaben sie gehorsam zurück, aber die Enttäuschung war als schriller Oberton in ihren Stimmen zu vernehmen.

»*Seid bereit!*, wie der Dichter sagt! Die neuen Pläne sehen folgendermaßen aus: Eins! Wir werden diese anständige Gruppe aus Herren und Damen, von denen die Herren äußerst willkommene und höchst verehrte Gäste unserer schönen Stadt sind, und die vier Damen, sehr ehrbare Damen, wie alle sehen können, zurück zum *Hotel Zum rosa Hahn* eskortieren und dafür sorgen, dass sie sicher dorthin gelangen! Zwei! Zwei von uns gehen voran und leuchten! Drei! Zwei dahinter! Verstanden?«, bellte er.

Die Patrouille scharrte unsicher mit den Füßen. Dann verständigte sie sich mit sich selbst darauf, dass sie nicht verstanden hatte, und ergriff das Wort:

»Äh … Nein, Herr Hauptmann. Könnten Sie das, was Sie zu drei und zwei gesagt haben, noch einmal wiederholen?«

»Zwei?«

»Ja. Sie sagten doch Zwei Drei …« (Eine andere Stimme aus der Patrouille, leise: »Das hat er nicht gesagt, du Trampel; er hat Zwei Zwei und Drei Zwei gesagt!« Eine dritte Stimme, ebenso leise: »Was hat er eigentlich gesagt?«)

»Verflixt noch mal«, sagte der Wachkommandant. »Ist das denn so schwer? Könnt ihr nicht zählen?«

»Doch, Herr Hauptmann! Eins zwei drei vier! Jawohl!«

»Zwei leuchten vorne und zwei leuchten hinten, während wir gehen. Ist das klar?«

»Ja, Herr Hauptmann! Sonnenklar!«

»Jesses«, seufzte die Warze in die Nacht.

»Und du hältst die Klappe«, zischte der Wachkommandant.

So gelangte die Gruppe von Jüterbogs ausgezeichneten und in jeder Hinsicht höchst qualifizierten Wachen bestens eskortiert zum *Hotel Zum rosa Hahn* und auch sicher hinein, wo sie sich in den verbliebenen Wachstunden effektiven Übungen hingab, auf die hier nicht näher eingegangen werden soll.

Aber

36

die Katze strolchte durch die Straßen, wie Katzen es gerne tun. Obwohl es allmählich spät wurde, verspürte sie keinerlei Drang, bald Feierabend zu machen. Sie war schließlich eine erwachsene Katze und nachtaktiv. Außerdem war heute ein blöder, vergeudeter Tag gewesen, und sie sehnte sich nach Gesellschaft. Es wirkte jedoch so, als hielten sich alle höherstehenden Haustiere Jüterbogs heute Abend drinnen auf. Weder auf den Bretterzäunen noch in den Hinterhöfen entdeckte sie einen ihrer Freunde oder Bekannten. Auch Mäuse waren, nachdem allen das Verbot eingehämmert worden war, wie üblich nirgendwo zu sehen. Ehrlich gesagt, ließ sich seit Jahren nicht einmal mehr eine kleine Spitzmaus blicken, sodass auch keine kurze belebende Jagd mit anschließendem, verzögertem Mausetod als Unterhaltungsangebot vorlag. Die Jagd auf die stummen Einsiedlerkrebse an den Ufern des Wallgrabens barg nicht das gleiche Element von Action. Auch die Papua-Weichschildkröten boten keinen echten Sport.

Die Katze erwog, sich für heute Abend zurückzuziehen und zu dem freundlichen, aber ach so müden und langweiligen Stadtbibliotheksbibliothekar heimzukehren, der ihr als Herrchen diente; bevor er zu Bett gegangen war, um die Karteikarten auswendig zu lernen (im Zuge von Einsparmaßnahmen sollte der Zettelkatalog abgeschafft werden und nur noch auf das externe Gedächtnis zurückgegriffen werden), hatte er bestimmt Milch und Futter bereitgestellt und die Hintertür einen Spaltbreit offen gelassen.

Doch die Katze verspürte im ganzen Organismus eine unerklärliche Unruhe und war alles andere als müde. Daher beschloss sie, noch eine Runde im Zentrum zu drehen, bevor sie endgültig Feierabend machen wollte. Sie musste erst morgen Nachmittag wieder zur Arbeit, frühestens. Vielleicht auch später.

In beruflicher Hinsicht hatte die Katze als Mäusewächterin in der Stadtbibliothek einen bequemen Posten. Dort patrouillierte sie entlang der Regale, Magazine und wichtigen historischen Archive, indem sie mehrmals wöchentlich ihre Rundgänge machte und ansonsten pro forma gerade so oft auftauchte und beschäftigt aussah, dass es beruhigend wirkte. Aber mit der Sicherheit war nicht zu spaßen, und Mäuse konnten an wichtigen Dokumenten, Karteikarten und lesenswerten Büchern, ganz zu schweigen von den unlesenswerten, nicht wiedergutzumachende Schäden anrichten.

Die Katze mochte ihre Arbeit. In der Bibliothek herrschte Schweigepflicht, daher wurde sie von niemandem gestört, wenn sie in der kleinen Schmiege zwischen den Regalen für *Spannungsliteratur (Forts.)* und *Endzeitprophezeiungen (A-J)* bei ihrem Milchschälchen eine Pause machte. Hier hatte sie ihre Leidenschaft für Kriminalromane entwickelt. Während der Tag verging und nichts anderes zu hören war als der rasselnde Husten der Staublungen der müden Bibliothekare und das leise Kruspeln der makulaturkauenden Bücherraupen im Hinterhof, machte es sich die Katze mit Milch und frittierten, isländischen Sardinenchips gemütlich, die Fischhändler Markus in seinem reichhaltigen Sortiment vorhielt, und las Kriminalromane. Da aufgrund von Einsparmaßnahmen in den letzten drei Jahren kein Benutzer mehr Zugang zur Bibliothek gehabt hatte, wurde die massive Ruhe auch von keinem Besucher gestört, der die schwere Eingangstür öffnete oder schloss oder mit den Stuhlbeinen über den Boden schrappte (die Bibliothekare benutzten keine Stühle, sondern standen abwartend in der großen Halle herum, auch wenn es niemanden mehr zum Warten gab). So waren der Katze in dieser friedvollen Umgebung die Augen für die Klassiker der Kriminalliteratur geöffnet worden, aber auch für die modernen Erneuerer dieses interessanten Genres. Mit pochendem Herzen war sie ihren verschiedenen Helden von Mord zu Mord, von Intrige zu Intrige gefolgt. Es waren Bücher, die man unmöglich weglegen konnte. Die Katze fand sie ganz ausgezeichnet. Wenn sie in dem dunklen düsteren Magazin ihre Runden drehte, bildete sie sich ein, sie biege in einer dunklen Hafenstadt auf der Jagd nach Gangstern mit der Pistole in der Hand um eine Straßenecke. Und wenn sie durch nachtschwarze Straßen wie diese hier streifte, war sie davon überzeugt, die Beschützerin der Stadt zu sein. In diesen Augenblicken war die Katze Sam Slade, mindestens.

Und in der Ringelstraße bekam sie zu ihrer großen Freude etwas Interessantes zu sehen. Einen schönen Vorfall mit Polizei und Zivilpersonen und ziemlich lautem Sprachgebrauch. Instinktiv wechselte die Katze sogleich in den Beschattungsmodus; automatisch zog sie sich in die tiefsten nächtlichen Schatten zurück und näherte sich der Szene mit aller Vorsicht auf samtweichen, lautlosen Detektivpfoten.

»Ja, was sehen meine hellgrünen …«, flüsterte sie vor sich hin, als sie mit ihrem ausgezeichneten nächtlichen Sehvermögen die Personen ins Visier nahm. Das waren doch wahrhaftig die verdächtigen Überwachungsobjekte von vorhin, die beiden selbst ernannten Goldmacher, nun im Konflikt mit der Ordnungsmacht. Noch dazu in zweifelhafter Damenbegleitung.

Die Polizei hatte die Handschellen anscheinend schon hochgenommen, um die gerechte Festnahme zu vollziehen, doch nach Aushändigung eines zeitungsähnlichen Gegenstands an den Kommandanten schien der lange Arm des Gesetzes zu erschlaffen und an Kraft einzubüßen. Etwas schien den langen Arm des Gesetzes dazu zu bewegen, den Verdächtigen Unterstützung und Hilfe angedeihen zu lassen, wie man sie älteren Damen angedeihen lässt, denen über die Straße geholfen werden musste, denn kurz darauf zog die ganze Truppe in Richtung Hotel, wobei die Polizei den Bürgersteig erleuchtete, damit sie sicher ans Ziel gelangte.

Es war ein verstörender und erbärmlicher Anblick. Die Katze folgte ihnen in einigem Abstand, es geschah jedoch nichts weiter, als dass die Gruppe das Hotel betrat, nachdem sich alle gegenseitig höflich eine gute Nacht gewünscht hatten.

Zu Observierungszwecken blieb die Katze noch eine Weile sitzen. Von der Rezeption war lediglich das Nachtlicht des Nachtportiers zu sehen. In einem der Fassadenfenster ging ein Licht an, das kurz darauf wieder gelöscht wurde.

Anschließend passierte gar nichts mehr. Die Turmuhr Unserer Heiligen Frau der Oberflächlichen Freuden schlug ein Viertel. Die Katze rührte sich nicht vom Fleck und betrachtete die dunkle Fassade. Die Turmuhr schlug halb, ohne dass auch nur das Geringste vorgefallen wäre. Als die Uhr drei Viertel schlug, merkte die Katze, wie ihr die Augen zufielen. Jetzt fühlte sie sich kaum noch wie Sam Slade.

Ärgerlich erhob sie sich und machte sich auf den Heimweg. »Was haben wir bloß für eine Ordnungsmacht«, murmelte sie vor sich hin. Ganz sicher hatte ein größerer Geldschein in der Zeitung gesteckt. Der Katze graute beim Gedanken daran, dass sie soeben Zeuge einer Polizistenbestechung geworden war. Nein, hier in dieser Stadt gab es keine Ordnung mehr.

Geschmeidig begab sie sich hinunter zum Wallgraben, um am Ufer entlang nach Hause zu gehen. Außerdem kam es, wenn auch selten, vor, dass sich dort im hohen Gras unschuldige Feldmäuse aufhielten. Der Mond leuchtete selbstgefällig mit den im Frühling üblichen grünen Strahlen, sodass bestes Jagdlicht herrschte.

Doch im Gebüsch oder Gestrüpp war nicht das leiseste Piepen zu hören. Auch die Einsiedlerkrebse schienen schon im Feierabend zu sein.

Allerdings erblickte sie im Mondlicht eine zusammengesunkene vierbeinige Gestalt, die auf einem der Kanalschächte am Ufer saß.

Die Katze blieb stehen und nahm die Gestalt in Augenschein. Dann erkannte sie den Pudel, den anhänglichen, aufdringlichen Pudel, den die Katze überredet hatte, Wache zu halten, während sie selbst sich am Vormittag bei Fischhändler Markus ein Mittagessen abgeholt hatte.

Der Pudel saß da und starrte schwermütig in das schwarze Wasser des Grabens. Hin und wieder winselte er kurz und nahezu unhörbar. Die Katze sah ihn halb im Profil, halb von hinten. Er sah aus wie ein dunkles, wollenes Denkmal der Einsamkeit.

Die Katze zuckte mit den Schultern und wollte sich in der Dunkelheit ungesehen an ihm vorbeischleichen, als sie mitbekam, dass der Pudel weinte. Neben ihm lag das Einkaufsnetz, noch mit den Waren gefüllt.

Jetzt winselte der Pudel mehrmals laut und schmerzerfüllt, während die Tränen in seinen langen Wimpern grün im Mondlicht glitzerten.

Das war merkwürdig. Der Pudel gehörte wahrlich nicht zu

jenen, die sich sonst nach Einbruch der Dunkelheit auf Abenteuer begaben. Im Gegenteil, er war ein richtiger Hasenfuß, der um diese Tageszeit stets drinnen bei seinem Frauchen war; ja, die Katze hatte das Muttersöhnchen im Verdacht, noch nie nach 22 Uhr wach gewesen zu sein. Das hier war also mehr als merkwürdig.

Die Katze hegte zwar keine große Sympathie für den Pudel, aber ein Unmensch war sie nicht. Daher miaute sie munter, trat aus dem Schatten und ging hinüber zu dem Pudel auf dem Schachtdeckel, der überhaupt nicht reagierte, sondern nur das schwarze Wasser fixierte.

»Guten Abend, Kumpel«, grüßte die Katze mit erzwungener Herzlichkeit. »Wie geht's?«

Der Pudel rührte sich nicht, starrte weiterhin unverwandt auf das Wasser, als spielte er mit dem Gedanken, sich in den Wallgraben zu stürzen und für immer zu verschwinden. Er zitterte. Und nachdem die Katze nun näher gekommen war, sah sie, dass der Pudel nicht nur ein bisschen zitterte, sondern förmlich bebte. Die Katze war wirklich beunruhigt. Etwas war hier faul. Etwas war hier fürchterlich faul.

»Alles in Ordnung, Kamerad?«, fragte die Katze, noch unsicherer.

Der Pudel antwortete nicht. Wie im Schlaf drehte er den Kopf, sodass er der Katze das Gesicht zuwandte. Die Katze konnte nicht ausmachen, ob der Pudel sie überhaupt sah. Aus seinen Augen rannen kleine Rinnsale aus Blut.

Aber

Folgendes stand in dem Artikel zu lesen:

37

Ein Herz aus Gold

Die alte und edle, jedoch auch gefährliche und skandalträchtige Goldmacherkunst steht im Zentrum, wenn unsere Stadt dieser Tage Besuch von zwei großen Künstlern ihres Fachs erhält. Das Goldfieber ist ausgebrochen!

Von Maximilian Gnell (Text und Foto)

Mit galantem weltgewandten Lächeln sowie einem freundlichen Willkommensgruß empfängt einer der Superstars das Abendblatt für ein Exklusivinterview im besten Hotel der Stadt. Zur Freude des Fotografen hat er sein Bühnenkostüm bereits angelegt (Foto links) und bietet Tee und Schnittchen an. Das Ambiente ist äußerst einladend. Vor allem aber serviert er Kostproben aus dem Programm, das das gebildete Publikum in Jüterbog am kommenden Freitag während der Abendvorstellung im Stadttheater erleben darf.
– Was bekommen wir am Freitag auf der Bühne zu sehen, wagen wir uns vor, doch der Künstler grinst nur geheimnisvoll:
– Tja, nein, das will ich nicht verraten.

Einzigartig

Um es gleich vorwegzunehmen: Für die vielen, die diese alte traditionsreiche und edle Kunst noch nicht kennen, wird es eine einzigartige Gelegenheit sein, sie kennenzulernen. Und was für eine Kunst. Der Verfasser dieses Artikels hat jedenfalls noch nie etwas Merkwürdigeres und Schöneres erlebt, das Publikum darf sich also freuen.

Bestimmt haben viele Menschen noch nie Gold gesehen. Nun ist die Gelegenheit endlich da, denn es ist viele Jahre her, seit wir zuletzt Vertreter dieser Kulturgattung in unserer Stadt zu Besuch hatten. Aber der Besuch ist vielleicht ein Zeichen der Zeit. Nach dem Physiokratiewechsel ist Jüterbog bekanntlich größer und urbaner geworden, sodass heute auch große Künstler dieses Kalibers den Weg zu uns finden.

Sind Sie Jüterbog-Fan?, will das Abendblatt wissen, und der Künstlergast grinst zur Bestätigung:

– Kein Mensch, der Jüterbog kennt, kann umhin, Fan zu werden, sagt er und lacht vergnügt. Die Gastfreundschaft ist riesig und die Stadt mit ihren vielen Sehenswürdigkeiten ist wunderschön. Hier isst und trinkt man bestens. Das finden wir beide, mein Kollege und ich. Eigentlich ist es seltsam, dass wir bisher noch nicht hierhergekommen sind. Nicht zusammen, präzisiert er. Mein Kollege ist vor langer Zeit schon einmal hier gewesen.

Was ist Gold?

– Schon die alten Babylonier handelten bekanntlich mit Gold, behauptet er, und sie nutzten es als Zahlungsmittel. Gold ist bekannt für seine magischen Eigenschaften. Bekanntlich rostet es nicht und setzt auch keinen Grünspan an. Es wird nicht schmutzig und kann bekanntlich zu ultradünnem Blattgold geschlagen werden. Auch sein Gewicht kann sich sehen lassen!

Aber vermutlich hat vor allem die magische, leuchtende Ausstrahlung die Menschen über die Jahrhunderte dazu verleitet, es für ein magisches Material zu halten und als Zahlungsmittel zu verwenden. – Deshalb ist Gold so wertvoll, grinst er.

Werte

Heute sind wir daran gewöhnt, dass alles Gold an einem Ort versammelt ist. Alles Reichsgold wird zum Beispiel sicher im Gewölbekeller von Potsdam verwahrt. Und es gibt eine Einlieferungspflicht für Gold, doch ist es heutzutage selten, dass jemand welches besitzt.

– Gold ist unendlich wertvoll, weil es die Grundlage für alles Geld im Staate bildet, erklärt der Künstler. Daher hat auch nur der Staat ein Anrecht darauf.

Zu dieser Entwicklung kam es nach der Entdeckung der Goldmacherkunst. Plötzlich konnten Fürsten, die einen Goldmacher oder zwei auf der Gehaltsliste stehen hatten, so viel Gold herstellen, wie sie nur wollten. Da Fürsten wie alle Menschen gierig sind, führte das schließlich zu einer Überproduktion an Gold und zu Inflation.

Es führte zu einer großen ökonomischen Krise und Gold wie auch die Goldmacherkunst wurden verboten und nahezu alle ehemaligen Goldmacher hingerichtet. Das gehört zum Glück der Vergangenheit an, fügt er grinsend hinzu. August der Reiche war der Erste, der in Berlin einen Goldmacher in seinen Diensten hatte, daher sein Beiname. Lange Zeit vermochte er es geheim zu halten. Wie wir aber aus dem Geschichtsunterricht wissen: Es nahm kein gutes Ende mit ihm.
– Für uns, die wir es nicht mehr so genau wissen: Was ist passiert?
– Der Staat und er gingen in Konkurs, und er wurde aus der Stadt gejagt und starb in Armut im Exil in Düsseldorf.

Höchst verdient, kann man sagen.

Verbotszeiten und Goldfieber

Wie wir wissen – vielleicht haben wir es aber auch vergessen: Nicht einmal Fürsten dürfen heute Gold bei sich haben, um nicht den Verdacht zu erregen, sie hätten einen Goldmacher auf der Gehaltsliste. Bis noch vor wenigen Jahrzehnten konnten auch Normalsterbliche das Glück haben, einen alten Ring oder ein Schmuckstück zu finden, das eine alte gierige Tante vor ihrem Tod beiseitegeschafft hatte. Beim Anblick dieses merkwürdigen Metalls bekamen sie sofort Goldfieber, was in der Regel von den Behörden entdeckt wurde, woraufhin das Gold von den Behörden beschlagnahmt wurde.

Mit der Zeit wurden die Fiebersensoren der Apparate, die das Goldfieber in der Bevölkerung messen, sensibler, und es sind sogar reine Golddetektoren dazugekommen. Sodass nahezu alles verborgene Gold heute entdeckt wird, bevor es jemand entdeckt. Darum kommt es selten vor, dass heute jemand im privaten Bereich Gold entdeckt.

Zum Glück, können wir wohl sagen.

– Alle, die Gold sehen, erleben einen Anflug von Goldfieber, erklärt der Künstler.
In kleinen Dosen ist es weder gefährlich noch schädlich. Das liegt an dem eigentlichen Metall. Und so ist es zum Glück auch leicht zu erkennen, ob man es mit Gold auf Abwegen zu tun hat. Dann nämlich, wenn die Fieberwerte an den Sensoren vom normalen Wert abweichen. Aber wenige Minuten mit Goldfieber machen sich nicht bemerkbar, weder beim Messen noch bei demjenigen, der das Fieber bekommen hat.

Das ist gut so, können wir dazu nur sagen, denn hier bricht das Goldfieber aus!

Ausnahmen

Bekanntlich gibt es aber auch Ausnahmen von den Bestimmungen. Die Fürsten eines jeden Fürstentums dürfen bekanntlich ein persönliches Schmuckstück aus Gold besitzen, das in Karat gemessen wird, einer Größenordnung, die angibt, wie rein das Gold ist (Quelle: Brockbergs Großes Stadt- und Familien-Lexikon, 3. Aufl.). Das Schmuckstück des Fürsten darf bekanntlich höchstens 14 Karat haben (das reinste Gold hat 20 Karat) und nicht mehr als 5 Unzen wiegen.

Unser letzter Fürst hat sein Schmuckstück mit ins Grab genommen, berichtet das Lexikon weiter. Unsere jetzige Fürstin hat es aus demokratischen Gründen abgelehnt, ein solches Schmuckstück zu besitzen, und setzt bekanntlich eher auf rosa Jaspis. Doch die meisten Menschen würden das Schmuckstück ohnehin nicht zu Gesicht bekommen, da es nur privat getragen werden darf bzw. so, dass es niemand sieht. Niemand hat jemals das Schmuckstück des letzten Markgrafen gesehen, und es wusste auch niemand, um was für einen Schmuck es sich gehandelt hat. Das Geheimnis ruht nun mit ihm im Grab.

Auch wurden Ausnahmen für die zu Unterhaltungszwecken ausgeübte Goldmacherkunst gewährt. Heute können zertifizierte Goldmacher, deren Lizenzen und Genehmigungen in Ordnung sind, mit behördlicherseits anerkannten und versiegelten Apparaten Gold herstellen. Die Berufsausübung wird genau kontrolliert, und die Apparate werden jeden dritten Monat inspiziert und plombiert. Die Verwandlung diverser Materialien in Gold kann nur zeitlich begrenzt erfolgen, nach kurzer Zeit verwandelt sich das Gold wieder in das vorherige Material, ge-

nauer gesagt nach drei bis zehn Minuten. Das Maximum beträgt zwei Stunden.
– So lange hält das Goldfieber an!, ruft der Künstler aus und grinst zufrieden.

Ein Herz aus Gold

Zweifellos ist es ein seltsamer Anblick, die Verwandlung in echt zu sehen. Der Gesandte des Abendblatts hat zufällig einen herzförmigen Gegenstand aus Bronze, ein altes Familienkleinod, dabei.

Der Künstler versetzt den Apparat in Bewegung, aber nicht nur den Apparat. Der Besitzer des Objekts muss auch mitmachen.

Es ist ein seltsames Gefühl, zu sehen, wie der Gegenstand, den man verwandelt sehen möchte, langsam eine glühend glänzende Goldfärbung annimmt. Die Färbung – oder »die Tönung«, wie der Goldmacher sie in seiner altmodischen Sprache nennt – erinnert an Messing, das trifft es allerdings nicht ganz.

Sie ist ganz einfach golden. Es leuchtet und glänzt, und für einen Augenblick spürt der Verfasser dieses Artikels, wie ihn das Goldfieber packt. Hier reichen Hyperlative nicht aus. Selten oder nie habe ich je so etwas Schönes gesehen wie das frisch verwandelte Goldherz. Es ruht schwer in meiner Hand, ist warm und glatt und fühlt sich zugleich auch weich an, als wäre es lebendig.

Auf einmal fällt es einem nicht mehr schwer zu verstehen, dass Menschen dieses Material angebetet und ihm großen Wert beigemessen haben. Man spürt förmlich mit der Hand, dass es sich um etwas ganz Besonderes handelt, mit nichts zu vergleichen. Es ist ganz einfach ein Wunder, sowohl die Verwandlung als auch das Resultat.

Ein besseres Wort gibt es dafür einfach nicht.

Nicht in Versuchung

– Sind Sie nie versucht, die Regeln zu brechen und die Verwandlung von Dauer sein zu lassen? Sie wären dann ein gemachter Mann?

Der Goldmacher grinst.

– Ich glaube, das ist die Frage, die uns am häufigsten gestellt wird, sowohl meinem verehrten Kollegen als auch mir. Mein Kollege übt diesen Beruf schon so lange aus, wie ich auf der Welt bin, fügt er hinzu, und er hat mir selbst erzählt, dass er besser einen Peso kassieren würde für jedes Mal, dass ihm diese Frage gestellt wird, dann wäre er jedenfalls jetzt schon reich!
– Aber Spaß beiseite. Waren Sie nie versucht, nicht ein einziges Mal?
– Scherz beiseite, wir modernen Künstler sind professionell geschult, um eine solche Versuchung nicht einmal zu verspüren. Geschweige denn, ihr nachzugeben. Diejenigen, die anfällig für Goldfieber sind, werden schon während der Ausbildung, die in der

heutigen Zeit in vertretbarer Form an der Hochschule zu Wittenberg erfolgt, ausgesiebt.
– Wie muss man sich das vorstellen? Das Aussieben?
– Man merkt es sofort. Ein bisschen wie beim Alkoholiker und der Flasche. Außerdem, fügt er mit Nachdruck hinzu, ist es unmöglich, die Plombierung und die anderen Begrenzungen des Apparats zu umgehen. Und selbst wenn es möglich wäre – er senkt die Stimme und grinst geheimnisvoll –, selbst wenn es möglich wäre, steht darauf eine hohe Strafe.
– Aber Hand aufs Herz, um nicht zu sagen aufs Goldherz: Sind Sie wirklich noch nie versucht gewesen?
– Ich denke, ich kann Ihnen gut und gern versichern, nie versucht gewesen zu sein, sagt er grinsend und sieht den Reporter des Abendblatts ernst an.

Wunder

– Bekommen wir am Freitag auf der Bühne noch mehr solche Wunder zu sehen?, fragen wir zum Abschluss des Interviews.
– O ja, grinst der Goldmachermeister zufrieden, das hier ist die Geringste meiner Künste.
– Können Sie schon etwas verraten? Ein bisschen wenigstens? Sehen wir die Verwandlung verschiedenster Dinge?

Er ziert sich, will ungern zu viel preisgeben. Doch nach ein bisschen Überzeugungsarbeit kommt es:
– Ich denke, ich kann auf jeden Fall versprechen, dass es zu großen Verwandlungen kommen wird, bei denen sowohl Gegenstände in der Luft als auch

anderswo zu Gold werden, und dass das Publikum begeistert sein wird. Ich und mein verehrter Kollege, mit dem ich zu meiner großen Freude und Ehre bei dieser Vorstellung zusammenarbeiten darf, werden jedenfalls unser Bestes geben, damit die Leute ein absolut einzigartiges Erlebnis bekommen, das sie so schnell nicht vergessen werden!

Daher bleibt uns nur eins zu sagen: Die Leute dürfen sich darauf freuen.

Und auch der Verfasser dieser Zeilen ist sich sicher. Das hier wird absolut einzigartig und unvergesslich.

Daher bleibt uns nur eins zu sagen: Das Goldfieber ist ausgebrochen! Jetzt heißt es nur noch, sich Karten zu sichern. Lauft und kauft!

Die Daten

Die Goldmacherkunst – Eine Historische Revue
Caramba Volkstheater
(Vormals Das Markgr. Stadttheater)
Freitag, 19.00 Uhr
Geeignet für Kinder ab 5 Jahren

Karten: Kartenzentrale. Erwachsene
150 000–200 000 Pesos.
Kinder 75 000–125 000 Pesos. Abendkasse.

Aber

38

der Tatort war keineswegs so, wie die Katze sich in ihren Detektivromanen einen Tatort vorgestellt hatte. Zum einen war da der intensive Geruch nach frischem Tod und getrocknetem Blut, salzig und streng. Hinzu kamen die umherschwirrenden Fliegen. Ihnen war die schreckliche Umgebung, in der sie herumflogen und landeten, vollkommen gleichgültig.

Der größte Teil des Zimmers lag in schwärzester Dunkelheit. Doch durch das Fenster, dessen schwere Vorhänge halb zugezogen waren, fiel dieses seltsame, heute Nacht so grün wirkende Mondlicht. Das Mondlicht breitete sich als phosphoreszierendes Rechteck aus, und an genau der Stelle, an der das Rechteck endete, saß der Tod.

Die Leiche im Sessel war übel zugerichtet. Ein Gesicht war nicht mehr vorhanden, nur Reste desselben. Dort saßen die meisten Fliegen. In der Brust hinter dem zerfetzten Kleid klaffte eine große, glänzende, tiefe Wunde. An den Handgelenken und Knöcheln war das Fleisch bis zu den Knochen abgenagt worden. Die Katze schaffte es kaum, den Blick auf der toten Frau zu belassen, zwang sich jedoch dazu.

In regelmäßigen Abständen vermeinte die Katze ein schwaches Fauchen von der Ermordeten zu vernehmen, und fuhr jedes Mal heftig zusammen.

Die Katze hatte sich in all ihren bisherigen Leben noch nie so sehr gefürchtet.

Alles wirkte unbegreiflich, sinnlos und auf eine völlig andere und greifbarere Art brutal, als die Katze es in der Realität erwartet hatte. Wobei, was hatte sie eigentlich erwartet? Die letzte Stunde hatte alles andere als real gewirkt. Die Katze hatte im Gegenteil das Gefühl, sich in einer großen Glaskugel stummer Unwirklichkeit zu bewegen.

Der dumme kleine Pudel hatte in der nächtlichen Dunkelheit auf dem Schachtdeckel gesessen und den Eindruck erweckt, er hätte den Verstand verloren. Er war außerstande gewesen, seinen Zustand zu erklären, hatte nur gewinselt.

»Hilf mir«, hatte er nur gesagt. Und weitergewinselt.

Fast eine Stunde lang hatte die Katze versucht, in dem, was er von sich gab, einen Zusammenhang zu erkennen. Zwischen dem Gewinsel kristallisierte sich allmählich heraus, dass etwas passiert war, daheim, etwas Schreckliches, was der Pudel nicht zu erklären vermochte, nicht erklären konnte oder nicht erklären wollte, er wiederholte nur ständig, es habe viel Blut gegeben, und zu guter Letzt hatte die Katze den Pudel fast vor sich hergeschoben und ihn aufgefordert, ihr den Weg zu zeigen.

Das Licht des Mondes hatte noch grüner gewirkt, als sie sich mal stolpernd, mal kriechend durch die stille dunkle Stadt bewegten. Das Straßenpflaster war kalt und rutschig vom Tau. Und dass der Pudel partout darauf bestand, das Einkaufsnetz mit den Waren des Fischhändlers Markus mitzunehmen, obwohl sie längst angefangen hatten zu stinken, machte das Vorankommen nicht leichter. Aber er wollte es um jeden Preis mitnehmen.

Als sie zu dem hübschen Sträßchen kamen, in dem der Pudel mit seinem Frauchen wohnte, erstarrte er, sträubte sich mit steifen Pfoten und wollte ums Verrecken nicht mehr weitergehen. Nur indem sie ihn vorsichtig mit ihrer scharfen Kralle am Hintern kratzte, brachte ihn die Katze dazu, sich wieder in Bewegung zu setzen. Widerstrebend zeigte er ihr den Weg zur Haustür, wollte jedoch auf keinen Fall mit ins Haus kommen, egal, was die Katze auch unternahm. Nicht einmal ein besonders heftiges Kratzen half.

Die Katze hatte ganz mannhaft mit den Schultern gezuckt und wollte sich gerade allein durch die kleine Hundeklappe in der Tür ins Haus begeben, als der Pudel plötzlich winselte.

»Lass mich hier nicht allein zurück! Liebste Katze!«

»Tja«, hatte die Katze gesagt, »dann musst du mit reinkommen.«

Der Pudel hatte jämmerlich zu heulen begonnen, aber er hatte keine Tränen mehr, nur noch Blut.

»Kommst du jetzt mit rein oder nicht? Ich kann ja nicht draußen und drinnen gleichzeitig sein«, hatte die Katze erklärt, und zitternd war ihr der Pudel mit Fischtüte und allem durch die Klappe gefolgt.

Aber weiter als bis zu der kleinen Diele wollte er nicht gehen. Er deutete mit dem Kopf in Richtung Stube.

»Dort drinnen«, hauchte er. Dann legte er sich unter die Kommode, die er anscheinend für ein sicheres Versteck hielt.

Anschließend hatte sich die Katze auf lautlosen vorsichtigen Pfoten in die Stube begeben.

Nun stand die Katze am Tatort und merkte, dass sich der erste Schock noch nicht gelegt hatte, sondern immer wiederkam, in Wellen der Übelkeit und des fröstelnden Erschauderns.

»Weg von hier«, sagten ihre Instinkte. Und im nächsten Augenblick der Gedanke: Und wenn der Täter noch hier ist?

Trotzdem nahm sie sich ein paar Augenblicke Zeit, um sich möglichst viel einzuprägen von dem, was sie sehen konnte. Dann kehrte sie zu dem Pudel zurück, der in einer Art Dämmerschlaf unter der Kommode lag. Er war offensichtlich in eines Schocks eingetreten, in der ihn die Müdigkeit übermannt hatte.

Die Katze rüttelte ihn sanft. Sofort war er wach und schaute sie mit starrem Blick an.

»Ich bin dort drinnen gewesen«, sagte die Katze so ruhig wie möglich. Aber sie merkte, dass sie gegen ein Zittern ankämpfen musste, das tief in ihrem Körper begann.

Der Pudel hörte nicht auf zu starren.

»Es ist schrecklich«, sagte die Katze. »Wir müssen …«

Der Pudel starrte immer noch, jetzt fragend.

Wir müssen zur Polizei gehen, hatte die Katze vorgehabt zu sagen. Aber

39

jetzt ist der Moment gekommen«, sagte die älteste Maus.

»Aber ich – ich bin noch nicht so weit«, sagte der Junge. »Noch nicht. Bitte. Bitte. Ich –«

»Du bist so weit.«

»Aber – aber … das kommt viel zu plötzlich.«

»Es kommt immer plötzlich«, sagte die zweitälteste Maus.

Der Junge antwortete nicht. Die beiden Mäuse schauten sich an. Aus allen Ecken und Winkeln blickten tausend weitere Äuglein erwartungsvoll zu ihnen und dem Auserwählten herüber. Sie waren bereits weit weg.

»Vergiss nicht, für wen du es tust«, sagte die Älteste ernst. »Und warum.«

»Ja«, sagte Hans.

Es war ein ganz normaler Tag in der Schwimmhalle gewesen. Hans erinnerte sich gut. Die Schulklassen, die begleitet von mehr oder weniger nervösen Lehrern in langen Reihen draußen warteten, Chlor- und Angstgeruch, der bis in den dunklen kalten Wintermorgen draußen drang und auf dem Bürgersteig vor den hohen Glastüren und auch noch drinnen im Eingangsbereich Ellipsen aus Raureif bildete: Die warme feuchte Luft, die dafür sorgte, dass sie alle in ihren Winterklamotten sofort schwitzten. Zu beiden Seiten der drei Marmorstufen, die hinauf zu den Garderoben führten, standen die Statuen des leicht bekleideten Erbgrafen Clodbart und seiner Gattin Emily, nach denen die Schwimmhalle benannt war, und blickten streng und mahnend auf die Badegäste hinunter. Über der rechten Schulter und schräg über der Brust hatte der Graf ein Marmorband mit der Inschrift NATARE NECESSE EST, wohingegen seine mindestens ebenso leicht bekleidete Gattin ein entsprechendes Band trug, das in die entgegengesetzte Richtung fiel, ANATES NON NECESSI. Er hatte keine Ahnung, was das bedeutete, begriff aber, dass es ernst gemeint war.

Nachdem sie sich schreiend und lärmend umgezogen hatten, kam die Klasse in die eigentliche Schwimmhalle. Die Anlage war ultramodern mit einem gigantischen, sternenförmigen Kristallbecken in der Mitte der Halle und mehreren kleinen Strafbecken zwischen den Säulen. An der einen Querwand hing ein gigantischer Musikolog, der die Halle mit angenehm harmonischen Akkorden füllte, die sich nie wiederholten, aber trotzdem locker miteinander zusammenhingen; er wurde jeden Morgen mit ein paar alten Partituren des konkursgebeutelten Musikkonservatoriums gefüttert und hielt bis zur Schließzeit durch. Auf der gegenüberliegenden Seite war die symbolische Statue einer hüpfenden Gans und eines tanzenden Fuchses zu sehen, sie war aus reinem Mangan.

Es herrschte viel Gedränge und Gerangel, und er versuchte, Freya nicht aus dem Blick zu verlieren, die sich in der Schülergruppe der Klassenstufe unter ihm befand. An diesem Tag sollten sie mit den Grundlagen des Schwimmens vertraut gemacht werden. Zwischendurch entdeckte er sie in der Menge. Sie wirkte verdutzt.

Während sich die Kinder an der Treppe hoch zur Beckenkante hintereinander aufstellten, nahmen die Lehrer auf den Bänken unten auf dem Hallenboden Platz, um die Fortschritte und Entwicklungsstadien der Schüler durch die Kristallwände zu verfolgen. Hans verlor Freya aus den Augen. Ihre Jahrgangsstufe stand an einer anderen Treppe.

Oben am Becken herrschten uneingeschränkt der Schwimmlehrer Biberkopf und seine Schwester, das Fräulein Biberkopf. Um ihr Schreckensreich aufrechterhalten zu können, nahmen sie die Hilfe von vier erbarmungslosen, unverschämt athletischen Assistenten des Aquamassagezweigs der Physiotherapiehochschule in Anspruch.

Freya war vor ihm oben angekommen und stand jetzt als Nummer drei in der Schlange des Herrn Biberkopf, der für die grundlegendsten Unterrichtseinheiten zuständig war. Sie war ganz blass um die Nase. Denn mit jedem Kind, das zu dem breit lächelnden Biberkopf vortrat, führte er ein pädagogisches Gespräch, bevor er mit dem eigentlichen Schwimmunterricht begann. Von seinem Platz in der Schlange aus konnte Hans ihn nicht hören, aber er wusste, was Biberkopf sagte. Zuerst fragte er den Schüler freundlich nach seinem Namen und der Klassenstufe, danach fragte er, ob der Schüler schon schwimmen könne. War die Antwort nein, fragte er verständnisvoll, ob der Schüler Angst habe. Doch unabhängig von der Antwort auf die letzte Frage war der nächste Moment immer gleich: Schwimmlehrer Biberkopf packte das Kind mit einem

Griff, der jahrelange Übung verriet, am Oberarm und unterm Knie und warf es in das tiefe Wasser.

Wer nicht sank, wurde rasch weitergeschickt in die Schlange der Elitegruppe. Wer zu Boden sank, wurde von einem Bademeister im Tauchanzug herausgefischt, falls nötig am Beckenrand mit Sauerstoff versorgt, anschließend wieder zu dem stets lächelnden Herrn Biberkopf gebracht und erneut ins Wasser geworfen. Behauptete derjenige sich dieses Mal, durfte er oder sie zusammen mit einem der Assistenten in der Gruppe der Fortgeschrittenen weiterüben, während die, die zum dritten Mal sanken, in die Anfängergruppe gesteckt wurden. Sank man ein viertes Mal, kam man in die Strafgruppe und wurde mit beschämenden Badeenten ausgestattet. Die Strafgruppe wurde von Fräulein Biberkopf geleitet, aber Hans hatte das Fräulein nicht in guter Erinnerung. Sie war breit und robbenhaft und zwickte gern. Er selbst hatte große Teile des erstjährigen Schwimmunterrichts in ihrer Obhut verbracht, bis er sich endlich einigermaßen über Wasser halten konnte. Fräulein Biberkopf mochte keine Kinder, und am wenigsten mochte sie Kinder, die sich nicht von selbst über Wasser hielten, was scheinbar das Einfachste der Welt war. Die Badeenten waren eine Strafe. Sie waren bösartig, und wenn man sich nicht vorsah, hackten sie nach den Augen. Sie hatten ungepflegte, unhygienische Schnäbel. Er hasste sie.

Jetzt sah Hans, wie seine Schwester auf nackten Füßen auf den Schwimmlehrer Biberkopf zutrat und ängstlich zu ihm aufschaute, während er ihr seine Fragen stellte. In dem viel zu großen Badeanzug wirkte sie armselig und dünn. Er sah sie antworten, er sah Biberkopfs breites Walrosslächeln, dann sah er, wie sie ins Wasser geworfen wurde. Im selben Moment schloss er die Augen. Er erinnerte sich an die klaustrophobische Angst, das Gefühl, keine Luft zu bekommen, das Wasser, das in Augen, Mund und Nase eindrang und ihn ganz auszufüllen suchte.

Als er sie wieder öffnete, rechnete er damit, dass Freya wie eine halb tote Seeschwalbe aus dem Wasser gezogen würde. Stattdessen sah er einen schnell schwimmenden Frosch im orangefarbenen Badeanzug. Sie spuckte und hustete ein wenig, aber sie trieb auf dem Wasser und schwamm, wenn auch mit großer Mühe. Schwimmlehrer Biberkopf bedachte sie mit einem anerkennenden Blick.

Ein Assistent zog sie aus dem Becken und brachte sie zur Elitegruppe, die wie fröstelnde, milchblaue Siegerherren an der anderen Ecke des Beckens standen und warteten. Sie sollten von Biberkopf selbst unterrichtet werden und gleich in der ersten Stunde kraulen lernen.

Hans traute seinen Augen nicht. Er selbst schaffte kaum eine Beckenlänge im Brustschwimmen und konnte überhaupt nicht tauchen, das war genau das, was sie zusammen mit Fräulein Biberkopf, die all jene verachtete, die sich die Nase zuhielten, heute trainieren sollten.

Eine Stunde später kraulte Freya spielend leicht zu ihm herüber, während er unweit des Käfigs mit den aggressiven Badeenten am Beckenrand hing und sich entkräftet, mit brennenden Augen und Nebenhöhlen voller Chlor ausruhte.

Sie lachte ihm zu und hängte sich an seinen Hals.

»Ich habe es mit links geschafft! Hast du mich gesehen, Hans? Hast du mich gesehen?«

»Ja. Freya. Ich habe dich gesehen.«

»Ich bin in der Elitegruppe gelandet. Wir haben Kraulen gelernt. Hast du gesehen, wie ich zu dir gekrault bin? Hast du gesehen, dass ich gekrault bin?«

»Ja, ja, Freya. Du bist gut. Sehr gut.«

Sie lachte ihm ins Gesicht und blies ein paar perlende Tropfen von seiner Oberlippe.

Aus dem Käfig mit den Badeenten drang Lärm herüber. Heute waren sie besonders unruhig.

»Du brauchtest überhaupt nicht auf mich aufzupassen!«

»Das stimmt.«

»Echt wahr, du brauchtest nicht aufzupassen. Mutter wird sich freuen.«

»Ganz sicher. Sie ist ja immer so stolz auf dich.«

Freya sah ihn ernst an. Dann ließ sie seine Schulter los. Sie tauchte unter Wasser und einen halben Meter weg wieder auf.

»Ich will, dass *du* stolz auf mich bist«, sagte sie und blies ins Wasser.

»Ich bin stolz auf dich.«

»Du kannst in anderen Situationen auf mich aufpassen, weißt du.«

»Ich passe immer auf dich auf.«

Sie schwamm sechs, sieben Züge von ihm weg.

Da sah er es. Die Tür zum Käfig der Badeenten ging auf; jemand musste vergessen haben, die Riegel zu sichern. Sofort waren zwei, drei von ihnen draußen. Mehrere Bademeister auf der gegenüberliegenden Seite des Beckens sahen es ebenfalls und spurteten los, aber der Weg um das Becken herum war weit. Die größte Ente war völlig wild geworden, mit blutunterlaufenen Augen. Sobald sie Freyas orangefarbenen Badeanzug entdeckte, schien sie wie besessen.

Freya sah sie nicht. Und es hätte auch keinen Unterschied gemacht. Aber Hans hing am Beckenrand und sah alles mit an.

Hätte es einen Unterschied gemacht, wenn er sich ins Wasser gestürzt und so schnell er konnte zu ihr und dem, was sich anbahnte, hingeschwommen wäre?

Jetzt entdeckte Freya die Ente, sicher weil sie angefangen hatte, ein gutturales Knurren auszustoßen. Zielsicher und energisch steuerte sie auf Freya und ihren orangefarbenen Badeanzug zu, den sie wohl als Provokation empfand.

Hans hing weiterhin am Beckenrand. Noch hätte er sie vielleicht erreichen können, wenn er genau jetzt losgeschwommen wäre.

Die Ente näherte sich. Freya heulte auf, sie schwamm um ihr Leben.

Dann war die Ente über ihr, in einer Mischung aus brodelndem Chlorwasser, Luftblasen und Federn, Knurren und gellenden Schmerzensschreien.

Es dauerte nicht lange, bis die Bademeister zur Stelle waren und sich kopfüber ins Wasser stürzten, einer von ihnen war geistesgegenwärtig genug gewesen, das Betäubungsgewehr mitzunehmen, das stets in einem Schrank neben dem Käfig der Badeenten hing.

Der Spuk war fast so schnell vorbei, wie er begonnen hatte. Obwohl es im Chaos nicht zu hören gewesen war, musste jemand einen Betäubungsschuss abgegeben haben, denn die Ente kippte bewusstlos auf die Seite.

Sofort wurde es still. Ein Bademeister packte Freya, die aus einer Wunde im Nacken blutete, und schaffte sie aus dem Becken, wo sie von Personal mit Erste-Hilfe-Koffer in Empfang genommen wurde.

In der großen Halle war es ganz still geworden. Nur aus dem Musikolog strömte weiterhin harmonische Musik.

Hans blieb noch ein paar Sekunden wie benommen am Beckenrand hängen.

Dann ließ er los und schwamm die paar Züge zu der Stelle, an der es passiert war. Noch waren Blutschleier im Chlorwasser zu sehen, aber sie lösten sich rasch auf. Die Badeente wurde an Land gehievt; die muss verrückt geworden sein, sagte jemand, einschläfern, sagte ein anderer, die hätten wir längst abknallen sollen, die war noch nie ganz dicht im Kopf, sagten ein Dritter und ein Vierter; gänzlich unsentimental wurde sie über den Fliesenboden gezogen.

Hans kletterte auf den Beckenrand und ging auf seine Schwester zu, die jetzt auf einer Trage lag. Ein paar Meter entfernt blieb er stehen, konnte keinen Schritt mehr machen.

Sie muss zum Arzt, sagte eine Stimme, Ansteckungsgefahr, sagte eine andere.

Mikroben, sagte eine dritte.

Das Blaulicht bildete tanzende Ringe auf den großen Glastüren, und Hans stand in Badesachen im Eingangsbereich und fror, er schaute hinaus in den graublauen Morgen, bis die Lichter verschwunden waren.

Er ging wieder hinein und zog sich um. Dann trabte er nach Hause.

»Jetzt geht es ins Theater«, sagte die ältere Maus. »Freust du dich nicht?«

»Doch«, Hans schluckte. »Ich freue mich. Aber –«

40

der Pudel war in ziemlich schlechter Verfassung.

Ich brauche Hilfe, sagte die Katze zu sich. Sie dachte nach. Katzen sind von Natur aus selbstständige Wesen, die nur nach gründlicher, interner Fallabwägung die Verantwortung für andere übernehmen. Das gilt insbesondere dann, wenn es um Nicht-Artgenossen geht. Der Pudel schluchzte unbeherrscht unter der Kommode in der Diele und war offensichtlich am Rande des Zusammenbruchs. Im Zimmer nebenan herrschte der Tod. Mittlerweile war es tiefste Nacht geworden.

Die Katze spürte, dass sie die Situation nicht mehr viele Minuten lang ertragen würde. Da sie eine kluge Katze war, wusste sie um ihre Grenzen.

Wir müssen hier raus, dachte sie.

Sie kroch unter die Kommode. Dort roch es unangenehm nach Pudelkuschelecke, nassem Fell und altem Urin, samt ranzigen, verschmähten Leckerbissen. Und nach fast einen Tag altem Fisch. Der Pudel hatte sogar das Einkaufsnetz von Fischhändler Markus mit unter die Kommode genommen.

»Hör zu, Kamerad«, sagte die Katze beherrscht. »Wir müssen hier weg.«

Der Pudel schielte verständnislos mit einem Auge herüber.

»Auf und weg«, sagte die Katze mit bemüht normaler Stimme. »Fort von hier. Jetzt komm schon.«

»Hier ist es doch schön«, flüsterte der Pudel.

»Supergemütlich«, sagte die Katze.

»Das hier ist eine sehr schöne, wunderbar sichere Kommode. Schon immer gewesen. Hier unten bin ich oft.«

»Was du nicht sagst«, antwortete die Katze, »das merke ich.«

»Das meiste geht ganz von selbst vorbei, wenn man nur ein Weilchen unter der Kommode liegt«, sagte der Pudel.

»Das hier nicht«, sagte die Katze streng.

»Ich will schlafen«, sagte der Pudel.

»Hör zu, Kamerad«, sagte die Katze noch einmal. »Du leidest an Selbsttäuschung. Und bist im Schock. Du musst mitkommen. Ich weiß, wohin wir gehen müssen, um Hilfe zu erhalten.«

»Ich kann nicht mehr«, sagte der Pudel erschöpft. Mit ihren lichtempfindlichen Augen musterte die Katze ihn im Dunkel der Kommode. Er zeigte alle Anzeichen eines schweren psychischen Traumas. Die Zunge hing ihm lang aus dem Maul, Atem und Puls gingen schnell, und er wirkte reichlich desorientiert.

Dennoch, mithilfe von Überredungskünsten, die sie bisher nicht an sich gekannt hatte, sowie dem erneuten strategischen und bedachten Einsatz einer scharfen Kralle lockte sie den Pudel langsam aus seinem Versteck bis in die Diele und dort auf die Beine. Mithilfe derselben Methode schaffte sie es allmählich, Schritt für Schritt den Schoßhund im Schockzustand zur Haustür zu bugsieren. Der Pudel bestand allerdings darauf, das Einkaufsnetz mit den übel riechenden Fischwaren mitzunehmen. Die Katze hätte ihm das Netz am liebsten aus der Schnauze gerissen, kam dann aber zu dem Schluss, dass er es genauso gut dabeihaben könnte. Nicht nur, weil der Pudel dadurch eine Aufgabe hatte und etwas, was ihn beschäftigte, sondern auch im Hinblick auf den Ort, den die Katze ansteuern wollte, um Hilfe zu erhalten.

Wieder auf der Straße und in der frischen Nachtluft war es erstaunlich einfach, den Pudel zu einem akzeptablen Tempo zu bewegen, und die Katze war erleichtert. In einem der realistischeren Krimis hatte sie gelesen, dass es wichtig war, jemanden im Schockzustand nicht auskühlen zu lassen; um ehrlich zu sein, fühlte sie sich auch selbst ziemlich im Schock.

In raschem Tempo ging es zurück ins Zentrum, vorbei an der Polizeiwache, ohne dass der Pudel überhaupt zu merken schien, dass sie nicht hineingingen, weiter über den Rathausplatz und dann in die Straße, in der Fischhändler Markus sein Geschäft und seine Wohnung hatte.

Der Pudel wartete apathisch unten auf der Straße, während die Katze das Gesims im ersten Stock erklomm. Ein Fenster stand einen Spaltbreit offen, und drinnen leuchtete ein schwaches Licht. Sie schob den Haken zur Seite und stieß das

Fenster auf. Im nächsten Moment stand sie am Fußende von Fischhändler Markus' Bett.

Mit Schlafmütze und Nachthemd lag der Fischhändler im Bett und las in einem Buch über Salzwasseraquarien. Zerstreut schaute er von der Lektüre auf und blickte auf die Uhr.

»Ich gehe davon aus, dass es sich um eine Notsituation handelt«, sagte er keineswegs überrascht.

»Im höchsten Maße«, sagte die Katze. »Du musst sofort nach unten kommen und einen deiner Kunden hereinlassen, der Hilfe braucht.«

»Gut, gut«, sagte der Fischhändler und stand auf, schlüpfte in einen maskulinen Leinenschlafrock und Kaninchenpantoffeln. »Um wen geht es?«

»Frau Mutterbergs albernen kleinen Pudel«, sagte die Katze ernst. Markus riss die Augen auf. »Frau Mutterberg ist tot«, fügte die Katze hinzu. Markus riss die Augen noch weiter auf. »Sie wurde ermordet«, sagte die Katze theatralisch.

Markus sagte nichts, hatte es aber plötzlich eilig. Von der Wohnung führte eine schmale Wendeltreppe hinunter ins Erdgeschoss. In zwei Sätzen war der Fischhändler unten, machte Licht und öffnete die Tür zur Straße. Als er den Pudel auf dem Bürgersteig erblickte, erschrak er sehr.

»Schlimm, schlimm«, sagte er und schüttelte besorgt den Kopf. »Das ist wirklich schlimm. Du Armer. Komm rein, dann schauen wir, was wir tun können.«

»Wir sollten wohl zur Polizei gehen«, schlug die Katze vor, die ihm auf den Fersen gefolgt war. »Ich war schon auf dem Weg dorthin, dachte dann aber, dass der arme Kerl zuerst an einem sicheren Ort geparkt werden müsste.«

»Hm. Das wäre denkbar. Schauen wir mal. Aber du hast recht. Zuerst ein bisschen Pudelpflege.«

Markus nahm den ängstlichen kleinen Pudel auf den Arm,

um ihn nach oben in seine Privaträume zu bringen, als er das Einkaufsnetz mit den übel riechenden Waren entdeckte, das der Pudel gleich hinter der Tür fallen gelassen hatte.

»Das sieht schlimm aus«, wiederholte er und hob mit dem Pudel auf dem Arm das Netz auf.

»Ja, ich weiß«, sagte die Katze. »Uff, ja. Tut mir leid. Aber ich konnte ihn nicht dazu bewegen, das Netz loszulassen. Er wollte den stinkenden Müll um jeden Preis mitnehmen, obwohl ich mehrere Anläufe gestartet habe, ihn davon abzuhalten. Er hat es einfach mitgenommen.«

»Umso besser«, sagte Markus. »Umso besser.«

Er trug sowohl den Pudel als auch das Einkaufsnetz hinauf in seine Wohnung. Dort bekam der Pudel Trost, Tee und Fischklöße, wie immer auf feinster Fayence aus Hanau serviert, die er mit erstaunlich gutem Appetit verspeiste. In der Zwischenzeit holte der Fischhändler eine Decke und richtete in einer warmen Ecke der Küche ein improvisiertes Bett für ihn her.

Die Katze sah ihn verwundert an. Etwas war anders. Zwar war er noch der ruhige, freundliche Fischhändler Markus, aber gleichzeitig war etwas an ihm neu, etwas war dazugekommen, eine Art Schleier, der sich über seine joviale Persönlichkeit gelegt hatte und ihn fremd und abwesend erscheinen ließ.

Markus griff in das Netz mit den Fischwaren, die mittlerweile reichlich gelitten hatten. Er trug sie zur Küchenzeile. Sie waren längst in Auflösung begriffen.

»Oh, oh«, sagte er. »Hat man so was schon gesehen.«

»Ja, die sind alle leider in ziemlich bedauernswertem Zustand«, stimmte ihm die Katze zu, während sie verwirrt mit ansah, wie Markus die Päckchen nicht im Mülleimer versenkte, wo sie allem Anschein nach hingehörten, sondern von einem

Päckchen, dem größten, dem mit dem Tintenfisch, das Papier aufriss.

»Und natürlich ist auch das Einkaufsnetz kontaminiert, leider, was angesichts der Gesamtsituation aber wohl weniger wichtig ist«, sagte die Katze altklug. Doch der Fischhändler kippte die Tintenfische auf die Arbeitsplatte. Dann nahm er ein großes Filetiermesser und trennte mit einem raschen Schnitt das Gehäuse des größten Weichtiers auf. Er sucht etwas, dachte die Katze plötzlich.

Und im nächsten Augenblick fand er, wonach er gesucht hatte. In dem offenen Gehäuse des Tintenfischs lag ein Gegenstand. Ein glänzender, metallischer Gegenstand, der sich für gewöhnlich nicht in erstklassigen Capri-Tintenfischen mit grüner Markertinte für 49 000 Pesos das Kilo der Marke Delikat befand, dessen war sich die Katze absolut sicher.

In dem Gehäuse lag ein zeigefingerlanger, glänzender und glatter Zylinder.

Markus packte ihn mit zwei Fingern und hielt ihn hoch. Düster schüttelte er den Kopf.

»Nein«, sagte er nur, wie um etwas zu bestätigen.

Er wischte sich die Hände ab und ging zu dem Pudel, der gegessen hatte und dabei war, ins Bett zu wackeln.

»Hör zu, Kamerad«, sagte Markus vorsichtig und sanft, während er dem zitternden, verwirrten und verzweifelten Tier den Rücken tätschelte. »Kannst du mir eins sagen …«

Der Pudel blickte erschöpft zu seinem nächtlichen Wohltäter hoch.

»Ich glaube, ich kann nicht mehr«, sagte er höflich.

»Das verstehe ich. Nur eine Frage. Dann darfst du schlafen.«

Der Pudel versuchte, ihn aufmerksam anzuschauen.

»Hat jemand anderes das Päckchen mit den Tintenfischen geöffnet?«

»Nein«, sagte der Pudel.

»Auch nicht dein – äh – seliges Frauchen?«

»Nein«, sagte der Pudel. »Das konnte sie nicht. Sie war schon tot, als ich heimkam und sie fand.« Bei diesem Gedanken begann er zu winseln.

»Alles gut«, sagte der Fischhändler. »Jetzt darfst du schlafen. Und vielen Dank, dass du das Netz mit den Waren nicht losgelassen hast.«

»Ich befolge nur die Anweisung«, sagte der Pudel tapfer. »Ich weiß, wie wichtig es ist, dass die Kurierpost nicht in falsche Hände gerät. Darum habe ich den letzten Rest meines Verstands darauf verwendet, die Sendung zu beschützen. Wenn nötig, hätte ich sie an einem sicheren Ort vergraben.«

»Das hast du gut gemacht. Und Geistesgegenwart bewiesen.«

»Vielen Dank. Darf ich jetzt schlafen?«

»Du darfst«, sagte der Fischhändler und tätschelte dem Pudel noch einmal den Kopf. »Ich stelle dir ein Tablett mit mehr Fischklößen und einer großen Schale Wasser hin, falls du in der Nacht Hunger oder Durst bekommst. Und ich drehe auch die Temperatur höher.«

»Ich habe solche Angst, Herr Markus.«

»Das verstehe ich. Aber hier bist du sicher. Und du warst heute Abend richtig mutig.«

Der Pudel schaute den Fischhändler Markus an, als wäre er sich da nicht so sicher.

»Ich verspreche es«, sagte Markus. »Hier bist du sicher. Alle Türen und Fenster sind zu. Keiner weiß, dass du hier bist.«

Der Pudel sah aus, als würde er sich etwas entspannen.

»Ängstige dich nicht, falls ich nicht hier bin, wenn du aufwachst. Ich bin dann unterwegs, um etwas zu regeln.«

»Zu regeln, genau«, murmelte der Pudel.

»Du bleibst einfach hier, bis ich zurück bin. Solange du hierbleibst, bist du sicher.«

»Ich bleibe hier«, sagte der Pudel gehorsam.

»Guter Hund«, sagte der Fischhändler. Der Pudel schlief ein.

Dann wandte sich der Fischhändler an die Katze und sah sie mit seltsam fremdem Blick an.

»Und was mache ich jetzt mit *dir?*«, sagte er.

Er zog eine Küchenschublade auf und nahm einen Revolver heraus.

Die Katze überlief es eiskalt.

Aber

41

außerhalb des Geheimratssaals im Schloss war die Stimmung auf einem historischen Tiefpunkt. Die Minister standen in Grüppchen im Grauen Salon und aßen kleine Snacks aus Dessertgläsern, stärkende Rationen, die ein rasch zurückbeorderter Koch für das hart geprüfte Ministerium auf den Tisch gezaubert hatte, während es in einer Sitzung saß: Zuckerei mit frittierten Hahnenkämmen und honiggesüßter Maulwurf in Aspik mit Savoyardi-Keksen. Ihnen fielen vor Müdigkeit und Stress die Augen zu. Der Justizminister, ein tiefreligiöser Mann, war vor der kleinen Renaissancemadonna an der Querwand auf die Knie gesunken und eingeschlafen.

»Ich bin kurz davor, es ihm nachzutun«, flüsterte der Ministerpräsident, der Chefgynäast höchstselbst, Clotildes persönlichem Chefberater zu; sie standen etwas abseits bei der Verandatür und schauten in die Aprilnacht, wo die blaue Dunkelheit unruhig hin- und herwogte.

Vom vorderen Schlosshof waren aus der Menge der wartenden Schmierfinken erregte Stimmen zu hören. Auf derart große Entfernung, wenn man keine einzelnen Wörter ausmachen konnte, klangen ihre Stimmen wie die gutturalen Laute von Riesengeckos auf der Jagd.

»Ich verstehe, was du meinst«, seufzte der Chefberater. »Du Ärmster.«

»Ich meine, es ist ja nicht so, dass ich normalerweise etwas dagegen habe, vor die Presse zu treten«, sagte der Ministerpräsident. »Ich weiß nur nicht, wo ich heute Nacht anfangen soll.«

»Tja«, sagte der Chefberater, »fang einfach irgendwo an und sag dann so wenig wie möglich und nur das, worauf wir uns in der Ratssitzung geeinigt haben.«

Der Ministerpräsident seufzte.

»Von allem, was sie sich bisher hat einfallen lassen …«, begann er, blieb jedoch die Fortsetzung schuldig. Vom Tablett eines vorbeikommenden Lakaien schnappte er sich ein Schnapsglas mit einem stärkenden, infrabraunen Doppelrum und kippte ihn auf ex hinunter.

Der Chefberater seufzte.

»Die Finanzpolitik ist das eine«, hustete der Chefgynäast, als er nach der Stärkung die Sprache wiederfand. »Die endlose Verschwendung konnten wir wenigstens mit ständigen Abwertungen des Pesos kompensieren. Der Finanzminister – ja, du erinnerst dich, was mit ihm passiert ist.«

Der Chefberater nickte düster.

»Hat ihn eigentlich jemand in letzter Zeit besucht?«

»Ich glaube nicht.«

»Dann der Staatssekretär im Außenministerium. Und die Sache mit seinen Schuhen. Und dann die Einführung von vier neuen Grundmassagearten ohne vorhergehende Sachbearbeitung. Das Schlimmste war wohl aber, dass sie das Peelingverbot aufheben wollte. Mein Gott. Peeling. Da habe ich ihr jedoch Einhalt geboten.«

»Clo- – ich meine, Ihre Hoheit liebt es ganz besonders –«

»Peeling ist wider die Natur.«

»Ja, schon …«

»Ganz zu schweigen von den Kürzungen bei den Antimäusemaßnahmen. Die Mäusejagd liegt ja in Wahrheit am Boden, darüber sind sich eigentlich alle im Klaren.«

»Sie ist ja –«

»Es spielt keine Rolle, ob man das Outsourcing nennt oder eine andere Floskel verwendet«, seufzte der Chefgynäast. »Allem liegt die Verschwendung zugrunde! Das ist das Schlimmste. Ich kann dir sagen: Die ganze Wirtschaft ist eine Blase. Eine große rosa Bla–«

»Diese Regentschaft hat trotz allem ein paar gute Sachen bewirkt«, wandte der Chefberater ein, dem es um eine ausgewogene Darstellung ging.

»Und jetzt das hier«, seufzte der Ministerpräsident. »Ein junger begabter Minister. Aus dem Leben gerissen. Weil ihr langweilig war. Was soll ich den Geiern dort unten sagen?«

»Wie gesagt …«

»Ich verstehe nicht, wie du mit ihr auskommst. Wie schaffst du das?«

»Ich …«

Ein Lakai schlug an einen Gong. Der Justizminister sprang aus seiner knienden Haltung auf.

»Verehrte Herren Minister«, sagte der Lakai mit lauter Stimme. »Die Pressevertreter warten unten im Empfangssaal.«

»Nur einen Drink noch«, sagte der Ministerpräsident. »Dann stellen wir uns den Geiern.« Er kippte noch einen doppelten Rum hinunter. Danach verließ die Regierung den

Salon, den Herren fielen auch weiterhin ständig die Augen zu.

Der Chefberater blieb allein zurück.

Angefangen hatte es an dem Tag, als der Abszess im Nacken des Altgrafen zum letzten Mal entleert worden war. Mit den Jahren hatte sich diese chirurgische Prozedur von einem notwendigen Eingriff, der nur kurz in den Bulletins der Leibärzte vermerkt war, zu großen Medienereignissen entwickelt. An diesen Tagen war der Schlossplatz schon frühmorgens schwarz vor Menschen, und die Schmierfinke verfolgten die Ereignisse im Minutentakt.

Just für diesen Tag hatte das Schloss den künftigen Chefberater einbestellt. Der Platz draußen war vor lauter Menschen so schwarz, dass es schwierig war, zum Tor vorzudringen, und noch schwieriger, eingelassen zu werden. Die Wachen waren besonders wachsam und nervös, schwangen ihre Ketten und trippelten auf und ab. Anfangs hatten sie nicht einmal die Papiere und die Einladung sehen wollen, sondern hatten beabsichtigt, ihn sicherheitshalber zu verhaften. Aber schließlich war der Wachkommandant dazugerufen worden, um die Sache zu entscheiden. Hinter der schroffen und jähzornigen Fassade im Grunde ein freundlicher und vernünftiger Mann.

Und das Tor ging auf.

Der Altgraf empfing im weißen Salon, in dem er für die Operation vorbereitet wurde. Grauhaarig und würdevoll, aber wesentlich hagerer als bei ihrer letzten Begegnung saß er in einem tiefen Lehnstuhl mit porzellanweißem Seidenüberzug, er trug einen langen schwarzen Schlafrock, während sich ein Friseur über die Rückenlehne beugte und mühsam die Haare in seinem Nacken kürzte.

»Da bist du ja«, sagte er nur.

»Königliche Ho–«

»Ach, verschone mich. Dafür haben wir jetzt keine Zeit. Dr. Kumač, dieser verdammte Schlachter, wartet mit den anderen Blutegeln in der alten Leibrüstkammer. Was für ein beschissener Ort für eine Operation. Unglaublich. Leibrüstkammer. Umgeben von Schwertern und Hellebarden, Bajonetten und einer Tonne altem Trödel. Bevor es zu so einer großen Sache wurde, haben wir es ganz einfach im Bad gemacht.«

»Ich hoffe, Eure Hoheit wird …«

»Unsinn!«

»Feid fo liebenfwürdig, ruhig zu fitzen, Hoheit«, sagte der Friseur freundlich, aber gereizt.

»Tut mir leid, Fiegfried. So, wo war ich? Im Bad. In der Leibrüstkammer. Nicht genug damit, dass der halbe Hof dabei ist und glotzt, wenn der verdammte Abszess geöffnet wird, um zu sehen, was dieses Jahr rauskommt.«

»Es ist ja immer eine gewisse Spannung damit ver…«

»Jetzt sind sogar noch Fotografen dabei, verdammt!«

»Bleibt bitte still fitzen. Ich will den Nacken rafieren.«

»*Pardon,* Fiegfried, *mon ami.* Gut. Hast du verstanden, weshalb ich dich einbestellt habe?«

»Nein.«

»Wir hatten ja schon immer ein gutes Verhältnis, du und ich. Und zu deinem Vater und vor ihm zu deinem Großvater und so weiter hatte ich ein ebenso gutes Verhältnis. Von guter Abstammung und Familie. Tüchtig und freundlich. Gutes Gemüt. Intelligent. Sozial. Alle auf Monbijou aufgewachsen, in unmittelbarer Nähe zu uns und der Familie. Vertraute Beziehung, kann man sagen, über lange Zeit.«

»Der Markgraf schmeichelt mir.«

»Papperlapapp. Ich schmeichle nie. Gute Ausbildung auch.

Ich habe mir deine Papiere angeschaut. Demnach arbeitest du in einer Anstalt für missratene Kinder?«

»Äh …«

»Das nennt ihr heute ja anders, denke ich.«

»Ja, um ehrlich zu sein, heißt es jetzt Institut zum sicheren Schutz junger Menschen mit Verhaltensauffälligkei–«

»Sag ich doch. Eine Anstalt für missratene Kinder. Und dort machst du einen guten Job, habe ich gehört? Au!«

»Forry, forry«, sagte der Friseur und trug schnell etwas Äthanol auf.

»Versuchst du etwa, den Ärzten zuvorzukommen, Figgi.«

»Nur ein winziger, kleiner Kratzer. Bleibt bitte still fitzen.« Fiegfried sah gestresst aus.

»Ganz ruhig, Figgi! Nimm dir die Zeit, die du brauchst, damit du mir nicht den Kopf abschneidest. Du weißt doch, ohne mich fangen die Geier dadrinnen mit dem Blutbad nicht an. Also entspann dich.«

Der Friseur machte sich beruhigt wieder an die Arbeit.

»Wo waren wir«, sagte der Markgraf und wandte sich erneut seinem Gast zu. »Ja. Ich sehe, dass du gute Resultate erzielst. Gut beleumundet bist. Ein besonderes Talent für Kinder. Steht dort. Verständnisvoll, aber bestimmt. Denkt langfristig. Sonniges Gemüt und Ernst gehen Hand in Hand. Der perfekte Mentor.«

»Nun ja … Man tut, was man kann.«

»Außerdem aktiv in der Therapeuteninnung und der Kommunalpolitik auf dem Land. Und auch im Gemeinderat machst du dich gut, sehe ich.«

»Ein bisschen Interesse für seine Umgebung hat man ja. Jemand muss in einer ländlichen Kommune mit vielen alten persönlichen Kontroversen zwischen Nachbarn, die sich hassen, für Vernunft sorgen. Politik ist schließlich mehr, als Wahlen zu gewinnen.«

»Sehr richtig. Und du ahnst immer noch nicht, warum ich dich einbestellt habe?«

»Nein.«

»Du wirst dich jetzt an anderen und größeren Dingen versuchen als an Diskussionen über Zaunpfähle und Rodungsflächen. Oder an Rentenansprüchen von Therapeuten.«

»So?«

Zu diesem Zeitpunkt des Gesprächs keimte erstmals ein Verdacht auf.

»Ich habe mir nämlich ein Problemkind angeschafft. Auf meine alten Tage. Ein kleines Monster.«

»Der Markgraf meint doch wohl nicht …«

»Clotilde. Doch. Die meine ich. Meine Erbin.«

»Aber … aber sie wirkt so reizend und angenehm.«

»Natürlich, natürlich. Sie ist äußerst reizend. Im Volk beliebt. Aber ein Monster. Oder, um es mit Fiegfried zu sagen – wie sagst du noch gleich, Siggi?«

»Ein ungefliffener Diamant«, sagte Fiegfried vergnügt.

»Genau. So ist es. Sie braucht eine Erziehung. Einen Mentor. Selbst das beste Internat kann den Ausfall der Eltern als Erzieher nicht ersetzen. Das arme Kind. Eine solche Schule kann nur das Gröbste verhindern. Clotilde ist nämlich ein wildes kleines Ungeheuer. Das sich schnell langweilt. Offen gestanden, bin ich besorgt. Wie es gehen soll. Wenn ich nicht mehr bin. Und sie allein ist. Und das kann verdammt schnell passieren. – Siggi, du hast doch den Überblick dahinten, wie sieht die Beule dieses Jahr aus?«

»Ganz fuper«, sagte der Friseur leichthin.

»Hörst du? Er lügt einfach. Und wie soll das mit Clotilde gehen, wenn ich nicht mehr da bin? Ja, ich muss zugeben, dass mir das Kind ans Herz gewachsen ist. Sehr.«

»Daf geht unf allen fo«, tönte es von Fiegfried.

»Unsinn. Er lügt einfach. Die meisten hier können sie nicht ausstehen. So unmöglich, wie sie sich benimmt. Überhaupt nicht vertraut mit dem Hof und der Grafschaft. Kann überhaupt nichts. Tee einschenken und Konversation betreiben, das klappt gut. Immerhin. Aber – aber was man in dieser Position braucht, ist so viel mehr. So unendlich viel mehr. Und, wie gesagt, sie langweilt sich so über die Maßen schnell. Das bereitet mir Sorgen.«

»Aber – aber Eure Königliche Hoheit kann doch nicht der Ansicht sein, dass *ich* …«

»O doch. Das kann ich. Genau du. Wenn ich nicht mehr bin, braucht sie einen Erzieher. Einen, dem sie voll und ganz vertrauen kann. Und auf den sie hört. An den sie sich bindet.«

»Der Markgraf denkt also, dass ich eine Art ehrenamtlicher Besuchsdienst sein könnte? Oder Tutor? Am Wochenende? Ein paar Mal in der Woche, vielleicht?«

»Nein, nein. Es braucht wohl mehr als das. Knie dich bitte hin. Danke. Hiermit ernenne ich dich zum Minister mit erweiterten Befugnissen und zugleich zu Markgräfin Clotildes persönlichem Chefberater. So. Das hätten wir. Zufrieden?«

»Aber … aber ich habe doch gar keine Erfahrung in Sachen Staatsführung oder …«

»Die kriegst du mit der Zeit. Wir schicken dich zu Fortbildungskursen. Ich werde dich persönlich mit den meisten Dingen vertraut machen. Insbesondere den Finanzen …«

Formelles Klopfen an der Tür. Der Markgraf hob den Blick, verärgert darüber, unterbrochen worden zu sein.

»Eintreten!«, rief er.

Oberhofmeisterin Frau Gallenbach knickste in der offenen Tür.

»Königliche Hoheit. Es ist halb zwölf. Die Ärzte warten.«

»Ich bin noch nicht fertig!«, sagte der Markgraf barsch.

Sie blieb in der Tür stehen.

»War sonst noch was?«

»Nein, Königliche Hoheit.«

»Ich komme, so schnell ich kann. Richten Sie das aus.«

»Danke. Das werde ich ausrichten.«

»Einen Moment. Ist Clotilde da?«

»Ja, sie wartet zusammen mit den anderen.«

»Prima. Wir kommen gleich, Frau Gallenbach.«

Frau Gallenbach absentierte sich.

»Schreckliches Weibstück«, sagte der Markgraf. »Und intelligent. Nimm dich vor ihr in Acht. Sie hält die kleine Clotilde für ungeeignet für die Position, die ihr rechtlich zukommt. Aber das entscheidet nicht sie. Außerdem ist sie eifersüchtig, weil ich – äh – das Interesse an ihr verloren habe. In letzter Zeit. Bist du fertig, Siggi?«

»Ich muff Euch nur noch schnell kämmen.«

»Das Blut entscheidet. Das blaue Blut. Stimmt doch, Siggi, wo du mir ständig in die Haut schneidest, ich habe doch blaues Blut?«

»Blau wie die Veilchen im Monat Mai.«

»Da hörst du's. Er lügt einfach. Es ist rot wie Granat. Aber: Es ist ultraheilig. Und Clotildes auch. Rot wie Granat. So. Wollen wir los? Ich denke, du solltest mitkommen und dem ganzen Spektakel als Zeuge beiwohnen. Dann wirst du sehen, dass es rot ist.«

»Aber – aber ich kann doch nicht –«

»Denkst du an den Lohn? Du bekommst das Vierfache. Eigenes Quartier hier und in Monbijou. Ein Häuschen als Rentenprämie. Einen Assistenten, wenn du willst. Arbeitszimmer im Blauen Korridor, zusammen mit den übrigen Ministern. Blick auf die Stadt.«

»Aber meine Patienten. Ich kann doch nicht einfach –«

»Die bist du los. Und den Gemeinderat auch.«

»Sie werden mich vermissen.«

»Papperlapapp. Kein Mensch ist je von einem Gemeinderat vermisst worden.«

»Ich hatte eigentlich nicht primär an den Gemeinderat gedacht …«

»So, wir müssen los, bevor Frau Gallenbach erneut klopft. Komm mit. Halte dich einfach im Hintergrund, wenn wir zur Rüstkammer kommen. Du sollst: schauen, lauschen, lernen. Clotilde lernst du anschließend kennen.«

Der Markgraf erhob sich. Zusammen verließen sie den Salon und Fiegfried, der die Haare zusammenfegte. Sie schritten durch die prächtige Galerie im Grünen Korridor. In regelmäßigen Abständen blieb der Markgraf stehen und kommentierte die Porträts, entweder den Maler oder den porträtierten Kollegen. Ein beschissener Wandelbart II. konnte von einem genialen Tintoretto porträtiert worden sein, wohingegen ein genialer Barthold I. von einem beschissenen, kitschigen Nelli porträtiert werden konnte.

»Das müssen sehr wertvolle Gemälde sein?«

»Ausgesprochen. Mein Patensohn, der König in Potsdam, dieser abscheuliche Emporkömmling, würde sie sich wohl gern unter den Nagel reißen. Wenn er nur könnte. Aber solange die Finanzen stimmen und die Privatbank der Familie vorschriftsmäßig funktioniert, traut er sich nicht, etwas zu unternehmen. Hörst du?«

»Ich höre. Von Wirtschaft verstehe ich nichts. Lediglich ein bisschen von kommunaler.«

»Nur die einfachsten Geschöpfe dieser Welt haben Bock, etwas von Wirtschaft zu verstehen. So wie mein Patensohn in Potsdam, der Dreckskerl. Er kann nur eins, nämlich zählen. Aber *pas de problème*. Wir schicken dich zu einem Kurs. Wenn ich nicht mehr da bin, kann Clotilde machen, was sie will. Nur die Staatskasse darf sie nicht anrühren. Oder die Privatbank. Verstanden?«

»Verstehe.«

Am Ende der Galerie blieben sie stehen. Hier hingen ein paar moderne, ziemlich miserable Porträts von den Eltern und Geschwistern des Markgrafen. Der Alte seufzte.

»Mausetot, alle miteinander.«

Mit gekrümmtem Zeigefinger wischte er Staub von einem der Rahmen.

»Einer nach dem anderen. Ja, ja, manche von ihnen mussten halt sterben. Daran führte kein Weg vorbei. Mein ältester Bruder konnte ja nicht regieren, das war allen Geschwistern klar. Das geht also in Ordnung. Das war *Staatsräson*. Armer, dummer Brutus. Ach ja. Wohingegen die anderen ... Ich schwöre, ich war es nicht. Außer Onkel Theo natürlich. Und Tante Bartelheid. Und Vetterchen Bründelbart, aber das ist ewig her. Wir waren noch Kinder. Aber mit den anderen habe ich nichts zu tun. Das Ganze war sehr auffällig und beunruhigend gewesen. Wie alle Erben einfach ins Jenseits befördert wurden. Ein seltsamer Unfall nach dem anderen. Wenn du mich fragst, viele hat man nicht mal zu vertuschen versucht. Herabfallende Dachziegel. Blutorangenvergiftung. Oder versagende Badeenten, wie im Fall von Clotildes Eltern, meines armen Neffen Clodbart und seiner etwas oberflächlichen Gattin Emily. Ich musste Clotilde irgendwo verstecken, wo niemand sie findet. Du musst auf sie achtgeben.«

»Verstehe. Das ist ziemlich viel auf einmal.«

»Wir schicken dich zu einem Kurs. So. Hier sind wir. Halte dich im Hintergrund.«

Die Türen wurden von zwei Lakaien geöffnet, und sie betraten die Leibrüstkammer. Hof und Hofstaat standen mit Vertretern der Staatsmacht und der Presse zusammen. Allenthalben Knickse und Verbeugungen. In vorderster Reihe stand Clotilde in einem einfachen rosa Sportkleid – an einem Tag wie diesem vielleicht etwas gewagt. Sie strahlte glücklich, als ihr Großonkel hereinkam. Der Altgraf küsste sie formell auf beide Wangen. Dann spielte die Hauskapelle die Nationalhymne und *Wenn bei Capri die rote Sonne im Meer versinkt*. Anschließend lasen die Oberpriester *De profundis*, und der Patient schritt resolut zum Operationstisch, zog den Morgenmantel etwas herunter und legte sich mit dem Gesicht nach unten auf den Tisch.

Die Anästhesisten setzten ihre Spritzen und die Aromatherapeuten beträufelten ihn mit ihren Tropfen, kurz darauf schritten die Ärzte zur Tat. Es bedurfte nur eines kleinen Schnittes, viel Blut kam nicht heraus.

Etwas verunsichert ging Clotilde zum Operationstisch, wo sie Handschuhe übergestreift bekam. Zunächst sah es nicht so aus, als könnte sie die Aufgabe erfüllen, die ihr, der Erbin, zugedacht war, doch nach einem aufmunternden Grunzen ihres Onkels riss sie sich zusammen und drückte den Schaum aus der Beule. Sie schnitt eine Grimasse und schloss die Augen. Der weiße Schaum bestand aus winzigen Bläschen, und nachdem er auf den Silberteller gepresst worden war, trocknete er und verwandelte sich in ein feinmaschiges Netz. Als alles herausgepresst war, dauerte es kaum mehr als eine Minute, bevor die Masse getrocknet war und auseinandergefaltet werden konnte. Das war der Moment der größten Spannung, der Augenblick der Wahrheit, und die Fotografen stellten die Linsen scharf. Etwas verunsichert packte Clotilde das Netz an einer der kürzeren Seiten, während der Leibarzt die andere Seite hielt. In manchen Jahren hatte das Netz dichte klassische

Damastmuster aufgewiesen, in anderen Jahren gehäkelte Blumenmuster mit vielen Luftmaschen, und in weiteren Jahren hatte es irische Spitze oder Makrameeornamente mit offenen Sternen gezeigt.

Der Markgraf hob den Kopf hoch und drehte sich halb um, als das diesjährige Netz auseinandergeklappt wurde.

»Fuck«, sagte Clotilde. Ein erschrockenes Raunen ging durch die Versammlung. In diesem Jahr zeigte das Netz einen Totenkopf aus feinster niederländischer Klöppelspitze. Eine Deutung des Resultats durch den Leibarzt, der sich pflichtschuldigst daranmachen wollte, war kaum vonnöten. Mit einer Handbewegung brachte ihn der Markgraf zum Schweigen. Alle begriffen, was das zu bedeuten hatte. Eine große niedergeschlagene Stille legte sich über die Versammlung.

Während das Orchester ein einfaches Arrangement von *Den Tod niemand zwingen kunnt* (Bach-Werke-Verzeichnis 4, *versus* II) spielte, erhob sich der alte Markgraf in Würde und zog sich mit etwas Mühe wieder den Schlafrock über. Dann legte er Clotilde den Arm um die Schulter. Gestützt auf sie, seine Erbin und Nachfolgerin, verließ er die Leibrüstkammer langsamen Schrittes. Kein Auge blieb trocken. Der künftige Chefberater trottete hinterher; eine anderslautende Anweisung hatte er nicht erhalten.

Dröhnend fielen die Türen hinter ihnen zu, noch bevor die Musik beim ersten schmerzlichen *Halleluja* angelangt war. In solchen Momenten vermisste Jüterbog seinen Knabenchor, der jedoch abgeschafft worden war, damit niemand vor dem Stimmbruch seine Zeit mit flüchtigen, künstlerischen Resultaten vergeudete.

»So, Clotilde, meine tüchtige kleine Krankenschwester«, sagte der Markgraf fröhlich, sobald sie draußen waren. »Du warst heute richtig tapfer.«

»Findest du, Onkel?«

»Ja, richtig gut. Es war ja kein Spaß, oder?«

»Es war etwas eklig. Aber ich habe deine Worte befolgt. Aber Onkel … das Netzmuster …«

»Pfeif drauf. Das ist Kaffeesatzleserei. In einem Jahr deuten sie es als Eisenbahnunglück, im nächsten Jahr als Börsenhoch. Darauf solltest du nichts geben.«

»Aber lieber Onkel … Lieber, guter Onkel … Ein solcher Totenkopf … Der macht einem Angst.« Clotilde sah ganz verzweifelt aus, und ihr künftiger Chefberater spürte, dass sein Herz bei diesem Anblick wie Wachs dahinschmolz. Sie war so schmächtig und allein.

»Denk nicht weiter darüber nach. Hör mir gut zu. Da du so tapfer warst, habe ich eine Überraschung für dich. Etwas, das ich dir seit Langem versprochen habe. Das hier ist dein neuer persönlicher Chefberater. Bitte begrüße ihn artig.«

»Ooooh«, sagte Clotilde glücklich. »Wie gut er aussieht.«

»Ihr werdet bestimmt gute Freunde werden. Er wird immer auf dich achtgeben, und du auf ihn. Denk dran, du kannst ihm alles anvertrauen, er wird dich nie im Stich lassen. Hör auf ihn, folge seinem Rat, dann wird alles gut.«

»Ich mag ihn schon jetzt sehr gern«, sagte Clotilde.

Clotildes persönlicher Chefberater sah sie ergebenen Blickes an.

Aber

42

eigentlich«, sagte Fischhändler Markus und sicherte den Revolver, »eigentlich sollte ich dich und den Pudel jetzt erschießen. Meine Identität ist ernsthaft kompromittiert, und die Regeln sind in einem solchen Fall eindeutig. Ich verweise insbesondere auf die Bestimmungen unter § 8 Feldhandbuch für Kontraspionage, Absatz zwei.«

»Oh«, die Katze schluckte.

»Allerdings –«, Fischhändler Markus öffnete den großen Barschrank aus Betelnussholz in der Wohnzimmerecke, »– allerdings ist Jüterbog eigentlich keine feindliche Macht. Mein Auftraggeber und Jüterbog sind streng genommen Verbündete und haben in dieser Angelegenheit gemeinsame Interessen.«

»Und wer«, fragte die Katze und räusperte sich, ihr Mund war seltsam trocken geworden, »und wer ist dein Auftraggeber?«

Markus machte die Türen des Barschranks auf. Das Licht darin ging automatisch an, und eine ganze Batterie an Flaschen mit interessantem, buntem Inhalt leuchtete ihnen entgegen, während der Schrank einen verführerischen, mehrstimmigen Akkord von sich gab.

»Das sind genau die Dinge, nach denen du nicht fragen sollst«, sagte Markus ruhig, aber bestimmt. »Einen Drink?«

»Eine Piña colada mit einem Schuss Sahne«, sagte die Katze und versuchte, abgebrüht und weltgewandt zu klingen.

»Sagen wir so: Jüterbog und wir haben einen gemeinsamen Gegner. Und sagen wir weiter – dass es folglich nicht so entscheidend ist, wer wir sind, und dass es vorläufig auch nicht sinnvoll ist, dass du das weißt – aber wir passen auf Jüterbog auf, wo Jüterbog selbst nicht auf sich aufpassen kann. Wir tun es jedoch, ohne dass Jüterbog davon weiß. So ist es am einfachsten.«

Fischhändler Markus – oder wer oder was er nun war – setzte die Apparate im Schrank in Gang, die daraufhin voller Energie und fortschrittlichem Mixmissbrauch erzitterten.

»Gemäß § 14 Feldhandbuch werden dem Operateur weitreichende Befugnisse zugebilligt, selbst zu entscheiden, was dem Auftrag dienlich ist«, sagte er, während der Barschrank zufrieden brummte und dabei mithilfe rotierender Silberquirls Kokosmilch aufschäumte. »Die Sahne geschüttelt oder gerührt?«

»Geschüttelt«, sagte die Katze. »Wir werden also nicht umgebracht?«

»Sei versichert, dass ich es so schonend wie möglich machen würde. Du würdest kaum etwas spüren.«

»Wie schön«, sagte die Katze. Markus goss Sahne in den Autoshaker.

»Wir sind ja keine Unmenschen, verstehst du.«

»Ja«, sagte die Katze. »Das klingt beruhigend.«

»Wir zwei kennen uns ja schon seit meiner Ankunft in dieser Stadt. Und im Laufe der Zeit habe ich viele wichtige Informationen von dir erhalten.«

»So?«, sagte die Katze, aufrichtig interessiert.

Markus schüttelte die Sahne und krönte den Drink der Katze damit. Er selbst schenkte sich einen einfachen Whisky, Llareggub of Islay, Single Malt, mit zerstoßenen Kirschen ein.

»Du hast ja das ein oder andere beobachtet«, sagte Markus. »Und bist mit den Informationen hierhergekommen. Das interpretiere ich dahingehend, dass du vertrauenswürdig bist. Vor allem, weil du geistesgegenwärtig genug warst, heute Nacht mit dem Pudel hierherzukommen.«

»Instinkt«, sagte die Katze und versuchte, überzeugend zu klingen.

»Arme Alma«, sagte Markus und seufzte. »Die Ärmste. Eine unserer besten Doppelagentinnen. Und jetzt: Aus dem Leben gerissen.«

»Eher aus dem Leben genagt«, bemerkte die Katze, die die Tote vor sich sah, sobald sie die Augen schloss.

»Schreckliche Geschichte. Eine unserer Besten. Tapfer. Hochdekoriert. Ein getreues Abbild ihres Vaters. Ihm und uns gegenüber loyal, selbst nach einem ganzen Leben hier in … Egal wie. Ich habe beschlossen, dir auch in dieser Sache zu vertrauen«, sagte Markus, fügte jedoch warnend hinzu »Auf eigene Verantwortung. Ein Fehltritt von deiner Seite, und ich bin gezwungen, einen anderen Paragrafen zu bemühen. Verstehst du?«

»Ja«, die Katze nickte, obwohl sie nur Bahnhof verstand.

»Du musst exakt das tun, was ich sage. Und keine Fragen stellen.«

»Letzteres wird sicherlich schwierig«, sagte die Katze ängstlich und redete rasend schnell weiter: »Ich meine, ich stelle immer Fragen. Das ist meine Natur. Meine Detektivnatur. Ich kann es einfach nicht lassen. Verstehst du? Ich war schon immer so. Meine Mutter hat sich schon darüber beschwert. Jetzt hör doch mal auf mit deiner bohrenden Fragerei, hat sie gesagt, aber nix da, ich habe gefragt und gebohrt. Mein Freund, der Hund, mein Mittwochsfreund, mit dem ich meine Mittwoche verbringe, findet es auch sehr lästig, dass ich ständig Fragen stelle, aber ich –«

»Gut«, unterbrach sie Markus. »Aber du musst dich mit den Antworten zufriedengeben, die du von mir bekommst. Oder dich damit zufriedengeben, dass du keine Antwort bekommst.«

»Geht in Ordnung, Chef.«

»Und du musst meinen Befehlen gehorchen.«

»Geht in Ordnung, Chef.«

»Du brauchst mich nicht Chef zu nennen. Markus reicht völlig aus.«

Die Rückwand des Barschranks war mit Prismen und Spiegeln versehen. Wenn Markus auf ein bestimmtes Prisma drückte, glitt die Rückwand lautlos zur Seite.

»Siehst du«, sagte er.

Im Hohlraum hinter dem Spiegel stand ein Funkgerät mit Morsetaste.

»Was weißt du eigentlich über deinen Mittwochsfreund, den Hund?«, fragte Markus und schaltete den Apparat ein.

»Nicht viel«, sagte die Katze. »Nicht mehr als das, was ich bisher erzählt habe. Er ist mir ein Rätsel. Kommt und geht. Ich weiß nicht, wo er wohnt und was er eigentlich macht. Ich bin davon ausgegangen, dass er in der Verwaltung tätig ist. Dass er vielleicht Gesellschaftshund für einen erschöpften Staatsangestellten ist oder so. Warum?«

Markus antwortete nicht. Er drehte an den Knöpfen des Funkgeräts, und ein summendes Geräusch pflanzte sich im Raum bis zur Außenwand fort.

»Ich nutze die Dachrinne als Antenne«, sagte Markus.

»Ganz schön schlau.«

Aus dem Apparat kam ein Pfeifton.

Markus legte die Hand auf die Morsetaste und begann, etwas in die Nacht zu senden. Er wiederholte dasselbe rhythmische Signal – dreimal kurz, viermal lang und dann einmal kurz – mit einer halben Minute Abstand.

Aus dem Lautsprecher war anfangs nur leises Rauschen zu hören. Irgendwo aus der Vergangenheit kamen kurze Brocken eines alten heimatlosen Radioprogramms angesegelt, sie hörten Gesprächsfetzen einer Radioshow, Gelächter eines längst toten Publikums, dann verschwand es wieder, und das graue Rauschen ging weiter. Im Abstand von einer halben Minute schickte Markus seine Morsezeichen ins Nichts, dreimal kurz, viermal lang und einmal kurz.

Die Katze trank ihre Piña colada und beobachtete ihn, erstaunt darüber, wie schnell man sich an das Unwirkliche gewöhnt.

»Was machst du da?«, fragte sie neugierig. Ein Fischhändler ist per se schon ein interessanter attraktiver Mensch, wenn sich zudem herausstellt, dass er ein Geheimagent ist, steigt er selbstverständlich in der Achtung.

»Ich schicke mein Notsignal an das Kontrollzentrum«, sagte Markus.

»Sind wir in Not?«

»Tja … es ist nicht *wirklich* ein Notsignal. Das Notsignal geht anders. Was ich jetzt sende, ist ein Signal, dass etwas Unerwartetes passiert ist und ich Kontakt außerhalb der festgesetzten Zeiten benötige.«

»Verstehe«, sagte die Katze und spürte, wie die Piña colada gleichsam eine kokosweiße Decke der Gleichgültigkeit über alle Schrecken und Unbegreiflichkeiten dieser Nacht legte. »Steht das auch im Feldhandbuch?«, miaute sie und schmiegte sich an Markus.

»Stör mich nicht«, sagte Markus.

»Kann ich mir von den Fischklößen des Pudels einen nehmen?«, fragte die Katze.

»Nicht, wenn du wach bleiben und mitbekommen willst, was passiert.«

»Ah?«

»Ich habe sie vor dem Servieren mit Schlafmittel bestrichen«, sagte Markus, so als wäre es das Normalste der Welt.

»Verstehe«, sagte die Katze. »Ja, er musste ja auch mal Schlaf finden.«

»Ich hole dir nachher einen Kloß. Ohne Arznei. Kann sein, dass ich deine Unterstützung benötige, darum brauche ich dich im Wachzustand. Hier, gönn dir noch einen Drink.«

Markus mixte einen neuen, weißen Drink für die Katze. Ein weiterer heimatloser Fetzen eines früheren Radioprogramms flatterte im Äther vorbei; dieses Mal war nicht so leicht zu erkennen, worum es sich eigentlich handelte, zu hören war ein Mann, der einen Vortrag über schädliche Existenzen hielt. Seine Sprache war sehr altmodisch. Dann war auch dieser Fetzen vorbeigesegelt.

Anschließend war ein leiser pulsierender Pfeifton zu hören, wie von ganz weit her:

Viermal lang und einmal kurz.

Viermal lang und einmal kurz.

»Jetzt habe ich Kontakt«, stellte Markus zufrieden fest. »Schauen wir mal, was das Kontrollzentrum zu alledem zu sagen hat.«

Er zog die unterste Schublade des Barschranks heraus, in der die Eiswürfel waren. Es stellte sich jedoch heraus, dass das Eis in einem Behältnis lag, das flacher war als die Schublade tief. Als Markus das Behältnis herausnahm, kam etwas zum Vorschein, das einer Schreibmaschine ähnelte, der Apparat hatte zumindest eine Tastatur. Doch anstelle von Typen und Walze hatte er drei große regenbogenfarbene Räder aus Glas, die wiederum in eine Kristallkugel eingelassen waren. Von ihr führten farbige gewundene Kabel nach oben in den Barschrank, der zwar geduldig, aber missgelaunt dastand und auf weitere Bestellungen wartete.

Markus stellte an dem Gerät ein paar Ziffern ein, dann begann er ganz langsam zu schreiben. Sobald er ein Zeichen anschlug, drehten sich die Räder in der Kristallkugel auf vermeintlich sinnige Weise, die Kugel mit den glitzernden Farben bescherte der Katze, die mit leerem Magen auf dem besten Weg war, sich einen Rausch anzutrinken, ein plümerantes Gefühl.

»Das ist die Chiffriermaschine«, erklärte der Fischhändler.

»Aha.«

»Sie codiert und decodiert Nachrichten auf dem Weg zum Kontrollzentrum und zurück.«

Markus schrieb weiter, Zeichen für Zeichen, Wort für Wort. Der Katze fielen die Augen zu. Als Markus nach einer Viertelstunde seinen Bericht verfasst und verschickt hatte, blieb es im Äther eine halbe Minute lang still. Dann ertönten drei kurze und drei lange Zeichen, und Markus schaltete den Apparat aus.

»Das Kontrollzentrum hat die Nachricht erhalten«, sagte er zufrieden. »Das Signal bedeutet, dass ich bei Sonnenaufgang eine Antwort bekomme.«

Warum erzählt er mir eigentlich diese ganzen Details, dachte die Katze. Ich sollte doch so wenig wie möglich wissen.

»Tja, Kamerad«, sagte Markus und sah auf die Uhr. »Bis zum Sonnenaufgang ist es noch ein Weilchen hin. Sollten wir nicht –«

»Sollten wir nicht eigentlich zur Polizei gehen«, wagte die Katze einen neuerlichen Vorstoß, aber Markus ignorierte ihn. Stattdessen sagte er mit seltsam fröhlichem Tonfall:

»Sollten wir uns nicht noch einen Drink genehmigen und einen Fischkloß hinterher?«

»Doch«, sagte die Katze unsicher und umnebelt. »Das sollten wir vielleicht.«

»Definitiv. Mehr können wir im Moment nicht tun«, sagte Markus.

Außer zur Polizei zu gehen, dachte die Katze.

Markus verschwand im Schlafzimmer. Kurz darauf kam er mit einem Hawaiihemd und einem Kleiderbügel zurück. Resolut öffnete er das Wohnzimmerfenster und hängte es draußen an den Haken.

»So«, sagte er verdrossen. »Schauen wir mal, ob das was bringt.« Dann wieder in demselben fröhlichen Tonfall: »Das Gleiche noch mal?«

»Ja, gern«, sagte die Katze und dachte: Er ist einsam. Agenten sind einsam. Das ist der Punkt.

»Also. Die Sahne geschüttelt, nicht gerührt, oder?«

»Nicht gerührt«, sagte die Katze.

Aber

43

gleichzeitig drang an einem anderen Ort der Stadt, im *Hotel Zum rosa Hahn*, Zimmer 419, folgender Dialog hinaus in die Jüterbog'sche Nacht:

Hinkelinke: »Ooooh!«

Jüngerer Goldmacher: »Aaaah!«

H.: »Ooooooh! Ist der groß!«

J. G.: »Ja! Ja! Jetzt, ja!«

H.: »Der ist ja RIESIG!«

J. G.: »Jaa!«

H.: »Mein Gott, der ist ja gigantisch! Wie kannst du … ich meine … wie kann man nur mit so was herumlaufen?«

J. G.: »So ist er einfach.«

H.: »Oooooooh!«

J. G.: »Jaaaa! Au! Ah!«

H.: »Oioioioioioioi …«

J. G.: »Au, auauauauau …«

H.: »… oioioioi. Da ist er! Ich spüre ihn!«

J. G.: »… ja. Gleich ist es so weit, ich spür's.«

H. (begeistert): »Iiiii!«

(Usw. usw.)

Aber

44

als Clotilde in aller Herrgottsfrühe aufwachte, saß der Berater an ihrer Bettkante und schaute sie ernst an. Es schien, als hätte der Berater schon eine Weile so dagesessen, dabei war es erst halb acht.

»Guten Morgen«, sagte Clotilde und reckte sich zufrieden unter der Adlerdaunendecke.

»Guten Morgen«, sagte der Chefberater. »Gut geschlafen?«

»Wie ein Stein«, sagte Clotilde.

»Sehr schön«, sagte der Chefberater. »Sehr schön. Ich habe mir überlegt, dass wir heute einen kleinen Ausflug aufs Land machen.«

»Aufs Land?«

»Ja, nach Monbijou. Dort frühstücken. Spazieren gehen.«

»Aber – aber es ist doch erst Donnerstag«, wandte Clotilde ein. Wenn nicht gerade Ferienzeit war, fuhr sie nur am letzten Wochenende im Monat nach Monbijou.

»Ich weiß«, sagte der Chefberater freundlich.

»Und außerdem«, wandte Clotilde ein, »außerdem habe ich heute Audienzen. Ich empfange den Quartiermeister für die Eisversorgung des Heeres, den Leiter der Bleistiftanspitzergilde und die Generalsekreteuse des Thaimassagenverbands.«

»Ich weiß«, wiederholte der Chefberater unbeirrt. »Die habe ich abgesagt.«

»Was sagst du, was hast du gemacht?«

»Ich habe sie abgesagt und darum gebeten, dass sie später nachgeholt werden. Nach den gestrigen Strapazen wird dir ein Kurzurlaub guttun. Ein bisschen rauszukommen. An die frische Luft.«

»Die gestrigen, ja …« Plötzlich fielen Clotilde die gestrigen Ereignisse wieder ein, und ihr Blick verdüsterte sich.

»Ich habe die Almosine für acht Uhr bestellt. Also beeil dich.«

Clotilde brachte keine weiteren Einwände mehr vor, sondern stand gehorsam auf und zog los, um sich herrichten zu lassen.

Die Almosine stand im hintersten Hof und wartete mit laufendem Motor. Das Schloss war noch nicht richtig zum Leben erwacht, sodass sie auf dem Weg hinunter zum Gleiter nicht vielen begegneten. Aber die Blicke derer, denen sie begegneten, waren auf eine Weise neugierig, die Clotilde nicht gefiel. Natürlich senkten sie den Kopf und grüßten, doch in der kurzen Sekunde, bevor sie den Kopf neigten, flackerten ihre fragenden Augen.

Durch das Nordtor, das normalerweise von den Lieferanten benutzt wurde, verließ die Almosine das Schloss und gelangte in die lange schmale Ameisenbergstraße mit den Schulgebäuden, die noch nicht ganz erwacht waren. Dort bog der Fahrer in die Friedenaustraße, die hoch zur Fuggerstraße führte, von wo es Hinter der Mauer entlang zum Südtor und raus aus Jüterbog ging.

Clotilde verfolgte den ungewohnten Weg raus aus der Stadt, sagte aber nichts. Stattdessen stellte sie fest, dass jemand so aufmerksam gewesen war, ihr eine geöffnete Sektflasche in den Sektkühler zu stellen, und schenkte sich ein Glas ein.

»Champagnerfrühstück!«, sagte sie munter. »Du auch?«

Der Chefberater schüttelte den Kopf.

»Dann hoffe ich, du entschuldigst mich«, sagte sie und trank einen großen Schluck.

»Trink du nur«, sagte der Chefberater freundlich.

»Du meinst, ich habe allen Grund dazu?«

»Absolut«, sagte der Chefberater, immer noch gleich freundlich. »Wenn es dich nicht stört, mache ich ein Nickerchen, bis wir in Monbijou angekommen sind. Ich werde beim Fahren immer so müde.«

Sie nickte kurz, und der Chefberater kauerte sich zusammen und schlief innerhalb von Sekunden ein. Sie hatte den Eindruck, der Chefberater sei die ganze Nacht auf gewesen.

Clotilde saß da und betrachtete die Landschaft, die hübsch und würdevoll hinter den rußblauen Scheiben vorbeiglitt. Den Weg zum Lustschloss kannte sie bestens, und vor allem: Sie kannte Monbijou. Das hübsche helle Sommerschloss der Physiokraten war in gewisser Weise ihr erstes Zuhause gewesen, ihr erstes wirkliches Zuhause, mit eigenem Zimmer, ohne zustechende Zimmerkameradin, damals, als sie das erste Mal hier angekommen war, den ganzen Organismus in sehnsüchtiger Anspannung, endlich diesen Onkel zu sehen, diesen mächtigen und freien Onkel, wobei sie seinerzeit nicht gemerkt hatte, wie angespannt ihr Organismus war, während sie tief und fest in ihrer dunklen Reisetruhe schlief.

Vieles an dem Onkel war nicht so gewesen, wie sie es sich vorgestellt hatte. Ehrlich gesagt fast alles. Er war nicht jung, er sah auch nicht aus wie ein griechischer Gott; er hatte keinen Bart und er war keine freie Seele.

Als sie nach der Reise geweckt wurde, war Vogelgesang das Erste gewesen, was sie hören konnte. Vergleichbaren Vogelgesang hatte sie noch nie im Leben vernommen. Sie kannte die einsamen Schreie der Sturmschwalben und die ebenso einsamen Koloraturen der Heidelerchen in der Heide, sie hatte das nächtliche Heulen der Mooseulen bei der Klosterschule gehört und die Warnschreie der Klippenhabichte oben in den Bergschluchten sowie natürlich auch das einsame ängstliche Piepen der Erikapieper, wenn sie über den Boden zu ihrem Nest sausten, und das Gurren der Gletschertauben. Doch das, was sie hörte, als sie nach der Reise langsam wieder zu Bewusstsein kam, klang wie eine Wand aus Vogelgesang. Anfangs begriff sie nicht, was es war. Dann öffnete sie die Augen und sah sich benommen um, erblickte ein paar Glastüren, die einen Spaltbreit offen standen, und davor eine Rasenfläche. In dem Moment wurde ihr klar, dass es sich um einen Garten handelte und dass das Geflecht aus zwitschernden und singenden, spottenden und klagenden Tönen von den Vögeln in den Bäumen dieses Gartens stammte. Für einen Augenblick kam es ihr vor wie ein Willkommensgruß.

Als Nächstes fiel ihr auf, dass sie Hunger hatte. Und das sagte sie laut. Ich habe Hunger und Durst. Sogleich kam jemand mit einer Platte belegter Brote und einem Glas perlenden Mineralwassers herbei und stellte alles vor sie hin. Nachdem sie gegessen und getrunken hatte, schlief sie wieder ein, dieses Mal aber richtig, mit Träumen.

Als sie das nächste Mal erwachte, saß diese Frau Gallenbach neben ihr und blickte sie voller Ungeduld an.

»Also«, sagte sie gereizt, »ich dachte schon, Eure Hoheit würde niemals mehr wach werden. Es ist helllichter Tag. Wir haben keine Zeit zu verlieren.«

»Wo bin ich?«

»Also«, fuhr Frau Gallenbach unbeirrt fort. »Frühstücken können Sie hinterher.«

»Ja, aber wo bin …«

»Also. Das reicht. Zeit für Fragen bleibt uns hinterher. Zuerst müssen wir Eure Hoheit baden und herrichten, denn Sie riechen, ehrlich gesagt, grässlich nach dem Aufenthalt in der Truhe. Also –«

»Ja, aber wo *bin* –«

»Also! Du bist aber auch anstrengend, Kind. Beeil dich. Hopp, hopp. Seine Königliche Hoheit wartet.«

»Wer?«

»Ihr Onkel. Natürlich. Der Markgraf von Jüterbog. Der Physiokrat höchstselbst. Wer dachten Sie denn, sei gemeint?«

Ihr wurde schwindlig, doch sie ließ sich ins Badezimmer geleiten, wo mehrere Pflegerinnen warteten, die offensichtlich alle unter dem Kommando dieser Frau Gallenbach standen. Sofort machten sie sich daran, Clotilde präsentabel herzurichten, badeten und wuschen sie. Ihr wurde eine Zahnbürste aus Elfenbein gereicht mit auf dem Bürstenkopf bereits aufgetragener smaragdgrün funkelnder ultraeffektiver Zahncreme, anschließend spülte sie den Mund mit einem Glas wohlschmeckenden schonenden Mundwassers, das melodisch sprudelte, während die beiden Pflegerinnen sie mit Langschlingenfrotteehandtüchern aus zartester Bermudabaumwolle trocken rieben.

Danach wurde sie in einen Morgenmantel aus dem gleichen Material gehüllt und in ein weiteres Zimmer geführt, wo ein Friseur mit Schnurrbart und beginnender Glatze neben einem Friseurstuhl bereitstand; er stellte sich als Fiegfried vor und begann sofort mit der Arbeit an ihren Haaren, die bis zu diesem Augenblick ziemlich erbärmlich ausgesehen hatten, scheu und kinderheimmäßig. Fiegfried erweckte sie jedoch allein durch seine Berührung zum Leben. Zog er die geschickten, schlanken Finger hindurch, fühlten sich ihre Haare pudelwohl, und bei jedem Kompliment aus seinem Mund glänzten sie vor Freude, bald schon bildeten sie aus purer Wonne Korkenzieherlocken. Siegfried (so hieß er nämlich, hatte jedoch einen für den Berufsstand typischen Sprachfehler) nahm alsbald die Schere und das Ringelhorn zu Hilfe, und während Clotilde verblüfft in den Spiegel starrte, verwandelte Siegfried ihre Frisur von einem glanzlosen, nüchternen Topfschnitt für Waisenkinder in einen eleganten Pagenkopf für junge Damen.

Nahezu ohne dass sie es bemerkt hatte, hatte sich ein kleiner Mann mit nervösen Zuckungen im Gesicht hereingeschlichen – er war so klein, dass sie fast zweimal hinschauen musste, um ihn zu sehen. Er setzte sich auf einen Schemel, was ihn noch kleiner machte, und begann mit der Pflege ihrer Nägel, wobei sein Gesicht ständig zuckte. Seine Finger arbeiteten dagegen sicher und behände, und am Ende glänzten ihre Nägel wie Perlmutt, und ihre Haut war seidenweich.

Als sie sich erhob, betrachteten die beiden Herren stolz ihr Werk, und während sie sich verbeugten, wurde sie in ein neues Zimmer geleitet, in dem zwei weitere Herren und circa fünfzig Sommerkleider ungeduldig auf sie warteten.

Eine halbe Stunde später trug sie ein einfaches, aber edles Kleid aus hellgrünem Naphtalin, das wie angegossen saß. Rasch erkannte sie darin den Schnitt und die Qualität der Geschenke, die sie zu Weihnachten und zum Geburtstag bekommen hatte. Nur dass die neuen Kleider noch besser saßen und dank exklusiver Materialien und Qualitäten noch mehr glänzten.

»So!« Mit einem zufriedenen Nicken betrachtete Frau Gallenbach ihr Werk, und ihre Lippen gestatteten sich sogar, die Umrisse eines Lächelns anzudeuten. »So ist es schon besser. Komm bitte mit.«

Ihr Onkel erwartete sie in der großen dunklen Orangerie. Anfangs konnte sie ihn gar nicht sehen, denn aufgrund seiner grauen Kleider, der grauen Haare und der grauen Haut verschmolz er mit den Stämmen der alten Erzbäume, die in Kübeln wuchsen und bis zur Decke reichten, doch dann erhob er sich schwerfällig und streckte ihr die Hand hin.

»Tee?«, fragte er und nickte zu dem kleinen Satztisch. Dort stand eine Teekanne aus feinstem chinesischen Porzellan mit den entsprechenden Tassen, einer Zuckerdose und einem

Milchkännchen sowie einer Etagere mit Sandwiches und Scones, Schlagsahne und Marmelade samt einer Orangentarte.

»Ja, gern«, sagte Clotilde. Der Garten draußen erstreckte sich in alle Richtungen, so weit das Auge reichte, und durch die offenen Türen der Orangerie strömten die Gartendüfte zusammen mit dem nahezu betäubenden Vogelgesang in das Halbdunkel des Zimmers. Er bedeutete ihr, Platz zu nehmen.

»Dein Einzug in Jüterbog«, sagte er, »wurde vom Volk schon lange erwartet. Das Volk freut sich. Offiziell weile ich im Schloss und erwarte gespannt dein Eintreffen in vier Tagen, nach überstandenem Examen. Aber ich hielt es für besser, dass wir uns vorher kennenlernen. Um ein bisschen zu üben.«

Sie nickte müde. Er streckte die Hand aus, um nach der Kanne zu greifen und einzuschenken, aber sie kam ihm zuvor.

»Lass mich das machen«, sagte sie routiniert, und er sah sie zufrieden an, fast wie ein Gartenzwerg.

Aber

45

die Herzen der Schwalben konnte sie hören,
und ein Summen,
& Eiswürfel, die in ein Glas fielen
konnte sie hören,
das Geräusch von Essbesteck auf Tellern

konnte sie hören & die Anerkennung toter Dokumente
mittels Sandauftragen durch den Aktuar,
den strengen Rotstift des Lehrers auf billigem Papier
und das Rieseln konnte sie hören
von Abwasser im Rinnstein, die Murmeln am Bretterzaun
und das Seil, das unablässig gegen die Fahnenstange schlägt

hörte sie & das Kettenglied, das das letzte Himmel-und-
Hölle-Kästchen trifft;
den Flug des Federballs über das Netz, das Geräusch
von Liebe, das Geräusch von Trauer

konnte sie hören,

und das Geräusch von Schritten, Tausenden von Schritten
und von Stimmen
und von Atemzügen
konnte sie hören,
und die Herzen der
Schwalben, das alles, aber

sie konnte nicht hören, was im Musikzimmer vor sich ging,
wenn Hans dort war, doch
den Klang der aus Astronomen bestehenden Männer-
gesellschaft konnte sie hören
nach Einbruch der Dunkelheit,
und die Unterhaltungen der Nachteulen
und den herabsinkenden Tau
und das vorsichtige Klopfen der Insekten an
der Scheibe
konnte sie hören
UND die Herzen der Schwalben

aber das Musikzimmer war stumm,
als wäre es gefüllt mit schwarzer, schwarzer Erde

Aber

46

als sie endlich wohlbehalten in Monbijou angekommen und gnädig von Frau Gallenbach, die bereits am Morgen vorgefahren war, um das Personal auf den spontanen Besuch der Markgräfin vorzubereiten, in Empfang genommen worden waren, frühstückten sie in dem gelben Salon mit Blick auf den Park. Sie konversierten höflich, und Clotilde genehmigte sich ein weiteres Glas Sekt, dieses Mal aus Polynesien mit Ananasgeschmack.

Clotilde fiel auf, dass die Morgenzeitung nirgendwo zu sehen war. Nicht auf dem Zeitungstisch und nicht auf dem Frühstückstisch. Sie sagte jedoch nichts. Höflich konversierten sie weiter.

Nachdem sie gegessen hatten, machten sie einen Spaziergang in dem großen alten Park mit seinen Eichen und den vielen Skulpturengruppen. Sie waren lediglich zu zweit, ihnen folgten keine Ziergardisten oder Mitglieder der Wachen auf den Fersen, und Clotilde hätte sich leicht und frei gefühlt, hätte sie nicht gewusst, was jetzt käme. Sie blieben stehen, als sie die Kreuzung beim Lusthaus erreicht hatten, und schauten hoch zum Sommerschloss. Es lag im Morgenlicht wie eine glitzernde Fata Morgana, die Fenster glänzten, die Dachziegel und alles Schmiedeeisen funkelten. Es war ein einfaches Schloss mit einem zweigeschossigen Hauptflügel und zwei L-förmigen eingeschossigen Seitenflügeln, die sich wohlig zu beiden Seiten erstreckten, als wollten sie den ganzen Park zu sich einladen.

Es ist sehr schön, dachte Clotilde. Aber nicht vollkommen.

Ich muss dafür sorgen, dass es rosa Dachziegel erhält. Je früher, desto besser. Dann ist es vollkommen.

Der Chefberater sagte nichts.

Sie gingen weiter.

Am Springbrunnen blieben sie erneut stehen, und Clotilde fütterte den Goldfrisch im Becken mit Kügelchen aus dem Servelatomat am Beckenrand. Es war eine Weile her, dass sie ihn zuletzt gesehen hatte, das Wiedersehen fiel sehr herzlich aus. Der Goldfrisch wollte ausgiebig getätschelt und gekrault werden. Während sie damit beschäftigt war, sagte sie wie zufällig zu ihrem Berater:

»Hast du in der Abendzeitung gelesen, dass Bauern angefangen haben, sich auf dem Weg in die Stadt an den Karpfen im Karpfenteich zu bedienen?«

»Das habe ich gelesen«, sagte der Berater, der geduldig darauf wartete, dass sie mit dem Tätscheln des großen verwöhnten Goldfrischs fertig wurde.

»Das ist schrecklich«, sagte Clotilde. »Wir müssen etwas für die armen Karpfen tun.«

»Wird erledigt«, sagte der Chefberater gehorsam. »Wir werden einen Gardisten dafür abstellen. Oder an die Freiwilligkeitszentrale in der Nachbarschaft appellieren. Vielleicht können sie eine Wache bereitstellen. Dann spendieren wir ein Wachhäuschen.«

Clotilde verabschiedete sich von dem Frisch und trocknete sich die Hände an dem Handtuch, das zu diesem Zweck auf dem Beckenrand bereitlag. Mitten im Becken stand die eigentliche Fontäne und strotzte nur so vor prächtigem Marmor. Die Skulpturengruppe *Tod der Tragödie* stellte eine flüchtende junge Schauspielerin im leichten Nymphenkostüm dar, die soeben von den jagenden Regisseuren im Wald eingeholt wurde und sich in einen Wacholderbusch verwandelte. Aus dem halb geöffneten Mund sprudelte ihr Klagen in einem ewig währenden weißblau triumphierenden Strahl, während aus den Körperöffnungen der Regisseure kleine unzufriedene Bäche grünen Wassers rannen. Ihr Onkel hatte dieses Kunstwerk, das etwas Wahres über das Wesen der Kunst aussagte, sehr geliebt. Vielleicht lag es daran, dass er Kunst nicht ausstehen konnte.

»Es stand nicht zufällig auch etwas über die Karpfen in der Morgenzeitung?«, fragte sie.

»Nein, dort stand nichts. Kein Wort davon«, sagte der Berater.

»Aha«, sagte Clotilde.

Sie gingen weiter.

Bei dem kleinen Observatorium mit Kuppeldach blieben sie erneut stehen. Das Observatorium stand seit Jahren ungenutzt und ungepflegt da und war geschlossen. Hier, dachte Clotilde, sollte ich vielleicht eine Art Pavillon errichten lassen. In dem die Gäste auf Sommerfesten Eis und Zuckerwasser bekommen könnten.

»Oder Sternschnuppen«, sagte der Berater. »Eingelegte Sternschnuppen.«

Clotilde zuckte zusammen. Manchmal war es fast schon beklemmend, wie sehr der Berater in der Lage war, ihre Gedanken zu lesen.

»Habe ich was gesagt?«

»Nein. Hör zu«, sagte der Berater ernst, »die Morgenzeitung war keine angenehme Lektüre.«

»Nein«, sagte Clotilde zahm.

»Nein«, sagte der Berater.

»Wohl nicht.«

»Nein. Die Abendzeitung gestern durfte es nicht mit reinnehmen. Wir konnten die Geschichte unter Verschluss halten, indem wir der Redaktion erzählt haben, wir wollten sichergehen, alle Angehörigen angemessen in Kenntnis gesetzt zu haben.«

»Verstehe.«

»Aber ein solcher Verschluss hält natürlich nicht sehr lange. Heute macht die Geschichte also Schlagzeilen.«

Clotilde sagte nichts. Eingelegte Sternschnuppen, dachte sie.

»In der Morgenausgabe des Abendblatts war die ganze Titelseite mit *Familie in Trauer* überzogen, dort wurden seine Frau und die weinenden Kinder gezeigt.«

»*Shit.*«

»Wohingegen der Morgenkurier als Aufmacher *Aus dem Leben gerissen* getitelt hat, zusammen mit einem Foto des Ministers. Ich brauche wohl nicht hinzuzufügen, dass solche Aufmacher prophetische Kraft entfalten können. Auch diese Zeitung wurde den Zeitungsverkäufern aus den Händen *gerissen*.«

»*Oh bugger.*«

»Schlimmer war, dass das Volksblatt fürchterlich dick aufgetragen hat.«

»So?«

»Die anderen haben sich, wie erhofft, auf die Andeutung eines Arbeitsunfalls beschränkt, auch wenn wir dafür keine gute Erklärung hatten. Das Volksblatt aber hatte in der Sache weitergebohrt.«

»Was schreibt es?«

»Bedauerlicherweise schreibt es, laut zuverlässigen Quellen sei der Minister als Folge einer Rüge infolge eines kleineren Vergehens verstorben.«

Clotilde schwieg.

»Eines nahezu unsichtbaren Vergehens im Grunde«, fügte

der Berater nachdenklich hinzu. »Sozusagen eines nicht existierenden Vergehens.«

»*Fuck!* Das ist nicht gerecht!«, stieß Clotilde aus.

»Ja, Hoheit«, sagte der Berater. »Aber so ist es nun mal. An der Stelle des üblichen Leitartikels fordert die Zeitung die Einsetzung einer Untersuchungskommission.«

»Ha! Von wegen!«

»Ich fürchte, wir werden wohl kaum darum herumkommen«, sagte der Berater auf seine kluge Art. »Für heute Abend wurde im Rathaus ein Bürgertreffen anberaumt, dort werden sie wohl eine Resolution mit demselben Anliegen verabschieden, tippe ich.«

Clotilde antwortete nicht, sondern starrte düster vor sich hin. Weit weg, irgendwo über Wiepersdorf vermutlich, konnten sie sehen, dass ein Sturm aufzog und die Luft die Farbe wechselte, sie färbte sich gelb.

»Leider«, fuhr der Berater fort, »ist das noch nicht alles.«

»Noch nicht alles? Was denn noch?«

»Der Rat«, setzte der Berater an. »Der eigentliche Rat ist unzufrieden.«

»Unzufrieden? Er hat überhaupt keinen Grund, unzufrieden zu sein. Der Rat gehört ja mir. *Ich* bin unzufrieden.«

»Mag sein, aber das wird schnell politische Implikationen haben. Während des Krisentreffens gestern Abend drohten Teile des Rats mit einem Rücktritt.«

»Aber warum – warum um Himmels willen?«

»Tja.«

»Man schmeißt doch nicht in einer Krisensituation hin!«, sagte Clotilde mit der ganzen Verärgerung, zu der sie fähig war.

»Vielleicht nicht, aber der Minister war nun einmal sehr beliebt in der Regierung. Auch bei seinen Kollegen.«

»Ja, er war ein netter Kerl. Ich mochte ihn auch. Ich konnte ja nicht wissen, dass er so wenig abkann –«

»Um die Wahrheit zu sagen«, fuhr der Chefberater mit Grabesstimme fort, »so fand gestern Abend eine Mehrheit im Rat, die Markgräfin habe sich über die Befugnisse, die dem Physiokraten gemäß unserer konstitutionellen Gepflogenheiten zustehen, hinweggesetzt.«

»Ist – ist es ernst?«

»Es ist sehr ernst. Zum Glück konnten wir eine formelle Absteinung verhindern, indem wir vorgaben, die entsprechenden Steine würden in deinem Arbeitszimmer verwahrt und wir könnten sie nicht herausholen. Sonst hätten wir heute eine gesalzene politische Krise.«

»Aber – aber was soll ich tun?!«, fragte Clotilde, aufrichtig verzweifelt.

»Das hier verlangt nach einer Strategie. Es sollte ein strategischer Rückzug eingeleitet werden. Wir müssen uns klug verhalten.«

»Ja«, sagte Clotilde. »Wir müssen uns klug verhalten.«

»Vergiss nicht, was dir dein Onkel, der Graf, über die Bedeutung des Rückzugs beigebracht hat.«

»Ja«, sagte Clotilde. »Das vergesse ich nicht.«

Durch den Park kam die Stimme des Onkels angeflogen, drehte eine Pirouette in den Wasserstrahlen des *Todes der Tragödie* und ließ sich dann seelenruhig auf ihrer Schulter nieder. Während sie ihr zuhörte, schloss sie die Augen. Sie erinnerte sich nur allzu gut.

»Jetzt stellst du dich ja schon wieder bloß.«

Der lange, schlanke, elfenbeinfarbene Zeigefinger des Onkels zeigte auf dem edlen alten Backgammonbrett auf Feld fünf, auf dem ihr Perlmuttspielstein jetzt allein und triumphierend schimmerte, nachdem er zuvor den schwarzen Onyxspielstein des Onkels geschlagen hatte.

»Tue ich das?«

»Ja.«

»Das tue ich doch gar nicht!«

»O doch. Das siehst du doch selbst. Schau her. Wenn ich jetzt fünf und drei würfele, schnappe ich mir den hier und den hier. Du musst besser aufpassen, Clotilde.«

»Aber …«

Backgammon. Immerzu Backgammon. Abend für Abend, sommers wie winters. Das Spiel der Fürsten, nannte es der Onkel und war der Ansicht, sie könne dabei viel lernen. Aber sie lernte nichts.

»Du verlässt dich sehr auf das Glück«, sagte der Onkel ernst. Er war ganz anders, als sie ihn sich vorgestellt hatte. Ehrlich gesagt, war fast nichts an ihm so, wie sie es sich vorgestellt hatte. Seine langen Finger schüttelten den Würfelbecher über die hübschen Landschaften, die das Brett mit fortschreitendem Spiel bildete.

»Schau mal, Liebes. Jetzt habe ich eine Fünf und eine Eins gewürfelt. Und so schnappe ich mir den hier. Und decke gleichzeitig meinen Stein.«

Die Steine schienen an ihrem Blick vorbeizuhuschen, der glitzernde Schweif einer Niederlage auf dem Brett, und schwuppdiwupp saß Clotildes einsamer bloßgestellter winselnder Stein auf der Bar.

»Au. Ich habe mich bloßgestellt.«

»Ja, *mon petit éclair.* Damit hast du's ja ständig. Und jetzt steht dein Stein ungedeckt auf Feld drei, gleichzeitig musst du mit deinem Stein raus, den ich gerade geschlagen habe. So. Du bist dran.«

»Uff. Ich komme nicht raus.«

»Nein, du kommst nicht raus. Und das heißt …«

»*Shit* …«

»… das heißt, hoppla!, dass ich die vier Sechser, die ich gerade gewürfelt habe, nutzen kann, um meine Stellung zu konsolidieren. Wollen mal sehen. Du bist so niedlich, wenn du fluchst, *mon petit monstre*. Ein, zwei Steine hierhin, und ein, zwei Steine dorthin, in mein Heimfeld, Feld Nummer vier. Jetzt wird es für dich noch schwerer, mit deinem einzigen Stein rauszukommen.«

»Ach ja, ach ja. Ich *sehe* es.«

»Du siehst es, aber du willst es nicht sehen. Du bist dran.«

»Ja. Uff. Zwei Vierer. *Bugger all.*«

»Siehst du, Clotilde – jetzt kommst du raus. Und dein wunderschönes Würfelergebnis, dein Viererpasch, war völlig – wie soll ich sagen? Für die Katz. Nur weil du ein unnötiges Risiko eingegangen bist.«

»Ach je.«

»Anstatt zu warten.«

»Ach je, ach je!«

Clotilde war nicht mit dieser Art von Spielen aufgewachsen. Im Kloster hatten sie nur Spiele gespielt, die weder mit Sünde noch mit Scham einhergingen und die von der Heiligen für junge Mädchen anerkannt worden waren, wie Flohspiele und Mau-Mau. Schach war verboten, weil es zu Hochmut *(Hybris)* führen konnte, ebenso Halma, der Anblick der glitzernden Kugeln könnte ein junges Mädchen zu *Vanitas* (Eitelkeit) verleiten, ganz zu schweigen von Poker *(Avaritia)* und Bilderlotto *(Invidia)*. Bevor sie hierherkam, in ihr neues Dasein, in das sie hineingeboren war, hatte sie von Backgammon nicht einmal gehört. Doch obwohl sich das rasch änderte (schon am ersten Abend, wie sich zeigen sollte, nachdem sie Tee getrunken hatten) und obwohl sie die Regeln schnell erlernte, wurde sie darin nie besonders gut. Der Onkel schlug sie ständig.

»Jetzt bin ich dran mit Würfeln, so: zwei und vier. Und jetzt schnappe ich mir deinen allein stehenden Stein und habe gleichzeitig alle meine Steine ins eigene Außenfeld gebracht.«

»Ich gebe auf.«

»Das ist nicht erlaubt. Sein Spiel muss man zu Ende spielen. Finden wir jetzt erst mal heraus, wie viele Punkte du hinter mir liegst.«

»*Bollocks.*«

»Du stellst dich bloß, *ma crevette*. Die ganze Zeit über. Du siehst einen meiner Steine und denkst, den kannst du dir holen, anstatt darüber nachzudenken, was geschickt wäre. Anstatt zu warten, gehst du ein Risiko ein. Und dann steht dein Stein allein da, und schon ist es passiert.«

»Dann ist es passiert«, sagte sie schmollend.

»Du gehst unnötige Risiken ein. Siehst du, jetzt kannst du beide rausbringen. Gratuliere.«

»Ja!«

»Aber zu spät, Clotilde. Ach, ach. Vor drei Würfen sah deine Stellung noch so gut aus. Du hättest gewinnen können. Jetzt hat sich alles umgekehrt. Und alles nur aufgrund dieses kleinen Fehlers, dieser einen kleinen Bloßstellung.«

»Ich muss aufhören, mich bloßzustellen. Du hast recht.«

»Ja, aber warum tust du es dann nicht?«

»Ja, aber Onkel –«

»Ja, aber …?«

»Ja, aber es ist so verlockend, deinen Stein zu schlagen. Wenn ich es kann, meine ich.«

»Du tust es, weil du es kannst, willst du das sagen?«

»Ja!«

»Clotilde, Clotilde, du musst lernen, Verlockungen zu widerstehen.«

»Aber eine Verlockung … die ist so … so verlockend.«

»Hm, du kannst nicht gut widerstehen. Du entblößt dich.«

»Jap. Backgammon ist übrigens ziemlich nervig als Spiel. Ich weiß gar nicht, ob ich es überhaupt mag.«

»Backgammon ist das Spiel der Fürsten. Nicht Schach, wie so viele glauben. Bei Schach lernt man, einen Feldzug zu gewinnen. Oder zu verlieren. Aber wie viele nehmen je an einem Feldzug teil? Und wie oft?«

»Ich weiß nicht, Onkel. Wollen wir nicht weiterspielen?«

»Doch. Aber setz dich hierher, *ma petite pipette*. Dann erkläre ich es dir.«

»Ja, Onkel. Schach kann ich übrigens nicht«, sagte sie, als sie langsam Platz nahm.

»Fast niemand muss Feldzüge oder Schlachten gewinnen«, sagte der Onkel leise, »weder auf dem Schlachtfeld noch sonst im Leben. Das Leben besteht aus mehr Rückzügen als Schlachten und aus mehr unentschiedenen Stellungen als aus Siegen. Wichtig ist, was *nach* dem Feldzug passiert. Denn was muss man dann tun?«

»Dann – dann, dann, dann muss man – einen Rückzug einleiten.«

»Ja. Ganz genau. Und wohin muss man dann?«

»Nach Hause. Ganz bis nach Hause.«

»Ja. Heim in die Heimat. Sicher und ruhig. Heim mit den Truppen. Und mit den Verwundeten. Ohne dass jemand gefangen genommen wird.«

»Ja! Keine Gefangenen!«

»Darum wurde dieses Spiel schon von den alten Pharaonen gespielt. Die Spieler bewegen sich nicht aufeinander zu, sondern rückwärts voneinander weg. Und indem sie sich voneinander wegbewegen, bewegen sie sich aufeinander zu. Das Spiel könnte genauso gut *Rückzug* heißen.«

»Oder *Flucht!*«

»Ja. Wobei wir dieses Wort nicht benutzen. Denn das, was der Fürst am aller-, allermeisten machen muss … hörst du zu, Clotilde?«

»Ich bin ganz Ohr.«

»Das allermeiste handelt nicht vom Schlachtfeld, dort hält sich der Fürst letztendlich nur selten auf. Der Fürst ist vor allem anderswo. Vor allem im Alltag. Und der Alltag handelt fast ausschließlich von Rückzügen. Der Alltag ist keine Schlacht. Verstehst du, Clotilde?«

»Erklär es mir noch ein bisschen besser.«

»Man macht immer Vorstöße, doch dann begegnet man dem Willen eines anderen. Einem Hindernis. Man kommt so weit, wie man kommt, bis man nicht mehr weiterkommt. Dann muss man sich aus der Situation zurückziehen, ohne zu verlieren. Das Wichtigste ist, als Erster ins Ziel zu kommen. Darum geht es.«

»Als Erster ins Ziel kommen. Jetzt verstehe ich.«

»Und dazu muss man wissen, wie man ein Risiko vermeidet. Man muss wissen, wann man Risiken eingeht und wie man sich zurückzieht. Mit dem geringstmöglichen Risiko.«

»Aber die Würfel, Onkel …«

»Ja, Clotilde?«

»Die Würfel … die zeigen ja immer neue Augen … Zweimal neue Augen.«

»Die Würfel betrachten dich immer mit unerwartetem Blick. Sie sind der Zufall. Sie sind die Möglichkeiten. Stets unterschiedliche, Clotilde. Stets neue.«

»Stets neue, Onkel.«

»So muss er klingen! Der Zufall. Dem man sich fügen muss. Nach dem man sich richten muss.«

Clotilde neigte den Kopf.

»Bisher machst du dabei keine besonders gute Figur«, sagte er.

»Vielleicht werde ich mit der Zeit besser. Ich tue, was ich kann.«

»Ich weiß, Clotilde.«

»Vielleicht werde ich irgendwann richtig gut. Wenn du mir noch mehr beibringst.«

»Ich versuche es. Aber vorerst …« Der Onkel schmunzelte.

»Ja? Vorerst?«

»Vorerst schuldest du mir 1.571 000 Pesos an verlorenen Punkten.«

»1.571 000?«

»1.571 000!«

»Das ist ja ganz schrecklich viel?«

»Ja, Clotilde. Das ist eine hohe Spielschuld. Nach 603 Spielen. Du bist viel zu leichtsinnig beim Verdoppeln. Du verdoppelst den Einsatz, auch wenn du siehst, dass du verlieren wirst.«

»Oh, aber Onkel. Das kann ich ja nie – nie – nie – nie bezahlen.«

»Nicht so laut, Clotilde, du störst die Algorithmen bei ihrem Wissensschlaf im Eisenturm.«

»*Fuck them.*«

»Nun. Sei vorsichtig bei dem, was du sagst. Die Algorithmen wissen *alles*. Über dich und alles andere.«

»Ja, alles. Alles.«

»Versprichst du mir, künftig strategischer vorzugehen?«

»Ich verspreche es.«

Sie war sich nicht sicher, ob er ihr glaubte, obwohl seine alten Augen wie neu aussahen, als sie es sagte.

»Aber

47

ein vaselinegelbes Licht erfüllte den Himmel, und der Sandsturm nahm zu. Die Bäume der endlosen Alleen knackten in den heftigen Windstößen, und Torf und Halme versuchten verzweifelt, das Land festzuhalten, aber das Land war im Begriff, sich von sich selbst zu lösen. Die Äcker ächzten unter dem Gewicht von Sanddünen, und die Wälder standen stoisch da und warteten auf den peitschenden weißen Sand.

Zwischen den Bäumen im Wald bei Wiepersdorf hörten die Männer zuerst, wie der Sand das Laub über ihnen mit gleichmäßigem Knattern traf, dann kam er angeflogen, angeschossen.

Sie legten sich hin und zogen sich ihre Schals über die Gesichter. Bald war der Sand das Einzige, was sie hörten, er absorbierte alle anderen Geräusche, so auch das ohrenbetäubende Dröhnen einer fremden Maschine. Die Sonne im Zenit färbte sich rot.

Wie lange, dachten die Männer. Aber

48

sagte Clotilde, »ich habe darüber nachgedacht. Wir müssen den Rückzug einleiten.«

»Ja, Hoheit«, sagte der Chefberater zufrieden.

»Einen strategischen Rückzug«, sagte Clotilde.

»Ja, Hoheit«, stimmte der Chefberater ihr zu. »Strategisch. Und sofort.«

»Und bald«, sagte Clotilde entschlossen. Nach einer Weile fügte sie hinzu: »Wie macht man das? Außerhalb von Backgammon.«

»Man lenkt die Aufmerksamkeit von etwas Unangenehmem ab, indem man die Aufmerksamkeit auf etwas anderes und Interessanteres lenkt.«

»Genau«, sagte Clotilde.

Sie setzten sich in den Schatten der Skulptur *Geburt der Komödie*. Diese war aus Aluminium und zeigte einen Theaterkritiker, der gerade von einem Schauspieler in blitzblanker Rüstung zu Pferde besiegt wurde. Der Ritter durchbohrte die Brust des Kritikers mit seiner Lanze und hatte ihn bereits mehrmals getroffen, denn der sterbende Kritiker war ziemlich durchlöchert. Aus den Löchern stiegen Wölkchen übel riechenden gelben Schwefeldampfs empor, wohingegen aus seinem Mund dünnflüssiger Schlamm floss. Sie ist völlig überzeichnet, hatte der Onkel gesagt, aber das Pferd ist wunderschön.

»Was hätte mein Onkel getan?«

»Insgeheim wäre er wohl am liebsten der Familientradition und seiner natürlichen Eingebung gefolgt und hätte noch mehr Menschen in die Mangel genommen, quasi um Stärke zu zeigen …«

»O *ja*«, sagte Clotilde begeistert, aber der Berater räusperte sich streng:

»Wie gesagt: insgeheim. Stattdessen hätte er sich aber damit begnügt, einen strategischen Rückzug anzutreten.«

»Wohl wahr«, sagte Clotilde düster. »Aber *was* genau hätte er denn getan?«

»Das ist wahrhaftig schwer zu sagen«, sagte der Chefberater.

Sie grübelten eine Weile darüber nach, dabei starrten sie auf die *Geburt der Komödie*, bis der Chefberater von dem

Schwefeldampf Kopfschmerzen bekam und darum bat, weitergehen zu dürfen.

Sie gingen weiter und grübelten darüber nach, welcher strategische Rückzug sich jetzt lohnen würde. Bei der *Nachtwache der Inspizienten* sagte Clotilde nachdenklich:

»Und wenn wir ein großes nächtliches Dudelsackfestival veranstalten würden?«

Ziemlich schnell sahen sie ein, dass das als Ablenkung wenig zweckmäßig wäre, wenn in Jüterbog nicht gerade großes öffentliches Interesse für das Dudelsackspiel herrschte, was man kaum behaupten konnte. Außerdem hätten vielleicht einzelne Bürger das Gefühl, die Nacht sei keine gute Tageszeit für Dudelsackfestivals.

»Davon abgesehen«, sagte Clotilde, »wünsche ich mir selbst einen Dudelsackspieler. Das ist mir erst in letzter Zeit klar geworden.«

»Einen Dudelsackspieler. Ist notiert.«

»Einen ganz eigenen Dudelsackspieler. Das vermisse ich.«

»Was vermisst du?«

»Das Dudelsackspiel.«

»Kann man tatsächlich – – ich meine: aha? Ich hatte keine Ahnung, dass du eine Beziehung zu Dudelsäcken hast?«

»Doch. Habe ich. Eine leidenschaftlich starke Beziehung. Von früher. Von vor meiner Zeit hier.«

Darauf antwortete der Chefberater nicht.

»Es gibt so vieles, was du nicht weißt«, sagte Clotilde, es klang aber nicht vorwurfsvoll, sondern lediglich verträumt.

»Dudelsackspieler ist notiert«, wiederholte der Chefberater.

»Ziemlich groß mit schönen Beinen«, sagte Clotilde. »Die Haarfarbe ist nicht so wichtig. Solange sie rötlich ist. Gern kastanienfarben. Aber eher von der Farbe amerikanischer Kastanien. Nicht von Edelkastanien.«

»Keine Edelkastanien«, sagte der Chefberater.

Sie gingen weiter und dachten nach. Als sie zur *Flucht des Souffleurs* kamen, sagte der Chefberater nachdenklich:

»Vielleicht könnten wir alle Physiotherapie- und Massagetechnikerverbände im Rahmen eines feierlichen Massentreffs sammeln und einen Zusatzkurs in psychomotorischer Aromatherapie anbieten, bei dem alle kostenlosen Zugang zu den aromatischsten Blumen der Schlossgärtnerei bekommen?«

Während sie über die Idee nachdachte, schaute Clotilde hoch zu dem flüchtenden Souffleur. Sie schüttelte den Kopf.

»Das erinnert sehr«, sagte sie, »an das, was wir sowieso jeden Herbst veranstalten. Ist vielleicht nicht so interessant.«

Dem konnte der Chefberater nicht widersprechen.

Nachdenklich gingen sie weiter, bis sie zum *Triumph der Bühnenkunst* kamen, dem absoluten Favoriten ihres Onkels von allen Meisterwerken hier im Park, einer wunderschön harmonisch komponierten Gruppe. Sie zeigte eine Schar Theatermitarbeiter, die einen Kinderstar zum Schafott führten.

Eine Weile standen sie da und betrachteten die Skulpturengruppe. Das Gesicht des Kinderschauspielers war von aufrichtiger Reue erfüllt, in gehämmertem Antimon gearbeitet. Das glänzende Mineral vermittelte perfekt die Illusion von tränenüberströmter Kinderhaut. Der Gesichtsausdruck war unglücklich, aber edel, der Blick starr geradeaus gerichtet, eine schlanke Gestalt mit langem Hals, dem Tod geweiht. Die Gesichter der Erwachsenen waren feierlich ergriffen davon, dass endlich Gerechtigkeit geschah, und die hinteren Figuren in der Gruppe hielten bereits die Rollenbücher für seriösere Stücke ohne Kinderrollen in der Hand. Das Schafott wurde lediglich von zwei Stufen angedeutet, die zu einem quadratischen Becken aus schwarz funkelndem Granit führten, aus dem ständig etwas blutrotes Wasser schwappte. Das Wasser rann über die Kante in ein Beet mit Pfingstrosen vom gleichen Rot, die die ganze Gruppe wie ständig neu anmutende Blutstropfen umrahmten, wenn sich die Blumenköpfe in der morgendlichen Brise wiegten. Diese wehte hier immer, so hatte es der Künstler verfügt.

Eine kleine Schwerttaube sauste zwischen den Figuren der Skulpturengruppe hindurch. Mal saß sie auf dem Arm des verurteilten Kindes, mal kreiste sie um den Kopf eines Requisiteurs. Die ganze Zeit über knurrte und gurrte sie und flog schließlich zu Clotilde, setzte sich auf ihre Schulter und gurrte ihr ins Ohr, während Clotilde vollkommen reglos dastand. Der Chefberater verfolgte den Auftritt neugierig, sagte aber nichts. Dann flog die Taube weiter.

Clotilde blieb noch etwa eine weitere Minute reglos und mit verwundertem Gesichtsausdruck stehen. Ihr Mund war halb offen, ihr Blick abwesend, als wüsste sie nicht recht, wo oder wer sie war.

Dann kam sie plötzlich wieder zu sich. Sie hatte, das nahm der Chefberater andächtig an, vermutlich eine fürstliche Eingebung erhalten. Dergleichen kam bei Fürsten hin und wieder vor; darüber hatte man ja schon gelesen. Es war ein bewegender Augenblick.

Clotilde machte den Rücken gerade, nachdenklich schaute sie ihren Chefberater an.

»Was hat sie gesagt?«, fragte der Chefberater neugierig.

»Wer hat was gesagt?« Clotilde wirkte desorientiert.

»Hat sie nichts gesagt?«

»Gesagt? Was sollte sie denn gesagt haben?«

»Ja, nein …«

»Doch, vielleicht hat sie was gesagt. Vielleicht. Wenn ich so darüber nachdenke.«

»Und was war das?«

»Ja, was hat sie noch mal gesagt …«

Clotilde sah den Chefberater mit leerem Blick an. Der Chefberater schaute flehentlich zurück.

»Tja …«

»Hat sie vielleicht gesagt«, begann der Chefberater, ohne zu ahnen, wie der Satz weitergehen sollte, »dass … dass …«

»… Ja, ich glaube, so was in der Art hat sie gesagt. Und sonst?«

»… dass wir … wir …« Der Chefberater kratzte sich verzweifelt hinter dem Ohr. Dann kam es, ohne dass man sagen konnte, woher es kam; es schoss einfach aus dem Mund des Beraters, zufällig, wie eine Dachlawine, wie wenn ein Hund plötzlich beschließt, einen Ball loszulassen: »Hat sie vielleicht gesagt, dass wir ein Benefiz abhalten sollten?«

»Genau«, sagte Clotilde erleichtert. »Das hat sie gesagt. Genau das.«

»Eure Hoheit ist so klug«, lobte der Chefberater. »Was für eine fantastische Idee. Was für eine göttliche Eingebung. Dass ich nicht selbst darauf gekommen bin, umgeben von wunderbaren Kunstwerken aus der Welt Thalias, wie wir es hier sind. Es liegt ja auf der Hand!«

»Ja«, stimmte Clotilde zu. »Ganz offensichtlich.«

»Wir verwandeln«, fuhr der Berater begeistert fort und begann auf der Stelle zu hüpfen, »die viel besprochene, am Freitag im Stadttheater stattfindende Vorstellung in eine Benefizveranstaltung. Ja, sie hätte deine Anwesenheit ohnehin verdient, aber jetzt können wir sie zu einem Benefiz erklären.«

»Ja«, sagte Clotilde zufrieden. »Davon habe ich gelesen! Die wollte ich tatsächlich gern sehen. Genehmigt.« Sie dachte nach. »Was ist eigentlich ein Benefiz?«

»Das heißt, dass die Einnahmen an einen guten Zweck gehen.«

»Verstehe. Das ist ja ausgezeichnet. Dann beschließe ich, dass die Einnahmen in meinen Haushalt fließen.«

»Nein, Clotilde«, sagte der Chefberater streng. »Sie sollen an die Familie des verstorbenen Ministers gehen.«

»Oh«, sagte Clotilde. »So ist es gemeint …«

»Die Veranstaltung stellt für uns einen Ausgabenposten dar. Das wird teuer werden, ist aber leider höchst notwendig.«

»Ich hätte sonst gedacht, dass die Einnahmen in ein neues Dach hier in Monbijou fließen könnten.«

»Dieses Mal Benefiz, nächstes Mal Dachdeckung. Eine glänzende Idee«, lobte der Chefberater. »Die Vorstellung hat ja schon wahnsinnig viel Reklame in der Presse erhalten. Und es ist ewig her, dass jemand in Jüterbog so etwas gesehen hat. Hast du es denn schon mal gesehen?«

»Nein«, räumte Clotilde ein. »Noch nie.«

»Aber du hast doch den Goldschmuck deines Vorgängers gesehen, oder? Seinen ganz persönlichen Goldschmuck, den sonst niemand zu Gesicht bekam?«

Die Frage war äußerst indiskret, doch Clotilde ließ sich nichts anmerken.

»Ja, habe ich«, gestand sie und sah aus, als dächte sie wieder an Dudelsäcke. »Viele Male.«

»Du bist so klug«, lobte sie der Chefberater von Neuem.

»Ja«, sagte Clotilde, immer noch träumend.

»Selbst trägst du keinen Goldschmuck? Ich habe nämlich noch nie Gold gesehen, muss ich zugeben«, sagte der Chefberater eifrig.

»Nicht?«

»Nein. Darum frage ich. Gestern stand in der Zeitung, du

hättest auf dein traditionelles Recht zum Tragen eines solchen verzichtet, aus demokratischen Gründen.«

Clotilde schnaubte kurz.

»In der Zeitung steht so viel dummes Zeug.«

Der Chefberater sah sie neugierig und noch eifriger an.

»Darf ich es mal sehen?«

Clotilde bedachte ihn mit einem Blick, in dem sich Belustigung und Verärgerung in zwei gleich klaren Farben mischten, und der Chefberater begriff, dass er allein mit dem Stellen einer solchen Frage einen Schritt zu weit gegangen war.

»Das darfst du *nicht*«, sagte sie. »Nein, also!«

Der Chefberater beeilte sich, rasch darüber hinwegzugehen.

»Zurück zu unserem Plan. Wir müssen schnell handeln. Als Nächstes müssen wir die Zentralbehörde in Potsdam kontaktieren und die Erlaubnis einholen, die Kirschblüte außerhalb der Saison in Gang zu setzen.«

»Wird das nicht schrecklich teuer? Ich meine, sie blühen doch normalerweise erst im August …«

»Dem Monat deines Amtsantritts. So wurde es verfügt. Aber dieses Jahr wollen wir sie vorziehen. Die Symbolik ist hervorragend. Ich sehe die ganze Stadt vor mir in rosa Glanz …«

»In meiner Farbe …«

»Anschließend«, fuhr der Chefberater fort, »ist eine Proklamation an das Volk zu verfassen, die du alsdann im Himmelsschreiber hochladen musst. Das kann bekanntlich nur die Physiokratin machen, daher musst du leider schon morgen früh in die Stadt zurückkehren.«

»*Fuck*«, sagte Clotilde.

»Liebe Clotilde«, sagte der Chefberater, »warum musst du in stressigen Situationen immer fluchen?«

Clotilde sah ihren Chefberater einen Moment lang verärgert an.

»Ich bin jetzt selber groß«, sagte sie verdrossen, »und habe es satt, zurechtgewiesen zu werden.«

»Gut, gut«, sagte der Chefberater verständnisvoll. »Was muss, das muss.«

»Ja, ob du es glaubst oder nicht, es kommt vor, dass ich fluchen muss.«

»Aber es geziemt sich nicht.«

»Das hat damals auch die Priorin gesagt«, sagte Clotilde, etwas sanfter im Ton. »Meine Persönlichkeit und mein Wesen seien geprägt von einem unschicklichen, vulgären Charakterzug, und daran müsse ich arbeiten, hat sie gesagt.«

»Damit könnte sie recht gehabt haben«, stimmte der Chefberater zu.

»Darum arbeite ich daran«, fuhr Clotilde fort. »An meiner vulgären Seite. Jeden Abend, nachdem ihr das Licht gelöscht habt, arbeite ich so hart und so lange wie möglich daran. Es scheint aber nichts zu nützen.« Sie seufzte schwer.

»Zimperlich«, sagte Clotilde, »das bist du. Oh, muss ich wirklich heute schon wieder zurück in die Stadt? Kann das nicht warten?«

»Leider nicht.«

»*Fu*–, ich meine, so ein Mist. Dabei könnte ich mir gut vorstellen, bis nach dem Sommer hierzubleiben.«

»Ich glaube, du bist nicht ganz bei Sinnen«, sagte der Chefberater. »Aber du kannst bis morgen früh um acht hierbleiben und dich ein bisschen entspannen. Dann steht die Almosine für dich bereit. Auf die Minute genau.«

»So bald schon?«, klagte Clotilde, merkte aber, dass es nichts nützte.

»Habe ich deine Zustimmung, um loszulegen?«

»Ja. Ja, vielen Dank. Na klar. Genehmigt.«

»Dann bitte ich um Erlaubnis, mich sofort zurückziehen zu dürfen. Vor mir liegt viel Arbeit. Ich muss eine Anweisung ans Theater senden, eine Proklamation entwerfen und den Antrag nach Potsdam schicken.«

»In Ordnung. Sehr freundlich von dir.«

»Es tut mir leid, dich allein zurückzulassen.«

»Alles für das Benefiz«, sagte Clotilde, nach wie vor verträumt.

Aber

49

der Doktor war bestens gelaunt, wie Ärzte es bei der Begegnung mit hoffnungslosen Fällen stets zu sein pflegen.

»Na, wie geht's uns heute«, gluckste er, als er Freyas hagere, bleiche Gestalt im Morgenmantel erblickte. »Es geht uns wohl nicht so gut, oder?«

»Nein, so gut geht es uns wohl nicht«, seufzte Freya.

»Aber ins Theater wollen wir gehen? Hm?«

»Es ist Mutters Idee«, sagte Freya. »Sie denkt, es würde mich vielleicht aufmuntern –«

»Das ist nicht sehr wahrscheinlich«, konstatierte der Arzt und zog die Flasche mit Trockeneis heraus. Anschließend tauchte er das Stethoskop hinein, damit es sich auf der Haut besonders unangenehm anfühlte. Freya seufzte.

»Dann ziehen wir jetzt den Morgenmantel aus«, sagte der Arzt. »Und ein bisschen dalli. Genau so. Und jetzt das Nachthemd. Oh, was für schöne Brüstchen wir gerade bekommen.«

»Bekommen wir die?«

»Die bekommen wir. Richtig hübsche. Und schön straffe. Wie schade, dass wir sie und ihre sensiblen Freuden nie mit einem wohlhabenden älteren Mann teilen werden, so krank, wie wir sind.«

»Werden wir das nicht?«

»Es sieht bisher nicht danach aus.«

»Stimmt es, dass ich sterben muss?«

»Wir müssen alle sterben«, sagte der Arzt philosophisch. »Ja, nicht wenn wir die richtige Medizin haben«, fügte er hinzu. »Teure Medizin. *Aqua aurea*. Goldwasser. Dann müssen wir nicht sterben. Noch nicht, jedenfalls.«

Freya seufzte. Sie dachte an ihre Mutter. Wie unglücklich sie wäre. Zum einen, weil Freya nicht mit ins Theater könnte, und zum anderen, weil sie später …

Der Doktor drückte das eiskalte Stethoskop auf ihre Haut. Sie fuhr zusammen.

»Gute Reflexe«, sagte der Doktor. »Ausgezeichnet. Quicklebendig. Aber wir sind nicht fit genug, um ins Theater zu gehen.«

»Sind wir das nicht?«, fragte Freya unglücklich.

Er lachte herzhaft.

»Nein, leider nicht«, sagte er. »Dafür müssen wir zuerst eine gründlichere Untersuchung vornehmen und die Mikrobe finden, und anschließend müssen wir sie außer Gefecht setzen. Damit wir nicht infektiös sind, wenn wir ins Theater gehen, und auch in entsprechender Form.«

»Ah so. Verstehe.«

»Einmal husten und einatmen. Husten und einatmen. Herrje. Schon sind unsere zehn staatlich finanzierten Minuten um«, sagte der Arzt, nahm das Stethoskop ab und packte es wieder in seine große Arzttasche. Freya hatte keine Ahnung, was er sonst noch darin aufbewahrte, denn er hatte nie etwas anderes als das Stethoskop benutzt. Und das Thermometer.

»Wollen wir nicht die Temperatur messen?«, schlug Freya vor.

»Doch«, sagte der Arzt angeregt. »Gute Idee. Das haben wir ganz vergessen.«

Freya legte sich hin und streckte ihm den Po entgegen.

»Stecken Sie es in uns rein«, sagte sie.

»Direkt rein? Die Salbe dafür kostet extra«, informierte sie der Arzt.

»Wir brauchen keine Salbe. Stecken Sie es einfach rein.«

Der Arzt steckte es hinein.

»Wenn wir«, flüsterte sie in das Kissen, »die Erlaubnis bekommen, alles, was wir wollen, ohne Salbe in uns hineinzustecken, können wir dann eine gründlichere Untersuchung bekommen und auch Medizin?«

Der Arzt hantierte mit dem Instrument.

»Angenehm warm«, stellte er fest. »Achtunddreißigeinhalb. Eigentlich genau richtig.«

»Wir können auch mit den Brüsten spielen«, bot Freya an.

»Abgemacht«, sagte der Arzt. »Ich dachte schon, du kämst nie zur Sache.«

Der Arzt war ein Mann der Ehre und des Worthaltens. Hinterher untersuchte er sie gründlich mit dem Makroskop. Er hielt es an verschiedene Stellen ihres Körpers, die noch zitterten. Aber sie hatte ja so gute Reflexe. Er forderte sie auf, weniger quecksilbrig zu sein, doch das war nicht so einfach. Irgendwann hielt sie so gut still, dass er anfangen konnte, die Mikrobe zu lokalisieren. Nachdem er sie an verschiedenen Stellen gesucht hatte, an denen sie normalerweise saß, wie zum Beispiel in den Lungen, im Schritt, in den Oberschenkeln und so weiter, fand er sie schließlich im Ellbogen.

»Da haben wir dich«, sagte er erregt. »Du Mistkerl. Siehst du: Hier haben wir den Sünder.«

Freya schaute durch das Okular des Makroskops und erschauderte. Die Mikrobe sah wirklich nicht besonders nett aus, wie sie sich in ihre Ellbogensehne verbissen hatte. Sie hatte große grüne Augen und drei Münder voller sägezahnartiger gelbbrauner Zähne.

»Igitt«, sagte sie und erschauderte bei dem Anblick.

»Ein richtiges Biest.«

»Das sehe ich.« Sie schluckte.

»Aber jetzt wollen wir es ein paar Tage lang in Schach halten«, sagte der Arzt und zog eine fürchterlich große, gruselig aussehende Spritze aus der Tasche.

»Das ist das Goldwasser?«, kam es von Freya, halb Frage, halb Behauptung.

»So ist es«, sagte der Arzt. »*Aqua aurea.* Gleich wird es wehtun.«

»Das macht nichts«, sagte Freya. »Wir haben aber Angst.«

»Nicht alles, was wir in uns hineinstecken, ist angenehm«, sagte der Arzt. »Aber so ist nun mal das Leben.«

»Ich habe Angst.«

»Das verstehe ich.«

Sie schrie auf, als sich die Nadel oberhalb des Ellbogens in ihren Oberarm bohrte. Es fühlte sich an, als bohrte sich die lange Nadelspitze direkt in ihren Knochen.

»Jetzt bohrt sich die Spritze direkt in unseren Knochen«, bestätigte der Arzt und lächelte sein heilversprechendstes Lächeln.

Freya weinte. Der Arzt drückte noch fester.

»Wie lange hält die Wirkung an?«

»Rund eine Woche«, sagte der Arzt und drückte den Kolben der Spritze mit aller Kraft hinein, dabei musste er mit seinem eigenen Körpergewicht nachhelfen, das nicht gerade unbedeutend war, wie Freya hatte feststellen können.

»Wenn wir«, schluchzte sie, »wenn wir das Gleiche nächste Woche wiederholen, kann die Mikrobe dann eine weitere Spritze bekommen? Und auch in der Woche darauf? Und so weiter? Bis wir gesund sind?«

»Nein«, sagte der Arzt, »und jetzt trocknen wir unsere Tränen. An- und Verkauf erfolgt nur bei Neuware.«

Freya schluchzte noch lauter.

»Schon gut«, sagte er. »Es gibt Schlimmeres. Ware der Güteklasse A ist man nur einmal im Leben. Außerdem lässt sich sowieso nicht genug *Aqua aurea* beschaffen. Nicht in den Mengen, die wir bräuchten, um den Schlingel hier in Schach zu halten.«

»Es gibt nicht genug?«

»Die Apotheken hier in der Stadt haben fast nichts mehr auf Lager. Und es kostet ein Vermögen. Es wird nur auf Sonderbestellung hergestellt. Ich dachte, das wüsstest du. So. Jetzt spritzt die Spritze das Goldwasser in uns hinein.«

»Das spüren wir.«

»Ist ja gut«, tröstete sie der Arzt und tätschelte zur Beruhigung ihre Brust, in der er vorhin noch einen eleganten kleinen Abdruck seines Gebisses hinterlassen hatte. »Wir schaffen es zumindest ins Theater. Das ist doch schon mal was.«

»Ja«, seufzte Freya resigniert. »Das ist schon mal was.«

»So, dann wären wir fertig. Eine absolut gelungene Behandlung, das können wir sagen.«

»Vielen Dank, Doktor«, sagte Freya.

Aber

50

jemand hob vorsichtig die Bettdecke hoch und zog die Seidendecke weg. Clotilde hielt ihren wohlverdienten Mittagsschlaf und merkte es nicht. Jemandes Augen inspizierten eingehend ihren nackten weißen Körper. Zunächst lag Clotilde auf dem Bauch. Doch dann drehte sie sich um. Der Betreffende nickte zufrieden und legte die Decke behutsam zurück an ihren Platz.

»Frau Gallenbach«, sagte Clotilde schlaftrunken, doch der Betreffende hatte sich bereits absentiert, und das Einzige, was sie hörte, war ein leises Knacken, als sich die Tür diskret hinter dem Besucher schloss. Unbeeindruckt drehte Clotilde sich um und schlief weiter.

Aber

51

als die Katze erwachte, war der Tag bereits weit fortgeschritten, und die Sonne erwog allmählich, mit dem allabendlichen Untergang zu beginnen. Irgendwie war die Katze im Laufe der Nacht auf derselben Decke gelandet wie der Pudel und stank jetzt abscheulich nach Hund. Der Pudel war nirgendwo zu sehen.

Die Katze streckte sich und merkte im selben Moment, dass exotische Drinks auf leeren Magen nichts für sie waren. Sie überwand ihre natürliche Abneigung und machte sich über das Restwasser in dem Schälchen her, aus dem der Pudel getrunken hatte. Auf dem Fayenceteller daneben lag eine halb verzehrte Sardine, die sich die Katze einverleibte.

Sie fühlte sich zwar nicht viel, aber ein bisschen besser und begann aufs Geratewohl durch die Wohnung des Fischhändlers Markus zu spazieren. Die seltsamen und dramatischen Ereignisse der Nacht standen ihr noch klar vor Augen, abgesehen vielleicht vom Ende. Abwegig, dachte sie. Vollkommen abwegig. Sie dachte an ihren nüchternen Kameraden, den Hund, der ganz sicher gesagt hätte, dergleichen würde in der Realität nicht vorkommen. Von wegen! Hier lief sie herum, und alles war real. Das, was geschehen war, war real, und das, was Fischhändler Markus gesagt und getan hatte, war real. Der Barschrank in der Ecke war jetzt verschlossen und schlief, aber die Katze wusste, was er in Wirklichkeit hinter seiner berauschenden Fassade beherbergte.

Bei Markus war es sauber, schön und ordentlich. Die Bücher in den Regalen waren, wie es sich für Bücher gehört, fein säuberlich nach Farbe und Größe sortiert, ansonsten lagen oder standen alle Gegenstände hübsch gestapelt an festen Plätzen. An der Garderobe hingen frisch gebügelte Hemden, und Schuhe und Stiefel standen frisch geputzt in Reih und Glied. Im Schlafzimmer war das Bett gemacht, und in der Küche war nicht einmal so viel wie eine Brotkrume außer Kontrolle.

Kontrolle. Das war das Stichwort. Hatte Markus vom Kontrollzentrum Anweisungen erhalten?

In einem kleinen Ecksalon mit Fenstern aus unbeständig gefärbtem Glas war in die Wand ein riesiges Aquarium eingelassen. Es war sehr schön, und die Katze blieb eine Weile sitzen, um es zu betrachten. Vergnügte, umhegte und frisch gestriegelte Fische schwammen wohlerzogen in dem großen Tank; auch sie waren fein säuberlich nach Farbe und Form sortiert, von den kleinsten marinierten Heringen über Regenbogenschellfische bis hin zu den großen ehrwürdigen Edelkarpfen.

Die Karpfen trugen auf dem Schwanz Clotildes Monogramm, was der Katze einen leisen Pfiff entlockte. Dieser Markus war offensichtlich ein geübter und fleißiger Karpfendieb. Neben dem Aquarium befand sich eine Abstellkammer, auf deren Tür *Anglerausrüstung* stand. Die Tür war nur angelehnt, und die Katze steckte den Kopf hinein. Die Abstellkammer war voller Waffen: Pistolen, Gewehre, Armbrüste und Totschläger. Außerdem gab es dort zwei Angelruten und einen Kescher.

Schnell zog die Katze ihren Kopf wieder zurück. Das hier war äußerst unbehaglich.

Jetzt hörte sie Geräusche vom Stockwerk darunter. Die Türglocke im Laden klimperte fröhlich, Stimmen erklangen. Die Katze lief über die schmale Wendeltreppe nach unten und zur Tür in den Laden, die einen Spaltbreit offen stand.

Hinter dem Tresen stand Markus in seinem weißen Fischhändlerkittel und bediente die heutigen Kunden, als wäre nichts gewesen. Und es wimmelte nur so von ihnen, es waren viel mehr als sonst an einem normalen Donnerstag. Der kleine Pudel lief eifrig hin und her und half bei allem Möglichen, trug das Einkaufsnetz der Kunden zur Tür, bürstete ihnen mit dem Schwanz die Schuhe ab und führte sich liebenswürdig auf, bellte munter. Es schien, als hätte er die nächtlichen Vorkommnisse komplett vergessen. Um seine Fröhlichkeit noch zu unterstreichen, hatte Markus ihm eine rosa Schleife an den Schwanz gebunden.

Die Katze rieb sich die Augen.

Der Fischhändler drehte sich um, erblickte die Katze und rief fröhlich:

»Endlich wach, wie ich sehe. Wird ja auch Zeit. Sieh mal, hier habe ich was für dich.« Mit zwei Schritten war der Fischhändler bei der Katze, und bevor sie wusste, wie ihr geschah, hatte auch sie eine rosa Schleife um den Schwanz, die gleiche wie der Pudel.

»So«, sagte Markus laut. »Gut siehst du aus. Jetzt kannst du mir mit den Kunden helfen, heute ist viel zu tun, wie du siehst.«

Die Katze sah ihn missbilligend an. Markus flüsterte aus dem Mundwinkel: »Sag jetzt nichts Falsches, sondern mach gute Miene zum bösen Spiel.«

»Ich *habe* schon einen Job. In der Stadtbibliothek. Dort warten sie bestimmt darauf, dass ich …«

»Nicht mehr. Du arbeitest jetzt für *mich*. Mit Haut und Schnurrhaaren. Hast du das vergessen?«

Die Katze seufzte. Dann blickte sie verstohlen zu der wartenden Menge.

»Was hat eigentlich dieser Menschenauflauf zu bedeuten?«

»Morgen ist doch ein großer Festtag«, sagte Markus laut.

»Festtag?«

»Und Fisch und Meeresfrüchte sind Festtagsessen, oder?«

Das konnte die Katze schwerlich leugnen.

»Eben«, sagte Markus aufgeräumt und wandte sich wieder der Kundenschar vor der Theke zu. Jetzt sah die Katze, dass nahezu alle rosa Schleifen oder Rosetten an ihren Kleidern trugen. »Nicht wahr, gnädige Frau«, sagte der Fischhändler zu einer älteren Dame. »Nur das Beste aus der geheimnisvollen Tiefe des Meeres ist gut genug für ein richtiges Fest. Das wissen alle. Soll es vielleicht eine kandierte Seeanemone sein?« Er hielt ihr eine gepolsterte Schachtel mit delikatestem Meeresfrüchtekonfekt hin.

Die ältere Dame nickte zustimmend und schaute in die

Schachtel mit den Verlockungen. Ganz offensichtlich fiel es ihr schwer zu entscheiden, auf welchen Leckerbissen sie am meisten Lust hatte.

»Sie können gern auch zwei verschiedene nehmen, gnädige Frau«, sagte Markus. »Die gehen heute aufs Haus. Die rote ist mit Marzipan gefüllt, die blaue mit Nougat. Ja, Sie auch, mein Herr. Greifen Sie nur zu. Was darf es sonst noch sein? Ein Kilo Barschkoteletts? Kommt sofort.«

Er wandte sich an die Katze.

»Hör zu, Kamerad«, sagte er. »Könntest du schnell mal im Lager nachschauen, ob wir noch mehr Konfekt haben? Es sieht so aus, als würde der Andrang noch zunehmen. Denn morgen ist ein großes Fest.«

Verwirrt trottete die Katze ins Lager, das einen Ausgang zum Gässchen hatte. Eisige Luft und Fischgeruch schlugen ihr entgegen. In den Regalen standen richtig viele Schachteln mit bestem Meeresfrüchtekonfekt, mindestens fünfzehn Stück, daher verstand sie nicht, wie Markus an seinem Vorrat zweifeln konnte. An Haken hingen kostbare Schwertfische und goldflossige Rochen, in Kisten voller Eis lagen die heutigen Lieferungen an Blaudorsch, Tigermakrelen und anderen Speisefischarten. Dazu alle Arten von Schalentieren. Hummerscheren und Kanarienaustern, Eismeergarnelen und Nordseesterne. Die Katze spürte, wie ihr das Wasser im Mund zusammenlief. Dennoch riss sie sich von dem farbenfrohen Anblick los und kehrte in den Laden zurück, in dem die zu bedienenden Kunden immer noch dicht gedrängt standen.

»Genug Konfekt«, sagte sie zu Markus, der vollauf mit Filetieren und Einpacken beschäftigt war.

»Ausgezeichnet«, sagte Markus. Leise fügte er hinzu: »Ist dir sonst noch was aufgefallen?«

»Neee«, flüsterte die Katze zurück. »Was denn zum Beispiel?«

»Etwas Ungewöhnliches.«

»Nur gewöhnlicher Fisch«, sagte die Katze nach kurzem Nachdenken.

»Roger«, murmelte Markus. Laut sagte er über die Theke hinweg: »Und was möchten Sie für morgen haben, gnädige Frau? Ein Kilo Grenadierblutklöße? Eine ausgezeichnete Wahl für eine Festmahlzeit. Lassen Sie mich nachschauen, ob ich noch mehr davon im Hinterzimmer habe.«

Die Katze schob er vor sich her ins Hinterzimmer.

»Ich glaube nicht, dass noch mehr Grenadierblutklöße …«, setzte die Katze an, aber Markus brachte sie zum Schweigen:

»Es ist so, dass der morgige Freitag sehr kurzfristig zum Jubeltag ausgerufen wurde. Zum Jubeltag für alle mit komplettem Zeremoniell.«

Die Katze gab ein verblüfftes Miauen von sich.

»Alle Achtung«, sagte sie. »Das kommt unerwartet.«

»Vielleicht – vielleicht auch nicht. Die Markgräfin Clotilde wird sich mit einer Proklamation an das Volk wenden, das Volk soll Konzerte, Tanzveranstaltungen und Gratismassagen bekommen, und alle Hausstände mit mindestens einem stimmberechtigten Bewohner erhalten einen Zuschuss zu einer privaten Festmahlzeit. Gerade werden auf dem Marktplatz Bons ausgegeben. Darum sind so viele Menschen im Laden. Sie beeilen sich, ihre Bons in Delikatessen einzutauschen, solange noch etwas da ist. Ja, auf dem Marktplatz werden auch Festschleifen ausgeteilt, damit alle für die Feierlichkeiten festlich geschmückt sind. Zudem findet als Krönung des Ganzen morgen Abend im Stadttheater eine Benefizvorstellung statt.«

»Eine was?«

»Ein Benefiz.«

»Hat das was mit Fisch zu tun?«

»Nein.«

»Dann weiß ich nicht, was es ist.«

»Das erkläre ich dir später. Die Kunden warten. Jetzt hör mir gut zu. Das macht mir gewissermaßen einen Strich durch die Rechnung, denn ich kann bei dem Andrang ja nicht den Laden zumachen und weggehen. Das wäre zu auffällig. Andererseits … Irgendetwas ist im Busch.«

»Hm«, sagte die Katze und legte das Gesicht in nachdenkliche Falten. Sie verstand nur Bahnhof.

»Irgendetwas geht hier vor. Ich habe einen Verdacht, und ich habe von einem meiner Informanten etwas zugetragen bekommen, aber ich bin mir nicht sicher. Darum habe ich mein Hawaiihemd zum Trocknen rausgehängt. Vielleicht erhalte ich im Laufe des heutigen oder auch des morgigen Tages eine Nachricht. Hör zu. Du musst das Lager ab jetzt regelmäßig im Auge behalten. Genauer gesagt das Gässchen vor dem Lager. Das ist sehr wichtig. Zu jeder ungeraden Stunde, von der vollen Stunde bis Viertel nach. Wenn bis dahin nichts passiert ist, kommst du zur nächsten ungeraden Stunde wieder.«

»Zu Befehl, Chef.«

»Du brauchst mich nicht – wobei, doch. Nenn mich ruhig Chef. Tu das. Das ist gut. Dann glauben die Leute, du seist hier angestellt.«

»Jawohl, Chef. Nach was oder wem soll ich Ausschau halten?«

»Das wirst du merken, wenn es so weit ist. Das Codewort lautet: *Das Hemd hängt draußen*. Pass gut auf, was gesagt wird, und gib es wortgetreu an mich weiter.«

»Kann man vielleicht einen Hinweis bekommen?«

»Kann man nicht. Man kann sich aber nützlich machen,

zum Zeitungskiosk laufen und darum bitten, dass der Kioskbesitzer rasch mehr alte Zeitungen vorbeibringt. So schnell er kann. Mir geht das Einpackpapier für den Fisch aus.«

»Zu Befehl, Chef.«

»So. Jetzt beeil dich.«

Die Katze wollte gerade davondüsen, da fiel ihr noch etwas ein:

»Darf ich mir zum Frühstück ein paar Hummerscheren nehmen, Chef?«

»Das darfst du.«

Die Katze wollte erneut davonrennen, doch dann fiel ihr noch etwas ein:

»Glaubst du, der Mord an Alma Mutterberg hängt irgendwie mit diesem Jubeltag zusammen?«

Der Fischhändler sah sie eindringlich an.

»Ich würde es nicht völlig ausschließen.«

»Hat es etwas mit den Goldmachern zu tun?«, fragte die Katze, mehr um Interesse zu zeigen. Das Ganze war ihr zu hoch, und sie hatte bereits in der Nacht eingesehen, dass sie sich eigentlich kein dramatisches Leben als Detektiv wünschte. Um nicht zu sagen: als Spion. Die Katze erinnerte sich nur zu gut an den alten Spruch der Gesinnungskampagne in ihrer Jugend: *Der Spion wird erschossen, die Akte geschlossen.* Ach ja. Und jetzt war sie selbst Spion.

Aber Markus sah sie mit einem Mal aufmerksam an:

»Das ist ein sehr interessanter Gedanke, den man da soeben hatte, Herr Katz«, sagte er anerkennend.

»Nicht wahr«, sagte die Katze, die sich sogleich wertgeschätzt und interessant fühlte.

»Hm«, sagte Markus. »Schauen wir mal. Aber jetzt fort mit dir. Ich muss zurück in den Laden und der Grenadierblutklößebestellung eine Absage erteilen.«

»Empfiehl stattdessen Laternenfischsoufflé«, sagte die Katze, »das schmeckt fast genauso.«

»Fort mit dir. Laternenfischsoufflé, also wirklich.«

»Aber es schmeckt tatsächlich genauso, Chef.«

»Du kannst dir vier Hummerscheren nehmen, wenn du beim Kiosk nach den Zeitungen gefragt hast. Beeil dich!«

Die Katze sauste davon.

Aber

52

am selben Morgen hatte Jean-Rolf Bündelach-Purtroppo Wort gehalten und die Bühne wie auch eine Mannschaft zur Verfügung gestellt. Zwei Kulissenschieber waren dabei, den schiefen Brettern des alten Stadttheaters eine einfache, aber schöne Szenografie zu verpassen: Als Hintergrund wurde ein samtblauer runder Schirm aufgestellt, auf den man mit einfachen Mitteln Vollmond und Sterne projizieren konnte. Mitten auf der Bühne montierten sie schwarz drapierte Podien, auf denen die Apparate stehen sollten, und auf Geheiß des älteren Goldmachers stellten sie auch einen Ganzkörperspiegel und einen einfachen Lehnstuhl auf, der mit buntem papageiengemustertem Kaliko bezogen war. Die Dunkelmänner montierten oben unter dem Schnürboden Scheinwerfer nach Anweisung des Beleuchters, während eine Reinigungskraft nach und nach die Stühle im Saal absaugte und sie dafür von den Laken befreite.

Der jüngere Goldmacher saß in einer der Reihen, die sie schon gesaugt hatte, und betrachtete erschöpft, wie der ältere Goldmacher überall gleichzeitig war, mal vorne auf dem Proszenium, mal auf einer Leiter, mal oben auf dem Boden. Ganz so, als wäre ihm sein Alter abhandengekommen. Mit klarer und präziser Stimme sowie begeisterten, jugendlichen Bewegungen kommandierte er die Kulissenschieber hierhin und dorthin, schalt die Dunkelmänner, fuhr die Reinigungskraft an, weil sie so viel Krach machte; kurzum, er war in seinem Element. Der jüngere Goldmacher fühlte sich hingegen alt: müde und verwirrt. Wollte er nicht jetzt um diese Zeit in Cottbus sein? Cottbus kam ihm vor wie ein Traum. Wartete in Cottbus nicht jemand auf ihn? Ganz sicher, aber warum und wer? Sabine? Angine? Das alles fühlte sich mittlerweile weit weg an, als gehörte es zu einem anderen abgeschlossenen Leben oder als wäre es ein Traum. Vielleicht war aber auch das hier der Traum, aus dem ein Aufwachen unmöglich war.

Er warf einen Blick auf den Alten, der den traditionellen blauen Goldmacherumhang über die Schultern drapiert hatte und mit funkelnden Blicken die Kulissenschieber herumkommandierte, sie sollten den Lehnstuhl mit Kalikobezug nun schon zum dritten Mal verschieben, weiter nach vorne auf dem Proszenium. Und im selben Moment ging ihm auf, selbst wenn er an der Kreuzung wahrheitsgemäß gesagt hätte, er wolle nach Cottbus, so wäre ihm der Alte auch nach Cottbus gefolgt. Das Gleiche wäre dort passiert. Nur in einem anderen Hotel, in einem anderen Rathaus, in einem anderen Stadttheater. Oder vielleicht wären sie ohnehin in Jüterbog gelandet. Dieses Gefühl hatte er ganz deutlich.

Er hatte nicht viel geschlafen, denn der gestrige Abend war lang gewesen, und der alte Meister hatte ihn und die Massagetechnikerinnen mit zahlreichen Goldmacheranekdoten und langen Rezitationen der gesammelten Epitaphe des Dichters wach gehalten, und anschließend hatte ihn Hinkelinke bis zum Morgengrauen mit ziemlich schmerzhafter, aber effektiver mikronesischer Physiotherapie mit symbolisch-kannibalischen Einsprengseln (daher das Geschrei) wach gehalten, sodass er nicht nur müde war, sondern auch noch steif, insbesondere in den Kniekehlen, und es ihm vor den Augen flimmerte. Es dauerte eine Weile, bis er hörte, dass der Alte ihn auf die Bühne kommandierte und dass er vermutlich schon mehrmals gerufen hatte.

Benebelt wackelte er auf die Bühne, wo der Alte ihm sogleich Regieanweisungen erteilte. Wenn wir vorgestellt werden, gehen wir zuerst nach vorne – so – dann verbeugen wir uns – so – dann verbeugen wir uns noch mal – so – dann ziehen wir uns auf der Bühne zurück – hierhin – dann gehen wir nach links – dorthin – dann kündige ich deine erste Nummer an – – und?

Verwirrt schaute der jüngere Goldmacher seinen Kollegen an.

»Ja?«, sagte dieser. »Ich gehe davon aus, dass du eine effektvolle Eröffnungsnummer hast?«

Eigentlich nicht, dachte der Jüngere; ich stehe ja meistens an Straßenecken und nehme es, wie es kommt.

»Tja«, begann er zögerlich und spürte den kritischen Blick des Älteren auf sich, »ehrlich gesagt …«

»Ja?«, fragte der Ältere gedehnt.

Er stockte. Stand da. Theater, dachte er. Bühne und Dekorationen. Schminke. Beleuchtung. Musik. Natürlich waren das Elemente, von denen er an der Hochschule gehört hatte, aber lediglich in der Theorie. Dergleichen machte man früher, lange vor seiner Zeit.

»Nun?«, fragte der Alte inquisitorisch. »Hast du eine passende Eröffnungsnummer oder nicht?«

»Also, ich …«

In dem Moment wurden sie unterbrochen, weil die Tür auf der entgegengesetzten Seite des Saals mit einem lauten Schlag aufging. Herein stürmte eine Gestalt, die wild mit den Armen fuchtelte, im Gegenlicht der Scheinwerfer war aber nicht zu erkennen, um wen es sich handelte. Ihr folgten langsamen und gemessenen Schrittes zwei weitere Silhouetten.

Als die erste Gestalt in den Schein des Bühnenlichts getreten war, sahen sie, dass es sich um Jean-Rolf Bündelach-Purtroppo in eigener freudestrahlender Person handelte und dass er ihnen begeistert zuwinkte.

»Ja?«, sagte der ältere Goldmacher scharf und laut mit Irritation in der Stimme. »Wir proben.«

»Das sehe ich, das sehe ich, und es tut mir leid«, sagte Jean-Rolf Bündelach-Purtroppo. »Es tut mir wirklich leid. Aber es ist Besuch für Sie gekommen. Wichtiger Besuch.«

»So?«

»Sehr wichtiger«, versicherte der andere mit sprudelnder Begeisterung in der Stimme. »Ooooh, jaa, oh, oh. Aber übergeben wir unseren Gästen lieber selbst das Wort.«

»Gut, gut«, sagte der ältere Goldmacher. »Fünf Minuten Pause, Leute!«, rief er den Kulissenschiebern und dem übrigen technischen Personal zu. »Und *du*«, zischte er und zeigte mit drohendem Zeigefinger auf die saugende Reinigungskraft, »du hörst sofort mit diesem Geräusch auf. Davon wird man ja verrückt.«

»Diese Herren«, sagte Jean-Rolf Bündelach-Purtroppo theatralisch und zeigte mit einer eleganten ausladenden Armbewegung auf die beiden Silhouetten hinter sich. »Diese Herren sind vom Schloss.«

»Oh«, sagte der ältere Goldmacher kurz. Doch dann änderten sich bei ihm Stimme wie auch Körpersprache. »So ist das. Willkommen.«

Die beiden Herren traten in den Lichtschein. Sie trugen beide graue Jacketts mit diskretem rosa Monogramm auf dem Revers, beide hatten graue Handschuhe und beide hielten pro forma einen kleinen Hut in der linken Hand.

»Darf ich vorstellen«, sagte der Intendant. »Die Herren Messel und Gabel, Erste Sekretäre der Protokollabteilung.«

»Es ist uns eine große Ehre«, sagte der ältere Goldmacher und verbeugte sich leicht in Richtung der beiden.

»Es ist uns eine große Ehre«, wiederholte der jüngere Goldmacher schlafwandlerisch und verbeugte sich automatisch.

Die Ersten Sekretäre der Protokollabteilung verbeugten sich auch, ebenso kurz und formell. Während die Herrn Messel und Gabel sich verbeugten, erfuhren ihre Hüte eine winzige Farbveränderung in Richtung Rosa, kaum erkennbar, es sei denn für ein empfindsames Auge. Als sie sich nach zweisekündiger Verbeugung im korrekten 23-Grad-Winkel wieder aufrichteten, fanden die Hüte zu ihrer ursprünglichen Farbe zurück.

Der eine Erste Sekretär trat einen weiteren Schritt ins Licht und zog ein Dokument aus der Innentasche. Er faltete es auseinander und räusperte sich. Es war ein trockenes Räuspern, aber so formell, dass es sich gleich einem Schlag auf der Rührtrommel rasch durch den ganzen Theatersaal fortpflanzte, woraufhin sich alle strafften und still wurden. Sogar die Reinigungskraft beendete ihre Sauggeräusche.

»Der Kabinettssekretär Ihrer Königlichen Hoheit der Markgräfin von Jüterbog gibt sich befehlsgemäß die Ehre, kundzutun …«, begann er, und alle waren ganz ergriffen. Jean-Rolf Bündelach-Purtroppo entfuhr ein leises Schluchzen, und die Kulissenschieber rissen sich ausnahmsweise die hässlichen Schiebermützen vom Kopf und entblößten ihre kahlen Schädel. Der Beleuchter wischte sich über ein staubtrockenes Auge. Die Maskenfrauen hatten sich wie auf Kommando in einer offenen Tür versammelt und schauten neugierig in den Zuschauerraum, während der eine Erste Sekretär der Protokollabteilung (es war unklar, ob es sich um Herrn Messel oder

Herrn Gabel handelte) seine lange und formalistische Aufzählung herunterbetete. Das Gefühl von Feierlichkeit stieg sowohl bei den Künstlern als auch beim übrigen Personal; die Augen der Kartenknipser glitzerten, die Uniformknöpfe der Schokoladenkinder glänzten, als der Herr der Protokollabteilung endlich zum Höhepunkt kam:

»*Benefiz*«, sagte er und alle klatschten. Die Reinigungskraft fasste sich an die Stirn und sah aus, als wollte sie in Ohnmacht fallen.

»Danke vielmals, danke vielmals«, sagte der ältere Goldmacher dankbar und legte beide Hände auf die Brust, an der Stelle, an der sich vermutlich sein Herz befand.

»Danke vielmals, auch von unserer Seite«, rief Jean-Rolf Bündelach-Purtroppo, der nicht weniger dankbar wirken wollte, gab sich selbst die Hand, küsste intensiv und leidenschaftlich beide Handrücken, bevor er die Fäuste öffnete und die Küsse in Richtung der beiden Herren der Protokollabteilung schickte, die viel zu routiniert waren, um peinlich berührt zu sein.

Mittlerweile war auch das Gros der Tänzer aus dem Keller gekommen, wo sie bis jetzt schmollend gesessen hatten, und klatschten begeistert. Auch sie schickten Küsse in Richtung der Herren Messel und Gabel, während sie *a cappella* eine kleine Bossa nova der bevorstehenden Aufführung anstimmten:

»*Jüterbog, der Diamant der Welt*
Mit feinsten Massagefertigkeiten
Das wissen alle, die gibt's hier für Geld,
Auch das Essen ist keineswegs bescheiden
Tralla la la! Halliho-haha!
Hoi!«

Die beiden Herren vom Schloss bedankten sich mit würdigen Kopfbewegungen und errötenden Hüten. Jean-Rolf Bündelach-Purtroppo betrachtete stolz seine singenden Artisten, und man konnte bereits sehen, wie in seinem Intendantenkopf Gedanken Gestalt annahmen, wonach die Vorstellung der beiden Goldmacher um musikalische Darbietungen und gern auch etwas Tanz erweitert werden müsste. Gern mit reichlich Tanz, wenn er ehrlich sein sollte, und während sein *corps de ballet* bereits eine Zusatznummer gab, dieses Mal eine feurige Samba, flüsterte er dem älteren Goldmacher unverhohlen zu:

»Wir brauchen Tanz! Und Musik!«

Der ältere Goldmacher nickte unverbindlich und lächelte freundlich.

»Brauchen wir Tanz? Und Musik?«, flüsterte der jüngere Goldmacher seinem älteren Kollegen zu, während die restlichen Anwesenden anfingen, im Takt zu klatschen und um die zwei Gesandten des Hofs herumzutanzen.

»Weiß nicht«, murmelte der Ältere aus dem Mundwinkel.

»Was geht hier ab?«, fragte der Jüngere.

Der Ältere antwortete ihm mit nur einem Wort:

»Benefiz«, sagte er und lächelte ein zufriedenes Lächeln, was den Jüngeren darüber nachdenken ließ, was wohl mit dem Gesicht eines Mannes passiert, der sich Tage und endlose Wochen lang durch die Wüste gekämpft hat und endlich bei der Oase mit Getränkeautomat und vollen Ausschankrechten ankommt.

»Benefiz?«, fragte der jüngere Goldmacher und merkte, wie sein Herz einen Hüpfer machte. Unten im Zuschauerraum entdeckte er gerade die kleine Hinkelinke, die gekommen war, um ihn während der Proben zu bewundern. Jetzt sah sie mit Sternchen im Blick zu ihm auf.

»Benefiz«, sagte der Ältere und klopfte ihm beruhigend und benefaktorisch auf die Schulter.

Aber

53

die Rohrpost mit dem wichtigen Dokument wurde sorgfältig zugeschraubt und mit unsichtbaren Siegeln aus Schwalbenspucke bestückt, in denen Clotildes fürstliches Profil als Wasserzeichen zu erkennen war, wenn die Siegel mit infragrünem Licht angestrahlt wurden. Ein feierlich gekleideter Lakai trug die Kapsel auf einem Silbertablett zur Sendetafel im Büro der Postkanzlei, wo zwei Beamte in Uniform aus eintönigkeitsgrauem Tweed sie ein letztes Mal unabhängig voneinander untersuchen und genehmigen mussten. Kurz und genehmigend nickten sie sich gegenseitig zu. Anschließend genehmigten sie mit demselben Ernst die Einstellung der Route für die Rohrpost auf der Sendetafel, legten zusammen die Kapsel in das Mundstück, verschlossen es, senkten den Druck in der Kammer ab und zogen gemeinsam am Hebel.

Mit einem saugenden Swosch, gefolgt von einem leisen Rauschen, verschwand die Rohrpost und machte sich auf den Weg zu ihrer vorbezeichneten Reise durch das Vakuum.

Zunächst schoss die Kapsel durch das Rohrsystem im Schloss, das inmitten der anderen unsichtbaren Infrastruktur aus Speiseaufzügen und Fahrstühlen, Abwasser- und Fallrohren, Lüftungsschächten und Telefonkabeln verläuft. Zunächst ging es durch das normale Rohr zum Ostflügel, wo die Kapsel jedoch aus der üblichen Route ausscherte und schnell ihren Weg durch ein seltener benutztes Rohr nach unten fand, bevor sie zur Geheimweiche in der Nordmauer gelangte, die jetzt offen stand. Hier stürzte das Rohr abrupt in den Erdboden, tief unter dem Wallgraben und der Kanalisation, noch tiefer als Jüterbogs eigenes kommunales Rohrpostsystem. Die Kapsel war nun im geheimen, Heron genannten Netz angekommen, wo Dokumente und Mitteilungen der Staaten und Fürsten verkehrten. Hier gab es keine weiteren Weichen oder Schleusen, die in höhere Schichten führten, weshalb keine Gefahr bestand, dass Post von Unbefugten abgefangen wurde.

Die Kapsel mit der wichtigen Rohrpost erreichte die Nabe tief unter einem anonymen Hain bei Luckenwalde, wo sich die verschiedenen Linien in Richtung Berlin, Leipzig, Potsdam, Cottbus und so weiter aufteilten. Sie hielt eine Geschwindigkeit von zwei Metern pro Sekunde in einem Unterdruck von minus acht Bar und war nun auf dem direkten Weg nach Potsdam, wobei die Geschwindigkeit sich auf drei Meter pro Sekunde erhöhte, als etwa zweieinhalbtausend Meter hinter der Nabe etwas passierte. Plötzlich tauchten auf der Rohrinnenseite kleine Bremsklötze auf und bremsten die Kapsel sanft herunter, eine verborgene Klappe fiel zu, und die Kapsel wurde durch eine geheime, nahezu unsichtbare Seitenluke in ein neues, vorschriftswidrig abzweigendes Rohr geleitet. Dort wurde die Kapsel von zusätzlichen kleinen Bremsklötzen weiter verlangsamt und hing nun vibrierend im Luftstrom vor einer Sperre wie ein eifriger Hund, der an der Leine zerrt und weiterwill. Indem hinter der Kapsel eine weitere Sperre zufiel, wurde dieser Abschnitt des Rohrs isoliert, der Druck wurde auf atmosphärischen Druck erhöht, die Rohrwände klappten zur Seite und eifrige kleine Pfoten machten sich daran, die Rohrpost von dem Polster zu nehmen, auf dem sie nun ruhte.

Die schwache, piepsige Stimme des Oberbefehlshabers verkündete den Beginn des Countdowns.

»Drei Minuten!«

Geübt und effektiv bugsierte eine Eliteabteilung weißer Mäuse das Rohr zu den Siegelfälschern, die routiniert feststellten, welche sichtbaren und unsichtbaren Siegel und Markierungen bei der Kapsel Anwendung gefunden hatten, und diese mit skalpellscharfen Krallen entfernten, ohne Abdrücke zu hinterlassen.

»Zwei Minuten und vierzig Sekunden!«

Die Fälschergruppe ging nun daran, entsprechende Siegel herzustellen, um die Kapsel erneut zu verschließen, sobald ihr Inhalt erkannt und kopiert worden war. Dieser Aufgabe widmete sich bereits eine andere Gruppe. Das Pergament wurde vorsichtig aus der Kapsel gezogen, auf weitere unsichtbare Siegel hin inspiziert …

»Zwei Minuten!«

… und anschließend auseinandergefaltet. Eine der Übergeordneten in der Informationssammelgruppe, eine ältere Maus mit besonderen mnemotechnischen Fähigkeiten, las den Text rasch durch, während eine spezielle Kommandoabteilung sich zugleich aufs Fotografieren vorbereitete.

»Eine Minute und fünfzehn Sekunden!«, rief der Oberbefehlshaber genau in dem Augenblick, in dem das Dokument fotografiert worden war und langsam wieder zurück in die Kapsel manövriert wurde, die man dann erneut sorgfältig zuschraubte. Sobald beim Verschließen das letzte Knacken ertönte, eilte die Fälschergruppe mit den neuen Siegeln herbei. Rasch, aber sorgfältig wurden sie angebracht.

Das letzte Siegel verursachte Probleme. Es wollte nicht richtig sitzen.

»Eine Minute!«

Die Stimme des Oberbefehlshabers klang gestresst. Drei Minuten war das Höchste, was sie sich auf diesem wichtigen

Geheimdienstposten erlauben konnten, ein Zeitintervall, das exakt der Zusatzbeschleunigung entsprach, die sie der Kapsel beim Zurückschicken in das vorgeschriebene Rohr verpassen konnten. Dann käme die Kapsel in der Zentrale in Potsdam mit einer Genauigkeit von plus/minus sechzig Sekunden an, was innerhalb des tolerierten Verspätungsspielraums lag, nachdem der Absender den Versand der Kapsel angekündigt hatte. Traf sie später ein, würden in Potsdam buchstäblich die Glocken anfangen zu läuten.

Der Befehlshaber starrte nervös auf sein Chronometer, ein tolles Werkstück, das dem besten Uhrmacher Dresdens, Herrn T. Böhm, entwendet worden war, der dieses Modell für alle Sportvereine südlich von Berlin produzierte. Es tickte unerbittlich gegen null.

»Strengt euch an! Zwanzig Sekunden!«, rief der Offizier. Er versuchte, ruhig zu bleiben, aber seine Stimme zitterte bedrohlich. Das hier war eine wichtige Operation. Alles hing jetzt von ihrer Station ab. Überhaupt beruhten große Teile des Nachrichtendienstes der Bewegung auf der Arbeit, die sie hier leisteten, und es hatte Generationen gedauert, die Station tief in Brandenburgs schwierigen, sandhaltigen Untergrund zu bauen. Würden sie in diesem für die Bewegung entscheidenden Augenblick entlarvt, wäre das eine Katastrophe.

»Zehn Sekunden!«

Und jetzt, jetzt saß das Siegel wie gewünscht, drei niedere Soldaten wischten schnell ab, was sich an verdächtigen Pfotenabdrücken auf dem Glas der Kapsel befinden mochte, während sich alle anderen rasch aus der Kammer zurückzogen. Dann sausten auch die Letzten nach draußen. Alle Öffnungen des Werkraums wurden geschlossen, das Rohr wurde erneut zusammengefügt und die Kammer wieder unter Unterdruck gesetzt. Das Meisterstück der Ingenieurskunst, das geschwindigkeitssteigernde, gyroskopkontrollierte Katapult, war zeitgleich hinter der Kapsel in das Rohr gehoben worden. Die 20 Matratzenfedern bebten vor unterdrückter Energie, und der Befehlshaber, der hinter der Scheibe aus verstärktem Glas saß und alles im Blick hatte, zögerte nicht.

»Feuer!«

Für das Aufsetzen von Gehörschutz reichte die Zeit nicht mehr. Mit einem gewaltigen Knall wurden die Federn ausgelöst, und die Kapsel schoss davon, hinein in den Unterdruck und zu ihrem Ziel, wie eine Samenzelle im Expressmodus. Die Geheimklappen wurden herabgesenkt, und jetzt war nur noch das permanente Zischen des Heron-Netzes zu hören.

Alles war wieder wie vorher.

»Puh«, fiepte der Befehlshaber.

Aber

54

ohne dass die Katze begriff, woher sie gekommen war, stand eine schwarz gekleidete ältere Dame im Eisdampf des Lagers. Die Katze erschrak so sehr, dass sie fauchte. Die Dame auch.

Es war eine ungerade Uhrzeit. Die Katze hatte gut und gern fünfzehn Minuten lang draußen im Gässchen gestanden und gerade beschlossen, hineinzugehen und eine Inspektionsrunde durch das Kühllager zu drehen. Es konnte ja sein, dass es dort das ein oder andere zu inspizieren gab.

Man kann nicht achtsam genug sein, dachte die Katze verwirrt, als die ältere Dame vor ihr stand.

»Das Hemd hängt draußen«, sagte die Dame formell.

»Das stimmt«, sagte die Katze, der die Dame irgendwie bekannt vorkam, ohne dass sie recht wusste, wo sie sie hinstecken sollte.

»Ich dachte, wir sollten uns hier drinnen treffen«, sagte die Dame etwas verschnupft. »Es ist kalt. Eiskalt. Außerdem habe ich es sehr, sehr eilig. Ich muss schnell zurück, bevor man mich vermisst.«

»Tut mir leid«, sagte die Katze.

»Nun. Ich habe eine Nachricht für den dir Bekannten. Bist du derjenige, der die Nachrichten für den dir Bekannten zu dem dir Bekannten entgegennehmen soll?«

»Das nehme ich an«, sagte die Katze.

»Nimmst du es an oder weißt du es?«, fragte die Schwarzgekleidete inquisitorisch.

»Ich weiß es.«

»Hier ist die Nachricht für den dir Bekannten, und ich sage das hier nur einmal: *Das Murmeltier trägt den Ring an der dir bekannten Stelle.*«

»Was?«

»*Das Murmeltier trägt den Ring an der dir bekannten Stelle.* So. Jetzt habe ich es zweimal gesagt.«

»Äh, ist notiert.«

»Und wird weitergegeben, hoffe ich. Nun, willst du mir nicht die Tür aufhalten?«

»Doch, natürlich, natürlich. Tut mir leid. So. Und danke für den Besuch.«

»Pfff«, fauchte die Dame.

Aber

55

in Wahrheit war er dem Tod geweiht. Darum ließ er die weißen Mäuse auf sich herumkrabbeln, auf dem ganzen Körper, während sie ihn mit beruhigendem Fiepen und mit tausend winzigen Mäulchen einlullten und besänftigten, die Todesangst mit flammend roten Zungen wegschleckten und sie durch ein dünnes, veilchenduftendes Sekret ersetzten, das auf der Haut zu einem kaum sichtbaren schwach schimmernden Film erstarrte, der ihn angenehm betäubte.

Überhaupt verbesserten sie ihn. Fundamentaler. Den blauen Seelenstoff seiner Iris hatten sie sukzessive durch Blaualgen ersetzt, die in den Pupillen herumschwammen; das machte seinen Sehsinn scharf und analytisch. In den Ohren hatte er kleine Fasern aus Haselnussschale, die sein Hörvermögen schärften und die unerwünschte Wirkung äußerer und innerer Argumente abschwächten.

Lange lag er so da, auf einer Bettstatt aus weichen Seidenfasern, die eigens dafür vorgesehene Einsatzgruppen im Ingenieurskorps mühsam eingesammelt hatten, Stück für Stück, bis das Nachtlager groß und tief genug war, um darin zu versinken. Unter dem Nacken hatte er weiche Katzenfelle, Trophäen, die das Jägerkorps unter großen Opfern ergattert hatte.

Neben ihm lag die Waffe, die Geheimwaffe, die ihm soeben ausgehändigt worden war. Schwer und glänzend.

Vier Tenormäuse sangen für ihn im Barbershop-Stil *Hallo, was machst du heut', Daisy*, *Wochenend' und Sonnenschein* und *Peter, wenn du Geburtstag hast* sowie andere erbauliche Lieder, während einige Kosmetologmäuse ihm die Haare frisierten und vorsichtig die Nägel abnagten und polierten, damit er für seinen Auftrag herausgeputzt und zu hundert Prozent bereit wäre.

Er hörte sein Herz im Brustkorb hämmern, in einem Polster aus warmen, krabbelnden Mäusen und seiner eigenen warmen Haut; tief in sich drin, hinter den Rippen und dem Brustbein, eingehüllt in Blutgefäße und Muskeln, *vena cava superior* und *inferior*, den Aortabogen und die Lungen. Wie ein großer, roter Apfel, wie eine untergehende Sonne. Es pulsierte und sagte ihm, dass er am Leben war.

»Wochenend' und Sonnenschein
und dann mit dir im Wald allein,
weiter brauch' ich nichts zum Glücklichsein,
Wochenend' und Sonnenschein.«

Die Sänger stimmten die nächste Strophe an, dabei wackelten sie graziös mit den Schwänzen, flochten sie in harmonischen rhythmischen Mustern ineinander und ließen sie wieder auseinandergleiten, während die fleißig arbeitenden Mäuse in seinen Haaren zugleich Locke für Locke ondulierten; eigentlich sollte er sie stoppen, denn die Locken wurden zu klein, und das würde der Mutter und der Schwester auffallen, aber er hatte es schon so oft gesagt, ohne dass es etwas genützt hätte; das war nun einmal ihre Art zu frisieren, sie waren Mäuse, er war keine Maus.

»Tief im Wald nur ich und du,
der Herrgott drückt ein Auge zu,
denn er schenkt uns ja zum Glücklichsein
Wochenend' und Sonnenschein.«

Ich bin keine Maus, dachte er für einen kurzen Augenblick. Was bin ich dann? Doch dann übernahm der Haselnussfilter in seinem Ohr.

Ich bin eine Maus, dachte er.

Aber

56

ein weiteres Mal zeigte die Uhr eine ungerade Stunde, und ein weiteres Mal stand die Katze im Gässchen Wache, froh, dem Andrang im Fischladen zu entgehen.

»Entschuldigung«, sagte eine Stimme. Am Ende des Gässchens stand eine junge Mutter mit Kinderwagen und dickem schwangeren Bauch.

»Ja«, sagte die Katze, »womit kann ich dienen?«

»Ja, also, arbeitest du hier? Bei Markus?«

»So kann man es vielleicht sagen. Hast du etwas auf dem Herzen?«

»Ja. Das heißt, nein. Oder also: Ein bisschen was. Es ist eigentlich eher meine Mutter. Wir wohnen hier schräg gegenüber. Sie und ich – und der Kleine hier. Und hier.«

Sie tätschelte ihren Bauch.

»Jaha«, sagte die Katze.

»Wir wohnen mit Blick auf den Laden und das ganze Haus. Ja, also, mir macht es ja nichts aus, und Markus ist so ein guter Nachbar, aber meine Mutter ist ein bisschen alt und ein bisschen bürgerlich. Ein bisschen altmodisch.«

»Daran ist ja nichts verkehrt«, sagte die Katze. »So sollen Mütter sein.«

»Über manche Sachen regt sie sich ein bisschen auf.«

»Das kann bei älteren Müttern schon mal vorkommen«,

sagte die Katze, »sie sind ja klüger als wir. So steht es im Gesetz.«

»Das Hemd hängt draußen«, sagte die junge Mutter und begann den Kinderwagen zu schaukeln.

»Ja?«, sagte die Katze interessiert. »Das stimmt. Welche Nachricht kann ich entgegennehmen?«

»Nachricht?«

»Ja? Hast du keine Nachricht für mich?«

»Nein. Nein, es ist nur ein bisschen die Sache mit dem Hemd. Meine Mutter findet, es sollte nicht draußen hängen. Das geziemt sich nicht, findet sie. Das soll ich ausrichten. Kleider sollen zum Trocknen nicht aus dem Fenster gehängt werden. Das ist ein bisschen gegen die guten Sitten. Markus war im Laden ein bisschen sehr mit Kunden beschäftigt, und ich hatte keine Lust, mich in die Schlange zu stellen, nur um ihm das zu sagen. Aber dann habe ich dich hier entdeckt und dachte, ich könnte es auch dir sagen. Das war alles.«

»Das war alles? Das mit dem Hemd?«

»Ja. Ich finde es ja ein bisschen peinlich, aber Mama ist in der Beziehung ein bisschen schwierig. Wenn ich das nicht ausrichten würde, dann …«

»Verstanden«, sagte die Katze, unsicher, ob sie überhaupt eine Nachricht entgegengenommen hatte oder ob das hier ein besonders subtiler Code war. Bestand der Code darin, dass diese Person keinen einzigen Satz ohne das Wort *bisschen* sagen konnte? Laut sagte die Katze:

»Ich gebe es weiter.«

»Vielen Dank. Dann wollen wir mal ein bisschen weitergehen. Mach's gut!«

»Mach's gut und schönen Spaziergang.«

Die Katze schaute verwirrt hinter ihr her.

In dem Moment räusperte sich jemand hinter ihr im Gässchen. Die Katze erschrak und fuhr herum.

»Entschuldigung«, sagte ein großer, hagerer, schwarz gekleideter Herr unbestimmten Alters. »Auch mir ist nicht entgangen, dass das Hemd draußen hängt. Entgegen der üblichen Sitten in Kleidertrocknungsfragen, wie der junge Brutkasten soeben liebenswürdigerweise herausgestellt hat.«

»Folgt jetzt ein weiteres Kapitel in Sachen Sitten und Gebräuche?«, fragte die Katze ironisch.

»Mitnichten. Ich habe eine wichtige Nachricht. Mein Name ist …«

»Entschuldigung«, unterbrach ihn die Katze, »es ist vielleicht nicht so schlau, in dieser Situation Namen zu nennen …«

»Bei mir spielt das keine Rolle. Ich bin nicht von hier. Mein Name ist Dominikus van den Drank, Professor in Mineralogie an der Universität Leyden. Ich habe eine Nachricht für dein Herrchen.«

»Ich habe kein Herrchen«, sagte die Katze stolz.

»Nun. Dann für den dir Bekannten.«

»Meinetwegen gern«, seufzte die Katze.

»Sag ihm, der Stab ist groß.«

»Wie bitte?«

»Nun. Dann sag ihm, er ist hundertprozentig in Ordnung. Ein wunderbarer Stab. Der Richtige hält ihn jetzt in Händen. Um nicht zu sagen in der Hand.«

»*Den Stab?*« Die Katze musterte den Fremden eingehend.

»Genau den.«

»Sagen Sie …«, begann die Katze zögerlich, »habe ich Sie nicht erst kürzlich irgendwo gesehen?«

»Das kann ich mir nicht vorstellen. Ich bin lediglich auf der Durchreise.«

»Mir ist doch so, als …«

»Du hast mich noch nie gesehen«, stellte Professor van den Drank abschließend freundlich fest. »So, erinnerst du dich an die Sache mit dem Stab?«

»Und ob. Wer könnte so etwas vergessen …«

»Leb wohl«, sagte Dominikus van den Drank und verschwand eilig auf so wundersame Weise, dass die Katze stutzte.

»Krass«, sagte die Katze zu sich.

Aber

57

an diesem Freitagmorgen herrschte am Himmelsschreiber eine völlig andere feierliche Stimmung als an jenem unglückseligen Mittwoch, an dem Clotilde sich hatte gehen lassen; so nannte man es jetzt bei Hofe, sie hatte sich gehen lassen, ganz einfach, und Sichgehenlassen lautete auch die Diagnose des Leibarztes, die in einem Bulletin am selben Morgen veröffentlicht worden war, unterzeichnet von ihm, dem Stadtphysikus, selbst und von zwei unabhängigen Professoren, die einmütig zu dem Ergebnis gekommen waren, die Markgräfin Clotilde habe einen vorübergehenden Anfall von *Raptus nervosus praecox* erlitten, und Solche Anfälle, schrieb der Leibarzt, können auch den Besten treffen, insbesondere junge Menschen, und aus rein medizinischer Sicht (das Bulletin bezog selbstverständlich keine Stellung zur eigentlichen Handlung oder zu den politischen Konsequenzen) müsse das Umfeld der jungen Patientin gegenüber trotz allem eine gewisse Kulanz an den Tag legen, nicht nur, weil sie bereits auf dem Weg der Besserung sei, sondern vor allem angesichts des großen Drucks, unter dem sie in den letzten Jahren trotz allem gelebt habe, unerfahren jung, wie sie sei, und –;

kurzum: Sie hatte sich gehen lassen, und Alle Menschen ließen sich hin und wieder gehen, hatte der Pressesprecher mit aufrichtig bedauerndem Tonfall gesagt, als er das Bulletin bei einer hastig einberufenen Pressekonferenz am Vorabend vorgelegt hatte, warum also nicht auch –;

und natürlich schrieben das auch die Zeitungen an diesem Morgen, nachdem sich ihnen das ganze Bild offenbart hatte; Trotz allem und nicht zuletzt, stand an der Stelle des Leitartikels im Abendblatt wie auch im Morgenkurier, müsse man Clotildes Jugend und ihre schmalen Schultern in Betracht ziehen, die nichtsdestoweniger jene Bürde schultern mussten, die darin bestand, das schwere Erbe der Adalberts und Berthildes zu stemmen, die vor ihr das hohe Amt bekleidet hatten, und das Volk, schrieben die Leitartikler, schulde der Dynastie ganz besonders viel Dankbarkeit, denn niemand könne leugnen, dass sich Clotilde, obschon sie sich kürzlich bedauerlicherweise habe gehen lassen, im Staat und im Volk große Verdienste erworben habe, insbesondere da sie nicht als Thronerbin zur Welt gekommen sei, sondern die Bürde der Pflicht nach ihrem allzu früh verstorbenen Vater geschultert habe, der die Bürde nach seinem zu früh verstorbenen Bruder geschultert hatte, der sie wiederum nach seiner allzu früh verstorbenen Mutter geschultert hatte, die sie nach ihrem allzu früh verstorbenen Bruder geschultert hatte, dem kleinen Bruder des Altgrafen, und die trotz dieser vielen Unglücksfälle und trotz ihres jungen Alters ihr Äußerstes gegeben habe, um –;

das Volksblatt jedoch, als einzige Zeitung, war teilweise anderer Ansicht, wie immer, und schrieb, auch wenn niemand bestreiten könne, dass die Diagnose des Leibarztes zutreffend sei, und es allen Grund gebe, Sympathie für die Markgräfin zu empfinden, könne auch niemand ständig mit dem Risiko leben, dass das Oberhaupt des Staates in regelmäßigen Abständen Anfälle erleide, die sie zur Ministermörderin machten; im Falle einer Wiederholung, schrieb das Blatt bissig, wäre es an der Zeit, dass in tonangebenden Kreisen ernsthaft eine Änderung der Staatsordnung diskutiert werde (mit anderen Worten: eine *Republik*, das Volksblatt war jedoch taktvoll genug, dieses groteske Wort in einem solchen Moment nicht zu erwähnen), kurzum: Das Volksblatt sei auf der Hut, stets auf der Hut und würde niemals zögern, seine Meinung zu sagen, hingegen gebe es Grund genug, Clotilde gute Besserung zu wünschen in der Hoffnung, diese sei von Dauer, *but you never know*, und überhaupt –;

und auch bei den Angestellten am Hof hatte sich die Stimmung geändert, von kalter Panik und Verwirrung zu dem klaren und gefestigten Vertrauen, es handele sich um eine Krise, die man durchstehen müsse, und durchstehen würde man sie, und zwar gemeinsam; die Lakaien trugen freiwillig ihre edelste Livree, ebenso die Kammerdiener und Kammerzofen, die Hofdamen legten am Morgen vorm Schminkspiegel ihre teuersten Gesichter auf und den ganzen Tag nicht mehr ab, und sie sorgten dafür, dass Clotilde ausreichend Ruhe bekam, der Küchenchef bereitete beruhigende, aber delikate Gerichte zu, slow food wie Hafersoufflé mit Marmelade und Consommé aus Birkenharz mit Hechtkroketten sowie Trostgerichte wie gezeitenmariniertes Seeanemonenkonfekt und Gummibärchen gepudert mit kristallisiertem Föhnwind; die Hauswirtschaftsabteilung sorgte für frische rosa Blumen in allen Vasen, sodass das Schloss nach Alpenrosen, Luftlilien, Kantakanthus, Philologchrysantemen, Venusgladiolen und Hasenfußlavendel duftete; *wir werden*, wie eine der übergeordneten Reinigungskräfte es in einem Schreiben an ihre Untergeordneten ausdrückte, *dafür sorgen, dass unsere CLOTILDE von strahlend sauberer Schönheit und Wonne umgeben ist, damit sie versteht, wie LIEB wir sie haben,* und so ging es überall weiter: Die Schuhputzer putzten Clotildes Schuhe ein zusätzliches Mal, die Dame an der Telefonzentrale grüßte besonders freundlich am Hörer, die Chauffeure der Almosine bügelten besonders intensiv ihre Hosen und kreideten ihre Handschuhe –;

und entlang der Treppe zu dem Zimmer mit dem Himmelsschreiber standen die wachhabenden Ziergardisten in Reih und Glied, die Schwerter zum Gruß erhoben, während das eigentliche Schreiberzimmer dicht bevölkert war mit den bedeutendsten Figuren des Hofs: Hier standen Clotildes Adjutanten und Hofdamen, die Oberhofmeisterin Frau Gallenbach, der erste, zweite und dritte Kabinettssekretär, der Hofmarschall, der Privatsekretär und natürlich der Chefgynäast höchstselbst, der Ministerpräsident, der sich mutig hinter seine Physiokratin gestellt hatte, als ihr der Wind vorgestern am meisten ins Gesicht geblasen hatte, und selbstverständlich war auch der Leibarzt, Doktor Kumač, zugegen, zusammen mit dem Leibphysiotherapeuten, der Clotildes Tag mit einer einstündigen Ganzkörpermassage in kombiniertem Reiki- und Thaistil eingeleitet hatte, einer Massage, die Tote zum Leben zu erwecken vermocht hätte, wenn sie es selbst gewollt hätten, sowie natürlich auch der Wachkommandant und seine Warze, zu diesem Anlass rosa geschminkt –;

und so standen sie da, als Clotilde mit dem Chefberater, wie immer treu an ihrer Seite, die Treppe emporstieg, im leichten, rosa glänzenden Vormittagskleid und mit einem einfachen zierlichen Edelstahldiadem im hochgesteckten Haar, fast nur ein glitzernder Metalldraht, jedoch mit einem großen geschliffenen rosa Amethyst in einer Kristallmonstranz auf dem höchsten Punkt des Diadems, während sie über der rechten Brust eine fein ziselierte Marmorkamee mit dem Porträt ihres Vorgängers trug und das bestickte rosa Ordensband über der linken Schulter hing, das im Großkreuz des Heiligen-Radelbart-Ordens endete, das – obschon diskret – mit seinen Diamanten und Smaragden funkelte und glitzerte, die in gediegenes Platin und Uran eingefasst waren, wohingegen der eigentliche Ordensstern, der auf die gleiche Weise eingefasst war, ebenfalls über der linken Brust getragen wurde, wenngleich etwas tiefer als die Kamee, und die junge Brust hob sich strotzend vor Fürstlichkeit, während die Fürstin langsam und würdevoll ein- und ausatmete; auf dem Weg nach oben waren sie irgendwo an einem Spiegel vorbeigekommen, einem alten Spiegel, einem Spiegel so alt, dass in dem grauen rauchigen Inneren noch Gesichter und Figuren von vor Generationen hingen, und sie hatte feststellen dürfen, dass sie am heutigen Tag wunderschön war (was vielleicht an der Körpermassage lag) und ohne Makel und dass sie es gern gesehen hätte, wenn sich jemand in sie verliebt hätte, und wer weiß, vielleicht heute Abend, vielleicht heute Abend – doch dann war der Spiegel an ihnen vorbei gewesen oder sie vorbei am Spiegel, sie nahm die Treppe, grüßte im Spalier der Ziergardisten und Offiziere kurz und würdevoll nach rechts und links, und schon waren sie im Schreiberzimmer angelangt mit Verbeugungen und Knicksen allenthalben, und ohne zu zögern, ging sie zum Himmelsschreiber, führte begleitet vom anerkennenden Nicken der Anwesenden die erforderlichen Operationen durch, und, ohne innezuhalten oder nachzudenken, begann sie die Sätze zu schreiben, die sich der Chefberater mühsam ausgedacht und ihr am Vorabend zum Auswendiglernen mitgegeben hatte und die er während der Massage mit ihr wiederholt hatte, bis sie sie vorwärts und rückwärts, rauf und runter konnte …

Liebe Mitbürger und Mitbürgerinnen …

begann Clotilde völlig fehlerfrei die bisher wichtigste Mitteilung an ihr Volk, und sie nahm sich sogar heraus, ein paar zusätzliche Verzierungen hinzuzufügen, hübsche und graziöse, die zugleich demütig und würdevoll wirkten, und selbst bis hinauf ins Turmzimmer war zu hören, wie sich draußen ein merkwürdiges Geräusch seinen Weg durch die Luft bahnte; es klang wie das Rascheln von Kies in den Wellen oder wie gedämpftes Zwitschern von Vögeln in einer Voliere; es klang wie das Rauschen eines Waldes in der Ferne oder wie ein klassisches unter Naturschutz stehendes Feuchtgebiet um fünf Uhr morgens im Mai, vorausgesetzt, das Wetter war gut, und das Geräusch bildete Linien und Bögen, Verzierungen und Spiralen in der Luft, genau wie die Himmelsschrift: Es war das Geräusch der Bevölkerung, die sich auf Marktplätzen und in Straßen versammelte, die beim Anblick der Mitteilung in Jubelschreie ausbrach, bevor Clotilde mit würdevollen Worten des Bedauerns und der Trauer sowie dem Wunsch der Wiedergutmachung schloss und schrieb

…zu guter Letzt hat die Zentralbehörde in Potsdam Unserem Ersuchen, die Kirschblüte außerhalb der angestammten Saison in Gang zu setzen, gnädigst zugestimmt, was, wie Wir hoffen, Euch, liebe Mitbürger und Mitbürgerinnen, zugutekommt,

woraufhin der Chefberater einem Oberservanten per Kopfnicken einen Befehl erteilte, der wiederum einem Adjutanten zunickte, der mit einem Telefonhörer in der Hand dastand, der Adjutant sagte JETZT in den Hörer, der Empfänger am anderen Ende sagte VERSTANDEN und gab – für die Anwesenden im Turmzimmer nicht sichtbar – ein Zeichen inklusive eines weiteren entschlossenen JETZT an den Obergärtnermeister weiter, der gleich neben ihm im Keller der Hofgärtnerei stand, den Blick auf die zitternden Zeiger und dampfenden Ventile der Pollenkontrolle gerichtet, und der, ohne zu zögern, an dem Hebel zog, auf dem seine rechte Hand die ganze Zeit geruht hatte, er drückte ihn, schwer wie er war, ganz nach unten, bis er den Boden erreichte und in einer Kerbe einrastete, gleichzeitig gab die Maschinerie einen herrlich prustenden Ton von sich, unverkennbar für alle, die ihn schon einmal gehört hatten, was für die Versammlung oben im Turm selbstverständlich nicht galt, im Gegenzug konnten sie jedoch hören, wie der Jubel dort draußen, der Kies in den Wellen, die Vögel im Feuchtgebiet, quasi näher kamen und zu einem Geräusch anschwollen, das an Hagel auf einer Rührtrommel, Kinderschreie auf einem Schulhof, Mücken in einem Leichenkeller, ein Brausen der Begeisterung erinnerte, denn auf einen Schlag sprangen alle zehntausend Kirschbäume der Stadt, die anlässlich von Clotildes Thronbesteigung gepflanzt worden waren, zu einer einzigen rosa Wolke auf; kleine Blütenblätter füllten die Luft, und kurz darauf begannen die schweren Glocken Unserer Heiligen Frau der Oberflächlichen Freuden zu läuten, gefolgt von den Glocken aller Jüterbog'schen Kirchen und Kapellen, und die Repräsentanten des Hofs schauten bewegt zu, wie Clotilde sich vom Schemel erhob, zu weiteren Verbeugungen und Ehrerweisungen gnädig nach rechts und links grüßte, bevor sie ebenso würdevoll, hohlkreuzig und bruststrotzig, wie sie gekommen war, durch die Tür schritt und sich die Treppen hinunter in ihre eigenen Gemächer begab, dicht gefolgt von ihrem treuen Chefberater; Säbel und Sporen klirrten, Stiefelabsätze knallten, und sie grüßte nach rechts und links, Türen wurden für sie geöffnet, gleich waren sie am Ziel, die letzte Tür, die rosa gepolsterte, ging auf, und endlich war sie daheim, und während sie über die Schwelle trat, flüsterte sie ihrem Chefberater durch den linken Mundwinkel zu: »Es ist doch ganz gut gelaufen, findest du nicht?«

»Doch«, sagte der Chefberater zufrieden, »es ist richtig gut gelaufen und besser als beim letzten Mal. Um es mal so zu sagen.«

»Manchmal nervst du mich«, sagte sie tonlos. »Du solltest auch in die Mangel genommen werden.«

Der Chefberater entschied sich wie immer für eine diplomatische Antwort:

»Wenn dir danach ist, stehe ich selbstverständlich zur Verfügung.«

Darauf antwortete die Fürstin nicht. Sie legte das Diadem ab und wurde wieder zu Clotilde.

»Scherzkeks«, sagte sie nur. »Jetzt müssen wir uns wohl ausruhen. Auch wenn es noch so langweilig ist.«

»Das ist bestimmt das Klügste. Vor dir liegen viele anstrengende Pflichten.«

»Ja«, sagte Clotilde schwermütig. »Ich bin so pflichtbewusst.«

»Schon gut. Bald sind diese außergewöhnlichen Tage vorbei, und du kannst dir frühe Sommerferien in Monbijou gönnen.«

»Hm.«

»Dort wartet eine Überraschung auf dich, sobald wir das hier hinter uns haben.«

»Eine Überraschung? Was für eine Überraschung?«

»Hm, hm.«

»Sag schon. *Please.* Was für eine Überraschung?«

»Das Wesen einer Überraschung verbietet es, sie vorher zu verraten. Der Dichter sagt: *Oh, schöne Überraschung, du unerwarteter Gast.*«

»Ist es ein neues Nachthemd?«

»Ich hätte besser nichts gesagt.«

»Ein dickes Buch mit glücklichem Schluss? Ein Aquarium mit Laternenfischen?« …

»Ich hab's: Es ist ein Dudelsackspieler, wie ich ihn mir gewünscht habe. Sag schon! Ich *weiß*, dass es ein Dudelsackspieler ist! So sag es doch! *Please!*«

»Mein Mund ist mit sieben Siegeln verschlossen. Du wirst dich gedulden müssen.«

»Ooooh«, sagte Clotilde. »Du bist gemein. Ich freue mich!«

»Umso besser«, seufzte der Chefberater.

»Aber

58

so, meine Damen und Herren, es ist Freitagnachmittag und abermals eine ungerade Stunde«, sagte die Katze zu sich selbst, als sie durch das Gässchen stolzierte, »und wie üblich geben wir ab an Studio 1. Willkommen zu einer weiteren Episode aus Jüterbogs populärster Fragerunde: Unverständliche Nachrichten! Am Mikrofon ist wie gewohnt: Die Katze!«

Dann blieb sie stehen. Hatte sie etwas gehört? Das Gässchen wirkte leer und verlassen, aber die Katze hatte gute Ohren.

Sie bewegte sich nicht, hielt die Luft an.

»*Pssst!*«

Sie hatte sich nicht geirrt. Sie hatte tatsächlich ein leises *Pssst* gehört. Es schien von hinter den Mülleimern zu kommen.

»*Pst!* Kamerad!«, sagte ein dünnes Stimmchen.

»Hallo?«, sagte die Katze.

»Du greifst doch nicht an, wenn ich rauskomme?«

»Aber nein«, sagte die Katze geschmeichelt.

Eine weiße Maus kroch halb ins Licht.

»Oh verdammt«, entfuhr es der Katze bei diesem Anblick,

und sie spürte, wie sie einen Buckel machte und die Krallen ausfuhr.

»Jetzt finde ich dich aber sehr voreingenommen«, sagte die weiße Maus.

»Tut mir leid«, sagte die Katze. »Alte Instinkte.«

»Ich kann auch wieder gehen. Aber das hier scheint ja wichtig zu sein. *Das Hemd hängt draußen.*«

»Was?«

»Das. Hemd. Hängt. Draußen.«

»Stimmt das? Ja, genau, das stimmt.«

»Sag mal, bist du derjenige, mit dem ich sprechen soll?«

»Ich glaube schon«, sagte die Katze höflich.

Die weiße Maus seufzte.

»Grüß den dir Bekannten und sag ihm, dass der ihm Bekannte eine Nachricht für ihn hat bezüglich des ihm Bekannten.«

»Ist ihm das bekannt?«

»Wie bitte?«, fiepte die Maus verwirrt, und ihre Stimme klang reichlich genervt, so schwach sie auch war.

»Ich meine, wenn ihm die Nachricht bekannt ist …«

»Für so was habe ich keine Zeit. Ich befinde mich allein durch meine Anwesenheit hier in Lebensgefahr und muss wieder zurück. Es ist eine Nachricht für den dir Bekannten zu dem ihm Bekannten von dem ihm Bekannten!«

»Aha. Das ergibt schon eher einen Sinn.«

Die Maus sah die Katze skeptisch an.

»Sag mal, bist du ganz sicher, dass du derjenige bist, mit dem ich reden soll?«

»Todsicher. *Und das Hemd hängt draußen.*«

»Also: Das hier ist wichtig. Der dir Bekannte hat recht mit dem ihm Bekannten. Die ihm Bekannten werden heute Abend zuschlagen, dort, wo er weiß, gegen die ihm bekannte Person zur ihm bekannten Zeit.«

»Kapiert. Aber – äh – bist du sicher, dass der dir Bekannte das dir Bekannte weiß?«

»Wie bitte?«

»Was, wenn bei einem der Dinge der dir Bekannte nicht das dir Bekannte weiß?«

»Ehrlich gesagt«, seufzte die Maus. »Diese Möglichkeit können wir nicht in Betracht ziehen. Der dir Bekannte weiß in der Regel, was er über das ihm Bekannte wissen soll. Soweit ich weiß.«

»Aber was, wenn –«

»Sag mal, soll ich vielleicht Klartext reden?«

»Ja, gern«, sagte die Katze. »Das wäre toll.«

»Gut, gut«, stöhnte die Maus. »Ich setze mich mit jeder Sekunde, die ich hier bin, der Lebensgefahr aus. Oft frage ich mich, warum ich mir das antue.«

»Dieselbe Frage habe ich mir in jeder Stunde des vergangenen Tages gestellt.«

»Man hat mir ein Häuschen auf dem Lande versprochen. Sowie eine Gage. Ein ruhiges, sorgenfreies Leben.«

»Aha. Dann ist es das vielleicht wert.«

»Das weiß keiner«, sagte die Maus resigniert. »Also. Im Klartext. Und ich sage es nur einmal: Es passiert heute Abend im Theater …«

Dann redete sie Klartext. Und der Katze wurde bei dem, was sie zu hören bekam, schwarz vor Augen.

Aber

59

das wird mir daheim keiner glauben, dachte der jüngere Goldmacher, als er aus dem mittleren Bogenfenster oberhalb des Theatereingangs schaute. Der rosa Läufer war ausgerollt, die Fackeln und bengalischen Feuer brannten. Der Platz draußen war schwarz vor Menschen, und in der Allee, die zum Theater führte, stand das Publikum dicht gedrängt, bereit, der Prominenz zum Empfang zu winken, berauscht von einem Festtag, der kein Ende nehmen wollte.

Ihm war übel vor lauter Nervosität. Seine Füße wirkten taub und es kribbelte leicht in ihnen, als befänden sich Ameisen darin. Als litte er an beginnender Taucherkrankheit.

Der letzte Tag war vollständig unwirklich gewesen. Zuerst die ganze Presse. Der enorme Andrang. Jede einzelne Zeitung der Stadt hatte mit ihnen sprechen wollen. Sie hatten die kleine Hinkelinke bitten müssen, als Pressesekretärin einzuspringen, eine Aufgabe, die sie mit Freuden auf sich genommen hatte. Jetzt wollte sie ihn heiraten. Es war schrecklich. Als Nächstes hatten sie Leibwächter gebraucht. Der bislang so übellaunige Kommandant war jetzt die Liebenswürdigkeit in Person und hatte jedem von ihnen zwei Männer attachiert, die sie auf ihrem Weg zwischen Hotel und Theater begleiteten, um die Fans auf Abstand zu halten.

Die Vorstellung war in aller Eile um mehrere Nummern erweitert worden, und es fiel ihm schwer, sich die Reihenfolge zu merken. Sowie das, was er sagen sollte. Im Moment konnte er sich an keine einzige Replik erinnern, und bei diesem Gedanken wurde ihm übel. Der Intendant hatte seinen Willen bekommen. Die Vorstellung sollte von zwei üppigen Tanzdarbietungen eingerahmt werden, die der künftigen Floorshow des Theaters entnommen waren. Als eine Art Vorgeschmack auf die bananen- und südfrüchtebewehrten Freuden, die das Publikum erwarteten. Verschwunden waren der Widerwille und die Griesgrämigkeit des Intendanten (sie hatten Stargarderoben mit eigenen Masseuren und Barschränken erhalten); es herrschten Harmonie und Wohlwollen. Das Bühnenbild war noch weiter aufgepeppt worden, und fünf Dunkelmänner sollten für die Beleuchtung sorgen. Das Orchester hatte für die Nummern der Goldmacher Hintergrundmusik geprobt. Grieg, etwas Offenbach, vier Calypsos, eine Samba und eine Écossaise à la bossa nova.

Festlich gekleidet strömte das Publikum zwischen den Säulen unter ihm ins Vestibül, wo – wie er wusste – Hofdiener in Livree Punsch mit Barmherzigkeitsgeschmack und vergebungsgemangelte Wachteleier am Spieß servierten – der Name dieses Fingerfoods mag angesichts des Anlasses geschmacklos sein, aber es schmeckte gut, und außerdem war der Koch kein Zeitungsleser.

Wenn sie mich jetzt sähen, meine Leute daheim, dachte der jüngere Goldmacher erneut und empfand für einen Augenblick Stolz, bis er plötzlich merkte, dass er nicht einmal mehr den Namen seiner Schwester wusste. Ganz zu schweigen vom Namen des Mädchens in Cottbus. *Sabine? Regine?* Bühnenauftritte kannte er nur von Übungen in der Aula der Hochschule zu Wittenberg. *Tribylle? Krapylle? Vagine?* Derlei gehörte der ruhmreichen Vergangenheit der Kunst an. War nichts, was in der Wirklichkeit noch stattfand. Man trat für eine Handvoll hier und da auf Marktplätzen und Straßen auf, nicht auf Galaveranstaltungen vor tausend aufgedonnerten Bürgern. Derlei passte nicht zum Wesen und zur Natur der modernen Kunst. Man trat höchstens bei kaltem Wetter mal in einem Wirtshaus auf oder vielleicht auf einer privaten Feier, zum Beispiel einem runden Geburtstag.

Nun rollten auch die Almosinen mit den hohen Gästen heran. Wie lange schwarzglänzende Käfer glitten sie im Dämmerlicht lautlos vor den Eingang, schimmernd wie Kakerlaken im Schein der Fackeln, der bengalischen Feuer, der türkischen Sonnen und nicht zuletzt der finnischen Phosphorsterne, die der Intendant in einem Anfall verschwenderischer Großzügigkeit spendiert hatte; sie kosteten über 800 000 Pesos das Stück, und der Hof wollte nicht dafür bezahlen. Aber was sein muss, muss sein, das ist hier die Frage, zitierte der Intendant aus Hamlet, auch wenn er es gleich danach bereute. Doch jetzt blieb ihm nur noch stillzuschweigen, wie es im selben Stück heißt.

Da sieht man's, jüngerer Mann, hatte der ältere Goldmacher seinen Kollegen vertrauensvoll belehrt: Man bereut. Der Augenblick ist der Herd der Reue. Man bereut mit Blick auf das Budget, mit Blick auf die Zukunft, mit Blick auf die Vergangenheit, mit Blick auf die eigene Verantwortung, seine Vernunft, seine theaterfachliche Kompetenz, seinen Realitätssinn. Die Reue erfolgt im Augenblick. Und das ist schrecklich. Das ist lähmend. Schließlich bereut man nur noch, Augenblick für Augenblick, man stakst auf Stelzen des Zweifels und der Ambivalenz und kriegt so nichts geschafft. Nichts Richtiges. Am Ende: rein gar nichts. Tut man es doch, springt trotz aller Reue über die vielen pulverisierenden Augenblicke hinweg und das Ergebnis ist brillant und unvergesslich, so bereut man nicht länger. Wo ist deine Reue jetzt, junger Freund? Deine Angst vor dem Risiko, die Sorge vor der Hotelrechnung, die Furcht vor dem Schuldengefängnis mit seinen erweiterten Befugnissen? Sie sind weg, alle miteinander. Alle diese Ängste und Sorgen. Weg. Du bist frei. Wir sind frei. Wir brauchen jetzt nichts anderes mehr zu tun, als auf die Bühne zu gehen und unsere Sache gut zu machen.

Er schien zu wachsen, während er das sagte, wurde sichtbar größer und breiter. Die alte Gestalt in ihrem schwarzen Anzug thronte einen Augenblick lang hoch über ihm wie ein Erwachsener über einem Kind.

Ja, hatte der Jüngere gesagt. Ja.

Was nicht stimmte. Er bereute zutiefst. Er bereute so sehr, dass er fürchtete, sich vor lauter Angst übergeben zu müssen. Einen solchen Auftritt hatte er bisher noch nie absolviert, und schon gar nicht in Anwesenheit fürstlicher, nein königlicher Personen … Ihm schwindelte. Wenn ihn seine Mutter jetzt sehen könnte.

Draußen trafen die Regierungsmitglieder ein. Blitzlichtgewitter, während die Minister mit verantwortungsvollen Mienen und verantwortungslosen Gattinnen ins Theater eilten. Dann kam die Witwe des verstorbenen Ministers. Sie und ihre zwei vaterlosen Kinder trugen Schwarz, sahen allerdings recht vergnügt aus; die Einnahmen der ganzen Veranstaltung sollten ungekürzt an sie gehen. Die Honorare der Goldmacher waren wie durch ein Wunder plötzlich ins Staatsbudget gewandert und auf das Dreifache erhöht worden. Kost und Logis und diverse weitere Ausgaben (Massage usw.) wurden ebenfalls von der öffentlichen Hand übernommen. Niemand solle behaupten können, die Verwaltung in dieser Stadt wisse nicht, was sich schickt. Die armen vaterlosen Ministerkinder hatten außerdem großzügige Stipendien für das Seminar für höhere Beamte in Berlin erhalten, sodass ihre Zukunft als graue Eminenzen bereits vorgezeichnet war, während ihrer Mutter am Stadtrand eine passende Witwenwohnung mit biosophischem Gemüsegarten, freier physikalischer Behandlung bis an ihr Lebensende (Aromabehandlungen allerdings ausgenommen) und ein Dauergrab für ihren Mann und sie selbst, inklusive Anzündautomatik von Grablichtern an allen wichtigen Feiertagen über einen Zeitraum von 33 Jahren nach dem Ableben der Witwe (vorausgesetzt, sie vermählte sich nicht erneut), zuerkannt worden waren. Man hatte also allen Grund, mit der Veranstaltung außerordentlich zufrieden zu sein – trotz allem und unterm Strich, wie der Intendant anmerkte, als er in einer Pause während der Proben am Vormittag laut aus der Morgenzeitung vorlas.

Die Proben, ja. Sie waren – wenn auch nicht einwandfrei, so doch ganz gut verlaufen. Aber er hatte seine liebe Mühe mit der Reihenfolge. Jetzt blieb ihnen nichts anderes übrig, als auf die Bühne zu gehen und das zu tun, was sie sonst auch taten.

Der jüngere Goldmacher spürte, dass der rechte Fuß in seinem Schuh zu Pudding geworden war und die Blutkörperchen in seinem Körper Schwierigkeiten hatten, miteinander zu kommunizieren.

Er schluckte. Er schaute hinunter auf die Menschenmenge draußen in der Dunkelheit.

»Du bist doch nicht nervös?«, sagte eine Stimme hinter ihm. Er drehte sich um.

»Doch, Meister«, gestand er. »Ich bin total nervös.«

»Dann klappt bestimmt alles. Komm jetzt, die Maskenfrauen warten auf uns.«

»Aber, Meister – ich erinnere mich nicht –«

»Woran erinnerst du dich nicht?«

»Die Reihenfolge. Und was wir sagen wollen. Und – die Reihenfolge.«

»Schon gut. Du wirst dich erinnern, wenn wir dort stehen.«

»Glaubst du?«

»Dessen bin ich mir ganz sicher. Warte nur, dann siehst du es selbst. Vergiss, dass du auf einer Bühne stehst. Tu so, als würdest du dieselben Sachen herunterleiern wie auf einem Marktplatz. Du wirst es genießen, wenn wir erst einmal losgelegt haben. Warte einfach ab.«

Der Jüngere sah den Älteren aufrichtig verzweifelt an.

»Wie fangen wir noch mal an?«, jammerte er.

»Wir verbeugen uns«, sagte der Ältere geduldig. »Zuerst zur Markgräfin in der ersten Reihe. Danach zum restlichen Publikum, zuerst nach links, dann nach rechts. Dann rede ich. Du kommst dazu, wenn ich gesagt habe ›auf den schiefen Brettern eines noblen alten Theaters, wie zu den Glanzzeiten‹.«

»Stimmt.«

»Dann sagst du: ›Aber! Genug der Nostalgie! Wir wollen ein Kunststück sehen!‹«

»Stimmt. Glanzzeiten.«

»Genau. Das ist dein Stichwort. Und dann sagst du?«

»Öh …«

»›Aber genug‹?«

»›Abergenugdernostalgiewirwollnenkunstücksehn.‹«

»Richtig. Gerne etwas langsamer. Und mit mehr Einfühlungsvermögen. Mit Betonung auf ›aber!‹ und Zäsur dahinter.«

»Ja.«

»Komm schon. Noch einmal.«

»›Aber!genugdernostalgiewirwollnenkunstücksehn.‹«

»Du hast es doch in den Proben so gut hingekriegt.«

»Ich glaube, ich muss mich übergeben, Meister.«

»Papperlapapp. Komm schon, jüngerer Mann. In 20 Minuten wollen wir Gold erzeugen und das Publikum verblüffen.«

»Ich meine es ernst. Ich glaube, ich muss mich übergeben.«

»In der Garderobe ist eine Künstlertoilette. Eigens mit Handgriffen an der Seite für nervöse Schauspieler.«

»Wirklich?«

»Die gibt beruhigende Vogellieder von sich, wenn man sich darin erbricht. Und sie duftet nach Kamille und Pfefferminze. Alle erstklassigen Künstlergarderoben sind damit ausgestattet. Überaus praktisch.«

Der Jüngere hatte es plötzlich sehr eilig, dem Älteren zur Garderobe zu folgen.

Kurz darauf kniete er auf dem Boden und hielt sich an den Handgriffen fest. Das Vogeltirilieren und der Pfefferminzduft umgaben ihn, während die Maskenfrau vor dem Spiegel rücksichtsvoll, aber eine Spur ungeduldig von einem Bein aufs andere trat und zugleich eine Selbstgedrehte rauchte. In der Tür stand der Ältere, an den Türrahmen gelehnt, und betrachtete den Auftritt weitaus besorgter, als er es seinem jüngeren Kollegen gegenüber zum Ausdruck gebracht hatte.

»Er hat es schwer«, murmelte er, halb zu sich, halb zur Maskenfrau. »Ich hatte gedacht, er würde es besser verkraften.«

»Tja«, sagte sie. »Ich habe schon Schlimmeres erlebt.«

»Borf«, sagte der Jüngere in der Kabine.

»Glaubst du, er kann auftreten?«, fragte der ältere Goldmacher ebenso leise.

»O jaaa. Na klar«, sagte die Maskenfrau routiniert und drückte die Zigarette aus. »Er muss bloß die bösen Geister loswerden, der Arme. Dann fühlt sich sein Körper wieder wunderbar leicht an. Ich verpass ihm eine Spritze mit Ochsenblut, direkt in den Podex, kurz bevor er rausmuss, dann klappt's schon.«

»Murg«, sagte der Jüngere.

»Ochsenblut, echt? Du meine Güte. Ich dachte, dass wäre heutzutage verboten?«

»Na klar. Na klar. Es ist verboten. Aber wer soll das kontrollieren? Wir haben ein ganzes Lager davon.« Sie nickte zu der Schublade am Schminktisch.

»Ich meine mich an gewisse Nebenwirkungen zu erinnern …«

»Börk«, kam es nachdenklich von dem Jüngeren.

»Na klar. Na klar. Aber erst später.«

»Tja. Hm. Dann ist es wohl vertretbar.«

»Wer A gesagt hat, muss auch B sagen, ist meine Meinung. So wie es aussieht, führt daran in diesem Fall kein Weg vorbei.«

»Du hast sicherlich recht. In diesem Fall.«

»Snüfk«, kam es von der Toilette.

»Nein, junger Mann«, sagte die Maskenfrau gebieterisch. »Jetzt hat die Stunde geschlagen. Wir müssen dir dein Gesicht verpassen. Steh auf, nimm deinen Körper und geh.«

Automatisch erhob sich der jüngere Goldmacher vom Fliesenboden und wackelte aus dem Bad und durch die Garderobe zum Schminkstuhl, wo er wie ein Sack Kartoffeln in sich zusammensackte.

Routiniert begann die Maskenfrau die Reste seines beruhigenden Toilettenaufenthalts abzuwischen.

»Jetzt richten wir dich richtig schön her«, sagte sie mütterlich und drückte ihren Busen an seine Schulter. »Und dann verpassen wir dir ein Gesicht, das keine Sprünge bekommt. Schon wird alles gut. Also wirklich. So ein großer Junge, und dann macht er so ein Geschiss nur wegen einem kleinen Benefiz.«

»Benefiz«, winselte der Jüngere kläglich.

»Schon gut, Kleener«, sagte die Maskenfrau. »Das hier ist doch gar nichts. Nicht der Rede wert. Ich spachtele jetzt hier ein bisschen und kitte dort ein bisschen und entferne alle sichtbaren Sorgen. Schau her. Hier hast du etwas dänisches Blauwasser mit Aktivkohle. Versuch, ein bisschen damit zu gurgeln. Das hilft.«

»Ich muss in meine eigene Garderobe«, sagte der Ältere. »Du hast alles unter Kontrolle, nehme ich an.«

»Keine Angst«, sagte die Maskenfrau, während sie die Stirn des Jüngeren firnisste und zugleich mit der Hüfte geschickt die Schublade öffnete, in der im Licht der Spiegellampen drei Spritzen mit Ochsenblut rubinrot glitzerten. »Volle Kontrolle.«

Völlig geräuschlos verschwand der Ältere.

»Ich habe die Reihenfolge vergessen«, flüsterte der Jüngere in einer Puderwolke.

»Schon gut.«

»Ich weiß sie wirklich nicht mehr. Ich kann das nicht. Ich kriege es nicht hin.«

»Schon gut.«

»Ich bin krank.«

»Na klar, na klar.«

»Ich meine es ernst. Ich bin krank. Ich muss absagen. Mein Kollege schafft das bestens allein.«

»Jetzt bitte nicht reden, ich arbeite an deinem Mundwinkel. Der ist nicht so toll.«

»Er schafft das bestens allein«, sagte der Jüngere zwischen zusammengebissenen Zähnen. »Das ist doch so, oder?«

»Dumtidum, tamtidam«, sang die Maskenfrau beruhigend.

»Was will er mit mir? Ich meine: Was will er mit mir? Ich bin in meinem ganzen Leben noch nie einer Königlichen Hoheit begegnet!«

»Tumdum, büssesüss, rumpumpum.«

»Was wollte er von Anfang an mit mir? Warum hat er mich da mit hineingezogen –«

»Still jetzt. Genau so. Die Lippen sitzen. Brav, mein Lieber. Im ersten Versuch. Sieh nur, wie gut du ausschaust.«

Der Jüngere betrachtete sich im Spiegel, aber der Zweifel in seinen Pupillen saß tief. Das sah auch die Maskenfrau.

»Und jetzt: Die Augen«, sagte sie resolut und nahm die schärfsten Kristalle zur Hand, die sie hatte. »Und danach gucke ich mir deinen Podex an«, sagte sie vertraulich. Der ist bestimmt super.

»Podex?«

»Schon gut. Jetzt nicht rühren und nicht blinzeln, Schätzchen.«

»Aber …«

»STILL jetzt. Genau so.«

»Au.«

»Und jetzt das Zweite.«

»Au!«

»Und jetzt noch etwas Fixativ. Nicht atmen. Die Augen offen halten. Hier kommt's.«

»… «

»Guter Junge. Schrecklicher Gestank. Und jetzt ein bisschen Puder. Sumsum, dumdum, summsummdum. Schon bist du fertig. Und jetzt der Podex. Steh auf. Genau so. Runter damit. Oh, siehst du gut aus. Richtig gut.«

»Aber …«

»Beug dich vor. Hände auf den Tisch. Genau so.«

»Au.«

»Und jetzt ganz stabil stehen bleiben.«

»Au!«

»Das war's. Wieder hoch damit. Genau so. Die hat gesessen. Jetzt bist du bereit.«

»Aber

60

ich hätte nicht gedacht, dass es hier so groß ist, Mutter«, sagte Freya mit bebender Stimme, als Hans und sie die Schwelle überschritten und festlich gestimmt den ansteigenden Boden im ersten Parkett betraten.

»Ist es nicht schön?«, flüsterte die Mutter zurück und zog Hans vorsichtig am Ohr, damit er beim Anblick einer weiteren mit Blattgrün bedeckten Karyatide mit entblößten Brüsten, einem durchgängigen dekorativen Element im Vestibül und im Zuschauerraum, keine Grimasse schnitt.

»Es ist wunderschön, Mutter«, flüsterte Freya bewegt. »Vielen Dank.«

»Sehr gern, mein Kind.«

»Hast du dich bei Mutter schon bedankt, Hans?«

»Ja.«

»Das hast du nicht.«

»Doch, ich habe mich vorhin bedankt.«

»Bedank dich noch mal bei ihr.«

»Danke, Mutter.«

»Gern geschehen, Hans. Ich finde, ihr seid jetzt groß genug, um ins richtige Theater zu gehen und nicht mehr nur ins Schultheater.«

Sowohl Freya als auch Hans erschauderten bei dem Gedanken.

»Haha«, kam es bitter von Hans.

»Ist es lange her, seit du zuletzt hier warst, Mutter?«, fragte Freya erwachsen. Sie trug ein langes hellgelbes Kleid, das die

Mutter in aller Eile aus Stoffresten genäht hatte, die zur Wiederverwendung für Mittellose und Kranke freigegeben waren, und eine recht hübsche Kette aus mittelteurem Flitter, und sie sah exakt so aus wie das Armenkind, das sie war, dachte die Mutter, obwohl sie sich bei dem Kleid alle erdenkliche Mühe gegeben hatte. Das Wichtigste war aber, dass sie hier war, für ein paar Tage fit genug, um mitzukommen, sie hatte sogar rosige Bäckchen. Oder war es Rouge? Nein, die waren wohl echt.

Und der Junge – der Junge steckte in einem schlecht sitzenden blauen Anzug, in dem er konformiert werden sollte. Der Anzug saß immer noch nicht gut, obwohl sie mit dem drittklassigen Stoff so sehr gekämpft hatte. Sie hatte ebenso gekämpft, um seine langen Haare mit den kleinen nervigen Löckchen, die er plötzlich bekam, mit Wasser zu bändigen, und hatte eine Schleife hineingebunden.

»Ist es das, Mutter?«

»Was denn, Freya? Jetzt suchen wir unsere Plätze.«

»Lange her? Lange her, seit du zuletzt hier warst?«

»So … Schauen wir mal. Reihe zwölf, Platz siebzehn, achtzehn und neunzehn … Hier ist es. Hm, ich war wohl nicht mehr hier seit … seit …«

Freya dachte an das Schultheater und erschauderte noch einmal.

»Denkst du an das Schultheater, Schätzchen?«

»Ja, Mutter.«

»Versuch, nicht daran zu denken. Nicht jetzt.«

»Ich denke an den Schauspieler mit der roten Perücke. Der sich aus einem Eimer mit Matsch beschmiert und dabei rumgeschrien hat.«

»Das hast du erzählt.«

»Eine Perücke und eine grüne Badehose. Er sollte das Licht der Welt darstellen, hat er gesagt.«

»Soso.«

Sie fanden die Reihe zwölf, und nur wenige der anderen Zuschauer in der Reihe waren so ehrlich, sich symbolisch die Nase zuzuhalten, als sie vorbeikamen, wie man es eigentlich tun sollte, wenn solche wie sie sich unter die anderen mischten. Die meisten waren vom Ernst der Lage jedoch offensichtlich zu ergriffen, denn sie nickten höflich, als sich die drei zu den Plätzen siebzehn, achtzehn und neunzehn vorbeizwängten. Hans ging voraus.

»Ich muss aufs Klo«, sagte Hans plötzlich laut.

»Das geht jetzt nicht«, sagte seine Mutter und lächelte zwischen zusammengebissenen Zähnen.

»Aber ich MUSS. Und außerdem will ich am anderen Ende sitzen.«

»Das geht doch nicht, Hans«, sagte seine vernünftige Schwester. »Dafür müssten wir wieder ganz rausgehen und noch mal von vorn anfangen. Es ist zu eng, als dass du –«

Hans wollte keine Argumente hören. Er machte auf dem Absatz kehrt und drängte sich an Mutter und Schwester vorbei, sodass er die Hinterköpfe derjenigen in Reihe elf anrempelte und sowohl der Mutter als auch Freya in den Bauch boxte, woraufhin die Mutter, die ganz hinten lief, einer älteren Dame auf den Fuß trat.

»Hier«, flüsterte sie geistesgegenwärtig und steckte dem Sohn einen Geldschein zu. »Besorg gleichzeitig noch ein Programm. Dann kommst du hierher zurück und setzt dich ans Ende von uns Dreien.«

Der Junge nahm den Schein und bahnte sich ohne ein Wort der Entschuldigung einen Weg zurück durch die Reihe.

»Er hat nur das Programm vergessen«, rief die Mutter halblaut und entschuldigend hinter ihm her.

»Sieh dich vor«, sagte ein älterer Herr.

»Au«, sagte ein kleines Mädchen, dem er auf den Fuß trat.

»Rüpel«, zischte eine wichtige Person.

»Tut mir leid«, sagte die Mutter noch lauter in ihre Richtung und lächelte bedauernd.

Reihe zwölf schüttelte kollektiv den Kopf. Aber

61

sollen wir nichts unternehmen?«, fragte die Katze. »Sollen wir das nicht? Was steht da? Was sollen wir tun?«

Markus gab keine Antwort. Er betrachtete den decodierten Befehl, der gerade vom Kontrollzentrum hereingetickert war, und runzelte die Stirn.

Die Katze trippelte vor Tatendrang förmlich auf der Stelle.

»FL«, kam es schließlich von Markus. Mehr steht da nicht.

»Und das heißt?«

»*Festina lente*«, sagte Markus.

»Hä?«, kam es fragend von der Katze.

»Mehr steht nicht in der Nachricht. FL. Das ist der Code für *festina lente,* was Lateinisch ist. Ich dachte schon, das wäre die Antwort.«

»*Festina le-* ... Ist das Lateinisch für Party machen?«

Markus gab keine Antwort. Die Katze verlor die Geduld.

»Wir haben keine Zeit zu verlieren!«, rief sie. »Was heißt das?«

»*Eile mit Weile* heißt das.« Markus seufzte schwer.

»Worauf warten wir noch«, begann die Katze. »Die Sache ist doch klar, und noch können wir es schaffen, den Tag zu retten und –«

»FL bedeutet, dass wir alle Vorkehrungen treffen und nichts überstürzen sollen. Ich muss zum Beispiel meinen Kampfanzug anlegen.«

»Aber die Uhr zeigt schon –«

»Anschließend muss ich das Kontrollzentrum bitten, uns eine Bestätigung zu schicken. Das Kontrollzentrum muss unter anderem eine Einschätzung vornehmen und entscheiden, welche Waffe ich mitnehmen soll oder ob ich überhaupt eine Waffe mitnehmen soll. Das ist die Definition des Kontrollzentrums für Eile. Mit Weile.«

»Komische Art der Eile, wenn es um Leben und Tod geht«, sagte die Katze verstimmt; sie war fast den Tränen nahe. »Lieber Markus«, sagte sie, »können wir nicht einfach so tun, als könnten wir kein Latein, und auf die blöde Anweisung pfeifen. Und uns endlich auf den Weg machen. Du kannst doch einfach behaupten, ich hätte sie gelesen und –«

Mit einer Handbewegung stoppte Markus den Redefluss.

»Potsdam hat sicher seine Gründe«, sagte er düster.

Die Katze sah ihn an. Sie hatte Tränen in den Augen.

»Es ist unsere moralische Pflicht, *jetzt* zu handeln«, sagte sie leise.

»Und wir *werden* auch handeln. Aber langsam. Nicht überstürzt.«

Die Katze brachte kein Wort heraus.

»Das, mein Freund, nennt sich *raison d'état*. Staatsräson. Manchmal muss der Staat seine Interessen über die Interessen eines Individuums oder einer Gruppe stellen, um einem höheren Zweck zu dienen.«

»Wenn du mich fragst, nennt man das Trödelei«, sagte die Katze bitter.

Markus ging zu dem Apparat und schickte seinerseits eine Nachricht an das Kontrollzentrum.

»Ich habe jetzt um eine Bestätigung gebeten«, sagte er. »Wir müssen also abwarten.«

»Glaubst du, es dauert lange?«

»Ein bisschen dauert es bestimmt. Wir werden sehen.«

»Hauptsache, wir kommen nicht zu spät«, sagte die Katze leise.

»Das Kontrollzentrum hat immer seine Gründe. Wo willst du hin?«

»Ich dachte … au!«

»Du bleibst hier. Was hattest du vor?«

»Ich dachte, da du lente festinieren musst, könnte ich ja in der Zwischenzeit in aller Diskretion zum Theater laufen und eine Warnung –«

»Nix da. Wir sitzen jetzt im selben Boot. Wir warten zusammen und überstürzen nichts. Genau nach Befehl.«

Die Katze schmollte eine Weile. Dann riss sie sich gehörig zusammen und sagte:

»Aber

62

der große Wandspiegel in der Herrentoilette hatte schon bessere Abende gesehen. Ganz unten über der Reihe mit Waschbecken hatte er einen unschönen in einem Bogen verlaufenden Sprung, fast eine Fratze. An manchen Stellen waren unregelmäßige schwarze Flecken, dort, wo sich die Silberbeschichtung unter dem Glas gelöst hatte.

Hans hing mit dem Gesicht über dem Waschbecken. Würde er hochschauen, könnte er seine Augen im Spiegel sehen. Zwei Flecken, in denen sich nichts spiegeln wollte. Gerade hatte er den Kaltwasserhahn zum zweiten Mal zugedreht, jetzt drehte er ihn wieder auf, beugte den Rücken und klatschte sich noch mehr Wasser ins Gesicht.

Schließlich schaute er doch noch auf. In dem schmutzig

blauen Neonlicht schimmerten die Wasserschlieren auf seinen Wangen wie Stahl.

Das Gesicht im Spiegel war weit weg und zugleich ganz nah, als sähe er es durch ein sonderbares Prisma. Aus einer Toilettenkabine hörte er Geräusche eines Stuhlgangs mit viel Luft und Stress. Gleichzeitig zum Geräusch der Spülung kam ein Herr mit rot geflecktem Kopf aus der Kabine, zupfte seine Kleidung zurecht und ging, ohne sich die Hände zu waschen. In den Rohren rauschte es. Ein anderer Herr im blauen Anzug am Pissoir schüttelte und schüttelte und schüttelte erneut, bevor er und sein Anzug endlich zufrieden waren und zusammen verschwanden. Hans starrte sich in dem altersschwachen Spiegel an. Sein Spiegelbild kam ihm vor wie ein Foto, das er nur mit Mühe erkannte. In der Innentasche ruhte die Waffe. Er schob die Hand unter die Jacke und befühlte sie vorsichtig. Sie war warm und kalt zugleich.

»Hör mal, kleiner Mann«, sagte eine Stimme. »Stimmt was nicht?«

Hans zog die Hand zurück und sah sich aufmerksam um.

»Ist dir schlecht, kleiner Mann? Alles in Ordnung mit dir?«

Jetzt entdeckte Hans den Klomann. Sein Kopf ragte aus dem Rohr und blickte ihn besorgt an.

Hans zeigte ihm den gereckten Daumen als Zeichen dafür, dass alles okay war, aber der Klomann ließ sich nicht so schnell abwimmeln:

»Wenn dir schlecht ist, kleiner Mann, solltest du nicht zurück in den Saal gehen. Dann solltest du lieber nach Hause gehen. Das ist besser für dich und für alle anderen.« Die Stimme des Klomanns war rau, aber fürsorglich.

Hans schaute wieder in das Waschbecken. Das Porzellan zeigte ein Netz aus feinen Sprüngen. Er könnte ja einfach sagen, er sei krank. Er könnte das Ganze sein lassen, sich verdrücken. War es wirklich so leicht?

Im selben Moment merkte er, dass die Herrentoilette eine Prüfung war. Ein dreckiger, neonglitzernder Trick, eine Falle, angeführt von einem falschherzigen Klomann.

»Durch diese Tür«, sagte der Klomann in seinem Rohr und zeigte zum Ausgang, »führen zwei Wege. Einer geht in den Saal, ein anderer nach Hause, kleiner Mann.«

Hans verließ das Waschbecken, trocknete sich die Hände an einem Papiertaschentuch ab. Er lächelte dem Klomann unbekümmert und entspannt zu und legte ein paar Münzen auf den Teller. Draußen klingelte es zum dritten Mal.

»Alles in Ordnung«, sagte er. »Ich weiß, wo ich hinwill.«

Aber

63

als der Junge mit dem Programm zurückkam, war die Reihe geschlossen und bereit, sich wie ein Mann zu verteidigen. Mutter und Freya schlossen die Augen in berechtigter Scham, während die Personen in Reihe 12, Sitz 1, 2, 3, 4, 5, 6, 7, 8, 9, 10, 11, 12, 13, 14, 15 und 16 dem Jungen mit ihren Operngläsern auf den Kopf schlugen.

Er ließ sich nichts anmerken, duckte sich nicht einmal weg, obwohl er anfing zu bluten.

»Warum müssen sie ihn so fest schlagen, Mutter?«, wunderte sich Freya. Sie hatte Tränen in den Augen.

»Das ist so Sitte im Theater, liebe Freya. Denk nicht weiter darüber nach. So, Hans. Jetzt kannst du dich setzen. Ans äußere Ende von uns Dreien.«

Ohne ein Wort zu sagen, setzte sich der Junge.

Sie setzten sich.

Alle saßen.

Das Publikum war vollzählig.

Dann erhoben sich alle.

Sie erhoben sich.

Eine dunkle Stille der Erwartung senkte sich über das Publikum.

Der linke Orchestereingang ging auf, und die Stille wurde noch tiefer und dunkler.

Zuerst kam ein Diener in Livree, dann folgten zwei Ziergardisten, die sich beiderseits der Tür aufstellten. Anschließend kam sekundenlang niemand.

Schließlich erschien Clotilde. Sie war überirdisch schön, im einfachen rosa Abendkleid mit einer Demutsrose über der Brust und einem schwarzfunkelnden Wolfram- und Diamantdiadem im Haar. Ihr Blick flackerte gnädig von einem zum anderen der sich verbeugenden und knicksenden Menschen, ohne jedoch tatsächlich jemanden von ihnen wahrzunehmen. Hinter ihr kamen der Intendant und mehrere Würdenträger, die aber niemand bemerkte; alle Blicke waren auf die grazile Person der Physiokratin gerichtet, die jetzt zur ersten Reihe schritt.

»Sollte sie nicht da oben sitzen, Mutter?«, flüsterte Freya und schaute hinauf zur fürstlichen Loge an der linken Wand.

»Ich glaube, das ist heute nicht mehr üblich«, flüsterte die Mutter zurück. »Vielleicht liegt es aber auch an dem Benefiz.«

»Benefiz?«

»Wie klein sie ist«, sagte Hans plötzlich ziemlich laut. »Ich wusste nicht, dass sie so klein ist.«

»Pst, Hans«, sagte die Mutter.

»Pst, Hans«, sagte Freya.

»Aber sie ist doch klein«, flüsterte Hans weiter.

»Sie ist so schön«, flüsterte Freya verträumt. »Wie eine Puppe.«

»Ja«, sagte Hans.

»Jetzt geht's los«, sagte die Mutter.

»Ja«, sagte Hans und schluckte.

Clotilde setzte sich.

Alle setzten sich.

Der Intendant trat auf die Bühne.

Dann ging es los. Aber

64

trotz der effektiven Behandlung und des vitalisierenden Ochsenbluts, das durch sein System gepumpt wurde, ging es dem jüngeren Goldmacher nicht gut. Sein älterer Kollege betrachtete ihn aufmerksam im Widerschein des gelben Lichts, das von der Tanznummer auf der Bühne rührte, während sie im Halbdunkel warteten. Allmächtiger im Himmel, dachte der ältere Goldmacher genervt; ich hätte mich nicht für ihn entscheiden sollen. Und ich bin bei meinem Vorhaben völlig abhängig davon, dass wir zu zweit sind. Kaum zu glauben, dass er je auf einem Flohmarkt aufgetreten ist.

Jedoch konnte er erkennen, dass der Jüngere jetzt in der konturlosen Schattenwelt angekommen war, in der selbst die größten Bühnenkünstler hin und wieder landen und in der weder Routine noch frühere Erfahrungen, nicht einmal die einfachsten und grundlegendsten, Relevanz haben und sie durch den Auftritt tragen können. Er befand sich unweit des finsteren Tals, am Eingang sozusagen, wo Angst und Übelkeit ungehindert herrschten.

Allmächtiger im Himmel, dachte der ältere Goldmacher erneut. Aber wen hätte er sonst nehmen sollen?

Die Shownummer draußen auf der Bühne zog sich hin; die Tänzerinnen bewegten sich in langen Reihen, immer im Kreis, intensiv lächelnd, während die Tänzer in zwei langen Reihen zu beiden Seiten der Dekoration standen, mit Strohhüten und Spazierstöcken wedelten und ebenso intensiv lächelten.

Doch endlich war das choreografische Meisterstück des Intendanten vorbei, Applaus brach los, und sie standen plötzlich in einem wogenden, wackelnden Strom aus Südfrüchten, Brüsten und Oberschenkeln, als die Tänzerinnen hastig und diszipliniert die Bühne verließen. Die Herren standen Spalier, denn nun sollte der Intendant seinen Prolog halten. Er hatte ihn am Abend zuvor selbst geschrieben, jäh von einer überwältigenden Inspiration erfasst. Nun trippelte Jean-Rolf Bündelach-Purtroppo auf das Proszenium, verbeugte sich tief und begann.

»Königliche Hoheit. Eure Exzellenzen. Eure Eminenzen. Herr Oberbürgermeister. Herr Unterbürgermeister. Herr Nebenbürgermeister. Meine Damen und Herren. Und nicht zuletzt: Liebe trauernde Witwe und Angehörige. Die Trauer –«

Der jüngere Goldmacher ging in die Hocke und legte den Kopf auf die Knie, während die Alexandriner über den Bühnenrand schallten. Der Ältere betrachtete ihn besorgt. Zum Glück stand irgendwo in der Dunkelheit hinter ihnen die Maskenfrau für den letzten Feinschliff bereit, ging neben ihm auf die Knie und löste vorsichtig seinen Kopf von den Kniescheiben, damit das von ihr mühsam modellierte Gesicht nicht ruiniert wurde.

»Und einst kommt dann der Tag, den niemand so recht wollt
Er kommt zu allen Menschen, zu Jungs und Mädchen hold«,

deklamierte Jean-Rolf Bündelach-Purtroppo auf der Bühne, und der ältere Goldmacher atmete schwer.

»an dem der Tod schon lauert, abwartend an der Tür,
Gleich liegst du auf dem Boden, bleich, kalt nach kurzer Kür.«

Der Ältere spürte es in den Füßen. Es war die Stelle, an der man stets spürte, wenn etwas zu lange dauerte. Nun denn. Sei's drum. Die Leute waren nicht wegen Jean-Rolf Bündelach-Purtroppo gekommen.

Die lyrischen Schwingen des Intendanten nahmen das Publikum nun mit auf eine Exkursion in eine Landschaft des Vergebens und der Barmherzigkeit, nicht ohne zudem den Provinzen der Reue und der Verfehlung einen Besuch abzustatten. Es zog und zog sich hin. Endlich näherte er sich der Klimax und konzentrierte sich nun auf die Quelle aller Gnade, den Ursprung aller Ehre, den Physiokraten als solchen.

»Geleitet werden wir, das wissen wir doch alle,
vom Morgen bis zum Mittag und dann bis in die Falle.«

Das klang vielversprechend, wie der Anfang eines Endes. Doch an diesem Punkt hatte die Muse des Intendanten es für angemessen erachtet, das Publikum mit auf einen kleinen Auffrischungskurs in Sachen Geschichte zu nehmen.

»Es fing so herrlich an, mit Grimmelbart dem Großen
Doch heute wissen alle, es endet nicht mit Rosen.«

Bedauerlicherweise schien die Muse des Dichters von Letzterem wenig überzeugt, die Frage war also vermutlich rhetorisch gemeint. Es folgten eine Reihe Alexandriner, die Grimmelbarts

Tun und Lassen schilderten, bevor das Gedicht zu seinem Nachfolger Rüdelbart dem Mächtigen und den zentralen Merkmalen seiner Regentschaft überleitete. Weitere Fürsten folgten.

Dann endlich – und das Publikum draußen seufzte hörbar vor Erleichterung – kam Jean-Rolf Bündelach-Purtroppo zur heutigen Markgräfin,

»… modern und jung und weise,
die uns in Sturm und Wind, begleitet auf der Reise.«

Und schon fünf oder sechs Doppelverse später war das Epos im Ziel.

»Clotildes sanftes Antlitz, den Weg uns leuchten tut.
Wir danken ihr von Herzen, dafür dass sie so gut.«

Der Applaus war höflich donnernd. Der Intendant verbeugte sich tief, zuerst geradeaus, dann nach links, dann nach rechts, dann wieder geradeaus.

»Sein Allerwertester ist ganz hübsch«, sagte die Maskenfrau direkt hinter ihnen in der Dunkelheit, als sie den Jüngeren hochscheuchte, die Puderquaste zückte und ihnen beiden ein letztes Mal Puder auftrug. »Aber der Rest ist nicht viel wert.«

Rotwangig vor poetischer Glückseligkeit stürzte Jean-Rolf Bündelach-Purtroppo von der Bühne auf sie zu.

»Ausgezeichnet, das lief ja ausgezeichnet«, sagte der ältere Goldmacher, um dem Intendanten die Frage zu ersparen.

Der Intendant wollte gerade zurück auf die Bühne, um noch mehr Applaus entgegenzunehmen, aber der Ältere hinderte ihn daran.

»Nein«, sagte er und schüttelte freundlich, aber entschieden den Kopf. »Denken Sie dran, es ist ein königliches Benefiz.«

»Benefiz«, quakte der jüngere Goldmacher.

Der Ältere packte ihn am Arm, hielt ihn auf den Beinen.

»Jetzt«, sagte er mit Nachdruck und schob seinen jüngeren Kollegen vor sich her ins Licht.

Aber

65

während Clotilde dem Prolog lauschte, dachte sie an wogende Bergrücken mit großen Wäldern. Den Trick hatte sie schon in einer der ersten Wochen nach ihrer Ankunft von ihrem Großonkel gelernt. Sie hatte sich über eine unendlich langweilige Veranstaltung beklagt.

»Langeweile«, hatte er gesagt, »ereilt unsereinen zuallererst. Wir müssen uns lange Reden anhören, schreckliche altnordische Gedichte, uns Turnvorführungen mittelalter Gymnastinnen ansehen und uns anhören, wie anderer Leute Kinder den Ton nicht trafen. Das ist schon schlimm genug. Aber es ist noch nicht das Schwerste. Das Schwerste ist, sich nicht zu langweilen, wenn man sich langweilt.«

»Aber Onkel, ich langweile mich ganz schnell. Ganz schrecklich schnell.«

»Ja«, hatte er ernst genickt. »Das ist mir schon aufgefallen.«

»Ich finde es so schrecklich, dazusitzen und zuzuhören.«

»Das ist mir schon aufgefallen«, wiederholte er. »Darum habe ich dafür gesorgt, dass du einen klugen Chefberater bekommst, wenn ich einst nicht mehr bin. Einen, der dich bei Laune hält und auf dich aufpasst.«

»Wer ist das?«

»Wart's ab, Clotildchen. Das wirst du sehen, wenn ich tot bin.«

»Oh, aber Onkel, großer Onkel, so lange kann ich nicht warten.«

»Nun«, sagte der Onkel etwas gekränkt, »sehr lange wird es wohl leider nicht mehr dauern.«

Ihr ging auf, dass ihre Bemerkung unverschämt gewesen war, und sie schwieg.

»Denk an etwas Großes«, sagte der Onkel freundlich. »Etwas, das von langer Dauer ist. Etwas, das größer und länger ist als das, was du über dich ergehen lassen musst.«

»Zum Beispiel einen ganz langen Bindfaden?«

»Na ja. Vielleicht lieber etwas Netteres und Abwechslungsreicheres. Ich selbst denke gern ans Meer.«

»Ans Meer. Da bin ich noch nie gewesen.«

»Doch«, der Onkel räusperte sich, »du hast das Meer schon überquert. Aber davon hast du nichts mitbekommen.«

»Verstehe«, sagte Clotilde nachdenklich. Dann sagte sie: »Wenn ich an etwas Großes denken soll, das von langer Dauer ist, dann will ich an dich denken.«

»Das hast du schön gesagt.«

»Oder ich denke an einen Wald.«

Als sich der Intendant dem Ende des Prologs näherte, war Clotilde weit weg in einem großen dunklen Wald, der kein Ende nehmen wollte. Er war tief und gefüllt mit grünem Leben. Sie lächelte vor sich hin, wie sie immer vor sich hin lächelte, ohne es zu merken. Der Beifall holte sie zurück auf ihren Sitz, und sie klatschte. Genau darin war sie richtig gut geworden. Diese Art der Langeweile stellte keine Schwierigkeit für sie dar, sondern diejenige, von der sie im Alltag erfasst wurde, wenn nichts passierte. Wenn sie niemand sein musste, sondern einfach nur war. Diese Art der Langweile war unendlich.

Sie klatschte.

Der Chefberater an ihrer Seite sah sie aufmunternd an. »Endlich. Jetzt beginnt die eigentliche Vorstellung.«

»Mhm«, brummte Clotilde.

Auf die Bühne kamen jetzt die zwei Goldmacher, von denen sie in der Zeitung gelesen hatte. Sie waren schwarz gekleidet und sahen, wenn Clotilde ehrlich sein sollte, ziemlich langweilig aus. Mitten auf der Bühne standen ein Lehnstuhl und ein Tisch mit merkwürdigen Apparaten. Allerdings nicht so merkwürdig und märchenhaft, wie sie sich die Szene vorgestellt hatte.

Die Männer gingen zum Bühnenrand, verbeugten sich in ihre Richtung. Clotilde lächelte vor sich hin. Dann verbeugten sie sich nach rechts und nach links, gingen wieder ein Stück zurück und blieben stehen. Einer war alt, der andere jung. Der Junge könnte eigentlich ganz attraktiv sein, dachte Clotilde, sähe er bloß nicht so langweilig aus. Langweilig und steif. Der Ältere war sicher einmal attraktiv gewesen und war auch im aktuellen Stadium gar nicht so übel, das musste sie zugeben. Er erinnerte sie ein bisschen an ihren Onkel.

Der Jüngere blickte auf seine Schuhe. Clotilde sah, dass seine Hände leicht zitterten und er nicht wusste, wohin mit ihnen. Das sah sie ziemlich häufig bei Menschen, und sie verspürte den Drang zu gähnen.

Der Ältere trat einen kleinen Schritt vor.

»Fürstliche Hoheit«, begann er.

Clotilde seufzte unmerklich. Der Chefberater an ihrer Seite zog ebenso unmerklich eine Braue hoch.

Es folgte ein langer Vortrag über die Goldmacherkunst in alten Zeiten, vorgetragen mit warmer, mahnender Stimme, anschließend ein paar mit Bedacht gewählte Worte zur Geschichte der Kunst, belegt mit einer Reihe von Zitaten. Es war sicherlich sehr interessant, denn das Publikum gab mehrere

Ohs und Ahs von sich. Clotilde dachte wieder an ihre Wälder. Dann kam er zum Ende, und der Jüngere machte ein paar zögerliche Schritte nach vorn, wollte etwas sagen.

Es kam aber nichts. Er stand nur da mit offenem Mund, wie ein Karpfen im Karpfenteich. Seine Augen waren kugelrund, sein Gehirn bekam anscheinend zu wenig Sauerstoff.

Wie lustig, dachte Clotilde. Nichts ist so schön wie ein echtes Fiasko, an das man sich später erinnern kann.

Der Alte musste ihm auf die Sprünge helfen.

»*Aber …*«, soufflierte er flüsternd, so leise, dass es kaum in der ersten Reihe zu hören war. Es drang aber nicht zu seinem Kollegen durch.

»*Aber*«, flüsterte der Ältere erneut und warf seinem jüngeren Kollegen einen böse funkelnden Blick zu.

Weiterhin keine Reaktion. Im Saal mussten einige kichern.

Clotilde lächelte vor sich hin.

»*A b e r !*«, zischte der ältere Goldmacher, und endlich reagierte der Jüngere. Er machte den Mund zu, schluckte, machte die Augen zu, öffnete sie erneut, öffnete den Mund und sagte:

»Aber

66

im Dunkel der zwölften Reihe fand Freya, dass die Rede des älteren Goldmachers mit das Schönste und Poetischste sei, das sie je gehört hatte. Vor allem der Teil mit der alten Kunst, belegt mit einer Reihe von Zitaten. Sie dachte nicht eine Sekunde lang an die Mikrobe. Die ganze Zeit kam es ihr vor, als schaute er in ihre Richtung, sähe sie, die dort im Dunkeln saß. Es fühlte sich an, als würde ihr Blick von seinem eingefangen, als würden ihre Augen von seinen eingefangen, und sie war völlig verzückt.

In der goldveredelten Redegabe des älteren Goldmachers entstand eine kurze Pause, und sie warf einen kurzen Blick zu Hans, um zu sehen, ob er von den Worten ebenso ergriffen war wie sie. Das schien er zu sein, denn er saß da mit dem Gesicht in den Händen.

Aber

67

genug der Nostalgie, wir wollen ein Kunststück sehen!«

Zu seiner Überraschung hörte der jüngere Goldmacher seine eigene Stimme, hörte sie die Replik sagen, wie sie gesagt werden musste, ohne dass er begriff, wie es ihm gelang. Seine Stimme klang anders, zwar klar und deutlich, aber fremd.

Sein älterer Kollege schaute ihn anerkennend an, lächelte kurz und blinzelte ihm zu.

»Das wollen wir, und wir beginnen in aller Einfachheit …«

Über ihnen, vom Schnürboden her, ertönte ein leise surrendes Geräusch, als das Licht auf dem blauen Hintergrund ein wenig gedämpft wurde.

»Was ist Gold?«, fragte der Ältere rhetorisch. »Im Grunde sehen wir es gar nicht mehr. Niemand lechzt danach, niemand sehnt sich mehr danach. Es ist, wenn wir dem Chemielehrbuch Glauben schenken wollen, und das sollen wir ja, lediglich ein Metall. Ein Metall genau wie alle anderen …«

»… Genau wie bei diesem Drahtgitter, das soeben herabgesenkt wurde«, übernahm der Jüngere, nach wie vor erstaunt darüber, dass er sich an den Satz erinnerte, ohne dass er eigentlich sagen konnte, es wäre ein Sich-Erinnern, »etwas Hundsgewöhnliches, das wir Ihnen hier auf der Bühne zeigen, verehrtes Publikum …«

»Können wir etwas mehr Licht darauf kriegen – vielen Dank«, sagte der Ältere.

Direkt über ihnen hing ein großes, verbeultes graues Drahtgitter und schaukelte leicht.

»Stahldraht«, sagte der Jüngere mit zunehmendem Selbstvertrauen. »Billigster dünner Stahldraht.« In ihm sprudelte das Ochsenblut.

»Wie erwähnt, war Meister Walther der Erste, der das Rätsel der Alchemie gelöst hat. Das wirksame Präparat füllte er sodann in ein Instrument, das große Ähnlichkeit mit diesem hier hatte …«

Der Ältere hielt ein reichlich altmodisch aussehendes Instrument mit Kurbel hoch, das am ehesten an eine Kaffeemühle mit zwei Glaskugeln erinnerte. Er begann zu kurbeln und hielt das Instrument so, dass seine Spitze das Drahtgitter berührte.

»Wie Sie sehen, meine Damen und Herren – keine Reaktion. Daraufhin glaubte Meister Walther, sich geirrt zu haben.«

»Erst später, viele Tage später, bekam er in seiner Werkstatt Besuch. Es war Abend. Und er bekam Besuch von einem Kind.«

»Meine Damen und Herren, Jungen und Mädchen, wir brauchen ein Kind auf der Bühne …!«

»Wer meldet sich freiwillig …?«

»Da! Da haben wir jemanden. Dahinten im Parkett. Kann jemand so freundlich sein, sie zur Bühne zu bringen?«

»In der Zwischenzeit ein Applaus für unsere Freiwillige, meine Damen und Herren! Und sie wird nicht die einzige

Freiwillige sein, deren Hilfe wir heute Abend benötigen, seien Sie vorbereitet, und seien Sie guten Mutes!«

»Da ist sie ja. Willkommen auf der Bühne. Was für ein schönes Kleid du heute Abend trägst.«

»… nke.«

»Und wie heißt du, Kleine?«

»Freya.«

»Freya. Was für ein hübscher Name. Bist du bereit, Freya?«

»Ja.«

»Eine schöne Kette trägst du um den Hals. Gehört sie dir?«

»Ja.«

»Dürfte ich dich bitten, so liebenswürdig zu sein und sie für einen Augenblick abzunehmen?«

»Mhm.«

»Genau so. Braves Mädchen. Vielen Dank. Weißt du, aus welchem Metall diese hübsche Kette ist?«

»Mnn …«

»Nicht?«

»Das ist nur irgendwelcher Flitter.«

Das Publikum brach in schallendes Gelächter aus. Der ältere Goldmacher lächelte vergnügt.

»Ja, was könnte an einem Abend wie diesem besser passen als ein bisschen gewöhnlicher Flitter? Er ist noch dazu ungewöhnlich hübsch.«

»Danke.«

»Bist du bereit zu sehen, wie die Kette noch schöner wird?«

»Jaa.«

»Gut. Halte sie vor dich hin. So. Ja. So. Du bist jetzt das Kind, das Meister Walther einen Besuch abstattet. Schließ die Augen. Halte die Kette fest. Sehr schön. Gut machst du das. So. Jetzt denk an etwas Schönes. Das Schönste, was dir einfällt.«

»… «

»Denkst du an was Schönes?«

»Ich versuche es …«

»Braves Mädchen. Jetzt nicht bewegen.«

Der Meister drehte an der Kurbel. Es klang wie eine große Glasglocke.

Der dunkle Saal schnappte kollektiv nach Luft.

»So. Jetzt kannst du die Augen aufmachen.«

»Oh.«

»Ist das nicht schön?«

»… doch …«, kam es mit einem Schluchzer.

»Aber liebe Freya, deswegen musst du doch nicht weinen …«

»… doch …«

»Halte die Kette hoch, ein bisschen höher noch, damit alle sie sehen können.«

Applaus.

»Meine Damen und Herren, Freyas Reaktion ist keineswegs ungewöhnlich. Es scheint so, als stünde Gold in geheimer Verbindung zu unseren Tränendrüsen.«

»Sie – sie ist so schwer.«

»Ein bisschen lauter, Freya, damit dich alle hören!«

»Sie ist so schwer!«

»Sie ist schwer, ja! Spür nur, wie schwer sie ist. Und dabei ist es nur eine kleine Kette. Häng sie dir ruhig wieder um den Hals. Dann weißt du, wenn du heute Abend nach Hause gehst und die Kette wieder zu mittelbilligem Flitter geworden ist, dass du für eine gewisse Zeit eine Kette aus echtem Gold getragen und besessen hast!«

Applaus.

»Stellen Sie sich vor, meine Damen und Herren! Stellen Sie sich vor, wie viel mehr *das* hier wiegen würde …!«

Der Jüngere: »Aber, guter Freund, das ist doch nur ein Spaten?«

Der Ältere: »Lieber den Spaten in der Hand als die Taube auf dem Dach?«

Beherrschtes Gelächter, Kichern.

Der Ältere: »Hängen wir ihn einfach mal hierhin. An diese Kette.«

Der Jüngere: »Ist die Kette denn stabil genug, um so einen schweren Spaten auszuhalten?«

»Lassen wir es drauf ankommen. Wir brauchen jetzt einen richtig starken Mann auf der Bühne, einen echten Kerl. Bleib nur hier, Freya. Hübsch siehst du aus mit deiner Goldkette. Genieße sie, solange du kannst.«

»So, schauen wir mal ... wo finden wir in diesem Saal einen starken Mann? Nur keine Scheu. Sollte der Muskelprotz zu bescheiden sein, um sich zu melden, wird es doch sicher seine Frau oder seine Freundin tun. Sie weiß ja am besten, wie stark ihr Männe ist, oder?«

Weiteres Kichern.

»Da hätten wir schon einen!«

»Applaus für den Freiwilligen auf seinem Weg nach vorne!«

Applaus. Anschließend wohlwollendes Gelächter, als der starke Mann sichtlich verlegen auf die Bühne taumelte.

»Bravo, bravo, ein Ehrenmann! Treten Sie näher. Wie heißen Sie?«

»Heine.«

»Willkommen, Heine. Der starke Heine. Sie sind doch stark, oder?«

»Sagt man.«

»Sind Sie stark oder sind Sie nicht stark?«

»Sagt man.«

»Sagt das vielleicht Frau Heine?«

»Ja.«

»Nur sie?«

»Sie auch.«

Erneutes Gelächter im Publikum.

»Sie also auch. Hören Sie, wollen wir uns nicht duzen?«

»Jou.«

»Das macht alles viel einfacher.«

»Jou.«

»Der wortkarge Heine, hast du schon mal mit Brecheisen und Spaten gearbeitet? Ja, ich sehe ja das Muskelspiel in den Anzugärmeln.«

»Jou.«

»Mit dem Spaten?«

»Jou.«

»Was denn für Arbeiten?«

»Das Übliche.«

Erneut Lachen und Applaus.

»Ach so. Ach so. So, hier ist der Spaten, Heine. Fühl mal.«

»Ja.«

»Probier ihn mal aus.«

»Ja.«

»Aber mach nicht den Boden kaputt ...!«

»Nee.«

»Genau so. Bist du mit dem Spaten zufrieden?«

»Jou.«

»Was soll das heißen?«

»'n ordentlicher Spaten.«

»Und die Kette hier?«

»Sieht gut aus.«

»Bist du so stark, dass du eine Kette mit den Händen auseinanderreißen kannst?«

»Tja.«

»Ja?«

»Kommt drauf an.«

»Kannst du die hier auseinanderreißen?«

»Glaub nich.«

»Probier mal.« …

»Und?«

»Nee. Geht nich.«

»Gut so, Heine. Dann hängen wir den Spaten hier an die Kette. Komm näher. So. Halte den Spaten fest. Schließ die Augen.«

»Ja.«

»Stell dir vor, wie du damit arbeitest. Das Übliche halt.«

Gelächter.

»Nein, nicht die Augen aufmachen. Kümmer dich nicht ums Publikum, Heine. Kümmer dich nicht um die Leute. Die sind weit weg und können uns nichts anhaben. Hier auf der Bühne sind wir sicher. Komm du auch noch, Freya. Komm hierher. Stell dich neben Heine. Berühr den Spaten. Bravo.«

Atemlose Stille. Der Meister hob den Apparat in die Luft.

»Denkt an das Schönste, was euch einfällt.«

Nichts passierte.

»Entspannt euch, ihr zwei. Lasst die Gedanken fliegen.«

»Geht nich.«

»Doch, doch, Heine. Denk an … denk an deine Frau …«

»Geht nich.«

»Doch, Heine. Sie ist doch schön, oder?«

Heine errötete.

»Oder etwa nicht?«

»Jou.«

»Denkst du jetzt an sie?«

»Jou.«

»Wann ist sie denn am schönsten, Heine?«

»Erst wenn …«

»Nein, nicht die Augen aufmachen. Erst wenn …?«

»Erst wenn sie sich auszieht.«

Mit goldenem Glanz und lautem Krachen, das das schöne Verwandlungsgeräusch übertönte, knallte der Spaten auf den Bühnenboden, dass das ganze Theater spürbar erzitterte.

Gelächter. Ungläubigkeit. Bravorufe.

»Sieh an, Heine! Das ging ja schnell. Ihr habt euch doch nicht verletzt? Oder? Gut. Gut! Und jetzt, Heine, kannst du den Spaten, den du verloren hast, wieder aufheben …«

Noch mehr ungläubiges Gelächter. Jubelrufe.

»Ich dachte, du wärst so stark, Heine?«

Schallendes Gelächter.

»Das behauptet zumindest deine Frau …!«

Belustigte Zurufe.

»Schon gut. Vielleicht kann Freya dir helfen? Freya? Nicht? Dann helfen dir mein Kollege und ich. So. Hau ruck! Ja. Und jetzt legen wir ihn auf die zwei Böcke hier.«

Erneuter Applaus.

»So schwer ist Gold, meine Damen und Herren! Einen erneuten Applaus für Heine!«

Fanfare. Beifall.

»Na, Freya, du bist bestimmt nicht so stark wie Heine?«

»Nein …«

»Wollen wir mal versuchen, dich stärker zu machen?«

»Ja …«

»Wenn du den Spatenstiel hier anfassen könntest, genau so. Mit beiden Händen. Versuch jetzt, ihn zu verbiegen. Ja! Meine Damen und Herren! Sehen Sie! Wie stark sie geworden ist. Sie kann ihn verbiegen!«

Jubel.

»So weich ist Gold! So schwer! So weich! Und sehen Sie,

wie es glänzt! Hätten die Straßenarbeiter in Jüterbog Werkzeug aus Gold, würden sie noch langsamer arbeiten als jetzt schon!«

Brüllendes Gelächter.

Eine Gruppe Tänzerinnen scharwenzelte in Formation herein. Heine wurde entlassen, aber Freya bekam ein Zeichen zu bleiben, während die Tänzerinnen ihre Nummer darboten.

»Danke! Vielen Dank an das feste *corps de ballet* des Theaters! Ein großer Applaus! Richtig schön, richtig schön. Vielen Dank! Danke! … ABER, Fürstliche Hoheit, meine Damen und Herren, der kleine Apparat, den Meister Walther erfunden hat, taugt nicht viel. Wie Sie sehen, meine Damen, meine Herren, meine Exzellenzen, hochverehrte Physiokratin, wie Sie sehen, ist der Spaten schon wieder im Begriff, zu einem Spaten zu werden, rostig und dunkel. Das Gold und all seine Eigenschaften lösen sich auf wie Tau in der Sonne, wie Wolken. Können Sie es sehen? Und Freyas Goldkette – wie steht es damit, Freya?«

»Die ist … oh …!«

»Die ist wieder gewöhnlicher Flitter. Sieh an. Sieh an. Die Wirkung ist nicht von langer Dauer. Heute wie damals. Sollte die Wirkung länger anhalten, bräuchte man neue und bessere Apparate. Wie diesen hier …«

Der ältere Goldmacher ging zu dem Tisch und hob einen größeren und zielstrebiger aussehenden Apparat hoch.

»Und jetzt – wird Gold gesponnen! Herr Kollege!«

Sein jüngerer Kollege berührte das Drahtgitter und schloss die Augen. Der Ältere hielt den Apparat an das Gitter, und im nächsten Moment glänzte es in der Luft wie eine Spinnwebe aus Gold, effektvoll angestrahlt von Scheinwerfern auf dem Schnürboden und hinten im Saal.

»Nichts glänzt so wie Gold. Kein Farbton entspricht dem von Gold. Sehen Sie, meine Damen und Herren, und verstehen Sie jetzt, wie ganze Reiche aufgrund des Goldhungers untergehen konnten, wie ganze Völker ausgerottet werden konnten, Fürsten abgesetzt wurden und Staaten umgestürzt.«

Unten in der ersten Reihe runzelte der Chefberater die Stirn.

»Hier, meine Damen und Herren, haben wir einen ganzen Korb voller winziger Fetzen aus Silberpapier. Aber schauen Sie, was passiert, wenn wir den Ventilator einschalten und sie an dem Apparat vorbeiblasen … Freya, wärst du so lieb, deine Hände in den Korb zu stecken und an etwas Schönes zu denken? Genau so. Bist du bereit? Dann schalte ich den Apparat hier ein … und jetzt noch den Ventilator, drei, zwei, eins … Gold! Gold in der Luft!«

Der Saal tobte vor Begeisterung, als Tausende kleiner Papierfetzen über die Sitzreihen geblasen wurden. Die Leute standen auf, um das fliegende Gold zu fangen.

Unten in der ersten Reihe starrte Clotilde ganz hingerissen auf den Goldregen und die zwei Zauberer. Sie waren tatsächlich wie Zauberer. Sie selbst, die ab dem Moment, wenn sie morgens in den Spiegel schaute, bis sie sich abends mit Seide zudeckte, von Schönheit umgeben war, hatte noch nie so etwas Schönes gesehen.

»Meine Damen! Wer möchte heute Abend mit einem goldenen Schmuckstück nach Hause gehen? Es hält bestimmt eine Stunde lang, wenn nicht gar zwei.«

Die Frauen im Saal ergingen sich in gellenden Ja-Rufen, manche vermochten nur gutturale Laute von sich zu geben.

»Aber wer soll die Erste sein …? Doch nicht etwa … Eure Fürstliche Hoheit?«

Der ältere Goldmacher verneigte sich tief. Das Publikum wurde unruhig. War das nicht unschicklich? Auch in Clotildes Gefolge in der ersten Reihe entstand Unruhe. Das hier war nicht geplant gewesen. Doch wie er dort mit seinen glühend bohrenden Augen stand, war der Goldmacher unwiderstehlich.

»Dürfte ich so frei sein –?«

Galant streckte er der Markgräfin die Hand hin, als wollte er sie zum Tanz bitten. Sein Lächeln war herzlich, vertrauenerweckend, ehrerbietig und scherzhaft zugleich.

Der Chefberater sah Clotilde, die, ohne zu zögern, aufgestanden war, erschrocken an. Überrascht und wie es sich gehört, erhob sich auch der restliche Saal, und eine angespannte Stille senkte sich über die Versammlung, während Clotilde beherrscht und würdevoll die wenigen Schritte zur Bühnentreppe ging.

Gebildeter Applaus, als Clotilde zur Bühne schritt. Sie lächelte wunderschön nach rechts und nach links.

Im Schutz der Dunkelheit und der begeisterten Aufmerksamkeit aller, die jetzt ausschließlich auf Clotilde gerichtet war, näherte sich allmählich der Junge aus Reihe zwölf der Bühne.

Der ältere Goldmacher verbeugte sich tief. Der Gesichtsausdruck des Jüngeren hatte für einen Moment Ähnlichkeit mit einem Schaf, doch dann bedachte Clotilde ihn mit einem schmachtenden Lächeln; er errötete und senkte den Kopf.

»Wenn Ihr gestattet«, sagte der Ältere in höfischer Manier, »könnte ich mir vorstellen, Euer schönes Diadem in Gold zu verwandeln. Für eine Weile.«

Die Physiokratin nickte gnädig. Das Publikum blieb stehen. In der zwölften Reihe suchte eine Mutter verwirrt nach ihrem Sohn. In der erwartungsvollen großen Stille, die den Saal erfüllte, konnte sie jedoch nicht nach ihm rufen.

»Und gestatten Sie mir die Bemerkung«, fuhr der Ältere fort, »dass die Markgräfin hier Sportsgeist zeigt. Ich darf das Publikum bitten, seine Freude mit einem Applaus zum Ausdruck zu bringen.«

Freudiger, ausdrucksstarker Applaus.

Lächelnd nickte Clotilde ins Publikum und neigte demütig den Kopf.

Der Chefberater in der ersten Reihe war zufrieden, jedoch weiterhin beunruhigt.

Dann ergriff sie das Wort. Völlig unerwartet und außerhalb des Programms, aber umso willkommener für das Publikum und umso einzigartiger für den einzigartigen Anlass.

»Verehrte Mitbürgerinnen und Mitbürger«, sagte sie mit ihrer zarten, aber wohlmodulierten Stimme. »Verehrte Kunstgoldmacher. Ich darf Ihnen danken für diesen durch und durch magischen Abend mit seinen zauberhaften Erlebnissen, an denen Sie und Ihr Kollege uns teilhaben lassen. Es ist wirklich ein bezauberndes Erlebnis, und wir freuen uns auf weitere Nummern. Zugleich will ich dem Publikum dafür danken, dass es so vollzählig bei diesem besonderen Anlass zugegen ist. Ich hoffe, die Benefizvorstellung erfüllt ihren zutiefst empfundenen Zweck. Ich darf auch dem Intendanten, Herrn, äh, Gündeldonck-Purtotto, und seinem begabten Ensemble danken, es ist eine Zierde für unsere Stadt, sowie noch einmal den beiden verehrten Künstlern für ihre Bereitschaft, sich und ihre glänzende Kunst heute Abend zu präsentieren. Sowohl den verehrten Künstlern als auch Herrn Goldlack-Portretto soll morgen als Zeichen unserer Dankbarkeit und der der Markgrafschaft in einer außerordentlichen Sitzung das Verdienstkreuz am Bande überreicht werden.«

Anhaltender Applaus. Aus den Kulissen war ein dumpfer

Schlag zu hören, als der Intendant vor Freude in Ohnmacht fiel.

Der Junge war fast schon an der Bühnentreppe angekommen, hielt sich jedoch hinter einer Säule in der Ecke versteckt, wo die Dunkelheit am größten war und die Schatten, die das stehende Publikum warf, fast alles überdeckten. So war er außer Sichtweite der Gardisten.

»Und jetzt«, sagte Clotilde informell und fröhlich, »jetzt ist es wohl an der Zeit für ein weiteres Kunststück? Meine Herren? Ich muss zugeben, ich bin gespannt!«

Befreites Lachen.

»Wenn Eure Fürstliche Hoheit so freundlich sein will, sich dorthin zu stellen«, begann der Ältere.

»Königliche«, murmelte der Chefberater unten in der ersten Reihe genervt. Der Goldmacher fuhr fort:

»Für ein derart kniffliges und schönes Schmuckstück brauchen wir ein spezielles Instrument, und zwar das hier. Einen Hilfsapparat.«

Er hielt das Instrument in die Luft. Der Hilfsapparat glänzte schwarz im Rampenlicht. Clotilde stellte sich brav und volkstümlich an die Stelle, die er ihr gewiesen hatte.

»Jetzt brauchen wir Hilfe, Freya. Könntest du bitte den Hilfsapparat halten, während mein Kollege und ich vorsichtig die Verästelungen am Diadem befestigen?«

Freya, die ob der ganzen Situation bisher untätig und etwas ungläubig dagestanden hatte, machte ein paar vorsichtige Schritte auf die Markgräfin zu.

»Komm ruhig näher«, sagte Clotilde freundlich und fügte so leise hinzu, dass nur Freya es hören konnte: »Keine Angst. Ich beiße nicht.«

Das stimmte zwar nicht, aber es half normalerweise.

Freya blickte demütig zu Boden. Dann ging sie zu der Physiokratin und nahm den Hilfsapparat entgegen. Die beiden Goldmacher befestigten die dünnen Verästelungen an verschiedenen Stellen des Diadems, während Clotilde entgegenkommend und wenig förmlich lächelte. Anschließend zog der Jüngere einen Schlauch von dem Hilfsapparat zu dem größeren Apparat auf dem Tisch.

»Dann wären wir so weit! Fürstliche Hoheit! Bitte seid so freundlich, an etwas Schönes zu denken, etwas, das Euch lieb ist, während mein Kollege hier den Prozess in Gang setzt.«

Clotilde lächelte. Sowohl dem jüngeren Goldmacher als auch Freya fiel auf, dass sie sehr glücklich aussah. Das sollten sie in den folgenden Tagen noch viele Male wiederholen: Sie sah sehr glücklich aus.

Dann schloss Clotilde gehorsam die Augen. Dabei erhaschte sie soeben noch einen vagen Blick auf einen Jungen, ein Kind eigentlich, das sich zusammen mit ihnen auf der Bühne befand, schaffte es aber nicht, in Gedanken über eine leise Verwunderung hinauszukommen, es als etwas anderes als eine kleine Anomalie wahrzunehmen, bevor sie mit dem Augenschließen fortfuhr und sich ihre Wimpern trafen. Sie wusste genau, woran sie denken musste. Schon waren ihre Augen ganz geschlossen, schon dachte sie daran.

Im selben Moment wurde alles schwarz. Der glitzernde Theatersaal, der blaue Hintergrund, der rote Bühnenvorhang, die grün schimmernden Karyatiden, die rosa Stuhllehnen, die Festkleidung des Publikums: Alles wurde schwarz. Alle Gesichter wurden schwarz wie glänzender Koks. Sogar das Licht wurde schwarz, und sie wurde zu Gold.

Aber

68

nachdem die Zellentür hinter ihr zugefallen war, nachdem der Vernehmungsrichter das Seine gesagt hatte, nachdem die drei Polizisten und der Wachkommandant sie angeschrien und bedroht hatten, stundenlang elektrische Klammern an ihr befestigt hatten, nachdem sie durch öffentliche Korridore, hoch und runter über öffentliche Treppen, rein und raus durch öffentliche Türen gezerrt worden war, nachdem sie mit Handschellen im Polizeiwagen gesessen hatte, nachdem ihr jemand die Handschellen (etwas zu stramm) angelegt hatte, nachdem sie durch die Theatergänge geschoben, gestoßen und getragen worden war, während ihr jemand die ganze Zeit über ins Kreuz geschlagen hatte, nachdem sie von der Bühne geschleppt worden war und zu sehen bekam, wie ein Theater von hinten aussieht (ganz interessant eigentlich), nachdem jemand sie auf den Boden gelegt hatte, nachdem die Bühne plötzlich voller Wächter und Polizei gewesen war, nachdem die Schreie sich gelegt hatten, nach dem großen Flash, als alles und alle einen Augenblick lang kohlschwarz geworden waren, nachdem ihr Bruder auf die Bühne gerannt war und alles innerhalb von Sekunden passiert war, nachdem Clotilde vertrauensvoll die Augen geschlossen hatte, kurz nachdem sie Freya angelächelt hatte – nach alledem, während das Geräusch der zuschlagenden Zellentür noch von den Wänden zurückgeworfen wurde, hatte sie weiterhin ihre fünf Sinne beisammen, nach alledem dachte sie an ihren Bruder.

Wo war er jetzt, ihr Bruder? Sie lauschte. Ihre Ohren, empfindsam wie immer, konnten ein Weinen aus der Nachbarzelle hören, aber das war nicht er. Sie hörten ein Stöhnen aus einer anderen Nachbarzelle, aber das war nicht er. Sie nahmen das Geräusch von Insektenlarven wahr, die an altbackenem Brot auf einem Teller im Korridor nagten, sie registrierten das Gespräch von zwei Wächtern, die sich über das Vorgefallene unterhielten, und, weiter entfernt, die hitzige Diskussion zweier Polizisten darüber, was sie nun in den Bericht schreiben sollten; im Stockwerk über ihr saß jemand allein in seiner Zelle und wiederholte unermüdlich, »Georg ist es nicht gewesen, Georg ist es nicht gewesen«, sie vernahmen das leise Geräusch des Gefängnisgebäudes, dessen Balken und Gewölbe aus alter Trauer heraus fast lautlos seufzten, sie hörten draußen die Laute einer aufgewühlten Menschenmenge und Blitzlichtgewitter von entrüsteten, zornigen Männern und von Frauen, die weinten (und vielleicht war unter den Weinenden die Stimme ihrer Mutter), aber ihren Bruder hörten sie nicht.

Freya hatte einen kurzen Blick auf ihn erhascht, als er mit etwas Glänzendem in den Händen auf die Bühne gerannt kam, etwas, das wie eine Waffe aussah. Dann ging alles ganz schnell, ein Blitz und innerhalb von Sekunden waren alles und alle schwarz gewesen, abgesehen von der Fürstin, die nicht länger aus Fleisch und Blut war, sondern eine (leibhaftige) Statue aus flammendem Gold. Da waren Rauch und ein Knall gewesen. Und dann sah sie ihren Bruder wieder, als sich zwei Mitglieder der Wacheinheit auf seinen hageren Körper stürzten, und sie hörte, wie Rippen und Knorpel zerquetscht wurden, bevor sie ihm die Nase brachen, indem sie ihm ins Gesicht boxten. Anschließend wurde er weggeschleppt. Im nächsten Augenblick wurde sie der gleichen Behandlung unterzogen (die gebrochene Nase blieb ihr jedoch erspart), und jetzt war sie hier. Aber wo war sie?

Sie lauschte. Sie hörte noch mehr solcher Laute und Sirenen in der Ferne. Noch weiter weg hörte sie Schüsse. Aber ihren Bruder hörte sie nicht. Nicht seine Stimme, nicht seinen Atem, nicht sein Weinen und nicht das Geräusch seiner Haare auf dem Hemdkragen.

Schritte näherten sich draußen auf dem Korridor und hielten vor ihrer Tür an. Ein schabendes Geräusch, dann ging eine Luke auf. Ein Teller wurde hereingeschoben. Anschließend fiel die Luke wieder zu, und die Schritte entfernten sich.

Sie warf einen Blick auf den Teller. Frikadellen und ein Brotknust, aber sie hatte kein Interesse. Sie stand aufrecht mitten im Zimmer und hatte kein Interesse, solange sie lauschte.

Nach einer Weile hörte sie neue Schritte im Korridor, dieses Mal zwei Paar. Erwachsene Männer. Vor ihrer Tür machten sie halt. Ketten und Schlüssel rasselten, Schlösser und Riegel quietschten, und herein kam ein untersetzter feiner Herr mit schmierigem, pomadisiertem Haar, kleinen, zusammengekniffenen Augen und einer Nase, die aussah wie ein Prahm kieloben.

Seine Miene erhellte sich, als er sie erblickte.

»Glum«, stellte er sich sehr förmlich vor und streckte ihr die Hand hin. »Rechtsanwalt Glum. Ich wurde zu deinem Verteidiger bestellt.«

Sie ergriff seine Hand, sagte aber nichts.

»Jaha«, sagte Glum und sah sich in der Zelle um. »Das erste Mal, oder?«

Sie nickte.

»Setzen wir uns«, sagte Glum und zeigte auf die einfache Pritsche. Automatisch setzte sie sich hin, und er setzte sich neben sie.

»Alles wird gut«, sagte er. »Hast du gestanden?«

»Ich glaube nicht.«

»Hm«, sagte Glum.

»Sie haben ständig rumgeschrien, ich soll endlich gestehen, aber ich weiß nicht, was ich gestehen soll.«

»Ich habe schon Protest eingelegt«, sagte Glum. »Ich hätte während des Verhörs und auch beim Vernehmungsrichter anwesend sein sollen. Es hat aber nichts genützt. Sie berufen sich auf Notwehr.«

»Was ist das?«

»Vergiss es. Vergiss es. Gut, dass du nicht gestanden hast. Das ist das Wichtigste.«

»Was soll ich denn nicht gestehen?«

»Aber liebes Kind, hast du das nicht begriffen?«

»Nein.«

»Die Markgräfin umgebracht zu haben.«

»Oh.«

Einen Augenblick waren sie still. Freya konnte hören, dass er Asthma hatte, denn es pfiff leise, wenn er Atem holte.

»Egal wie. Ich bin der beste Verteidiger, den du kriegen konntest. Ich werde auf dich aufpassen. Ich werde dafür sorgen, dass du alles bekommst, worauf du Anspruch hast. Ich werde keinen Weg unversucht lassen, keinen Stein unumgedreht, keine Möglichkeit unerforscht. Ich werde prozessieren und protestieren und in Berufung gehen und nochmals in Berufung gehen, die Sache hinauszögern, in die Länge ziehen und Berufung einlegen, so weit und so lang wie möglich, Wochen, Monate und Jahre, bis der Tag kommen wird, an dem sie dich hängen werden, und auch dann werde ich da sein und auf dich aufpassen, damit du gut behandelt wirst und es schnell geht.«

»Danke«, sagte Freya.

»Keine Ursache. Die öffentliche Hand bezahlt. Meine Bezahlung ist höher, je milder deine Strafe ausfällt. Jetzt müssen wir uns an die Arbeit machen. Wir müssen uns eine Verteidigungsstrategie zurechtlegen. Du musst mir alles erzählen, und ich werde tun, was ich kann.«

»Wo ist mein Bruder?«

»Hans?«

»Ja.«

»Der ist im Keller.« Der Anwalt zeigte auf den Betonboden. »Im Vernehmungskeller. Irgendwo unter uns. In der Abteilung für besondere Verhöre. Zusammen mit dem Vernehmungsleiter.«

»Was denken Sie, wie es ihm geht?«

»Dem Vernehmungsleiter?«

»Nein. Hans. Meinem Bruder.«

»Nicht so gut«, sagte Anwalt Glum düster. »Dorthin kommst du auch noch, und zwar bald, deshalb müssen wir darauf vorbereitet sein, welche Fragen sie stellen werden, welche Antworten du geben sollst und welche Instrumente wir akzeptieren und gegen welche wir protestieren. Kannst du lange die Luft anhalten?«

»Äh – nein. Ich bin krank.«

»Ausgezeichnet. Wie krank bist du?«

»Schwer krank.«

»Umso besser.«

»Ich werde vermutlich sterben.«

»Das ist ja glänzend«, strahlte Anwalt Glum und rieb sich die Hände. »Äh. Ich meine – auf lange Sicht. Gibt es einen Arzt, der das bezeugen kann?«

»Na klar.«

»Was für ein Glück«, sagte Rechtsanwalt Glum.

Aber

69

auch wenn wir zwei – mein Assistent und ich – bedauerlicherweise ein paar Augenblicke zu spät gekommen sind, um einzuschreiten«, bemerkte Fischhändler Markus und schaute in die ernsten Gesichter um sich herum, »ändert das nichts an der Situation.«

Der Geheimratssaal im Schloss war in Schwarz und Rosa gehalten. Der altehrwürdige Sitzungstisch bebte vor Trauer in dem blassen Morgenlicht, und die Tischbeine knieten demütig nieder, sodass der Tisch einen Fuß niedriger war als sonst, was den Ernst der Lage noch unterstrich.

»Lassen Sie mich«, begann der Außenminister vorsichtig vom zweitletzten Platz am anderen Tischende her, »lassen Sie mich noch mal schauen, ob ich das hier richtig verstanden habe. Sie sind also ein Gesandter der Zentralbehörde in Potsdam.«

»Sie haben meine Akkreditive bereits erhalten, Herr Außenminister.«

»Und waren bis zum heutigen Tag als Fischhändler Markus bekannt.«

»Das ist korrekt.«

»Und in Wirklichkeit heißen Sie …?«

»Bis auf Weiteres können Sie mich noch Herr Markus nennen. Oder Oberst Markus, wenn Sie wünschen.«

»Nun ist die Sache die, Herr Fischhändler, dass wir in dieser Stadt gern wissen, mit wem wir es zu tun haben.«

Die anderen Minister murmelten zustimmend.

»Wie gesagt: Sie haben meine Akkreditive erhalten. Ich

bin genauso wenig Fischhändler wie Sie. Ich bin ein außerordentlicher und von Potsdam gesandter Plenipotentiar und bin gekommen, um Jüterbog in dieser bedauerlichen Krisensituation die Hilfe und Unterstützung der Zentralbehörde anzubieten.«

»Einer Krisensituation, von der Sie im Voraus wussten. Schließlich sind Sie *Spion*. Kein außerordentlicher gesandter Plenipotentiar-schieß-mich-tot.«

»Meine Frau hat vier Jahre lang ihren Fisch bei Ihnen gekauft«, sagte der Kommunalminister pikiert. *»Vier Jahre lang.«*

Zustimmendes Gemurmel rund um den Tisch; auch andere hatten Fisch gekauft.

»*Und* exotische Schalentiere«, fügte der Außenminister hinzu.

»Meine Herren, meine Herren, unser Nachrichtendienst ist einer der besten der Welt. Vielleicht der allerbeste. Aber wir können nicht alles wissen. Wir hatten Hinweise auf eine Verschwörung, kannten aber keine Details.«

»Sie haben es aber unterlassen, uns zu warnen? Sodass wir besondere Sicherheitsmaßnahmen hätten ergreifen können?«, kam es aufgebracht vom Justizminister.

»Nun liegt es in der Natur der Sache«, sagte Markus belehrend, »dass ein Nachrichtendienst seine nachrichtendienstlichen Informationen für sich behält. Die Geheimdienste sind geheim, alles andere wäre ein Widerspruch in sich.«

»Wenn es nötig ist, teilt man seine Geheimnisse aber mit einem freundlich gesinnten und verbündeten Nachbarn.«

»Wenn es nötig ist. Potsdam hat dies anders beurteilt.«

»Aber Sie wussten doch Bescheid!«, der Justizminister schrie fast und verlor sogleich sein Gesicht auf dem grünen Filz des Sitzungstischs, wo es mit einem peinlichen Klatscher aufschlug.

»Wie gesagt, wir hatten Hinweise«, sagte Markus und ignorierte den ministeriellen Fauxpas. »Aber wir können nicht Gedanken lesen. Noch nicht. Und besonders schwierig ist die Gedankenleserei bei weißen Mäusen.«

Der Außenminister räusperte sich.

Der Chefgynäast, der Ministerpräsident in Person, der gegenüber dem Außenminister auf dem vorletzten Platz saß, blickte trauernd auf den leeren, versilberten Stuhl am Tischende, auf dem Clotilde sitzen sollte. Und auf den Puff daneben, wo der Chefberater für gewöhnlich saß.

»Wir sind in Trauer«, sagte er mit der ernsten, mahnenden Stimme, mit der man Wahlkämpfe zu gewinnen pflegte, »wir sind in Trauer und im Schock. Das ganze Volk ist in Trauer und im Schock, in aufrichtiger Trauer und im Schock, und Sie kommen gerade mal einen Tag danach frühmorgens hierher, während wir eine Krisensitzung abhalten, verlangen zur gesamten Regierung vorgelassen zu werden und legen ein Ultimatum vor. Haben Sie keinen Respekt?«

»Nicht für die weißen Mäuse. Die sind überall in der Stadt. In den Augen Potsdams hat Jüterbog versagt, es hat nicht nur seine Verpflichtungen hinsichtlich des Bereitwilligen und Freiwilligen Traktats, dem Jüterbog sich freiwillig und bereitwillig angeschlossen hat, vernachlässigt, sondern auch die allgemeinen Pflichten einer Regierung gegenüber ihrer eigenen Bevölkerung versäumt. In der Stadt wimmelt es von weißen Mäusen. Sie sind überall. Direkt unter den Augen der Regierung.«

»Ich habe noch keine gesehen«, entfuhr es dem Sportminister. »Nirgendwo, weder hier noch dort. Weder auf dem Weg zur Arbeit noch beim Joggen auf dem Nachhauseweg.«

»Das ist ja gerade der Punkt. Das liegt daran, dass Sie nicht richtig hinschauen. Oder dass Sie nicht wissen, wo Sie hinschauen müssen. Die weißen Mäuse sind in den Kellern und im Untergrund, in den Wänden und in der Kanalisation, auf Dachböden und in Baumstümpfen. Wir wissen – und zwar mit Sicherheit –, dass es Zehntausende sind. Nicht einmal das haben die Behörden Jüterbogs mitbekommen. Man hat Verbote eingeführt und einzelne Maßnahmen ergriffen, den Dingen ansonsten aber freien Lauf gelassen. Man war nicht *proaktiv*. Das hat sich jetzt gerächt. Aufs Bedauerlichste.« Markus nickte ehrerbietig zu dem Stuhl der Physiokratin, der stumm nach seiner Herrscherin schrie.

»Und wie lange hatten Sie – und Potsdam – geplant, die Dinge laufen zu lassen, bevor man so freundlich sein wollte, uns mitzuteilen, was Sie zu wissen behaupten?«

»Das kann ich nicht beantworten. Derlei Entscheidungen werden in Potsdam getroffen. Ich bin mir – nach dem Austausch mit meinen Vorgesetzten – allerdings sehr sicher, dass man nicht mehr lange zugeschaut hätte. Es ist aber nicht Potsdams Art, Ultimaten zu stellen.«

»Das Ganze ist äußerst seltsam«, sagte der Ministerpräsident mit Grabesstimme. »Nun denn. Der Verteidigungsminister hat um das Wort gebeten. Ordnungsgemäß, wie es sich gehört. Es wäre schön, wenn alle seinem Beispiel folgen und sich melden würden, bevor sie losplappern. Wir brauchen eine gewisse Ordnung hier. Verteidigungsminister?«

»Oberst Markus«, knatterte der Verteidigungsminister, »ich habe heute früh Hinweise erhalten, wonach in den Wäldern um Jüterbog Streitkräfte in großer Zahl stehen, die sich auf Anruf nicht identifizieren lassen wollen. Der Verteidigungsstab geht davon aus, dass es sich um Streitkräfte der Zentralbehörde handelt. Ist das zutreffend?«

»Das ist korrekt.«

»Und dann behaupten Sie, Potsdam stelle keine Ultimaten? Jüterbog ist umringt! Wir werden belagert!«

»Guter Freund. Sehen Sie es lieber so: Wir sind gekommen, um Jüterbog zu beschützen. Dafür zu sorgen, dass die Bürger Jüterbogs auf den Straßen und in ihren Häusern sicher sind. Nicht zuletzt sind wir gekommen, um das Überleben der Monarchie zu sichern.« Er nickte erneut zu dem leeren Stuhl. »Ihre Hoheit ist tot …«

»Ihre Königliche Hoheit die Markgräfin«, hüstelte der Gesundheitsminister gereizt, »wird gerade einer Intensivbehandlung unterzogen.«

»Sie ist tot«, sagte Markus, »ermordet von den weißen Mäusen im Komplott mit den beiden Goldmachern und den zwei subversiven Armenkindern. Dafür haben wir Beweise.«

»Wir erachten sie bisher nicht als tot.«

»Sie ist jedenfalls so gut wie tot. Außer Gefecht gesetzt. Darauf sollten wir uns verständigen können. Es gibt keinen Regenten mehr, der der Regierung vorstehen könnte.«

»Gut, gut. Und wie wollen Sie den Thron retten?«

»Bis auf Weiteres schlägt die Zentralbehörde in Potsdam vor, dass der hiesige Geheimrat im Einklang mit den konstitutionellen Gepflogenheiten und Jüterbogs Verfassung einen Regenten benennt. Den nächsten Verwandten, zum Beispiel; das ist für gewöhnlich die naheliegendste Entscheidung.«

Alle Blicke gingen automatisch zum äußersten Ende des Tischs und richteten sich auf den alten, eingefallenen Chefästhetiker, der zugleich als Genealogieminister diente. Der so aussah, als schliefe er. Er war so alt, dass er in seiner Staatsdienerkluft fast versank. Nun blinzelte er, als hätte er jahrelang geschlafen, doch als er die Stimme erhob, war jeder Zweifel ausgeräumt, dass er die letzten Sätze nicht mitbekommen haben könnte.

»Die Sache ist die«, knurrte er, »dass Ihre Königliche Hoheit keine lebenden Verwandten mehr hat. Zumindest keine engen, niemanden, der zählen würde. Der nächste Verwandte ist – lassen Sie mich nachdenken …«

Markus betrachtete den Alten mit geduldigem respektvollen Lächeln.

»Genau«, sagte der Minister, nachdem er eine ganze Weile nachgedacht hatte. »Der nächste ist – der König in Potsdam. Er ist ihr Cousin siebzehnten Grades.«

»Sie werden, verehrter Herr Minister, wenn Sie noch genauer nachdenken, feststellen, dass er ihr Cousin sechzehnten Grades mütterlicherseits ist. Und dass er im höchsten Maße zählt.«

Der Minister dachte noch einmal nach. Es zog und zog sich hin. Dann erhob er wieder die Stimme:

»Ich habe nachgedacht«, sagte er, »und es stimmt. Es gab einen Generationssprung, den ich leider übersehen habe. Sowohl Wartelbart der Erste ALS AUCH der Zweite waren mit derselben Frau verheiratet; im Übrigen eine Britin, Lady Isop of Racket and Badminton. Ich bedaure meinen Fehler zutiefst und hoffe, die Herren Minister sehen ihn mir nach.«

»Völlig in Ordnung«, sagte der Ministerpräsident tröstend.

»Im Übrigen ist es eine interessante Geschichte«, sagte der Genealogieminister nun angeregt. »Lady Isop war nämlich zweimal Gemahlin. Das sorgte für Probleme bei ihrer Beisetzung. Wo sollte sie liegen? Also neben wem? Und nicht nur da, kann ich Ihnen sagen. Es gab haufenweise Probleme. Ständig. Haufenweise. Zum Beispiel –«

»Ich fürchte fast, das müssen wir ein andermal erörtern«, fiel ihm der Ministerpräsident freundlich, aber bestimmt ins Wort. »Bei der Weihnachtsfeier, zum Beispiel.«

»O Gott, nicht auch noch bei der Weihnachtsfeier«, stieß der Landwirtschaftsminister aus.

»Wie gesagt«, sprach Markus weiter, der mehr und mehr den Charakter des wahren Leiters dieser Sitzung annahm, »wir sind gekommen, um Jüterbog unseren Schutz anzubieten. Seine Physiokratische Majestät der König ist gewillt, sich zum Regenten ernennen zu lassen, bis die gesundheitliche Situation der Fürstin – äh – geklärt ist.«

»Das ist unerhört«, sagte der Außenminister. »Das ist Erpressung.«

»Keineswegs.«

»Und das von einem Fischhändler, der hier – mit einer *Katze* im Schlepptau – ankommt.«

Markus nickte zu der Katze, die neben ihm am Tisch saß. Sie schaute mit schläfrigem Blick in die Runde, aber die wiederholten kleinen Schwanzbewegungen vermochten nicht ganz über ihre ängstliche Verwirrung hinwegzutäuschen.

»Mich«, sagte Markus streng, »können Sie von mir aus nennen, wie Sie wollen. Das tangiert mich nicht. Aber meinen unschätzbaren Assistenten hier sollten Sie doch bitte schön als Herrn Katz ansprechen.«

»Katze hin oder her. Schutz nennen Sie das! Okkupation!«

»Ich denke, das genügt«, sagte Markus. »Ich will nur noch eins hinzufügen, und zwar, dass Seine Majestät in ihrem Großmut eine Gnadenverordnung erlassen hat.«

»So.«

»Sie garantiert allen Mitgliedern von Jüterbogs Geheimrat und der höheren Verwaltung für eventuelle dienstliche Versäumnisse, also Unterlassungssünden, im Zuge derer die Herren hier am Tisch und ihre engsten Mitarbeiter nicht genug getan haben, um sich der drohenden Gefahr bewusst zu werden, bis in alle Zukunft Straffreiheit.«

»Wir hätten ja von ihr gewusst«, zischte der Verteidigungsminister, »wenn Sie – und Herr Katz – rechtzeitig …«

Mit einer Handbewegung würgte ihn der Ministerpräsident ab.

»Und die Stadtverwaltung sowie die Markgrafschaft? Was ist mit denen?«

»Angesichts der Bereitschaft zur Zusammenarbeit und des Umstands, dass Sie die erforderliche Bestätigung ihrer Loyalität zu Potsdam erteilen, wird es keinen großen Bedarf an Änderungen geben.«

»Keinen großen?«

»Nur kleinere.«

»Hm«, sagte der Ministerpräsident. »Hm. Darüber muss der Geheimrat selbstverständlich nachdenken.«

»Selbstverständlich«, sagte Markus. »Bis um sechs Uhr.«

»Heute Abend? Sind Sie verrückt?«

»Nein, nein. Natürlich nicht. Bis morgen früh um sechs. Leben Sie wohl, meine Herren, und danke für Ihre Aufmerksamkeit. Nein, nein, ich finde selbst nach draußen.«

Mit unheilvollem Dröhnen schloss sich die schwere Eichentür. Dann seufzte sie erneut, quasi als Antwort auf das Dröhnen, und tiefer denn je.

»Die Zukunft«, sagte der Ministerpräsident ernst.

»Aber«, begann der Verteidigungsminister stolz, »es ist eine Frage des Gefühls. Die Leute werden das Gefühl haben …«

Aber

70

obwohl es allseits behauptet wurde, konnte der Chefberater nicht erkennen, dass wirklich jemand um Clotilde trauerte. Es war jedenfalls unmöglich, jemanden dabei zu ertappen. Das improvisierte Krankenzimmer, das im großen Empfangssaal im Erdgeschoss in aller

Eile eingerichtet worden war (Clotildes Körper war in seinem derzeitigen Zustand viel zu schwer gewesen, um nach oben in die Wohnung getragen zu werden), war voller Menschen.

Dies waren zunächst eine Handvoll Ärzte, Krankenschwestern und Heiltechniker in weißen Kitteln, zusätzlich zum Leibarzt, Dr. Kumač, in seiner grünrosa Beamtenuniform, des Weiteren zwei Bischöfe und vier Oberpriester, Clotildes Leibphysiotherapeut mit seinem Team, alle diensthabenden Kammerdiener und Kammerzofen, selbstverständlich auch Oberhofmeisterin Frau Gallenbach und der Hofmarschall, ein schuldbewusster Wachkommandant, eine schattengraue Eminenz des Nachrichtendienstes, der Staatssekretär des Gesundheits- und Massageministeriums, der Kabinettssekretär und aus irgendeinem Grund der Küchenchef, fünf Ziergardisten und eine Gruppe diensthabender Lakaien, die vor allem neugierig und aufgrund des Ernstes der Lage etwas erregt wirkten, zwei Repräsentanten des okkulten Zweigs der Ingenieurshochschule sowie sicherheitshalber ein zertifizierter Geisteraustreiber. Alle waren ernst, aber niemand weinte.

Mitten im Saal hatte man eine schwere Werkbank aufgestellt, die in aller Hast aus der Mechanikwerkstatt der entsprechenden Kavallerie des Heeres angefordert worden war und nun als Clotildes Krankenbett diente. Damit sie weniger brutalistisch wirkte und eher an ein echtes Bett erinnerte, war sie mit querverlegten Matratzen ausgestattet worden. Eine bestickte Damasttischdecke aus der Wäschekammer, gedacht für lange Tischreihen anlässlich großer Galadinner, diente als Laken. Clotildes Körper war bis zur Brust mit einem dünnen, durchsichtigen Schleier bedeckt, und jede Menge Apparate waren über Leitungen und Schläuche mit der leblosen Gestalt verbunden. In regelmäßigen Abständen gaben sie Pfeiftöne und andere

Geräusche von sich, die nicht besonders ermutigend wirkten. Einzelne davon standen nur herum und taten sich wichtig.

Die Spezialisten, die die Apparate überwachten, hatten nicht viel zu tun, darum plauderten sie miteinander, während die Ärzte routinemäßig mit viertelstündlichem Abstand die statuengleiche Gestalt untersuchten, um zu sehen, ob eine Veränderung eingetreten sei, jedoch ohne große Leidenschaft oder sichtbaren Optimismus mit Blick auf die Patientin. Der Optimismus der ersten Stunden war im Laufe der Nacht und des Morgens der Resignation gewichen: Anzeichen für eine Rückverwandlung hatten sich nicht erkennen lassen.

Die Repräsentanten des Hofs, die mehr Übung in gutem Benehmen hatten, standen mit gesenkten Blicken und angemessen ernsten Mienen da, doch der Chefberater konnte sehen, dass ihnen eher feierlich als nach Trauer zumute war.

Die riesige Werkbank erinnerte allzu sehr an einen Katafalk. Und Clotilde selbst erinnerte allzu sehr an eine Effigie. Die ölgeschwärzten Beine der Werkbank, die bestickte, fast brokatartige Tischdecke und der feierliche Empfangssaal verstärkten noch den unheilvollen Eindruck, Clotilde liege aufgebahrt auf einem *lit de parade*.

Plötzlich wurde der Chefberater von einer unerklärlichen Trauer erfasst, so tief, dass ihm zum Weinen und Heulen war. Unter dem dünnen Schleier lag Clotilde, das, was einmal Clotilde gewesen war, das, was einmal Clotildes Körper gewesen war, gekleidet in ein elegantes leichtes Gesellschaftskleid, alles jetzt aus Gold, und es schien, als führte der metallischglänzende Zustand dazu, dass man deutlicher als sonst erkennen konnte, wie zierlich und klein sie war. Das Kleid umschloss den Körper eng, die Hüftknochen standen hervor. Ihr Gesicht wirkte fast hager, die Wimpern waren geschlossen, die Lippen ein wenig hochgezogen zu etwas, das einem leicht überraschten, aber müden Lächeln glich.

Dem Chefberater tat sie mit einem Mal sehr leid. Gab es wirklich sonst niemanden, dem sie leidtat?

Die Apparate pfiffen. Seit dem letzten Mal waren fünfzehn Minuten vergangen, und ein Arzt horchte auf den Herzschlag, ein anderer suchte den Puls. Sie schauten einander an, schüttelten den Kopf.

Der Leibarzt und einer der Spezialisten unterhielten sich leise, ohne dass der Chefberater hören konnte, was sie sagten. Aber sie trauerten nicht. Clotilde tat ihnen nicht leid. Frau Gallenbach und der Hofmarschall flüsterten sich etwas zu, sicherlich etwas Praktisches, aber sie trauerten nicht. Die Behördenvertreter sahen betrübt aus, aber sie trauerten nicht, und es wäre ein Bruch mit ihrem Berufsethos, jemanden zu bemitleiden.

Aber der Chefberater trauerte. Und empfand Mitleid für sie. Es war eine unerwartete Reaktion. Normalerweise empfand sich der Chefberater als eher nüchtern und praktisch orientiert, und er erachtete die Rolle des Chefberaters als eine ihm anvertraute Aufgabe – aber nicht als persönliches Anliegen. Doch der Anblick all dieser unpersönlichen Personen, die jetzt um Clotildes versteinerten Körper herumschwirrten wie Bremsen um einen Kuhfladen, stimmten den Chefberater nur noch trauriger. Wo war Clotilde? Wo war ihre helle Stimme und ihr etwas ungelenkes nerviges Bewegungsmuster? Ihr Duft? Wie Heidekraut und Klee, dachte der Chefberater und kämpfte mit den Tränen. Man sollte alle Anwesenden hinauswerfen, wegschicken, abschaffen, überflüssig machen – alle, die keine echte und gerechte Trauer in sich trugen.

Es waren natürlich sinnlose und irrationale Gedanken. Und noch etwas war ihm klar: Sein Mandat war ausgelaufen, der

Chefberater war für niemanden mehr Chefberater, denn wer sollte eine Goldstatue beraten, und welche Ratschläge sollte eine solche Statue auch benötigen, und das Einzige, was ihm noch blieb, war, wie der Chefberater wusste, auf die Sterbeurkunde zu warten – wie viele Monate es auch dauern sollte – und anschließend beim Begräbnis mitzuwirken, dafür zu sorgen, dass die letzten Wünsche seiner Herrscherin erfüllt würden, um anschließend zu verschwinden, sich von alledem zu lösen, einen Abschied in Gnade und Stille zu bekommen, eine kleine Pension, ein Häuschen auf dem Lande und dann Leere.

Es ist so schrecklich traurig, dachte der Chefberater. Wer passt jetzt auf sie auf? Wer passt jetzt auf mich auf?

Piep, sagte einer der Apparate.

»Clotilde lebt«, sagte der Chefberater laut und bewegt. »Sie ist nur verwandelt. Darf ich die Anwesenden um etwas Respekt bitten.«

Piep, sagte der Apparat erneut.

Aber

71

dass es in der Wartezelle des Vernehmungskellers so angenehm wäre, hatte Freya sich nicht vorstellen können. Es war ein äußerst behagliches Zimmer mit weichen Sofas, tiefen, beruhigenden Teppichböden und einfühlsamer Beleuchtung. Aus einem unsichtbaren Loch drangen Panflötenklänge und an der einen Längswand stand ein Büffet mit allerlei Fingerfood und Obst sowie eine reichhaltige Auswahl an Erfrischungsgetränken, sowohl ausgezeichnete Grünfränkische Veltliner als auch Blaugesottene Rieslinge mit Prädikat, moussierender Ananassekt aus Mo'orea, Mineralwasser und Kiwi-Schorle. Eine

Nische an der Querwand diente als künstliches Fenster mit einem dreidimensionalen Bergdiorama aus Gips, von oben mit gelben und blauen Strahlen beschienen, die über der Landschaft schwebten und freundlich in das Zimmer fielen, wo sich das Licht behaglich auf dem Teppichboden kringelte, fast so, als befänden sie sich in einem Alpensanatorium.

In einem mit mitleidiger *peau-de-pêche* bezogenen Lehnstuhl saß der jüngere Goldmacher und schluchzte vor sich hin, den Kopf hatte er schwer auf die Arme gestützt, die wiederum von seinem Rechtsanwalt gestützt wurden, der aufrichtig besorgt aussah. Als Freya in die Wartezelle gekommen war, hatte der Goldmacher sie kaum eines Blickes gewürdigt und so gewirkt, als verstünde er nicht, was um ihn herum vor sich ging. Auch Freya verstand das nicht, trotzdem wirkte sie gefasst und präsent.

Freudestrahlend betrat Rechtsanwalt Glum die Wartezelle.

»Ausgezeichnet«, sagte er. »Wir haben uns darauf verständigt, welche Apparate dir erspart bleiben, und das sind ziemlich viele, es wird also nicht allzu unangenehm werden. Vierzig, fünfzig Minuten bloß. Die sind im Nullkommanichts vorbei. Zähl einfach langsam von 3000 rückwärts bis null, dann hast du es überstanden. Vergiss nur nicht, was du gestehen und was du nicht gestehen sollst, was du weißt und was du nicht weißt.«

»Ja«, sagte Freya gehorsam.

»Das hast du nur deinem ausgezeichneten Hausarzt zu verdanken«, wieherte Glum. »Er war die Hilfsbereitschaft in Person, als ich ihn bat, beim Verfassen des Attests ruhig etwas dick aufzutragen. Er hat sich nur ausbedungen, dich persönlich an einem der nächsten Tage untersuchen zu dürfen. Sie hatten mit ihrem ärztlichen Attest vermutlich nicht so viel Glück, Herr Kollege?«

Der Verteidiger des jüngeren Goldmachers sah aufrichtig verzweifelt aus, als er Rechtsanwalt Glum das Gesicht zuwandte.

»Das hier ist Anwalt Grimm«, erklärte Glum. »Er vertritt den Angeklagten Nummer 1. Der kein ordentliches ärztliches Attest hat, stimmt doch, Grimm?«

»Ja«, seufzte Grimm.

»Hahaha«, triumphierte Glum. »So ergeht es dem, der nicht früh genug im Gericht auftaucht, wenn die öffentlichen Verteidiger bestellt werden.«

»Halt die Klappe«, sagte Grimm undiplomatisch.

»Schon gut. Dir ist klar, Freya, dass der Klient von Herrn Grimm die komplette Behandlung bekommt. Das volle Programm.«

»Nix da«, sagte Grimm. »Wir haben es geschafft, sie um ein Viertel herunterzuhandeln, ihm bleibt also das Schlimmste erspart. Er entgeht zum Beispiel den spiralförmigen …«

Aber Freya hörte nicht zu. Sie hörte nämlich etwas anderes, ein schwaches, spitzes Flüstern. Der Raum war schallisoliert, trotzdem hörte sie es, entlang von Leitungen und Dichtungen fand das Geräusch seinen Weg durch die haarfeinen Risse und Ritzen und erreichte sie wie Unterwassertöne, die durch ein Loch im Eis nach oben drangen.

»… dem armen Kerl, der jetzt grad dran ist, ergeht es schlimmer«, sagte Rechtsanwalt Grimm. »Es ist schon die dritte Runde. Die volle Runde. Sein Anwalt, Kollege Fromm, hat mit den üblichen Protesten sein Glück versucht, wurde aber unverzüglich suspendiert und auf der linken Wange gebrandmarkt.«

Ja, dachte Freya. Es war ihr Bruder, den sie hörte. Aber die Laute, die er von sich gab, konnte man nicht mehr menschlich nennen.

»Umso richtig viel besser für uns, Herr Kollege«, sagte Anwalt Glum zufrieden.

Freya lauschte den schrecklichen Lauten. Dann wurde der Ton abgeschnitten, und mit einem Mal war es still.

Sie erschauderte. Die jähe Stille war noch schlimmer, als es die Geräusche gewesen waren. Anschließend hörte sie, ebenso schwach und weit weg, eine Tür, die aufgeschlossen wurde, dann Schritte und etwas Schweres, das gurgelnd über den Korridor gezerrt wurde – schwer, aber nicht zu schwer, etwa von der Größe eines mittelgroßen Kartoffelsacks oder dem Gewicht eines halbwüchsigen Jungen. Danach vernahm sie etwas, das nach einem Wasserstrahl klang, mit dem etwas abgespritzt wird.

»Darf es ein Häppchen mit fermentiertem Westfälischen Schinken sein?«, fragte Glum, der den Weg zum Büfett gefunden hatte.

»Nein, vielen Dank«, sagte Freya höflich.

»Er ist absolut ausgezeichnet, das kann ich dir versichern«, sagte Anwalt Glum. »Wie ist es mit Ihnen, Herr Kollege?«

»Ich habe mir schon ein paar genommen«, murmelte Grimm.

Glum kaute.

Dann ging die Tür auf.

»Hallo. Jetzt bist du an der Reihe, Freya«, sagte die freundliche Stimme einer Spezialwächterin im violetten Kittel mit Batikmuster in der offenen Tür. »Bitte schön.«

»Danke«, sagte Freya und stand auf, »aber

72

sie waren nicht allein. Sobald die Dunkelheit hereingebrochen war und das Stadtlicht auf Unwettermodus geschaltet hatte, hatte es an der Hintertür des Fischladens geklopft (dreimal kurz und dreimal lang). Draußen stand ein triefnasser junger Mann in schattenfarbenen Kleidern, die Triefnässe rührte von mehr als dem heftigen Aprilregen, der bereits am frühen Morgen eingesetzt und den ganzen tristen Tag hindurch die Trauer- und Schockstimmung verstärkt hatte.

Der Mann hatte Matsch in Gesicht und Haaren. Ein winziger Frosch klammerte sich an sein Revers und wirkte äußerst bestürzt. Markus hatte den Frosch nach kurzem Verhör ziehen lassen und den jungen Mann sodann hereingelassen, ohne ihn etwas anderes zu fragen, als wie sein Weg durch den Fluss und den Wallgraben verlaufen war.

»Danke«, sagte der mysteriöse Gast, »gut, nur etwas nass. Aber man muss sagen, dass das Stadtplanungsbüro von Jüterbog hervorragende Arbeit leistet. Was für Karten! Jeder einzelne Kanalschacht, ja, jede einzelne Bodenplatte war eingezeichnet. Es war nicht schwer gewesen, das Gitter zu finden. Danach war es das reinste Kinderspiel.« Der Gast vermochte nicht zu verbergen, wie stolz er über seinen Auftrag war.

»Und der Neoprenanzug.«

»Den habe ich wie geplant in dem Gässchen, in dem ich herausgekommen bin, in der Kiste für Streusand deponiert.«

»Ausgezeichnet. Ausgezeichnet. Aber du bist triefnass und verdreckt. Geh nach oben, dort kannst du duschen und dich abtrocknen. Trockene Kleider findest du in der Garderobe; die dürften dir einigermaßen passen.«

Nun ging der mysteriöse junge Mann Markus am Schreibtisch zur Hand. In der Nacht musste wohl allerhand erledigt werden.

Aus der Zimmerecke kamen ein paar vergnügte Schnarcher von dem Pudel auf seiner Decke. Die Katze schlief jedoch nicht. Von ihrem Platz aus, den sie sich zwischen den Zierkissen auf Markus' Sofa gesichert hatte, beobachtete sie den ehemaligen Fischhändler, der eifrig mit Papierarbeit beschäftigt war. In regelmäßigen Abständen kamen codierte Nachrichten aus dem Barschrank, die Markus eiligst dechiffrierte.

Die Katze musterte ihren Chef. Wer war er – eigentlich? Die Situation war merkwürdig. Seit dem schrecklichen Abend im Theater war die Katze am Denken. Der Theatersaal war ein einziges Chaos gewesen, die Leute hatten geschrien, die Wachen auf der Bühne waren Amok gelaufen und medizinisches Personal war herbeigeeilt, die Repräsentanten des Hofs hatten geweint und durcheinandergerufen; die Katze hatte einige von ihnen erkannt, und sie war am Denken.

Mit einer gewissen Verwunderung hatte die Katze feststellen müssen, dass Denken nicht ihre stärkste Seite war. Plötzlich wurde ihr klar, warum sie nie vor der letzten Seite durchschaut hatte, wer der Mörder war. Sie war dafür einfach nicht geeignet. Trotzdem war sie am Denken.

Sie waren zu spät gekommen. Nur ein kleines bisschen. Als sich Markus gerade an eine der Wachen draußen gewandt hatte, brach drinnen der Tumult los; Schreie und Rufe waren zu hören, und die Katze begriff, dass alles verloren war. Sie waren mit Weile geeilt, und die Katze war am Denken.

In den sich anschließenden Nachtstunden, als ununterbrochen Anweisungen des Kontrollzentrums hereingetickert waren, hatte sie weitergedacht, und auch während der aufreibenden Sitzung im Schloss war sie am Denken gewesen, einem Ort, von dem die Katze nicht im Traum erwartet hätte, ihn jemals selbst zu erleben, aber Markus hatte insistiert und gesagt, er bräuchte eine ortskundige Begleitung. Der reinste Blödsinn natürlich. Die Katze war ja nicht dumm. Sie verstand, dass sie während des Gesprächs als Blitzableiter benutzt worden war, eine einfache Katze in bescheidener Stellung, einzig und allein zur Demütigung der Minister gedacht, und das gefiel ihr gar nicht. Herr Katz, also wirklich.

Die Katze war am Denken, weil sie musste. Sie dachte wie nie zuvor. Jetzt, sagte sie zu sich, musst du ebenso schlau sein wie die Detektive in den Büchern. Der junge Mann kam vom Geheimdienst in Potsdam, so viel war klar, und er war in dieser Nacht offensichtlich auf illegalem Weg in die Stadt geschickt worden, um Markus beizustehen, der nun viel zu tun hatte.

Eins nach dem anderen war zu entscheiden. Das meiste betraf praktische Regelungen für Jüterbog für die bevorstehenden Tage, große und kleine, aber auch Langfristiges. Während sie dort lag, ging der Katze auf, dass ihre Stadt Jüterbog jetzt von diesem Wohnzimmer aus regiert wurde.

Sie war am Denken. Sie dachte wie nie zuvor. Ich bin ja bloß eine stinknormale Katze mit einem uninteressanten Leben und einem langweiligen Job in der Stadtbibliothek, dachte sie. Vielmehr: war. Aber was bin ich jetzt?

»Und jetzt zu uns, Herr Katz«, sagte Markus. Die Katze sah hoch.

»Was den Pudel angeht, ist beschlossene Sache, dass er einen Ehrensold und ein Häuschen auf dem Land erhalten soll. Das entspricht den Regeln.«

»Darüber wird er sich bestimmt freuen«, sagte die Katze

ohne größere Begeisterung, gleichzeitig grübelte sie darüber nach, wie sie die Situation einschätzen sollte.

»Angesichts deiner Verdienste in den letzten Tagen habe ich überlegt, dem Kontrollzentrum vorzuschlagen, dass du dir das Haus mit dem Pudel teilen könntest«, sagte Markus und lächelte sein tierfreundlichstes Lächeln, mit dem er auch die Fischklöße zu servieren pflegte. »Und dass du natürlich einen entsprechenden Ehrensold erhältst. Wäre das nicht schön? Ihr beide zusammen in einem kleinen, gut ausgestatteten Häuschen. Mit eigenem Aufpasser natürlich.«

Die Katze warf einen Blick auf den Pudel in der Ecke, der jetzt im Schlaf mit den Beinen strampelte; möglicherweise träumte er von Besorgungen, die er machte. Oder er jagte einer Fliege hinterher. Vielleicht strampelte er aber auch einfach so mit den Beinen.

Die Katze antwortete nicht.

»Nicht? Ein eigenes Haus für jeden von euch käme natürlich auch in Betracht. Unter der Voraussetzung, dass ihr euch einen Aufpasser teilt.«

Die Katze sagte nichts. Sie versuchte, sich das Leben auf dem Land vorzustellen. Sam Slade, dachte sie, würde sich das nicht bieten lassen.

»Ich brauche deine Antwort eigentlich ziemlich bald«, sagte Markus, ohne dass seine Stimme die leiseste Verärgerung erkennen ließ. Dann fügte er hinzu: »Vieles muss bis morgen früh um sechs vorbereitet sein.«

»Das sehe ich ein«, sagte die Katze.

»Die Angelegenheit muss daher jetzt endgültig entschieden werden«, sagte Markus mit derselben liebenswürdigen Geduld.

»Ich habe verstanden«, sagte die Katze. Sie zitterte innerlich, als sie ihren ganzen Mut zusammennahm. Was ist das

Schlimmste, das jetzt passieren kann, fragte sie sich, während sie mit aller Kraft versuchte, gelassen und cool zu bleiben, ihr war aber klar, dass sie nicht den Überblick hatte.

»Was soll es nun sein? Ein eigenes Häuschen auf dem Lande? Ist das in Ordnung?«

»Tja, ich glaube nicht«, sagte die Katze.

Markus musterte sie prüfend.

»Ah so? Nicht?«

»Nein«, sagte die Katze.

»Herr Katz hat plötzlich hohe Ansprüche?«, sagte Markus belustigt. »Was wünscht Herr Katz sich denn stattdessen? Nur raus damit, dann will ich schauen, was sich machen lässt. Na?«

»Pst«, sagte die Katze und hob den Blick in Richtung des Gastes. »Sollten wir das nicht unter vier Augen besprechen?«

Für einen ultrakurzen Moment bedachte Markus die Katze mit einem zornigen Blick, dann war es vorbei. Aber der Blick dauerte lange genug, damit die Katze verstand, dass Markus lebensgefährlich war.

»In Ordnung«, sagte Markus. »Geh eine Runde draußen spazieren.«

Der Gast legte das Blatt Papier in seiner Hand weg und verschwand.

»So«, sagte Markus. »Bald verliere ich die Geduld. Du hast ein sehr gutes Angebot erhalten. Das gleiche, das langjährige, verdiente Doppelagenten bekommen, ohne dass du ein Doppelagent bist.«

»Sicher«, sagte die Katze so gleichgültig, wie sie nur konnte. »Ich denke aber nicht, dass das genügt.«

»Hm.«

»Markus«, sagte die Katze mit erzwungener Ruhe: »Das Angebot ist nicht gut. Du weißt, dass ich einiges über dich weiß.«

Markus' Blick war kühl.

»Ah. Von daher weht der Wind. Alle Achtung.«

»Ich weiß so viel über dich, dass es besser nicht herauskommt.«

Markus sagte nichts, starrte die Katze nur prüfend an. Die Katze schluckte. Nahm Anlauf. Dann sagte sie:

»Dinge, die, wenn sie ans Tageslicht kämen, Potsdam den tollen Plan, den es vorgelegt hat, vermasseln könnten. Ja, ich habe dich ja heute Morgen selbst gehört. Schutz. Regentschaft. Potsdam eilt seinem Verbündeten zu Hilfe.«

»Es schmerzt mich«, sagte Markus eiskalt, »dass du es so siehst. Allerdings ...«

»Ich bin noch nicht fertig, Herr Markus«, sagte die Katze.

»Ich aber«, sagte Markus. »Das Gespräch ist beendet. Und denk mal über Folgendes nach: Was in aller Welt sollte mich daran hindern, dich heute Nacht im Wallgraben verschwinden zu lassen, als ebenso unbedeutende Katze, wie du es zu deinen Lebzeiten warst?«

Die Katze schluckte erneut.

»Stattdessen habe ich dir ein sehr gutes Angebot gemacht. Und was ist der Dank dafür? Ein Erpressungsversuch. Drohungen.«

Die Katze nahm all ihre innere Kraft zusammen:

»Aber Markus«, sagte sie, »nicht so hitzig. Wir sollten es nicht Erpressungsversuch nennen. Lass uns lieber davon sprechen, dass ich dir etwas anzubieten habe.«

»Ich verstehe nach wie vor nicht, was mich daran hindern sollte, dich heute Nacht verschwinden zu lassen.«

»Vielleicht«, sagte die Katze, ganz benommen ob ihrer eigenen Worte: »Vielleicht einfach nur das hier: Während du dir heute Mittag eine höchst notwendige Ruhepause gegönnt hast, war ich ein bisschen draußen unterwegs.«

»So?«, sagte Markus wachsam.

»Nur eine kleine Runde. Aber lang genug, um an einem geheimen Ort eine vereidigte Erklärung zu deponieren.«

»Aha.«

»Sollte mir etwas zustoßen«, hörte die Katze sich selbst sagen, »oder sollte ich plötzlich kein Lebenszeichen mehr von mir geben, wird die Erklärung an alle Zeitungen in Jüterbog verschickt.«

»So. Aber die kann ich auf der Stelle dichtmachen, wenn ich will.«

»Das kannst du natürlich machen. Aber das wirst du nicht tun. Damit ist dir nicht gedient. Du willst sie auf deiner Seite haben.«

Markus antwortete nicht. Möglicherweise zeigte sein Blick jedoch so etwas wie einen Anflug von Anerkennung. Der Bluff war geglückt. Vielleicht. Davon ermutigt, sprach die Katze weiter:

»Nein, fragen wir uns lieber, womit dir – und mir – eher gedient wäre. Ich glaube, du könntest meine Dienste weitaus besser gebrauchen, als wenn du mich in ein Hundehaus auf dem Land steckst. Das hieße, mich zu unterschätzen.«

Markus schaute die Katze erneut an, und dieses Mal bestand kein Zweifel daran, dass es mit einer gewissen Anerkennung geschah. Aber, dachte die Katze, sei vorsichtig. Verlier jetzt nicht die Kontrolle.

»Hm«, sagte Markus. »Du willst dich nützlich machen. Von mir aus. Ich höre.«

»Es war äußerst lehrreich«, sagte die Katze, »Zeuge davon zu werden, wie du mich in dem Gespräch heute Morgen als Blitzableiter eingesetzt hast.«

»Man darf deinen Aufstieg an den Ratstisch getrost eine Blitzkarriere nennen«, schmunzelte Markus.

»Gleichzeitig hast du mich unter Anwesenheit von Zeugen an dich gebunden. Als deinen Assistenten. Das ist wie ein Brandzeichen.«

»Nun, nun, das war doch nur zu deiner Ehre gedacht.«

»Was, wenn man ehrlich sein soll, im Grunde auf das Gleiche hinausläuft«, sagte die Katze, verblüfft darüber, dass Bluffen so einfach war. »Allerdings: *Es ist, wie es ist,* wie der Dichter sagt. Und es könnte auch so bleiben, denke ich mir. Morgen früh. Und in der Zeit danach.«

»Interessant«, sagte Markus. »Pfiffig. Wirklich pfiffig.«

So uninteressiert, wie sie nur konnte, starrte die Katze auf ihren Schwanz.

»Okay«, sagte Markus, »ich bin ein Mann, der zu seinem Wort steht. Angesichts –«

»Daran habe ich nicht den geringsten Zweifel. Du wirst mich nicht als übermäßig anspruchsvoll erleben. Wobei, dauerhafter Zugang zu Fischklößen wäre absolut zwingend. Die restlichen Details können wir zu gegebener Zeit noch klären. Ich selbst bin eine Katze, die zu ihrem Wort steht.«

Markus schaute die Katze prüfend an.

»So wird es außerdem viel interessanter, findest du nicht?«

Markus starrte die Katze noch eine Weile prüfend an. Außer dem Regen, der aufs Dach trommelte, war nichts zu hören. Dann zeichnete sich auf seinem Gesicht ein breites Lächeln ab.

»Herr Katz, Herr Katz«, sagte er; »ich glaube, dies ist der Beginn einer wunderbaren Freundschaft.«

Die Katze kringelte zufrieden ihren Schwanz. Aber

73

niemand sollte das Gefühl haben, weshalb der Einmarsch um neun Uhr morgens bei vollem Tageslicht vonstattenging, damit niemand das Gefühl hatte, und unter Entfaltung des ganzen vorgeschriebenen Pomps und Prunks, damit niemand das Gefühl hatte, und in Potsdam hatte man Zusatzsonnen entzündet und voll aufgedreht, damit niemand das Gefühl hatte; unbegrenzte Mengen an Rosenduft strömten aus den Lufthydranten, damit niemand das Gefühl hatte; alle Turmglocken Jüterbogs läuteten von sieben Uhr morgens an ununterbrochen *steigend in die Himmelsluft,* wie der Dichter sagt. Die Mitglieder der Glöcknerzunft waren allesamt abkommandiert worden, angefangen vom Uraltglöckner mit seinen 96 Jahren bis hin zum allerkleinsten zehnjährigen Schellenjungen. Gekleidet in ihre specksteingrauen Gewänder waren sie der uralten Tradition des Großläutens gefolgt und bei Sonnenaufgang in einer Prozession durch die Straßen zu ihren jeweiligen Kirchen und Türmen gezogen, wo sie sich an die Seile hängten und gedämpft *Te Deum laudamus* und *Rauf und runter auf der Schaukel* sangen, bevor das Großläuten begann. Das eigentliche Läuten hatte man längst elektrifiziert, aber wie es sich gehört und nach alter Sitte hingen die Glöckner an den Seilen und sprangen während des dreistündigen Läutens auf und ab; wer Probleme mit dem Kreuz bekam, hatte nach altem Brauch im Anschluss an das Großläuten Anspruch auf freie physikalische Behandlung. An Schlaf war während des klangvollen Läutens nicht zu denken, insbesondere nicht beim Klang der größten

Glocke im Dom, des ehrwürdigen und uralten Großen Bären, die aus einer besonders eindringlichen Bronzelegierung gegossen worden war. Daher war die ganze Stadt auf den Beinen, ob ausgeschlafen oder nicht, als die Stadttore um Punkt acht Uhr weit geöffnet wurden und die Schutztruppen feierlich Einzug hielten.

Niemand sollte das Gefühl haben, darum waren die ersten einmarschierenden Einheiten in Gala- und nicht in Felduniform gekleidet. Vorneweg ritt eine Reiterstaffel, die sich mal hierhin, mal dorthin bewegte, um die Routen der anderen Einheiten zu inspizieren und nach potenziellen Problemfiguren in der Menge Ausschau zu halten. Es folgten die Musikkorps mit ihren schwarzen Baretten, angeführt von den Tambourmajoren und den Trägern der türkischen Halbmonde. Alle Korps spielten in raschem Tempo abwechselnd *Preußens Gloria* und *Malbrook s'en va-t-en guerre*, und beim Kehrreim fielen die Trommler mit mannhaftem Gesang ein: »*Mironton, mironton, mirontaine.*«

Anschließend kamen die Regimentsfahnen und Befehlshaber, die zum Gruß der an den Toren strammstehenden Jüterbog'schen Gardeeinheiten die Fahnen senkten und auf ihrem Weg in die Stadt, wo sie sich mühelos zurechtzufinden schienen, stramm salutierten. Dann folgten die eigentlichen Bataillone, zunächst die Husaren und Kürassiere, danach die Kavallerie und die Grenadiere, alle in ihren blauweißroten Uniformen. Hinter der Trabantengarde kam das legendäre 8. Infanterieregiment, die sogenannten Langen Kerls, die Hätschelkinder des Königs, bei denen jeder Soldat auf Socken mindestens zwei Meter zwanzig maß und die zudem mit besonders hohen Drontenfedernhüten ausgestattet waren, sodass keiner unter einer Gesamtlänge von 2,65 Meter blieb. Die militärisch Interessierten – und davon gab es viele in der schönen Stadt Jüterbog wie auch sonst überall auf deutschem Boden – wussten, dass man die meisten der Langen Kerls im Gewächshaus des Schlossparks Charlottenburg gezüchtet hatte, wo sie auf besonders humusreichem, skandinavischem Torf mit Genmaterial, das heimlich aus den Latrinen der schwedischen Forsthochschule in Garpenberg in der Provinz Dalarne entnommen worden war, wuchsen. Sie waren hervorragende Schützen, beim Reden zwar auf einsilbige Wörter beschränkt, konnten aber ganz gut singen und machten auf die Bevölkerung einen durch und durch feierlichen Eindruck. Zwar gab es in der Menge ein paar wenige Problemfiguren, die jenes Gefühl hatten, das sie nicht haben sollten, die aber, wenn sie es nicht für sich behielten, sofort von den Reitern registriert wurden.

Es war im Grunde wie bei einem wichtigen Staatsbesuch oder einem Großen Zapfenstreich am helllichten Tag. Mit dem einzigen Unterschied, dass weitaus mehr Einheiten beteiligt waren als sonst und dass die hinteren Truppen in voller Montur steckten und schwere Kampfausrüstung trugen. Ziemlich rasch lösten sie sich vom Rest des Aufzugs und begannen systematisch und effektiv mit der Ausführung der ihnen zugedachten Aufgaben.

Als die Truppen das Gerichtsgebäude am Platz Bartelbert des Glücklichen passierten, salutierten sie mit Blick nach links. Nicht nur als Zeichen ihres Respekts für die Gesetze der Stadt, sondern auch in Anerkennung des gerechten Prozesses gegen die Attentäter, der dort alsbald beginnen sollte. Die Bevölkerung Jüterbogs war in den Abendzeitungen darauf hingewiesen worden, dass die Ermittlungen im Fall von drei der Verdächtigen abgeschlossen seien und die Hauptverhandlung für einen der nächsten Tage anberaumt würde. Die Zinkstatue, die auf dem Tympanon des Gerichts thronte, der Tradition entsprechend Frau Fortuna mit dem Radebrecherrad in den Händen und einer Binde vor dem blutigen Mund, trug ein Silberband mit der Inschrift *Fortuna vos liberabit.* Heute war die Statue als Zeichen der Trauer um Clotilde mit rosa und schwarzem Samt drapiert.

Bald stand Jüterbog unter Schutz, und alle fühlten sich beschützt. Die Zusammenarbeit zwischen den Truppen der Zentralbehörde und Jüterbogs eigener Armee verlief überwiegend reibungslos, wenn man von wenigen kleinen Intermezzi absieht, bei denen die Jurisdiktion zu bestimmten Sachverhalten Gegenstand langweiliger Diskussionen mit anschließendem kurzen Standrecht wurde.

Haus für Haus wurde umstellt und vom Keller bis zum Dachboden von weißen Mäusen befreit, die Abwasserkanäle wurden durchsucht, Hohlräume in Bäumen und Steinen mit Gift gefüllt und plombiert. Hier und dort hatten die Razzien zur Folge, dass ein Wohnhaus in Rauch aufging oder dass Kinder durch den Verzehr von Gift starben, aber das wurde mehr als aufgewogen vom erbaulichen Anblick Tausender weißer Mäuse, die endlich aus ihren Verstecken gescheucht und von wachsamen Soldaten und erfahrenen Bluthunden gesammelt zu Märkten und Plätzen getrieben wurden. Der ein oder andere kollaborierende Zivilist und weitere Problemfiguren mussten ebenfalls die verdiente *Via dolorosa* zu den alten Fleischwölfen nehmen, die auf den Marktplätzen aufgestellt worden waren und Tag und Nacht arbeiteten. Gravitätisch schritten Maus und Mann in ihr selbst verschuldetes Schicksal, während sie unverbesserlich und im Rhythmus das alte ungemütliche Kampflied sangen:

»Ah ! Ça ira, ça ira, ça ira !
Le peuple en ce jour sans cesse répète,
Ah ! Ça ira, ça ira, ça ira,
Malgré les mutins tout réussira !«

und so weiter und so weiter, aber in die Mühle mussten sie. Und obwohl es vermutlich vielen Mäusen gelungen war, durch Tunnel und Schlupflöcher aus der Stadt zu fliehen, waren trotzdem genug von ihnen gefangen worden, um ein buntes und lang anhaltendes Bild zu bieten, beliebt bei den Bürgern der Stadt und nicht zuletzt bei den Frauen. Trotzdem war es weniger das gerechte Blutbad an den subversiven Mäusen, auf das man sich vor allem freute – schließlich konnte kein Mensch sie auseinanderhalten –, sondern der Prozess in Frau Fortunas heiligen Hallen gegen die höchst menschlichen Attentäter, die Jüterbog seiner Herrscherin und seines Mittelpunkts beraubt hatten und die im Grunde an allem schuld waren, somit auch an allen Nachteilen, die mit der Einquartierung der Beschützer in den Schulen einhergingen und damit, dass sie sich außerdem frei in allen Läden bedienen durften, zwar nur für eine Übergangszeit, hieß es, aber Übergänge können ziemlich lang sein, oftmals dauern sie Jahre, aber

74

leider sieht es nicht danach aus«, sagte der Oberrichter bedauernd, »als könnte man bezüglich dessen, was exakt in diesem Augenblick geschehen ist, Einigkeit erlangen.«

»Nein.«

»Und Sie können auch kein genaueres Licht darauf werfen, wenn ich Sie richtig verstehe?«

»Ja. Also nein. Ich meine, nein.«

»Nun. Dann überlasse ich erneut dem Staatsanwalt das Wort. Herr Staatsanwalt. Sie haben das Wort.«

»Vielen Dank, verehrter Vorsitzender. Hohes Gericht. Die Frage des Handlungsverlaufs lassen wir also außer Acht – *vorläufig*, wohlgemerkt. Die Staatsanwaltschaft behält sich vor, falls erforderlich, später auf dieses wichtige Thema zurückzukommen. Lassen Sie uns – bis auf Weiteres – festhalten, dass sich die beiden Geschwister zum Zeitpunkt, als der Apparat in Gang gesetzt wurde, auf der Bühne befanden. Das Mädchen war bereits da, von Ihnen nach vorn gerufen …«

»Die Verteidigung muss an dieser Stelle protestieren«, unterbrach Verteidiger Grimm genervt, »zum wiederholten Male. Hier versucht die verehrte Gegenseite, meinem Klienten ungeklärte Vorgänge in Form einvernehmlicher Fakten anzuhängen.«

»Vielen Dank«, sagte der Richter, »ist notiert.«

»Es ist absolut unerhört«, fuhr der Verteidiger fort. »Der Kollege meines Klienten war derjenige, der das Mädchen auf die Bühne gerufen hat, nicht mein Klient.«

»Verehrter Vorsitzender«, sagte der Staatsanwalt, »nun macht die verehrte Gegenseite genau das, was sie mir vorwirft, nämlich, einen ungeklärten Vorgang als Fakt darzustellen.«

»Danke«, sagte der Richter, »ich denke, das genügt. Ich darf beide Parteien bitten, darauf zu vertrauen, dass die Angehörigen des Gerichts selbst in der Lage sind, den Überblick über das, was hier geklärt und was ungeklärt ist, zu behalten. Fahren Sie fort, Herr Staatsanwalt.«

»Geklärt oder ungeklärt: Das Mädchen, die Angeklagte Nummer 2, war also von Ihnen oder Ihrem Kollegen – oder von Ihnen beiden zusammen – auf die Bühne gerufen worden, viel mehr Möglichkeiten gibt es wohl nicht, oder?«

»Ja. Nein. Ich glaube nicht.«

»Und Sie halten daran fest, dass der Junge, der Angeklagte Nummer 3, im selben Augenblick auf die Bühne gestürmt ist, in dem Sie den Apparat in Gang gesetzt haben?«

»Ja. Das ist korrekt.«

»Und Sie hatten den Jungen vorher noch nie gesehen?«

»Nein! Noch nie!« Der Goldmacher sprach so laut, dass es von den Marmorwänden im Gerichtssaal 1 zurückschallte.

»Ich darf Sie daran erinnern, dass Sie unter Eid stehen. Also. Was geschah in dem Moment, als der Angeklagte Nummer 3 auf die Bühne kam?«

»Ich hatte ihm halb den Rücken zugewandt, war ganz auf die Bedienung des Apparats konzentriert.«

»Sie haben ihn aber gesehen?«

»Ja, wie alle vermutlich.«

»Warum haben Sie dann nicht eingegriffen?«

»Sie – Sie müssen verstehen. Die Apparate sind empfindlich. Das Ganze ist nicht so einfach, wie es für das Publikum den Anschein hat.«

»Aha. Das müssen Sie erklären.«

»Das ist schwer zu erklären …«

»Ich erinnere Sie daran, dass wir Mittel kennen, um Sie zum Erklären zu bewegen, falls die Erklärung nicht bereitwillig erfolgt.«

Der jüngere Goldmacher schluckte.

»Danke. Das ist mir schon klar … ich will es versuchen, so gut ich kann. Wenn der Prozess, also der alchemistische Prozess, in Gang gesetzt ist, muss man die verschiedenen Parameter in der Balance halten. Am Apparat gibt es mehrere Zeiger, die die Stärke der verschiedenen aktivierten Kräfte anzeigen. Für jeden Zeiger gibt es eine kritische Zone, in der die Kräfte gehalten werden müssen, damit sie im Gleichgewicht sind und das gewünschte Resultat erzielt wird. Das verlangt, dass man die ganze Zeit den Blick auf die Zeiger und die Hebel gerichtet hält.«

»Verstehe. Was würde sonst passieren?«

»Wie meinen Sie das?«

»Was passiert, wenn sie nicht im Gleichgewicht gehalten werden?«

»Hohes Gericht«, sagte der Verteidiger genervt. »Jetzt muss ich erneut Einspruch einlegen. Die Gegenseite fragt nach hypothetischen Vorgängen. Sie fragt, was passiert wäre, falls mein Klient nicht die Kontrolle über den Apparat behalten hätte. Das ist keineswegs Gegenstand der gerichtlichen Verhandlungen.«

»Doch«, sagte der Richter, »daran bin ich schon sehr interessiert.«

»Danke, verehrter Vorsitzender«, sagte der Staatsanwalt. »Dann darf ich den Angeklagten bitten, die Frage zu beantworten.«

»Mehrere Dinge können passieren. Zum Beispiel, dass die Verwandlung ausbleibt. Dass also nichts passiert. Alles bleibt, wie es ist.«

»Wie es ist. Verstehe. Was kann sonst noch passieren?«

»Ja, was auch passieren kann, ist, dass sich das Material in etwas anderes als Gold verwandelt.«

»Aha. Interessant. Haben Sie das schon erlebt?«

»Ja. Während der Ausbildung. Da haben wir kontrollierte Versuche damit unternommen, um die Funktionsweise der Apparate kennenzulernen.«

»Amüsant. Und was ist dann passiert?«

»Mehrere Dinge, alle höchst ungefährlich. Das Schlimmste war, dass sich das Material in ein anderes minderwertiges

Material verwandelt hat und sich nicht wieder in seinen ursprünglichen Zustand zurückversetzen ließ.«

»Zum Beispiel?«

»Zum Beispiel?«

»Ja, haben Sie ein relevantes Beispiel?«

»Ja, in diesem Fall sollte ja ein Diadem in Gold verwandelt werden. Es war schon von vornherein ein kostbares Diadem, und ich hatte Angst, es zu ruinieren. Das hier war nicht geplant, mein Kollege hatte im Vorfeld kein Wort davon gesagt, dass er Fürstin Clotilde auf die Bühne bitten wollte …«

»Markgräfin«, hüstelte der Richter.

»Das Diadem war aus Wolfram, wenn ich mich nicht irre. Und genau diese Gruppe metallischer Grundstoffe ist heikel und verwandelt sich sehr schnell in Koks und Kohle, wenn man nicht höllisch aufpasst.«

»In Höllengold, könnte man da wohl sagen«, kam es trocken vom Administrator.

Leises Kichern des Gerichts. Der Staatsanwalt fuhr fort:

»Gibt es weitere unerwünschte Wirkungen?«

»Nichts Nennenswertes.«

»Wie bitte? Gibt es weitere unerwünschte Wirkungen oder nicht? Ja oder nein?«

»In seltenen Fällen«, sagte der Goldmacher leise, »aber nur, wenn derjenige, der den Apparat bedient, komplett die Kontrolle verliert, kann die Energie des Apparats aus dem Ruder laufen und sich in Strom verwandeln. Dann kann die Person, die den Gegenstand trägt oder hält, Schaden nehmen.«

»Aha. Schaden nehmen. Und das war Ihnen bekannt?«

»Entschuldigung, hohes Gericht«, sagte der Verteidiger, »aber unsere geliebte Markgräfin hat keinen Stromschlag erlitten, sondern –«

»Danke, darauf komme ich gleich noch«, quittierte der

Staatsanwalt. »Ich will lediglich wissen, mit Erlaubnis des Gerichts, ob sich der Angeklagte darüber im Klaren war? Das hat er im Prinzip bereits eingeräumt.«

»Der Angeklagte kann selbst antworten.«

»Ja, ich war mir darüber im Klaren. Wie ich gerade gesagt habe.«

»Genau. Und somit haben Sie Ihre Schuld in Anklagepunkt vier gemäß Paragraf 3, Absatz 2 des Bürgerlichen Gesetzbuchs eingeräumt, in dem es um jene geht, die wissentlich und willentlich Leib und Leben des Physiokraten ernsthafter Gefahr aussetzen oder dazu beitragen. Stimmen Sie und Ihr Anwalt dem zu? … Na klar, na klar, besprechen Sie sich, solange Sie wollen. Völlig in Ordnung, solange das Gericht eine abschließende Antwort erhält.«

»Verehrter Vorsitzender«, räusperte sich der Verteidiger, »mein Klient erklärt, dass seine Antwort keine Bestätigung gewesen sei. Er hat nicht wissentlich und willentlich nach den Buchstaben des Gesetzes die Physiokratin oder sonst jemanden einer Gefahr ausgesetzt.«

»Vielen Dank«, sagte der Richter.

»Außerdem möchte ich wiederholen«, fuhr der Verteidiger fort, »dass niemand behauptet hat, die Markgräfin habe einen elektrischen Schlag erlitten.«

»Ist notiert. Staatsanwalt?«

»Hm, wir *wissen* ja nun nicht, ob sie nicht vor ihrer Verwandlung in Gold einen elektrischen Schlag erlitten hat. Das wäre ja denkbar, aber wir wissen es nicht. Die Frage könnte nur sie beantworten. Worauf ich hinauswill, ist, dass besagtes Experiment schon von vornherein unverantwortlich war und jedem gegenüber unverantwortlich gewesen wäre und dass der Angeklagte das wusste. Was, denken Sie denn, lief schief bei dem Experiment?«

»Ich weiß es nicht. Es ist mir unerklärlich.«

»Sie *wissen* es nicht, sagen Sie. Und trotzdem reisen Sie landauf, landab mit diesem ganzen Hokuspokus und düpieren gutgläubige Menschen, die nicht ahnen, dass sie sich in Lebensgefahr begeben, sobald Sie Ihren Apparat zum Laufen bringen.«

»So ist es nicht!«, sagte der Goldmacher. »Ich habe noch nie erlebt, dass jemand zu Schaden gekommen ist, und ich habe auch noch nie davon gehört.«

»Bis jetzt.«

»Bis jetzt. Egal wie, ich war gerade mit dem Apparat beschäftigt, eben um ihn unter Kontrolle zu behalten, als der Junge angelaufen kam …«

»Ja. Der Angeklagte Nummer 3. Und Sie haben nicht eingegriffen.«

»Nein, ich hatte nicht den Eindruck …«

»Welchen Eindruck hatten Sie nicht? Sie müssen lauter sprechen!«

»Ich hatte nicht den Eindruck, es sei Gefahr im Verzug!«

»Obwohl dieser Junge herumgeschrien hat.«

»Er hat geschrien, ja. Aber ich habe nicht gehört, was er geschrien hat.«

»Sie haben nicht gehört, was er geschrien hat. Aber ganz Jüterbog im Saal hat es mitbekommen. *Freiheit!*, hat er geschrien, der Lümmel.«

»Der Lümmel!«, wiederholte das Gericht wie ein Echo.

»Kann sein. Ich habe es, wie gesagt, nicht gehört.«

»Und Sie waren ihm nie zuvor begegnet?«

»Nein, wie gesagt, ich …«

»Das Gericht wird später noch Zeugen vernehmen, die das Gegenteil andeuten, ich warne Sie daher: Waren Sie ihm vorher schon einmal begegnet oder nicht?«

»Ich war ihm noch nie begegnet.«

»Und Sie haben nicht gesehen, was er in der Hand hielt.«

»Nein, das hat wahrscheinlich niemand richtig gesehen.«

»Sie hätten sich aber vielleicht denken können, dass es irgendeine Waffe war?«

»Wie gesagt, ich – das Ganze ging so schnell. Ich war auf den Apparat konzentriert.«

»Obwohl Sie mit unserem Staatsoberhaupt dort oben standen?«

»Genau deswegen!«, schrie der Goldmacher. »Daran bin ich nicht gewöhnt. Normalerweise trete ich auf Marktplätzen auf. Plötzlich stand ich dort oben mit einer Prinzessin …«

»Einer Markgräfin.«

»Ja. Tut mir leid. Ich bin mit diesen Begriffen nicht vertraut; da, wo ich herkomme, gibt es so was nicht.«

»Was Sie nicht sagen.«

»Ich war also mehr als genug damit beschäftigt, die Kontrolle über meine Nerven zu behalten und gleichzeitig meine Aufgabe zu erfüllen.«

»Und das sollen wir Ihnen weiterhin glauben?«

»Was denn? Dass ich nervös war?«

»Nein. Natürlich waren Sie nervös. Sie waren ja im Begriff, ein Attentat zu verüben. Was Sie uns weismachen wollen, ist das, was Sie uns bisher erzählt haben: dass Sie Ihren Kollegen nicht von früher kannten, jedenfalls nicht sehr gut, und dass Sie ihm zufällig zwischen Cottbus und Berlin begegnet sind, und dass das alles – die Vorstellung, die Pressearbeit, das Anmieten des Theaters – alles zusammen, etwas war, in das Sie mehr oder weniger hineingezogen wurden.«

»Ja.«

»Ich glaube Ihnen nicht.«

»Es ist die Wahrheit.«

»Das glaube ich nicht. Alle Zeugen, sowohl die Stempler, der Intendant, die Schauspieler und Journalisten, samt der kleinen Hinkelinke, haben bezeugt, dass Sie im Gegenteil eine treibende Kraft bei dieser Veranstaltung und ihrer Realisierung gewesen seien.«

»Sie irren sich, alle miteinander. Es ist ein Missverständnis.«

»Aha. Und Sie wollen uns außerdem einreden, dass es Zufall war, dass Sie ausgerechnet die Schwester dieses Jungen auf die Bühne geholt haben ...«

»Ich möchte pro–«

»... oder dass Ihr Kollege es getan hat oder Sie beide, eigentlich läuft das ja aufs Gleiche hinaus, Herr Verteidiger! An diesem Abend waren 1750 Zuschauer im Theater, Wachleute, Hof und Hofstaat sowie Theaterpersonal nicht mitgerechnet. Selbst Richter Wissmann war da, wenn ich mich nicht irre, Herr Richter?«

»Das stimmt. In Reihe acht.«

»Von diesen 1750 Zuschauern sind zwei – zwei! – Personen in eine Verschwörung involviert mit dem Ziel, die Markgräfin zu ermorden. Nämlich das Mädchen, die Angeklagte Nummer 2, und der Junge, der Angeklagte Nummer 3. Das sind zwei von 1750, guter Mann. Wie groß stehen die Chancen dafür? Wollen Sie uns weismachen, dass das Zufall war?«

»Ich will überhaupt niemandem irgendetwas weismachen. Ich erkläre mich nur, so gut ich kann. Mein Kollege –«

»Den Sie AUCH nicht von früher kannten ...«

»– den ich auch nicht von früher kannte, hat das Mädchen ausgesucht. Ich weiß nicht, nach welchen Kriterien er das gemacht hat.«

»Nein. Das haben Sie schon gesagt. Und jetzt ist er verschwunden.«

»Ja.«

»Zeugen haben übereinstimmend erklärt, dass er – oder sonst jemand – eine Rauchbombe geworfen hat, einen dieser Knaller, die Bühnenkünstler verwenden, und dass sich im selben Moment die Falltür im Bühnenboden für ihn geöffnet haben soll. Darin ist er verschwunden.«

»Das ist korrekt.«

»Und Sie wissen nicht, wo er sich jetzt befindet.«

»Nein. Ich habe keine Ahnung.«

»Ich kann das hohe Gericht darüber informieren, dass von der Zentralbehörde in Potsdam zurzeit nach dem Betreffenden gefahndet wird und man ihn in allen deutschen Ländern und allen europäischen Staaten sucht. Wird er gefasst, verändert das die ganze Situation. Dann muss er sich in einem separaten Prozess vor Gericht verantworten. Aber gegenüber den übrigen Angeklagten muss Recht gesprochen werden.«

»Dessen ist sich das Gericht bewusst«, bemerkte der Richter säuerlich; er ließ sich nicht gern belehren. Der Staatsanwalt bekam davon jedoch nichts mit und rief inspiriert:

»Es muss Recht gesprochen werden.«

»Aber Herr Staatsanwalt, wenn ich zusammen mit meinem Kollegen in eine Verschwörung involviert gewesen wäre, warum bin ich dann nicht zusammen mit ihm geflüchtet?«

»Genau das wollte ich auch gerade fragen. Warum nicht? Das müssen *Sie* eigentlich beantworten. Können Sie das nicht? Soll ich für Sie antworten? Weil Sie sich verliebt hatten. In die Massagetechnikerin Hildegard Rotzweil, bekannt als Hinkelinke, um deren Hand Sie angehalten hatten. Sie konnten sich nicht von ihr trennen.«

»Das ist nicht wahr.«

»Lügt sie etwa auch?«

»Das nehme ich an.«

»Aha, das nehmen Sie an. Was nehmen Sie denn an, ist passiert, als die Markgräfin in Gold verwandelt wurde?«

»Ich weiß es nicht.«

»Dazu gibt es von Ihnen also keinerlei Annahmen.«

»Ich habe wirklich intensiv darüber nachgedacht. In der Zelle. Tag und Nacht.«

»Ihre Eltern haben heute der Zeitung gegenüber geäußert, Sie seien ein verträumter, verwöhnter und unzuverlässiger Junge gewesen, der nicht in den väterlichen Heringsgroßhandel einsteigen wollte.«

»Einspruch, Herr Vorsitzender«, sagte der Verteidiger, »das überschreitet jegliche Grenzen. Die Eltern meines Klienten sind heute nicht als Zeugen hier.«

»Nein«, sagte der Staatsanwalt, »aber das lässt sich rasch ändern. Na, was denken Sie, ist passiert? Ich darf Sie daran erinnern, dass Sie unter Eid stehen.«

»Die einzige Möglichkeit«, sagte der Goldmacher, »ist, dass die Verstorbene Gold bei sich trug.«

»Ha!«

»Aber das hat ja heute niemand mehr.«

»O doch. Und das wussten Sie genau.«

»Was?«

»Das stand in der Zeitung. In Zeitungen, von denen Ihre geliebte Hinkelinke Ihnen Ausschnitte besorgt hat, nachdem sie als Pressesekretärin bei Ihnen angefangen hatte. In der kurzen Zeit, die sie diese Rolle innehatte.«

»Was stand in der Zeitung? Ich habe sie nicht gelesen. Wir hatten gar keine Zeit.«

»Sie haben also nicht die Zeitung gelesen. Glauben Sie wirklich, dass wir Ihnen das abnehmen? In den Zeitungen stand an mehreren Stellen, in denselben Artikeln, die Interviews mit Ihnen und Ihrem verschwundenen Kollegen gebracht haben, dass Fürsten das Recht haben, einen Goldschmuck zu tragen, ein einzelnes Erbstück ihres Vorgängers, als pietätvoller Teil der Tradition.«

»Das – das wusste ich nicht.«

»Das wussten Sie! Wie gesagt, es stand in den Zeitungen.«

»Aber – aber das reicht noch nicht. Es reicht noch nicht, dass der Betreffende Goldschmuck trägt. Zum einen schauen wir immer genau hin …«

»Mit ›wir‹ meinen Sie wohl Ihren Kollegen und sich selbst in jahrelanger Zusammenarbeit …«

»Nein! Ich meine, wir Goldmacher generell. Wir schauen immer nach, ob Menschen eventuell Gold an sich haben, auch wenn es verboten ist. Wir schauen uns die Körperstellen an, an denen Leute normalerweise Schmuck tragen. Die Finger, die Handgelenke, den Hals. Die Fürstin trug kein Gold bei sich, das konnten wir sehen. Und außerdem, selbst wenn …«

»Ja?«

»Selbst wenn, dann würde das nicht reichen. Es hätte zwar eine unglückliche Wirkung entfaltet …«

»Als da wäre?«

»Als da wäre, dass das Diadem tatsächlich viel länger Gold geblieben wäre als angenommen und dass die Wirkung für lange Zeit nicht nachgelassen hätte. Also ein Bruch mit den gesetzlichen Zeitbeschränkungen. Der Latenzzeit. Es hätte aber keine Auswirkung auf sie selbst gehabt. Solange sie nicht …«

Der Angeklagte Nummer 1 kam ins Nachdenken.

»Solange sie nicht?«

»… solange sie nicht gleichzeitig in Berührung mit einer bedeutenden Menge Elektrum gekommen wäre.«

»Plektrum?«

»Elektrum. Einer Legierung aus Silber und Gold, die schon die alten Ägypter verwendet haben, um die Spitzen ihrer Obelisken zu bedecken.«

»Aha.«

»Die Legierung ist äußerst selten. Sie kommt heutzutage praktisch überhaupt nicht mehr vor. Und wie gesagt, es werden beträchtliche Mengen benötigt. Wenn man selbst im Augenblick der Alchemie eine gewisse Menge Gold bei sich trägt und gleichzeitig in Berührung mit einer gewissen Menge Elektrum kommt, werden Gold und Elektrum im Körper miteinander vereint. Das Elektrum, mit dem man in Berührung kommt, wird vom Körper absorbiert, und man verwandelt sich in Gold.«

Hingerissenes Seufzen des Gerichts.

»Mit einem Reinheitsgrad zwischen 89 und 92 % – der Rest sind die üblichen Abfallstoffe, die sich auch sonst in Gold verbergen, sowie 2–3 % Elektrum.«

Dramatische Pause. Der Goldmacher hatte sich wacker geschlagen. Aber der Staatsanwalt hatte noch mehr auf Lager:

»Wir haben bereits den früheren Wachkommandanten und seine Warze als Zeugen gehört. Der frühere Kommandant konnte berichten, dass unsere Sicherheitskräfte schon bei Ihrem unerwünschten Einzug in die Stadt feststellen durften, dass die Versiegelung der Apparate und der Dokumente nicht ganz vorschriftsgemäß war. Die Warze hat das mit einer eigenen, äußerst bewegenden Zeugenaussage bestätigt, wie Sie sich sicher erinnern werden. Dieser Regelverstoß und die Zeugenaussage der Warze sind den Kommandanten teuer zu stehen gekommen«, fügte der Staatsanwalt ohne Umschweife hinzu.

»An den Siegeln gab es nur Kleinigkeiten zu beanstanden. Ganz gewöhnliche Sachen.«

»Einen Schmuggler hat die Warze Sie genannt. Was sollte Sie daran gehindert haben, die gewünschte kritische Menge Elektrum, wie Sie es nennen, mitgebracht – also hineingeschmuggelt – zu haben?«

»Aber das habe ich nicht getan. Das können Sie nicht beweisen.«

»Nein, aber wir arbeiten daran, seien Sie dessen versichert.«

»Entschuldigung«, unterbrach der Richter, »aber wäre es denkbar … Wäre es denkbar, dass der Dolch, den viele in der Hand des Angeklagten Nummer 3 gesehen haben wollen, aus Elektrum war?«

Im Gericht wurde es still.

»Mehr oder weniger alle meinen, einen Dolch in seiner Hand gesehen zu haben«, sagte der Richter. »Aber der Dolch ist nirgendwo zu finden. Könnte es ein Stab oder etwas Ähnliches aus Elektrum gewesen sein?«

»Hm«, sagte der Staatsanwalt.

»Hm«, sagte der Verteidiger.

»Hm«, sagte der Angeklagte.

»Ich frage ja nur«, sagte der Richter säuerlich, »wenn sonst schon keiner fragt.«

»Das ist natürlich möglich«, sagte der Angeklagte. »Daran habe ich nicht gedacht.«

»Dafür haben wir nur Ihr Wort!«, kreischte der Staatsanwalt.

»Aber

nicht ganz unerwartet schrieb der Kommentator des Morgenkuriers:

75

Trauriger Stillstand

Nach dem zwanzigsten Tag im Gericht sind die tatsächlichen Umstände rund um das Attentat nach wie vor ungeklärt. Das ist kein Zustand, mit dem die Allgemeinheit leben kann.

Kommentar von Jochen Bochnoch

Die Angehörigen des Gerichts wirken müde und resigniert. Selbst Richter Wissmann wirkt mittlerweile erschöpft. Ganz zu schweigen von uns Journalisten und Reportern – und Zuhörern. Selbst die Allgemeinheit hat diesen Flohzirkus satt. Der Skandal ist regelrecht greifbar. Schlimm genug, dass so etwas passieren konnte, dass sich ein Komplott unter der Nasenspitze der Behörden, der Nachrichtendienste, der Polizei und der Sicherheitskräfte planen und durchführen ließ. Schlimmer noch, dass die genannten Instanzen, in die wir Vertrauen haben müssen, sich nicht einmal im Nachhinein auf ein gemeinsames Wirklichkeitsverständnis einigen können, obwohl sie nunmehr Unterstützung seitens des Gerichtswesens erfahren. Auch schaffen sie es nicht, in der Sache voranzukommen. Ein doppelter Skandal ist das, und genau das lässt Richter Wissmann vermutlich ermüden. Das hier könnte schnell seine letzte Verhandlung sein. Auch Staatsanwalt von Scheiterhaufen wirkt verzweifelt. Er weiß, dass er der Allgemeinheit dient.

Ein Furz

Es nützt wenig, dass der Angeklagte Nummer 3 während des Verhörs gestanden hat. Das Verhör war derart fortschrittlich, dass der Angeklagte mitten in seiner Aussage unterbrochen wurde und danach bekanntlich das Bewusstsein nicht wieder erlangt hat, obwohl der Staatsanwalt behauptet, er habe lediglich die Zusammenarbeit eingestellt. Quellen, mit denen der Morgenkurier in Kontakt stand, sind der Ansicht, eventuell käme eine spiritistische Verbindung infrage, mit der das Gericht ihn dort ins Kreuzverhör nehmen könnte, wo sein Bewusstsein sich jetzt aufzuhalten beliebt, aber diese Methode ist noch unerprobt und könnte – falls sie von einer höheren Rechtsinstanz in Zweifel gezogen wird – ein potenzielles Berufungsverfahren vereiteln. Das Geständnis des Angeklagten Nummer 3 ist daher vorläufig unvollständig und nicht mehr wert als ein Furz. Der Leser möge mir den Ausdruck verzeihen.

Die Stärkung

Der Angeklagte Nummer 1, der fremde, ausländische Goldmacher, kam etwas besser aus dem heutigen Kreuzverhör heraus, nachdem ihm der Richter unerwartet mit einer neuen Theorie beigesprungen war. Wie belastbar sie ist, wird die Zeit zeigen. Die meisten Einwände des Angeklagten wirken konstruiert und weit hergeholt und haben den Verfasser des Artikels wenig überzeugt. Richter Wissmann hat indes auf einen relevanten Punkt hingewiesen, der die ansonsten äußerst schwachen Einlassungen des Angeklagten stärken kann. Das zeigt, dass der Rechtsstaat funktioniert.

Theoretisierungen

Wenig Spannung wird mit den für den morgigen Tag angesetzten Zeugenaussagen der Ärzte verbunden, die sich zur Todesursache der Markgräfin Clotilde und ob sie überhaupt tot ist, äußern sollen. Anschließend wird ein weiterer Sachverständiger erwartet, ein ausländischer Akademiker, der in der ausländischen Presse ein paar Beiträge zur Sache verfasst haben soll. Das Erste und Wichtigste zuerst: Es besteht kein Zweifel an ihrem Tod. Was wir jetzt herausfinden müssen, ist, wie sie ermordet wurde und von wem. Wir brauchen keine weiteren zweifelhaften Theoretisierungen.
Das würde das Vertrauen in den Rechtsstaat erschüttern.

Zitat Ende. Aber

76

wie wir vor der Pause des Gerichts von Herrn Dr. Kumač in seiner Zeugenaussage gehört haben, sind alle physiologischen Anzeichen für Leben bei der Markgräfin erloschen. Der Leibarzt ließ jedoch die Frage, ob sie tot sei, unbeantwortet, obwohl er in diesem Punkt sehr bedrängt wurde.«

Richter Wissmann schaute die große würdevolle Gestalt im Zeugenstand ehrerbietig an, bevor er fortfuhr:

»Nun haben Sie die Zeugenaussage nicht gehört, Herr Professor van den Klonk. Davon waren Sie ausgeschlossen, da Sie selbst als Zeuge aussagen sollten. Als Administrator gehe ich dennoch davon aus, dass keine der Parteien etwas dagegen hat, wenn ich Sie darüber informiere, dass diese Frage von großer Bedeutung ist.«

»Verstehe«, sagte der Professor.

»Für die Verteidigung ist es natürlich von Bedeutung, falls sie nicht tot ist, während es für die Staatsanwaltschaft ebenso von Bedeutung ist, falls sie es ist.«

»Verstehe.«

»Vor Ihrer Zeugenaussage werden Sie den Eid ablegen. Der Gerichtsdiener hat Sie bereits über Ihre physikalischen Rechte und Pflichten informiert. Würden Sie Ihre Hand bitte auf die linke Schulter legen, in die Ausgangsposition einer klassischen Schultermassage, und so freundlich sein, dem Gericht Ihren Namen, Ihren Beruf und Ihren Wohnsitz zu nennen?«

»Hubertus van den Klonk, Professor in okkulter Physiologie an der Universität Leyden, wohnhaft auf dem Universitätscampus ebenda.«

»Sind Sie mit einer der Prozessparteien verwandt oder bekannt?«

»Nein, verehrter Vorsitzender.«

»Dann legen Sie nun den Eid ab, wonach Sie schwören, nach bestem Wissen die reine Wahrheit zu sagen und nichts zu verschweigen.«

»Ich schwöre es, so wahr mir Gott helfe.«

»Vielen Dank. Also, Herr Professor …«, begann der Richter, unterbrach sich aber selbst: »Sagen Sie – haben wir uns nicht schon irgendwo gesehen?«

»Das glaube ich nicht.«

»Sie kommen mir sehr bekannt vor …«

»Finden Sie? Das kann unmöglich sein. Ich habe Sie noch nie gesehen.«

»Aha.«

»Wir sind uns noch nie begegnet«, stellte Professor van den Klonk abschließend fest.

»Nein, vermutlich nicht. Unabhängig davon, Herr Professor: Warum wollte der Leibarzt die Frage im Rahmen seiner Zeugenaussage nicht beantworten?«

»Schwer zu sagen. Es könnte natürlich politische Gründe haben.«

»So?«

»Darüber möchte ich nicht spekulieren. Entweder sie ist tot, und dann befindet sich der Staat in einer schwierigen Situation, da es keinen Erben mehr gibt. Soweit ich verstanden habe, war sie die Letzte in ihrer Linie. Oder irre ich mich, verehrter Vorsitzender?«

»Das ist korrekt. Die anderen wurden der Reihe nach aus dem Leben gerissen, entweder voneinander, wie es Tradition ist, oder auf andere Weise. Schließlich war nur noch sie übrig, und so hat man sie irgendwo versteckt, damit niemand auf die Idee verfallen konnte, auch sie aus dem Leben zu reißen.«

»Und jetzt wurde sie womöglich dennoch aus dem Leben gerissen: Die Alternative ist, dass sie nicht tot ist, sondern sich in irgendeiner Art lebendem Zustand befindet, und dann existiert Jüterbog nach wie vor als Markgrafschaft und selbstständiger Staat. Wenn nicht, ist der König in Potsdam nun auch hier das Staatsoberhaupt.«

»Gut und schön, Herr Professor, und wie wir alle wissen, bildet das die Grundlage für die Neuordnung, nach der der König nun auch Regent von Jüterbog ist, aber das fällt nicht in die Zuständigkeit des Gerichts und beantwortet meine Frage nicht, die auch Herr Doktor Kumač nicht beantworten wollte: Ist sie tot?«

»Interessante Frage. Und sie hat nicht nur politische Implikationen. Sie fordert auch den Grenzbereich zwischen Leben und Tod heraus. Ich bin selbst im Schloss gewesen und habe das *corpus delicti* observiert. Der Körper besteht nun anscheinend aus massivem Gold. Er zeigt keine Regung und keine Anzeichen von Leben. Keinen Puls, keinen Blutdruck, keinen Atem. Die Lider sind geschlossen, sodass man die Pupillen nicht in Augenschein nehmen kann. Die Temperatur richtet sich nach der Umgebung, wie es bei Gold üblich ist. Reaktionen auf Stimuli finden natürlich nicht statt, und es besteht keine Möglichkeit, Körperflüssigkeiten zu entnehmen. Ich bedaure es, falls diese Äußerungen jemandes Befindlichkeit verletzen, aber die Sache lässt sich nicht beschreiben, ohne dass man in gewisse Details geht.«

»Dafür hat das Gericht allergrößtes Verständnis, und es hofft, dass die Presse bei ihrer Berichterstattung den gehörigen Respekt walten lässt. Fahren Sie fort, Herr Professor.«

»Also, in praktischer Hinsicht ist sie tot, da sie nicht lebendig ist.«

»Klingt logisch.«

»Sie ist ein großer Goldklumpen, der sich wie x-beliebiges Gold verhält. Doch dieses Gold ist nicht auf natürliche Weise entstanden. Und das ist der Punkt. Es ist durch eine alchemistische Verwandlung entstanden. Andere Stoffe liegen ihm zugrunde – Fleisch, Blut, Kalzium, Wasser, Silizium, Seele, Astralkörper und so weiter und so weiter. Der Grundzustand entspricht also nicht dem von Gold, sondern dem eines menschlichen Körpers.«

In andächtiger Stille lauschte das Gericht dem ausländischen Experten, von dem sich niemand viel erhofft hatte. Auch der angeklagte Goldmacher, der bis dahin konzentriert auf die Tischplatte gestarrt hatte, hob nun den Kopf. Und betrachtete den Professor mit Verwunderung.

»So wie die Goldmacherei heutzutage betrieben wird«, dozierte der Professor weiter, »also als Kunstgoldmacherei zu Unterhaltungszwecken, sind die Apparate und das verwandelnde Material – das man gemeinhin den Stein der Weisen nennt, das wissenschaftlich aber *lapis philosophorum* heißt und in Wahrheit kein Stein ist, sondern ein labiler, hochfrequenter Grundstoff, ein Super-Aktenoid – das alles ist dergestalt kalibriert, dass die Verwandlung nur vorübergehender Natur ist. Nach einer gewissen Zeit – von wenigen Minuten bis zu zwei Stunden – lässt die Wirkung nach, und der Gegenstand verwandelt sich ziemlich rasch wieder in seinen vorherigen Zustand. Dieses Zeitfenster nennt man Latenzzeit. Auf diese Weise kann man Goldmacherei betreiben, ohne die Staatsfinanzen zu gefährden.«

»Ja, die Staatsfinanzen dürfen nicht gefährdet werden, das ist klar«, stellte der Richter mit Grabesstimme klar.

»Ohne belehrend wirken zu wollen«, belehrte der Professor, »will ich daran erinnern, dass ebendies ein Risikomoment darstellt. Das ist der Grund, weshalb die Apparate der Kunstgoldmacherei mit einer Latenzzeit von 120 Minuten operieren. Aus demselben Grund wird abgeliefertes Gold frühestens 121 Minuten nach Eingang in der Zentralbank in weiche Währung getauscht. Sollte jemand mit Zugang zur Goldmacherkunst trotz aller Kontrollmechanismen gemogelt und tatsächlich Gold mit unendlicher, sehr langer oder überlanger Latenzzeit hergestellt haben, besteht nach wie vor die reale Gefahr, dass dieses Gold in ein Bezahlungsmittel getauscht werden könnte, also bei den Behörden abgegeben und in weiche Währung gewechselt. Aufgrund dieses Risikos haben die Zentralbehörden alles bekannte Gold eingezogen. Diese Goldmenge, die in den Gewölben Potsdams und an anderen Orten mit Zentralbehörden lagert, ist ziemlich konstant und wird bekanntlich Goldfonds genannt. Die Menge dürfte zurzeit lediglich um zwischen 0 und 1,3 % pro Jahr wachsen. Weiteres loses, echtes und unregistriertes Gold glaubt man nicht mehr im Volk zu finden. Die Staatsfinanzen sind mit anderen Worten sicher.«

»Entschuldigung –«

Der angeklagte Goldmacher begann völlig außer der Reihe zu sprechen.

»Der Angeklagte hat zu warten, bis ihm das Wort erteilt wird«, sagte der Richter.

»Entschuldigung«, sagte der jüngere Goldmacher trotzdem hektisch zu dem Professor, »aber kennen wir uns nicht?«

»Nein«, sagte Professor van den Klonk kurz angebunden.

»Wie merkwürdig.«

»Können wir weitermachen?«, fragte der Richter säuerlich.

»Entschuldigung«, sagte der Angeklagte Nummer 1.

»Wie gesagt: Wir wissen nicht, ob die Verwandlung des Körpers der Markgräfin dauerhaft ist, ob er eine sehr lange oder eine kürzere Latenzzeit hat. Gut möglich, dass die Verwandlung vorüber ist, während wir hier sitzen und uns unterhalten. Aber …«

»Aber?«

»Aber danach sieht es nicht aus. Es ist äußerst unwahrscheinlich. Etwas muss schiefgelaufen sein.«

»Haben Sie von der Theorie gehört, dass sie während des Attentats Gold bei sich getragen haben könnte?«

»Ja, aber sind wir denn so sicher, dass es sich um ein Attentat gehandelt hat?«

»Tja. Der Angeklagte Nummer 3 rannte nach vorne und schrie ›Freiheit!‹, dabei wedelte er mit einem Gegenstand, möglicherweise einer Waffe, möglicherweise einem Elektrumstab, der die gleiche Wirkung hatte wie eine Waffe. Das sollte als Indiz für Absicht genügen.«

»Wie Sie wollen. In die Attentatsdefinition des Gerichts mische ich mich nicht ein. Aber die Theorie wirkt bestrickend. Falls mit dem Apparat etwas nicht gestimmt haben sollte, falls dieser Gegenstand aus Elektrum war und falls die Fürstin einen Gegenstand aus Gold am Körper getragen hat, bevorzugt mit Hautkontakt, kann das die brutale und unbeabsichtigte Verwandlung erklären.«

»Unbeabsichtigt?«

»Oder ungewollt, wenn Sie wollen. Dramatisch. Ich halte mich, wie gesagt, heraus, wer hier etwas wissentlich und willentlich getan haben könnte. Unabhängig davon: Der Körper der Fürstin liegt nun auf einer spezialangepassten Bank im Schloss, überwacht von Ärzten, ihren engsten Mitarbeitern und von Angehörigen der Hauswirtschaftsabteilung.«

»Waren Sie jemals mit einem vergleichbaren Fall konfrontiert, Herr Professor?«

»Ganzkörperverwandlungen kamen früher gelegentlich vor, aber sie ist der einzige bekannte Fall aus jüngerer Zeit. Bis auf Weiteres ist sie tot. Vorläufig tot, könnte man sagen. Es gibt Fälle in der Literatur – es sind aber allesamt alte Fälle – in denen behauptet wird, solange hin und wieder ein Herzschlag ertönt, ist für den unglücklich Verwandelten noch nicht alle Hoffnung verloren.«

»Hin und wieder?«

»Ja. Einmal jährlich vielleicht oder so. Bisher wurde kein Herzschlag registriert. Aber für eine Aussage ist es noch zu früh. Er könnte zum Beispiel im Januar erfolgen. Solange ein Herz schlägt, und sei es auch aus Gold, ist die Verwandlung nicht von Dauer. Dann wird die Markgräfin früher oder später wieder sie selbst werden. Früher oder später.«

»Gütiger Himmel«, stieß der Richter aus. »Wir wissen also gar nicht, ob wir hier über Tötung verhandeln?«

»Eventuell über *vorläufige Tötung*. Eine Tötung bis auf Weiteres sozusagen.«

»Das Gesetz sieht diese Möglichkeit leider nicht vor.«

»Streng genommen ist das ja das Problem der Gesetzgeber. Da mische ich mich nicht ein. War sonst noch was?«

»Ja«, sagte der Staatsanwalt. »Ja. Herr Professor, ich würde gerne wissen: Über wie viel Gold – falls es nun dauerhaftes Gold ist – reden wir beim Körper der Verstorbenen oder – äh – vorläufig Verstorbenen?«

»Es handelt sich um eine beträchtliche Menge. 928 Kilo.«

»Und wie viel ist es wert?«

»Vorausgesetzt, die Zentralbehörde stimmt dem Umtausch einer solchen Menge zu, wäre die Rede von mindestens zwei Billionen Pesos, sehr grob gerechnet.«

Der Staatsanwalt stieß einen leisen Pfiff aus, anscheinend ohne es selbst zu merken.

»Das wäre ja zweimal das Staatsbudget.«

»Zur Größe des hiesigen Staatsbudgets kann ich nichts sagen.«

»Ich stelle nur etwas fest.«

Das Gericht gab keinen Pfiff von sich, das wäre unter seiner Würde, es hatte nun aber offensichtlich etwas, worüber es nachdenken musste. Eine Weile sagte niemand ein Wort.

»Es könnte ja sein«, begann der Administrator vorsichtig, »das Gericht müsste zu einer einvernehmlichen Definition des Übergangs vom Leben zum Tod gelangen. Einfach nur, damit wir wissen, mit welchen Zeiträumen wir operieren sollen.«

Niemand unterbrach den Richter in seinen Betrachtungen (wer hätte das auch tun können), aber die Richterkollegen nickten gedankenvoll.

»Damit«, fuhr Oberrichter Wissmann fort, »falls innerhalb einer gewissen Zeit – einer großzügig bemessenen Zeit natürlich, innerhalb eines Zeitraums, den alle als angemessen und barmherzig ansehen – sagen wir zum Beispiel zwei Jahre – kein Herzschlag erfolgt, kann das Gericht davon ausgehen, dass die Markgräfin dauerhaft verwandelt wurde und somit tot ist, und erst zu diesem Zeitpunkt kann das Gericht ein Urteil über Mord, respektive vorsätzliche oder fahrlässige Tötung fällen oder auch einen oder mehrere Angeklagte freisprechen. Anschließend wäre es an den Behörden oder einer anderen Rechtsinstanz, zu entscheiden, was mit dem verwandelten Leib der Verstorbenen geschehen soll – ob er in der markgräflichen Krypta zur Ruhe gebettet oder – äh … umgetauscht werden soll. Ob in dem Fall also der Wert ihrer Überreste der Staatskasse zugeschlagen werden soll. Die ja – äh – leer ist.«

Kein Mensch wollte diese Betrachtungen kommentieren. Alle wussten, dass Richter Wissmann ein hervorragender juridischer Theoretiker war.

»Das Gericht kann zu Letzterem nicht Stellung beziehen, wird die Definition von Tod aber gründlich und sorgfältig überdenken. Damit schaffen wir vielleicht neues Recht – oder sind dazu gezwungen. Ich will daran erinnern, dass jedes Gericht, wenn es dazu gezwungen ist, neues Recht schaffen kann und muss, wenn die Umstände es verlangen. Bis auf Weiteres gehen die Verhandlungen weiter wie zuvor. Herr Professor van den Klonk, das Gericht dankt Ihnen, dass Sie den weiten Weg von – äh – Leyden auf sich genommen haben. Das war äußerst erhellend.«

»Es war mir ein Vergnügen, verehrter Vorsitzender. Ich bin froh, einen geringen Beitrag leisten zu dürfen.«

»Danke nochmals. Und Sie sind sicher, dass wir uns noch nie begegnet sind?«

»*Ganz* sicher.«

Der Professor warf sich seinen schwarzen Umhang über und verschwand auf so plötzliche und merkwürdige Weise, dass alle stutzten.

»Ja«, stieß der Richter aus, »erstaunlich.«

Aber

77

der neue Statthalter, bis zu diesem Tag als Markus oder Oberst Markus bekannt, vom Morgengrauen an nun aber als Statthalter Oberst Markus Freiherr von Fioltz, machte es sich zusammen mit Herrn Katz, dem frisch ernannten persönlichen Chefberater an seiner Seite, auf dem versilberten Stuhl am Ende des Ratstischs bequem.

»Seine Physiokratische Majestät hat mir, ihrem Statthalter in Jüterbog, den Auftrag erteilt ...«, begann er sehr formell, und damit begannen die Änderungen. Fünf Minister und acht Staatssekretäre mussten gehen, darunter die gesamte Führungsriege des Verteidigungsministeriums, der Ministerpräsident wurde zum Ersten Minister degradiert (durfte jedoch den ehrwürdigen Titel Chefgynäast behalten), und der Verteidigungsstab wurde nahezu komplett dezimiert und durch jüngere Offiziere direkt von der Kriegsschule in Berlin ersetzt. Trotzdem herrschte rund um den Eichentisch, der sich wieder aus seiner knienden Position erhoben hatte, größtenteils Zufriedenheit. Alles wirkte fast normal, außer dass es etwas ungewohnt war mit einem früheren Fischhändler auf dem Platz des Regenten. Wobei, alles ist Übergang, nur dass einzelne Übergänge etwas Zeit brauchen oder mit Mühen verbunden sind – insbesondere, wenn sie weiterhin nach Fisch riechen.

»Abschließend«, sagte der Statthalter, als das Axtansetzen bei den Ministern und Staatssekretären und anderen Würdenträgern vorüber war, »abschließend müssen wir uns mit der Organisation von Hof und Hofstaat befassen.«

Keiner sagte ein Wort.

»Ja, so kann es ja nicht weitergehen«, sagte Markus diplomatisch. »Dass wir eine langzeitverwandelte Markgräfin haben, die technisch gesehen steintot ist, aber trotzdem ihren ganzen Stab behält. Das ist überhaupt nicht notwendig und außerdem äußerst kostspielig, meine Herren.«

Der Erste Minister räusperte sich beklommen:

»Was schlägt – äh – Euer gnädiger Statthalter dann vor?«

»Kammerzofen brauchen wir nicht mehr, da ich keine Frau bin, und die Anzahl der Lakaien kann auf neun reduziert werden. Ich werde nicht so viel Aufwartung benötigen.

Es wird künftig auch weniger Repräsentation geben, sodass auch Teile des Küchenpersonals gehen können. Die Oberhofmeisterin, Frau Gallenbach, übernimmt alle Aufgaben des Hofmarschalls und die meisten administrativen Arbeiten. Bewachung und Sicherheit werden von nun an Potsdam unterliegen. Die Anzahl der Gärtner und des Reinigungspersonals wird um 75 % reduziert, und wir brauchen nicht länger persönliche Physiotherapeuten, Leibarzt und so weiter. Auch der persönliche Chefberater hat keine Aufgabe mehr, da man einem Grundstoff ja keine Ratschläge erteilen kann.«

Mehrere Herren am Tisch räusperten sich betroffen mit Blick auf ihren treuen Kollegen, hatten aber keine Einwände gegen die Kürzungen.

»Was die Person der Physiokratin oder ihren Leib oder wie auch immer wir das jetzt nennen sollen, angeht – ja, ich bedaure meine Unbeholfenheit in der Wortwahl rund um diese Dinge, meine Herren, aber Sie verstehen, was ich meine – was den Körper Ihrer Königlichen Hoheit und ihr aktuelles Krankenzimmer angeht, ist es an der Zeit – wie soll ich sagen? –, die Maßnahmen herunterzufahren. Ich schlage vor, dass wir Markgräfin Clotildes, äh, goldenen Leib zusammen mit zwei, drei der wichtigsten Apparate in die fürstliche Krypta umziehen und dass wir die medizinische Überwachung auf zwei diensthabende Ärzte reduzieren, die im Wechsel viermal pro Woche nach ihr schauen, die Apparate ablesen und so weiter und so weiter.«

Erneute Stille, während der Geheimrat den ihm zum Absegnen vorgelegten Beschluss verdaute.

»Ist das nicht«, knarrte der Chefästhetiker, »sehr wenig pietätvoll?«

»Keineswegs«, sagte der Statthalter. »Wer könnte sich einen

pietätvolleren Ort als die Krypta vorstellen? Ich bin selbst unten gewesen und habe sie mir angeschaut. Sie ist sehr schön und andächtig. Außerdem liegt es Seiner Majestät sehr am Herzen, dafür zu sorgen, dass seine junge Verwandte mit Würde und all der Ehre behandelt wird, die einer Physiokratin – tot oder lebendig – zustehen. Auf diese Weise kann auch das Volk einen Blick auf sie erhaschen – sie wird natürlich in eine der abgeschirmteren Nischen verlegt – und hat die Möglichkeit zu weinen.«

Langsames Nicken rund um den Tisch.

»Die Lösung ist überdies zukunftsgerichtet«, fuhr der Statthalter fort. »Sie hat zur Folge, dass die Verwaltung einen Schritt weiterkommt darin, dass – äh – das verwandelte Staatsoberhaupt in unserem Alltag nicht physisch oder gynäastisch anwesend ist, gleichzeitig aber mit dem erforderlichen Respekt und der erforderlichen medizinischen Aufmerksamkeit bedacht wird, da sie, die Physiokratin, trotzdem irgendwie da ist.«

»Ausgezeichnet«, sagte der Finanzminister. Es schien, als wollte er noch mehr sagen, aber er schwieg.

»Als Nächstes«, fuhr der Statthalter fort, »schlägt Seine Majestät vor, der Empfehlung des Gerichts zu folgen und für die Rückverwandlung eine mögliche Latenzzeit von drei Jahren anzusetzen. Anschließend kann die Regierung, wenn sie es wünscht, Clotildes Leib in Bargeld umtauschen.«

Alle senkten den Blick.

»Und Seine Majestät versichert, dass man im Goldfonds angesichts der außergewöhnlichen und unglücklichen Situation einen Antrag auf Überschreitung der jährlichen Umtauschschwelle um mehrere Tausend Prozent wohlwollend behandeln würde. Das Geld käme sehr gelegen, auch in Potsdam. Daraus wollen wir keinen Hehl machen. Unter anderem ist der Kampf gegen die subversiven Kräfte äußerst teuer, sollte er effektiver und moderner geführt werden als bisher. Hier werden wir also teilen müssen.«

Der Genealogieminister knarrte mit gesenktem Blick:

»Und was wird dann mit ihrem Leib geschehen?«

»Er wird zu Goldbarren geschmolzen und bis in alle Ewigkeit in den Gewölben von Potsdam lagern.«

»Eine Markgräfin von Geblüt«, knarrte der Genealogieminister stur und unbeirrt, »die als Physiokratin in Jüterbog geherrscht hat, wird traditionsgemäß in der Krypta beigesetzt. Von unseren bisherigen Herrschern und Herrscherinnen ist niemand woanders beigesetzt worden.«

»Verehrter Herr Minister«, sagte der Statthalter, »Sie werden wissen, dass es eine Ausnahme gibt, zumindest teilweise. Grübelbart der Poet liegt nicht in der Krypta begraben. Sein Leichnam wurde zu Asche verbrannt und im Wind verstreut – mit Ausnahme seines edlen Herzens, das einbalsamiert wurde und heute in einer phrygischen Urne ganz hinten im östlichen Gewölbe ruht. Seine Majestät der König kann sich auch für seine junge Verwandte eine entsprechende Lösung vorstellen, dass man also das Herz entnimmt – oder den Teil des Goldblocks, der in anatomischer Hinsicht dem Herzen und der Herzregion entspricht, und es auf dieselbe Weise bestattet – wenn die Zeit dafür reif ist.«

Die Herren am Tisch schauten sich an, und ihre Gesichter hellten sich zugleich ein wenig auf.

»Eine schöne Lösung«, sagte der Erste Minister. »Eine schöne Lösung.«

»Sehr pietätvoll«, musste der Genealogieminister zugeben. »Das muss man sagen. Um wie viele Milliarden ging es noch mal?«

»Aber Herr Minister! Meine Herren, meine Herren Minister

Wir wollen doch in einer solchen Stunde nicht an konkrete Summen denken. Das schickt sich nicht.«

Alle senkten den Blick. Die Katze leckte sich die Pfoten, betäubt von der morgendlichen Portion Süßwasseraustern im Speisesaal des Schlosses.

»Annähernd zwei Billionen Pesos«, sagte die Katze träge. Sie war nicht länger erstaunt, wie schnell sie sich an all das gewöhnt hatte.

»Denken wir in einer solchen Stunde nicht an Geld«, begann der Finanzminister andächtig. »*Aber*

78

der Staatsanwalt gab dem Gerichtsdiener an der Tür ein Zeichen. Wenige Augenblicke später wurde der Angeklagte Nummer 3 hereingeschoben, vorschriftsmäßig auf einem Transportkarren festgeschnallt, sodass er sich in einigermaßen aufrechter Position halten konnte. Der Karren wurde direkt gegenüber dem Richter abgestellt.

Freya erhob sich halb von ihrem Stuhl, als sie den Bruder erblickte, aber Anwalt Glum zog sie zurück auf ihren Sitz.

Der Kopf hing schlaff auf seiner Brust, wie eine Blume mit abgeknicktem Stängel. Speichel lief aus den glänzenden, halb geöffneten Lippen, und zwischen den Wimpern, die sich schwarz von der kreideweißen Haut abhoben, war nur das Weiße in seinen Augen zu sehen.

Freya begann leise zu weinen.

»Der Angeklagte Nummer drei«, sagte der Staatsanwalt. »Völlig verstockt. Es ist unmöglich, ihm etwas zu entlocken. Gemäß dem Vernehmungsprotokoll, das geführt wurde, bis er die Zusammenarbeit eingestellt hat, und das dem Gericht vorliegt, hat er jedoch ein vorbehaltloses Geständnis abgelegt. Er hat gestanden, sich auserwählt und einzigartig gefühlt zu haben, er hat gestanden, die Markgräfin ermorden zu wollen, er hat gestanden, mit subversiven weißen Mäusen in Verbindung gestanden und sich auf eine Verschwörung eingelassen zu haben, um die Gesellschaftsordnung zu stürzen und die Staatsmächte anzugreifen, und entsprechende Handlungen ausgeführt zu haben. Weiter hat er eine Reihe unseriöser Namen von verschiedenen Mäusen genannt. Als er die Zusammenarbeit eingestellt hat, stand seine Einlassung zur Rolle seiner Schwester und des Goldmachers in dem Komplott noch aus. Völlig verstockt, wie gesagt.«

»Lassen Sie es mich versuchen«, sagte der Richter. »Hallo? Hans? Bist du da?«

Keine Reaktion.

»Hans!«

»Er simuliert«, sagte der Staatsanwalt.

»Das sehe ich«, sagte der Richter.

Mehr Speichel.

»Hans!«, rief der Richter noch lauter. »Wenn du mich hören kannst, dann sag etwas!«

Es zog und zog sich hin, aber endlich kam von Hans ein zahnloses:

»Gah.«

»Danke«, sagte der Richter. Der Verteidiger schritt ein:

»Hohes Gericht, ein Gah ist kein Ja, und ein Ja ist kein Gah.«

»Für mich ist ein Gah gut genug«, sagte der Richter gereizt, bevor er eindringlich rief: »Junger Mann! Weißt du, wo du bist?«

»Bnf.«

»Danke. Weißt du, wofür du angeklagt bist?«

Keine Antwort.

»Weißt du, wofür du angeklagt bist? Hier spricht dein Richter. Hallo, junger Mann? Hallo? Hoho?«

Keine Antwort.

»Möchte der Verteidiger des Angeklagten einen Kommentar abgeben?«, fragte der Richter korrekt.

»Nein, verehrter Vorsitzender«, murmelte Anwalt Fromm beschämt.

»Danke«, sagte der Richter. »Das genügt. Völlig verstockt, wie Sie gesagt haben, Herr Staatsanwalt. Sie können mit dem Schlussvortrag fortfahren.«

Der Staatsanwalt setzte den Plädoyershut auf, legte das Gesicht in ernste Falten und verschränkte die Hände vor der Brust.

»Hohes Gericht. Die Staatsanwaltschaft verlangt in diesem Prozess strengste Strafen für die Angeklagten Nummer 1 und Nummer 3, also den Tod durch den Strang, und lebenslanges Zuchthaus für die Angeklagte Nummer 2 …«

Anwalt Glum wieherte hörbar zufrieden und schlug Freya auf die Schulter.

»… die schwer krank ist«, fuhr der Staatsanwalt fort, »und ohnehin nicht mehr lange zu leben hat. Obwohl sich die Angeklagten Nummer 1 und 2 beide für unschuldig im Sinne der Anklage erklärt haben, sowohl in den Vernehmungen als auch bei ihren Einlassungen hier vor Gericht, möchte ich in meinem Plädoyer darlegen, dass sie beide gleichermaßen schuldig an dem Attentat sind, so, wie Cholerabakterien schuld sind an einer schweren Diarrhö, weshalb sie anschließend als die krankheitserregenden Wesen verurteilt werden sollten, die sie sind.«

»Stopp!«, rief Freya.

»Jetzt?«, fragte der Richter. »Wir sind doch gerade so gut dabei. Und du entgehst doch auch dem Galgen, Kleine.«

»Nein«, sagte Freya. »Das ist nicht korrekt. Ich möchte gern –«

»Halt den Mund, du dummes Kind«, zischte Anwalt Glum zornig, »du machst mir alles kaputt.«

»Ich möchte gern«, sagte Freya mit lauter Stimme, »eine neue Einlassung abgeben.«

»So«, sagte der Richter und seufzte. »Ist sie lang?«

»Nein«, sagte Freya.

»Setz dich in Gottes Namen hin!«, zischte ihr Anwalt, aber Freya hatte ihren Entschluss gefasst.

»Mein Bruder«, erklärte sie mit klarer, silberreiner Stimme, ohne einen Augenblick mit der Stimme zu zittern, »mein Bruder ist völlig unschuldig im Sinne der Anklage.«

»Herr Vorsitzender«, sagte Anwalt Glum laut und verzweifelt, »meine Klientin redet wirres Zeug. Sie ist nicht ganz bei sich.«

»Nein«, sagte Freya. »Ich rede kein wirres Zeug. Und wo sollte ich sonst sein, wenn nicht ganz bei mir. Ich habe einen Eid abgelegt, dass ich die Wahrheit sage, und diesen Eid will ich endlich befolgen und wahrhaftig die Wahrheit sagen.«

»So ein Quatsch«, sagte Anwalt Glum leise.

Der Richter sagte:

»Bitte sehr, junge Dame.«

»Mein Bruder ist in dieser Sache ein unschuldiges Werkzeug. Er ist ja noch ein Kind. *Ich* war es –«, sie machte eine kurze vielsagende Pause – »*ich* war es, die Kontakt zu den weißen Mäusen hatte, *ich* war es, die meinen Bruder überredet hat, mit dem Metallstab auf die Bühne zu rennen, den ich von den Mäusen im Vorfeld ausgehändigt bekommen hatte. Mir war völlig klar, wozu es führen würde. Aber er wusste es nicht. Ich bin die Auserwählte.«

»So. Und das sollen wir dir glauben?«

»Es ist die Wahrheit.«

»Und du sagst das nicht nur, um deinen Bruder zu schützen?«

»Nein. Er ist ja tatsächlich ein ziemlich fieser Bruder, wie viele Zeugen im Verlauf dieser Wochen ausgesagt haben.«

»Wie wahr.«

»Ich mag ihn gar nicht mal. Aber er hat es nicht verdient, für etwas zu sterben, was er nicht getan hat. Er wollte mich nur schützen.«

Dramatische Stille im Saal.

»Das ist schwierig«, sagte der Richter. »Es wäre für uns alle viel praktischer gewesen, wenn du damit früher rausgerückt wärst.«

»Ich war verstockt«, sagte Freya. »Aber damit ist jetzt Schluss. Ich stehe zu dem, was ich getan habe.«

»Nein, nein, nein«, jammerte Anwalt Glum.

»Ich stehe zu dem, was ich getan habe. Ich habe mich von den Mäusen auserwählt gefühlt, ich habe mit subversiven Kräften konspiriert, den Tod der Fürstin und die Einzelheiten des Attentats geplant.«

»Und warum?«

»Freiheit!«, rief Freya.

»Oh, leck mich«, sagte der Richter. »Bist du gewillt, das in einem neuen Spezialverhör überprüfen zu lassen?«

»Ja!«, rief Freya. »Jederzeit! Gerne sofort.«

»Glaub ja nicht«, zischte Anwalt Glum aus dem Mundwinkel, »dass es genauso einfach wird wie beim letzten Mal.«

»Ich bin bereit«, sagte Freya, streckte den Rücken durch und warf den Kopf in den Nacken, sodass selbst die am negativsten eingestellten Zuhörer vor Gericht eine gewisse Achtung für eine solche Zurschaustellung von Stolz empfanden.

»Und ich werde nicht dabei sein«, knurrte Glum, »und deine Hand halten, wie beim letzten Mal.«

»Gut, gut«, seufzte der Richter. »Das Gericht muss zu den hier getätigten Aussagen Stellung beziehen. Ihr Plädoyer, Herr Staatsanwalt, wird auf morgen früh verschoben. In der Zwischenzeit beschließt das Gericht, dass die Angeklagte Nummer 2 zurück ins Gefängnis verbracht und in der Spezialabteilung mit den Punkten aus der hier abgegebenen Einlassung konfrontiert wird und dass das Resultat des Verhörs zu Beginn der morgigen Gerichtsverhandlung vorgelegt wird. Gibt es Einwände? Nicht von Ihnen, Anwalt Glum, sondern von anderen?«

»Ich bin bereit«, wiederholte Freya erneut.

»Keine Einwände also«, stellte der Richter fest. »Die Sitzung ist beendet.«

»Aber«, begann Anwalt Glum, »aber …«

Aber der Richter sagte:

»Ohne Wenn und Aber, aber

79

nur noch ein kleines bisschen, dachte Freya, und dann noch ein bisschen, nur ein bisschen noch, und dann noch ein bisschen. Und ein bisschen länger. Und ein bisschen tiefer. Und noch länger und noch tiefer. Und dann noch ein bisschen. Nur ein bisschen mehr und noch mehr und noch ein bisschen mehr und noch ein bisschen mehr können sie doch nicht, aber offensichtlich können sie es doch, aber jetzt können sie wohl nur noch ein bisschen tiefer und noch ein bisschen tiefer, aber die Zeit vergeht, Stück für Stück, jedes Mal ein bisschen Zeit, und noch ein bisschen und dann noch ein bisschen mehr, he

Freya, jetzt bist du an der Reihe, fast genauso freundlich wie letztes Mal, nur dass es so viel weher tut, oh so weh so weh so weh, was für eine Reihe, dieses Mal, jedes Mal ein bisschen, eine Sekunde am Stück, eine Minute am Stück, Stück für Stück, und bald ist eine Stunde vergangen, was für eine Stunde aber auch, und dann noch ein bisschen mehr, und he, wie es läuft, und verdammt aber auch, dass man einen Bruder hat, aber das hat man, ein bisschen jedenfalls, und das ist nicht wenig, und hui, wie es läuft, es tut so weh, und noch ein bisschen, und jetzt haben sie noch mal getroffen, noch ein bisschen tiefer, noch ein bisschen und noch ein bisschen und noch ein bisschen, und zum Glück ist es meine eigene Stimme, die ich in einem Gemisch aus Rotz und Schleim höre, und ich höre, was sie sagt oder was sie versucht zu sagen, und darum halte ich noch ein bisschen durch, ein bisschen noch, aber aber aber jetzt ist nur noch ein bisschen übrig und dann noch ein bisschen und noch ein bisschen und noch ein bisschen, und dann sind wir so weit, aber dann kam es, wie es kommen musste: 80

Ein würdiger Schlusspunkt

Nach zweiunddreißig Tagen hat das Gericht im Attentatsprozess endlich einen Schlusspunkt gesetzt und ist zu einem Urteil gelangt. Die Allgemeinheit war über Teile des Urteils vermutlich überrascht, kann aber gut damit leben.

Kommentar von Jochen Bochnoch

Die dramatische Wende im Prozess gegen die Attentäter vor einer Woche hat zu einem Resultat geführt, mit dem die meisten Menschen in unserer Stadt auf mittlere Sicht zufrieden sein werden, obwohl es unerwartet kam und mit Verwahrung im Irrenhaus für einen der Angeklagten und Aussetzung des Urteils für einen anderen endete. Richter Wissmann hat sich demnach ein weiteres Mal als erfahrener und kluger Richter erwiesen, der diesen schwierigen Prozess bestmöglich geleitet hat.

Gerechtigkeit

Über Gerechtigkeit im philosophischen Sinne lässt sich vieles sagen, aber kein Mensch kann daran zweifeln, dass es gerecht ist, wenn der Angeklagte Nummer drei zu lebenslanger Verwahrung im Irrenhaus verurteilt wurde, während seine verstockte Schwester in einem Monat in aller Öffentlichkeit hängen wird, falls Seine Majestät der König in Potsdam das Urteil aufrechterhält. Dass das Todesurteil für den Scharlatan von einem Goldmacher verhängt, in Erwartung der Klärung von Fürstin Clotildes endgültigem Zustand anschließend aber sofort suspendiert wurde, mag für den Laien schwer nachvollziehbar sein, ist in den Augen des Verfassers dieser Zeilen aber zweifellos korrekt. Hat er sie getötet und die Absicht dazu gehabt, muss er selbst sterben. Daran besteht gemäß den gesetzlichen Bestimmungen kein Zweifel. Er hat jedoch keinen Punkt seiner Einlassungen zurückgenommen, und bisher ist ungeklärt, ob sein Opfer, die Markgräfin, tatsächlich tot ist und ob er auch die Intention hatte, sie zu töten. Darum wurde das Urteil suspendiert. So geziemt es sich für einen Rechtsstaat, dessen wir uns rühmen dürfen.

Endgültiger Abschied

Wenn hingegen die junge Frau, die vor Gericht zunächst noch Mitleid erregt hatte, so eindeutig gesteht, eine Verschwörung angeführt zu haben, um die Physiokratin zu töten, reicht das allein schon aus, um die strengste Gesetzesstrafe auszulösen. Hier liegt ausreichend Absicht vor, um die Bestimmungen des Paragrafen zu erfüllen. Ihre Absicht hat sie umfassend unter Beweis gestellt, was im Spezialverhör bestätigt wurde. Und es wird viele geben, die sich gemeinsam mit uns darauf freuen werden, ihr in einem Monat auf dem Marktplatz unsere verächtlichen Abschiedsworte ins Gesicht zu sagen, falls Seine Physiokratische Majestät dieses ausgewogene und kluge Urteil aufrechterhält – und es gibt keinen Grund, etwas anderes anzunehmen. Die Allgemeinheit kann sich zusammen mit uns in ein paar Wochen morgens auf ein erbauliches Schauspiel auf dem Marktplatz freuen, und dort können wir endlich unserer tiefen Verachtung Ausdruck verleihen, bevor sich die Schlinge zuzieht. Da sich der Verteidiger der Frau, Rechtsanwalt Glum, krankgemeldet hat und daher zurzeit außerstande ist, Anträge zu stellen, ist unklar, ob das Hängen mit langem oder kurzem Strick erfolgt. Ohne über Gebühr herzlos wirken zu wollen: Der Verfasser dieser Zeilen würde Letzterem zappelnd vor Ungeduld entgegensehen. Es würde uns allen mehr Zeit geben, unseren Gefühlen Ausdruck zu verleihen, und außerdem ist es lange her, seit die Allgemeinheit so etwas erlebt hat.

Aber

81

jetzt, hinterher, glitt Freya hinein in die Zeit und zugleich wieder heraus, und sie verstrich schnell und langsam, die Zeit, mit einer langen Reihe gleichförmiger Tage, durch die Freya wie ein schlankes Segelschiff bei schwachem Wind steuerte. Hin und wieder hörte sie ihren Mitangeklagten, den jüngeren Goldmacher, in der Nachbarzelle weinen. Er hatte einen längeren Segeltörn vor sich als sie. Ständig murmelte er, dass er nach Cottbus wolle zu seiner Geliebten. Jetzt erinnerte er sich auch an ihren Namen und rief laut nach ihr: *Sibylle!* Sie selbst hatte das Ende ihrer Reise vor Augen (nur noch ein kleines Stück jetzt, ein kleines Stück). Sie sah das Ende, wenn die Sonne aufging und die Westwand des Freistundenhofs anstrahlte, den sie einsehen konnte, und sie sah das Ende, wenn Licht und Schatten im Verlauf des Tages langsam die Plätze tauschten und ein weiterer Tag zu Ende ging und der Weg noch ein bisschen kürzer geworden war. Sie wusste, dass der letzte Weg durch die Straßen unangenehm werden würde, aber trotz allem kurz, und dass das letzte Stück noch kürzer würde, und dann ein unangenehmer Knacks und dann nichts mehr. Vor dem Knacks graute ihr ein wenig, sie fragte sich, ob es wehtäte, aber das war auch schon alles. Von weinenden Müttern war diese Welt voll, aber ihre hatte immerhin noch einen lebenden Sohn, mikrobenfrei, und Freya hatte ihn gerettet. Sie hatte in *dem* Augenblick an ihn gedacht und würde auch in *dem* Augenblick an ihn denken.

Unablässig beweinte der Goldmacher in der Nachbarzelle sein Schicksal, und es war eine Qual, ihm zu lauschen, aber an die anderen Klagelaute aus den Zellen und dem Freistundenhof hatte sie sich gewöhnt, sie waren ein Teil der langen Tage, durch die sie segelte, einen nach dem anderen, während Schatten und Licht die Plätze tauschten, immer wieder, bis es eines Morgens an ihrer Tür klopfen würde und sie bereit wäre.

Aber

82

in den ersten Monaten schickte der Kanarienvogel klagende, um nicht zu sagen jammernde Briefe von dort, wo er sich nach seiner Internierung aufhielt, er war aber nicht sehr schreibgewandt, und die Briefe wurden außerdem stark zensiert, sodass ihr nie ganz klar wurde, wo er sich eigentlich befand. Nach ein paar Monaten kamen jedoch keine Briefe mehr an ihre neue Adresse, dem kleinen Kabäuschen unter der Brücke, wo der Fluss eine Biegung macht und besonders schlammig ist. Ihr früheres Haus war selbstverständlich beschlagnahmt worden, nachdem die Ermittler entdeckt hatten, dass es das Hauptquartier der weißen Mäuse gewesen war; das eigentliche Rattennest, wie der Ermittlungsleiter es bereits am Tag nach dem Attentat ausgedrückt hatte, als alles eingenommen wurde und man anfing, Wände und Böden zu öffnen. Das Haus war so voller Tunnel und Hohlräume gewesen, dass man kaum Energie aufbringen musste, um es einzureißen; es reichte dicke aus, dass sich der Abrissvorarbeiter ein bisschen fester gegen einen der Tragebalken lehnte, schon stürzte es mit einem trockenen Knirschen und einer weißen Staubwolke ein.

Mit Rücksicht auf das allgemeine Rechtsempfinden durfte sie keine persönlichen Habseligkeiten mitnehmen, außer dem Kanarienvogel, der kurz darauf ebenso beschlagnahmt wurde. Es war nicht auszuschließen, dass er mit den Terroristen unter einer Decke steckte.

Eingenommen zu werden fühlte sich merkwürdig an, das

musste sie zugeben, und auch nicht sehr angenehm. Gleichzeitig aber auch seltsam befreiend. In den ersten Monaten gebot das allgemeine Rechtsempfinden, dass sie keine Arbeit haben durfte – weder als Näherin noch als etwas anderes. Aber nach einer Weile hatte der neue Statthalter in seiner Güte dafür gesorgt, dass sie Arbeit als Zigarettenstummelsammlerin in den dunkelsten Nebenstraßen bekam, für einen Lohn von ½ Peso pro 100 Kippen, eine Arbeit, die sie gewissenhaft und fleißig erledigte. Würde sie auf den Plätzen oder in den Hauptstraßen eingesetzt, erhielte sie 1 Peso für 100 Stück, vorläufig kam aber nicht infrage, dass sie sich dort zeigte. Trotzdem war sie alles in allem sehr zufrieden, und in ein paar Jahren konnte sie vielleicht auf eine Beförderung in die etwas breiteren Nebenstraßen hoffen. Jeden Morgen streifte sie die Knieschützer aus hässlichem, gepolstertem Filz über, schnallte sich den Aschenbecherhut für die Passanten auf den Kopf und ging mit aufrechtem Rücken von dem kleinen Kabäuschen unter der Brücke, dort, wo der Fluss eine Biegung macht und besonders schlammig ist, zur ersten Nebenstraße des Tages, wo sie die Gasse auf allen vieren systematisch nach Zigarettenstummeln absuchte. Barmherzige Passanten konnten ihre Zigaretten direkt im Aschenbecher auf ihrem Kopf ausdrücken, und die Kippen zählten mit, wenn sie die Ernte des Tages in der Zigarettenstummelstelle ablieferte.

Alles in allem, und man musste alles zusammen betrachten, könnte es ihr schlechter gehen. Das kleine Kabäuschen unter der Brücke hatte sowohl kaltes als auch lauwarmes Wasser, einen Alkoven und eine kleine Küchenecke mit einer einfachen Gasflamme, auf der sie ihre Grütze aufwärmen konnte. Für den Kanarienvogel wäre sowieso kein Platz gewesen.

Jeden Mittwoch hatte sie frei, dann zog sie einen grünen Rock und einen demütigen Mantel an und ging zu Fuß die vier

Stunden zum Asyl der Auferstehung für besonders kranke Kriminelle, das im alten Schloss in Wiepersdorf untergebracht war, wo sie ihren Jungen besuchte. Sie durften jedes Mal anderthalb Stunden miteinander verbringen.

Der Junge war so liebenswürdig und umgänglich geworden. Er saß auf seinem Stuhl und lächelte, wenn sie kam, oder er lag im Bett und summte leise ein altes Wiegenlied, das sie für ihn gesungen hatte, als er klein war; darüber freute sie sich. Alle Anzeichen von Aggressivität und Aufsässigkeit waren verschwunden, und der Oberarzt, Professor von Arnim, dem die Oberaufsicht über ihn oblag, konnte sich vorstellen, dass er – wenn sein augenblicklicher Zustand anhalten sollte – in etwa acht Jahren vielleicht mit einer Probeentlassung rechnen konnte oder zumindest mit einem Freigang, vorausgesetzt, der Regent in seiner unendlichen Güte würde ein solches Gesuch befürworten.

Darum sparte die Mutter jeden Peso und wärmte sich jeden Tag nur ein bisschen Grütze auf, während sie gleichzeitig so fleißig wie möglich Zigarettenstummel auflas. Wer spart, der hat, und in ein paar Jahren bräuchte sie ein zusätzliches Zimmer, damit der Junge irgendwo sitzen und liegen konnte, wenn und falls er Freigang bekäme oder sogar – vielleicht – probehalber entlassen würde. Es gab noch ein zweites Kabäuschen in der Mauer ein Stück weiter oben am Fluss, das etwas mehr Platz bot und außerdem bei Überschwemmungen höher lag. Es wäre absolut ideal. Nachdem Freya eingeknickt war, waren sie ja nur noch zu zweit. Daran war nichts zu ändern; es galt jetzt, nach vorn zu schauen. Alles in allem gab es also viel Anlass zur Freude. Viele Kleinigkeiten.

»Muh!«, hatte der Junge zum Beispiel plötzlich an einem Mittwoch gesagt, nachdem etwas mehr als ein Jahr verstrichen war, und es hatte sich angefühlt, als hätte er sein allererstes Wort gesagt, nicht nur das erste nach dem Prozess. Er lächelte kindlich im Licht der großen Fenster in dem alten Schloss, als er lallend den Laut von sich gab, und sie war außer sich vor Freude.

»Mutter«, sagte sie, »ganz richtig. Das bin ich. Ich bin deine Mutter.«

»Muh«, wiederholte der Junge.

»Guter Junge«, sagte die Mutter bewegt.

»Fey«, sagte der Junge und schaute sich um.

»Mutter«, korrigierte ihn die Mutter. Aber

83

als im zweiten Winter lange genug Schnee gefallen war, begriff der frühere Chefberater, dass er alt wurde. Die Ziergardisten ließen ihn jeden Morgen in den Schlosshof hinein und abends wieder heraus und taten so, als wäre ihnen nicht bewusst, dass dies vorschriftswidrig war. Sie übersahen seine Anwesenheit geflissentlich und blickten stattdessen auf ihre weißbehandschuhten Finger. Wenn es im Laufe des Tages nicht allzu viel geschneit hatte, konnte er in der dünnen Schneeschicht auf dem feuchten Pflaster des Schlosshofs die eigene Pfotenspur vom Morgen sehen, wie dunkle, auslaufende und unleserliche Buchstaben auf Löschpapier.

Ganz selten war er im Schlosshof auf seinen alten Mittwochsfreund, die Katze, gestoßen, aber sie waren einander fremd geworden und wechselten kein Wort mehr miteinander. Außerdem hatte die Katze jetzt ganz andere und wichtige Aufgaben und schaute ihren alten Freund nur desinteressiert an, mit derselben Toleranz im Blick wie die Wächter.

Jeden Morgen durfte er in die Krypta kommen. Die Wächter der Totenstille taten so, als würden sie ihn nicht bemerken. Er schaute sich nie zwischen den Grabmälern um, sondern ging auf direktem Weg zu Clotildes Ruhestätte. Dort sprang er auf den stählernen Katafalk, auf dem sie ruhte, und machte es sich mit der Schnauze auf dem kühlen Gold und mit der linken Pfote unter seinem Kopf bequem. Er lauschte. Alsbald nahm das Gold seine Wärme an. Die pfeifenden Apparate hatte man zum Glück schon im ersten Winter abgeschaltet, um Strom zu sparen, und nur einmal in der Woche kam eine Krankenschwester hier herunter, um sich die verwandelte Markgräfin anzuschauen, ging aber so schnell wie möglich wieder bei Licht nach oben.

Clotildes Hund lag von morgens bis abends halb zusammengerollt an der Brust seiner Herrscherin und trauerte. Alles war so traurig. Ab und zu pfiff er leise vor Trauer. Wenn sie erst einmal eingesetzt hat, ist die Trauer eines Hundes unendlich, und der Hund spürte, wie er jetzt darin gefangen war. Alles andere war verschwunden. Es gab nur noch die Trauer und die schmächtige Gestalt aus Gold, die Dunkelheit in der engen Krypta, die Stille an seinen Ohren und den Schnee, der draußen fiel.

Eines Morgens kurz vor Weihnachten hörte der Hund in dem Gold einen Herzschlag. Einen einzigen, aber deutlichen Herzschlag. Wachsam hob er den Kopf und lauschte noch einmal. Er begriff, dass es bis zum nächsten Mal lange dauern würde.

Mit einem erleichterten wohligen Seufzer senkte er anschließend erneut den Kopf und schmiegte sich wieder an Clotildes Brust. Er dachte: Langweilst du dich jetzt, Clotilde? Du langweilst dich bestimmt. Unendlich.

Clotildes Hund lag neben ihr und liebte sie, und draußen schneite es.

Liber insularum

Fårö – Bahamas – Santo Domingo – Havanna – Loch Long – Venedig – San Sebastián – Tórshavn – Mo'orea – Hiva Oa – Reykjavík

2017–2020

Aus Verantwortung für die Umwelt hat sich der *Verlag Kiepenheuer & Witsch* zu einer nachhaltigen Buchproduktion verpflichtet. Der bewusste Umgang mit unseren Ressourcen, der Schutz unseres Klimas und der Natur gehören zu unseren obersten Unternehmenszielen.

Gemeinsam mit unseren Partnern und Lieferanten setzen wir uns für eine klimaneutrale Buchproduktion ein, die den Erwerb von Klimazertifikaten zur Kompensation des CO_2-Ausstoßes einschließt.

Weitere Informationen finden Sie unter:
www.klimaneutralerverlag.de

MIX
Papier | Fördert gute Waldnutzung
FSC® C083411

1. Auflage 2022

Titel der Originalausgabe:
LANGS LANDEVEIEN MELLOM COTTBUS OG BERLIN

Aus dem Norwegischen von Ina Kronenberger

Covergestaltung: Barbara Thoben, Köln
Covermotiv: © Julia Geiser
Gesetzt aus der Albertina
Satz: Buch-Werkstatt GmbH, Bad Aibling
Druck und Bindung: CPI books GmbH, Leck
ISBN 978-3-462-00062-7